JN125023

瓦松庵別稿　目次

瓦松庵別稿

　以下に述べていることはすべて、そこにある、存在するものはなぜあるのか、という理由と意味を問い尋ねた結果である。これらの作業をしながら私はこれを「知的道具箱」と呼んできた。机に向かって箱を開け、私の疑問をあれこれと調べる。箱の中には作業のための諸道具が入っている。ペンチ、金槌、釘、鋸、ハンマー、紐、絵の具、筆、鉋…。ほかにこの道具箱には素材もはいっている。土、各種金属、紙片、木材、大理石、その他のはずだが、素材といっても考えるのだから知的素材、考えるための諸素材である。ことばや問い、ヒント。組み立て中のものもある。完成品もある。これらがみんな一緒に入っている特殊な箱。だから「知的道具箱」である。もっともこの箱、道行く人のためにある。誰か来て拾い上げ、作業を続行しようという気にならないとも限るまい。そのために十分な道具と素材は詰め込んである。力のある人に出会えば、ここからいっぱい創見に満ちた斬新な知の世界が開けよう。それだけのものが詰め込んであると信じている。

一　論理はどこで生まれたのか

ことばということで通常私たちは語（単語）と文を思い浮かべる。単語は事物と一対一対応したことばであり、文はその単語を連ねたしゃべり、語りである。すなわち文は単語を一定の秩序をもった形に連ねたものである。

　では、この連なり、語をつないでいるものはなにか。私は論理だと思う。語と語のつながりを支えているものは論理である。文は単語と論理によって構成されているのだ。単に単語を並べただけのものは文にはならない。単語の並列が論理によって連なっていなければならない。ということは語が文になるためには論理によって意味のある連なりにならなければならないことになる。こう考えれば文の命（本質）は論理にあることになるだろう。単語と文は全く違うのである。文は論理以外のなにものでもない。

　こう考えると論理とは何であるかがよくわかる。単語と単語の連なりであり、つながりを保証するもの、あるいはつながりを説明し支えるもののことである。連なりは必ず前後矛盾せず、妥協なく筋が通っていなければならない。これが論理の正体である。では単語と単語のつながり、あるいはつながりを保証するものとはなんであるか。語と語（ものAとものB）の関係を語るもののことである。二つはどういう関係にあるかを示すもの。具体的に言えば「である、ではない」の肯定否定、「かつ（また、そして、さらに）」「あるいは（または、もしくは）」「なぜなら」「もし…ならば」「ゆえに（したがって）」などの六つ、ゆるく見ても十に満たない接続子（詞）によってつながれるもの、それが文であり、その接続を形成し保証しているものが論理だ。そして人間にとっての世界とは、このものとものとがどうつながっているのかを示す論理によって構成されているものといってよいだろう。

ここから考えると論理とは文と同時に誕生したのではないかという仮説を立てたくなる。論理はそもそも単語と単語をつなぐために生まれてきたのではないか。通常、私たちは逆に考えがちである。論理がまず先にあってそれゆえ論理に支えられて論理を語り説明するために文が生まれたのだと。だが実情は逆に違いない。あることを表現するべく単語と単語をつなぐ必要がどうしてもあり、これをつなぐために、つなぐ努力と工夫が極まったところに生まれてきたのであろう。だとすれば驚くべきことになる。なぜなら私たちのこの世界はせんじ詰めればわずか六つの、多く見積もっても十の関係（ものごとのつながりよう）によって成立していることになるからだ。もしそんなことが言えるならやはり驚くほかない。この世は（少なくとも人間の世界は）そんな程度の成り立ちで出来ているものなのだろうか。そしてもしそんなことが言えるなら、人間にとっての世界とはこのものとものとがどうつながっているのかを示す論理によって構成されているものということになるほかないのではないか。

ことばの力は偉大である。もちろん論理的なもの、前論理とでもいうものは人間がまだ身分け[註]だけで生きていた時代にもあった。身分け時代だから単語もことばもない。それでも生きものである以上、論理の先駆的なものはあっただろう。動物も、ことばなく意識もない状態ながら事柄はこうなれば次はこうと知っている。人間がものごとを伝えようとして必死で単語と単語をつなごうと努力したとき、あるいは語と語の関係を述べようと努力したとき、この前駆的な原論理的なものを思わず知らず使い、鍛え上げて出現したのが私たちの知る論理に違いない。

論理は破綻するまでどこまでも展開するという性質をもつ。カントは、理性を〝究極まで突っ走る本質をもつ〟と定義したそうだが、似たことが論理にも言える。論理も放っておけばどこまでも突き進む。ただし破綻するまで。破綻とは矛盾であり糞詰まりである。

以上明らかになった文と論理の正体（内実）は重要だと思う。加えていえば、人間がこの世界を見る時、たった六つないし十の関係子から成り立つ論理と、対象と自分との間に生じる心的反応（好きや嫌い、嬉しい、悲しいといった感情、より正確な日本語では〝もののあわれ〟）で対峙している、それがこの世界認識の全てであると断じて良いだろう。人間の世界は感情と論理で成り立っているのである。

ついでに述べておきたい。論理学である。西洋に派生し、練り上げられた学問だが、これほど西洋人の正体を教えてくれる学問もないように思われる。単なる、論理とは何かを問うた思考追究ではない。あくまで真理を問う学問である。何が真理であるか。真理は存在するのか。存在するとして何が真理を真理であると保証するのかと。

しかし以上は論理学の表向きの装いである。論理学の内実は力尽くで他人を説き伏せることにある。これが真理なのだ、絶対的な真理なのだと。おそらくお互い強い我をもち、我と我のつばぜりあいに始終する西洋世界では他人を説き伏せるには有無を言わせぬ絶対的力でする以外になかったのだろう。したがって誰もがその前にはひれ伏す普遍的真理をもち出すほかなかった。だから彼らはどうかして真理を見つけ出し、それが真理であることの保証を得たいと熱望した。そこに成立したのが論理学であるに違いない。西洋人は他者を力尽くででもねじ伏せたいのである。

だが、日本人はこれに対して古来、こう平然と対抗して生きる人種だった。一例だが、柳宗悦氏のエッセイ「佛教に帰る」に出てくる「説明ではっきり出来るようなことは高が知れていよう」

芭蕉の「いいおおせて何かある」もおなじことを言っているのに違いない。私たち日本人はことばで言い表せないその先をじっと見入ってきた人種なのである。

［註］身分けとは哲学者市川浩氏が考え出した造語である。初めに言っておけば「身分け」は「見分け」の書き間違いではない。あくまで「身分け」である。一方「見分け」はイコール「言分け」である。「言分け」は認識行為であり、意識行為だ。言葉によって物事を分類し分けること、すなわち人間が通常やっていることである。私たちが意識あるいは認識によって分別してものや事柄を分け分類していること。ある生きものを見て一方を犬と言い他方を猫と言うようなものだ。これに対して

「身分け」は動物がやる分別、無意識に行う「分け」である。それがなにとは知らずに、しかし分けていることをいう。意識も理性もないが、ないままに彼らもちゃんと物事を見分けている。これは主人、これは知らない警戒するべき人という具合に。その見分けは彼らの身体がほとんど本能的に行う分別だという意味で、氏は「身分け」という造語を提案するのだ。いわば身体がものの意味や正体をそれといえる形ではないが無意識に分別している時に行っている「分け」である。一方は動物レベルの、本能的に身体が行っている「分け」、他方は意識をもつ人間が言語による分類の上に行っている「分け」。両者の「分け」の違いがこれではっきりするのではなかろうか。私はこの提案は極めて有意義であり、事態をよく現していると思っている。

二　金について

「お金そのものは、わたしにとって重要じゃないわ。一度だって、そんなことはなかったのよ。ただね、お金がまったくないときには、それが重要になるのよ。それにお金があれば、うつくしいものが買えるわ。高級車とか、毛皮とか、ハワイへのクルーズとかいった、下らないものでなく、本当に価値のある、うつくしいものがね。たとえば独立とか、自由とか、人間の尊厳といった。ええ、それから学問とか、時間も」

イギリスの小説家ロザムンド・ピルチャーの『シェルシーカーズ』の中に出てくることば。主要人物の一人が述べている。

さらに。幸田文さんのエッセイ「木」に書かれている話。当時、文さんは離婚して、父幸田露伴のところに幼い娘を連れて帰ってきて間もないころだったらしい。ある日、露伴は娘親子に財布ごと渡して、孫娘が好む木か花を買ってやれと縁日の植木市へ送り出した。幼子がほしがったのは藤の鉢植えだった。これがなんと市で最高級の木で、文さんは到底手が出ず代わりに山椒の木をあがなって帰った。すると露伴はみるみる不機嫌になったという。

「市で一番の花を選んだとは、花を見る確かな目をもっていたからのこと。なぜその確かな目に応じてやらなかったのか、藤は当然買ってやるべきものだった」。文さんは高価すぎたからと抗弁した。するとこういったのアテネ民主政最盛期の施政官ペリクレスの言葉。国のために死んだ人々を悼んでなされた追悼演説の中で述べられたものである。演説は全盛期アテネの民主政の目指し達成したところを誇り高く歌いあげたものだが、そのなかで曰く「われらは美を求めるが贅に走らず、知を愛するが軟弱に陥ることなく、富を求めるが富の遣い方を知っている」。ここのところ訳者によって様々な訳文になっているので困惑するが、かつて私が初めてペリクレスの演説に触れたときの（誰のだったろう）訳文は実に格調高く、リズム感も十分で好きだったのだが、いま手元にないのが残念だ。で、前記の文もうろ覚えなのであるが、とにかく私が理解したのでは「富を軽蔑せずしっかりと求めるが、そうして得た富の使い道は十分に知っている」という趣旨だった。

私はこの「使い道を知っている」というのにまいったのである。世には使い道を知らない人間が多すぎる。努力や運によって金をたくさん手に入れて得意になっている人間が少なくないが、手に入れた富のその上手な使い道を知らず、金に使われ、浅ましい虚飾虚栄に走り、無意味に消費し、威張り、周りに軽蔑されているとも知らずにふんぞり返っていい気になっている者が多すぎる。

だという。「好む草なり木なりを買ってやれ、といいつけたのは自分だ、だからわざと自分用のガマ口を渡してやった、子は藤を選んだ、だのになぜ買ってやらないのか、金が足りないのなら、ガマ口ごと手金にうてばそれで済むものを、おまえは親のいいつけも、子のせっかくの選択も無にして平気でいる。なんと浅はかな心か、しかも、藤が高いのバカ値のというが、いったい何を物差しにして、価値をきめているのか、多少値の張る買い物であったにせよ、その藤を子の心の養いにしてやろうと、なぜ思わないのか、その藤をきっかけに、どの花をも愛しむことを教えてやれば、それはこの子の一生の心のうるおい、女一代の目の楽しみにもなろう、もしもっと深い機縁があれば子どもは藤から蔦へ、蔦からもみじへ、松へ杉へと関心の芽を伸ばさないともかぎらない。そうなればそれはもう、その子が財産をもったも同じこと、これ以上の価値はない、子育ての最中にいる親が誰しも思うことは、どうしたら子のからだに、心に、いい養いをつけることが出来るか、とそればかり思うものだ、金銭を先に云々して、子の心の栄養を考えない処置には、あきれてものもいえない」

せっかくの金なら使い方によってはどうにでも世の中の役に立ち、自分でも自分に納得でき、心豊かになり、人々にも喜んでもらえる使い方もあろうものを。

金は便利である。威力も絶大である。何であれそうである。威力が大きく、便利なものは使い方が難しい。何であれそうである。鋭利な刃物を扱うには作法というか、やり方があって、名手は非常な訓練の上で細心の注意を払って使うと決まっている。金であろうと同じである。全ての国民が金の使い方を知っているアテネは確かに当時の世界に君臨する円熟した高貴な国家たり得たのだろう。

三　人、こころに出会う

当たり前の事実から出発したい。人は自分自身の外へは出られない。したがって自分自身を外から見ることはできない。見ることができるのは、いつも水に映したり鏡に映したり写真に撮ったりした自分で、間接的に、でしかない。直接見えるのは精々手足の一部と鼻の頭と腹ぐらい。とにかく外部の物や他人を見る具合には絶対に自分自身を見ることはできない。ここは大事なところだ。人は自分が何をしているかは、本当のところわからないのではないか。

そんなことはあるまい、という反論がすぐやってきそうである。

いったい人はあることや物の存在をどうして知るのか。手で触ったり臭いをかいだりという方法もあるが基本的には見てであろう。見ることによって、何かがそこにあり、そしてそれがどういう様子をしていて何であるかを知る。これが人間がものの存在を知る基本だろう。そのものが何であるかを知らず分からない段階でも、なにかであるそれがそこにあることは見ることで知られる。

人間が猿類から別れて人類として歩み始めた初期人類の頃を考えたい。そのころの人類はやはり目があって、外部ばかり（自分の目で見ることができるものばかり）を見て暮らしていた。彼には外部しかなかったであろう。腹具合が悪いとか足を怪我して痛いとか胸がドキドキしているとか内部からやってくる感覚ももちろん彼をなにほどか動かしただろうが、それ以外はもっぱら目に見える外部からの刺激に反応するのが彼の暮らしの全てだったろう。たとえ臭いとか暑さ寒さとか強く風が吹くといった嗅覚触覚に訴える刺激であろうと結局は刺激源の方を見てそれと確認して反応するという形を基本的にはとったはずである。このとき重要なことは、それが何であるかはもともとは真に大事なことではなかったに違いない、ことだ。何であるかは二の次で、何であれとにかく刺激源がそれであるとわかりさえすればよかった。それさえわかればそこから遠ざかるなり近づくなりすれば当面の用は済んだ。見るということの根底には以上のような重要すぎるほど重要な内実がある。

　そう押さえてみると人は外部を見て生きてきたことが分かる。自分自身は見えなくても構わない。人は外を見る生きものなのである。自分の内部から来る刺激に対しては自動的に身体が反応するから放っておけばよい。最初期は外部から来る刺激に対しても人は自動的に反応していただけであろう。一般的に動物がそうであるのと同様である。それがいつの頃からか意識が生まれ、考えるということが生じ、かくて反射的自動的に反応するのではなく、何がよいのか自分で考え選択して行動するようになった。このときから外部をよく見てそれが何であるかを確認し、相手の意志や気持ち、次の動きを予想して、そのうえでこちらの反応（動き）を選ぶということが生まれた。粗っぽく言えばそういうことになる。こうして人はそもそも初めは外を懸命に見ていたのである。自分を見ようなどとはしなかった。生理的にいっても目はもっぱら外を見るように進化してきた。

　人は自分自身を見ることはできない。見えない以上、人には自分が何をしているかはわからないはずである。だが、いうまでもなく人は決してそうは思っていない。自分のことは自分が一番よく知っていると思っている。おかしいではないか。

　ここのところをよく検討してみたい。それが人間にのみあると思われるジレンマ、厄介な自己言及のパラドックスを解きほぐしてくれる端緒になるのではないかという予感がするからである。

　私は第一節で「身分け」「言分け」ということと述べた。それなら私たちは「言分け」以外に、しばしば無意識に「身分け」を行っていると納得できるだろう。では見えず、したがって知らず分からないはずの自分がやったことを、なぜ私たちは知ることができるのか。

　知ろうと知るまいと自分がしたことの反応が自分の周囲に生じるからである。こちらが何かをすると自分を取り巻くありとあらゆるものが多少ともなにほどか変化する。この変化を見取って私たちは自分が何をしたのかを知る。

このあたりの事情を学問的に詳細に解き明かしたのがアメリカのギブソンという心理学者である。ギブソンはアフォーダンスという概念を作り出して人の認知作業を見事に解明して見せた学者だが、その一例をあげれば人が進み行くのを自分で「あ、いま私は前進しているのだ」と知るのは歩みにつれて私を取り巻く光の強度が変わり、光景が変わるからだ、という。これは実際そうだろう。真っ暗闇の広大な空間の中でいくら足を動かしても私たちは自分がいま実際に進んでいるのだと確信できるだろうか。手足を動かしているとは確信できても前進しているとは分かるまい。というわけで私たちは自分の行動を周囲の変化によって知るのである。「身分け」でした行為が「言分け」行為となるのは周囲を感知することによってなのだ。言い換えれば私たちは他者を通して自分を知るのである。

人は確実に、他者に出会い他者を通じて己に出会っているのだ。人はいつもいったん外へ出て、仮想の他者の目で自分を見て自分自身を知る。動物たちは違う。彼らは身分けの世界に住んでいる。身分けの世界では何もかもが直接である。自分というものも自分自身というものもない。いや、外部も自分も区別はない。内部（内臓）から来る刺激に対しても外部から来る刺激に対しても自動的に反応しているだけだろう。身分けとはそういうことだ。

人はいつもいったん外へ出て、という事実はもっと注視されてよい。人間が自分を知るのはいつでも必ずそういう手続きを踏んでだ。このことは何を意味しているのだろう、そうでありながら人はまず決してそうとは思っていないのだが。自分のことは直接自分に分かっている、直に自分を見ている、と思っている。それだけで終わらず、自分は自分を外からの目で客観的に見ることができるとさえ思っている。が、以上に説いたことに照らせばそれは幻想でしかない。現実に人は自分の外へは決して出て行かれはしないのだから。

さてこれは何を現しているか。人は自分自身に出会うためには自分の外へ出なければならないが、そんなことは決してできないということだ。言い換えれば人は自分自身のことは決して分からない生きものだということ、自分自身のことはよく分かっているというのは幻想にすぎないということだ。ただ、急いで付け加えなければならないのは以上のことは「言分けの世界では」という制限がつくこと、意識の世界では、ということだ。私たちは多くは身分けの世界に生きている。ここでは私たちは一般動物同様まったく間違わずに、正確にこの世界に一致して生きている。身分けの世界というのは記述するのが難しいが、強いていえば自分も外部もなく、身体が感じている感覚だけが、感じているという意識もなく感じていて、それに身体が無自覚に（反射的に）反応している世界ということになろうか。だから当人は何をしているか知らないし言えないが、身体は知っている、という事態。

そこへ人にあっては意識が乗っかる。意識は必ず何かを対象とし、それだけでなく対象としていることに気づいている。故に外部があることに気がつき、外を観察し、外からの目で自分自身に出会うということが出きた。これが言分けの世界である。言語によって外の世界を分け、自分の内部まで分け始めたのだ。

ここに至って私は実に興味深いことに思い至る。脳科学者池谷裕二氏の見解である。氏は〝人間は他者を通じて自分に出会う〟という趣旨のことを述べたうえで「こうしてこころというものは芽生えたのではないかと思う。もっと厳密に言えば、人はこうしてこころがあるということを知ったのではないか」というのだ。「こころがあるということを知った」という言い方に非常な興味を覚える。「こころが生まれた」ではないのである。「こころがあるということを知った」だ。

この言い方。これは一体どういう意味だろう。人は他者を通じて自分に出会うのを基本とすることによって、初めてこころがあることを知ったのだという意味に違いない。もちろん身分けの時代には意識はないのだからこころもない。やがて言分けの時代が始まる。人は外部を知り外部を観察する。翻って自分の存在を知り、他者を通じて自分の有り様を知る。するとこういうことに気がつく。自分があることをするときは必ず自分の中にある一つの感じ、ある気持ち・情緒が感得できることに。それがなにであるかはわからない。しかしほぼ確実にその情動が動いている。外部（他者）を見れば他者も同じことをしているのが見える。するとその時、彼（他者）もあの自分と同じ感覚を感じているのだろうと推測される。そういうことが積み重なる内には外に見える動きには必ず内部に、ある感覚ある感じ（情緒）が呼応しているとわかる。そのうちにはこの感じ（情緒）を生じさせることによって一定の決まった動き（行動）を生じさせることができることにも気づく。すなわちこの一定の感じ（情緒）に意識的に目を向けることにもなるだろう。こうして人は自分にこころがあることを「知った」のである。同時にこれがこころの誕生でもあったのだ。以上が心の生まれた経過であったのだろうと私は推測したい。

四　美だけでなく義をも、あるいは美とは何か

文芸評論家の新保祐司氏は面白いことをいう。平成三十年元旦の産経新聞、拓殖大学前総長渡辺利夫氏との「新春対談」。略記する。

①新保氏が高校生だった昭和四十五年に三島由紀夫が自決した。新保氏はそのころ神田の古書店で内村鑑三の『ロマ書の研究』を偶然のように見つけて購入した。これを読んで、「日本人として生きてゆく精神的バネを手に入れた気がした」という。「それまで私は小林秀雄の影響を受けて、小林的文芸批評を試みていましたが、小林だけではバネにならなかった。小林は三島と同じ『美』の人なんです。でも『美』だけではバネにならない。何が必要か。それは『義』だった。内村が私に与えてくれたのは、『義』を求めなければならないということでした。こうして私は『美』と『義』を二点とする楕円としての批評を試みるようになったのです」

②「私が明治を愛するのは、ハ短調の音楽が聞こえてくるからです。具体例を挙げればベートーヴェンの交響曲第五番やブラームスの交響曲第一番。苦難を経て勝利するという展開が聞こえてくるんです。平成の時代からは調整の崩壊した音楽しか聞こえてきません。三島が自決した昭和四十五年当時は、のっぺりと明るい長調の音楽が鳴っていました。いま思い返せば、それにいらだっていた私は内村に出会うことになった。石川啄木、国木田独歩を読むと、そこにはまさに短調が鳴っている。精神の悲劇と悲痛な叙情があります」

③「彼らも日本人として西郷の考えが正しいとは思っていながら、西欧列強が日本を狙う中で、西郷の考える方向では危ないと感じていた。その時に西南戦争が起こり、新政府は西郷を殺してしまった。私はこの負い目が為政者の道徳的堕落を防いだと思います。為政者の堕落が始まるのは、西郷を殺したという記憶がなくなってからではないでしょうか」

三つともに面白いが、私にはとりわけ最初のが面白い。

「美」だけでは駄目だ「義」が必要だ、というのはポイントを突いていると思う。しかし、義が必要だとはどういうことだろう。氏のいう「バネにはならない」とは人を（この場合は新保氏を）動かさない、ということかと受け取る。多分、氏に積極的な活動をさせる内発的な衝動のことかと思われる。美にはそんな力はないとするのが一般的であろう。美は外へ向かって働かない。むしろ守りに属する。身を飾り、身を整える。それでは行動を起こせない。事態を変えるとか自分を超えたものを動かすとか動かすために何かをするということは美からは出てこない。そのためには義が、義的なものが必要だというのが新保氏の気づいたことかと思われる。

義とはなんだろう。「こうこうでなければならない」ということではなかろうか。「なければならない」である以上、そうであるために人は行動しなければならない（同時に、それゆえに争いも生じる）。ここに必然的自動的な行動への促しが生じる。美にはそんな力はないだろう。

では美の力とはどんなものか。いったい美に力があるのか。いやそもそも美とは何なのか。美について脳科学者黒川伊保子さんは『日本語はなぜ美しいのか』の最終章「結び」でこんなことを述べている。「生きる力を、『今日を生き抜く力』だとすると、美学は『明日を生かす力』だと、私は思う。」「技術力は、脳機能的には美学の範疇に入る。…技術者とは、身を削り、命を縮めて、いい種を作ろうとする人たちである。事業力は、〝種の質に合わせて、よく育てる力〟である」つまり、美はいまを生きる力にはならないが、明日を生きる力、遠い先で生きる力になるものだと。

美には力があるのだろうか。単純に考えて世俗的な力は何もないと思われるが、そうではない力があるように思われる。でなければ日本人が真理よりも美を尊ぶ傾向があるとかく見なされることが理解できない。非常に貴重な、ある意味でもの凄い力があるのではないか。

美は明らかに人間の感性・感覚にかかわるものである。より詰めていえば感性・感覚を解放するもの、そして時には拡げるもの。学問が目の前に実現し出来（いでき）たった事実を後追いで説明するものであるに対して、美は締め切って空気の濁った部屋で窓を開けて新鮮な空気を入れて私たちに蘇る思いをさせるように、閉ざされ新鮮さを失った（しかもそれと気づかずにいる）精神や感性を押し広げたり違う局面を与えたりして、新たな精神や感性の展開を可能にするもの。ここのところ脳細胞的にはどのようなことが生じているのだろうか。美の感受や美との出会いが人をある一定の方向へ導いたり、ひっぱったりすることはない。だが、一種の喜びを与えるものであることは間違いないだろう。

いったい美とはなんだろう。人類がまだことばをもたなかった時代でも、美を感じたことはあったに違いない。犬や猿が壮大な夕焼けを見てある感じに打たれるということは考えにくいが、人類はいまだことばをもたない時代にも壮烈な夕焼けに出会ってしばしじっと見入っているということはあったのではなかろうか。そのころでも動物一般がそうであるように人類も言葉はなくても唸り声のようなものはあったであろう。それならもの凄い夕焼けに出会って、唸り声か「あー」というような感嘆音を出しながら見入ることはあったろうと私は思う。夕焼けだけではない。山の尾根を越えて、その向こうの広々とした眺望を見たとき、道を曲がった途端に見事な雪山を目にしたとき、ナイアガラの滝に初めて行き当たったとき、山の向こうに壮大な満月が出てきたとき、そんなときはやはり一種の感嘆音ともいうべき唸り声を出しつつ見入ったのではないか。

人類の美との出会いは一番初めそのようなものであったのに違いない。こうして人は美というものを知った。してみると美には驚きということが含まれることになる。驚きとは予想と違うことである。しかも美の場合、快感の要素をもった驚き。驚いたからといって生きるうえで利益になる訳ではない。少なくともいつもよいことが生じる訳ではない。ただ快感、ある快い感じは常に感じられただろう（意識が明確に生じていない時代なら身体が感じていたとなるが）。美の発生はそのようなことだったと想像する。

ただし快感を感じたら必ず美を前にしているとはかぎらない。たとえば美味しい獲物を前にしても人は快感を感じたはずである。快感は脳内にエンドルフィンが出たとき感じると脳科学でいうが、エンドルフィンの排出即美の感受とはなるまい。快感の内、ある快感だけが美を感じさせた。それではそれはどのようなものだろう。

そこで再度の問いかけとなる。いわゆる美しいものが快い感じを引き起こすのは——そうだというのだが——なぜか。どういうことか。いつかはわからないが、人類はあるときから夕焼けを美しいと感受し始めた。夕焼けになにか特別な感覚を感じ取ったからに違いない。壮大な夕焼けに遭遇し、驚いて目を釘付けにした。すると体内に意識はされぬが（まだ意識という程のものがなかったから）快い感じが生じ、そのまま見入ることになった。そういうことであろうか。

長い年月の間には出会いが度重なり、夕焼け＝驚き＋快感、がセットとなったであろう。こういうことは夕焼けにだけ生じたのではあるまい。現象は様々でも本質的に同じことごとでほぼ確実に生じたはずだ。驚き＋快感セットはいろいろなことで生じたことだろう。その中である事柄の場合だけ美と感受されたのである。それはなにで、なにゆえであろうか。

驚き＋快感に美の場合だけ加わる何かがあるのに違いない。人があるものを美しいと感じるとき私たちは対象のいったい何を、どの要素を美しいと感じているのだろう。美しいとはどういうことか。色、形、その両方が重なったものが特別な感覚を引き起こしたのに違いないが、特別とはどう特別なのか。

そこで考えてみるにこういうことが言えそうだ。美しいというのは綺麗ということと一番近いのではなかろうか。少なくとも綺麗ということと極めて近縁であることは確かだ。綺麗ならよく分かる。綺麗は毒や腐敗、黴菌、不衛生、なんであれ命や身体によくないことから安全で遠いことを意味する。人は大昔から綺麗と汚いを暮らしの安全の見分けの基準にしてきたはずである。そう考えれば、美しいの根底には綺麗ということが潜んでいるのに違いない。美しいは綺麗の先端、綺麗の最高峰なのだ。だとすれば美はこうなのだと考え得る。綺麗であり驚きを呼び起こすだけでなくエンドルフィンを生成するもの、つまり「綺麗＋驚き＋快感」という数式が成立するものと。

それなら美に親和性があるのは力ではなく喜びということになる。美の力という言い方は成立せず、美の喜びとこそ言いたい。美は人を動かさない。人を動かすには力が要るが、美には力はない。その代わり喜びを与える。日本人が古来真理や正しさよりも美をより尊んできたのは力ではなく喜びにこそ値打ちを見て取ってきたからに違いない。日本人は力によって人々を従えたり支配して己の思うとおりにすることにではなく、喜びに、それもでき得れば共にする喜び、共に喜ぶことに値打ちを覚えてきたのだ。

ついでながら美術あるいは芸術についても触れておきたい。美術とか芸術というものは美を求めて発生したものと思いやすいがそうではあるまい。つまり美しいものを表そうとか作り出そうとして生じたものとは私は思はないのである。ほとんど確実に呪術あるいは呪術的なものとして発生した。我が身に力やエネルギーをもたらすものとして作られたに違いない。すなわち生きるのに資するものとして。

昭和の四十年代五十年代に京都の平安博物館に前田雨城という染織家が研究者として在職していた。正倉院御物を中心に日本の古代染織を研究していたのである。私は当時新聞記者をしていて同館を取材していて知り合った。本職の草木染め職人で研究者としてはいかにも素人という感じだったが、染めの職人としては本物だったと思う。そこが気に入って家へも訪ねるほど仲良くなった人だが、彼は「人が着るものに色を染め始めたのはなんでやと思わはります。美しいものを身につけたかったたり格好をつけるためやありませんで」と何度も言った。「あれは草や木の精を身につけようとしたんですよ。草や木のエネルギーを身に纏って身を守ろうとしたんです。古代の人々がしたことはみんなそういうこと、切実な実用性からです。だから草木染めは元気なよい草や木を選ぶことが一番大事なんです」と語った。元気の良い、つまりエネルギーをいっぱいもっている草木を選んで、それを染め出し糸あるいは糸状のものに付着させるのが本来の草木染めだというのである。

私はいたく感心した。エネルギーをいっぱいもつ、元気な良い草や木を選ぶというのを聞いて納得されることがあった。前田さんは魔法のような掌をもっていた。取材に行った初め私やカメラマンの全身に掌をかざし、「あ、お宅はここ（肝臓だか膵臓だかの箇所）が弱ってますな」とか「ああ、あなたは非常に元気な人ですな」というのだ。かざした掌に人の身体から出るエネルギーの勢いがびんびん響いて分かるらしかった。勢いが弱いところは弱っている箇所であり、健全なところはしっかり感じ取れるという。そんな馬鹿なと思ったが、よく考えれば中国医学でいう「気」を感じ取っているということと同じようなことなのであろう。彼は草木染めの職人として良い染料を探し求めるのを、何よりも大事にし、若いときから山野へ入って良い木々や草木を探し求めては染めるということを繰り返した。するうちに、どういう草木が良い染料であるか分かってきたという。元気の良い、エネルギーに満ちた木々だ。そして良い染料は良い草木からしか取れないとも知った。その果てに、科学も何も知らない大昔の人々は元気な木々からそのエネルギーを貰い、それを身に纏うことによって、身を守ってもらおうとしたのに違いないと確信した。そうでなければわざわざ草や木から汁を手間かけて絞り出して糸や着るものに移し付けたりするわけがない。身を飾るため、装飾を目的に人間が染織を始めるなどどいう呑気なことであったはずがないというのである。

染織の始まりの動機を呪術に求める彼の考えに私はいたく感心した。そして、元気なエネルギーをいっぱい発散している草木を捜して、木々を選別しているうちにいつの間にか掌が生きものが発するエネルギーを感じ取る力を獲得していたという彼の説明に深く納得したのである。

事柄は染織と限るまいと私はすぐに思った。ラスコーの洞窟壁画その他人類が残した最古の芸術の数々。異常にリアルであると同時に奇っ怪なとしか言いようのない仮面などの原始芸術。あれらの出現とその独特の現れ、表現はすべて呪術と考えて初めて理解できることにも気づいた。原始芸術に関するすべての疑問が「呪い」と受け止めてすべて解けると思われた。いまも変わらない。芸術の起源は呪術にあるのである。

芸（美）術とはあるものやことを目の前に現出すること（技）である。なにを現出するのか。そのあるものやことは、ここではすべて人に生きる力をもたらしたり生きるためのエネルギーを増加させるものであったはずだ。それ以外のものはすべて二次的なもので、生きていくのに余裕が出来て初めて立ち向かうことだったろう。

芸術の起源はそれが全てだと私は思う。あの原始芸術や未開民族の不思議なというほかない奇想天外な仮面や装束などはそうと見て初めて納得がいく。踊りも歌もスフィンクスも神話も起源は生きてゆくのに力になるもの、生きる助けになるものにあったはずだ。こうして長い年月の間に数多くの呪術的なものが作られた。数多く作られるうちにはことに人々に喜ばれ好まれたものがあったであろう。作り手は自然とそういうものを作ることを目標とするようになる。いまからそうした人々に喜ばれ求められるものをみれば目指すもの（表現しようとする目的イメージ）によく似ているか、その特徴をよく現しているか、しかもその現れ方が快い感じを喚起する度合いが多いものほど良いとなったのであろう。快い感じを引き起こす作品の行く先が美しい形ということになってここに芸術は美術になったという成り行きではないか。つまりこんにち私たちが芸術（美術）と呼んでいるものは呪術が美と合体して成立したものなのである。

こんにち、美術（芸術）にはとても美しいとは思えないものまで含めて様々な形態、種類、そして意味がある。だが美の本質、基底には右に述べたことがあるはずだ。すべてはここから発した発生体であり進展変形したものだと見なしてよいだろう。そして美の本質をこのようなものと捉えれば、冒頭に引いた新保祐司氏の、美の他にどうしても義がなければならぬ、という言葉はじつにいいところを突いていることになる。人生を確かなものにするには美とともに義がいるのだ。

五　技術の起源そして技術の論理

哲学者の木田元さんが技術についてこんなことを述べている。技術は技術自身の論理をもち、人間のコントロールを離れて自己展開すると。著書『哲学は人生の役に立つのか』の中で述べていることだが、氏はいう「技術にはそれ独自の論理があり、それにしたがって自己展開していく。どこまでも自己を分化させ、自分のもつすべての可能性をとにかく現実化しようとし、その結果が人間にとって有益であるか有害であるかなどはまったく顧慮しない」と。

「技術にはそれ独自の論理があり」とはどういう意味だろう。技術のもつ独自の論理と木田さんが言うのは「どこまでも自己を分化させ、自分のもつすべての可能性をとにかく現実化しようとし」ということを指すかと思われる。技術がもしそうだとすれば実に問題であり、重大なことである。が、それにしてもこれはどういうことだろう。

一番の問題は、技術は技術自身で進展し自己展開していく傾向にある、という点だろう。本当にそんなことが言えるのか。いうまでもなく技術は人間が生んだものである。少なくとも人間の下に生まれたものだ。技術の定義は厳密にいえば難しく、人類学の立場からいっても微妙なところがある。チンパンジーなど一部の類人猿には蟻を蟻塚からつり出す草木の利用があったり木の実を石でたたき割ったりと技術の使用と見てよい行為がある。技術は人類から始まったとは言いにくいようである。しかし技術らしい技術は人類から始まったということは許されるだろう。そうだとしていったい技術はどうして、どのようにして始まったのか。

原始技術を考えてみる。自然のままの石や枝（棒）の利用が技術の発端だろう。さきほどのチンパンジーの石や木の枝の使用とほとんど同じである。人類は間違いなくここから石や草木（棒）を使い始めた。使ってみるとそれまで出来なかったことが出来るように、あるいはより効率よく楽に出来るようになった。こうした事実は自ずと木や石をそのほかのことにも使ってみさせたはずである。使う素材も石や木とは限らず他のものも試してみることになったはずだ。ここのところである。こうした成り行きは人間の意志を想定しなければいけないのだろうか。意志をどう見るかにもよるだろうが、能動的積極的な人間の意志によるというより、ほとんど事柄の自然な当然の成り行きと見なしてもよいのではなかろうか。それをいうなら技術自身がはらむ力による自然な展開といってもよいのではないか。あるいは技術がもつ力が人間をうながして行わせた新しい展開、新しい試みと。やってみると効果があった。時に絶大な効果があった。こうして人は多彩微妙に器用に動く手の力もあってチンパンジーたちの及びもつかない使い方を見つけていった。この果てに石器が生まれ、土器が生まれ、人類は大きく前進した。こういうことだったと考えられないか。

技術の誕生がそういうものだったとすれば木田さんの言うことが納得いく。氏は技術についてもう少し踏み込んで言っている。技術は技術自身の論理をもち、人間とは独立して展開発展していくのではないかと。後半はそこまで述べられているとは思えないことで私が勝手に敷衍して述べたことだが、氏の見解を推し進めれば当然そういうことになる。重要なことである。つまり氏はいうのだ、技術は人間の理性とは別に技術自身の論理をもち、自分自身の動機、理由で展開していくのではないかと。もしそうだとすれば技術は必ずしも人間のコントロールできるものではなくなるだろう。人間の手に負えないものとなる可能性があることになる。昨今見せつけられている技術の力に照らせばこれは恐るべきことではないか。

いったいここで私が「技術の力」とか「技術の論理」と擬人的に述べていることはなんであろうか。技術のもつ有効性、威力である。その前では人は勝てないのだ。技術のもつ威力、有効性の魅力に人は抗することはできない。頼り、使わざるを得ない。いかに止めようとしても止められはしない。それが技術だ。それならこれは人間の意志とは関係なく生じることで、「技術が技術自身の論理にしたがって展開することだ」と言ってもおかしくないことになるだろう。それどころか、視点を変えれば技術が人間を使って自己展開しているのだと擬人的に言いあらわしさえできる。実際、昨今の科学技術の状況を見ればいまや人間は技術に使われていると見てもおかしくないかも知れない。

考えてみればこうした事態は技術の誕生以来続いていることではないか。人間は技術に使われ、一貫して技術の進展に奉仕してきたのではないか。技術は人間の理性によって生まれたのではない、理性とは関係なく生まれ、後に理性と出会って理性を自分の道具に使えると気づき、手を携えて共進化することにしたのではないか。

そうだと言えるとして、ではいったい技術の論理とはなんだろうか。自分の力を使えるところへはどこへでも出ていって力を発揮すること、それも他者（人間とは限らず、その能力のあるものなら何でも）を使って発揮すること、ととりあえず言っておこう。発揮してどうするのか、どこへ行こうとするのか、その目的地、向かう方向は多分ないようである。ただただ自分の力を発揮する、展開することだけが目的というほかないように見える。そして恐ろしいことだが、そのうちいつかは他者の手を借りずとも、自分自身で能力を新展開し活躍の分野を広げていく、そういう力を獲得していきさえするように見える。その時には人間も不要になるだろう。

「技術の力」「技術の論理」を木田さん自身の言葉を使っていえば「どこまでも自己を分化させ、自分のもつすべての可能性をとにかく現実化しようとし」ということになるだろう。「自己を分化させる」とは、まるで技術に意志があって意図的に自己を分化させるように聞こえるがもちろんそんなことのあるはずがない。では、どうなるのか。考えられるのは次のようなことだろう。技術Aがある。Aはいろいろな要素あるいは可能性から成り立っている。ところで、技術Aを取り巻いている状況あるいは事態はいろいろと変化する。新しく到来した状況の中には技術Aで手の届きそうな、何とか対応できそうなものもあるとしよう。この事態をハイデガーの用語を使って「技術Aに開かれる」というのがよい。技術Aがその到来した新事態によっていわば新たに開かれるのである。こういうことに使えないだろうかと。その可能性を薄す薄すとにしろ感じ取った人間が技術Aを取り上げてあれこれ工夫し、試行錯誤のはてにAの新しい使い道を見い出す。こうして見つかったAの新しい使い道は確実に便利で暮らしを楽にする。そうなら人は技術に対して次々に新しい工夫を加え、新しい使い方を見い出そうとする。これは止めようがない。ほとんど水が重力の働きで物理法則に従って低きへ流れるように生じることだ。技術に目を注げばこれは技術の自動展開と見えるだろう。そういうことではないか。

だから、ここではとりあえずそういうこととしておこう。とにかく技術は独自に自動的に自己展開してどんどん増殖し、発展展開していくのだ。確かに技術の歴史をみるとそのようである。とどまるところを知らない。その展開の歩みに遅い時期と早い時期があるだけではないか。

もしそうだとすると、昨今の驚くべき技術の展開を目の当たりにしてみれば、確かに技術には非常に大きな問題がありそうである。技術の二一世紀に入る頃からの進歩には驚くべきものがある。インターネットや人工知能、ロボット、遺伝子工学の展開の早さと広がり。これは二〇世紀の初めに見られた宇宙物理（相対性理論）と量子力学の展開による世界の拡大がもたらした希望と同じ展望を人類の前に広げている。私たちは未来への期待に支えられていつのまにかニヒリズムから完全に脱却しているように見える。

それぐらい驚くべき技術の進歩展開であるが、この先にあるものを思わざるを得ない。人工知能とロボットの展開は人類を超えるとも予想される。人類を上回り、それ独自に自己改良し、人類のコントロールを離れる可能性がある。その時何が起こるか。考えれば恐るべきことだが、わかっていてこの歩みを止めることはおそらくできない。すでに技術はその道へ踏み込み、そのまま進むよりない事態に立ち至っている可能性がある。それこそ技術の自己展開によって。

ついでだが、木田さんのいうところによると、資本も同じ性質をもっているようである。先の技術に関する引用箇所に続いて、氏はこう述べている。「資本というのも同じです。資本はそれ自体の論理をもって、自己を増殖させるところならどこへでも入り込んでいき、一種の自己運動をおこしているようにおもわれます」

すなわち資本も資本独自の論理をもち、人間のコントロールを離れて自己展開している可能性があるというのだ。資本独自の論理は何を指しているのかわからないが、資本は儲けになるところならどこででも何としてでも儲けようと必然的に自動的に動く、ということは言えそうである。必然的にということは進み行く先に破滅が待っていようと歯止めがきかないということだ。何があろうと儲けるほかない。人は儲けようという衝動から逃れられない。

人類はいまこの二つの絶対的な道行きから逃れられない事態に立ち至っているのではないか。もしそうなら恐るべきことで、今のうち何とか打てる手を打ちたいところだが、すでに二つとも人間のコントロールの及ばない地点に達しているのなら（その疑いは十分にある）どうしようもない。対策を立てれば立てる程、事態は悪化するだけだろう。歴史をたどればそうなる。人間はやってきた事態に対して、その事態と共に生きていく道を考えるほかない。たとえ人工知能とロボットの合体物の下僕の位置にしか生きていかれないとしても。言っておくならば、そういう生き方（与件を与件として受け止め、その中で最善を尽くす生き方）の訓練は日本人は一万年を超える体験を積んでいる。もっともうまく適応できるはずである。

付け加えるなら、同様に自動的に展開するものとして理性とか言語が考えられるかも知れない。これらも人間のコントロールの埒外に出るものとしての危なさをもっているもののように思われる。よほど扱いに注意が必要である。

六　人は降りかかる火の粉は払うが

前節で私は「そのまま前へ進んだら大変なことになるかも知れないとわかってても止められない」ことがありうる、事態が人間の手を離れ自動展開する、ということを述べた。そのことから帰結することを説いてみたい。

一体、事態が人間のコントロールを離れ、そのものの論理に従って自己展開し、人間がとどめようと思っても止められない、というようなことがなぜ起こるのか。これについてのメカニズムについては前節で述べた。要するに人は難事に直面するまでは、目前の便利さ、楽さ、快適さに逆らえないということである。簡単に手に入る便利さや快適さを犠牲にしてまで遠い将来の予想される危機になど対処はできないのだ。これは人間の業であろう。いつでも人は事態に直面しないことには――火の粉が降りかかってこないことには――それに対処しようとはしない。できないのだ。

もちろん危機の到来をしっかり認識し事態を把握して、

いまをある程度犠牲にしてでもそれに備えなければならないと考える人間はいる。だが大衆社会では彼らはいつでもごく少数である。予想される将来の危機のために今の便利さや快適さを諦めるには、非常な意志力と気力が必要だが、そんな力をもった人間は常にごくごく少数でしかない。彼らはいわば具眼の士、エリートである。盲千人に目開き一人という諺にいう事態である。だからいつでも彼らは勝てない。世の中が危機へ向かって否応なく進みゆくのを留めようがない。それでも彼らは声を大にして主張し続けなければならない。

私はそれがいわゆる「ノブレス・オブリージュ」というものの本質だと思う。高貴な人間の責務――どんなに辛く無駄に終わろうとも、しなければならいことはする、それが高貴な、特別な人間の義務である。無駄に終わる程度ならまだいいが、無駄どころか彼は、目前にある便利さや快楽の邪魔をする人間として、しばしば大衆の憎悪の的となり、無視される。罵倒され、あげくに惨殺されることにだってなりかねない。後になれば人々は反省し、後々の教訓として言い伝えもするがいざ自分たちが同じような事態にたち至れば、すなわち何十年か後あるいは孫子の時代の幸せのために今の楽しみや楽さ、そしていまの儲けを断念しなければならないとなれば、大抵は受け入れたりしないのである。

歴史はその教訓に充ち満ちているが何にもなりはしない。事態が人間のコントロールを離れて、自己展開するのを止めようがないのは、欲から逃れられない人間の自業自得というほかない。よほどひどい事態になる、例えば人類滅亡が見え始めるような事態になれば、すなわち火の粉が全員に降りかかってきそうになれば、その時初めて人々は立ち上がるかも知れない。

七　実存の光景　―　快・不快の原則を越えて

私は前に自著『瓦松庵残稿』で「人間と限らず生きものの行動はすべて快・不快の原則に基づいて行われる」と述べた。生きものの行動の根底にあるのは、快には接近し、不快からは遠ざかるという簡明な原理である、ということを述べたのだ。いまもこれには間違いはないと思っている。しかし、このことはさらに敷衍して考えることができそうだ。私が敬意を払っている哲学者竹田青嗣氏は「人は『善きもの』『美しいもの』『素敵』を求める生きものだ」という趣旨のことを力説している。もっとも氏は私のいう快・不快の原則を欲望＝エロスという言い方で述べているがほぼ同じことだ。

氏のいわんとすることを私のことばに言い換えて言えばおおよそこういうことになろう。なるほど生きものは生理的な快を目指して快・不快の原則の下に生きている。だが、人間はそれを超えて価値・評価の世界で生きる生きものでもあるのだ。生理的動機を超えて、「よきもの」「よりよい」「素敵」といった価値を基準にして生きている。なぜなら人は他人の承認を必要とする生きものだから、というのである。ここのところはポイントなのでもう少し敷衍しておきたい。

一体なぜ人は快・不快の原則を超えて価値・評価の世界に踏み込んだのだろう。何があったのだろう。私にははっきりしていると思われる。意識が誕生したからだ。これも前著『瓦松庵残稿』『瓦松庵余稿』で詳しく論じたところだが、意識は選択つまり選び取りのために生じたものである。生物が単細胞から多細胞になって複雑になり、大型化して、生存範囲を広げ、いろいろな環境と遭遇する機会が増え、つれて多彩な状況に対処する必要も増えた。この必要にも閾値というものがあって多分哺乳類のしかも類人猿のどこかの段階で閾値を超え、選択のための道具として意識が生じた。新しい事態に直面し、どうしたらよいだろう、快には接近し不快からは遠ざかるだけでなしに、どちらにどの程度接近・回避をどのような方法でしたらよいのかと思いあぐねるうちに生じたのが意識である。もちろん猿や類人猿にも選択はあったろう。しかしそれは人に生じた意識とは違うように思われる。前意識というのがふさわしいだろう。身分けが行う選択である。人の意識は言分けの選択だ。

いずれにしても意識は次の行動の選び取りのために生じた。意識の起源と機能は一にも二にも選びである。この選び、ということの中に必然的に価値・評価は潜んでいる。選びはどうしたって「よりまし」とか「よりよい」にしかなりようがないのだから。したがって、意識が生じた時点で人間には価値・評価の世界が生じたのである。ここからまた人間が存在了解する生きものである、というハイデガーの実存的事実も生じてくる。自分の生き方を選び取るということが生じた。

ハイデガーはまた「人間存在は本質的に共存在である」という趣旨の定義をあたえている。人は本来的に他人とともにある生きものだという意味である。人は社会的動物だといっても同じことだ。人間は動物としては異常な早出生者で、本当は更に一年は母親の胎内にいなければならないのに産道の狭隘さの故に（いわば）未熟児の状態で生まれてくる。それゆえに泣く以外に何もできないほど無力な赤ん坊なので、生後一年間は全面的に母親ないし保護者に世話をしてもらわなければならない生きものである。それどころか自分で食べていく力をもつまではおよそ十年ほどかかる。この一事でも人は他者とともにあるしかない生きもの、共存在を本質的な有り様としている動物だということは確かだろう。その上、人間は意識というものをもつ。意識をもつのは人間だけかは微妙なところで一部の猿や類人猿も意識をもつらしい気配がある。しかし私には彼らの意識は身分けの世界での意識でしかないように思われる。同じく意識といっても次元かレベルの違う意識なのだ。彼らの意識はむしろ（再度言うが）前意識といった方が適切だろう。

というわけで私は意識は人間に特有なものとしておきたい。そうだとして意識とはなんだろう。ここのところは『瓦松庵残稿』と『瓦松庵余稿』で詳しく論じたので詳説しないが、意識とは対象化することである。なんであれものを対象化する。そのあげく自分自身まで対象化するにいたった動物が人間だ。自分自身を対象化する唯一の生きものである。

自分自身を対象化するとはどういう意味か。自分をあたかも外から見るように見ること。自分もあたかも一人の他人のような存在として思い見ること。これは他人の目で見るように自分を見ることといってよいだろう。人間は意識から逃れられない。そうである以上、他人を必要とするということになる。必要どころか他者を自分の中に抱え込んでいる存在とさえ言うことができる。

言い換えれば、人は自分に出会うためにいったん自分の外に出る作りになっている。脳科学が明らかにした知見ではそうだし、内省という心理的探求方法が明らかにする点でもそうである。人は自分を自分の外から、他者の目で見て初めて自分を気づき、知る。一体なぜそんなややこしいことになっているのだろう。それにはどんな意味があるのか。

まず言えることは動物一般は恐らく自分を知らないか自分をもたないに違いないことである。動物レベルではただひたすら外部を、周りを見、様子を探っているだけに違いない。すべての関心は周りにあり、外部を観察しているだけだ。もちろん観察結果に応じて自分も反応しているに決まっているが、彼はそうしようと思ってしているのではない。ほとんど反射的反応であろう。そういう生きものに「自分」はない。人間もそもそもの最初は同じ地点から出発したはずである。であれば彼にも自分はなかった。あるのは周り、他者ばかりであったはずだ。他者は最初からあり、自分はその後に出来たのである。どのようにしてか。他者を通して。いったん個体としての自分から出て他者に入り込み、他者になって、他者の目で「他者の他者である自分」を見て、その時初めて自分に出会ったのだろう。これが人がいったん自分の外に出て他者を通じて自分と出会うということの内実である。つまり、始めに他者ありき、なのだ。人が「他人の欲望を欲望する」生きものなのも当然である。

そして、ここで人はさらに進む。池谷裕二氏が教える脳科学の知見によると、人間は大脳新皮質部分の巨大化によって脳に余力が出来、脳の内部だけで回路が出来て、ついにはわざわざ外に出るまでもなく脳内ループだけでいったん外へ出たと同様な気になる仕組みを作り上げたようである。こうして脳はいま人類に見るように入れ子構造式に延々と自己言及するようになったわけだ。

ついでに言えば、この、脳から一度外部へ出力してその様子を感覚器官から入力して出力を確認するという、手続きを省略して脳内だけで処理するという現人類が行っているやり方が考えるということ、思考の内実であると、池谷氏は見ている。私にも納得できることでそのとおりだろうと思う。

一度外部へ出力するのを省くのだから、外部には現れない。脳内だけで外部へ出たと同じような効果が成立する。つまり脳内でシミュレーションが行われるのだ。そう考えれば思考、考えるということがシミュレーションするということだとよく分かる。実際に行動する代わりに脳内で行ったと想定すること。カール・ポパーは「人間は自分を殺す代わりに仮説を殺して生き延びていく生きものだ」という趣旨のことを述べている。思いついたことや確信できないことを一々実行して怪我をしたり死んだりしていてはどうにもならない。だから仮説を思いついても頭の中でシミュレーションすることによってその当否を見極め、不適切なら仮説を葬り去って次の仮説を試みる。こうして死なずにいろいろと検討するのが人間の強みだというのだが、上記の池谷説はこれをうまく説明している。思考の正体はそういうことなのだ。

さて、それなら人間には必ず他人が必要で、他者と向き合って生きていることとなる。では他者とはなんだろう。もう一つの欲望である。快・不快の原則で生きるもう一つの生きもの。当然、彼は私に対しても快・不快の原則で向かってくる。私の存在が快であれば歓迎するし、不快なら避けるか排撃する。私は自ずと彼にとって快の存在でありたいと思うだろう。ここにも価値、評価が出現せざるを得ない一つの必然がある。快であるとは「よい」であり「すてき」であり「うつくしい」であろう。よってそういうものでありたいと願うのは必然的なこととなる。

　のみならずここにヘーゲルの見つけた「人は他人の欲望を欲望する」も入ってくる。他人の欲望するものは大抵私に「よい」「すてき」「うつくしい」ものと見える。彼が「よい」「すてき」「うつくしい」と思っているのだから私にとってもそうに違いないというわけだ。いずれにしても、こうして人は動物が生きている生理的な快・不快の原則の世界を越えて価値の世界にも生きる存在になった。道徳としてではなく、人は他者の承認、他者の評価が重要な世界に生きる生きものたらざるを得ないからだ。こうして人は必然的に真・善・美を目指すことを宿命づけられることになる。

　しかしここから先が問題になる。真・善・美はいいとしてその中身はどうのようにして決まるのか。私の快・不快と他者のそれが両立しないとか対立するとき、どこで折り合いがつくのか。これが明確に決まる基準というものはない。はっきりしているのは人にとって「よきこと」「すてき」「うつくしい」を目指し求めるのは道徳的要請故ではなく、人間という生きものに組み込まれている必然的な生理のようなものだということだけだ。

　私の快・不快と他者のそれが両立しないとき、それでも両者の間に成立する「よきこと」「すてき」「うつくしい」はあり得ないのだろうか。私はあると思う。人間は他者と生きる生きものだという事実の上に出てこざるを得ない。卑怯でないこと、狡をしないこと、約束は守ること、親切であること、などなどだ。結局は古来どの社会でもいわれている道徳的要請の諸項目がそれだということになるだろう。

八　脳とコンピューター再度

　前著『瓦松庵残稿』の「一〇四　脳とコンピューター」で私はこう述べた。

「…こんにちのコンピューターの出現は出生という生理的制約でこれ以上大きくなれない人体の脳に代わって、

出てきたもう一つの脳という見方をしてもよいかも知れない。確かに人類は厖大な情報を必要とする事態に追い込まれており、その情報を処理するために能力をさらに高める必要に迫られ、コンピューターを生んだ。ということはコンピューターはもう一つの脳、あるいは脳の拡張と見なしてよいだろう。／そうか、あれは機械ではあるが脳なのだ。私たちは脳を育てているのだ。自然環境ではなく、文化というもう一つの環境に対応する脳はああいう脳になるのだ。これから人類は人体内のニューロン群とコンピューターとセットで一つの脳として対応していくことになるだろう」

正確なコンピューター理解だったと思う。で、その続きを綴りたい。右記を綴って以降でもコンピューターの革新進化は驚異的なものがある。ことにＡＩ（人工知能）と一体となった進化には素人の想像を超えるものがあって、囲碁や将棋の超と名のつく名人をも打ち負かしているし、やがては人の多くの仕事を引き受け人々を失業へと追い込んでしまうのは、ほぼ確実とまでいわれている。どこまで能力を増やし向上するのかと、一部では恐怖心まで呼び起こしかねない勢いである。なんだか暗い話だが、そう敵対的にばかり考える必要はないのではないかと私は思う。先々のことは知らない。しかし当面はこんなふうに考えられないか。

ポイントは「これから人類は人体内のニューロン群とコンピューターとセットで一つの脳として対応していくことになるだろう」である。

例えば、コンピューターは世界中の文献を検索できる。テーマを絞っても目的を絞っても得意であるらしい。こんにちのＡＩを使うなり生かせば、ジャンルを超え、欲しい情報だけを抽出してということも可能だろう。さてそういうことになれば、ものすごくことは大きくなる。今も昔も知的な仕事に励む人間が是非にとほしがるのは資料である。目的に沿ったデータである。例えば小説家がいる。司馬遼太郎氏が新しい小説を書こうとするときまずはじめにしたことは資料収集だったと聞く。書くテーマに沿ったか周辺の手に入る限りの文献を集めること。これとにらんだ古本屋をめぐり、知人や図書館にあたって、あたう限りの資料を集めたはずだ。次はこうして集めた資料を読み込み、必要な部分を抜き出し頭に入れ、想を練っていっただろう。同じことを小説家でなくても著述業に従事する者、学者その他知的仕事に従事する人間はみんなやったはずだ。仕事の成否の半分はこれにかかっていたろう。したがって彼らのほとんどが秘書や助手を雇い、有能な秘書、助手をどんなにほしがり、大事にしたかと思う。

大量のデータの収集とテーマに沿った資料の選択といえば、先に記したごとくコンピューターの最も得意とする機能の一つである。しかもその能力たるや人間を遙かに超えている。ということはコンピューター一台あれば有能な秘書や助手を十数人抱えているのと同じことになるだろう。これは昔でいえばもの凄いことである。秘書や助手十数人分あるいは数十人分の人件費が要らないだけではない。研究室が要らない（部屋代だけでもバカにならない）、彼らが必要とする諸経費が要らない、資料収集代も要らない、時間も要らない。机の上のたった一台のパソコンで全て済んでしまう。しかもこうして集まる資料・データは全世界をカバーし、いかに優秀な十数人数十人のでも人手に頼るより十分の量を対象にして探索漏れということがなく、時間も早い。つまり完全に信頼できる秘書や助手を十数人数十人雇っているのと同じかそれ以上のことになるのだ。これがコンピューター時代のこんにちの普通のことになるのである。昔の人間なら随喜の涙を流して喜ぶところだろう。「ああ、そんなことができていたら私の学問はどれほど進歩し、どれほどの成果を上げていたろう」と。コンピューター時代とはそういう時代なのだ。暗い見通しなどとんでもない。

とはいうもののたったいま述べたことは秘書や助手が不要になることを意味する。コンピューターに職業を奪われるという不安不満は不当なものではない。ではどうするか。明らかにコンピューターを使う側に回ることである。はじめに戻って「体内のニューロン群とコンピューターとセットになって一つの脳」と見なす人間観に基づく暮らしをすること。

だからこれからは人をそういう人間に育てるべく教育することが大事になってくるだろう。コンピューターが集めてくるデータ、資料を手元にその中にある情報や思想を読み取る洞察力、あるいはデータとデータを結び合わせ意外な組み合わせで再構築するひらめきが勝負になってくる。この洞察力やひらめきを育てるのが教育の重要な眼目になるだろう。どうするか。豊かな情操を育てることと第一級のたくさんの本を読むことに尽きると私は考える。

秘書と助手というのはコンピューターの能力の一部にすぎない。他の分野や機能でも大変な働きをするだろう。

私がことにも凄いと思うのはシミュレーション能力である。ある事態を設定しておけばその事態が百万年経てばどうなるかとか、現実より百万分の一の世界ではどうなるのかなど時間と空間を無限にと言ってよいぐらい変えて事態の変化を目の当たりにし、確認できる。人間は時間と空間を自由に移動できるに等しい。

コンピューターとニューロン群のセットで一つの脳、と考えてやっていけば今後の人の可能性はどれだけ広がり、飛躍するだろう。人類はまだまだ進歩する。

八の二　コンピューターによって社会はどう変わるか

コンピューターは人間社会を激変する。記憶保持とその呼び出しという点で驚異的な力を発揮する。それだけでも社会を激変させるだろうが、ここではもう一点あげたい。「知識の偏在」がなくなることである。言い換えれば、知識格差がなくなる。だれでもどこでもコンピューターさえあればどんなことでも、どんな知識でも即座に手に入れられる。自分のものとできる（少なくとも建前上はそうなる）。

昔は人々の間に知識の上で絶対的な格差があった。これが人々の間にどれだけ多くの違い（差）をもたらしたか。階級の差から貧富の差、暮らしの差、教養の差まで、ほとんどあらゆる差をもたらしたのは知識の差である。コンピューターによってこれがなくなる。どのような知識であろうと、誰でもその気になればいつでもどこででも接触できるという事態は人間社会を激変させるであろう。人々の間に知識の差がなくなるのである。もちろんここで言う知識格差の解消は本格的なものではない。上辺だけである。そういう気がするだけだ。が、それにしてもすべての人々が自分は重要なこと、そして必要なことはみんな知っている、と自覚できる社会になることは間違いない。誰もが（内実はともかくとして）そういう自覚をもって生きる世の中というのはかつてなかった。最早誰もが知的知識において引け目を感じることはない。

誰もが人に劣っていると思うことはない社会を想像してみてほしい。こういう社会では人は誰もが自分が不遇であること、人より惨めであることを受け入れはするまい。なにしろ自分が必要とする知識（データ）は納得いくだけすぐに手に入り、これをもとにその人間なりに考え、得心するだろう。自分は一番よいこと、納得いくことを選んだのだ、間違いはないのだと。世の中全部が理論上そうなるのだ。これはこんにちまでの人間社会とは大違いである。激変する。社会の根本から変わるだろう。みんな自分はこの上なく賢いのだと自信し自慢する社会。みんな御山の大将なのである。他人(ひと)のいうことなど聞くものか。

こういう社会の様相はどんなものになるのだろう。実に厄介な社会になるだろう。いってみれば――誤解されるのを覚悟して言えば――どんな馬鹿であれ何であれ、自分は間違っていない、賢いのだと心の底から思い込む者たちからなる社会である。まず人は他人のいうことをおいそれとは聞くまい。だれもが自分に自信をもっていて、自分のすること考えることには間違いはないと思っている社会を覆う雰囲気はいまとはまるで違うであろう。ぎすぎすして余裕も寛容の精神もなく、索漠としたものになる可能性が高い。

もちろん知識は①各知識の解釈と②知識間の関連の発見(ひらめき)という重要な要素をもっていて、これが知識を実際に活用する基本になる。ここに、新しい知識格差が生じる。つまりやはり結局のところ基本的には知識格差は歴然としてあるのだが、人々はそれを受け入れる度合いが、いまよりずっと少ないであろう。したがって社会の雰囲気がぎすぎすしたものになる度合いも激しいに違いないが、知識差は現実に依然として生じるだろう。知識(データ)の解釈と知識間の関連の発見力の差はコンピュータの革新・進出にもかかわらず、どこまで行っても残るだろうと思われるからである。

これからの教育はしたがってこの二つのことに秀でた人間をいかにして育てるかということに意を用いることにならなければなるまい。賢愚ということはどこまで行ってもあるに違いない。よって勉強しなければならない。手を抜き、楽をして得するということは一時的にそう見える以外にはあり得ない。

九　小林秀雄の方法

小林秀雄の学問の方法ははっきりしていると思う。若い頃の彼ではわかりにくいが晩年になるほど明確に述べている。要するに、私は自分が惹かれ興味をもちいいなと思う相手ととことんつきあうだけだと。ボードレールやランボーに始まってモーツァルトから吉田兼好、西行、ドストエフスキー、アラン、ゴッホ、ベルグソン、中江藤樹、伊藤仁斎、荻生徂徠、そして最晩年の本居宣長まで。本居宣長に至っては付き合いは十五年という長きにわたる。この徹底した長期の付き合いによって相手がだんだん分かってくる。彼小林秀雄の言い分をそのまま援用すると、向こうの方から自分を明かしてくる、自分の姿を見せてくる、のだ。無理してこちらから解釈したり、ああだこうだと想像したりしなくても、向こうから自然に自分の動かしがたい姿を現してくるというのだ。

これはよくわかる。なぜなら僭越ながら私にも一つの体験があるからだ。昔、新聞記者をしていた時代、ある連載記事を担当した。京都で活躍した思想家の人とその跡地を紹介するという連載である。菅原道真や河上肇、一休、山崎闇斎その他を担当した。どれも大変な大物であるが、私はほとんど初めて正面から向き合う人物である。人物紹介とか思想紹介といっても途方に暮れる大物ばかりだった。三人で担当した連載で三週間に一度担当が回ってくる。ぐずぐずいっていても始まらないからとにかく調べる。調べるほかない。私は懇意にしていた某大学図書館の職員に頼んで当該思想家の全集を借り出し、片端から読んで読みまくった。それ以外に手がない。傍ら対象の思想家を研究した学者の現時点までの研究成果を調べた。絶望的な気持ちでその両方をひたすらやっているうちに不思議なことに気がついた。次第次第に向こうから当該思想家のかなり鮮明なイメージが湧いてくるのである。自分であれこれ解釈するまでもなく(そんな力はこちらにはない)自然に向こうから私はこういうものだという形で姿を現して来る部分があるのだ。ああ、彼はこういう人物であったのか、彼はこういうことを考えていたのか、といったことが揺るぎなく確固として分かってくる(気がする)のである。もちろんそうしてやってくる鮮明な事項はある一部、ほんの一端にすぎない。どうせ記事にできる字数はごく限られているから全体像がわからなくてもそれで十分である。それは私には初めてのといってよい不思議な体験だった。で、私は自分で考えたり解釈したりする必要はなく、ただ見えてきた姿を(それが部分にすぎなかろうがどうだろうが)書くだけでよかった。

この体験で私は相手にとことん付き合えば相手の方から自然に己の姿を現してくることがあるのだということを知った。もちろん小林秀雄と私ではものを行う深度と濃度というものがまるっきり違うだろう。つきあいの深さと徹底性が違う。彼の仕事のレベルの高さ、大きさをみればそうとしか思えない。けれども方法は同じことなのだと私は理解している。小林秀雄も好きな人物、興味を引かれる人物、面白いと思う人物、刺激を受ける人物と納得いくまで付き合っているのだ。あれこれしたり顔に解釈し、評論したり手もちの尺度で測ることをせず、相手が自ら姿を現してくるまで、したがって動かしようのない姿を現してくるまで、ずっと付き合っていくのだ。だからある識者は「小林秀雄は待つことを知っている人だ」という言い方をしている。彼は別に待っているのではあるまいが、外から見ればそのようにも言いうる。それが最も見事に現れているのが「本居宣長」である。

要するに小林秀雄の学問の方法はつづめて言えば若いときからたった一つだと私は思っている。右記したことを別様に言えば、論語で言う「述べて作らず、信じて古(いにしえ)を好む」である。この論語の意味は私にはこう読める。「私のやることは、ただ見たことをそのまま述べるだけであって、自分の考えや解釈、自分の新見解とかを作り出してそれを主張するというような偉そうなことはしない。昔から伝わる素晴らしいといわれるもの、具体的には古典を信じて好んで昔から伝えられる名著にもっぱら親しむ」

右に記した私の解釈の記述でわかりにくいのは「ただ見たことをそのまま述べるだけ」という点であろう。ここは私にいわせればこういう意味である。「見た」とは向こうから姿を現したその姿を見た、ということ。こういった本との、あるいはなんであっても、物とのつきあい方は人付き合いと一緒だと思われる。人が人と付き合う付き合い方は決して急ぎはしない。時間をかけて付き合い、そのうちにあいつはああいう奴だという感触が自然に無理なく、それ故揺るぎなく出来てくる。その確信の上に人は彼を友達として知人として付き合うことになる。下手な解釈、下手の勘ぐりを駆使してそれで使ったり付き合ったり、あいつはああいう奴だと決めたりするのではないだろう。

小林秀雄の方法はこれを読書や学問、研究にも適用したものである。若いとき、多分、『様々なる意匠』のころからそうだ。彼はできるだけ自分の解釈や独創、私知に信用を置かなかった。少なくともそういうものを誇ろうとはしなかった。ところが知力、能力に自信のある若者はえてして鋭利な理論や方法を手にして対象に立ち向かい、手さばきよく料理する快感に酔って捌いて見せたり、自分の新知見や解釈を押し出して自分の力を誇示する快感に浸ってしまいやすい。要するに自分の能力を誇る誘惑に勝てないのだ。小林秀雄とて一番最初はそうだったろうが、なぜか彼は非常に早くこの段階を卒業したようである。そして自分が十分な手応えを感じた対象とじっくり付き合うやり方を身につけたようだ。性急にならず焦らず、功名を急がず、とことん納得のいくまで付き合う。そうして対象が自ずと、向こうから姿を現してくるのを待つ。現してきた姿をよく見て、これを納得いくように表現する工夫と努力に全力をあげる。

本であろうと音楽であろうと絵であろうと人であろうと小林秀雄の付き合い方はみんな同じだ。時間をかけて、いや時間の長短は問題ではない、とにかく納得いくまで付き合って自然に向こうからやってくるもの、自ずと見えてくる姿に上手によくよく目をこらす。この一手である。ドストエフスキーとは十年間付き合っていて、氏の知人が「小林秀雄が何年たっても、いつ家へ尋ねて行っても、読みさしと分かる『罪と罰』が机の上に置いてあった」と驚きの声をあげているものそうだし、「モーツァルト」を書くときレコードの針が摩滅するまで聞き込んでいたという伝説もそうだ。本居宣長に至っては十五年間読み込んだうえのことなのである。こうした彼の学問の方法によってなった『本居宣長』が近年の最新の知の方法論、理論で武装し、これに寄りかかって学問している一般の研究者、学者、論者に容易に受け入れられず、理解されず、批判されるのはなかば当然といってよいだろう。彼らの方法には合わないのだ。多分、小林秀雄にとって向こうから自然に現れてくる姿は疑いないものではあるが既知の分かりやすいものではない。見慣れないものであり、見慣れないゆえに目をこらして必死に見ないと確かなそれと分かる姿となって見えては来ない。未知のものを見る時、果たして目にしているものが見えているとおりのものなのかさえ定かではない。小林秀雄はそれぐらい――対象がほかのどれとも違う未知のものとして現れるぐらい――これとにらんだ対象とは予断を排してまっさらになって付き合うのだろう。彼をしてそうさせるのは対象に対する非常に大きな感嘆敬愛、要するに惚れ込みである。それが或るが故にどこまでも、何がこんなにも自分を惹きつけるのかを知りたい渇望に駆り立てるのである。その結果生じてくる未知のもの、未知ではあるがその姿を疑いようのないものを、誰にも分かるように表現することは大変難しい。ぎりぎり見て、手探りの最先端の作業となる。彼の書くものは私にはそういう気味合いのものと思われる。だから容易に理解できないのは当たり前である。彼自身にも見る、理解する、言い表す、ぎりぎりのところの作業なのだから。

哲学者木田元さんに『世界になる前の世界』というエッセイがある。ニヒリズムを超えるものとして芸術に望みを託す気配であったハイデガーやメルロ＝ポンティを手がかりに芸術と哲学の接点のようなところのことを考えようとしたエッセイである。中でこんなことが説かれている。例えばカフカにこういう文がある。「いつも…私は、私の前に姿を現す前に、物が自分をそう見せたがっているその姿を見て取りたいという至極厄介な欲望をもっています。そのとき物はきっと美しくおだやかなことでしょう」。木田さんはこれを紹介し、続いて「芸術の使命は、物になる前の物の姿、世界になる前の世界の在り様をわれわれに示してくれるところにある」と考察して、芸術の使命は物になる前の物の姿を表現することではないかとする。そして詩や絵の分野で「世界になる前の世界」を表現しようとした作品の事例をあげて種々論じ、「われわれの経験の最基層をなすレベルまで降りてゆくと、もう思惟の言語では捉えられない」そういうところに至る、という。第一級の芸術作品、最先端の作品はしばしばそのとおりであろう。表現できるぎりぎりのところを表現しようとする。その苦悩、その努力の果てに私たちに新しい世界を示してくれるのだ。しかしそれはしばしばあまりに目新しく馴染みがないので人々は理解できず、受け入れることができないということが生じる。

見ること、未知のものを見ることは大変難しい。知っているもの、見方のわかっているものを見るのは、まあ造作もないことだ。けれども全く未知のもの、聞いたことも見たこともないことを見るのは難しい。どこを見たらよいのかポイントも焦点もわからないのである。臨床医学の心得のない者がX線写真を見ても無意味な白黒写真としか見えず、病巣を発見できないように、つまり意味のある写真とは見えないように、眼前にイメージされる未知の光景を意味のある光景としてとらえることが難しいのだ。知の最先端で霧の向こうにぼんやりと見える体(てい)のものを見るのもそういう経験に類することに近いのであろう。

いったい人が新しい事態や物に出会ってこれを表現しようとするとき、どのようにするだろうか。初めての物にはもちろん名前も言い表す約束事もない。これを他人に伝えるのはどう言い表せばよいか。多分人々がやってきたことはなにかそれに似た物や事柄、事象になぞらえることだろう。そういうものを使ってそれとなく示す、暗示する、当たらずといえど遠からずの形で伝えることができただけだろう。多くの経験を積み、新しい事態に遭遇するたびに言葉というものはこうして、どんどん増えていった。ものを感じること、考えることでも人並み以上に鋭敏な人物は通常人々が感じ取らない微妙な色合いや入り組んだ細部、一層の深みにまで感じ考え、こうして人間の世界を広げ、活動分野を切り開いていった。彼らは既成の言葉が表現できるぎりぎりのところやその先で懸命に言葉を探さなければならないことが多かったはずである。言葉の新しい使い方や新しい組み合わせなど様々に工夫してどうにかこうにか言葉にしてきた。そういう言葉や表現が最初からわかりやすかったはずがない。

小林秀雄が向こうからやってくるものを見る時も似たような事態だと推測する。そんな彼の見、必死で表現するものがわかりやすいはずがない。言い表しうるぎりぎりのところを彼は述べようとしているのだ。小林秀雄の文にはそういう緊張感がある。それが私には快いし、知的な興奮を覚えさせて、非常な手応えを感受するのだ。私にだって直接的にという感じにわかりやすいはずがない。彼の文章は、多く非常にわかりにくい。直接わかったという気にはならない。だからといってわからないということではない。むしろ非常によくわかる。ただ、それを私も直接的に表現することはできない。心に十分響く。響くがそれを分析的な言葉にすることはしにくいのだ。

世には小林秀雄批判が少なくない。もう無数と言ってよいぐらい一流の人士が小林秀雄に学んだと述べ彼の凄さを縷々説いているが、それだけにまた批判する者も多い。あたかも西部劇で新たなヒーローになりたいがために腕に覚えのある若いガンマンが著名なガンマンに挑むように、小林秀雄を批判してみせる。どうだと言わんばかりの切れ味を見せて。だが私の読んだ限りではどれ一つとして批判になっているものはなかった。どうしてこんなものを批判だと思えるのかというものばかり。論者は大抵腕に覚えのある秀才である。彼らの頭の良さは私も認める。私など到底及ばないと思わせる論著の冴え、切れ味である。それにもかかわらず、私にはどれ一つとして小林批判になっているものはないと思われた。批判が間違っているというのではない。批判になっていないのだ。どういうことだろうか。

小林秀雄は先に述べたように、徹底的に付き合って自ずから現れる姿を「述べて作らず」しようと必死になっているのだと書いた。既知の知や論述に頼らず、まっさらの状態で対象に向き合い、疑いようなく向こうからやってくる対象の姿に目をこらす。見えたところを他人に分かるように伝えようと全力をあげているのだと。彼は自分のその方法が世に行われている方法とは違うものであることをよく知っている。それ故になぜ自分がそういう方法をとるかをいつも論じている。世の方法とは、近代以降概ね批評とはどういうものであるべきかを問い尋ね、こうして確立した批評観を公理にして、精密な理論を立てこの理論をメスに作品を鋭く、手先鮮やかに切り捌いてみせるという形を取っている。メスは鋭利で鋭く、名手にかかってはどんな作品も唸り声を上げたい程見事に捌かれる。分析の手際の良さに（したがって頭の良さに）感心するばかりである。だが、これが小林秀雄の方法とはまるで違うことは誰にも分かるだろう。小林秀雄は批評の公理も、理論も、まるきり信じていないのである。私の勘ではそれらは養老孟司氏が述べている「スルメを見てイカがわかるか」と同じことに思える。いかに鋭いメスで見事にスルメを切り刻み分析してもそれでイカが分かったとは到底言えまい。イカはイカ自体を見なければならないのである。確かに鋭い理論によって、鮮やかに、見事に作品は捌かれる。捌く方はメスのあまりにもの切れ味に酔うし、自分の手さばきの見事さに満足する。だが彼がこのとき相手にしているのはスルメであってイカではないのである。小林秀雄はそういっているのだ。だから私はそういう方法は退けるのだと。

小林秀雄を批判している大抵の優秀な若いガンマン（論者）は小林秀雄が「その方法は信じるに価しない。駄目だ」と退けている方法を使って、すなわち既存の定評ある理論にのっとって、氏の作品を学問ではないとか、きちんと分析できていないとか、見当違いだとか批判している（と私には見える）。当人が「これでは駄目だ」と退けている方法を使って批判してみても、そんなものは何の批判にもならないこと、批判された方にとっては痛くもかゆくもないことは明らかだろう。私が批判になっていないというのはそのことを指すのである。小林秀雄を批判するのなら彼の方法に焦点をまず当てなければならぬ。そこを批判してなるほどと思わせるような説得力ある批判、小林秀雄の方法を上回る方法を盾にとってしている批判を読んだことがない。

もっとも小林秀雄の批評を印象批評だとして、その方法を切って捨てる批判はある。というより小林秀雄の方法に対する批判は結局すべてそれに尽きる。だが著名な学者や文学者の創始した批評理論に基づかない批評をみんな印象批評とするのならともかく、彼のそれをいわゆる印象批評と同列に扱う感覚と知性が私にはわからない。レベルが違う。とことんのつきあいの果てに向こうから立ち上がってくる姿を、いわば批評家の方からどうにもできない姿を、どうして単なる印象と同列に扱えるだろう。あれは絶対に印象批評などではない。ではなにか。単に批評、批評という以外にない批評であるにすぎない。

ここでひと言付け加えておきたいことがある。印象批評、したがって批評家個人の主観的印象に基づく主観的な、したがって恣意的でもある批評にすぎないという見解ほど小林秀雄の仕事の実情から遠いものはないと私は考える。彼は決して自分勝手な見解、独創を誇り、私知を誇るのを底に秘めた仕事をしているのではない。私にいわせれば小林秀雄は私を去り、無私になって、対象に向かっているのだ。彼ほど主観的と言われる批評から遠い仕事をしているものはないだろう。学問的文芸的なお墨付きを得ている批評理論に乗っ取って批評をしているゆえに学問的であり最先端の考察を行っていると誇っている者の仕事の方がかえってその私的野心のゆえに私ごころに汚れているだろう。小林秀雄の前に立ち現れる対象の姿は決して小林秀雄の思うようにはならないのである。いわば与件といってよい。そういう意味では彼はいかにも日本人らしい手仕事職人と見なしてよい。彼の批評の仕事は手仕事なのだ。これが私の小林秀雄観の要点である。

以上述べてきた小林秀雄の批評のポイントとでも言うべきものに近い見解を披露していると思われる脳学者茂木健一郎氏の論述を紹介しておこう。私の見解の傍証になると思うからである。氏は批評行為をクオリアという脳科学の用語で論じる。クオリアとは意識の中で感じられる「質感」をいうと一応は定義されるが、要するにもの（対象）が与えるそのもの独特の感じとでも言っておこう。その感じ（クオリア）は感じられるが、なにと言いあらわすことはできない。よい例が食べ物である。チョコレートにはチョコレート独特のうまさ、味（これらが質感になる）があって明確に誰もが感じ取るが、それをなにと表現することは難しい。というより不可能であろう。小説にもそれがあると茂木さんはいう。「目の前にうまそうなマスクメロンがある時に、そのメロンがどのような品種で、どこで収穫されて、どのような味がして、と蘊蓄を並べられても、白けるだけだろう。…メロンがうまいかどうかは、口にして初めて分かる。その味についてどんなに言葉を尽くしたとしても、味そのものは絶対に伝えることができない」。こう述べたうえで批評について「批評は、常に作品自体のもつクオリアのピュアさに負けてしまう」という。そのとおりと言うほかない。そしてこう続ける。「だからこそ、よほどの覚悟をもって臨まなければ、分析や解体をその生業とする批評家は、実作者に対して負け続ける運命にある。才能や志においてて負けるのではない。クオリアのピュアさにおいて負けるのである。／小林秀雄はそのことを良く知っていたのだろう。だからこそ、印象批評などと批判される方法論を敢えてとったのだろう」

関連してこうも言う。「極端なことを言えば文学とは、最初から最後までの文字列が与える印象のことである」「そのような印象、すなわちクオリアを置いて、他に論ずるべきことがあるだろうか。印象批評の否定から出発した現代批評は、疑似科学主義を取ることによって、文学を初めとする全ての芸術の生命たる主観的体験の核を捨ててしまったように思われる」

これで十分だろう。脳科学の言葉を使えばこういうことになる。

一〇　構造体と有機体と

西洋の社会や政治制度に関して哲学者の竹田青嗣氏はこんなことを述べている。たとえば社会について西洋の近代哲学は、「社会を個人という単位と政治的ルールによって構成された一つの構造である」と私の誤読でなければ概略規定した上で、これによって「人々ははじめて社会というものを意識し、それを改変可能な対象として描き出す」ことができたのだと。そしてこの上に彼らは革命を先頭とする社会改革、社会改造の可能性を見い出し、ルソー以来の様々な社会改変の夢を描き、努力を重ねてきたのだと。なるほどそういうことか、と思う。最後にはナチズムや共産主義革命、全体主義にまで至るあの様々な努力と試みの原動力ともなり、実行ともなってきたものはそこにあるのかと納得される。

ここに西洋人の考え方、思想の方法というか姿を教えられる。つまり、ものごとを要素とこれを束ねる約束事つまりルールからなる構造とみるのである。もし物事がこの二つによって成立している構造体であるならこの二つをいじることによって物事を変えてしまうことは可能であろう。少なくともそういう発想が出てきても不思議ではない。日本人が物事を大抵は与件、つまりその日その日の天気のように向こうから（天から）与えられたものとして受け取り、与えられたものである以上、そのまま受け取るだけでこれをこちらの都合のよいように変えてしまうことなど考えもせず、与えられた事態に身を添わせ、それに合わせて生きていくことばかりを考えるのとなんという違いだろう。ここに西洋人の考え方の特徴と力が歴然と現れている。こんにち、遺伝子の操作や人工知能の開発その他の驚異的な発展を見せている科学もこの世の事物を要素とこれを束ねるルールからなる構成体と見なす見方から出てきたのに違いない。そう思えばこの見方の有効性と力はすごいといわざるを得ない。

さてそこでである。私は西洋人の考え方の凄さ、力強さを認めつつ、一方で全面的な賛成をしようとは思わない。異議があるのだ。たとえば社会は構造体というより有機体とみた方が実態に合っているように私には思われる。有機体とは全体が互いに深く関連し合っている生きもの的なもののことである。分かりやすく日常用語でいってしまえば生命体のこととしておけばよい。

構造体は機械のような非生命体、有機体は生きもの。したがって有機体にあっては、要素つまり各部分を入れ替え、ルールを変えれば済むようなものではない。そんなことをすれば全体の何に、あるいは全体にどのような影響を及ぼすか知れたものではない。生命体あるいは有機体に特徴的なものはそれが複雑系とかカオスと呼ばれるものに支配されていることであろう。複雑系は相移転を孕み、カオスの縁ではいつなにが起こるか予測不可能である。西洋人は概して物事を（なんであれ事物を）要素である部分部分からなると見なしているようだ。構造体の部分であるなら、これはパーツであるから取り替え可能である。だが、物事がもし有機体であるなら生物学者福岡伸一氏が力を込めて論じているようにたとえ物事を要素的に扱えたとしても、それら要素を全体を構成する部分視してパーツの取り替えをするような具合に扱うわけにはいかない。要素はそれぞれ相互に深く関連し、全体とも複雑微妙に絡まり合い、相互影響する形で関係し合っているからである。一つをいじればどこにどのような影響が出るか分かりはしないのだ。

有機体も部品や構造体と同じようにその下部組織をもつ。有機体もそれを構成する下部の有機体からなる。こうして機械や構造体と同様にその構成要素をもつ。が、機械との徹底的な違いはどこまで行っても（その各構成要素をどこまで下っても）やはり上の有機体と同様に一つの世界、一つの自律した生命体であることだ。多分、幾ら小さくしてもやはり一つの自律した完結した世界になっている。おそらく生命関係学学者清水博氏のいう、同じようでありながらそれぞれ個性的な要素であるのだろう。それが集まったとき偶然位置した場所と個性によって少しずつ違った動き（働き）を示し、全体として基礎要素の集合にすぎないものとなるのではなく（単なる加算になるのではなく）、それ以上のものになるのだろう。それともう一点。有機体の特質は有機体であるゆえに集まれば必ず相互作用、相互影響を生じるのだろう。どんな小さい有機体であろうとも生命である以上、自ら動く。それ故に周囲の影響を受けて反応し、反応仕返しされて、相互に影響し合う相互作用が生じる。この点が機械とは決定的に違う。構造体とはどうだろう、違うだろうか。社会を構造体と捉えても、人間をその構成要素と見なすなら社会も実態は有機体そのものとなるだろう。

構造体とはそれ自体自立しているものではなく、何かによって何かの目的で作られるか出来ているもの。構造体の下部組織も同様である。したがって意味からなるもの、中心をもち統制されているもので、これに対しては要素還元主義的手法が有効である。反して有機体は中心をもたない。あるいは、宇宙と同様にあらゆるところが中心になり得るものである（それが有機体の下部組織もまた有機体であって生命体で、一つの世界を形作っているという意味である）。

構造体の世界では総ては数字化でき、階層があり、序列ができる。なぜなら総ては意味の世界なのだから。意味とは何か。周り、周囲との関係、あるいは関係のあり方である。構造体の全くの単独のもの（存在物）には意味は生じない。

有機体も構造体と同じように周りをもつ。もつが単に周りのものとの位置によって意味をもつだけでなく、相互に影響し合う。そして有機体を構成する各要素はそのつど姿や役割や機能を変える。ここが構造体との違いである。構造体はそのつど臨機応変に姿や役割、機能を変えることはない。固定している。

さてそのようにして社会も実は有機体であるのなら、これを西洋流の構造体視する社会観は危険なのではないか。少なくとも不適切であろう。こんにち世の中の諸方に見られるギスギスしたゆとりのなさなどの不幸（失敗）はここに原因があるのではなかろうか。

ものごとを構造体的に見る西洋人と有機体的に見る日本人と。この自然観の違いは言いしれぬぐらいに大きい。

二　「枕草子」と「徒然草」

日本の随想といえば「枕草子」と「徒然草」が二大エッセイ集と決まっている。なかでもこんにちでは徒然草の人気が圧倒的である。二大随想集の一つではあるが、枕草子の方は徒然草に比べれば人気はいま一つのように見える。私はこの評価には不満である。随想集としては枕草子の方が遙かに好きだ。かの小林秀雄を初め多くの識者が徒然草を高く買い、書き物にも触れていることはよく知っている。にもかかわらず私は絶対に枕草子の方に一票を投じる。なぜそうなのかを述べてみたい。

徒然草は私が一目も二目も置く人々がこぞってといってよい感じで高く評価しているので私も「そうか」と思ってその世評に引きずられる形で読み、いいのだと思ってきたが、しかし本音のところでそこまで感心することはなかったし、いいとも思ってはこなかった。もちろん詰まらないとも面白くないとも思ったわけではない。要するに枕草子の方がいいのになと思いながら、枕の方を高く評価する人の少ないことに首をかしげてきたにすぎない。

長い間、多くの人々の間で徒然草への絶賛に奇妙な思いを抱いてきて、七十歳を過ぎて読んだ福原麟太郎さんのエッセイにこんなことが書いてあるのに出会ってやっと理由がよく分かった気がした。氏は徒然草はあまり好きではないとして概ねこういうことを述べている。「徒然草は一口に言えば説教集です。説教ばかり述べられている。だから私は好みません」。なーるほど、と私は思った。私が徒然草に感じ取ってきたものもそういわれれば確かにそういうことだったように思われる。小林秀雄その他がいうように兼好法師は鋭い人間観察と世相・人生観察に基づく名言をたくさん述べている。言い方も鋭く簡潔で見事である。それはそうだが、私は徒然草に感動するということがなかったのである。こころの震え、躍受性の鋭さに感心もした。

面白かった。時に心踊りを覚えた。共感した。彼女の感動を感じることもなかった。その点、枕草子は違った。

枕草子の人気が今一つなのはどうしてだろうと考える。いつだったか誰かがこんなことを言っているのを読んだ気がする。清少納言は自慢話が多すぎる、だから好きになれないと。言っていることは分からぬ訳ではない。こういうことに違いない。周知のように枕草子は主として二つの部分に分けられる。あるものや事柄の良いもの好きなものを列挙するものづくしの章と自身の中宮彰子との思い出の章と。後者で清少納言が書いているのは多くが中宮とこんなことがあった、あんなことがあったということだが、その内容はこんな気の利いたことをし、こんな機転の利いた会話をして中宮を喜ばせた、褒められた、というものなのである。これをさして彼は（だったか彼女はだったかは）清少納言の自慢話とみたのだろう。確かにそう言って言えぬことはない。だが、私はそのように読んだことは一度もない。感じたこともない。そのような受け止め方があると知ってからもそうは読まない。

私にはどう読めるか。清少納言は自身の自慢話をしたかったわけではさらさらない。語っていることが自慢になっているなどとは彼女は思いもしなかっただろう。違うのだ。彼女にとって中宮との思い出は楽しい、いつ思い出しても心踊りする幸せな思い出だったのだ。聡明で頭のよかった中宮と過ごした日々は清少納言にとって機転に満ちた心理的にスリリングでもある、わくわくするような日々だったのだ。中宮の死後、清少納言の仕えた彰子の宮廷は没落し、彰子派の女官たちはちりぢりになって不遇な日々を過ごしている。清少納言が枕草子を書き上げたのはそういう日々にだった。彼女は自分が幸せだった日々、自分の能力を認め、丁々発止とやり合ってくれた中宮との張りのあった日々を、あの頃は幸せだったという感謝の念いっぱいに思い出し、再現しているのだ。中宮彰子はいい人だった、素晴らしい人だった、と思い出しているのだ。どうしても彼女にとって書き残しておきたいことだったのである。枕草子にはそうした清少納言の気持ち、心踊りが躍動している。読んでいるこちらも同じように幸せな気分になる。こころの張りが感じられる。彰子に対する敬愛の念が生き生きと伝わる。読んで楽しい、幸せな気分にならずにいられようか。だから私は枕草子が好きなのだ。

こういう文を読んで自慢話としか受け取れない読者と

いうものを私は驚く。私が感じるような心躍りを全く感じられないのだ。なんという貧弱なこころかと思う。ひがみ根性に満ちたこころでしかそのようには読めまい。私にも体験がある。ある女人である。私は自分のある経験を語ったのだ。私には楽しい、人が聞いても面白いに違いない笑い話として座を盛り上げるために語ったつもりだった。が、彼女は言ったのである。「私には自慢話にしか聞こえない」と。私は唖然とした。思いもよらないことそういう聞き方があるかと思った。そして初めてで、どうしてそんな聞き方ができるのだろうと考えた。思い至ったのは「この人は僻んで聞いたのだ」ということ。普段からものごとを僻んでとらえる傾向があるのだろう。素直に語り手の喜びや幸せに共感し、一緒に喜び、楽しさにひたることができないのだ。斜め横から眇で冷ややかに見やるだけである。ともに喜びともに楽しみなどしない。同じことだと思う。清少納言の「あのころは聡明で広い心をもった素晴らしい中宮とともに日々を過して幸せだった、本当に楽しい、張りのある日々だった」という思いに共感できないのである。僻んで「なによ、自慢ばかりして。いけ好かない」そう思うのだ。

しかし人は問うだろう。自慢話とそうでない話との境目、違いはどこにあるのかと。結局は自慢話なのにそうと気づかずに滔々と話す鈍感さがあるだけではないかと。区別は簡単だと思う。聞き手に威張って話す、どうだオレは凄いだろうと自分を見せびらかして語るのとただただ楽しかった思い出として楽しい気分を分かち合うために語るのと。語りの内容は同じでも両者は歴然と違うと私は考える。しかしさらに反問されるかも知れない。「楽しかった思い出と言うが、なぜ楽しかったかというと自分の優秀さが示されて気持ちが良かったからではないか。つまり自分の優秀さを語り直しているのと一緒である。自慢ではないか」。それはそうである。表面の装いを取って骨格を言えばそういうことになるだろう。否定するのは難しい。だがそれは、どんなに美人でも上品な女人でも、表面の皮をはぎとればみんな一緒、骨と血管と肉からなる醜悪な人体にすぎないということになるのと同じである。この場合、表面の装いこそ肝心なのだ。美人が美人として諸人に感嘆され、賞賛されるのは人体の表面を覆う表層によって、ただそれだけによってなのである。表層が全てだ。同じことである。自分の優秀さを誇示するために語るか、ひたすら楽しかった思い出を再現して聞き手とともに幸せな思いを共有したいと思って語るか、の違いが全てなのだ。清少納言には自慢したい思いなど少しもなかった。中宮と共にした幸せな、楽しかった出来事、体験を思い出し、再現し、あの時感じた幸せな気持ちを蘇らせたい、幸せなひとときを再び味わいたい、という思いばかりあっただろう。自分も再び、かつて感じた楽しい、充実した思いを復活させ、人にも同じ思い、同じ幸せな気持ちを味わってほしい、ただそういう思いだけで綴ったのだろう。そう私は思う。だから、そうした（時に人によって自慢話として聞こえる）文のところも私は大好きである。

　ものづくしの部分も私は好きである。「川は…」「秋は…」「清しとみゆるもの…」。こうして彼女があげるベストランキングのリストにうかがえる彼女の感性の素晴らしさ。ことにも私が好きなのは一四四段の「愛(うつく)しきもの」に出てくる「二つ、三つばかりなる稚児の…」の箇所である。全文を引く。

「二つ、三つばかりなる稚児のいそぎて這ひ来る道に、いと小さき塵のありけるを、目ざとに見つけて、いとおかしげなる指にとらへて、大人毎に見せたる、いと愛(うつく)し」

　この彼女の目！　これだけでも私は枕草子が好きなのである。

　もう一つあげておく。今日は平成三十年の二月三日、立春の前日である。朝七時に起きた。雨戸を曳き開けた。そして私はある感動を受けた。清少納言の「春はあけぼの…」の句がまさにそこにあったからである。すでに夜は明け切りというか明け切ったばかり。晴天で薄雲がかかっているかいないかという明るさに幾分暖かい色合いが朝の明るさの向こうに見えていて、大変に心を温めてくれる。気温は低いはずだが、色合いは暖かく見る者の気持ちを実に晴れやかで柔和な心もちにしてくれる。「春だ」と思う。あるいは少なくとも今年初めての春を感じさせてくれた朝明けだった。この後すぐに今冬一番の寒気が入ってくると天気予報は告げているのだが。朝明けがこんなに嬉しい、明るい楽しい気持ちにしてくれるのは確かに春しかないように思われた。春夏秋冬の朝明けの中で春をあげ、そして春の一日の中で朝明けを一番良しとする清少納言の感性に今更ながらに感嘆せざるを得ない。「春はあけぼの」という言い切りがまた私は大好きである。

　徒然草のレベルの高さは私にも分からぬ訳ではない。名エッセイだという多くの識者の判定を否定する気は全くない。例えば小林秀雄が徒然草について述べている礼賛にはそのとおりだと思うほかない。好きか嫌いかといえば好きとまでは言えないが嫌いではない。枕草子と比べれば枕の方がはっきりと好きであると言えるだけである。だから、それなのに世評のあの違いがあるのにはかなり遺憾な思いをするのである。おそらく多くの読書人は徒然草を読んで知的に得られるところが多かったと満足するのだろう。確かに徒然草は世知、人生知について深く鋭いことが多く説かれているように思う。人は読めば人生や生き方、処世法、人間観察についていろいろと教えてもらった気になるだろう。良い読書をしたと思えるのだろう。それは認めるが、私はそういうことには徒然草であまり心を動かされないのである。あれだけ世評が高いのになぜだろうとかねて疑っていた。それが初めにあげた福原麟太郎さんの「徒然草は説教集である」の一言で氷解したのだ。そうか、そういうことか、それで分かったと。説教ばかりという言い方は（福原麟太郎さんは決してそんなことは言わない人だが）意地悪な言い方である。しかし一面を確かに突いている。私が何となく感じていた好きにはなれない理由を尋ねれば確かにここに横着する。人生とはこんなものなのだよ、人とはこんなものなのだ、と教えられて賢くはなってもこころにほのぼのとした幸せな思いは感じない。枕草子は感じさせてくれる。いいエッセイだと思う。

私以外で清少納言を賞賛している文人をもう一人見つけた（他にもたくさんいるのだろうが、管見の悲しさ、はっきりと名を上げることができない）。山本健吉。氏の代表作と私には読める『いのちとかたち』の第一五章。これは全文清少納言礼賛である。山本氏の鑑識眼を私は大変高く評価しているので、自信にもなり、うれしかった。

一二　価値はどこに生じるか

この物質からなる世界に最初の生命が登場する。彼、単細胞はアメーバとしておこう。彼は自らほんの少し動くこともあれば、風が吹いたり、雨が降ったり、水が流れたりして、移動することもある。そうすると危険物と遭遇することもあれば、好物と出会うこともあるだろう。好物（餌）には接近して取り入れ、危険物からは逃れようとするだろう。いずれにしても出会うものを識別することになる。彼はまだなんの判断力もない。おそらくただただ快・不快の二つの感覚があるだけ。嫌なものからは遠ざかり、なんとなしに好ましいものには近づく。それだけだろう。それならいま自分に生じているのは快なのか不快なのかは彼なりに判別しなければならない。

このとき彼がやることは外部の観察というより、自分が感じている感じ、いや自分の中に生じている変化を観察することであろう。外部観察の能力は彼にはまだないはずである。とにかく自己内部の生理的変化を「なんだろう」とじっと感じ取ろうとする。その結果、自己内部の生理的変化に導かれて進み行く方向を決定する。これら全ては全く自動的に行われるはずだが、こういうことの繰り返しの内に彼もやがてこういうものに出会えば危険、これは大丈夫と学ぶであろう。ここから外部観察が始まる。内部であれ外部であれ最初にあるのは観察である。観察には観察する対象がある。対象がないことには観察ということは成り立たない。いや、観察などという擬人的な言い方をするとつい間違える。彼は観察などをするのではない。彼の身体が自動的に快・不快を感じ取り、快の方向へ移動するというだけのことである。アメーバと彼を取り巻いて生じる以上の動きを客観的に見れば観察とその結果による行動があり、観察にはその対象が必ずあるということになる。

同じことが意識についても言える。意識はなぜあるのか。言い換えれば意識はどうして生じたのか。前著『瓦松庵残稿』や『瓦松庵余稿』でさんざん考えたように意識は物事やものを対象化するために生じたのに決まっている。なんのために対象化するのか。検討するためである。そのものが何であるかを検討し、そのものを前にしてどう対処したら良いのかを検討するため。検討するためには検討するものを対象化しなければならない。これが対象化の意味である。

対象化するということがそういうものであるなら、対象化することはただ闇雲に対象化するのではない。初めから対象化にはある意味があることになる。もちろん対象化するのは「検討する」ために決まっているのだが、ではなんのために検討するのか。自分の身の安全とよりよいこと（よりよい快）を求めてというほかないであろう。ということは対象化の根底には「よりよい」の求めが横たわっていることになる。

こうしてアメーバクラスの生きものであれ意識においてであれ対象化にはすでにして根底に「よい」ということの「求め」があることになる。ただしここで注意するべきことがある。「よい」から求めるのではないということである。「よい」は言分けの世界での後付けの解釈、理由付けだが、身分けの世界ではそういうことはない。「求め」だけがあるのだ。言分けの世界でもまず「求め」があり、「求め」があるから「よい」があると判明するのだ。ここでの「よい」はいまだ価値ではない。快・不快の原則の「快」にすぎない。

では、価値はどこで生じるのか。他者の登場によってはじめて。

仮に自分一人きりだとする。他に誰もいない。そのときでも腹は減るなど、いろいろと欲求は生じるだろう。だから「求め」はある。しかしこの「求め」は「よい」から求めるのではない。「よい」はあるとしても結果として言えるだけで「よい」ゆえに求めるのではない。そこへ他者が登場してくる。そして他者は何かを欲するとする。他者の「欲する」はそれが多かれ少なかれ「よきもの」であるゆえであろうとごく自然に解釈されるだろう。ここにはじめて価値が登場し、私も同じ「欲する」を喚起され、あるいは自覚させられることになりやすい。他人の「求め」を察知することは必然的に無意識に、理由を知って合点しようとし、それになにか「よい」があるからに違いないと思うのだ。これが価値が生じる理由である。ヘーゲルの見つけた「人は他者の欲望を欲望する」という人間的事態もその根底に潜んでいるのは以上のごとき事情に違いない。

事柄がそういうことだとすると、人が何かを対象化することの根底にはそもそもからして「よい」が横たわっていることになる。人は「よい」を求めて対象化するのだ。対象化する対象に必ずしもいつも「よい」が存在するわけではないということにすぎない。

事情が以上のようだとすると、人間世界には「よい」が、したがって「よいではない」が、存在するのは理屈以前のこととなる。言い換えれば価値や道徳が存在するのは必然というほかない。人が勝手に設定するのではない。価値も道徳も排除しようとしても排除できるものではないのだ。

一三　学問によせて

論語の「十有五にして学を志す」について脳科学者の池谷裕二氏が高校生を相手の講演でこんなことを言っている。「これは十五歳頃に自分は学問をしようと決心したということです。私たちは小学校へ入ってからずっと学んできた。しかしその学び、勉強を十五歳になって学ぼうと思って始める学びとは全く違う学びなんです。小中学校時代の学びは勉強させられているのにすぎません。人は十五歳前後に勉強の面白さに目覚め、もっと学ぼうと思って勉強を始めるものです。少なくともそういう人がいます。孔子もそういう人だったのです。十有五にして学を志す、というのはそういう意味です」

池谷氏はほぼそういう意味合いのことを述べている。私は感心した。ああ、そうか！　と思った。これまでそんなふうには読んでこなかったのである。単純に「へえ、孔子は早くも十五歳で学者になろうと決めたのか。さすが孔子は偉い」と我が身に引き比べて思っていただけである。池谷氏は違う読み方をしている。十五歳ぐらいから人間一般は自分から学問の面白さないし有効性に目覚め自分から自覚的に意欲的に学問に取り組む、そうして始める学問はそれまでしていた勉強とは質・内容の違うものである、と読んでいるのだ。私も自分の体験に照らしてそのとおりだと思う。そしてそう捉えればこのことばは非常に有意義である。

この十五歳のころまでは私も孔子もさほど差がない（としておきたい）。私も大学受験という差し迫った事情があったとはいえ、十五歳の時に自ら真剣に勉強をする決心をし、実際にやった。ということはのちのち孔子と私の間に人間として大きな差ができたのは、その後に費やした努力の量が違ったからだということになるだろう。十五歳まではあまり差がないということは、もって生まれた資質にそうたいした差がないということとみることができるだろうから。人はここから、十五歳頃から本当の勉強を始めるのだ。勉強つまり学びというものはそういうものである。人にやらされてやるものではない。自分から必要だと思い、面白いと思って意欲的に取り組むものなのだ。

そうだとして、その方法である。私の体験と他の人々の語る方法から、いま私が結局これに尽きると思っている方法を、やはり孔子が的確に述べている。「学びて思わざれば即ち罔(くら)し　思ひて学ばざれば即ち殆(あやう)し」。学問の方法はこれに尽きると考える。学ぶということは所詮独学以外にあり得ない。自分で本を読み、先人に学ぶ以外にない。誰に助けてもらうこともできない。それをするのはひたすら自分である。これが「学ぶ」だ。そうしながら、つまり学んでは学んだことを巡って自分であれこれ考えることだ。納得がいくかどうか、いろんなケースにわたってシュミレーションして見るなりしてあれやこれやを考えてみる。さらに納得したことをただ素直に受け入れるだけではなく、自分にはどのように適用可能か自分の特性にどう合わせられるか、さらに良いやり方がないかどうかなど実際の運用を前に検討してみる。これらが「思う」である。この二つを一続きの一体としない学問は「暗い」と孔子は言うのだ。

さらに孔子は言う。自分は学問するのだといって、考えるだけでは駄目だと。独学者の間にしばしば見受けることだが一生懸命考えて実によく考えているものがいる。それはいいのだが、しかしそれだけでは独りよがりに陥ったり、とんでもない思い違いをしながらそれに気づかないことがあり得る。これを防いでくれるのが自分で考えるほか先人や他人の学びに学ぶことである。他の人間の考えに学ぶことによって考えの間違いや偏向に気づき、広い視野からものごとを見ることができたり、もっと効率の良い考えの方法を知ったりできる。自分で考えるばかりで、他人の学問に学ばなければ独断と偏見に陥って「危ない」。どう危ないか。自分は非常に良く考えているのだという自負心があるから、自分自身の内部からは独断と偏見に歯止めがかからない。訂正のされようがない。まことに「危ない」ことではないか。自分で考えるのは大事だが、自分で考えると同時に先人の学問に学ぶということをやらないと駄目だ。こう孔子は述べているのである。誠にこのとおりで学問の方法はここに尽きると信じる。

一四　視覚言語と聴覚言語

昔、感心してコピーしていた文書にこんなものを見つけた。非常に意味のある指摘だと改めて思うので再読して再考してみる。筆者は西村肇東大名誉教授とある。月刊冊子「ちくま」平成八年二月号に掲載の「英語を通して見えてくるもの（上）」からコピーしたもののようである。筆者は何かの本に学んで書いているようだが、私の残しているコピー部分ではもとになる本が誰の何であるかは残念ながら分からない。ともかくこうある。

日本人がしゃべる日本式英語について、それがどんなに高度な教養に支えられた知識人の発言（手紙や論文も含む）であっても英米人の素直な感想を聞けばロジカルではない、と切って捨てられるのが大抵のところだという。「意味が通らない」「意味をなしていない」というわけである。「日本語は論理的ではないからだ」とこれまで大方の日本人は考えていたのだが、「この問題について私がこの本の中で到達した結論は、日本人が論理という時の論理と英米人がロジカルでないというときの論理は意味が違うということである。日本人は論理というとき、論理の完全性をいうのに対し、英米人がロジカルというときそれは文章が自然に流れてしかも説得的であることをいう。もっと具体的にいうと、日本語で論理的な文書というと、保険の契約書のようなもので、それは分かりにくいけれど必要なことがどこかに書かれていて、それを組み合わせると裁判で絶対に負けないような論理が完全に構築できるものである。これに対しヨーロッパ人がロジカルというのは、それを話として聞いたとき、つぎつぎとわき起こる疑問に対して明確に答えるように話が進んでいく説得的な文書という意味である。日本語の論理は文書全体を何回も繰り返し読んだときわかる論理であるのに対し、ヨーロッパのロジックは基本的には話を一回聞いたとき、頭から順々に納得せられる論理である。／なぜこのような違いが生じたのであろうか。それに対する答えの前提となる主張が本書のはじめの方に展開されている。それは日本語を含め漢字を使う国の言語は視覚言語であるのに対し、ヨーロッパの言語は聴覚言語だということである。もう少し正確に言うと、漢字言語圏ではコミュニケーションの正式な手段は書くこと、読むことであり、口と耳を使ったコミュニケーションは略式、便宜的と考えられるのに対し、ヨーロッパ言語圏では生活会話を越えた内容ある知的コミュニケーションでも、音に出して話し、聞くことが正式と考えられている。哲学書でも契約書でも音に出して読めること、それを聞いてわかることが前提である。／この違いから論理の違いが出てくる。たとえ同じ文書であっても、それを読むときと聞くときとでは、文書への接し方、反応の仕方は異なる。読む場合には、目で素早く内容を追っていくが、著者の意味が掴めない箇所にであったときも、そこでそのまま立ち止まって考えこむことをせずに、とりあえず先へ進む。わからないのはこちらの理解が足りないのか、著者の説明が不十分なのかわからないが、もう少し先まで読むと何とかなるかも知れないと期待してである。こうして最後まで読んでみてもわからなかったら、頭に戻ってもう一度読みなおす。これを何回か繰り返すうちに著者のいわんとするところがわかってくるのがふつうである。つまり読むコミュニケーションでは、メッセージを理解する責任はもっぱらそれを受ける側にあり、それを発した側の責任は追及されない。これに対し音によるコミュニケーションでは、メッセージの受け手が目の前におりその表情が逐一見えるので、話側はそれに答える必要が出てくる。例えば一般的抽象的なことを述べて『わからない』という顔をされたら『たとえば』と具体例を入れる。『なぜ』という顔をされたら『それは』と理由を説明する。『でも』と反論を感じたら『それはそうであるが』と相手を肯定したうえで論を展開する。つまり話の場合は書かれた文書と違い、受け手が感ずる疑問に対し、その都度明確に答えるような形で話を進めねばならない。これがロジカルということである。そしてこのように話を進める責任はいうまでもなく話し手の側にある。つまり音によるコミュニケーションでは、理解を可能にする責任はメッセージを発する側にある。／　このように、話というのは必然的に聞き手を巻き込んだダイアローグ（かけあい）にならざるを得ない。したがってヨーロッパ語のロジックは基本的にはダイアローグとしての論理である。これに対し漢字言語圏のコミュニケーションの基本的性格はモノローグ（一人語り）としての書きものと、これを質問することなく理解しようとする読み手の必死の努力である。教育ももっぱらそこに力を入れる。その結果、表現力はほとんど発達せずに読解力だけが異常に発達する」

以上である。どうだろう、見事なものではないか。ことに最後の箇所など我が国の英語教育の無駄とも欠陥ともされる点は英語教育方法の誤りなどのせいではなく、日本語が視覚言語であるという本質に根ざした問題であると明らかにしていて腑に落ちる。つまりどのようにしても駄目なのである。読解力中心になるのは当然でどうしようもない。しかし英語学者斎藤兆史さんが『英語達人列伝』で明らかにしているように、過去には同じ日本人で驚異的な英語表現力を身につけた人々がいっぱいいたのだ。彼らは能力もあったろうが、それよりも個人的努力で視覚言語という制約を乗り越え、ネイティブ以上の力を得たのだ。努力である。読解力に加え、発言力を身につければ鬼に金棒。文句を言わずに努力すればよいだけの話である。

とはいえ引用内容には保留したいところもある。視覚言語のせいというが、中国人その他の漢字言語圏の者たちが日本で問題にしているほど英語学習をしての発信力の弱さを問題としていない気配なのはなぜか。してみると問題を視覚言語のせいにするのは適切ではないのではないか。

しかし、他所の国のことはともかく日本人がとかく語学の学習において読解力中心になりやすいこと、そしてその理由の指摘はみごと。膝を打ちたいぐらいである。文字を知って以降の私たちは読んで意味を読み取る力の涵養に全力をあげてきたのである。相手のちょっとした暗示から大いなることを予想する能力を養うことに全力をあげてきた。読み取れないのは自分の責任である。自分を鍛え、努力して、理解する以外にない。私の力不足故なのだと。この認識には誤りもあると思えるが、しかしこう誤解したゆえに得たものも大きかった。日本人の性格、人生観――他者を責めずに自分を責める文明などを育てたかも知れない。そして何より思考力を養ったであろう。思いやる力、忖度する力、あれこれと読み取ろうとする力は大いに涵養されたであろう。表現力などは外国人ばかりの環境に投げ込まれれば(しばらくは困惑するだろうが)放っておいても誰でもが会得してしまう。読解力はそうではない。ある独特の、というのは特別の努力が必要だ。誰にでもできることではない。それを日本人は全員がある程度会得して成人となるのだ。これは民族としてどれぐらい得であるか。

肝心の日本人の英語発信での非ロジカル性の問題についてはほとんど問題にする必要はないだろう。平成の終わりのこんにち、日本語表現で論理的な文章は無理だなどと考える者はいまい。こんにち見る諸論文や翻訳を見れば日本語での論理的表現は見事といってよいレベルに達している。非論理的な文があるとすれば著者の責任にすぎない。ほとんど慣れの問題であろう。どちらかといえば、という程度の強み弱みはあるだろうが。

もう一つ論理については次のように考えることができる。清水博氏に学んで(『生命と場所』)だが、論理には継時的に考えられる論理と共時的に考えられる論理がある(後者を論理といってよいかは問題が残る。むしろ理解といった方がよいかも知れない)。西洋の論理はもっぱら継時的思考世界での論理で、その基本は因果関係に支えられている。この論理の場合はダイアローグに基づく言語が有効である。というよりダイアローグに基づく論理が西洋の論理である。ところが論理には共時的論理もあり得る。時空を飛び越え、ジャンルやカテゴリーを飛び越え、意味によって一挙に結びつく理解である。直観がそうである。清水博氏は大乗仏教の論理をその強力な例と見ている。こちらはどちらかといえばダイアローグよりもモノローグの世界に馴染むであろう。日本語の視覚言語に親しい論理（理解）はこちらの共時的言語世界の住民なのではないか。私たちが知力をしたがって思考力を磨いてきたのは共時的理解だったのではないか。そう考えれば日本語を論理性が希薄だとして恥じることも劣等感を覚えることもないだろう。

一五　ものごとの併存

日本文化の特徴としてあげられることの一つに併存ということがある。丸山真男は日本の文化の重層性を述べた。近代文化の下には中世文化が横たわり、さらにその下には古代文化が横たわっている。近代文化は中世文化を抹殺せず、中世文化は古代文化を抹殺せずに含みつつ重層的に併存しているのが日本文化の特徴であると。宗教でいえば古来からの神道がある一方、儒教、仏教、キリスト教など様々な宗教が渡来して一世を風靡することがあっても、従前からの宗教を駆逐してしまわず同時に存在し信仰されている状態が続く。迷信や民間信仰がこれに加わる。そういったことである。

併存の本質的内実はそれぞれにそれなりの役割や効用のあることを認めていることである。ここにあるのは競争ではない。したがって力によるせめぎ合いや排除はおこらない。それぞれにそれぞれなりの効用と役割を認め互いにそれぞれの分野を任せて全く平和的に共存する。一神教の世界である外国人から言わせれば訳が分からない、規範のない、無節制な民族ということになるらしい。

この日本的社会で最も特徴的なのはどの物事にもそれぞれの役割と効用を認めていることだろう。宗教でいえば一神教の救済宗教キリスト教も神道も葬式宗教の仏教も迷信も新興宗教もその他の怪しげな民間信仰もそれぞれなりの役割を引き受けていて、その役割のカバー範囲に大小はあってもそれぞれの役割を立派に果たしていることには変わりなく、それなりに役立っている。ということはそれぞれなりにみんな存在理由があるということだ。

外国人、ことに西洋人の世界ではそうはならないらしい。ある一つのものがよいとなるとそれと競争するものは完全に追い払われるか抹殺されるらしい。ひとたびＡが君臨すればＢにも多少の効用があっても抹殺される。日本人の世界にあってはそうはならない。大変有効なＡが勢力を伸ばしても、Ｂにもたとえ片隅のであれ役割と効用を認めてそのまま存在をゆるし、AもBも一緒に存在するという状態を招く。BにはBの役割を認めるのである。それもまたよしと。なにごとにおいても、「ある」のでなければ「なし」でなければならないと二者択一を強制するわけではない。どうも西洋人は混在をいやがるようである。日本人は混在などに困惑したりしない。平気である。いや、むしろよしとしている。

だいたいがこの世界、一つのことで全部を覆えるものではないのだ。はみ出るところがあるものである。そこをも覆うためにはいろいろなものがあっていい。世界は複雑なのだ。複雑なものをたった一つのもので覆えると考えるのがおかしい。ヨーロッパの世界は単純なのだろう（例えば動植物相などひどく単純だという）。それともヨーロッパ人の頭は単純なのだろう。湿潤な日本の風土に住む日本人にとって世界は複雑多様で微妙、とても一つのものですべてを覆うことはできないと知っている。多彩な多くのものがあって、それぞれが少しずつ様々な役割を引き受け、助け合って世の中を構成している。これが日本人の世界である。

したがっていま流行のなんでもランキング化する思考は本来日本人になじまない。ランキング化は直線思考である。進歩史観と同じだ。日本人は本当は物事はランキング化などできないと思っている。花でも米でも小説でも酒でもなんでもよい。Aが一位でBが二位だなどということはない。場合によって入れ替わるし、人の好みによって様々に変わる。酒だと私はこれがいいけど俺はこっちが好きだということがあって、それぞれの好みをおかしいといっても仕方がない。だがあのランキング化というものはそれを認めず、物事を一様に普遍的といった感じに序列化して固定してしまう。序列的に切り捨ててしまう思考法である。序列は子供でも誰にでも分かるから、頭を使わずに済み楽ではあるが。楽というより怠け者に便利、とでも私は言っておきたい。どれが良いかな、とその都度迷い頭を使うことがそんなに面倒なことなのだろうか。

一六　クローデルのことば

ポール・クローデルは二〇世紀前半に活躍したフランスの大詩人である。詩人であると同時に外交官でもあって日本に五年半、中国に十年ほど、その他各国に大使として赴任した一流の外交官であった。ということは当時世界の一流国だったフランスの第一級の文化人知識人だったことになる。その当時、一九世紀末から第二次大戦までの西欧は西欧文化の最盛期といってよく、特にフランス文化は世界でも一番といってよいほど咲き誇っていた時代だ。

そのクローデルに「世界でどうしても生き残ってほしい民族をあげるとしたら、それは日本人だ」ということばがあることは有名な話だ。昭和十八年の秋にフランスでのとある夜会でのスピーチで語ったことばだとされる。昭和十八年秋といえばすでに大東亜戦争も三年目も近く、日本の敗色が色濃くなり始めた頃。フランスと日本は敵国同士であり、日本は仏領インドシナを占領するなど決して良好な関係にあったのではなかった。クローデルの駐日本大使時代も終わっていた。そんなときに語られたことばである。

私としても嬉しくないわけがない。非常に誇らしい。だが、ここで私が取り上げたいことばはこれではない。クローデルはこの前にこう言っているのだ。「日本人は貧しい、しかし高貴だ」。そして続け言ったのが先ほどの「世界でどうしても生き残ってほしい民族をあげるとしたら…」ということばなのである。私は前半のことばに異常な感銘を受けるのだ。

「日本人は貧しい、しかし高貴だ」。世界に冠として咲き誇っていたフランス文化とフランスの暮らしから見たら、日本は当時確かに惨めなほど貧しかったであろう。「しかし」と彼はいうのだ「彼らは高貴だ」。こんな凄いことがあろうか。敵国である。文化後進国である。おまけに貧しい。持ち上げるべきところなどないはずである。だが、なんということだろう。「彼らは高貴だ」というのだ。高貴。高貴とは高く貴く、品格があり敬意を払うほかない存在である。裕福で高貴ということはあるだろう。金がありこころにも暮らしにもゆとりがあり、周囲からは自ずと敬意を払われる階級や人物なら高貴であってもおかしくはない。だが、貧しいにもかかわらず高貴であるということは大変希有なことである。日本人はそうだと世界最高の文化人であるフランスの傑出した詩人がそういうのだ。貧しくても彼ら（日本人）は毅然としていて誇り高く節度があり品格がある。卑屈でもなく、正直で誠実、そして清潔であるというのだ。

日本人は貧しい、と言う以上クローデルが頭に置いているのは普通の日本人であろう。いかに日本人であろうと上流階級の日本人を貧しいとは言えなかったはずである。つまり庶民、一番普通である日本人のことであっただろう。それが「貧しいが高貴だ」。それゆえに「世界でどうしても生き残ってほしい民族をあげるとしたら日本人である」

私はこれほど嬉しく、名誉なことはないと思う。少なくとも私のお祖父さんの時代までの日本人はそういう民族だったのだ。これが誇らずにいられれようか。

私たちはこれでいこう。今後ともそういう民族でいこう。それ故にたとえ滅ぶことがあろうとも。破れても、滅んでも、高貴に破れ、高貴に滅んでいこう。

一七　自由と訓練そして自由人について

「自由は訓練あってはじめてさずかる賜物です。歩き方を学ばねば、自由に動き回ることはできませんし、練習しなければ、自由にピアノを弾くことはできません。ことばの使い方を知らなければ、自由な言論をなすことは不可能です。それは天賦の才能ではなく、学んで習得しなければならないものです」とカナダの傑出した批評家ノースロップ・フライはとあるラジオの連続講話で述べている。

大方の人は自由ということを誤解している。自由を自由勝手とか自由奔放と理解し、したいことをする、したいことをできることと思い込んでいるところがある。少し考えれば自由勝手にも自由奔放にも私たちはほとんどまずできないことが分かる。そんな自由は人はもってはいないのだ。では自由とは何であるか。自由自在ということである。何事かを自由自在にできること。が、自由自在にも人はできはしない。もちろんのことである。条件があるのだ。自由自在を得る為には訓練がいる。人は時間をかけて工夫と努力の持続である訓練を積むことによって自由自在にそれができる力を獲得する。自由自在を得る為には訓練がいるのだ。訓練は自由という観念がはらむ事態とは逆の、すなわち不自由極まる事柄を指すと思われている。逆説的なことだが、不自由極まる厳しい訓練を通じて初めて人は自由を獲得するのだ。このことを肝に銘じておこう。

さてそうであるならば、私たちはことばの使用にも訓練がいることになるだろう。人はことばなど誰でも自由自在だ、語るのになんの苦労もいらないと思っている。しかしやはりことばを使うことにも自由自在の域にまで達しようとすれば訓練が必要なのだ。少し考えると分かることである。あなたは言いたいことを自由に、思う存分言えているといつも思っているか。言いたいことの半分も言えないとか、幾ら言っても人に分かってもらえないとか、どう言って良いか分からないなどと思ったことはないか。それにことばの使用ということで言えば、書く方に回ったとき、うまく書けないとか書き方が分からないという人はたくさんいるだろう。ことばの使い方もそう簡単なことではないのだ。日々、いろいろとしゃべり、しゃべって用を足しているからなんでもないことだと錯覚するが、上手な、あるいは自由自在なことばの使用を目指せば、きつい訓練を経なればできないことなのである。

ことばの使用は日常的なことに限らない。ノースロップ・フライはことばの使用には三つの用法があるとしている。一つは日常的な使用、二つ目には情報伝達、そして三つ目には文学的使用と。最後が分かりにくいがフライはこれを想像的使用とも言っている。早く言えば私たちがものを考えるとき頼りにすることばの使用などを指すと思えば分かりやすい。私たちは考える。考えるときことばによって、つまりことばを使って考える。考えるのとことばの使用とは一緒のことである。

ここが大事な、少しややこしいところになる。普通、私たちは考えるのは要するに考えることであって、ことばはせいぜい考えるために使う道具程度のものだと思っている。しかしそうではないのである。言ったり書いたりしてことばを使うこと、ことばを探し見つけようとすること、それがほかならぬ考えることなのだ。考えるということで私たちがしていることはことばを探し見つけようとする以外のことではないのである。語るために、あるいは書くために、私たちはことばを選び捜す。それが即ち考えるということで、それならことばは思考の道具どころの話ではないだろう。

考えはことばとともにやってくる。いや生じる。言い換えれば、思考は、思考の結果生じる事実や真実は、ことばによって生じるといってよいのだ。思考の結果、ある事態が世の中に明らかになったとしよう。その明確になった事態はことばによって明確なものとして現れたのであって、現れた事態がまずあってそれにことばが与えられたのではない。ことばがやってくるまではそれはなかったのだ。ここにことばの本質（正体）がある。私たちの現実はもとは皆そうして出現したのである。木も石も。

確かにここはややこしいところである。だから中世西洋社会で実名論と唯名論のあれだけの大論争が起こったのは無理のないことである。だが、ことばの発生をよく考えれば実情はそうだと、ことばによってこの世の諸々は出現したと、わかるはずだ。ことばによって言分けが生じ、ものの区別がついて、人間のこの世界が出来たのだ。

いまも人々はことばによって（その新しい使用と新しいことばの創出によって）、新しい現実、新しい真実を、つまり新しい人間世界を現出し続けている。ここのところを適切に表すイメージを私は長いこと探しあぐねていたが、こんなふうに思えばその一端でも感じ取れないだろうか。

宇宙の果て、である。宇宙の果てを私たちは今見ている。もちろん、現在の科学で観測可能な限界がそれである。宇宙は無限である可能性があるのだからその先がもちろんあると想像されるが、実際にあるかどうかは分からない。あってもそれがどんなものかはわからない。観察者がいる限り、つまり目が出現する限り宇宙の果ては出現するのだろう。新しい宇宙の果ては新しい目（新しい観測手段）が出現するところに出現する。より強力な観測技術がより遠くの宇宙の果てを出現させるといってもよい。

これでも分かりにくいだろうか。ではこれはどうだろう。この前、テレビで見たのだが、岩手山の山麓。そこに広い開拓牧草地があって牛たちが手広く放牧されている。だがそこは昔、といっても戦後のことだが、満州開拓団に加わって満州国開拓に汗水を流してきた人が引き揚げてきて入植し開拓した所なのだという。それまでは広大な一面の山あるいは丘陵地で木々と雑草に覆われていた。そこへ人々は鍬を入れ鋤を使い、長い月日を費やして開拓し、ついに平坦な農地にしたのである。原野である間はそこはなんであるかはわからなかった。単なる原始のままの草木のはびこる荒れ地にすぎなかった。苦労して鍬を入れてやっと広大な農地、牧草地が姿を現したのである。

これと同じことがことばと現実ないし事実の間にもあると私は思う。ことばが事実を産み、作るのである。以上の言い方が適切だとするなら事態がいろいろとわかってくる。先の宇宙の果ての事例では観察する目の出現がことば（表現）の出現に相当し、開拓地の事例では苦労しての鍬入れが懸命のことばの探求に該当する。いずれにしても懸命の努力の果てに適切なことばが見つかり、ことばが出てきたことによってそのことばが指し示す事態（現実）が出現するのだ。ことばは単にことばにすぎないのではない。ことばにはそれが指し示すものがあって、指し示されるものはそのことばによってしか姿を現さないのである。ここでいうことばは認識といってもよい。事態やものの見方、見られ方は認識であるが、ことばによって、ことばの繋がりによって、初めて成立するのだ。

もし前記のことに間違いないとすれば、ことばの探索はどれほど大事なことになるだろう。私たちは苦労して新しいことば、あるいはことばの組み合わせを見つけることによって新しい認識を得ることになる。新しく起こった事態を前にして私たちはそれをなんと認識し解釈すればよいのか、従来のそれに近い事態と同じと受け止めてそのままに対処すればよいのか悩む。しかし、考え、ことばを求めて、求めた結果新しい認識（ことば）にいたって従来を超える適切な対処ができることになるとするならば、こんな素晴らしいことはないだろう。ことばを見つける努力、ワンパターンのことばではなく、既成のことばではなく、その都度事態に見合った、適切なことばを求める努力はそれほどにも大切なことなのである。

以上のことを確認したうえで初めへ戻りたい。フライによれば「自由は訓練によって獲得される」ということだった。私たちはなんであれ自由自在を手にするためには訓練を要する。普通は私たちは母国語は幼時に覚え、以後苦労することなく自在に使って不足を感じていないので何とも思っていないが、ことばでさえこれを自由自在に使おうと思えば訓練が必要なのだ。少なくとも日常的な使用を超えて、その奥で使おうと思えば訓練しなければならない。

少し込み入ったことや複雑で精密なこと、厄介なことを語ろうと思えば多くの人はことばが見つからず、どう言ってよいか分からない事態に横着するだろう。訓練を経て新しいことばやことばの新しい組み合わせを人は見つける能力を身につける。難しいことや斬新なことを、新しい認識によって見事に解きほぐし分かりやすいものにしてくれる人々はみんなことばの訓練を積んでそういう能力を育てた人々なのである。余計なことだがもう一度言えば、訓練を経ずに手に入る自由とは自由勝手、自由気ままということであって自由自在とはまるで違う。人は両者をしばしば混同し、取り違え、一緒に考えてしまう。そこにややこしいところや間違いが生じる。

以上のようだとすると私には自由な人、自由人とはどういう人なのかがよく分かる。ここでいう自由とは精神が自由な人という意味である。こわばった精神やとらわれた精神ではない人。そういう人はほぼ例外なく自由自在なことばの使用ができる人である。自由自在なことばの使用ができるとは自由自在な精神の持ち主ということだ。世の中の風潮が黄色一色に塗りつぶされるときでも赤色がよいと言える人、赤色もあるよと言える人、それが自由人である。そういう人はどうして可能なのか。ナチスドイツになだれ込んでいくドイツ国内にあって最後まで同調しなかった人（例えばエーリッヒ・ケストナー）、戦後の平和と反省と民主主義の大合唱の中で違う声を上げ続けていた人（小林秀雄や小泉信三氏など）、こういう人々はなぜ可能だったのか。彼らは世の中全体の人々とは違う考えや認識をもっていた。別のことばをもっていたのだ。なぜそんなことが可能だったのか。彼らはことばの自由な使用能力をもっていたからだ。訓練によって、硬直したワンパターンな使用を超えて、ことばの多彩な自由なもち方、組み合わせ方、使い方の能力を手にしていたからである。すなわち世の中を覆っていることばだけでなく、他のことば、違うことばもあり得ること、見つけ出すことも可能だと知っていて、その努力を続けていた人だからだ。かくて彼らは他の人々とは違うことばを見つけ、違う見方、違う見解、違う現実のありうることを知っていた。それが精神の自由な人である。そのうえで彼が本当に自由人であるかどうかは勇気の問題になる。精神は自由でも即自由人とは言えない。口を噤む人間もいるからである。己が身と家族のために黙して世の流れに身をまかせる者もいる。彼が本当に自由人であるかどうかは勇気の問題になるだろう。最後の決め手は勇気のあるなしである。勇気のある人間だけが自由人になる。自由人万歳！

ところで、自由は訓練と同伴ではじめて可能になる、と先にフライに即して述べた。そうすると自由を得るためには、訓練が大事になり、訓練方法が重要になる。訓練というのはいずれ楽なことではない。たいていは地道な、時間のかかる、しんどい、つまり意志力のいる事柄である。そこを楽しようとぐうたらなことを考えていてはできることではない。しかし、何事であれ自由自在を獲得するためには他には方法はないのだ。繰り返し繰り返し正しいやり方でやって、脳細胞にその神経回路を作り上げる以外にない。ヴァレリーもリルケもその生涯の出発点で何年にも亘る沈黙の期間をもったことで知られている。この期間、彼らはきっとことばの自由自在な使い方を学ぶ訓練を行っていたのだ。本を読み激しく思いを潜めていたのだ。学んで思い、思うて学んでいたのだ。一定程度可能になったと思った時点で再び詩作を開始したのであろう。

　では訓練の方法は如何。よい文をたくさん読むこと（そういうものを読み込めば、読んで思い、思って読むことになるのはほとんど必然である）。小説でも歴史でも論考でも詩でもエッセイでもよい。千年以上に亘る人類の歴史の中では立派なよい文というのは幸いたくさんある。長い年月に亘って人々に感銘と刺激を与えた文をひたすら読み込むこと（しかもそれは幸いなことに面白いことなのだ。面白くなければ繰り返すことなどできはしない）。スポーツや手細工なら正しい指導者について彼の言うとおりに練習すること。それだけのことである。単純なことだ。

　ついでに以上のことの補強としてノースロップ・フライのことばから幾つかを引いておきたい。

「通い慣れた思考の軌道しか通らない、手垢のついたことばが何割あるのか、いくらかでも分かっていなければ、われわれは十分に頭を使うことができないのです。たいてい誰でも、少なくとも自国語では、かなり流暢に話をするようになるものですが、そこまで達すると、いつも、まるで栓をひねって陳腐なおしゃべりをふんだんに迸らせるように、自動的にことばを放出する危険性が潜んでいます」（『教養のための想像力』）

「さらに決まり文句の使用というのがあります。これは、ものを考えることに怠惰で、思考の幻想性を考えようともしない者のために作られた、出来合いで紋切り型の公式を使うことです」「それからまた、いわゆる専門語とか、回りくどい官庁語とかワシントンやオッタワの市民が政府用語と称しているものなど、簡潔、素直な表現をわざわざ避けた、抽象的で曖昧なことばの使い方があります」（同）

「地上にまぎれもない地獄を作り出す唯一の方法は、われわれの会話を自動的なおしゃべりに変えることによって、故意に言語の質を低下させることだ、とさえオーウェルは言おうとしています。そんな生活になり下ってしまうかも知れないという恐怖は、正真正銘の恐怖ですが、もちろんそれをヒステリックな決まり文句で表現するとたちまち、われわれ自身も同じようにヒステリック

な状態になってしまいます」(同)

さらにフライはラジオでの同じ連続講話で言語を巡ってこうも付け加える、「社会では、適切なときに、適切なことを述べることが、何よりも重んぜられます」と。が、この適切なときに適切なことを、には判断力が一番肝心で、判断力の基礎にあるのが想像力だというのがフライの同講話での言いたいことの骨子である。

こんにち私たちは政治的経済的を問わずありとあらゆる手段を駆使して巧妙に無意識にまで訴えかける宣伝に取り囲まれている。宣伝と広告によって現実が、いや自分自身の欲望さえどれが真に自分が欲する欲望であるかが分かりにくいほど酷い事態に追い込まれている。こういう事態の中では判断が、正確な判断が何より大事である。判断を根底で支えるものが想像力以外のなにものでもないとすれば、良き想像力を育てることこそが大事なことになるだろう。フライはいう、「日常会話の領域は、私の考えでは、群衆(モッブ)のことばと、自由社会のことばという、二つの社会的なことばの形式の、いわば戦場なのです。前者は決まり文句や既成概念や自動的なおしゃべりを意味し、われわれを幻想からヒステリー的興奮に、決まって導いていくものです。群衆には言論の自由はありません。自由な言論には、群衆は耐えられないのです」

ここはこんにちの大衆社会にあっては大事なところである。なぜ群衆は自由な言論に耐えられないのか。「自由というものは、訓練の欠如しているところには存在しない、ということはおわかりだと思います。自由は訓練あってはじめてさずかる賜物です。歩き方を学ばねば、自由に動き回ることはできませんし、練習しなければ、自由にピアノを弾くことはできません。ことばの使い方を知らなければ、自由な言論をなすことは不可能です。それは天賦の才能ではなく、学んで習得しなければならないものです」

群衆にはことばの訓練が不足しているし、それでいていまさら訓練する気力も気もない。訓練のないところ、ことばは多く決まり文句や既成概念や自動的なおしゃべりになってしまわざるを得ない。新聞や識者の口移しにすぎないことを語っていながら、自分自身で考えた自分のことばをしゃべっていると思い込んでいる。これがこんにちの社会(大衆社会)に生じていることである。だから群衆からなる大衆社会では扇動が可能なのだ。おそろしいことではないか。

「私は最初の講話で、精神の三段階について述べましたが、これはまた社会の三形態であるとともに、ことばの三用法でもあることを、われわれは知りました。第一段階は日常経験や自己表現の段階です。この段階では、適当なときに適当な事を述べ、社会機構を円滑に動かし、面目を施し、自尊心を守り、社会情況を損なわないようにしておくために、ことばを用います。それはことばがなし得る最も高尚なことではありませんが、本質的な部分であり、社会的神話を作り上げ、それをまき散らします。そしてこの社会的神話も、想像力によって展開されたことばの構造体なのです」「このような方面においてさえ、ことばを正しく用いるためには、われわれの想像力を用いなければならないからです。そうでなければ、ことばは決まり文句になってしまい、益々現実から遠ざかって行くのです。…そこでは皆あまり考える必要もなく、同じことを言うことができます」

　実際、私たちの身の周りにあるのはこういうことばかりではないか。

　フライの同講話からさらに引用する。ことばについて。

せずにいられない。

「これは、哲学、歴史、科学、宗教、法律によって明らかにされる世界であり、それらの学問はすべて高度に組織化されたことばの用法を体現しています。これらの学問の中に、知識と情報を見い出す訳ですが、それはまた同時に構造であり、人間の精神に宿る、構成し建設する力によって、ことばを素材として組み立てられたものなのです。この力こそ想像力であって、…」

「皆、習慣です。このような習慣はすべて、単一なもの、あるいは類似したものになろうとする傾向があります。…社会には明らかに画一性に向かう強力な力が働いていて、社会そのものの安定性にもいくらか関係がありそうなくらい、根強いものです。日常生活の中では、真、善、美のように、われわれの考え得る最も素晴らしいものでさえ、皆、本来はわれわれの慣れ親しんでいるものです。…われわれの美の観念の大半は、純然たる慣習であって、真理でさえも、既知の形式をかき乱さないもの、と定義されています」

一八　保留する精神または確率という思想

保留することはしんどいことである。物事は、それはなにである、これである、と決めつけておく方が楽だ。対処の仕方を一々決定しなくても構わないのだから。初めからそれにはどう対処したらよいのか分かっているのだから。迷うこともしたがって考えることも決断することもない。かつてサルトルが人間の実存優先を唱えたとき、彼はしかり人はその都度選択し、決断する生きものなのだと主張した。しかしその都度選択し決断することはしんどいことである。しんどいことをせよという主張であるがゆえに彼の言うことは魅力的であって世界的なブームを呼んだのであるが、またそれゆえにやがて疲れ果てた人々によって背を向けられたのでもあった。同じことで保留することはしんどいことである。あれはなに、これはなに、と決めつけておいて、だからそれに対する態度は決まってしまってそれ以上問題にする必要のないことほど楽なことはない（レッテル張りがそうである）。反対に、何々と決めつけずに保留するのは、いわば宙ぶらりんのままにおいておくことで、その都度こちらはどうするか考えて決めねばならず面倒で厄介なことである。いつまでもどこまでも人に決断することを迫ってくる。そんな状態がいつまでも続くことには通常、人は耐えられるものではない。

ここで私は確率という考え方、あるいは確率という思想に注目したいのである。確率とはいうまでもなく、ある事柄が生じるとしてそれはどのぐらいの割合で生じるのかという割合をいう。是か非かからは最も遠い考え方である。単純にそういって間違いはないと思うが、しかしこの確率というのはなかなかに面白い内容をもつ。

例えば一分の確率。それが起こる確率は一分でしかないという場合にもち出される確率である。つまり一〇〇人に一人というわけだ。しかし一〇人いる場合での一分なら〇・一人だから一人もいないことになる。しかしゼロではないのが確率の面白さである。「人は己を知る者のために死す」という。しかし己を知ってくれるものは一割もいない。おそらく一分の確率でしかないだろう。したがって一〇〇人いて一人いるかどうかというところ。それが日常現実での「己を知ってくれる者」の存在する確率だろう。いても一人程度でしかないというわけだ。一〇人なら多分一人もいないだろうが、しかし絶対に一人もいないということはない。いる可能性だってある。それが確率一分の示していることだ。

一般に人はこの一分の確率に気を留めない。一割の確率にのみ気を留める。そして一割に満たない確率の存在を切って捨てる。これがどんなに大雑把で、もったいないことであるか。賢者つまり自由人は一分の確率の存在に気づいており、そこにも目を留めて事態に対処する。表には現れない事態の、可能性への配慮こそ自由人の身の処し方である。

確率の思想は決めつけない思想である。是か非か正か邪かといった二元論の立場に立つのが西欧の考え方のようだが、これから最も遠い考え方が確率という考え方である。これが正しいと思っても何割かの正しさだと考え、何割かは正しくないことを予想している。つまり正しくないときのことも考えているのだ。何分にしろ正しくないとしてそれはどういう時か、また正しくないと判明したときはどう対処したらよいのかと。もちろん正しい可能性の場合のことは十分考えている。かくして確率の考えは曖昧とはまるきり違う。曖昧なことと間違えられやすいが。ある答えが一つとは見なさないだけのことである。他の可能性にも十分注意を払っているだけ。逃げているように見られやすいが、決して逃げているのではないことに注意したい。

したがって確率はまた日本的な考え方と言える。黒白はっきり分けるのではなく、灰色も大事に扱う考え。黒と言っても八〇パーセントの黒や六三パーセントの黒、二五パーセントの黒の存在を認める。一〇〇パーセントの黒とか一〇〇パーセントの白などまずないと思っている。西洋的な黒白二元論では黒と白しか存在しない世界なのだが。

政治において、あれは敵、あれは味方と、峻別し、敵なら敵、味方なら味方への対処の仕方を取ればよいのなら、もう一度言うがすこぶる楽である。しかし政治と限らず社会のことはなににせよ、簡単にこれと決めつけることはできない。これから、ということは未来のこと、はすべてどうなるか、何事が起こるかわからない。分かるのは確率的にだけである。起こってしまったことでさえ、それが何であるかを一義的に決定することはむずかしい。だからだと思う、自由人はものごとを単純に決定せず、いろんな可能性をみて、保留しつつ、一つの判断一つの決定を下すにしてもそれを確率的な決定・判断として行うだけである（と私は信じる）。いうまでもなく彼もまた態度を決定する。いや彼こそ優柔不断ではなく、素早く決定するだろう。だが彼は態度を決めるにしても、保留の余地を残し、なおも見続けること、観察し続けることを怠らないのだ。いつまでも緊張した観察をつづけるのは、精神の張りと集中を（大げさに言えば）要することでしんどいが彼はそれを必要なことと考えるのである。大衆（群衆）はそれに耐えられない。というかその必要性を知らない（のだろう）。だから簡単に楽な方、決めつけに走る。マスコミや識者とみなされる者たちのいうことに同調し、自分もそう思うとして、自らその都度考え、選ぶことをしない（そのはずだが、自分ではそう思っていないのに違いない）。要するにしんどくて面倒くさいことを避けているのだ。そんなことをしなくても目の前の日々を過ごし、食べていくにはなんの支障もない。それに識者やマスコミの述べ、説くとおりになぞっておれば一応筋が通っているようにもまともなことを言っているようにも（したがって自ら考えているようにも）見えるからだ。

以上のことが納得いくなら自由人には意外なこと、思いもよらなかったことが生じるなどということはあまり起こらないことが分かるだろう。平沼騏一郎のように「世界情勢は不可解である」などといって内閣を投げ出すようなことはあり得ないだろう。大方のことに対して自由人には心の備えができているはずだから。

ここで一つの引用をしてみたい。中村光夫がどこかのエッセイで書いていた一文である。パリへ留学中に聴いたヴァレリーの講義について述べた部分。

「実に地味な講義ですが、…なんでも知っている人だけに考えの移り変わり方が実に迅速で、例えば注意といふことの話を聴いてゐると、目玉の構造の話になり、それが點といふものの考察になって、デカルトが出てくるかと思うと、心理学みたいな話なるといったあんばいで、ついていくのに、なかなか骨が折れますが、さういふいろいろな考えのまとまり方が実にきれいで、さういふ広大な知識の領域を一巡してかへってくると、結局明らかに触れられるものはヴァレリイの生きた確信の構造だけで、あれだけの教養もみな現代に生きながら、詩人として積極的な信念をもつために取らされた迂路かと思うとなほ尊い気がします」

これが典型的な自由人の一つの姿だと思う。自由人とはなんとしなやかな感性と博識と確信に満ちた存在だろう。この広大な海を縦横自在に泳ぎ回ることのできる人間が自由人なのだ。

さらに引用を。吉田健一氏の『東西文学論』から。

「言葉が我々を打つといふ根本的な条件を離れて文学がある訳はないのみならず、文学作品で何が行われようと、我々が最後に戻っていくのは常に言葉と、言葉の世界が我々に約束する自由なのである」

自由が根本的にはどこで生まれるかを端的に示して快い。

一九　世界とは意味である

一つの問いを投げかけたい。身体とは何か。

哲学とは時に奇妙な問いを立てるもので、わかりきったこと、何一つ問題にはなりそうにないことを時に問う。で、身体とはなんであるか、である。それがなんであれともかく現にそこに在るもの、存在するものである。しかし在るもの、存在するものというだけのことなら、この世のありとあらゆるものがそうである。同じ存在物ではあるが身体がその他のもの（物体）と違うのは、それは「（何かを）したい（欲する）」という欲望をもち、だから「（その何かを）する」あるいは「できる」存在だという点だろう。こういう視点を私は竹田青嗣氏から学んだのだが、その氏はハイデガーから学んだようである。私の学びが間違っていないなら、以下のようなことが言えるようである。身体はなにより、なにかを「感じ」、「したい」と思い、だから事実「する」ものである。そしてこの「したい」という思いによって、周りにある単なるもの（物自体）からなる事物が、欲望に応じた「あるもの」として姿を現し、ここに世界が生じる（成立する）と。哲学的な気取った言い方をすれば、世界の事物は人の身体が「欲する」欲望に応じて相関的に立ち上がってくる、となる。すなわちこうしてこの世の事物は単なる物自体の群れにすぎないものから、人間にとっての世界となって立ち現れ、世界を構成するのだ。これが人間にとっての世界の実態であると見て取ったのが、かのハイデガーである。言い得て妙というか、見事なものだと思う。

世界は欲望と相関的に姿を現す、とはわかりにくい言い方だが、こう言えばわかりやすくならないだろうか。この世界にある物は本来単なる物以上のものではない。たとえばゴキブリや猫にとって机も椅子も単なる物でしかあるまい。机でも椅子でもない。単なるそこに在る事物、道をふさいでいる障害物でしかない。それが机や椅子であるのは人間にとってだけだ。なぜ人間にとってはそれらが単なる事物ではなく机や椅子であるのか。書いたり勉強したり、あるいは座ったりしたいという欲望があるからだ。欲望に応じて単なるものが机や椅子に変じた、あるいはそういう用に応じて作られたからである。

もの自体（単なるもの）が「あるもの」となるとは、意味を纏う、もつ、と言い換えてもよいだろう。「欲する」に応じて単なるものでしかないものから「あるもの」になる。「あるもの」として出現するとは意味を担うということにほかならない。それなら単なるものの集まりにすぎない空間が世界となるのは単なるものたちが意味を纏い始めるからだ。つまり世界とはもの自体たちが意味を纏って出現した事態をいう。世界とは意味なのだ。そして意味の内実は、秩序のあること、統一があることである。

カントの見方にしたがえば人間が登場するまでのこの世は「物自体」があるだけだった。人間が登場して単なる物自体にすぎないものが意味を纏ったのである。というより物自体は人間の前に姿を現すときは必ず意味を纏って現れるのだ。意味とは「〜に（あるいは〜として）役立つ」である。それ以外のものはあくまで物自体にすぎない。何かではあるが、何ものでもない物、ただそこにあるだけ、場所をとっているだけで何ものでもない物にすぎない。ゆえに、そう、世界とは意味なのだ。

なるほど。私たちの身の周りにあるこの世界はそのようにも言えそうである。確かにそのように解釈できそうだ。筋も通っているように思える。だからそれはそれでいいとして、でなんだというのか。世界は意味だとして、それがどうしたというのか。そこには気取った、もっともらしい言い方以上のものがあるのか。

私はあると思う。この世の中の対立、争いはほとんどが見解の相異が元になっている。なぜ見解の相違などが生じるのか。私たちはいつでも同じ事態を前にしているし、同じものを見ている。私たちの外部にあるものはいつでも同じ一つのものであるはずである。それなのにその同じものが人によって違うものに見えてくるのはなぜか。同じ人物がAには優しい良い人物とみえ、Bには酷薄冷酷な嫌な人物と見える。歴史上の出来事や事態も見る人の立場によって黒にも見え白にも見える。歴史をみればすぐ分かることだ。聖書の解釈でもカトリックとプロテスタントではひどく違い、この違いが元で恐ろしい宗教戦争が近世の西洋世界を覆ったことは誰もが知っている。争いという争いは見解の相違、立場の違いによって起こっていることは疑いない。

争いは悲惨である。どうかしてこの地上からなくしたいし、少なくとも数を少なくしたい。おそらくは誰もがそう願っている。だから古来賢人が様々に考え提言し対策を練ったにもかかわらず、史上、争いがなくなったことはない。調査のしようがないからなんともいえないが、数の減ったことさえほとんどないだろう。人間がこれまでどおりだとすれば、今後ともそうだと思われる。なぜか。見解の相違はなくなるまいからである。なぜなくならないと予想されるのか。それが先に述べた「世界は意味である」ゆえだ。世界は事実ではないのだ。意味なのだ。事実は一つである。意味は無数にあり得る。

意味は人の欲望と相関的に現れると述べた。世界は意味だとするなら、世界もおのおのの欲望と相関的に、欲に応じた意味を纏って、すなわち机や椅子、出来事や制度となって現れる。人の欲望は人それぞれによって、また時と場合によって異なり、そうなら世界はその都度異なることになるであろう。異なれば争いは避けがたいだろう。これがこれまでの人間世界にあったことである。

さて、いま事柄はそういうことだと分かった。見解の相違が争いの元だと。見解の相違は必然である。よって人間世界に争いは必ず生じる。避けようがない。そういう争いの原理とでもいうべきものが、以上ここに明らかになったのだ。が同時に見解の相違は世界が意味であること故だとも分かったのである。人それぞれの欲望に相関的に現れる。世界はそういうものとして現れる。したがってそのようにしか――自分個々の思い、望み、欲望にそってしか――現れては来ないと。

そこでである。見解の相違がそのような理由によると理解されれば、互いの見解の相違に多少のブレーキが効かないか。少なくとも敵対相手の見解を、なぜ彼はそうなのかと検討してみる余裕が生じないだろうか。まあ無理だろう。そんなことができるならとっくの昔に人類はやっている。それはそうだが、世界は意味だと知る前と後では――長い間には――少しずつ抑制が効いて来はしないだろうか。甘いかも知れない。が、私にはそんな期待も生まれるのである。そうであるなら「世界は意味である」という気の利いたふうなもっともらしい賢げな言い方も「だからそれがどうした」とせせら笑われることには終わるまいと思うのだがどうだろう。

二〇　仮名文字は表音文字か

日本語は本当に特殊な言語だと思う。その最も明らかな一つに表意文字と表音文字の混在した言語ということがよく言われる。漢字と仮名の両方を同時に使うことを言う。漢字は表意文字であり、仮名は表音文字である。通説ではそうなる。私はこの通説に納得いかないのである。以下そのことを述べてみる。

日本語は単に特殊な言語、世界でもあまり例を見ない言語というだけではなく、例外的なほど豊かな、表現力に富んだ言語だと思う。現存する脚本家の中での第一人者と思われる内館牧子さんはある本の『解説』でこんなことを述べている。「…この言葉を読むだけで、表意文字としての日本語の底知れぬ深さ、豊かさに気づく。日本人はさらに、ひらかな、カタカナの表音文字二種を加え、その時の感覚に添うものを瞬時に選び、使い分けるのだ。／たとえば、『故郷』は英語なら『home』か『native』の次に『town』『land』『place』などがつくくらいだろうか。だが、日本語は『郷里』『郷土』『国』『田舎』『在所』『国元』『生地』『生国』『里』『古里』『故里』などがあり、さらに『ふるさと』『くに』『クニ』などとひらがなやカタカナで表す人もいる。多くの場合、そこには本人のこだわりや遣い分けの美意識があり、『生国』では古くさいので別の言い方にと命令されても譲れないのだ」

このとおりだろう。実にニュアンスにとんだ表現が可能な言語というべきである。

ところで仮名。仮名は表音文字なのか。確かに一つ一つの仮名はもともと音を表すために創出されたものであろう。アルファベットと同様に音を表し、仮名と仮名が集まって構成される音の群れが単語（言葉）を表す。こうした機能故に表音文字は自在にどんな単語をも構成できる。仮名は表音文字のもつこうした働きを完璧にこなす。立派な表音文字である。それに疑いはない。だが、仮名の働きはそれだけで終わらない。典型的には助詞、助動詞といわれる仮名。「が」と「は」。「へ」「を」「に」「と」「て」。それに終助詞といわれる「だ」「ね」「よ」など。これらは単独では意味を表しはしない。したがって単独で使用されることはほとんどない。必ず表意文字を中心とする他の言葉にくっついて使われる。ほかの言葉にくっついて使われるとき、これらの文字は確実に意味を担うのである。「が」と「は」主語にくっついて、その語が主語であることを示すと同時に「が」は

「は」とは違う意味上の働きをする。明らかに音を表現するだけに終わらない。「へ」「を」「に」「と」「て」その他も同様である。「へ」は方向を指し示す。「と」は語と語を並列させる。単語はこれら表音文字といわれる仮名がそこになければ意味を明らかにしない。仮名はそれが置かれた場所や位置によって立派に意味を表すのだ。

こういうものを表音文字とのみとらえるのは適切ではない。文末に置かれる「や」や「か」もそうである。感嘆詞とか疑問詞とかいわれるが、そのこと自体意味を担っていることを現している。いやいやよく考えれば以上にとどまらない。仮名は大抵そうである。「ぬ（終わりぬ、のぬ）」「の（そうなの、のの）」「な（な泣きそ、のな）」「さ（そうなのさ、早乙女、のさ）」「だ」「も（悲しも、のも）」「（接頭語としての）お」「げ（寂しげ、のげ）」…こういう調子であげていけばほとんど全ての仮名がそうだろう。仮名は音声を表すと同時に、おかれる位置によって意味をも表すのだ。アルファベットとは違う。それも位置が意味を決めるとは置かれる位置によって意味が変わってくるとも言え、それは確定した明確な意味がなく場所が意味を決めることを意味する。ということは大げさに言えばいくらでも意味を現し得るぐらい膨らんだ大きな言葉とも言える。ニュアンスに富んだ、微妙な意味合いを表現できる文字なのだ。

話し言葉だと「ね」「の」「よ」「さ」など文末に置かれるこれら一字によって話者の聞き手との立ち位置がわかる。仮名は敬語的用法という働きをも十分に果たすのだ。実際、これら仮名によって日本語はどれだけ複雑な心情、事態を、ニュアンス豊かに、味わい深く表すことができるか。こんな言語が他にどれだけあるだろう。世界には本来何百何千という言語があるのだから私は断言できないが、それでも日本語以外にはないのではないかと言いたい。

別の言い方をしよう。仮名文字の強みをもつ日本語は「身分けの世界」を表現する言語として大変な強みをもち、表音文字だけからなる西洋語は「言分けの世界」を表現するのに強みをもつと。実際、堅くて煉瓦のように積み上げていく強みをもつ西洋語は「言分けの世界」を表現するのに特化した言語として発達した気配がある。

ついでに。内館さんも前記の引用に続いて言っている。「日本語が単なる表音文字だけの言語であったなら、話せて書ければ『言葉がわかる』と言っていいのではないか。だが、日本語は違う。日本語は単に意思疎通のための記号ではなく民族の精神文化にまで関わるからだ」と。彼女はこうして表意文字によって構成される日本語の豊かさを礼賛し、そこに仮名文字まで加わると強調するのだ。

しかし彼女の日本語観はまだ仮名の働きについて踏込んだ理解にまでは届いていないように思われる。「精神文化にまで関わる」ということの内実がしっかりとつかめていないように見えるのだ。なぜ精神文化にまで関わるのか、どのようにして関わっているのか。仮名によって、である。実際、言葉（単語）の後に置かれる仮名によって言葉は実に微妙な、複雑な、言いようのない豊かな意味をはらみ始める。和歌も俳句もこの力によって、あれだけの文字数によって実に大きな複雑な世界を表現するのだ。俳句がたった五・七・五の一七文字によって広大な自然や時の移ろい、広くしかもいっぱい意味の詰まった空間を、人の多彩で微妙きわまる心情を、余す限り表現し得るのはひとえに仮名のせいである（「去来抄」や「三冊子」を読んでもらいたい）。つまり仮名をもち、仮名の働きを目一杯使っている日本語は、人の心の動きを、心の働きを、そのままに表現できる言語なのだ。こんなことができるのは日本語だけではないか。もっと端的に言えば日本語は人間の心の姿をそのままに表現できる言語なのだと思う。心というものが他の箇所で明らかにするようにもし情、いや情緒を本質とするものなら日本語はどの言語にもまして心の姿を表現するのに強みを発揮するだろう。だから日本語は「精神文化に関わる」と言えるのである。

以上のことに間違いがないとすると、相当興味深くかつ十分考究するに価する次の見解に突き当たる。池谷裕二氏の著書に出てくる説である。『脳には妙なクセがある』で、氏は言語が人間の心を作ったのではないかという考えを紹介している。メキシコ北部には青と緑の中間色を表現することばがあるためそんな色を見たとき即座にその色を表現できるが私たちはそんなときどう言いあらわしたらよいか困惑する。またロシア語では「明るい青」と「暗い青」に相当する単語を別々にもっているため色彩の識別検査をすると彼らは両者を素早く識別できるということが分かっている（日本語にも、紺色、群青色、茄子紺色、空色などと青について多彩な言い分けが存在するが）。こうした事実は何に由来するのかを脳画像で調べてみると「脳における分類や認識は、それに対応する単語の有無が決め手」になっているらしいことが明らかになったという。こうした脳科学の成果からアメリカのある学者は「自分や他人の感情に気づくことができるのも、言語をもっているからではないか」と考察しているとも池谷氏はいっている。

じつに興味深い面白い考えではないか。大いにありそうなことだと考える。ことばがあるからそれが表現しているものがある、ということは十分言えそうだ。ことばがもつ力はもっともっと注目されてよい。ものや物事がまず始めにこの世に存在して、存在しているからそれを表現するのではない。普通はそう思うが違う。表現することによってはじめて存在する、ないし姿を現すのである。ここは微妙だが大事なところだ。ことばに表されているものはもともと存在しないのではない。何にもないもの、存在しないものを表現するなどという芸当はできない。なにかあることは事実なのだ。だが、それは何として存在するのではないのである。いわば「もの自体」的にあるにすぎない。それが何かになるのはことばが与えられ、表現されることによって、つまりそれこそ「言分け」されて初めてなのだ。

こころもそうである。こころ自体は、こころの或る事態はある。が、それはどういう事態としてあるのか、こころのいかなる様相としてあるのかは言いあらわされて初めてわかり（より正確に言うなら、存在するようになり）、明確になるのだ。これがこころの実態だと私は思うが、そうだとするとこころはことばによって作られるといっても構うまい。実際またそうである可能性が大きい。ことばがなければ人のこころも動物のそれと変わるまい。恋愛などということも、また愛における複雑微妙な心理的駆け引きもことばがなければあり得ないであろう。

こういうことも言えよう。先ほどの色の話を例にとる。青と緑の中間色や「暗い青」と「明るい青」の色彩語の話である。その色彩語があることによってその色がすぐに呼び出せる。なければその都度、どういう色だろうと曖昧なそれに近い色をあれこれ思い浮かべてみようとすることになる。しかも最後まで多分揺らぎ続ける。しかしすぐに明らかなその色を具体的に思い浮かべることができればその色を何かの喩えに使うことができるし、その色を使って様々な表現ができるし、いろいろな言いあらわしができる。その色をこころのある状態になぞらえることもできよう。その時その瞬間にこころの新しい状態、新しい様相が出現することになると言ってよい。

もしそうだとすると重大なことになる。人がどんなことばをしゃべるかによってこころや認識が違ってくることになるからである。そこで日本語である。先に述べたように表音文字と表意文字を併用し、かつ仮名文字をもつ日本語は人間のこころや気持ち、感情を表現する世界でも屈指の言語であろう。実に実に精密に豊かに複雑に微妙にこころや感情の動きを捉えることができる。そこに源氏物語も生まれた。和歌も俳句も生まれた。これらはすべて日本語だからできたのだと言えることになる。日本語をしゃべる日本人は世界でも屈指のこころや自然の様相、動きを知っており、見ている人種ということになる。そして確かにそうらしい。日本人のこころの細やかさは世界でも傑出しているようである。それはここに原因が見て取れると私は考える。

二一　生理科学的読書論

人は一体なぜ本を読むのか。理由は突き詰めれば次の二つに絞られるであろう。一つは楽しい、豊かな時間を過ごすため。もう一つは多少とも知的で有益な情報や人生の知恵を得るため。前者は小説など面白い物語を読むことに代表されるし、後者はハウツーものや思弁的著書、学術書に代表されると大雑把に言える。

実際、面白くて我を忘れるような小説やエッセイ、刺激的な学術書を読んでいる時ほど充実していて楽しい時間の過ごし方は少ない。読み終えるのが惜しくて、終わるのを先延ばししたいほどのことがある。読んでいる最中の充実した時間感覚、満ち足りた思いも、いかにも幸せである。これを一口に言って知的生活と称してもよいだろう。

知的生活の本質を一言で言えば、「新しい発見や気づきを得る喜び」を求め、「新しい発見や気づきを得る喜び」に支えられた生活、とするのが一番いいのではないかと思う。「新しい発見や気づきを得る喜び」というのは数学者森田真生氏の『数学する身体』の「はじめに」で見つけた言葉である。氏はこれを数学する理由、数学する意味として述べているのだが、数学とは限らない。何であれものを学び考える生活にはどこでも言えることだ。実際、人が学び考えるのは——あまり面白くもないことと一般に考えられている学びや研究に従事するのは——要するに新しい発見や気づきに巡り会いたいからである。

体験者は誰でも知っている。そういうものに巡り会ったときの喜びはなかなかのものである。喜びの度合いは発見や気づきのレベルによってピンからキリまであるが、小さくとも鋭いといってよい喜びが結構多い。この喜びを知った人間はその喜び体験に支えられてさらにもっと追求しようと意欲し、さらにそういう喜びを体験したくて究明に立ち向かう。この生活を一口で言えば、喜びと期待に満ちた充実した生活ということになる。偉大なる数学者岡潔の言い方を援用すれば「のどかな春のような喜び」である。岡さんは数学の問題を考えているときの自分の状態をこう表現している。端から見れば一番苦しんでいる状態のように思えるが、そうではないのだ。考える喜びを知らない者、勉強が嫌いな人にはしんどい、嫌な、逃げたい時のはずだが、考え込んでいる当人にとってはなんと「のどかな春のような喜び」に浸っている時間なのである。彼の日々が全体的に明るく、伸びやかで、気分としては幸せなのが理解できるだろう。

もちろん、彼が考えている最中は集中し、神経はぴりぴりと緊張し、近寄りがたい雰囲気を醸していることもあろう。したがって側で見ているものは、痛ましい思いを抱くかも知れない。なにが幸せだろうと。が、彼の内実に入ってみればそうではないのだ。そういうときの彼は無心であり、自我を忘れ去った状態で、後で顧みれば「のどかな春のような喜び」と形容できる気分に包まれていたとでも言うほかない状態だったのである。金も名誉も華やかな社交も関係がない。日々の全体が、毎日の明け暮れが、相対的にこのような色合いに彩られているのだ。だから学問三昧に明け暮れた一流の学者、在野にあろうとも真にいい仕事をした思想家、無名だが一筋に知的生活に過ごした特異な人物たちの回想録や生活記録、自伝を読んでみるといい。そこには自分の生涯や日々そして仕事が面白かったこと、わくわくするような喜びに満ちていたという回想しか書かれていないだろう。文章が躍動さえしばしばしている。

知的生活の根幹をなしているのが多く読書である。一体読書にはどこにそんな効用があるのだろう。いうまでもなくそれは初めに述べた読書の目的にあるに違いない。一つは豊かな楽しい時間を過ごすため。しかしなぜ読書は豊かな楽しい時を過ごせるのか。本の世界がそれだけ懐深い豊かな世界だからだろう。なぜ本の世界は「懐深い豊かな世界」なのか。人は物語の中でもう一つの人生を過ごせるからではないか。疑似体験ができる。

言うまでもなく私たちは一つの（自分の）体験しかで

きない。だが世の中には無数の違った体験があることを知っている。それも実に変わった体験、暮らし、面白かったり悲しかったりする体験があることを。だが私たちができるのは自分の体験、たった一つの体験にすぎない。他の体験はどんな体験だろう。面白いだろうか、辛いだろうか、もう二度と味わいたくないと思うだろうか。そういう興味に駆られて私たちは話や物語に聞き入る。話や物語が高度に整理され巧みに構成され、一層本物らしく仕立て上げられたものが小説（文学作品）である。かくて私たちは文学作品でもう一つの人生を、生活を体験する。自分では時間や場所、能力、運命、自分の身体は一つでしかないという物理的条件その他の制約で決してできないもう一つの体験を物語を通して疑似体験する。他人の人生を経験してみる。無数の人生を生きたと同じような経験を（擬似的に）するのだ。十も二十もの人生を生きたと同じような人生を生きることができる。豊かな時間にならないわけがない。十も二十もの違った人生を生きたと同じことになるのなら、彼の人生は経験豊かな、賢い人生にならないわけがない。比喩的に、大げさに言えばそういうことになる。これが読書が人を引きつける理由の一つである。若いときによい文学作品を、良質の物語をたくさん読むことが大事な理由がこれで分かる。

いまだ自分一人の人生さえろくろく味わえていない人々が小説を通じて多様な人生を、それも多くの場合、非凡な人間が賢明に過ごした体験を疑似体験にしろ味わうことは随分意味のあることだろう。人間とはどういうものであるか、事に際してどういう選択をすればどうなるのかといったことを学ぶことができる。これは随分と大きいことだ。そのせいかと私は考えるが、事実、私の知る限り様々なジャンルで活躍した人々の多くが青少年時代に非常な読書家で、たくさんの文学作品を読んだという経歴をもつ人々である。若い日の読書が彼の感受性や考え方の根底を作っていることは確かだと思う。

初めに述べたように読書にはもう一つの種類の読書がある。知的読書と言おうか。楽しい豊かな時間を過ごすのが目的で行うのではない読書。必ずしも気楽なひとときを過ごすことにはならないし、時にはしんどい苦行のような時間になるけれど好んで行う読書。人はこの読書によって知的利益を得ることを概ねは目的とする。露骨な言い方になるがとどのつまりは知的な何らかの利益があることを期待し行う。本は多く期待に応えてくれる。

期待に応えてくれる度合いに応じて、実に有益な豊かな時間を与えてくれる。

こういった事々が読書の世界であり、人が様々に限りなく本に引きつけられる理由である。しかし読書の効用、したがって狙いを以上のことに絞ってしまうと（従来の多くの読書論はそのレベルにとどまっているのだが）私は読書の神髄に迫ったことにならないと思う。読書の本当の力はそんなところにはないと考えるのだ。そのことを述べてみたい。

まず脳のことから始める。こんにちまでの脳科学が明らかにした脳の働きと仕組みをあらあら述べれば次のようになるだろう。脳には何億何十億という脳細胞（ニューロン）があり、各脳細胞からは大変多くの手が伸びている。そしてこれらの手同士で細胞は繋がったり繋がっていなかったりしている。繋がっていても細い繋がりであったり、太い繋がりであったりしている。繋がりは脳が（ということは人が）体験した出来事にさいしてその神経細胞がどのような強さで共に活動したかどうかによって成立する。活動機会が多かったら繋がりは太くなるし、少なければ細々としかできない。何も活動しなかった細胞同士の間には繋がりはできない。このようにして脳細胞は各経験に対して繋がったもの同士の繋がりグループが出来る。ある経験Aには A の繋がり網（回路）が成立し、Aグループが活性化すればかつて経験した経験Aが脳内に（おそらく）Aとして再現されるという仕組みになっているようである。カントの脳はカントの思考の流儀というか方法、癖に即して繋がり、彼独特の脳構成になっている。カントは長年月の思考によってそういう繋がりで構成された構造に脳を作り上げたのである。したがってもしあなたがカントの脳の構成と同じ構成にあなたの脳を作り上げることができればあなたはカントと同じような思考ができるという理屈である。蓄積した知識量などの問題もあるから同じ思考ができるとは言えないが、近い思考、類似的な思考はできるだろう。

さて読書である。あなたはカントを読む。徹底的に読む。朝から晩まで毎日毎日カントの思考の後を追体験し、追思考していることになる。いつかあなたは脳細胞にカントと同じような繋がりを獲得していることになるだろう。カントが理解できるようになったとはそのことにほかなるまい。このときあなたはカント的な思考もできるようになっているはずだ。

以上のことが意味することはなんであるか。人は読書によって、他人の思考の追思考をすることによって（徹底的にすればという条件付きだが）、著者に近い構造の脳を作り上げることが可能だということだろう。私の思うに学ぶということは結局そのことにほかなるまい。人は学びによって真似るのである。真似るとは本当に真似るなら脳の構成を真似ることなのだ。つまり脳は脳細胞を増やしたりはしないが、組み合わせを増強したり、変えたり、新しく構成したりして、常時構造を変えているのである。脳は変化しているのだ、あるいは変化することが可能なのだ。人が経験を積んだり、賢くなったりする度に脳は構造を変えていく。脳の力、脳の働きは脳細胞同士がどんな構造をしているかによって決まってくる。言い換えればどんな経験をするかによって人の脳は変わってくる。すると、大げさに言えば読書によっても人の脳の構造は変わるだろう。悪く変わることも当然あるだろうから注意しなければならないが、よくにしろ悪くにしろとにかく読書でも脳は（目に見えぬぐらい微妙にだろうが）変わるとしておこう。

ところで読書に関しては「読書百遍意自ずから通ず」と昔からいわれる。いかに難解な本でも百回も読んでいるうちにはごく自然に意味が分かってくる、という意味である。そして昔の、というのは明治の初め頃までの人々の、世に名を残している人々が本の種類こそ少ないが少ない本をどれぐらい読みこなしているか驚くほどである。江戸時代なら漢語の本しかなかった状態、それもほとんどが儒学関係の本に限られた状態だったようだ。四書五経や『春秋左氏伝』その他が中心である。それをしかし彼らは繰り返し繰り返し暗記するほど読んで倦まなかった。ために『春秋左氏伝』など（決して短いものではないが）そらで覚えている人間が少なからずいたようである。そういう読書で彼らは大変な教養人、知識人、人格者になったのだ。読書の力のみによると言えるかどうかは疑わしいが、彼らが勉強したと言えるのは読書ぐらいなのだ。それを思えば読書の力はもの凄い。

著名な哲学者の木田元さんのことばとしてこんなことがある。木田さんは大学教授としての後半に若い有志の哲学徒を集めて私的なゼミを開いていた。大学院クラスの学生を囲んで木田氏や助教授クラスの者たちが学生のレベルの高い原書の一字一句を翻訳し、解釈していく。それを哲学原書の講読を聞くという形である。ゼミ生は木田さんや助教授たちがいちいち質問し、批判していく。初めゼミ生は大抵冷や汗をかき、青ざめて立ち往生する。

しかしこういうことを数年も続けていると未熟だったゼミ生が確実に力をつけ、ゼミを卒業するころにはメルロ＝ポンティやフッサールの哲学書を翻訳できるところまでになるのだという。もう一つあげておこう。小林秀雄。彼の読書ももの凄いものである。彼は中年のころドストエフスキーに関する評論を書いていた。「ドストエフスキーの生活」「罪と罰について」「悪霊について」その他である。その時代のこととしてある人が語っている。小林秀雄はいつ尋ねて行ってもドストエフスキーを読んでいた。十年ほどのちに尋ねていったときも机の上には読みさしの「罪と罰」があったと。そして晩年の大作に「本居宣長」がある。氏は宣長に十五年ほどかかっている。ということは十五年ほどは本居宣長とその周辺に集中していたのに違いない。十五年である。倦まずたゆまず宣長に取り組んで、十五年かかってやっと筆を執ることができたのであろう。十分想像力の働かない人は自分で宣長なら宣長一人を一年間でもよい読み続ける毎日という生活を思い浮かべてみるがよい。それが十五年である。どんなにもの凄いことか微かに分かるだろう。

以上、諸例の示すところは明らかである。読書百遍ということである。同じ本を、あるいは同じ著者の本を百回というぐらい何度も何度も読むことに神髄があると。昔からいわれていることだが、これの意味するところを私は語りたいのだ。はっきりしているではないか。同じ本、同じ著者のものを繰り返し繰り返し読むとはどういうことか。脳の構造をその本、その著者の脳の構造になぞらえて変えるということだ。そんな名著を著す著者の脳はそれなりの独特の脳細胞ネットワークになっているであろう。彼は一生かかってそういう脳構造を作り上げてきたのである。並みや大抵の努力、苦労、時間ではなかったはずである。その文章を追うということは彼の脳が生み出した思考、思い、感想をたどる、追体験するということだ。

同じ思考を行う。同じ考えの筋道をたどる。これを何度も何度も繰り返せばこちらの脳にも同じような回路が少しずつ構成されてゆくだろう。回路は何度も使われる内には太くなり、通じやすくなるだろう。この果てには同じような構造の脳が成立するだろう。大文化人、大知識人である著者と似た脳が出来ればそれに近い思考が可能になるだろう。そういうことなのである。本の少なかった昔の人がそれでもなぜあんなに深い教養をもち、知的にも非常に高かったのか、そういうことが可能だったのかの理由はここにある。「論語」なら「論語」、「左氏伝」なら「左氏伝」（西洋人の場合なら「プラトン」「キケロ」「アウグスチヌス」「マキャベリ」その他といったことになるか）を彼らは徹底して読み込み、全文暗記し、その著者に近いレベルの頭を作り上げていたのに違いない。だから彼らはどんな事態にも対処できたのだろう。

木田元さんの私的ゼミでも、難解な哲学書を何年間も徹底して精密に読み込む込むことによって、脳構造をメルロ＝ポンティならメルロ＝ポンティのそれになぞらえて作り上げる作業を続けていたのだ。小林秀雄は昔から若い人たちに何を読んだらよいか尋ねられて「トルストイの全集を」と答えるのを常にしていたというのも、大作家の作品を全部読むことを通じて作家の考えや発想、文章の癖、筋道を我が身にたたき込むこと、つまり脳構造を大作家のそれに近いものにするのが一番だと信じての助言だったのであろう。そして彼自身が若いときからやってきた勉強法はそれだった。ランボーしかり、サンボリズム詩人たちしかり、西行、兼好法師、モーツァルト、ドストエフスキー、ベルグソン、セザンヌ、伊藤仁斎、荻生徂徠、本居宣長、皆そうである。それは彼の対象に取り組む取り組み方を見ればよく分かる。

単に知識や情報を増やすための読書は別である。それはそれで意味のあることだ。が、勉強のための読書の要諦は右記したことに尽きると私は思う。古本屋やブックオフに売られている本を私はたくさん見て知っているのだが、人々はいったいどういう本の読み方をしているのかと思う。本の中身を見れば気楽に読もうとして購入したとは思えないのだが、大抵は一読しただけで「読んだ」と満足して手放しているようだ。心に響いてくるものがなかったらしい。それはそれでいいと思う。本も人間と同じでウマが合う合わないがある。それはそうだが、一定以上の評価が数十年以上かけて確立しているような本はどんな本でもまずいたるところに見事な創見や解釈、洞察、評論、見解があるものである。文章の気持ちの良さもある。それらに気がついて自分のものにしなければもったいないではないか。

私は読書は面白いものだと思う。大抵はわくわくするほど面白い。一流の著者たちが自分の一番よいところを伝えたくて書き残したものが手応え確かな、一流のものでないはずがない。著者が生きていて活躍していたときなら、あなたは彼が我が住む町へやってきて講演会でもするなら高い聴講料を払い時間をつぶしてでも聞きに行ったりするだろう。それほどの著者が自分の一番よいところを丁寧に時間をかけ、非常な工夫をして書いたものなら、それ相当の対応をするに十分価すると思うのだが、どうも人々はそれだけの対応をしていないように思われる。もったいない話だと思うのだが。

二二　最初の日本列島人

考古学は日本列島に人類が到着した年代をほぼ四万年前と推定している。そのころは地球寒冷化のために海水は低下し、氷河が至る所を覆い、列島は大陸と地続き同然だったようだ。歩いて列島へやってくることができたらしい。マンモスなどの大型獣が大陸と地続きの列島をのし歩き、人間もそれら獲物を追って列島の各所にいたであろう。旧石器時代である。やがて（一万数千年前だろうか）地球は温暖化し始め、氷床や氷河が溶け、海水が対馬海峡から海としての姿を見せ始めた日本海へ流れ込み、列島は海に取り囲まれて大陸から切り離された。多くの旧石器時代人が北上するマンモスを追ってシベリア地方へ移動したであろうが、残った者もいた。

残った者たちは切り離されて孤立した列島の気候風土に向き合って生きていくこととなった。そこにあったのは四季の巡りがあり、温暖で照葉樹林に覆われた土地である。後で述べるように決して生きにくい風土ではなかった。やがてここは人種の吹きだまり地となる。太平洋とユーラシア大陸との広範囲な各地からありとあらゆる人種がやってきた。黒潮、親潮に乗って南から北から来たから。日本列島は地理的にも吹きだまりになっている。南のフィリピン方面から北上する黒潮がやってきて九州の南で列島を囲むように二筋に分かれ、太平洋側と日本海側双方へ海岸を洗うように北上し、北からは親潮が樺太方面から南下し、これも北海道の北で東西に分かれて本州の北端あたりへ流れ下る。そして津軽海峡から本州北端付近の沖合で黒潮と出会って消える。こうして海流はポリネシア方面とオホーツク海方面から日本列島へそれぞれの風物を載せてやってくるが、日本列島から流れていく潮はない。つまりやってくる海流はあるが、列島から外へ出て行く海流はない。航海に役立つ風もそうだ。日本列島へは基本的に風は偏西風が西から、つまり大陸側から吹き、さらに冬期には強い北風が日本海側から吹き付ける。この逆はいたって少ない。つまり日本列島は外からやってくるばかりで出て行きにくいようにできているのだ。こうして長い年月の間に旧石器時代の残存列島人を軸に、その後各地から流れ着いた人々を含み込んで混血し出来上がっていったのが縄文人なのであろう。ほぼ一万二千年前のことと推定されている（土器の出現を縄文時代の開始として。もっとも列島での最古の出土土器は最近では一万六千五百年前とする測定結果も出ているらしい。すれば縄文時代は実に一万四千五百年間にも及ぶことになる）。

来てみればこの地は狩猟採集生活の当時にしてみれば天国であった。全土が緑に覆われ、水は豊か、気候はまあ温暖、山や森には果実を初めとする食物が豊富にあり、これに依存する猿鹿猪、鳥、昆虫などがわんさと居た。川には魚、海には貝、海草、魚類がいた。食料はまず不足はない上、住みつくに適した場所は来た人々の人数に比べて幾らでもあって、さして争う必要もなかったはずである。居心地がよいからあえてここからは出て行かない。来るばかりで行き止まりになってここからさらに何処かへ行くということがそもそもない。受け身に受け入れるばかりである。日本人の受け身の姿勢の根本的理由、現在も続く外から来るものを受け入れるばかりで、こちらから出すという姿勢の希薄な理由はここに由来すると見てもそう間違いとは言えないだろう。

外から来るものには、いいか悪いかはともかくこれまでにないもの、知らないもの、珍しいものも多かっただろう。中には確かに取り入れやってみれば効果のあるものや役に立つものがあった。それなら新来のもの新来の事柄を興味をもって取り上げ試してみることになる。排除するより試してみることが自ずと習いになるだろう。キリシタンバテレンの頃から続く日本人の例を見ない好奇心の強さ（キリスト教布教を目指して来日した当時の西欧人達が押し並べて、こんな好奇心に満ちた民族は初めてだと本国へ報告している）、外来物を排斥しない特性の根はこのあたりにあると見るのはこじつけか。

正倉院の諸物は日本の置かれた風土的特異さ、地理的位置の特性を見事に証明している。地中海文明から中近東、印度大陸その他非常に多くの地域の、いまは現地に残存しない文物までが保存されている。はるばるやってきたそれを日本人はしっかりと受け入れ大事に残してきたのである。そうした成り行きのどこにもこちらから自分たちの文物を送り出すという動機がないように思われる。もらえばお礼をするのが自然だから正倉院の時代にはお返しをしただろうが、縄文時代にまで遡れば入ってくるものは多分に漂流漂物という形だったろうからその必要も少なかったに違いない。列島に来たものを専ら受け入れ、混ぜ合わせ、いいもの、利用できるものは何でも使い、利用しにくいものは自然に排除してしまう。ものの場合ではなく人間（人種）であっても、列島の自然の懐は広く、来るものを力尽くで一方的に排除する必要はなかった。そういうこころの姿勢が意図せずにいつの間にか作り上げられてしまったであろう。

土器の出現する一万数千年前はほぼ地球最後の氷河期の最中とされているが、やがて本格的な縄文時代の始まるころは氷河期の終わりと重なるものとみられ、日本列島は大陸と切り離されて完全に列島となった。親戚が一つもない日本語はそれ以前に列島に入っていた言語が祖型となって成立したことばと見なすのが理にかなっている。それに縄文土器の由来も注目されてよい。これまでのところ人類がもった最も早い土器の一つであり、どこにも祖型となるものがこれまでのところ見つかっていない。似た物もないようである。一番素直に解釈すれば列島で発明されたということになりはしまいか。なにしろ列島出土以外の地で土器が見つかっているのは西アジアでの八千年ほど前のものだというのだから。今後の発掘に待たねばならないところがあるのかも知れないが、数千年もの差は生半可な差ではない。

くどいようだが以上の列島の特殊性は何度確認されてもよい。こんにちまでの日本の世界的に見ての独特さ、特殊性を理解しようとすればどうしてもそこに行きつくことになるように思われるからだ。同じ島国で、高度な文明を誇る大陸のすぐ側に位置する国としてよくイギリスがもち出され、その似た地理的条件がもち出されるが、二つは似て非なるところが大きい。南北から東西両岸沖を流れる海流の有無、そして強い偏西風や冬期の北風の偏在を主因とする外から入ってくるばかりで出て行くのが困難な島々、外から入ってくるといっても狭い海峡とはいえ気象条件などかなりの障害があって、大集団が侵略的にやってくることは難しかった事実などは西の島国（イギリス）とは大いに異なるのである。そういう特殊事情の中で旧石器時代を含む二、三万年という歳月は人々を列島に吹き寄せ、あるいは大陸と陸続きであった時代に太平洋とインド、フィリッピン、タイ、シベリヤ、樺太までの全ユーラシアからの人種を集め混合させたのであろう。

国立民族学博物館館長の須藤健一氏が館長退任記念講

演会で述べたことばに私は注目する。須藤氏は典型的なフィールドワーカーの民俗学者のようである。氏は太平洋のミクロネシアにいまも伝わる伝統的航海術について、「太陽と星を道しるべに、風と波を読みながら、出合う雲や海流、鳥、魚の色や匂いから方位を割り出して数千キロの大海原を渡る」と述べておられる。そして現地の船乗りのことばを引用して「彼らは目的地の島を頭に思い浮かべて航海し、『心の中の島を見失ったら迷子になる』と話す」と報告している（日経H29／3／30）。つまりミクロネシアの島民にとっては数千キロの航海などなんでもないのである。これが海に生きる人々の行動範囲であって、陸路のスケールで考えては間違うのだ。黒潮に乗ってミクロネシア方面からやってきた人々は日本列島に何人もいたであろう。北は樺太方面から北方モンゴロイド系の人々がやってきた。このようにして長い長い年月の間に混血して出来上がり成立したのが日本列島人であったと私はみる。それ以外にこんにちまでの日本人の世界的にも希な自己滅却精神などの諸特異性のよってくる原因を求めることは難しいと思うのである。

二三　力に対抗するに力ではなく

我が国には合気道という武術がある。ものの本によると、合気道とは「決してこちらからは攻撃せず、ひたすら護身を旨とする格闘技」で「向かう相手の力を利用して制御し、身を守る」術なのだという。そんな武術ってあるのだろうかとほとんど唖然とする。私は断言してもよいと思うが、世界中にこんな格闘技を編み出した民族はまずいまい。「決してこちらからは攻撃せず」である。「向かう相手の力を利用して…身を守る」である。これが日本で生まれたことに私は深い感銘を覚えずにはいられない。まるで日本そのものではないか。日本はいまさら平和憲法をもち出すまでもないのだ。もち出すまでもなく、まるっきりの平和的な民族なのだ。合気道の神髄にあるのは、力には力で対抗しようという気がまったくないことである。世界中の民族がそうは思っていない。ほとんどが力に対しては力で押し返し、相手を上回る力で対抗し、相手を叩きのめすことを狙いとするばかりである。

力で来ても力で対抗しようとはしない――日本人の他民族と違う特徴、特質をあげよ、となら このことに見るのが一番簡明適切なように私には思われる。どの民族と比べても日本人が賢いからではない。この国の風土が生んだ国民性である。地理上の行き止まりである島国で、四季は巡り緑は豊か。しかし火山噴火、台風、地震、大水その他自然災害の世界でも希有なほど頻発する国。自然災害の力は強烈でこれまでのどのような人知でも防ぎようはなかった。その恐ろしさをこの列島に生きる日本人ほど身にしみて思い知らされてきた民族はないであろう。それでいて日本列島ほど普段は生きてゆきやすい土地はなかった。食料はいっぱいある。山あり谷あり離島ありで隠れ場所もいっぱいある。夏の蒸し暑さ、冬の雪や寒さは確かに酷いものだが、世界各地の過ごしにくさに比べれば格段に酷いというものではない。ときたま襲いかかってくる自然災害さえ運命と諦めしのげばまずは幸せな生涯を過ごせた。これがこの列島に到着した人々の目に繰り広げられた人生だったろう。

問題は自然災害である。いつどこで誰に襲いかかってくるか分かったものではない。よい行いをしたからといって逃れられるものではない。前もって予測できもしない。どう防ぎようもない。他民族の侵入のように予防したり防いだり、とにかくなにほどか対抗手段があり得るということにはならない。猛威だからといって力に力で対抗するわけにはいかないのである。こういう事態に常時さらされて生きてきた日本人はいつかこういうものに向かい合う方法を覚えていった。事態が発生してから起こったことを受け入れ、発生した事態の中でできることをする。力に力で真っ向から立ち向かっても粉砕されるばかりである。できることは相手の力をいなしたり分散したりして無理なく弱め、被害を少なくすること。そうしながらできれば相手のそのたぐいまれな力をこの機会に利用できれば言うことなしである。要約すればそんなところだろう。

このようにして列島人（日本人）はこの気候風土の中で生きていく方法を身につけた。やってくる気候、災害に無理に逆らわず、それに合わせてこちらを変え、工夫して最良の暮らし方を考えることと。相手の出方を利用することと。身を添わせて考え工夫すれば、相手は思いもよらない恵みを与えてくれる気候風土、自然である。あたかも無理に力で対抗しようとせず身を添わせてくれるこちらに感謝して向こうも好意的に対応してくるごとくに。おそらくこれが日本人がこの国の自然との付き合いの中で知ったことだろう。日本人のメンタリティの基本姿勢となったものと思われる。

私たち一般の日常生活を見ても、一番奥底には力に力で対抗することを避けようとするこころの姿勢がある。相手に無理に逆らおうとせず、相手の力に合わせてこれを徐々に弱めるか利用するかして共存共生していこうと。本来戦いの術である格闘技においてすらそうだ。これは驚くべきことである。それが先に述べた合気道になる。柔道もそうである。あれも巴投げに典型的に見るように相手の力に力で対抗するのではなく、押し込みのしかかってくる相手の力を利用して投げ飛ばすのが基本になっている。本来殺し合いである戦いの場に置いてすらそうであるなら、それ以外の場では余計に力に力で対抗する姿勢は薄れるだろう。識者によっては私たちが日常使う言葉そのものからして、すこぶる戦闘的ではないとする人もいる。よく聞くことだが明治の開花以来、日本人は言い合いをすればとかく欧米人に負ける。論理でたたみ込んでくる西欧人に言い負けてしまうと。言語の構造自体が欧米語のそれは論理の積み重ねに適合的に出来ているが、日本語は前後左右の結合が緩く、感覚で結ばれているところがあって、相手を力尽くで説き伏せる馬力をもたないというわけである。これはそのとおりだろう。大体が論理というものは相手を有無をいわさず力尽くでねじ伏せるために出来上がったものと見ていいのだ。

こうして日本人には相手を殲滅（せんめつ）してやろうという考えは極めて希薄だということになる。殲滅せずに相手の力を生かし利用し共存共生していこうとする。日本文化が重層的で、古いものをも残して世界でも希なほど新旧並列的なのもおそらくここに原因があるだろう。人間が攻撃的ではなく融和的であり、何よりも和を尊ぶのもそうである。驚くほど創意工夫に富み物作りに巧みなのもここに原因があるだろう。その実例はかつて多くの人に読まれた樋口清之氏の『梅干と日本刀』に多々紹介されている。そこに書かれている事例には驚くほかない。おまけにこの列島の気候風土は繊細で複雑多彩で変化に富みまずは優しい。応じてそういう感受性が養われることにもなったであろう。こうしたことが両々相まってこんにちの日本人が形成されたと私はみるのである。

ここからいえば私は憲法観を変えなければならない。中身はともかく日本の憲法は平和憲法でいいのだ。ただし現行のままで良いという意味ではない。作り直し訂正して、しかし全体としては平和をうたう憲法で良いという意味だ。私は聖徳太子の「和をもって貴しとなす」を日本の憲法の中心に据えていくことを提案したい。「私たち日本人は和をもって貴しとなすを基本とする国作りを昔から国是としてきた」と憲法で宣言するのである。諸国民の信義と平和を信じるのではない。他者を信じる、と宣言するのは馬鹿げている。

阪大助手（当時）だった四方哲也氏が著書『眠れる遺伝子進化論』で述べていることは注目に値する。氏は単細胞生物である大腸菌を使って実施した研究を基にダーウィンの進化論に手厳しい異議を唱えている。焦点は「適者生存」にある。

適者生存説の教えるところによれば。異なる生きものがいるとする。そしてそれらの生きものは同じ餌をとって生きているとする。すると強い方、言い換えればその環境により適した方が生き残り、他方は絶滅するというのが適者生存説の骨子である。実に理にかなった考えでほとんど絶対的な強みをもつ説と考えられてきた。しかし四方氏が行った実験では幾らやっても一方が繁栄して他方は絶滅するという結果にはならなかったのだという。そうではなく、どんな弱い、劣悪な性質しかもたない大腸菌でもほとんどの場合、生き残って強者と共存するのが実験結果だった。

このダーウィンの進化論に反する事実を前にして氏は考えるのである。これこそ実は現実の生態系の実際ではなかろうかと。適者生存説は結果論にすぎないのではないか。いわば同語反復――ある生きものAが生き残っているのを見て、Aが生き残っているのはAが生存に適していたからである、と言っているにすぎないのではないかと。しかし実験結果は弱者もそれなりに生き残って強者と共存するのが実際に生物界で生じていることだと示している（大腸菌はことがらをシンプルにするために選ばれただけで、人間のような複雑な生きものであっても本質的には変わりないようである）。

どうしてそんなことになるのか。ここで氏は実験の経過や内容を詳しく検討して、異種大腸菌の間に生じている相互影響に注目する。AとBという異種の大腸菌を同居させるとそれぞれが単独でいる場合とは大変違ってくる。何が違うかというと、Aがいるところへ Bを入れると新たなBの存在によってAの環境に変化が生じる。たとえば微量にせよBの分泌物が漏れ出ることが考えられる。するとA単独の場合と生存箇所の状態が違ってきて、それがAを微妙に変える。Aの変化はBの環境も変えることになり、その変化に応じてBも変わる。こうして両者の間には相互影響が生じる。A、Bそれぞれの変化はどちらも新たな生存場所に適合するように行われるに決まっている。こうして両者ともに相手の存在を利用する形で自らを変えていって、その結果、共生共存に至るのが生物界で実際に生じていることではないか、というのが四方氏の結論になる。

氏は言う、ダーウィンは生きもの相互間に必ず生じる影響を考えに入れなかったのが間違いであると。素人考えではあるが私がみるところ氏の考察におかしなところはない。ことに適者生存説はなにも言っていないに等しいというのは兼ねて私も同じように思っていたところだから大賛成である。動物生態学の最近の成果でも、生物界の共存共生に注目が集まり声を大にして強調されているところにも合致する考えである。私たちのこの世界は想像以上に相互影響があり、共生共存から成り立っている世界のようである。

四方氏は自身が確認した以上のごとき生物世界の事実の上に立って、生物の歴史、人間の歴史や社会観察の結果、次のような推測を展開している。ここは実験事実からは直接導かれないが論理的必然として導かれると氏が考えるだけのところなので異論の余地が出てくるところかも知れない。ともかく氏が関心を寄せるのは、生物のあまりに多くが絶滅していることである。どのような生物でも過去では五千万年を超えて生存している生物はいない（そうらしい）という事実に注目する。なぜどんな生物でも絶滅するのかは本当のところは分からない。これに人間社会の歴史を重ね合わせると、力尽くで他者を排除し、滅ぼそうとするものは必ず自身滅びやすいという法則のようなものが浮かび上がると氏はいう。これらの上に立って氏は、他者との競争に勝とうとするより、負けずにとにかく生き延びる戦略をとる方が生き延びる可能性が高いのではないかと考えるのである。「現実の社会で見られるのは、積極的に競争しようとするほど滅びるのが早く、ある基準からみた場合は力がないとされる人も相互作用さえあれば共存しているという姿であろう」「結局のところ、私たちは『頑張らなくては置いていかれる。社会から放り出されてしまう』との恐怖から走り回っているわけだが、その心配がどれほどの意味があるのか。そんな予測不可能な心配をするより、よりよい相互作用としての人間関係を作り出して滅びないようにすることのほうが意味をもつ。勝ち残ろうとして排除するから、いつかは自分が同じ目に遭うんであって」と言うのである。

氏はこうも述べている。「相互作用によって個体が変化する現象を利用して、相手を変化させることで自分との共存関係にもちこみ、結果的に『負けない生き残り』を果たすのである」「主として存続することを最大目的とした場合、とにかく生き残り続けることと、当面の敵に勝つことと、いったいどっちが大切か、直感で考えれば何もわざわざ勝負をつける必要がないことが分かる」

さて、この四方説に合気道的な生き方を重ね合わせると実に興味深いことになりはしないか。合気道的日本人の行き方は力に力で対抗せず、さらにこちらを押しつぶそうとかかってくる相手の力に対抗せずに、ある程度受け入れ、あるいは柔らかくクッションを置くように相手の力を少しずつそぎ落としながら受け止める行き方である。もしくはこちらを排除しようと力尽くでのしかかってくる相手の力を利用して相手を倒すか、こちらの力を効果的に発揮する行き方である。いずれにしても力に力で対抗せず、あるいは力で相手を排除しようとせず、こちらが滅んでしまうようなことのない限り相手を受け入れ、共存する道を選ぶ行き方である。日本の文化が重層的である理由である。神道の上に道教が共存し、儒教、仏教、キリスト教、民間信仰と併存する。それぞれ幾分か役割をもって存在し、同時にそれぞれ幾分か他の宗教の影響を受けて変容する。

他にいま典型的なこととして私が思い浮かべているのは、幕末の開国に当たって結ばれた不平等条約である。あの条約が不平等きわまる理不尽なものだとは条約締結の際にも分かっていた。しかし国力の差の下に力尽くで押しつけられ、仕方なく結んだのである。相手の強引な力を一旦は受け入れたわけだ。そうしておいて一方で国力をつけることに専念し、それと同時に交渉によって不平等の解消に懸命になった。近年の何処かの国のように反××と激しい排撃運動を展開したり、条約の一方的な破棄という力尽くの手段はとらなかった。あくまで交渉のテーブルについて相手の同意を得つつ結局平和的に条約改変に成功した。時間はかかったかも知れないが双方に傷を残さず、禍根を残さなかった。これが日本的行き方である。実に賢い行き方というべきではないか。

日本人は至る所でこの行き方を選ぶ。いつでも一見、負け戦のように見える。力尽くで思うように事柄を運ぶ民族の方が圧倒的に有利で賢いように見える。世界中でそうであり、世界中がそうだと見なしている。だからこの世界では力が支配し、概ね力尽くで事が運ばれている。日本人一人そうではないのである。このことの意味するところをよくよく考えたい。

外国人ことに白人や中国人、韓国人から見れば訳の分からない、というか馬鹿ではないかということになると思われる。彼らにしてみれば日本人や日本という国を相手にした場合、いわば楽々と勝っているように思えるに違いない。なのにいつの間にか逆転されているのだ。しかもなにがあってというほどの劇的なこともないままに。こんな不思議なことがあるだろうか。だから彼らは日本人を気味悪がり、なにか不正なことをしているのではないかと疑う。

日本人側は強引なことはもとより、無理無体なことは何もしていない。相手の言い分を聞き入れ、いくらか受け入れさえして、さて時間をかけてきしみないやり方でこちらのやり方、言い分を相手に呑ませているだけである。勝っているつもりでいい気分でいたのに、気がついてみるといつの間にか負けている、という事態が外国人にとっては多すぎるのだろう。柔道もそうである。大男が小柄な日本人と侮って力尽くでのしかかってくるとこの小柄な男はたまらず後ろへ下がる。大男の外国人はこのときとばかりかさにかかって攻めてくる。と、いつの間にか巴投げか背負い投げ、内股で投げ飛ばされているというわけだ。初めて投げ飛ばされた大男は何が何だか分からないだろう。外交でも対人関係でも同じことだ。

日本人は例えば韓国人のように自己宣伝をしないし、威張りもしない、吹聴もしない。おとなしく黙って、あるいはニコニコして、相手のいうことを聞いているだけである。で韓国人はこいつはたいしたことはないなと安心して威張り、主導権を握ろうとする。日本人は逆らわない。でいい気になっているといつの間にか形勢は実力どおり逆転し、引きずり回されているということになる。おかしい、そんなはずはない、あいつら何かずるい手を使っているのに違いないというわけだ。

日本の歴史を振り返ってみても、日本人が外へ攻め入ったときは失敗している。白村江の戦い、秀吉の朝鮮侵略、大東亜戦争、みんなそうだ。しかし、外へ攻め込んだのはたったこの三回である。スポーツでも日本の国民性はまず守りを固めることに意を注ぐようである。判官贔屓といって敗者にこんなに人気が集まる国も珍しいのではないか。逆に勝者、それも圧倒的な勝者に人気が集まるともいえない。

結局、一番弱そうに見える日本人が一番この世界で生き残るのではなかろうか。

攻撃的な欧米の（ことにアメリカの）コマーシャル。国歌。音楽。著作（あの欧米の論証や引用の多さ。論証の詳細さ。長々しさ。それに比べて日本は短いエッセイになり俳句になり、くどくどしいのを嫌う）。美でもなんでも豪華なこと、大きく見事なことは力の誇示にほかならない。日本の美となんという違いだろう。欧米ファッションのあの肌の露出、これ見よがしの乳房の強調も力の誇示だ。日本舞踊とダンスやバレーの違い。そして日本語。樋口清之氏は前掲書でこう述べている。通常日本語で取り上げられるのは敬語である。敬語の多彩さを述べて、これが日本語の不便さ、学習のしがたさにまで言及されて他言語にない特質だと強調されるのが常だが、氏は敬語ならぬ卑語に注目してこれを日本語の特質だというのだ。私はこれはなかなかの慧眼だと思う。敬語表現は他の言語にもざらにあるだろう。しかし自らを卑しんでいう表現はあまりありそうにない。なにしろ呉善花さんが言うように、韓国人だと自らを相手より上位の人間、力のある偉い人間と見せたい気持ちばかりが先立つ人種らしいが、そういう人間がしゃべることはいやでも相手にのしかかる言い方になるだろう。これは西洋人をはじめ至るところでありそうな心性だ。日本語の卑語は正反対である。卑語とは相手に対して自らを卑しめ、貶めて言う言い方である。僕、小生、拙者、私め、奴がれ、老生、拙宅、庵、あばら屋、愚息、老妻…といった各種多彩な一人称や名詞だけではない。「これはほんのつまらないものですが」と言って渡す土産物、「お口に合いませんでしょうが」などいう挨拶ことばその他その他。そんなにつまらないものなら止めておけばいい、人様に失礼だなどと表現を額面どおりに受け取って日本人の感覚を疑う声さえあるほどだ。こういう、相手の目から見たら私などは何ほどでもないつまらない者です、という言い方はどれぐらい外国語にあるだろう。外国語にからきし駄目な私には自信をもって言うことはできないが、これまでの外国観察によればまずないのではなかろうか。力に力をもって対抗しようとはしない日本人の心性を知らない外国人はことばを表面どおりに受け取って、日本人を馬鹿にし軽んじて自らを怪しまないのに違いない。それぐらい日本語は卑語（というより謙譲表現）に満ちている。力尽くで世の中を渡っていこうとする人間の決してすることではない。

二四　現実を、何より現実を素直に

数学者吉田武さんの、小惑星探査機「はやぶさ」の、世界を驚かせた「いとかわ」からの驚異的な帰還までの一部始終を紹介した科学ドキュメント『はやぶさ』にこういう箇所がある。信じられないような科学的達成を紹介しながら、それが可能だった内実を述べている部分である。「常に現実を見る。その中で最も適切なものを選ぶ。合理に徹し、常識を疑う。成功の後追いをしない」。たったそれだけだが、私には事柄に対処するにこれほどの名言はないように思われた。いまもそう思う。日本の社会にはおかしなことが頻発する。戦争中における軍隊、こんにちに見られる政治のばかばかしさ。それらの由来するところはすべてこの引用文のごとき態度で事柄に対処しないからである。背くことばかりしているからだ。先の戦争で日本軍が惨敗した多くの原因は、こちらの都合がよい想定ばかりりして現実を直視しようとせず、現実に基づいた最も適切な選択をするより、希望的観測に沿った都合のよい選択をすることにばかりに走り、常識や前例や成功体験にとらわれた戦術・戦法をとり続けたことにある。いま現在政界で行われていることの大半は現実を見ようとせず、党利党略、私利私欲にとらわれてほとんど無意味な細部の小事に時間を費やしている恐るべき国益に反することばかりである。

「常に現実を見る。その中で最も適切なものを選ぶ。合理に徹し、常識を疑う。成功の後追いをしない」。事柄を、ことに難事を遂行するのに必要なことはこれに尽きると、私は歩んできた自分の人生をかけて思う。かつて『瓦松庵余稿』でアランを取り上げたとき私は彼のこんな箇所を引いた。「登山家がエヴェレストの最初の斜面を眺めたとき、すべては障害だった。通路を発見したのは、進むことによってである」。ここで述べられていることも同じことに違いない。なぜ絶望的と思われた難事が進むことによって解決（「通路を発見」）したのか。現実に直面し現実を目の当たりにして、できることとできないことがはっきりし、したがってどうするのが一番適切であるかがよく見て取れたからである。一番適切とは合理に徹することである。いかに常識に反していようと、前例のない方法であろうと、現場の現実に合う合理的な方法を選ぶのが一番だからである。

私はいつでも問題の現場に直面して、現場（問題）をよく見ることだと思う。そうすれば自ずとやり方、解決方法は出てくる。あとはそれに沿って努力し、うまくいかなければ工夫し更に努力するだけである。それが唯一の方法だ。注意するべきことは、常識や前例にとらわれたり、人目や批判を恐れて、現場が教える合理的な方法をとらないことである。しかし人はなんとそれができないことだろう。勇気の問題と言える。あまりに人は見栄や失敗を恐れて、勇気をもたなすぎる。

ここまで説いたことは学問の世界でもそのまま言える。学問では調査や実験、検討で得られたデータを精査してある見解に到達するというのが大きな方法になる。学説のほとんどというかすべてがこのようにして得られるものだ。このときでも、まず現実（得られたデータ）を偏見や希望的観察をまじえずそのまま受け入れ（つまり直視し）、それが語ることに素直に耳を傾けることが第一になる。そしてこうして手に入れた現実（データが語るもの）に対して、それが語ること、明らかに示していることに最も理に合う、無理のない解釈を求めるのが仕事となる。ここで重要なことが「常識を疑う。成功の後追いをしない」である。「常識を疑う」とは学説を疑う、すなわち定説だからといって盲信しないこととなる。あるいは有名な学者であったり斯界の権威の主張だからといって追従をしない、となる。データの明らかにしたことに最も適した合理的な解釈にのみしたがうこと、矛盾や不自由なくデータのしめすことを最も説明できる見解解釈にのみ忠実であること。他の思惑にとらわれてはならないることとなる。ただひたすらそれに専念することのだが、なかなかそうはできないことである。勇気もないというのが、大方の者の現実であろう。

二五　シンデレラの物語

その1

引用になるが一つの話を紹介したい。岩波書店から出ている『講座心理療法』シリーズの②『心理療法と物語』で見つけた一節である。

「ある事例ではシンデレラの話が話題になった。クライアントである中年の女性はシンデレラの話が小さいころから好きで、いわれもなく母親にいじめられるシンデレラに自分を重ねて共感していたと語った。しかし『でも最後のハッピーエンドだけは信じられません。人生そんなに甘くないぞって。私は今まで何度かハッピーエンドを求めていろいろなことに飛び込んできました。でもいつも裏切られた。ハッピーエンドなんて決して来ないというのは私の結論です』と続けた」という。

思うに心理学療法の学会か何かでの一人の心理療法者の報告であろう。ここまでのところは、ありそうなもっともな話である。ハッピーエンドなどこの世ではないのだという患者の感想は当然の、そうだろうそうだろうと誰しもうなずく事態である。ところが面白いことに、報告にはこの先があるのだ。引用する。

「シンデレラをめぐってさらに話を続けるうちに彼女が知っている話がいわゆる子ども向けの縮小版で、話の中盤、つまりシンデレラが舞踏会に行く前に継母に言いつけられたいくつかの気の遠くなるような課題をこなさなくてはいけない部分を知らなかったことが分かった。そのことを知ったクライアントはハッとしたように沈黙し、しばらくしてからこう言った。『私にハッピーエンドが訪れなかったのは、その前にしなければいけないことをしてこなかったせいかも知れませんね』」

この一節を読んだとき、ここまで来て私は本から目を離し、しばし深い沈黙にとらわれずにおれなかった。深い深い人生の秘密、人生のポイントに触れたように感じたのである。そうなのだ、これが人生だ、人生の一番奥に隠れている秘密なのだと。そう思えばいつまでも深い思いにとらわれずにおれなかった。

お伽噺や昔話は、だから残酷だからといった浅はかな知恵で削ったり手を入れたりしてはならない、というのはそのとおりだが、それはまた別の話になる。

その2

一般にはグリムの童話として知られる「シンデレラ物語」は実は大変古くからの由来をもち、全世界的な広がりをもった話であることを中沢新一さんが著『人類最古の哲学』（第六章）で紹介している。単にヨーロッパ世界のお話に止まらない広がりと深みをもつ話であるようである。古代中国にもシンデレラ物語の一変形と見られる話が伝わっていることを明らかにしたのは我が南方熊楠である。中沢氏は結局シンデレラ姫は太古のシャーマンが原型になった物語だと述べていて驚かせるが、中で私がことに注目したシンデレラ物語は北米・オンタリオ湖付近にいたミクマク・インディアンの創造したという物語である。

カナダインディアンが白人と交渉し始めて、白人から聞いた話をもとに自分たちに納得いくように作り直した（再創造した）話だというから比較的新しい話である。採録されたのが十九世紀の後半だという。シンデレラの物語には人々（この場合はカナダインディアン）にそういうことをさせるほど、なにか人間の深層に触れる要素がある物語なのらしい。またそうであるからこそシンデレラ系統の話が全世界に広がっているのであろう（もっともインディアンには原シンデレラ物語と思われる話が白人と接触する以前からいろいろと伝わっていたようであるが）。ともかく近代になってシンデレラの話に接したミクマク・インディアンがヨーロッパ渡来の話に納得がいかず、自分たちで全く作り直したという。その作り直し話が私にいろいろと考えさせるのである。

ミクマク族による作り直しの詳細を紹介することは省く。要点だけを述べるならば彼らによるシンデレラ話はこんなことになるようである。

シンデレラと結婚することになる王子がここでは猟のうまいインディアンの青年で、不思議なことに彼は「見えない」人という設定になっている。妹と二人住んでいて妹だけには見える。猟の名人の好青年だというのでインディアンの娘たちが大勢求婚に訪れる。妹は求婚者たちに「兄が見える」ことを結婚の条件として示す。求婚者たちはもちろん誰もが「見える」という。で、妹は兄がどんな服装をしているか、何を持っているかと問う。これで誰もが嘘をついていることが分かる。ところでここに一人の娘がいた。ある鰥夫の娘である三人姉妹の末っ子で、姉たちに虐められいつも傷だらけの酷い格好をしていた。姉たちの失敗のあとで自分も求婚したいと言いだして嘲られるが、ろくな服がないので自分で作った木の皮の服、父の大きなぶかぶかの靴という珍妙な格好で出かけていった。ところが彼女には青年の姿が見えたのである。妹の問いに答えて正しい答えを述べたので兄妹は彼女を結婚相手として認めた。概略、こういう話である。

中沢さんは話を解説する中で青年が「見えない人」になっていることに注目するようにと述べる。曰く。白人のシンデレラ物語では「見えること」「見ること」「見せること」への偏執があるが、ミクマク・インディアンの話はこれに対する鋭い批判精神からなっていると。確かに西洋版シンデレラは男も女も綺麗なこと、豪華なことが中心となって話が展開している。王子は王子らしく金持ちで高貴で立派な様子をしており、彼が求めるのは全てこれ美人であること、綺麗な人であることである。シンデレラの義母や姉たちの価値観もひたすら綺麗なこと、美人であること、格好がよい（身分的に上流であり、金持ちである）ことに尽きている。ところがミクマク版シンデレラでは王子である青年はそもそも見えないのであるからいかに好青年であってもそうと判断しようがない。おまけに末娘は姉たちの虐待で酷い顔になっている上、見窄らしい珍妙な格好をしたままである。

以上のように指摘したうえで中沢さんは言う。ミクマク族の人々には西洋人は人間理解が浅はかであると思われた。「人間は上辺で見てはならない。本質は外見では分からない」と彼らは理解している。だから彼らは白人の話を見えない人間の話に作り替えたのだと。ヨーロッパ版の話ではどうにもまともな話とは思えず、真剣に聴く気にはなれなかったということであろう。

私にはかねてよりヨーロッパ文明に感嘆しつつも疑念を抱いている点がある。ヨーロッパ文明は確かに驚異的なところがあるが、本当に底が深いのだろうかと。絵画、彫刻、劇、小説、音楽、工芸その他社交術から日常生活にいたるまで彼らの作り上げてきたものは本物なのだろうか。本当に真の中身のあるものだろうか。こう言えば人は私をせせら笑い馬鹿にするだろう。何にも知っちゃいないと。確かに私は世間が狭い。外国へ留学したこともない。金にも恵まれず、日本国内にいてカーテンの隙間から覗くようにして外国とその文化を書物を通じて覗き見ただけである。にもかかわらずその疑いは年々濃さを増すのだ。西洋の例えばリアリズムに徹した大河小説、華麗なオペラや交響楽団の演奏、ダヴィンチ以来の多彩な絵画や彫刻、「白鳥の湖」を初めとする絢爛たるバレー…とあげていくも愚かなことである。日本人はそのどれにも驚かされて「凄い」と感嘆し、憧れ、どうかして自分たちも何分の一でもよいから真似をしたいとここ百年ばかり、懸命に追っかけてきたものばかりである。

しかし、遅れているという焦燥感に駆られる時代を過ぎて、私たちの祖先が千年近くも腰を落ち着けて暮らしてきた暮らしを見直すゆとりができて、過去のそれと向き合いじっくりとつきあい始めてみると、すべて西洋のそれとは違う質や味わいが見えてきた。例えば日本舞踊。典型的には祇園に伝わる山村流の踊り。これを西洋の踊り、例えばバレーやダンスと比べればその違いぶりに唖然とする。跳んだり跳ねたりつま先で立ったり西欧のバレーやダンスは誰が見ても——ということは子供が見てもということだ——その凄さ見事さは即座に理解できる。人間業のぎりぎりのところで行われていると分かる。感心し手を叩きたくなるのは簡単である。対して山村流あるいは井上流の踊り。一人の、時には老女である踊り手が出てきて鳴り物といっても三味線一つに低い唸り声一つを相手に突っ立って、動いているのかいないのか腰と手足を微妙に動かすぐらいである。初見の人まして子供にはただ退屈でしかない。所作は何を現しているのかさっぱり分からない。いやそもそも何かを現しているのか。何を現しているかわからないだけでなく、そういうことをするためにはどれだけの努力が必要だったか、どれだけの力を尽くす必要があったかに思い至ることはない。私はこれだけ頑張ってきたのだと自分の努力を誇示するところがまるでない。一方は初めて見る子供でも驚き、よくもそんなことができるものだと感嘆し、夢中で手を叩く。一方は退屈のあまり愚図りだし、早く帰ろうとせがみ始める。浅はかな人間ならこれで一方は凄い文明だが、一方は幼稚で退屈、無意味で詰まらないと決めつけるだろう。たまたま踊りを取り上げたが、音楽から絵画、文学、美術工芸、礼儀作法、料理、家具調度、城をはじめとする公共建築物、都市その他全てについて言えることである。総じて日本の諸芸術は鑑賞するには訓練と学習がいる。手軽にはいかないのだ。その代わり一度そこを乗り越えれば奥行きは深い。味わい鑑賞するには一定以上の努力がいるのである。

私には以上の東西の差は（東西といってはいけない。日本と日本以外の世界、とするのが適切だろう。中国も朝鮮半島もそのほか大抵のところは西洋的な、見た目の豪華さ華麗さ精緻さ壮大さに価値を置く文化であるから）生活や精神界にいたるあらゆる分野に見られる決定的な違いだと思われる。どうも日本という国は特別なようである。朝鮮半島まで含めたユーラシア大陸が同質と見なしてよい価値観に基づく精神世界を作っているのに対して、大陸の端っこにわずかな海峡をへだてて位置するこの島国だけがなぜかそんなものとはひどく異質な感性に基づく暮らしを作っている（アフリカとポリネシア人、そして近世までの南北アメリカ大陸、ということはモンゴリアンということになるが、それだけがひょっとすると日本人と同質な精神と感性で生きていたかも知れない）。

いったいこれはなぜだろう。つくづく考えざるを得ない。同じ人類としてアフリカ大陸を出て散らばった生き物だからその生理的な基本能力に違いがあるはずがない。それなら各々が生きることになった背景の違いが違いを生んだと考えるほかない。どうしても三、四万年前からの日本列島の風土と気候に目を向けざるを得ない。列島に住む人々が他の地域の人々と違った状態で生きていた旧石器時代から縄文時代までの間、より狭めて言えば列島が海によって大陸から孤立し、大陸からの影響を受けること少なく独自にその風土と気候に適した暮らしを築いてきた縄文時代の一万年余。この異常に長い月日の作用をどうしても重視せざるを得ない。

結局のところ激しい競争・闘争のある社会とない社会との違いということになるだろうか。ユーラシア大陸で生きる人たちは広大ではあるが豊かではない土地で多種多様な異民族が入り乱れて生きていて、少しでもよい土地で暮らすための激しい生存競争を余儀なくされていたのだと思われる。反して四方を海に囲まれて異人種の侵入もなく豊かな山野に恵まれていた列島人や、アメリカ大陸という広大な土地でベーリング海に遮られて生きていたアメリカ原住民は、ゆとりと余裕のある暮らしという点で共通していたのであろう。彼らは激烈な競争に駆られ、力を絶対的な頼りに、自分の手柄を誇示しながら生き抜いていくユーラシア大陸人とは違う価値観をもち、違う心性と感性を養って生きていったのであろう。そうとでも思わないと理解しがたい両者の違いである。

日本列島の縄文人は四季のある風土の中で特にいがみ合うこともなく、したがって時間的にも余裕をもち長い時間をかけてものや人に付き合い、自分の能力や手柄を誇示する必要もなく（誇示しなくても自然に人々は知っていく）、それぞれのもち味・能力を分かち合い皆で力を合わせた方がよいと改めて確認しつつ、じっくりと周りや風土に付き合って生きたのであろう。こういう生活では見た目の派手さや良さに惑わされることは少なくなる。人はどの人でも時と場合によって、得がたい能力を輝かせる。単純にこのいまの状況で輝かないからといって駄目な人間ということにはならない。長い時間をかけたじっくりした付き合いの社会では人はそういうことを知る。そして誠実であることが結局は一番の頼みになることも。身の周りの道具も長い時間の変化を織り込み、微妙な色合いの違いにも得も言われぬその時々の良さを知りもする。こういうのが縄文人の社会だったのだろう。

安定した平穏な暮らしだったからこそできたことだ。

以上、長々と述べてやっとカナダインディアンのシンデレラの話に戻ることができる。彼らは西洋人のシンデレラ物語を底の浅い話だと見た。「人間は上辺で見てはならない。本質は外見では分からない」という彼らの人間観からはヨーロッパ人の人間理解はいかにも浅はかなものと思えた。見た目という誰にでもすぐに分かる上辺に値打ちを置く西洋人の、インディアンが見て取った気質あるいは癖は、私があれこれと述べた西洋文化の特質と軌を一にする。同じ一つのことなのである。ということはそれが西欧文化、西欧人の精神ということになるだろう。つまり彼らの心が作り出す文化は上辺だけの文化だといってもそう間違っているとは思われない。しち面倒くさい訓練など経なくても誰にでもすぐ分かることで優劣を競い、勝ち負けを明確にして、己の能力己の力を誇りたい文化。身分が高いとか金持ちであるとか美人であるとか、誰にでも文句なしにわかる上辺の強みで人の価値を決めて納得するシンデレラの話が示唆する文化と強く豪華で精緻で見栄えがすることに価値を置く文化は同じ一つのものである。上辺の姿かたちさえよければ(すぐに人々が認めてくれるのだから)良しとする社会なのだ。西洋の生んだ文化はそう見なせば理解できるものばかりである。

それはそれでもの凄い到達点に達している仕事もあるから馬鹿にはできない。人間業としてそれ以上は無理ではないかとも思われる最高点に達しているものもある。どのジャンルでも傑作とされるものはどれもそうだといってよい。非西洋人の我々が圧倒されるのはそういう成果にである。それは認めなければならない。西洋人の力尽くの仕事も力尽くだけあってたいしたものがあるのだ。

しかしその対極にあると思われる日本文化は駄目なのだとはならないのである。誰にでも簡単に分かる上辺だけで勝負する文化ではない。それを理解するためには一定の訓練を要するのである。長い付き合いが必要なのだ。その代わり付き合い方が分かれば奥は深い。

「人間は上辺で見てはならない。本質は外見では分からない」というのはそうかも知れないとは思っても、人は大抵上辺で判断してしまう。外見では分からない本質に触れるのは簡単ではないからだ。時間と辛抱が必要で文化と同じように手間のかかる訓練が必要なのだ。そんなことは面倒だから、とかく手っ取り早く外面で人を測ってしまうことになる。
「人間は上辺で見てはならない。本質は外見では分からない」。実際、どんな人間でも一緒に暮らして三ヶ月か半年もすれば慣れてしまい外見で心を動かされることはなくなるだろう。心動かされることがなくなれば後はその人間の人間性、本当に心根の優しさや誠実さがあるかどうかが人間評価の決め手になる。この二つがある人間と共に暮らす者は幸せである。あるかどうかは上辺とは関係ないのである。カナダインディアンはそこをよく知っていたのだし、西洋人は上辺の美しさ華やかさに惑わされやすい人間たちだったのだ。

どうもユーラシア大陸人は早わかりしたい人種のようである。彼らの人付き合いが短い時間のものが主体だったのだろう。遊牧生活の中で他人や他人種と行き会って付き合うことになっても短時間でしかなく、大抵は猜疑心に満ちて警戒しながらすぐに別れて、次に出会うことがあるかどうかという人付き合いでは、上辺で勝負することになるのはやむを得まい。誰にでもすぐ分かる力の誇示と（女なら）美しさで決まる。

いまさらのように思わざるを得ない。列島の縄文時代がいかに平穏な（他地域との比較にすぎないが）穏やかな世界であったかを。外の世界との交流もなく一万年もの間続き、ところによっては同じ（と推定される）一族が一千五百年間（三内丸山遺跡）も同じところに住み続けることのできた世界。そんな落ち着いた平和な社会では人々は全てのことを長い時間をかけて計るだろう。刹那的な判断はしなくなる。

二六　こころとことば

ことばの力は私には一般に人がそう思っている以上だと思われる。人はことばによってこころを作る。こころを開拓しこころを広げ、新しく発見し、精密に練り上げ整理するのはことばの働きによってである。今思い出したので一例としてあげるのだが、私の孫が四つか五つの時、ある日の電話で、祖母さんの問いに「内緒や！」と答えた。通っていた保育園で誰かが言っているのを覚えたのであろう。私たちに使ったのはそれが初めてだった。「内緒や！」その弾んだ声。使うのがうれしくてうれしくてたまらないという気持ちがあふれる声の調子に私たちは微笑まずにおれなかった。内緒、人に秘密にするという心の働きを彼は初めて知って、それを行使する喜びに心踊りせざるを得なかったのである。それまでにも彼には人に問われてことばを飲み込み、答えなかったことはあっただろう。ことに何か悪いことをしたときなど、思わず知らず答え得なかったことがあったはずである。

しかし、それと「内緒」ということばを知って内緒にするのとは全然別のことである。彼はそのとき、知っているけれど答えない、隠す、ということを主体的にやったのだ。意図的に教えないという積極的な行為をやってのけた。それができたというのも「内緒」ということばを知ったからである。ことばがこころを生んだのだといってもよいだろう。

もっと明確な事例をあげれば「内緒」をゲームにさえ、ゲーム的にさえ使い始めるはずだ。これはあきらかに内緒ということばを知ったことでできることである。のみならず東大名誉教授の日本思想史家竹内整一氏の『「かなしみ」の哲学』にも述べられているように、「溜まった思いをはき出してゆくと、そこにあるかたちができてくる。自分の心のありようが見えてくるということがある。もともと確乎とした思いがあって書くのではなく、書くこと・表出することによって、その思いがかたちをとってくるのである」ということも間違いなくあるのだ。

だとすれば人がどのようなことばで生きているかは非常に重要なことになる。日本人は本書第二〇節や五八節で述べるようなことばである日本語で生きているのだ。必然的に日本人のこころはいたく微妙でニュアンスに富んだ、複雑でもあり豊かでもあるこころになっているということになるはずだ。ことばを操るたびに、こころの思いをよく見てその思いにより即した表現をしようと模索し工夫を凝らすことになるだろう。それが可能なことばだということで余計にそうだろう。その努力の内にこころはより成長し、形を改め明らかにし、整えられる。

こころはことばによって深まりもすれば、新たな相貌を帯びて作られるもする。奥行きを深め、領域を広げる。こころとことばは相互影響し、共進化するのだ。日本語においてはことにこのことが顕著であるはずである。なぜなら「日本語は心の姿をそのまま表現できる言語」だから。いや、正確にはこころの姿をこころのままになぞって表現しようとして限りなく潜在的な可能性をもつ言語だから。ひとえに仮名と表意文字である漢字の組み合わせからなるという日本語独特の姿（構成）のせいである。

さてそういうのが日本語だとすれば、日本人は独特の強みをもった民族と言えるだろう。だから日本語に生きている日本人は、こころの動きや働きを精密に、非常にきめ細かく把握できる民族、したがってさらにこころを深め磨き他者と一層連携できる民族であると言える。これは明らかに民族としての武器、強みである。

二七　大脳はいかにして出現したのか

「血で血を洗う」ということばがある。まずこのことばが指し示すことをはっきりとイメージとして捕まえておきたい。あなたが怪我をするとか何かのことで手についた血を洗い落としたいとする。あなたはとにもかくにも水で洗おうとするだろう。ところが水がなく、手近にある液体は血だけだったとしよう。そこで血も水と同じ液体だからと考えて血で手を洗うことにしたとする。血は洗われてなくなるどころか、手はいっそう血まみれになるだけだろう。これが血で血を洗うということの内容である。このことをはっきりと掴んでイメージしておきたい。

私は前著『瓦松庵残稿』と『瓦松庵余稿』で再三、自己言及文、あるいは自己言及的事象のはらむパラドックスについて述べてきた。自己言及文とは言うまでもなく自分自身について述べた文である。「この文は間違いである」というのは典型的な自己言及文である。この文の「この文」というのは「この文は間違いである」という文自体を指しているというほかないからだ。では、この文の意味しているることはなにだろうか。はたしてこの文は間違っているのか正しいのか。あなたは決められるだろうか。よくよくこの文を眺め、考えれば考えるほど分からなくなるに違いない。例の錯視絵「ルビンの壺」。同一の画面上に壺と顔の絵が交代に現れて両方の間で揺らぎ続ける。いったい何の絵か、壺か顔かどちらの絵なのかと決定できない。丁度そのように、「この文は間違っている」という先の文も、その文が間違っているのか正しいのかの間で揺らぎ続けて、どちらかに決定することは（その文自体では）絶対にできない。これが自己言及文のパラドックスである。解決不能の事態に陥るのだ。文章においてだけに生じる事態ではない。広くすべての自己言及的事象には必ず生じるとんでもない難問である。

これがこの世や人生においての例外的事象ではないことに思い至れば、どんなに厄介な、解決を要する問題か分かるだろう。私たち人間は、至るとき、至る所で自己言及文や自己言及的事象にとらわれる。私たちはしょっちゅう自分のことを考える。自分は自分のことを一番よく知っているとか、私は何者だろうとか。そのように自分のことを考えているのは、ほかならぬあなた、つまり自分である。自分で自分自身のことを考えているのだ。そう思い至ればこの自己言及文のパラドックスの問題がいかに重要な問題であるかが納得されるだろう。

しかし、いったいどうしてこんな訳の分からない不思議なことが生じるのだろう。ここで登場するのが最初にあげた「血で血を洗う」である。あのイメージをもう一度思い浮かべてほしい。自己言及文は間違いなく血で血を洗う文なのである。上手に、綺麗に洗えるはずがない。洗えば洗うほどに血まみれになるのだ。にもかかわらず事柄が質量のある物質事物の場合と違って、意識や概念、抽象の場合はそれが見えず、感じられもしないゆえに厄介ごとにとらわれたのだとはなかなか気づかない。自分は賢い、高級なことをやっていると錯覚して深みにはまってしまう。

私たちは何かをしているとき必ず対象をもつ。見る、考える、食べる、寝て夢を見る。どんなことでも対象をもち、対象に対している。現象学でいう、意識は必ず何かに向かう、対象をもつ、というれいのやつである。いや、なにも意識だけではない。意識をもたない生きものたち、旧脳だけがあって本能的に生きている進化の初期にある動物たちが行っている「身分け」にもその都度対象がある。あるものに対して身分けをしているのだ。対象という以上、あることをする主体に対して存在する象（かたち）という意味だから、その対象は行動主に対立して、つまり行動主の外部にあるのでなければならない。対象は必ず外にある。外部にあるから見えるし、それについて考えることができる。

対象は必ず外に、外部にあるのでなければならないというのは大事な点である。先ほど私は「この文は間違いである」という文を幾ら見て詳細精密に検討してもこの文は正しいのか間違っているのかを決定することはできないと述べたのもそのせいである。この文だけからは、ということはこの文の中にいる限りでは絶対に正否を決定することはできない。決定するには、この文から出てこの文の外から文が置かれている状況や文脈を検討する以外にない。さてこうなるとゲーデルの不完全性定理を思い出さざるを得ない。アルキメデス以来の天才といわれもするゲーデルは数学について、私の間違いでなければ、「在る系があるとして、いかなる系においてもその系自身ではぜったいに決定できない命題が存在する」というようなことを証明したとされる。要するに、数学においては数学自身の論理では絶対に解けない問題が必ず存在する、というような意味らしい。これが深刻な影響を与えるのは何も事柄は数学と限らないからである。数学のような一番確実と思われる学問ですらそうだということは、数学以外のどんなことにもそのもの自身の内部では排除できない不完全性が残る、ということを意味している。解決するにはそのものの外へ出て、そのものを外から対象化する以外にないのだ。

しかしいったい対象化とはなんだろう。なぜ対象化などするのか。対象化とは先ほども述べたように、そのものの外からそのものを見ることである。外側からそのものを見ればそのものの様子や姿、状態がわかる。様子や状態が分かるということは、そのものをどう扱ったらよいか、どう対処したらよいのかが分かるということである。そのものを変えたり動かしたり、操作できるということであり、そのものに合わせてこちらを変えることもできるということだ。

そこで脳。いうまでもなく脳は(頭蓋骨の中にじっと収まっていて物理的にも)脳自身の外には出られない。ということは脳は脳の外へ出て、外から自分を対象化して見ることはできないということだ。するとどうなるか。脳は唯一自分自身だけ見ることができず、したがって自分自身の様子、姿を知ることができず、操作することができないということになる。唯一自分自身だけお手上げなのである。仮に間違ったことをしていたり暴走したり妙なことになっていてもどうしようもないということになる。

ところで生きものは初め小脳などの旧脳とこんにちいわれる脳だけで生きていた。この原始的で小さい脳も、その持ち主が生きて出会う状況にその都度安全か危険かを身分けして生きていた。ところがその脳が身分けできないものがたった一つだけあった。脳自身である。旧脳とはいえ周囲のあらゆるものを対象に身分けしていたのだが、自分(脳)自身だけは身分けできなかった。そこで脳は自分自身を対象化するために(苦し紛れという離れ業になるだろうか)自分の外にもう一つの脳を作った。それが新しい脳すなわち大脳なのだ。そう私は考えるのである。

大脳というものの正体がそうだとすると大脳についての考え方が変わってくる。大脳部分は旧脳のしていたことのうち「見る」ことに特化したものに違いない。同じ頭蓋骨の中にあって、旧脳の一部、でなければせいぜい分派、という域を出ない。そういうものが自分自身（旧脳）を見る、観察するにはどうしたらよいか。いやそもそも脳（旧脳）を見るとはどういうことなのだろう。仮に外から脳を対象化して見ることができるとして、だから何が見えるのか、何が分かるのか。姿形は見える。見えてどうだというのだろう。脳の働き（脳細胞自体の動き）など見える訳がない。脳がどう働いたか、どう動いたかは、結果を見るほかない。脳の持ち主の示した反応を。身を縮めた、伸びやかになったなどという生体の変化によって、初めて脳がどのように反応しどう動いたかがわかる。生体の周囲が後退すればその生体は前進したことになる。周囲の光や影が前へ前へと動けば、生体は後退したのである。かくて脳自身を対象化して見なくても脳のもち主の反応（動き）を知ることによって、脳の動き、働きがわかるということになるだろう。というより脳は脳の外へ出て自分自身を直接に見ることができない以上、自分自身のしたこと（脳の判断や脳のしたこと）はそういう形でしか分からないというほかないだろう。言い換えれば、自分がしたことは、直接対象化して見なくても周りの反応を見ることによっても、推測という形ではあれ知ることはできることになる。

だとすると、大脳のすることははっきりしてくる。大脳も旧脳と同じく頭蓋骨の中にあって外へ出ることはできない。ではどうやって脳の働きを見る（知る）か。ある状況に面した時の生体の反応、動きによって生じる周囲の変化を観察すること。脳の持ち主である生体自身の動きを見て取ることもこれに加えてよいだろう。両方の変化を見て取って、その意味するところを知ること。それに尽きる。よってこれが大脳の仕事、役割の基本となる。事実私たちが大脳の機能として理解していることの大部分はここに含まれるのである。

以上の機能に特化したのが大脳に違いない。だから大脳は旧脳とは随分違う働きをする。思考、意識などがそうだ。折角新しくできた脳だから使い回しにも利用された。ほかにもいろいろな機能を引き受け、大型化した。大脳皮質や大脳新皮質が行っている抽象化や言語、推論、意志決定など多彩複雑な働きはこうして生じたのに違いない。

周りの変化の意味を知ること。どうしてそんな変化が起こったのかが分かれば、生体が行った行動、動きが分かる。動きが分かれば、なぜそう動いたのかも分かるだろう。なぜそう動いたのかが分かるということは、動きの意味が分かるということである。こういうことを大脳は出現の最初からするべく生まれてきたのだろう。したがって初めからそういう機能のために合う構造物として成立していったはずだ。その結果があの六層からなるコラム構造であり、皺だらけの折りたたみ皮質なのだ。内部的には膨大な数の神経細胞が互いに軸索を伸ばし合い、シナプスで連絡し合い、複雑多様なネットワーク（回路）を形成するという形になったのであろう。

大脳の役割は旧脳のしたこと、つまり生体がしたこと（反応）を見つめて、その意味を知ること、解釈することと結論できる。

この機能のために大脳が武器にしているのは、なるほどと理解できること、理が通っていること、辻褄の合うこと、整合性があること、になるだろう。こういう基点がなければものはすべて動きようがない。どちらかへ行くという動機がないのだからじっとしているほかないようなものだ。

分かりやすくするために人の身体を例に挙げよう。人はなぜ何によって動くのか。言い換えれば何をバネとして動くのか。「欲する」「〜したい」だろう。欲するの内容は多彩にあり得るが、要するに何かを欲しいとか何かから逃れたいという欲望が動機となって動く。この基点というものの本質は拘束条件といわれるものと見てよいのかも知れない。物理化学の世界ではある物質に「こうしか動けない」というような制限条件を加えると、不思議なことだが生命のない物質らしくそれまで固定して動かなかったものが自動的に動き始めるという現象がある。流動セル現象などがそうである。私が基点と述べてきたものはこの拘束条件に相当するものなのかも知れない。ものが動くには初発が生じる何かがなければならないのだ。大脳にあっては理が通っていることだったと考えたいがどうだろう。理が通っていないものは受け付けないというのは立派な拘束条件である。

理というのは解釈である。所与、つまり外部から与えられるものではない。与えられるのは刺激である。ここが大事なところである。与えられるものは動かしようも変えようもない。あるかないかだけ。あるかないかとはいまその刺激が来たかどうかだけである。ということはその刺激があったという今現在の状況がすべて、したがって状況に埋め込まれている存在形態というほかない。だが、解釈や判定は与えられるものではなく、こちらが下すもの、したがって操作できるものである。かくてこうなる。旧脳は所与を対象とする。新脳（大脳）は物事の解釈を相手とすると。旧脳に加えて新しく出現した新脳は、与えられたもの、やってきたものを判別し、解釈するために出現した（それが即ち旧脳を見る、ということである）。判別にも解釈にも選択の余地がある。ここが旧脳と大脳の機能（働き）の決定的な違いである。旧脳はやってきた刺激に対して本能的自動的に反応することによって素早く刺激に応答し生命を全うするが、大脳と呼ばれる新脳は刺激を判別し解釈することによって、より安全適切な行動選択を取ることによって持ち主の生体が一層生き延びる可能性を大きくする。大脳によって人間が獲得したものはすべてこういう事情に由来するものだろう。意識、思考、言語、論理、抽象、美その他その他。

二八　主客二元論

事柄が前節のようだとすればどうなるのか。人が自分自身を見ることなどできない。

いや、できるという人もいるだろう。現に自分は自分自身のことを考えているし、自分の顔も姿も見て知っているると。しかしあなたが知っているというあなたの姿はあなたの実の姿ではない。あなたが見ているのは鏡であって決してあなたそのものではない。何度でも言うが、人はどう頑張っても自分自身を直接に見ることはできない。鏡に映った姿を見て自分自身を見ていると錯覚するのと同じように、自分で自分を対象化して考えていると錯覚しているのにすぎない。たぶん、ここが一番問題なところである。人は錯覚している。にもかかわらず錯覚だとは到底思えない。思わないからギリシャの大昔から人間はこの認識問題に足を取られて大悩みに悩んできたのである。私は何者だろう。どこから来てどこへ行くのだろう。こういった誰もがとらわれる問題はすべて自己言及文的問題にほかならない。

人間は自分自身を巡る問題にとらわれずにいない生きものというほかない。新脳（大脳）をもち、旧脳が感受した刺激を考察し、意識をもち、言分けするに至った生きものの生理的宿命だろう。どうしてもそうするように生まれついているのだ。だから自分自身のことを対象化するのが錯覚などではないと思いなすようにできているのに違いない。こうしておそらく私たちはこの世界には主観と客観というものがあり、私たちは主観的視点をもちながら同時に、客観物を感受し客観的視点をもつことができる、と思うようになったのだ。その結果私たちは自分自身をも客観視できると信じることができているのが実情であろう。

私たちは、基本的な世界観として、客観世界があると信じ、その一方で私が私の視点から世界を見る主観世界をもち私が見た世界があると思っている。客観世界は私の外に私とは無関係にある。私とは関係なしに存在するのだからそれ自体で在り、それは誰にとっても同じもののはずで、私の死後も（いや私の生前にも）存在するはずである。実際私たちは私たちの周りに赤ん坊が生まれ、大きくなってやがて死んでいくのを見ている。人が死んでも周りの世界はそのまま残っている。私自身の場合もそうであるに違いない。であれば客観世界の中にその一員として私はいることになるはずである。そしてその私は私の目から世界（客観世界）を見ているのだ。私という一つの固定した視点から。この視点は主観といわれ私だけの目から見た世界である。

こうしてこの世界には私とは独立に客観物の世界があり、同時に私の視点から見た世界がある、ということになる。では、この両者の関係はどうなっているのか。それぞれの人から見られる主観世界はしばしば相互に異なる場合があるし、あっておかしくないが、それならそのどれが現実の客観世界により即していると言えるのか。それをどうやって判定するのか。そういった問題が生じる。主客の対立とか認識問題と言われて、古来人々を深刻に悩ませてきた問題がそれである。

そういう問題がなぜ生じるのかは先に説明した脳の構造に立ち返れば極めて明白に分かると思う。生きものは旧脳による身分けだけで立派に生きていけるのだが、更に生存機会を増やし生存圏を拡大するために、旧脳自身を対象化する必要に迫られて自分を見るための機関として新脳を作った。脳が脳自身を見るのである。これによって新脳をもつ生きものは、自分以外のものを見るほかに自分自身も見る（疑似的にだが）ことになった。こうして彼には主観世界と客観世界が生じることとなったのである。

新脳の一番発達した生物が人間である。だから人間が主観世界と同時に客観世界をもって、両者の世界の重合対立に悩まされる事態にも立ち入ることになった。これは人体的、生理的にそうなったのだから逃れようがない。自分自身を対象化できることになって得た利益は莫大なのだから、反面の欠点があっても仕方がないということなのだろう。仕方がないが、私たちは確実に主客の問題に悩まされることから逃れることはできないことになったのである。できることはこの問題の正体を明確に知って、上手な付き合い方をすることだけである。そこで以下、その方法を考えてみたいのだ。

最初に再度確認しておきたい。私たち人間は「血を血で洗う」ほかない生きものである。永遠に「血を血で洗う」ことを続けるほかなく、続けるであろう。自分たちをこの事実の上で考え、ここから動かないようにしよう。

私たちは昔からこの問題に気づかなかった訳ではなさそうである。うすうす気づいていろいろと対策を立ててきた。鏡の使用もそうだ。人の気持ちになってとか、人の振り見て我が振り直せとか言い、客観視などとことさら言い立ててきたのもそうだ。こうしたことのすべてに共通するのは、自分の外へ出て、外側から自分を見ようとする努力である。あげくに脳は新しい脳を自分（旧脳）の外に作ってそこから、つまり外から自分を見るという奇策を考えついた。だが、残念ながら生のままの生きものの自身は自分の外へ出ることはできない。旧脳が新脳を同じ頭蓋骨の中に旧脳に被さるように作ったようなわけにはいかないのだ。新脳の正体は旧脳の拡張にすぎず、全く新しく別のものとして出現したわけではない。それに新脳は新脳としてまた新しい問題を抱えている。新脳そのものは新脳自身を見ることができないということである。ただ新脳は新脳の機能として自分自身を見ている気になるという特技をもっている。疑似体験を得意とするのだ。手練手管でさまざまに疑似現実を作り出し、あるいは作り出した気になって立派に外から自分を見ている気になっている。その方法は実に巧みであり、リアルでさえあって、本当にそうしていると自他共に本気で思い込むことが多い。これが人間の現実であろう。

人間は絶対に自分の外へは出られない。にもかかわらず、出られるし出ているという前提で——実は仮定にすぎないのに——生きている。人間社会そのものがそういう前提で作られ、成立している。ここは大事なところである。自分の外へ出られる、客観視できるというのは、あくまで脳の中だけで出来ていることであるのにすぎないのに、身体全体でしていること、一つの個体として出来ていることだと思い込んでいる。あくまで疑似体験にすぎない。

そうには違いないが、この新脳が思わせる疑似体験はなかなかの効用をもつ。近似的に対象化できるのだ。完全に外から見ることはできないが、それに近い対象視ができる。しかも客観視していると思える分野は驚くほど広い。自分を対象としている場合はすべてそうである。何でもいいがたとえば記憶。記憶もすべてはつまるところ自分の記憶である。意識だって自分自身を意識する意識はすべて自分の、あるいは自分に関する意識である。自分について考えること、自分のことを喋ること、自分のしたことを思い出すこと、それら自己言及的行為をあげていけば、私たちのやること、やっていることのどれほど多くがそれに当てはまるか。人間が作った諸制度、諸装置、諸約束事のすべてが「われわれは自分自身を客観視できる」という前提の下につくられている。

対象化は、対象としたものを調べ、検討し、手を加えて修正したり強化したり、いろいろと変更できる。うまくいけば生存上、そして上手に生存する上で、対象化は人を大変有利にする。だから人はおそらく新脳をもって以来、一生懸命自分を対象化しようと努力を重ねてきたのだ。宗教も哲学も教訓も諺もよく考えるならすべて基本は自己対象化の努力の一つと納得される。ことばも物事の記号化や伝達以外に使えると分かってから自己対象化の有力な道具になるとみて大いにそういう使われ方をしてきて磨かれたし、歌や詩や文などの表現は（絵による、リズムによる、木や石による表現も含め）すべて根源的には自分の外化（外在化）である。このように人間は本来対象化できない自分を何とかして対象化したいと全歴史を通じて懸命の努力を重ねてきた。ここもしっかり押さえておきたい。

その結果近似的な効果は立派に生じてもいるのである。新脳は立派に役目を果たしているのだ。鏡は私たちに自分の姿をリアルに正確に映してくれる。その像をもとに私たちは自分が今していること、その姿をイメージする。人真似もできる。スポーツでは名人のイメージがどれだけ役立つか。人が育っていくのも自分自身の行動をイメージできるからである。もしこうした機能を人間から取り上げたら人は人になることすらできないのではなかろうか。人が人であるのは大脳新皮質の飛躍的な能力のせいだと脳科学は教えるが、そうならこの疑似対象化に人間らしさのすべてがあるのも理解できる話である。

一つのエピソードをあげたい。先日、我が国のある女の国会議員がそのひどい言動のゆえに週刊誌に告発された。録音から再生されたそれは確かに酷い。一部を引く。

豊田氏「この、ハゲー」

秘書「すいません。○さんに行っていただく連絡をということで」

豊田氏「違うだろ」

（何かたたくような音）

秘書「すいません、運転中でもあるので」

豊田氏「ちーがーうだーろー」

秘書「すいません」

豊田氏「○から話を聞いて○が行けっつったんだよ」

秘書「すいません。たたくのは。申し訳ないです」

豊田氏「おまえはどれだけ私の心をたたいている」

秘書「はい、あの」

豊田氏「おまえはどれだけ私の心をたたいている」

秘書「はい、その痛みはもう」

豊田氏「分かってないよ」

秘書「いや、たたくのは。すいません」

豊田氏「おまえはどれだけわたしのこころをたたいている」

以下略

ざっとこんなところである。なぜ私がこんなものをここに引いたか。週刊誌に以上の内容が掲載されることになって彼女は「精神的に不安定」を理由に入院しているのだという。さもありなんと思われる。ここに私は対象化するということはどういうことかを示す実によい事例があるとみるのだ。自分の言動が活字化されてそれを読めばいやでも豊田氏は自分の言動を外部にある対象として見ざるを得ない。そして初めて自分がやったことの酷さ、醜さに気づくことになる。これらの言動をしている最中の彼女はそんな酷い醜いことを自分がしているとは思っていない。対象化して初めて分かったのである。分かってみれば、精神的に不安定になって入院せざるを得ないぐらいの衝撃を受けたほど我ながら無茶苦茶なことをしていると理解できたのである（入院は単に取材その他から逃れるための手段にすぎない可能性も十分あるが）。

　自分の外へ出ること、外から一人の他人として自分を見ることはそれほど自分自身の内部から自分を見てこうだと思い見ていることとは違うのである。自分で自分を見ることは本当はできないのだ。こうであろうと思い見ることができるだけである。だから、近似的であれ人は自分を対象化して見ることは大事なのである。

　公平中立であることが強調され、客観的であることが高く評価されるようになったのも自分を対象化することの意義を認めてである。論争や学術書でこんにち人々はいかに自分が客観的であるかを揚言することだろう。客観的であることが正しさの保証だといわんばかりである。

ところでこの客観的。ほとんど常に主観とか主観的と対になって語られることば。これはなんであるか。これまでさんざん述べてきたことによれば、人が客観的になることなど本来あり得ないはずである。にもかかわらず昔から人々は客観といい、客観的・主観的と言ってきた。これはいったいなにであるのか。日常用語としては主観というのは私という個人の立場からものを見たり言ったりすることを指し、客観は個人あるいは個人的立場を離れて誰でもないし誰でもあり得る立場からものを言い、見ることとしてよい。客観物とは私とは別に、私個人とは関係なく存在するものである。したがってそれは私という個人がいようといまいと存在することになる。

しかしここに厄介な問題が生じる。客観物といえども私個人の目で視認されて初めて私の世界に登場するのだ。では私がいなくなれば当の客観物はどうなるのだろうか。そのときでも存在すると言えるのか。こういう疑問や考えを馬鹿にしてはいけない。客観物を含めてものの存在、つまりあるということを、とことん突き詰めていけばそういう想定にまで行き着くのである。

哲学者はあるということ、存在ということ、そして存在物を認識するということはどういうことでありなぜあるなのかを問うて長い間（多分今に至るまで）悩み、議論してきた。近代になって登場し大きな影響力を振るった現象学はその典型例である。現象学の考えを一口に言うならば、私たち人間が認識する世界はすべてが個人の主観を通した主観世界である、ということになるだろう。これもまた随分な言い方だが十分成り立つ言い方である。養老孟司さんが脳科学の立場から唱えている「唯脳論」もその一つといってよい。脳が感知し認めたものだけが存在するのが脳科学的見地からいった人間の実態である、という主張である。人間の実態という以上、これを否定することは難しい。現象学の考えはこれとほとんど同じである。人が認識するものはすべて主観が認識しているのであるという。客観物も、客観物として主観が認識しているからこそそこに存在するのが実態だと言うのだ。

主観が客観物だと認めるから客観物として存在するのだ。そう言われればそうかも知れないとか、そうも言えるだろうとかになる。少なくともこれに対しては獨我論だという反論ができるぐらいだろう。では、どうなるのか。もちろん、一切が主観である、などという馬鹿なことはない。右記したように客観世界、客観物はある。再度言うことになるが主観の主体である私たちは後からこの世界（客観世界）へやってきたもの（存在物）である。人々は赤ん坊として生まれてきて、だんだん大きくなり、物事を知り、理解し、哲学を考えたりしてやがて死んでいく。彼が死んだ後も世界は存在し続ける。その有様を私たちはまわりに見て知っている。その成り行きを否定したり疑ったりする何の根拠ももっていない。誰かが言ったように悪い悪魔にだまされてそういう夢ないしバーチャルリアリティを見ているだけだと言うのだろうか。確かにそういう想定を完全に否定しきることはできない。が、そういう夢を見ているだけだと思わせる何かがあるだろうか。ありはしない。単に可能性を述べているだけである。そうではなく、周囲に私が見てきたことを人の世の事実だと受け止める方がすべてにおいて理にかなっている。だから私たちは、出来上がって存在するこの世界に後からやってきた者である。それなら私たちとは別に、私たちの意向や主張とは関係なくこの世界はあることにならざるを得ない。そういう存在物を私たちは客観物と呼んでいるのだ。

ただし、ここで私は客観物と客観、客観的ということばとを峻別しておきたい。すなわち私は「客観」とか「客観的」というものは現象学がいうとおり、主観が認めるもの、主観世界に存在するものにすぎないと思う。そして私たち人間が躓くのはいつもこちらの存在物なのである。客観とか客観的なものを私たちは非常にしばしば客観物と取り違えるのだ。概念であり、抽象物であるのにすぎないのに、それをあたかも実体であるかのように実体化して扱うからややこしくなり、やたら難解な事態に陥るのである。

学者はしばしば自分は完全に客観的である、と主張する。この場合の客観的は主観に見て取られた「客観的」である。主張あるいは思い込みにすぎない。自己を対象化する努力だから客観的たらんとする努力は貴重である。それはなにほどか彼を疑似的近似的に外からの目で自分をみさせ、点検させるだろう。意味のないことだとはとても言えない。事実、彼の仕事をそうでないときとは違ったものに、つまりより説得力あるものにするだろう。ことほど左様に対象化することは意味のあることなのだ。人間は歴史を通じて一貫して自分をどうかして対象化しよう、外から見る目を獲得しようと努力してきた。これは大きな新脳を獲得した人類という生きものに必然の生理的宿命である。それ以外の選択肢はあり得ない。だが、所詮人間は自分の外へは出られないのである。だから中立や公平、客観的立場を強調するのはいいが、あくまで「目指した」「…たらんとできる限り努力したつもりだ」とするべきことにすぎないのである。

客観物はある。が、その客観物さえ一人の人間にとっては彼の主観の中に感知されるにすぎない。それ以外に彼に現れる方法はないのだ。ここが事柄をややこしくする原因である。一人一人の人間とは無関係に自立した客観物は間違いなく存在すると考えるほかないが、しかしその客観物は一人一人の人間には彼の主観の中にしか現れない。個々の人間にとってはすべては独我論的、唯脳論的に彼の主観の中に生じる。したがって彼の主観が消えれば一切が消え、彼以外の外部はそのまま存続する。消えたのは彼の主観であって、彼の主観世界以外のものは残るのだ。主観と同時に主観の外にあった客観物、客観世界もなくなるとするような言い方、思考をするからおかしなことが生じるのである。

繰り返す。人間は自分の外へは絶対に出ることはできないと知りながら、しかもその不可能事に挑戦せざるを得ない生きものである。大きな新脳をもつゆえに。それ以外の方法、生き方がないのだ。ここに至って私はコンピューターとか人工知能に改めて注目する。あれらは人間が外へ出られない自分に代わって自分の外に出るべく作った新しい新脳、もう一つの脳ではないのか。これも、どうかして自己を対象化したいという人類の努力の一つ、決定的な成果をあげそうな努力の一つと言ってよいだろう。コンピューターというもう一つの脳だけは確実に見える、つまり見える脳だということを押さえておこう。

二八の二　内と外の客観

主観客観の話は長い間西洋人の間で真剣な検討がされてきただけあって、そう簡単な話ではない。たとえば前節に記したように「私たちは後からやってきた者である」として、客観物と、客観物からなる客観世界が、あることは確かだとしよう。そうするとここに「正しい」ということが成立しなければならない。なぜなら客観物は私たちとは独立にそれ自体として存在するものである以上、誰にとってもなににとっても同一であるはずだからである。ということは客観物は固定したあるものであるはず。仮にAとしておこう。それならその客観物をAといえばそれは「正しい」になる。客観物AがAであることは真理だというほかないからである。つまり真理は存在するのだ。客観物が存在すると言える以上、この世界には「正しい」も真理も存在するとせざるを得ない。

問題は客観物も客観物の世界も私たちには主観の中でしか現れないことである。私たちにとって客観物も客観世界もじつは主観でしかないのだ。ただし主観といっても恣意的な、全く別々なものとして現れるということではない。人間には人間としての類同一性もあれば時代的地域的文化的同一性もある。大枠は一致していて、しかし主観ゆえに細部で違いが出てくるというのが人間の条件であろう。この条件ゆえに客観物ではあるが、人それぞれの像が存在し、一致しないというのが普通である。では、どの主観に映る客観物像が正しいのか、あるいはより近似的なのかはどうして決まるのか。すべてが主観の中にしか現れてこない以上、決め手はない。各人の確信に基づく争いにしかならない。要するに人間にとって正しいも真理も主観的正しさであり、主観的真理でしかないことになるほかない。事実、日本人は古来そう思ってそういう考え、そういう世界観を常識として生きてきた。多分、世界中の人間がそうだろう。たった一つの例外が一神教徒である。一神教徒は神がこの世界には存在すると考える。神というものは彼らの受け止めでは主観を超えたもの、主観を超越した存在である。したがって空高くから地上を見る鳥のように地上にいる個々のものの立場を超えて全体を見通す。すなわち個々の主観にとらわれず、公平にものを見る。神にはそういうことが可能なのであり、したがって一神教徒の世界では客観視がありうるのであり、真理も絶対的な正しいも必ずどこかにあることになる。

ここまでは分からぬことはないとしてよかろう。問題はここから先である。一神教徒はここにとどまらず、さらに先へ進んでしまうのだ。すなわち神のみが可能な「神の目」を自分たちももちうると考えるのである。空想であり思い込みであり、明らかな自己欺瞞である。どうしてそんなことを考えるのか。推測でしかないが、彼らのあまりにもの苦難の歴史の中で自分たちを支えるために考え出した選民思想が根底にあるのであろう。自分たちは神に選ばれた特別な民族である。だから特別な能力を（多分、恩寵によって）授けられていると。あるいは苦しさのあまり思わず自分たちを神になぞらえてしまったのかも知れない。「神の目」そのままではないとしても限りなくそれに近い目をもちうると。いったんそう思うことができれば、強い。あとは自分を神になぞらえて神的な立場から「自分は正しい」という自信と確信に満ちて他者に臨める。後ろめたさや気弱さなどかけらほどもなしにことに当たれる。西洋人はこうして何世紀にもわたって異民族群の中で生き抜いてきたのである。彼らの無茶苦茶な歴史、宗教裁判や他民族の征服、植民地化などすべてその結果の出来事というほかない。

こんにちに至るも彼らの根底には以上の事情があるだろう。彼らの強引さ、自信の強さはここに根をもつに違いない。誠に厄介なことだが狂信家と、自分は自分の主観からしか世界を見ていないと自覚している人間が対決すれば、真理が自分の背後にはついていると確信して向かってくる狂信家の方が勝つのに決まっている。彼はいつでも自信満々強気で向かってくるのだから。さらに厄介なのは、狂信家の目を覚ますのは至難の業だということである。あることを心の底から信じ込んでいる人間に彼の「信じ」には根拠がないとかあやふやだと気づかせることはほとんど不可能と言ってよい。大抵は信念を固めさせることにしかならない。私たち日本人が立ち向かっている欧米人とはそういう人種なのだ。

二八の三　主観は客観である

ここで私たちが主観と言い習わしているものをさらに少しく検討してみたい。

いったい、主観ということばはいささか無造作に、乱暴に使われすぎていないか。主観というとき私たちはつい、好き勝手とか恣意的とか、どうにでもできるというイメージを含ませている。「それはお前の主観にすぎない」とか「ひどく主観的なものの言い方だなあ」とか「主観的すぎて説得力に欠ける」とか。主観というのは本当にそんなものなのだろうか。主観を誤解しているか主観の一部を強調しているだけのことではないか。

主観ということを少しでもまともに、よくよく考えてみれば決してそんなものではないとわかる。あなたは確かに周りの世界をあなたの目を通してしか見ていないし、見ない。あなたの目が受け取った光波の刺激を脳が感受して初めて客観物AをAとして見る、認識する。脳が感受しなければAはあなたにとって存在しないのだと脳科学は教える。この事実には間違いはないのだろう。それが客観物Aが主観のなかに登場する、現れるということの内実である。客観世界といえど所詮は主観のなかに主観としてしか現れないのだ。それに違いないだろう。

だがだからといって当てにならないとか出鱈目ということにはならないのである。主観というがあなたのいう主観はそんなに移ろいやすいものか。得手勝手なものか。決してそうではないだろう。あなたの見る世界（それが主観なのだが）はあなたの気持ち次第でどうにでもなるか。あなたがこうしたいと思えばそのとおりになるか。なりはしない。見える世界はこちらの願いや希望とは関係なくいつもほぼ同じに見える。あの木立は邪魔だからないことにしたいと幾ら思っても思うだけではなくなりはしない。主観だからといって決して自由にはならないのである。これが主観の正体だ。主観というのは要するに個人の個的な視点からみるということを意味するにすぎない。個人の個的な視点ではあるが、個人が恣意的に自由に扱えるものでは決してない。個人の個的な視点であるということはあなたが死ねばあなたの主観は消え、同時に主観に登場している諸事物もおそらく消えるのであろうということから知られる。だが、かといって主観のなかに登場する客観物は自由にはならないのである。自由になるのは多分、あなたの主観内の客観物の解釈とか意味とかいう類いのものであろう。そういうことなら人は主観を所与として受け取るほかない。あたかも外側から与えられたものとして受け取り、これを納得いくように解釈する自由をもつだけである。

とすれば主観もまた私たちの外にあって私たちの自由にはならない客観物と同じことではないか。強引に言えば主観もまた客観物と言ってよいことにならないか。私たちが客観物を解釈し、意味づけをするように、主観の世界の存在物についても私たちはそれがそこにあることを納得いくように、解釈し意味づけするのだ。私たちが主観をとかくマイナスイメージで見るのは、この解釈し意味づける部分に対してのことである。ここではしばしば人によって異なり、普遍性のレベルが大きく下がる。普遍性のレベルが高い部分では問題は生じない。意見や見解が異ならないのだから摩擦も争いも問題も生じない（こう考えると私たちの間で問題が生じるのはすべて見解の相違、解釈、理解の異なりから来ることだと分かる。では、どうして人間の間で見解の異なりが生じるのだろう。その生理的、宿命的、必然的条件は何だろう。これが次なる検討課題となる。多くは、事物はこちらの欲望と相関的に現れるという、ハイデガーの指摘が参考になるだろう）。

主観の中に立ち現れるという客観についても相当に検討する余地がある。主観の中に立ち現れる客観物は、私たちとは独立に存在すると考えられる外部のあの客観物とどう違うのか。両者はどういう関係にあるのか。外部の客観物は私たちとは無関係に独立に存在するものだということは、それは誰にとっても同一の一つのあるものとして存在していると考えるほかない。その存在自体は私たちの自由にはならない。一方、私たちの主観の中に現れる客観物は主観の中の存在である以上、私たちから独立したそれ独自の存在とはいえないが、それでもやはりその存在（多分、姿も）は私たちの思うようにはならない。外から与えられたものとして受け取るほかない。ということは、それは私たちとは独立した別の存在と見なすほかないということではないか。

主観の中に登場しながらしかも私とは別の存在と見なすほかないというこの矛盾を解決する方法はあるだろうか。ある。主観の中の客観物と客観世界（私の外の世界）の客観物は同じものを指していると解することである。そう理解することだけがこの矛盾を解決する。そして事実これが私たちと私たちが住むこの世界の現実であろう。両者が同一であれば主観の中の客観物はすなわち私たちの外にある客観世界の客観物そのものと見てよく、そのように扱ってよいことになる。私たちは主観世界にのみ生きているのではないのだ。客観世界にも間違いなく生きている。問題は主観世界の中には新脳の領域があって、客観主観を問わず対象となる対象物を解釈理解する活動を行っていることである。解釈理解する土壌がそれぞれ少しずつ異なっていることに目を据えなければならない。解釈理解の本質は納得である。納得できなければ解釈理解にはならない。土壌が受け入れられる解釈理解を脳は考え出すことになる。したがって同じ客観物を対象としていても主観ごとに解釈理解は異なって不思議ではないし、主観同士の間で相手の解釈理解を恣意的と見なすことがあってもおかしくはないだろう。

もう一度確認したい。私たちが対象化できないのは唯一自分自身だけである。自分自身以外のものは対象化できるのだ。つまりそれらは私たちの外、外部にあるのであって、私たちとは無関係にそれ自身で独立して存在していると考えるほかないものだ。にもかかわらず、それが私たちに立ち現れるときは脳科学的にはいつも私たちの主観を通してでしかない。主観の中にしか現れない。ここで私たちは間違える。主観の中に立ち現れる客観物をも、自分では対象化できない自分自身と同じように見なしてしまうのだ。同じ主観の中に現れるものだというだけで。混同するのである。これが古来人間を悩ませてきた主観客観問題の正体であろう。独我論とか相対主義がそうだ。独我論あるいは相対主義はその極まるところ、すべては主観の相違にすぎない、基準点というものはなくすべてのものが同じ価値しかもたないとする。すべてのものは主観のなかにしか現れず、客観世界とか客観物というものも主観の中のものでしかないと見なしてしまうからである。客観世界の客観物と主観の中に現れる客観物とを混同しているのである。再度言明するが、対象化できる客観物、すなわち私たちの外部に存在する客観世界、は存在する。対象化できないのは自分自身だけである。

ところでここのところをややこしくする考えがさらにある。ハイデガーの強力な哲学、彼の影響力がはなはだ大きい現象学的考えである。彼はいう（らしい）、我々を取り巻く事物はわれわれの欲望相関的にしか現れないと。私たちはその都度、自分の身体が欲する欲望をもつ。水が飲みたいとか涼みたいとか。身体が望むものは当人の意識を越えてもっと奥から出てくるものもあるだろう。この場合の欲望とはそういう欲望を含めての欲望だが、こちらが感じている欲望と相関的に世界は現れる、というのである。つまり世界は固定的なものではなく、こちらの状態によってそれに合う形で出現するというのだ。丁度ある一人の人間が子供にとってはお父ちゃん、妻にとっては夫、母親にとっては息子、ある男にとっては同僚として現れるように、その人間の気分や望み、状態にあわせてしか出現しないというのである。いわば事物の真実は間にあるというのと一緒だ。ハイデガーの実存的世界観ではそうなる。

これは彼以前の世界の見方とはまったく様相を変えた斬新な、画期的見方だとして世界に大きな影響を与えた。私も確かにそのように言えるし、それが私たちの生きている実態であろうと思う。だが、ここにはもう一歩踏み込んで考える余地がありそうに思われるのである。

どういうことか。私は先に主観と客観を考える際に「問題は主観世界の中には新脳の領域があって、客観主観を問わず対象となる対象物を解釈理解する活動を行っていることである。解釈理解する土壌がそれぞれ少しずつ異なっていることに目を据えなければならない。解釈理解の本質は納得である。納得できなければ解釈理解にはならない。土壌が受け入れられる解釈理解を脳は考え出すことになる。したがって同じ客観物を対象としていても主観ごとに解釈理解は異なって不思議ではないし、主観同士の間で相手の解釈理解を恣意的と見なすことがあってもおかしくはないだろう」と述べた。さらに『瓦松庵残稿』では「見る」を検討して、見るとは解釈することである、と述べた。ここから導かれることは次のことである。〃外部の客観物から届く光波の波長は誰にとっても同じである。だが、届いたそれを届いたときの状況やこちらの心理や気分、体調の中で受け止め、自分にとって一番受け入れやすいものとして解釈理解する結果が見たということになるだろう〃。そして実はこれが「欲望相関的に世界は現れる」ということの内実ではないか。少なくとも、欲望相関的にしか世界は存在しないということの意味内容はそういうことだと理解したい。でなければ欲望相関的に世界は存在するというのは、世界は主観的にしか存在しないというのと同じことになってしまう。以上のように理解して初めて、客観世界はあるがそれがしばしば人によって違う世界に見えてくるのはなぜか、を解く答えになるだろう。言い換えれば、客観物を目にしているが（客観世界は存在するが）、目にしているそれをこちらの状態にあわせて納得いくように解釈して、解釈したとおりに見ているのだ。それが欲望相関的に立ち現れるということの内実である。見るということは解釈であり、解釈したとおりに脳は見るのだ。脳が整合性をとるのである。これが客観世界はあるが、人によって、あるいは時によって違うものと見える、すなわち主観世界が生じる理由である。

以上で主観対客観問題として古来大議論を呼んできた問題はあらかた整理され、解決されたと考えたいがどうだろう。

［補足］外部の客観物というが、その存在を確認ないし確信できるのか、という問いというか反論があり得る。懐疑論の極まるところ常に出てくる定例の問いである。これにはこう答えたい。確かに、確実な存在証明はできない。だが、あるという証明ができないからといって、だからないとも言えないだろう。あなたの要求はいわゆる「悪魔の証明」と同じことである。私はこう言いたい。ではあなたはどうやったら（どう証明したら）存在が証明さ

れたことと認めるのか、まずそれを明らかにしてほしいと。証明成立の条件を明らかにしてほしいのである。なぜなら、私には右記で種々語ったことで存在の証明はできていると思うが、あなたはそうではないという。だから何が証明成立に不足しているのかだけでなく、そもそも証明成立の条件を明確にしてほしい。それが明確になれば、その条件を満たすべく私は説明努力をしよう。

二九　形がすべて

分子生物学者の福岡伸一氏がこんな驚くべきことを紹介している。生化学者ルドルフ・シェーンハイマーが一九三〇年代に発見したことである。それによると人体の細胞は（とは身体は、ということになる）タンパク質によって、分子的に言えばアミノ酸によって構成されているが、この細胞を構成しているアミノ酸は常時解体されて新しいアミノ酸で再構成されている、つまり新しいアミノ酸に入れ替わっている、というのである。常時、刻々と。これは次のような実験研究によって現実に視認されて確かめられた事実なのだから疑いない。シェーンハイマーの実験というのは以下のようである。人が食べる食物は胃などで粉々にされたうえで吸収される。タンパク質も粉々にされて吸収され、全身に回されアミノ酸、より正確にはアミノ酸を構成する分子として取り込まれ、再構成され利用される。細部では間違っているかも知れないが、大体のところそのように言えるようだ。シェーンハイマーは（実験動物にマウスを選んでだが）摂取タンパク質にそれと明確にわかる目印（色素、だったかと思う）を付与して食べさせた。体内に取り込まれたタンパク質は粉々にされてアミノ酸分子にまで分解され、体内に取り込まれた。そしてそれら分子がどうなるかを観察したのである。すると驚くべきことに特別に色付けされ識別されたアミノ酸分子は全身に行き渡って観察対象動物の各臓器のタンパク質となり各臓器を構成して、やがて老廃物として排出されたのだという。移動の様子がタンパク質分子につけられた目印（色）によって明確に分かったのである。私たちの爪や髪の毛を思えばよいだろう。爪や髪の毛は切っても切っても伸びてきて、古いそれは刻々と新しいそれに入れ替わっているとは誰もが知っている。

同じことが全身の全てのタンパク質（タンパク質によって構成されている各臓器、骨や血や心臓、胃、肺、神経、皮膚その他）で起こっていることが確認されたのである。

すなわち私たちの身体は全部が爪や髪の毛のように刻々と新しいものに入れ替わっているのだ。福岡伸一さんは「シェーンハイマーはそれまでの生命観を一変させた」という言い方をしている。そのとおりに違いない。私たちは教科書や通念にしたがって私たちの身体はタンパク質によって構成されていると思っている。間違いはないのだが、この構成されているというのにはなんとなく一種の固定的なものを思い浮かべる。心臓なら心臓、血管なら血管、腎臓なら腎臓というふうにそれらを寄せ集めたものが人体で、各臓器はいわばパーツ、すなわち部品として存在しているとイメージしてしまう。シェーンハイマーが明らかにしたところによれば人体はそうではなく分子の流れであって、この世界全体がそうで人体はその流れが一時的にゆっくりになったところというイメージになってくる。人間も何もかもすべて分子や原子の広大な流れの中にある、この世は全て大きな流れである、人間はただ人体状にその流れが特定の形を取って、一時的に独特の滞りを見せているにすぎないと。福岡さんの表現を借りる。「つまりここにあるのは、流れそのものでしかない。／私たちは、自分の表層、すなわち皮膚や爪や毛髪が絶えず新生しつつ古いものと置き換わっていることを実感できる。しかし、置き換わっているのは何も表層だけではないのである。身体のありとあらゆる部位、それは臓器や組織だけでなく、一見、固定的な構造に見える骨や歯ですらもその内部では絶え間のない分解と合成が繰り返されている」

全身の細胞に例外はないのだという。となれば、当然脳細胞もということになる。これは驚くべきことだ。脳細胞は私たちの全ての記憶、思考、知識、意識その他が保存されているところというか、あるところというか、作用しているところである。記憶も思考も知識も意識もすべて脳細胞によって行われているものと考えられている。なのにその脳細胞がみんな入れ替わっている、常時新しくなっている、と言うのだ。そんなはずはないと誰しも思うだろう。では、すべての記憶も蓄えた知識も考えもすべてはなくなってしまいはしないか。なにしろ脳細胞ということは脳そのものが二、三日（だったかと思う）で全部新しいものに入れ替わってしまう、作り変わってしまうと言うのである。新しい脳に作り変わったとき前にあった記憶や知識はすべて消えてしまうはず。誰でもそう思う。それとも二、三日で入れ替わるとき、全て新しい脳細胞に学習されるというのだろうか。

　このジレンマを解決する方法は一つしかないと思う。私たちが脳細胞というか脳自体の姿・考え方を一新することである。丁度シェーンハイマーが人体を固定的な諸臓器の集まり（構成体）というイメージから分子の流れというイメージに大きく変えたように。どう変えるのか。一般に私たちは脳とその働きを大雑把にこんなふうに考えている。外部から刺激が入ってくるとそれに対応する脳細胞が活性化して、刺激を判断し、対応を考え、応答を指示すると。今では古い考えとして退けられているが、わかりやすい例なのであえて取り上げれば「お祖母ちゃん細胞」的なイメージである。この細胞はお祖母ちゃんに出会えば活性化する。いわばお祖母ちゃんの記憶を蓄えている細胞である。脳にはこのように記憶や思考を担う部分があり、記憶や思考はそれら細胞に専属しているというわけである。そう考えている限り、脳細胞が刻々入れ替わるなら記憶も思考もなくなるとイメージするのは当然である。

　脳細胞は、細胞自身がそれぞれ役割をもって個別の働きをしているのではない、と考えざるを得ない。では、どう考えるべきなのか。うまい喩えかどうか分からないがこう考えたらどうか。将棋の駒と碁の碁石。将棋の駒は各駒ごとに名前が定まり動き方が決まっている。そういう意味では駒ごとに個性がある。他方、碁石は形も働きもみんな一緒で石ごとの名前もない、個性などなくみんな一緒である。ただ石が置かれる場所によって働き具合が違ってくるだけである。碁石自体ではなく置かれる場所が問題なのだ。石自体は同じ色でさえあればどれとでも取り替え可能である。

　粗っぽく言えばこの碁石のようなのが脳細胞のあり方のようである。脳科学者に言わせれば、脳細胞（ニューロン）のやっていることは、入ってきた電気刺激があればこれを外に出す、ただそれだけだと言ってよいという。全ての脳細胞がそれだけをやっているのである。これなら碁石と同様、各細胞に個性はないといってよいだろう。働きに違いもない（厳密に言えば、樹状突起や軸索の数や長さ太さなどがそれぞれ違い、これによってネットワークの働き、強さなどが違ってくるという違いはあるが）。細胞が他のどの細胞たちと手をつないで回路網（ネットワーク）を形成し、どういうネットワークが活性化するかが問題なだけだ。大事なのはネットワーク、すなわちネットワークの形だけということになる。そうなら個々の細胞が更新されようと新しく生まれ変わろうとネットワークの形そのものにはなんの変化もない。ない以上、幾ら脳細胞が新しく入れ替わろうと脳の働きに変わりのあろうはずがないはずである。以上が脳細胞の内実であり、脳の働きの実態であるらしい。

面白いと思う。全ては形なのだ。全体を構成している要素自体は単純なもので単純な仕事しかしない。到底それら要素の仕事として複雑微妙な仕事や働きはできそうにはない。各要素の働きではないのだ。単純な要素や要素相互がとる形、それが物事を決めるのである。アミノ酸だってそうである。アミノ酸は多数が集まってタンパク質を作る。多数のアミノ酸は集まるときある形になる。どういう形になるか。なった形によってタンパク質の性質が決まる。アミノ酸やタンパク質自体にその特質や性質があるのではない。要は形によってどういうタンパク質であるか、何タンパク質であるかが決まるのだ。同じように神経細胞がとる（形作る）ネットワークによって脳の働きは決まってくるのである。個々の細胞の中身によって決まってくるのではない。

形がすべてというこの事実は実に興味深い。自然現象の多くにこの原則はあてはまるのではないか。自然は単純なものを使って複雑なものを生み出しているといわれる。自然の本質はそうなのかも知れない。フラクタル現象もその一つである。もう一つ事例を挙げる。本日の新聞にある学者のこんな話が載っていた。学者はどこかの臓器の細胞をばらしてばらばらにしたまま一つのシャーレの中に生かして置いておくと細胞は元どおりに集まり、元の臓器になるという。つまり細胞はバラバラになっても元の形状を覚えていて、どうしてかは分からないが結合し元に戻る不思議な力をもっている。私（学者）はそれが不思議で細胞はどうして元に戻るのかそれを調べている、と言う。彼の言うには細胞は相互にコミュニケーションを取り合い、話し合いをして元の臓器に戻っているようだと言っている。私はこの学者は事柄を擬人化して考えすぎているように思う。私の考えを言えばこうなる。やはりアミノ酸を例にとる。タンパク質はアミノ酸が多数合体して出来ているものだが、その合体の仕方はアミノ酸がそれぞれある形をとる。するとそれぞれの形に合う（鍵と鍵穴のように）もの同士がきちんと嵌まり込みあうという経過をたどって一つの形態をとる。こういういわば必然的な動きによって一つのタンパク質を形成する。アミノ酸が形成する形が自ずとある固有のタンパク質を形づくるのである。だからここには誰の、何の意図もない。形によって決まる必然があるだけだ。細胞が元の臓器に戻るのも同じことではないか。いったんある臓器に出来上がっていた細胞は細胞表面に独特の微小な凹凸を形成していたのだろう。これによって細胞同士はカチッと嵌まり合うもの、嵌まらないものが決まってくる。嵌まるもの同士が嵌まり合った結果が元の臓器、ということにすぎないのではないか。なにも擬人化して細胞の意志や意図、したがってコミュニケーションなどというものを想定する必要はない。ことは物質が物質の必然（物理法則）に従って動いただけだ。少しも不思議なことはない。擬人化して考えるから細胞に気持ちや意図があるように思え、神秘的に見えるのにすぎまい。

さて元へ戻る。個々の神経細胞ではなくそれらが作るネットワークにこそ脳の働きの本質があるという点。これは実に面白いではないか。細胞の動き、働きに目を注げばどれも単純な規則に則した単純な動きでしかない。物質が物理法則に規制された、ほとんど機械的なといってよい動きでしかない。誰も指示もしていないし、意図も命令もしていない。リーダーもいない。なのにそれだけの中から人間の意識も思考も知性も心も感情も出てくるのである。そこには神秘なことはなにもない。不思議だろうか。私は不思議とは思わない。むしろ当たり前だと思う。この世（宇宙）には物理法則に従う物質しかなかったのである。その物質だけを使って生命が、そして生物が生じたのだ。いわばすべて物質現象にすぎないはずだ。事実そのとおりなのである。みんな、なにもかも物質現象、物理的現象にすぎない。心も思考も感情も知性も。その物理的現象を私たち人間はクオリアだとか精神的現象だとか心的現象だとかと受け止めるのであろう。そういうふうにしか理解したくないか、理解しにくいのであろう。

機械だと。では、近代技術がそうしているように人間を機械的に理解して、そのように扱えばいいのだろうか。しかし脳の神経細胞がそうであったように細胞をパーツ（部品）として扱うことはできない。なるほどどれも同じなら取り替えも自由自在であろう。だが個々の神経細胞はその他の細胞と組んでネットワークとして初めて意味をもつ、つまり働きらしい働きをする。ネットワークは他のネットワークと一体となって初めて機能する。複合ネットワークはこうして脳の中で機能するのであろう。脳はいうまでもなく人体の中で、初めて機能する。そして人体は自然の中で、というわけだ。ここは福岡伸一氏が力説しているところである。氏はいう、「生命に関しては部分というものはない」（『世界は分けても分からない』）。敷衍して勝手に付け加えれば「あるのは相互作用であって、複雑きわまる相互作用に基づく全体なのだ」

まだある。発生生物学でいう臓器の生成。受精卵は分裂を繰り返して幾つもの細胞になる。この段階ではその全ての細胞が中身も形も全く同じなのだという。それがやがて皮膚や骨や心臓や血や腎臓などさまざまな臓器になっていく。生物は（したがって人間は）こういう経過をたどって人体になり人になっていくようである。それはそうだとして全く不思議なのは、これら各臓器になる細胞は臓器形成以前では完全に同じ細胞なのに、私は心臓になる、私は皮膚に、私は肺に、と自分の役目をあらかじめ知っているか誰かの指示に従ってそうなるかのようにちゃんとそれぞれの場所でその臓器になることである（そういうことらしい）。あらかじめ心臓になる細胞は心臓の原型のようなものをもっている訳ではない。それが証拠に心臓になる細胞を肺のところへ置いておけば肺になるのだという。したがってあらかじめ心臓細胞は心臓になることが決まっている訳ではない。実に奇妙ではないか。では何がお前は心臓、お前は肺と決めるのか。細胞が置かれた位置が決めるのだという。どの細胞であってもある場所に位置すれば心臓になり肺になる。ということは細胞が置かれた位置、細胞がたまたま占めた位置によって決まるのだ。各細胞の内的論理によってではなく偶然占めた位置によって決まるのである。位置というのは場所であり、場所というのは配置で、いわば細胞群の形である。ここでも形が全てだと言えるだろう。ハンナ・アレントだったと思うがどこかで「人間は（動物全部かも知れない）皮膚や肉をはいで内臓を見ればみんな一緒、少なくとも区別はつかない。しかし外見を見ればそれぞれの違い、個性がはっきりわかる。外見が全てだ」という趣旨を述べている。外見（外にみえる形）より中身、というのが通説だし、本書「シンデレラの物語」の箇所でも私はそう述べたのだ。が違うのだ。外見にこそ本質、個性、そのもののそのものらしさがあるのだ。

もう一つ述べておきたい。アンドレ・コント＝スポンヴィルという著者による『ささやかながら徳について』にこんなことが述べられている。彼は徳を十八あげているのだが、筆頭に置いているのが「礼儀正しさ」である。そのうえでこんなことを言う。「よい行為に先立って先ずよい作法があり、これが人をよい行為へと導く。徳行とはいわば心の礼儀正しさであり…こうして徳行は最も低いところとしての礼儀正しさから始まるのであり、いずれにせよ始まらなければならない。生得的な徳など一つもない。だからこそ、徳を身につけるようになることが必要なのだ。だが、すでに身につけているのでないとしたらどうやって身につけるというのか。…まさにそうだからこそ、大人になると礼儀正しいだけでは足りないが、子どもにはその礼儀正しさこそが不可欠なのだ。それは始まりにすぎないが、すべてはここから始まる。『お願いします』あるいは『すみません』と口にするのは尊敬の念をもっているふりをすることであり、『ありがとうございます』と口にするのは感謝しているふりをすることだ。しかし尊敬の念にしても感謝の念にしても先ずここから始まる」

スポンヴィルの言うことは本当だと思う。実際、誰も徳行や礼儀を先天的に身につけて生まれてくる訳ではない。生まれてから親や周りに言われ教わって自分のものとしていくのだ。それなら最初は学び覚える以外にない。最初の学びはまねびで、ふりをするのと一緒である。形から入ると言い換えても同じだろう。形にすぎないと馬鹿にしてはならないのである。

それにしても中身にこそ本当がある、上辺は見せかけにすぎない、という考えは人々一般に実に強固である。なぜだろうか。事実、多くの場合に人は他人が心からではなく、見せかけでふりだけをする場合に出くわしているからだろう。誤魔化しにすぎない場合が多いのだ。だがそれだけではなく、私はここにはプラトンの影響が大きいと思う。イデア説である。物事にはすべて本質があり、本質はイデアである。ものの奥に隠れている本質、それこそイデアだという考え。古代ギリシャ人が到達したこのイデア説こそ中身が本当という考えの基礎にあるものである。これは考えてみれば実に不思議な考えで、人類ではギリシャ人だけが思いついた考えではないか。目に見えるそれは上辺だけであって、そのものの本当の姿はその奥に隠れてあるのだなどというものの見方。

もともとは古代人の神々についての思いが出所なのかも知れない。夜中に森で大きな音がする。夜空で雷光が走る。こうした現象に際して人々は何かしら巨大な力、怪人、神々を思い描いた。いったん生まれた神々のイメージは不思議な異常事態に遭遇する度に神々を思い浮かべさせた。現に目にする事象の向こうに浮かぶ神々のイメージ。ここから目に見えることだけを対象にするのではなく、現に目にする対象の奥に、向こうに、本当のことを見る（想定する）のまではほんの一歩であろう。しかしその一歩は単なる一歩とは思われない。神々のイメージは（私の思うに）古代人にとって単なるイメージだったのではない。実在だったのだ。ありありと見えたのだ。見えるというのはおかしいか。思い浮かべられた、としよう。ありありと思い浮かべられた神々、と物事の裏に隠れているイデア（本質）、とはそんなに違いがないように見えてその実踏み越えがたい違いがあるように思われる。ギリシャ人はその一歩を越えたのだ。他の民族でそんな一歩を踏み出したものは一つもない。やはり不思議なことである。なにがギリシャ人をしてそんなことを敢行させたのか興味津々たるものがあるが、それは私の手に余るからここでは置いておいて、ともかく事物や事柄の奥に本質的なものが隠れている、それを洞察するのが大事だし、知力であるという考えはギリシャ哲学以来の年期があり、並大抵のものではない。ことに近代以降、法則とか原理とかを梃子に据え、手がかりにして大々的な成果を上げた科学の影響もあって、人々はとかく外見よりも中身の方が大事という考えに傾きがちで来た。

というわけで、中身こそ本当である、という考えも、いや形こそ全てだという考えもあまりにも一般化してしまうと誤りになる。

ということで終わりにすれば、お前は一体なにが言いたいのだ、中身がすべてだと言いたいのか、形こそすべてだと言いたいのか、どっちだということになるだろう。どちらも間違っていない、本当のことだというほかないのだが、そういう答えになるのには理由がある。形がすべてだというのはおそらく旧脳の世界でのこと、中身こそ本当だというのは新脳（大脳）の世界でのことなのだ。旧脳の世界とは意識誕生以前の動物的世界を指し、新脳の世界とは意識世界のことである。意識が創り出している世界とはすなわち人間の世界、旧脳に大脳が被さるように動物の世界に被さっている人間の世界。

動物の世界と人間の世界といえば、一神教に基づく西洋人の見方に引き摺られて、人間を動物段階を越えて進化した一段上のものとみるように、新脳の世界こそ旧脳の世界を越えた一段上のものと考えやすいがそうではない。新脳は旧脳に被さって出来ている。ということは新脳の世界は旧脳の世界を基礎にして、旧脳の世界から養分や生命を受け取って初めて活動していることになる。

新しい脳は新しいだけに旧脳にない（したがって、出来ない）役割を果たし、一段と素晴らしいように見えはするが、実は旧脳の方がより重要な、根本的な脳ということになる。それぞれの脳が創り出す世界についても同様のことが言える。人間は意識の世界をもつことが他の動物と分かれ隔絶した文明を作り出した理由だが、人間もまた動物の一種に違いないのである。人間の基本は動物である。旧脳の世界が中心に横たわっているのだ。中身が先か形が先かという問題のありどころもそうだろう。形がすべての世界に身を浸していて、人間に独得な文明的世界では中身が大きな意味をもつことになるのだ。だから、形、中身、どちらもがそれぞれの場合に応じて、本当のことなのである。

三〇　宇宙始まって以来初めてのこと

脳科学者池谷裕二氏が紹介しているところによると、脳科学が暗示している重要な事実の一つに〝この宇宙の全ては物理的物質が物理法則にそくして動いており、出来上がっている〟ということがあると見てよいようである。全ては物理法則にのっとって出来上がり動いているのだ。私にもそれは納得される。他には考えようがない。ビッグバンによって誕生したこの宇宙はやがて冷えていくにつれて原子だか分子が形成され、これらが集まってガスや果ては星々が誕生した。存在したものはそれらだけである。もの（物質）だけなのだ。ものは物理法則に従って存在し、変化し、次々と姿を変えてこんにちの宇宙となった。そのうちの地球という星にやがて生命というものが誕生した。もちろん物理法則に従っての諸物質の変化、動きの結果である。そしてやはり物理法則の支配下で物理法則に従って生命はこんにち見るさまざまな生物を産みだしていった。

ところが。そうして多様に増えていった生命の内に人間という生きものが生まれ、このものの脳が特別な発達をし始めた。脳ももちろん物理法則に従って形成されたもので物理法則の支配下にあることには基本的に変わりないはずである。だが、ここで妙なことが起こった。脳はその働きを自分自身にも向け始めたのである。物理法則によればものはその働きを自分自身に向けることはできないという規則はもっていない。そこで、どうしたわけか脳は脳の働きを自分にも適用し始め、自分をも対象化し始めた。自分を見つめ、自分をもコントロールすることをやり始めた。こうしたことの果てに生まれたのが意識である。

拙著『瓦松庵余稿』で意識についてはあれこれ考察したが、ここでもう一度確認しておけば、意識はたとえばいま目の前にしているものが何であるかどういう状態であるのか（すなわち何であるかはわからないがとにかく危険なものであるか逃げなくても構わないものであるかどうか）を知るためにこれを見る、観察するために出現した脳の働きだと考えられる。出現するというが脳のそういう働きはおそらく生命が発生したときからある。全ての生物にある。それが生きものが複雑になり、大型化し、多少の余裕が出来ると同時に活動範囲が広がり（すなわち生存域が広域化し）、初めて見るものや初めての事態に遭遇することが増えて、これに伴って事態を注視することが増えた。注視時間も長くなってきた。そしてこれに閾値が生じ、閾値を超える時が来る。人類か類人猿になって閾値を超え、相転移が起こって意識が生まれた。私はそう推測するのだ。

かくて意識の誕生である。なぜそんなものが出現しなければならなかったかといえばそれ（観察）によってそのものを、それともそれに向かう自分の動きを、変えるためである。でなければ殺されるか飢え死にするか、ともかく生死に関わった。だから意識は必ずそれが観察する対象をもつ。意識の志向性というやつである。意識は事物を対象化してこれを思うようにコントロールしようとするのを己が機能とするものだ。

そこでなにが生じたか。意識は意識自身をも対象化し始めた。対象化には制限はない。自ずと自分自身も対象化の対象にし始めたのである。その結果、自分自身を複雑に、より豊かにより多彩に操作し、様々な機能を加え始めた。これによってついには脳は、というより意識は、自律性を獲得した。宇宙物理法則からは独立に自分で考え、自分を操作する自律性を獲得した。つまりここに宇宙開闢以来初めて宇宙を統べる物理法則とは独立な法則によって存在するものが出現したのである。意識自身の法則にのみ縛られるものが。

これは大変なことである。宇宙が始まって以来、初めての出来事、新事態である。人間が意識をもつということはそういう事柄なのだ。このことがもつ意味をよくよく考えたい。意識ほど自由自在なものはない。時間も空間もあっという間に超越して働く。あらゆる宇宙法則に縛られない。ただ意識が生きている人間の身体は物理法則に縛られているので、意識は意図を実現しようとするときは厳然として物理法則に従ってしか実行できないだけである。何とも驚くべきことを人間という生きものはやってのけたものである。

三一　虚仮でありつつ実在する

世界の実態は無常であるのが真実であるのか、すなわちこの世には実体のあるものは一つも存在しないのか。

生物学者福岡伸一氏の動的平衡という考えは極めて興味深い。氏は動的平衡を生物や生命の実相とみる。動的平衡とは「ものごとが変化しつつ持続する」ことを指して述べられた造語のようである。変化と持続は文字どおりに言えば反対概念で両立はしない。にもかかわらず、変化しつつ持続するとは、変化はするのだが持続する部分もあるという意味ではなく、常時ずっと変化しているのだが持続しているとも言えるような変化、持続を含みもつ変化という意味である。そしてこれがこの世のすべてのもののありようの正確な定義、真理、真実なのだと福岡氏は言うのだ。必ずしも別に目新しいことではないだろう。私たちがこの世で日々目にし感じていることである。毎年春になれば同じように花は咲けども花同じからずである。当たり前のことに対して「動的平衡」などともっともらしい名前を与えて学的装いを施してみただけのことのようでもある。

それはそうだが私はここから刺激を受けるのである。同じであるようでありながらよく見れば少しずつ変化している、あるいは変化しているようでありながら基本的には同じであるというものを、永遠の相のもとに見れば変化が際だって見えるだろう。永遠の相というのは永遠を見るように長い長い時間単位で見るということである。ものを千年万年というスパンで見る。そうすれば嫌でもものは変化が際立つ。すべてのものは形を変え姿を変えてしまう。したがって変化の相がこの持続の相を含みもつものの実態だと言えるだろう。つまり仏教で言う第一義諦で言えばこの世のすべては変化しか認められず、したがって決まった姿をもつ実体はなく、無常こそがこの世の存在物の真実ということになる。しかし私たちの通常の視点で見れば、つまり自然の相では、より多く持続の側面に視点が当てられ、持続する姿がしっかりと認められて、そこに事物の実体を認めることができる。これが我々人間に普通に見て取れているこの世の姿である。

以上のようだとするとこの世は無常こそ真実の相であり、かつ私たちの目にするものには持続する実体があると見なしてもおかしくはないことになる。

この世界に実体のあるものはない、すべては仮初めの現象にすぎない、と仏教では説く。したがって自分というものはなく他というものもない、自他の区別もない、というのである。これがお釈迦さんがこの世に見て取った核心的真実であるというのは仏教の最も中心的思想だろう。が、私にはこれがずっと理解できなかった。自分というものには実体がない、仮にあるように見えているだけだ、自分だけでなく他人や他者もない、自他の区別もないのだとはいったいどういうことなのだろうと疑問に思ってきた。けれどもブッダはどうものごとを大変なスケールで見ていたようである。いかにもインド人らしいと思うが、仏教経典を読んでいるとこの世の中のことが千年万年どころか何億年、何百億年といった時間単位で見つめられていることに気がつく。そうであるならものごとの移り変わりはめまぐるしく、ありとあらゆるものが無常となる。そういう途方もないビジョンを抱きうる能力をお釈迦さんはもっていたようである。

さて、で、自己とか私とかすらも実体はないとはどういう意味か。実体ではなく仮の姿あるいは空なるものだというのだが。いやいやそんなレベルでは終わらない。自己どころか事物全体が実体をもたないというのである。

つらつら考えてみるにどうやらこういうことらしい。例を私自身に取る。このものは昔赤ん坊だった。少年になり大人になり、皺いっぱいの年寄りになった。そのどれを私だというのか。みんな私である。それにしてはめいめい違いすぎるではないか。これをお釈迦さんみたいに極度の早送りしてみよう。私はあっという間に死体となり、灰になり、骨は砕けて土になり…する。さらに言えば土からは草が生えるか虫が湧くかし、草は花となって飛んでいき、虫はなにかに食べられて他の動物の体内に入りその一部になる。

そういう目で見れば私は人間であることさえ怪しい。これら全体の移りゆきを俯瞰したとき、そのどれが私だと言えるだろう。言えるのはその時点時点でたまたまある姿をとっているということだけではないか。そのどの時点の私が本当の私であるなどとはいうことはできない。今私は確かに私である。しかしそれはいつの時点を取ってみても――子供時代も青年の時も死灰の時も土の時も草の時も――そうであり、そのどの時点をとっても恒久に変わらぬ実体（本質、正体）とは到底言えないだろう。たまたまその時点時点でとっている仮の姿というほかない。これはこの世のすべてのものにあてはまる。

ようするにこれがお釈迦さんが見通した真理——この世のものすべては実体がなく、仮の姿仮の存在にすぎないということ——の内実であろう。そしてそうである以上、この見解には曲がったところは何もなく、そのとおりというほかない。だが、これでいいのだろうか。

お釈迦さんのビジョン、途方もない長時間の相の下に早送りしてこの世を見る限り、言い換えれば永遠の相の下にこの世を見る限り、仏教の言う「この世は虚仮、空である」を認めるほかない。あるいはお釈迦さんの言う「どこに実体があるのか（実体があると思っているのは迷妄である。この迷妄から覚めることだ。そうすればこの世の真相がわかり覚者となり、すべての迷いから目が覚める）」という言説に反論するのは難しい。だとしてそれではお釈迦さんは実体を何とみているのか。どうやら、常に変わらぬいつでも同じものというふうにとらえているようである。確かに実体とは、もしあるとすれば、いつでもどこでも常に同じあるもの、というほかないだろう。厳密に考えればいくらでも複雑詳細に問うていけようが、いま定義の是非を問うてみても仕方がない。なんであれお釈迦さんは実体をそのように見なしたのである。だとすると先ほど見た永遠の相の下には、変転きわまりない現れであるもの、つまり人間をふくめた物質、この世の存在物はすべて実体とは到底言えないであろう。そのときそのときの姿は仮初めの現れとしか言えまい。お釈迦さんは正しい。

それはそうだが私はもう少し考えたい。どうも納得いかないからである。そうなんだろうか、本当に私たちは仮の姿にすぎず、実体をもたない存在なのだろうか。永続性も実在性もないのだろうか。いま仮に、ありとあらゆるものに実体はないのだということを受け入れよう。するとどうなるか。実体はないというのには同意できる。ではいま現に私たちの目の前に存在しているものはなにか。このものも私もとりあえず在るように見えるではないか。仮のもの、蜃気楼みたいな、たまたまそのときそういう姿で現れたもの、というほかないのだろうか。

まず最初にだが、この仮の姿という言い方には違和感がぬぐいがたい。仮の姿と言うからにはどこかに本当の姿があるけれどいま仮にそれとは違う姿をしているという語感があるからである。だが本当の姿というものはどほかもろもろのものが実在し、実体ある存在だということになろう。

時間的に早送りした永遠の相の下では確かに固定し確定した存在物はないと見えるが、我々人間のスケール世界ではいまあるものがある、それがそのものそのものであるというほかない。この世に現象しているものは仮の姿でしかないというのは永遠の相、言い換えれば神の目から見てのことにすぎない。だが神の目を私たちはいかにして想定できるのか。人間スケールを退けるのはいいとして、代わりに設定する視点（誰もが了解できる根拠、理由）が出てこない。ここではとりあえず科学を根拠にして宇宙物理的目を設定して永遠の相の下に見ることにしてみよう。そのとき確かにすべてのものは流動し変化し、どれが確かなそのものの姿、本質と言えるかまったくわからないとするほかないだろう。流動、変化こそ本質であり実体であって、それ以外にはそれそのものと言いうるものはない。流動、変化こそ本質であるならばAとBの違いや区別は認めがたい。自分も他人もない、自他もない。あるのは一瞬の仮の姿ばかりということになるだろう。一切空である。色即空、空即色。お釈迦さんの言うとおりである。

ここにもない。今現時点では今の姿の他にどんな姿もありはしない。仮も本当もないのである。ここをしっかりおさえておきたい。するとどうなるのか。いまここにあるもの以外のものはない。ここにある。これがすべてである。ということはいまそこに存在するものは仮のものであるわけがない、永続性がないつまり不変性がないだけである。永続性や不変性がなければ実在しないということになるのか。ではなにをもって実在というのか。実在を「確かに存在すること」と定義するとする。するとその確かさは現象すること、しかも永続し不変的に現象することと言い換えられよう。だが、永続と言い、不変と言うが、どれぐらいの時間を永続と言い不変と言うのか。

多分「永遠の相の下に」をもち出すのは、絶対をもち出すのと同じ過ちを犯すことになるだろう。そういうのは人間世界のものではないのである。我々が生きるのはせいぜい百年と少しである。日常生活にあっては持続するという時間単位はせいぜい一日か数時間あるいは一年という程度だろう。これぐらいを視野に考えるならば永続はともかく不変性は認められるものが幾らでもある。永続性も単位が数年とか数十年とかであるとすれば認められるだろう。するとこういう世界では自分も心もその

　だがそれでいいのだろうか。この世のことを宇宙物理的つまり科学的視点からみるのがもっとも妥当するのだろうか。現世のすべては流動し変化するとして、ではこの視点、宇宙物理的視点は流動し変化しないのか。これだけは固定するのか。ここへくれば多分底が抜ける。ひとまず踏みとどまって、科学的視点のほかに人間的視点を認めよう。人間的視点、生物的視点である。神の目ならぬ虫の目である。そうすればこの世には実体物があふれていることになる。私たちの目に見えているとおりの世の中である。お釈迦さんにだってそれは分かっていただろう。が、お釈迦さんにはそれでは「生老苦死」の苦しみから抜け出ることはできないと観じられたのだ。抜け出るためにはいったん視点を転じて永遠の相の下に見る以外にないと。

　ここのところを仏教は次のようにしてくぐり抜けているようである。仏教では第一義諦と世俗諦の区別を設ける。諦とは真理ということ（らしい）。第一義諦は本当の真理、世俗諦は、第一義諦では通常人は生きていけないから生きていくために妥協して庶民向けに作った真理、世俗向けの真理というぐらいの意味である（らしい）。そこでこうなる。第一義諦ではこの世のすべては空である、実体はない。しかし世俗諦では（実体はないのだが）あたかもあるように見なしてやっていこうということにする。ようするに世俗諦では実体があるとするのである。なかなか巧みな使い分けと言えよう。

　こんなふうにも考えられる。もし仏教にいうように実体などはない、この世のすべては仮であり空であって実体などはないのだ、とするなら、どうして我々は実体があるとかないとか言えるのか、なにがどういうのが実体だとどうして知っているのか。なぜなら、実体などないという以上、実体とはなんであるかを知っていることが前提にならなければならないが、もしこの世に実体なるものがないのだとしたら私たちは実体を知っているはずがないからである。

　実際のところ実体とはなんだろうか。永続性と不変性のある現象体というのがとりあえず定義になりそうであろう。しかし定義はそれしかあり得ないのだろうか。人間を例に取ろう。二足歩行する生きものでことばをしゃべり、一般的に百年前後まで生き…といったことでは人間の実体を定義したことにはならないのだろうか。ウィトゲンシュタインの言い方では駄目なのだろうか。彼は椅子というものをまったく知らない人間に椅子を定義する方法としてこんなことをいう。「そこいらにあるさまざまな椅子を取り上げてこれが椅子だと片っ端から示せばよい。それだけで人は椅子がなにかはたちどころに理解するだろう。それが証拠に以後彼はほかのいろいろな椅子を指して過たずにこれが椅子だと示すことができるだろう」と。その人が千差万別の椅子をつかまえて過たずにこれが椅子である、これも椅子、と示すことができるのは椅子には椅子の本質があり彼はその本質をつかまえたからにほかなるまい。本質の在るものは実体をもつのではないか。

ここまで来れば福岡伸一氏の強調する動的平衡の考えを思い出さざるを得ない。人間は（もちろんありとあらゆる生きものも）刻一刻その個体の全部が、つまり細胞が入れ替わりつつある。いつまでも同じということはない。細胞を構成するすべての分子が入れ替わりつつ同じ形同じ機能を持続しているのだというルドルフ・シェーンハイマーの発見した事実である。エントロピーの法則から逃れられない生命体がエントロピーの法則の定めから逃れるために、より正確に言えばエントロピーの運命を先送りするために、自ら崩壊を先取りすることによって自己を維持する戦略（なぜこんな戦略が成り立つかといえば、自ら崩壊することによって再生し、新しく生まれて最初から再始動することによって老化の開始を先送りする、この形を繰り返すということによって）そういう戦略としての動的平衡。これこそ持続するための変化にほかならない。しかも面白いことにこの動的平衡は同一性を保つための自発的変化でありながら保つ同一性が少しずつ変化していくのである（年を取っていく）。同一性を維持する目的での変化でありながら完全な同一性の維持ではなく、少しずつの変化を含み持ちつつの同一性の維持なのだ。

生命体は自然の相の下ではやはり相当の同一性を保っている。私は年々年を取り老けていくが、私自身の記憶でも、他人からみた外見でも同一人物と認めることができる。おそらく毎日、毎時間、少しずつ変化しているのであろうが。その変化は自然の相の下にある人間の目には目に付かず、同一性を維持している、すなわち同一実体であると見えるのだ。永遠の相の下には実体はないというほかなくすべて仮の姿というしかないが、自然の相の下では実体がある、我々は空つまり幻のようなものではないとしてよいだろう。これが答えではないか。仏教というのはなんと正しいことを言っているのだろう。

三二　情緒こそが人の基盤

人の中心は知情意でいうなら私は間違いなく情であると思う。岡潔氏の言葉を使うなら情緒である。なにごともまず情が発動しなければ始まらない。無意識の段階ですでに「したい」と思わなくては一切の始動は生じない。「～したい」があるから人は「～する」、あるいは意欲する。やり方を工夫する知が働く。情が生じていないところに幾ら叱咤激励し、教え導き、意志と努力が大事と命じても多くは無駄である。その人間が理想を描き、理想を目指して自らを励まし命じてもまず情が動いていないことにはどうにもならない。これが多分人間の実態だ。

脳科学の知見でも以上のことは確認できる。脳神経学者の松本元さんがこのように述べている。氏は脳を新皮質と古皮質の二つからなると大きく分け、「新皮質での理解とは認知的な理解であり、理解した事柄は意識化でき、言語化することが可能である」「古皮質での理解は、これに対し感情的な理解であり、理解した事柄は無意識化され非言語化されている」。このように言語化可能な新皮質はコミュニケーションを統括できるように思えるが実は「新皮質は古皮質から大いに影響される。情がマスター（主）で知がスレーブ（従）である」。情が主で、知は従だとはっきり述べておられる。

以上のようであるなら、人は情こそ大事と言えるだろう。人の基本は情（岡用語を使えば情緒）こそ基本と言えよう。それなら人はどういう情緒を育てるかが一番大事なこととなる。人は常に、よい情、優しい勇敢な義に満ちたセンスのよい細やかな情を、己のうちに育まなければならない。育児と教育ほど大事なものはないことになる。人は小さいときからよいものにたくさん触れ、よい経験をしなければならない。

問題は脳科学的見地から見ても情の世界は無意識の世界であることだ。情の発動するのはいつも無意識の内、無意識の世界で、のことであるなら人はこれをどうこうすることはできない。どれがよい経験なのか確かなことは分からない。ただ良い（と思われる）もの、良い（と思われる）ことに触れる体験を多く積む、それによる結果を信じて良質な体験を積むことができるだけだろう。その意味でも親は（つまり人は）よく生きるべく努力することである。

ところで日本語で言う「こころ」こそはこの情であろう。こころには理性とか知性というものも含むような気が一見するが、私は理性や知性とこころは分けて考えたいと思う。こころは理性とは違ってなにかもっと暖かい、血の通った情的なものと思われる。情、情緒、早く言えば「ものに感じて動く気持ち」的なもの、日本語の伝統的な言い方をすれば「もののあわれ」である。その基礎になるのは生き物の原初の感情、快・不快である。原初の生き物の行動原理である快・不快が心を最も深いところで形作っている。快・不快はそうと認識されていようといまいとにかかわらず、人体に何らかの反応を引き起こしているはずで、それは強いて言えば気持ちが良い悪いのどちらかであるはずである。すでにしてこの段階から感情的な反応を引き起こしている。だからこころの基本は情と見なしてよいだろう。

もう一度確認しておきたい。私の言いたいことは「こころの中心は情である」ということにつきる。情。しかし情というのはきつすぎる気もする。情といえばはっきりと喜び、悲しみ、憎しみ、嫉妬、要するに喜怒哀楽と明確な姿がありすぎる。ここで言いたいことはもう少し緩やかな、感情の前駆的なもの、だからやはり岡潔流に情緒と言った方がよいかも知れない。情緒とは「情の端緒」つまり情の緒（いとぐち）という意味のようだが、明確な情になる初め、情の始まりを言うのであればこの方がよりふさわしい。それがこころの中心であろう。脳科学者池谷裕二氏は人の行動を「脳の準備→意志→行動→行動の知覚」という経過と説明しているが、ここでの「脳の準備」に当たるものが情緒と見なしたい。無意識に行われる。〇・五秒持続して「それをしよう」と初めて意識に登る。この意識に登る以前の、無意識に脳で準備が始まる段階が「情」、というより情の前の段階すなわち情の彩りがぼんやりと霧の中のようにほのかに暗示される段階である。なんとなくの漠然とした気分の状態と言ってよいか。だから「情緒」と呼びたい。

こころの原初は情緒である。情緒が中心となって情が動き、情を基底として意志が働き、意志を実行するかどうか、実行するとしてどうやるかの方法の検討すなわち知が働く。こういうのが人間の行動に違いない。

もう一度考えてみる。我々は無意識の内にある行動Aをやろうとして脳がその準備を始める。この行動Aをやろうと身体が（無意識レベルで）思うのは身体内部と外部（環境）の刻々と生じる変化に対応する反応・応答として生じるのである。この反応・応答の基本は快・不快の感覚に基づく。それならその感受と応答はなにがしかの感覚的なものと考えるほかない。感覚的な、すなわち情的な彩りをもつだろう。その情緒の方向、快であるか不快であるか、が行動Aを決しているといっても同じことだろう。つまり事柄を決するのは情、情緒なのである。

こうして行動の方向、内容を主導するのは情、情緒だと考えてよいことになる。行動Aの場合だと、身体も気持ちもしたがって多分脳もその気になっていて全身的にそれに向かって行動を起こす。それなのに意志や理性の力でこれに反して違う方向へ行動を起こそうとすれば無理矢理ということになる。身体も脳も自然にその気になっていないのに強制して違う方向へ向かおうとすれば、嫌々ということになる。

では、理性・知性とはこころの一部でないのなら何であるか。私は意識の道具だと考える。ものに気づき、それを選んだ自分の理由、言い訳を考える意識の働きのために作りだし、発達させた道具、意識の道具なのだと。反してこころは無意識界の存在であって、だから意識以前のもの、意識より根源的なものなのだ。人は何かを選ぶのはこころによって、すなわち情によって無意識の内に選ぶのである。選んだものに選んだ理由、言い換えれば言い訳を与えるのが意識の役割であり、この役割に役立てるための道具として育てたのが理性・知性だ。こう理解した方が人間というものをよりよく納得できるだろう。

もし以上のようであるなら、人間のこころの世界を「もののあわれ」でとらえようとした紫式部たち古代日本人はじつに的確だったことになる。彼らは正確に人間というものが分かっていたのだ。もののあわれ――ものに触れて感じ動くこころ。

そのように考えれば人は感情、情、情緒を大事にしてよい情緒に育てなければならないことがよくわかる。よいものに多く触れ、よい経験をたくさんして、それによって育まれるよい情を育てなければならない。

三三　生きようとする意欲は何によるか

生きものが動く理由を私は快・不快の原則にあるとかつてみた。第七節にもみたとおりである。快には接近し、不快からは遠ざかる。ではその快・不快は何によって決まるのか。エネルギーの新たな摂取が快で、エネルギーの喪失に繋がることが不快である。生きものとは常にエネルギーを補充しようとするもの、と言ってよい。エネルギーの補充は生きるためにほかならない。つまり生きものは生きなければならないのだ。定義から言ってもそうである。

なぜ生きものが出現したのか。この宇宙にあったのは最初、物質である。物質だけがあった。生命も生きものも存在しなかった。物質があって、物質を構成する分子が（多分）太陽エネルギーの力によっててんでんばらばらに動かされる（ゆらぎ）内にさまざまな合体や離散が生じ、いろいろな集合体が生まれた。中にたまたま自己複製するものが出現した。自己複製故に存続し、増えていくのを特徴とする物質である。このものはことの成り行きとして、あたかも存続し増えていくのを自己の存在理由とするように見える。当の物質にそのような意図はないが、結果としてそうなる。

存続し増えていくためには引き続き太陽エネルギーを必要とする。かくてこの物質はエネルギーの補充、獲得が至上命令となり、エネルギーを求めて動き始めることとなる。その最初は『瓦松庵残稿』で述べたようにアメーバーの快へ向かっての接近作用のようなものであったろう。その動きはあそこで展開したように意志や意図のまったく介入しない物理的作用として生じるものだ。そのうちエネルギー摂取はより効率よく行う方が増殖に有利だということになる。ここで事態の語り方にきめ細かい注意が必要になるが、「エネルギー摂取はより効率よく行う方が増殖に有利」とは言うものの、だからといってその物質は増殖に有利になる摂取方法を意図的に採用するわけではない。生命もこころももたない物質にそんなことができるわけがない。他の物質と衝突とか太陽光線の季節変化による強度変化とか様々な事態の移り変わりの中で、気の遠くなるほどの時間の間にはたまたま効率よく摂取できる時があり、当物質が増えることがある。増えた物質には同じ状況に遭遇する機会が増えるだろう。こういうことが長の年月に積み重なって、あたかも物質が意図して増える状況を作り出していったごとき事態を生じたのであろう。こうして結果的により効率よいエネルギー摂取が目指されたと同じ事になり、事実効率よいエネルギー摂取が果たされ、自律的、能動的動きに至ったのであろう。

このどこかで生命発生が生じたのだと思われる。つまりこのもの（生命体）にとっては存続・増殖がその存在理由となったというほかない。生命とはそういうもの、つまり存続・増殖を目的とし、機能とするものなのだ。少なくともそう言うほかない。さてそうだとすると生きものとはなにより続くことを目的として存在するものということになる。存在し続き、できれば増えていくことを目的とするもの。

したがってこうなる。生きものは生きる意欲によって動かされる存在、生きていこうと意欲するのを根底とするものと。なんとニーチェにほとんど接近する結果となる。

三四　言葉の誕生を巡る風景

こんにちまでの考古学、人類学、脳科学、分子生物学、言語学、進化動物学その他の諸科学の成果を総合するとほぼこんなことになるようである。

私たち現生人類に直結する人類ホモ・サピエンスが出現したのはおおよそ二〇万年前。それまでにもネアンデルタール人や北京原人、ジャワ原人など多種な人類が出現しユーラシア大陸など各地に拡散していた。しかしホモ・サピエンスの出現と同じ時期にその下で爆発的な芸術的創造行為が現れていることをみればホモ・サピエンスは先行人類とはいささか違う点があったようである。だからこそ彼らはホモ・サピエンスと呼ばれネアンデルタール人とも北京原人ともジャワ原人とも別種の人類として分類されているのであるが、私はここに彼らが初めて裸の人類として登場したに違いないとも付け加えたい。理由は『瓦松庵残稿』に縷々述べたので繰り返さない。裸で芸術的想像力を発揮する人類は明らかに先行する親戚の諸人類たちとは異質な人類だった。彼らがことばをもち、石器、土器という道具をもち、料理し、植物栽培を始め、農業を始めるなどして、こんにちに繋がる独自の歩みを踏み出した。この辺の歩みの風景、すなわち原因や動機、理由を尋ねてみたい。こんにちまでの科学はそれを尋ねうる材料を見つけ出していると考えるからである。わくわくする試みではないか。

このホモ・サピエンス、アフリカの東部高地で二〇万年前に誕生したとみられるが、なんと彼らはここにほぼ一〇万年もとどまっていたらしい。なぜなら彼らのいた高地地帯を取り巻く低地には蚊の大群がいて、マラリアが猖獗（しょうけつ）を極め、ゆえに彼らは低地へ降りていくことができなかったとみられている。低地へ降りなければ海岸地帯へもエチオピア、エジプト方面から中近東へ出て、出アフリカを果たすことなどできなかった。

一〇万年前に再び地球は氷河期に見舞われ寒冷化した。

これによって彼らを閉じ込めていた低地から蚊の大群がいなくなり、ようやくホモ・サピエンスは高地を降りてアフリカ各地へ（おそらく）広がり、その中のある一部がアフリカを出て、大陸各地へ進出した、という成り行きだったようである。地図を見ればわかるとおり、アフリカを出れば中近東へ出ることになる。中近東からある一族は東への道を選び、ある一族は西への道をたどり、西へ行った者たちは六万年ほどかかってヨーロッパに到着して、しばらくネアンデルタール人と共存しながら各地へ進出した。東へ行ったグループは五万年ほどかかってアジアへ、さらにオーストラリアへまで進出した。日本へは四万年前、アメリカ大陸へはさらに一万年ほどかかって進出したらしい。どうやらいたるところで先行人類を滅亡に追いやりながら住居地を広げていったようだ。すべてホモ・サピエンスだけがもっていたある能力によって力の差が生じ、これによって彼らだけが繁殖したと思われる。

その能力とはなんだろう。ホモ・サピエンスをホモ・サピエンスたらしめたもの。彼らにのみ顕著に見られる芸術的想像力や（恐らくと思われる）言語能力などを可能にした能力である。ここで私が注目したいのがFOXP2という遺伝子である。以下は池谷裕二氏の本『脳には妙なクセがある』に教えられて述べるのであるが、FOXP2という遺伝子は言語に関連する遺伝子であるらしい。というのは英国のとある言語障害の在る家系を調べたところ、この家系にはFOXP2遺伝子の一部に特異な異変が見つかったのだ。そこで詳しく調べた結果、このFOXP2遺伝子こそ言語に関連するいわば言語遺伝子だと分かったのだった。しかるにこのFOXP2遺伝子は人だけでなく猿やマウスなどにもあるのだそうである。だがヒトFOXP2にだけ二カ所に異変が生じているのだ。とするならこの二カ所の違いこそ人間（ホモ・サピエンス）に言語をもたらした遺伝子変異ということになるだろう。二カ所に変異をもつこのホモ・サピエンスに特有のFOXP2遺伝子が人間に言葉を可能にしたと結論づけてよいわけだ。

ところで面白いことにこのFOXP2遺伝子、調べてみるとほぼ二〇万年前に異変を起こして、私たち現生人類のFOXP2すなわち新FOXP2遺伝子になったらしい。とするならホモ・サピエンスという新人類はFOXP2の変異によって誕生した人類と言ってよいかも知れない。ホモ・サピエンスが先行人類とは違う能力をもっていておかしくないわけである。

さて、でこのFOXP2遺伝子の二カ所の異変箇所。どういう力（働き）をもった箇所なのか。これを調べるために脳科学者はなんとヒト型のFOXP2遺伝子をマウスに移植してみたそうである。ヒト型FOXP2遺伝子をもったマウスがどう変わるかを見るためである。すると池谷さんの報告では「マウスは、言語を操るための舌や咽頭などの身体道具はもっていませんから、さすがに言葉を喋ったりはしませんが、ヒト型FOXP2を埋め込まれたマウスは声質や探索意欲が変化していることがわかったのです。さらに、大脳皮質の一部で、神経繊維が長くなり、シナプス（神経細胞間の連結部）伝達の可塑性も増強されていました」ということである。実に面白いではないか。ホモ・サピエンスにはそういうことが生じたのである。

池谷さんはヒト型FOXP2による行動上の目に見える変化を、「声質」と「探索意欲」の二点あげている。「声質」というのは具体的にはよく分からない。ネズミの鳴き声が変わったとしてそれは人間の声（発声）ではどいう変化が生じたということに相当するのだろう。見当の付けようもないが、多彩な音声を区別して発声しやすくなったのだろうとでも推測しておく。それよりも私が注目するのは「探索意欲」の変化である。この変化もどのような変化なのか具体的に書いてないので不明だが、おそらく探索意欲が強くなったのだろう。が、単に強くなっただけなのだろうかと疑うのだ。強くなっただけなら「増強」とか「強化」と表現されるだろう。だから幾分かでも質的な変化も認められたのに違いない。しかしそもそもマウス程度の動物にとって探索意欲、いや探索とは何だろう。ネズミをどこかから連れてきて一つの部屋へ放り込んだとする。ネズミはあちこち動き回るだろう。部屋がどうなっているのか、どこに何があるのか調べるわけだ。彼らなりの探索である。危険なものはない、安心だとなってとりあえず探索は終了する。次にはなにか食べ物がないかと捜すことになるだろう。部屋の中をあちこち調べる。これも探索である。こうした調べの意欲に変化が見られたのだという。どう変わったのだろう。意欲が増したというだけならよく分かる。前にも増して熱心に調べ始めたということだ。多分何度も何度もしつこく、詳しく調べ始めた。ということは餌の探索なら、餌の手がかりになるものはないか見落としはないかと匂いの痕跡などを詳細に調べるということになる。

何か気になることがあればこれは何だろうとさらに問い、調べることになるだろう。そのうちには餌に関係しなくても既知でないものを見つければ「これは何だろう」と突いたり、臭いをかいだりすることになる。動かしてみる内にはそれが思いもよらない反応を示して飛び退くことにもなるかも知れない。用心して観察した結果、別に危険なものではないようだと分かるともう一度手で転がして反応を見るかも知れない。こういうのが彼らにとっての探索だと考える。

こういう探索は大げさに言えば「こうすればどうなるのだろう」「突いたらこうなったけれどどうしてだろう」と問うのと同じことになる。原因の調査である。人間でいえば因果関係の探索である。もしそういうことを意味するのであれば探索意欲が強くなった上、「どうしてそうなるのだろう」と起こったことの原因を調べるに近いことが始まっていたと言える。

この移植実験は私を強烈に注目させる。声の質的変化と同時の探索意欲の増加。この事実はことばというものを考えるのに非常に大きな意味をもたないか。探索意欲の増大を伴わずにことばは生じなかった可能性があるからだ。なぜならことばをもつということの中には、生きものが周囲を従来にも増して調べる意欲をもつということが伏在していることを意味するからである。通常私たちは逆に考える。人類はことばをもったが故に周りをよりよく調べる生物にまで進歩したのだと。どうもそうではないらしい。ことば自身の中に探索意欲が組み込まれているのであるらしい。いやそれどころかもう一歩踏み込んで考えるべきかも知れない。探索は生き物が登場した当初から行われていた行為に決まっているからだ。単細胞段階ですら周囲の探索（この場合は観察といった方がよいかも知れない）はあったはずで、これはいわば原観察、原探索であろう。これが多細胞、アメーバ、細菌…と大型化細密化するにつれてしっかり行われるようになった。生きものにとって基本的な行為と思われるこうした探索意欲が実験動物のマウスで増強されたというのだ。

これが意味するところは声質の変化は増大した探索意欲にともなって生じたのではないかということだ。それが人間の場合は結果としてことばの誕生となったのではないか。つづめて言えば言語は探索のための手段として、あえて言えば道具として誕生したのではないか。もしそうだとするとこれはことばというものを全く新しく見直させることにならないか。

それはともかく。探索意欲の増加は遺伝子の変化によって生じるとしても、一方ことば自身の働きとして生じる側面もあるに違いない。この場合の探索意欲はいわばことばの機能である。とすればFOXP2遺伝子の出現とあいまって両方による探究心の増加がこの時点からあったことになり、人類をして事態や物事を調べさせる能力を他の動物に比べて飛躍的に増大させたことになるのではなかろうか。

とするとこれは大きい。ほんの端緒であろうと、いったん始まったそれは長い長い時間経過の間には大きな効果を生む。なにしろ何千年何万年の話である。ホモ・サピエンスが出現し、アフリカ大陸を出るまで一〇万年かかっているのだ。探索意欲の強化とその結果する事態の原因を問う問いは、幾世代と続けられる内には実に実に大きな成果を獲得しただろう。発声が言語になり、北京原人段階の道具が一層多彩精密な道具になり、狩猟採集が一層計画的になり、ネアンデルタール人の段階で見られた死者に花を手向ける心性がさらに高度なものになって宗教に近づいてもおかしくないだろう。原因を問うこころの動きは単語（うなり声）の列挙にすぎない発声に、単語同士の繋がりや意味関連を生じさせたかも知れない。こうして単発の単語の発声はやがてピジン言語となりクレオール語となり、統語法をもつ言語にまでなった。

増大した探究心は人類をして周囲の観察を深め、事態の理由を少しずつ確実に明らかにしていった。どれぐらい時間がかかったか。数万年もあれば十分ではないだろうか。出アフリカのころにはほぼ完全なことばを話し、多くの物事を理解していたに違いない。かくして各種道具を持ち、抽象的思考もできる人類ホモ・サピエンスはアフリカからユーラシア大陸へ出て先行人類を圧倒しながら世界各地へ進出していったのである。極寒のシベリアや海洋の向こうのオーストラリア、南北アメリカ大陸にまで。

もちろんこれは仮説である。仮説と言うより空想かも知れない。しかし所詮こういう事柄は学者であろうと誰であろうと空想してみることができるだけと言ってよい。だがなんと楽しい空想であろう。どこかに事実とひっかかりがあるかも知れない私たちの大昔を問う空想ほどわくわくする愉快なものはないのである。

三五　子供の正義あるいは物事を決める四つのもの

平成三十年一月十一日の新聞報道によると、フランスで女優カトリーヌ・ドヌーブら百人の女達がいまアメリカを中心に吹き荒れているセクシアル・ハラスメント事象に抗議する声明を出したそうだ。さすが西洋の中心フランスだと思う。

念のため記事を引用しておく。なお新聞は産経新聞である。

『［パリ＝三井美奈］フランスで女優カトリーヌ・ドヌーブさん（74）や女性作家ら一〇〇人が一〇日付ルモンド紙に連名で寄稿し、「男性嫌悪をあおる女権運動は認めない」と訴え、セクハラ告発キャンペーンの行き過ぎに警鐘を鳴らした。

寄稿は、米国を中心にソーシアルメディアで広がるセクハラ被害の告発運動「#MeToo（私も）」に対抗した。「暴力は犯罪だが、しつこく言い寄ることは性犯罪ではない」としたうえで「膝を触ったり、軽くキスしようとしたりしただけで男性は制裁され、失職を迫られている」と現状を嘆いた。セクハラ告発も行き過ぎは「女性を保護が必要な子供におとしめること」と評した。（中略）告発運動はフランスを含む欧州や日本にも広がっている。ドヌーブさんは「昼顔」などで知られ、フランスを代表する女優。寄稿には、「カトリーヌ・Mの正直な告白」の著者で作家のカトリーヌ・ミエさん（69）も名を連ねた』

セクシアル・ハラスメント略してセクハラ糾弾の嵐が吹き荒れているのはアメリカである。間違っているかも知れないがアメリカ発祥のアメリカ製抗議運動だ。私にはいかにもアメリカらしい社会運動だと見える。

いったいアメリカという国はおかしな国である。なにしろあの悪評で知られる禁酒法を成立させ実行までやってのけた国である。まるで子どものような単純な正義感の突っ走る国なのだ。結局歴史の極めて浅い、経験の少ない子供のような理想に走る、決めつけて言えば浅はかな国なのだ。

ハラスメント。パワ・ハラ、マタ・ハラなどハラスメントということばは嫌なことといった意味合いで使われるようだが、人間関係の中で嫌なことごとをハラスメントなどと言って排除していてどうなるのか。やせた、ちっぽけな、狭苦しい交流にしかなるまい。いったい昔は、いや人間社会どこででも、かつては人々は嫌なことに幾らでも直面し、人と付き合うことはそういうものだと思って乗り切ってきたのだ。男と女は出会えば機会さえあれば卑猥な冗談やからかいや嫌みを言いかけ、それを交流のきっかけや相手の人柄の判断に使い、付き合いを深める手始めにした。受ける方も軽く受け流したり、わざと困惑して見せたり、とぼけたり、笑い飛ばしたりして、巧妙にしのいでいた。交際術の一つだった。

いやなことだ、嫌いなことだといって、怒ったり排除したり、そんな無粋無様なことはしなかった。それが文化であり、付き合いであり、社交術なのだった。だが、アメリカのような未熟な社会、歴史の浅い、民度の低い国では、すぐに直接的な反応を示してしまうのだ。怒って、排除し、目の前から消してしまおうとする。禁酒法がそうである。子供のすることである。

パワハラでもマタハラでも昔の日本人はもっと巧みに上手に処理した。その嫌なことを一段上の、人と人を結びつける好手段にまで洗練させていた。嫌なものを嫌なまま放置したり拒絶するのではなく、逆に取り込む形に利用して。日本人が思うようにならない天然気候や災害にたいして対処してきたように。それが民度の高い高等な上質社会というものである。

人から嫌なこと、不愉快なことをされたくないというのは誰しもそうである。だがそれを法律や刑罰でやろうというのはいかにも未熟な社会のすることのように思われる。付き合い方や当意即妙な知恵、巧みなあしらいで処理できないものだろうか。昔の人は（昔とはアメリカ文化が世界を被うようになる以前の世界をここでは指している）そういう知恵でしのいできた。もっともそういう時代にも圧倒的な力や権威の差にものをいわせて人を悲哀のどん底に陥れた奴もいただろう（ドヌーブにいわせればこれはもちろん犯罪である）。そういう事例までを認めるわけにはいかないが、いつの時代にもどんなことにもひどい悪辣というしかない事例はある。人間社会の業とでもいうべきもので、人間とはそういうものを一定程度含むものと見ざるを得ないのではないか。そうだとしたうえで言うのだが、事柄を混同してはならぬ。犯罪的な事例と交際術の分野に入るものとはあくまで分けて考えなければならない。それをごっちゃにするから話はややこしくなり、喧嘩になる。分けて考えると言っても、その境界を明確に引くことは難しい。それは認めなければならない。それ故の問題なのであるが、とどのつまりは人は賢くなければならず、賢くなる努力をしなければならない。時間のかかるそういう努力をしたがらないというのは子供である。文化とは地味な時間のかかる努力の成果なのだ（もっとも、この混同は多分に意図的に混同されているのだろう。欧米人の、というよりはアメリカ人の性差撤廃を目指す戦いの戦略として、混同を利用し、大衆を巻き込み、一大抗議勢力としようとしてのことではないかと思われる）。

人間社会で物事を決めるもの、その究極の要素をあげれば私は四つないし三つをあげることができるかと思う。正しい、数、力、快、である。正しいか正しくないかによって決まるのが一つ、多数決のように数の多い方に決まるというのが一つ、暴力によるように力が強い方の好み・意向に決まるというのが一つ、そして主に個人的決定に見られるように快の原則に則して決まるのが一つ。数の大小で決まるのと力の強弱によって決まるのは本質的に同じことだからこの二つは結局力による決定として一つにくくってもよいかも知れない。それなら人間社会でものごとを最終的に決めるとしてあげられるのは正しさ、力、快の三要素ということになる。

そうだとしてここで問題になるのは「正しい」である。力と快は実体をもっている。いわば物理的な実在物である。だから動物の世界でも決定はこの二つによって起こる。これに対して「正しい」は理念にすぎない。動物たちの世界には存在しないし、したがってなんの作用もしない。意識と言語をもつものにしか存在しないもの、ゆえに裏付けのないものである。この裏付けがないというところが怖い。裏付けがないがゆえに無理に決めつけたり、強引に断罪へ持ち込んだりする趨勢となりやすい。先に取り上げたハラスメントをめぐる正義の行動もそうである。抗議者は「性差による扱いの差は正義に反する」というのを抗議の根拠にしているのだから、「正しい」を梃子に社会的決定を迫っているのだ。力や快が根拠なら実体があるゆえに、その実体の手応えをめぐって考えをめぐらせ、賛否両論を戦わせればよいのだから論が暴走には至るまい。理念をめぐる争いはそうはいかない。理念というのはいわば信念と変わらないから守ろうとすれば狂信にしがみつくことになる。歯止めがない。正義の旗印は怖い。「ファシズム反対」の幟を立ててやってくるのはしばしばファシズムなのである。しかも当人は自分はファシズムに真実反対しているのだと思い込んでいるのだから、どうにもならない。

私の右記した諸々のことを人はあるいは偏見だと怒るかも知れない。ハラスメントを告発し糾弾する立場からすればそう見えるかも知れないと危惧しつつ、あえて述べた。こんにち日本の人々はアメリカ文化に無防備すぎるからである。アメリカ文化の強みや魅力を私も認めるが、一方人々は日本の文化をよく知らずしてアメリカ文化を礼賛しのめり込みすぎる。我が国で行われているハラスメントを口実の糾弾行動の蔓延はその一つだと考える。アメリカ発の運動だからといって頭から排撃するのは間違っているが、その一見の格好良さ、理想性に魅せられて安易に同調するのは慎重でありたい。

私はまず日本文化をその奥深さ、魅力、豊かさ、レベルの高さを十分知っておくように勧める。十分知ってわきまえたうえでのアメリカ文化理解なら、人は安心して、だからかえって深くアメリカ文化に食い込み、理解し、奥所にまで到達できるだろう。自国文化に理解と自信をもっていてこそ他国の文化に深く食い込むことができる。その辺の機微を察することを訴えたいのである。

三六　悲しみはどのようにして悲しみとなったのか

私たちは悲しいときしばしば涙を流す。子供はワンワン泣きながら涙をぼろぼろとこぼす。涙と悲しみはつきものである。で、私たちは普通、悲しいから涙が出ると思っている。これに対して、「いや、そうではない。涙が出るから悲しいのだ」と主張する人がいる。いったい、どちらが正しいのだろう。普通に考えれば、悲しいけれど涙が出ないときはいくらでもあるし、ひどく悲しいときは確実に涙が出ることを考えれば悲しみが先でそれが原因となって涙が出るのだと思いたくなる。しかし嬉しいときにも涙は出る。とすると必ずしも悲しみと涙は連動しているわけではないらしい。涙と悲しみと。二つの関連はどうなっているのだろう。

類似のことでかねて非常に気になっていることがある。確かオリバー・サックスの『火星の人類学者』に出てきた話である。どこだったか身体のある箇所が常時痛む患者がいた。痛みのせいで彼は安らぐときがない。そこでサックス先生にある処置をしてもらったところ痛みが消えたらしい。手術の翌日、サックスが「どうだい？」と近寄っていくとニコニコして「ええ、おかげですこぶる調子がよいのです」と上機嫌でなにかのゲームをしていた。そしてこう言ったのだという。「確かに痛みの感覚は同じようにあるのですけれど不快感が感じられないのです。だから全く穏やかでいられます」。本に報告されていた言い方は違ったかも知れないが、おおよその趣旨はそういうことだった。これは驚くべき話ではないか。そして一体どういうことだろう。痛みの感覚はあるが不快感はない、だから少しもいやなことはない、というのである。不思議な話だ。痛みの感覚と痛いという思い、あるいは感情は別々にあるものなのだろうか。痛くはない痛みとはなんだろう。実に妙な話で読んで以来ずっとどういうことだろうと心に残っている。

以上のことを念頭に置いて、心というものを考えてみたい。池谷裕二氏は『進化しすぎた脳』でこんなことを書いている。氏が取り上げているのは「恐怖」、つまり「こわい」ということである。脳科学のさまざまな探求からわかったところでは、恐怖を感じているときに反応しているのは脳の内、扁桃体と呼ばれる部分である。脳の奥の方、いわゆる旧脳に属する部分にある。ということは生きものにとってもっとも古くからある脳部分で、生命体にとって極めて重要な部分ということになる。これに比べれば人間を人間たらしめている脳部分とされる大脳新皮質など大脳皮質部分は動物進化上ごく最近になってできた新しい脳にすぎない。

さて扁桃体。ともかく動物が恐怖に襲われているとき反応しているのは脳の内、扁桃体なのだという。もっともここは「恐怖に襲われているとき」という言い方をするのは適当ではない。扁桃体は恐怖を感じたりしないからである。言い直そう。たとえば以前に非常に危なかった場所へ来たり、危険なものに出会ったりすると、彼の全身がある反応（危険だ、用心しろという反応）を示す。それによって彼は危険に対処するのだが、その危険反応を示すとき活動するのが扁桃体なのだ。注意するべきなのは扁桃体の活動そのものでは感情は生じないのであるらしいことである。では、怖いという思い、感情はどこで生じるのか。大脳皮質で。「扁桃体が活動して、その情報が大脳皮質に送られると、そこではじめて『こわい』という感情が生まれる」というのが脳科学が明らかにした事実であるらしい。あまりに意想外な事実なので再度確認すると「扁桃体が活動していれば危険を回避できる。でも、扁桃体の活動には『こわい』という感情はどこにも入っていない。扁桃体そのものには感情はない。…だから、扁桃体を刺激すると、その瞬間の記憶の素子は強まる。それと同時に『こわい』という感情が別経路で生まれる。つまり結論はこうだ。動物は『こわいから避ける』んじゃなくて、『こわい』かどうかとは無関係に、単に扁桃体が活動したから避けているだけなんだ」と池谷氏は述べる。

これで私がかつてオリバー・サックスを読んで、実に妙な話だと思ったことが理解できる。つまり、苦痛の感覚はあるが不快感は感じない、したがって幾ら痛くてももう苦痛でもなんでもない、という話。あの患者はサックス医師の処方によって扁桃体から大脳皮質へ向かう経路を遮断されたのであろう。だから痛みの刺激を幾ら与えられても扁桃体は活動するが、扁桃体からさらに大脳皮質へ刺激が伝わらない。大脳皮質は反応しない。これが「苦痛の感覚はあるが痛くはない」という奇妙な事実の正体であろう。涙と悲しみの関係も同じことなのに違いない。涙は扁桃体の活動の結果である。悲しみは扁桃体の活動が大脳皮質へ送られた結果生じる。同じ涙を生じる扁桃体の活動でもその活動が生じる原因によっては爆発的な喜びの感情を生む。ここに見られるのは生体反応と心理的反応の違いである。通常は生体反応と心理的反応は連動している。しかも時間的に極めて接近して連動している。このため私たちは悲しいから涙が出ると思い、打撃を受けたから痛いのだと思う。だがどうやら両者は一体ではなく別々の事柄であるのだが、私たちは一体のことと解釈しているだけのことであるらしい。

これが心の中で起こっている実態だとすると、心について私たちは考え直さなければならなくなる。つまり心は大脳皮質の活動部分だけを言うのであって、脳の反応であっても扁桃体の活動部分は心とは言わないと。物事に対して私たちがする反応は二つの部分から成り立っていて、一つは生体反応とでもいうべき反応であり、もう一つは心理的反応とでもいうべき反応である。前者は旧脳（扁桃体）が起こす反応、後者は大脳皮質が起こす反応。ということは大脳皮質がないかごく小さいレベルの動物には明らかに心はない。彼らも生きものである以上物事に反応する。天敵に出会えば逃げる。獲物には跳びかかる。だがそれは生体反応として行っているのだ。こわいから逃げるのではない。喜びに駆られて跳びかかるのではない。

生体反応は「身分け」「言分け」という言い方を採用するなら「身分け」に該当するのだろう。ことばをもたない動物たちは外部環境に対してあれは何、これは何と知らないながら実に正確にあれとこれとを区別し、それぞれに的確に反応している。生体反応というべきもので反応している、と粗っぽく言ってよかろう。もっともこの辺は微妙なところがあって、犬や猫程度になると小なりといえど大脳皮質はあるのだから、彼らも感情はもつのであろう。ただそれをことばとして表現できないだけだ。したがって彼らも心理的反応を行ってはいるはずである。心がないとは到底言えない。

というわけで私たちが心と呼んでいるものはほとんど心理的反応の部分だけと見なしてよい。心理的反応には考えるということも入っている。考えるも大脳皮質の活動である。そう考えると私たちが何かというと「こころとからだ」と言ったり、「物心」と言ったりする理由が明確になる。「こころ」は大脳皮質で生じるもの、「からだ」は扁桃体（など旧脳）が担う生体反応部分を指す。

そういうことなら私たちはここで、こころは身体を基盤として生じていると認めなければならない。まずあるのは扁桃体など旧脳部分の活動なのだ。それがあって初めて大脳皮質の活動が生じ、感情が生じる。

では、感情とは何であろうか。どうして生じるのだろうか。せっかくだから冒頭に取り上げた「悲しみ」を事例として取り上げてみよう。悲しみはどのようにして生じるのか。悲しみの正体は何だろう。

言うまでもなく私たちは悲しみをよく知っている。明らかに一つの心理的状態で、気持ちはうち沈み、頭は垂れ、多くの場合涙を伴い、視野は狭くなる。声も弱々しくなり、他者に対して攻撃的な気分にはなれない。その他、いくらでも普段とこと変わる特徴的な状態をあげられるだろう。そのどこまでが生体反応なのか心理的反応なのかは言いにくい。しかし、これらの特徴的な状態は間違いなく悲しみに（のみにとは言えないが）付随する特徴である。生きものが〝悲しみの事態〟に直面すると扁桃体が活動する。もし大脳皮質への経路が遮断されていたり大脳皮質がなかったりすると悲しいという感情（気持ち）は起こらない。が、扁桃体の活動は先に挙げたような悲しみに付随する特徴的な身体の諸状態をもたらす。

ここで、大脳皮質はあるがことばをもたずしたがって悲しみと呼ばれる感情を知らない生きものがいる、と仮定しよう。彼は悲しみを感じず知らないが、自分はきまって扁桃体の活動化がもたらすある状態に落ち込むことに気づくだろう。脳神経学者ダマシオの用語を使えば情動である。生体反応に伴うであろう生体の感じる気分とでも言えばよいか。生体が内外の刺激を感受すると、それに応じて体内の電気信号やホルモンの分泌が変わる。変わることによって生体の感じる情動が変わる、あるいは新たに生じる。それはほぼ必ず定型的で、ある生体反応が生じると生体（動物）は必ずほぼ同じ気分に落ち込む。やがて彼はそのことに気づくだろう。そしてそれを他の気分と区分けして覚え、いつか何らかの印を与えるだろう。たとえば「悲しみ」と。こうしてその生体反応に付随する気分、情動は彼には「悲しみ」と特定される。一旦特定された「悲しみ」は悲しみの生体反応と結びついて一体化する。「悲しい」と思えば悲しみの生体反応が多かれ少なかれ思い出され生じることになる。悲しみの生体反応が生じれば大脳皮質で悲しみの感情が生まれる。このようなのが、たとえば「悲しみ」という感情（クオリアでもあり概念でもあるもの）が人類に登場した経緯だと思われる。以上の粗っぽいスケッチで示したと同様のことが他のすべての感情に生じたのであろう。これが感情の生まれた成り行きだと私は考える。

ここで少しく方向を変えたい。私たちがこころと呼び考えているものは、感情（クオリア）と考え（考えること）から成り立っているのではないか。考えも感情の中に含めてしまえば、こころは感情（クオリア）だとみなしてよい。そこで、こころというものの実態を右に検討したようなものだとすれば、こころはことばによって生じたと言えるのではないか。驚くべきことである。

こころはことばによって生じたものだなどと言われてもたいていの人は頷くまい。そんな馬鹿な。ことばこそこころによって生まれたものではないのか。これが通常の考え方である。しかし右記したことはほぼ確実にこころはことばによって生まれたと示唆している。ここのところを今少し説明し、明らかにしたい。

扁桃体が活動すればその情報は即座に大脳皮質へ送られる。応じて大脳皮質は活動する。大脳皮質が存在する限りこのことは起こる。さてそこでである。大脳皮質が活動すれば何らかの変化が生体に生じる。つまり情動が生じる。やがて、ある事態に至れば必ず生じるこの同じ情動を生体は覚えるだろう。このときことばをもたない生きものはどうするのか。ことばの代わりに何らかの印、記号としてもよい。印にしても記号にしてもことばなくして可能なのだろうか。疑問だが可能としよう。犬や猫はことば以外のもので印づけているとしよう。するとその印を思い出せば「悲しみ」を彼は感じる。事実感じるのかも知れない。感じて行動も変わるのかも知れない。このあたりのことは彼（犬や猫）にはことばがないから分からない。ことばをもてば情動を感情として固定できるということは、即だからことばをもたないものは感情をもてないということを意味しはしないことに注意したい。ことばでなくても印付けさえできれば感情やそこから派生するこころは多分生じると見なすべきだろう。犬や猫にも彼らなりの感情、こころがあるに違いない。

ことばをもつ人間の場合は確実にことばによって情動は感情（クオリア）として指示され、固定される。指示固定されれば、以後そのもの（感情）は自由自在に扱われうる。こうしてこころは出現したのであろう。犬猫の場合に述べたようにもし印でさえあればことばでなくてもこころは生じるのであれば、人類の場合もことばが生まれる前からこころはあったであろう。一〇〇万年前、いやもっと前のルーシーやミトコンドリア・イブの時代からこころはあったはずである。印付けの質が上がったと思われることばの誕生によってこころは一段とこころとしての姿と機能を明確にし、強化拡張したのであろう。これによって人類は人間になったのだ。

身体（生体反応）なくしてこころは生じない。このことを脳科学は明らかにした。こころの根底には身体があるのだ。ということは身体を無視したこころ観には無理なところがあるはずである。あまりに理性に重きを置く思考法や西洋人に見られる合理一辺倒の考え方は一考を要することになる。というより危険ですらあるだろう。私たちはもっともっと身体を重視するべきである。齋籐孝さんの用語を使えば「身体感覚を取り戻す」べきである。

そこで考える。いったいなぜ人類に近い生きものになるほど大脳皮質が生じ、大きくなったのか。大脳皮質はなぜ生じたのか。いったい大脳皮質とはなんであるのか。これについては当『瓦松庵別稿』第二七節で詳しく述べた。論述の必要上、かいつまんで再説するとこうなる。脳は身体内外の変化を察知し、変化に応じて生体の生理や行動を変えるのを役目として登場したものである。ということは脳は常時身体内外の変化（動向）を監視（モニター）していることになる。だが、ここに唯一、脳が監視できないものがあった。他ならぬ脳自身である。脳は自分自身は何をどうしているのか見る（監視する）ことができなかった。自分をモニターするにはどうしたらよかろうか。もう一つ自分自身を見、知る装置を作ればよいだろう。というわけで旧脳は旧脳の外に新しい脳を作り始めた。これが大脳皮質の正体だ。それで大脳皮質は何をしているのか。旧脳がしていることが何であるかを見ている。

一例だが視覚をとりあげると、目に入ってきた視覚刺激は網膜を通って視覚野へ行く。ここで（だろうか）視覚刺激の進路は二つに分かれ、一つは大脳皮質の頭頂葉へ、一つは旧脳に属する（?）側頭葉へと向かうのだという。頭頂葉では網膜に写ったものが何であるかを判断し、側頭葉は目に映ったものがどういう状態をしているのか（こちらに向かっているのか、向こうへ行きつつあるのか）を判断するのだという。役割を二分しているのである。しかも頭頂葉の判断はゆっくりしているが、側頭葉は素早い。なぜかというと生きものは目にしている対象が敵か味方か、つまり何であるかを知ることより、何であるにせよこちらに近づいているのか遠ざかっているのかを知ることの方が重要だと見なしたからだ。対象の状態を知る脳をまず作ったのである。近づいてくるものからはとりあえず逃げ、遠ざかるものは危険なことはないし、それどころか餌かも知れないから接近するべし。

この二つさえ判断できればとりあえず生存には支障はない。これが生きものの進化の最初に必要なことだった。

先に検討した「恐怖」や「悲しみ」についても同じことが言える。外からやってきた刺激情報は扁桃体へ入った後、大脳皮質へ送られて感情を生じ「怖い」とか「悲しい」とかを感じてそれが何であるかが知られる。大脳皮質がなく、扁桃体だけの生きものの段階では対象が何であるかは不問のまま恐怖や悲哀の生体的反応だけが自動的に生じている。

たった二つの事例だが、私の知っているのはそれだけだから仕方がない。しかしどうやら大脳皮質など新しい脳をもつ生物は外部刺激を旧脳と新しい脳に分けて送っているらしい。旧脳では素早い本能的自動的判断をし、新しい脳では少し時間がかかってもよいからもっと詳しい正確な判断をする。脳の中で入力された刺激は二つの道筋に別れて別々に判断されたうえで統合されて反応行動を決定する、など一見無駄に見えることが行われている理由は以上の事情によるのだろう。大脳皮質など新しい脳が出来た理由、したがってなぜあるのかはこれで明らかだと思う。

だが、人は尋ねるかも知れない。分かった、それはそういうことと一応しよう。しかしお前の以上の説明がなぜ新しい脳は旧脳のモニター役として成立したということになるのかねと。むしろそうではなく旧脳の足らざるところを補完するために、たとえば目にする長いものが単にこちらへ向かってくることだけを知るのでは十分ではなくそれは蛇だと判断するために備わったのではないか。より完全な脳になるために。そう異論を唱えるかも知れない。異論はもっともと思える。そちらの方がより合理的で説得力がありそうに見える。だが、実際はやはり私の説の方だろう。あなたの立てた説は新しい脳がもつ機能として十分成り立つし、事実それが重要な主機能であることは疑いない。しかし私はそれは新しい脳の使い回しの形で成立した機能だと考える。旧脳のモニター、旧脳が何をしているのか知るために出現した新しい脳だが折角なら旧脳のヘルメット役にもしようと旧脳に覆い被さる形に出来たのと同じように、折角新しい脳として出来たのだからモニター役だけではなく、他のいろいろなことにも役立ててはどうか、となったのだろう。何に役立てるか。そうだ、いっそ刺激を発信してくる対象は何であるかを認識し確定する役目、それが何であるかをいっそうよく知って対策を立てやすくする機能をもたせたらより安全である、という感じであったのではないか。新しい脳、大脳皮質とか大脳新皮質とかいわれる場所は意識や思考を担うところとされている。自意識の所在箇所ともされる。これをつづめて言えば要するに対象を見つめ、なにであるか、判明した事態に対してどうしたらよいのかを考え決定する箇所ということになる。その根底にあるのはモニター機能といってよいだろう。

というわけで新しい脳は旧脳（扁桃体その他）の活動によって生じた生体の変化によるある感じや気分、つまり情動を察知するとこれを感情として認識する。情動段階はあくまで感じとか気分にすぎず、本当にそんなものが生じているのかどうかでさえ脳波を調べるとかしないことには確認しようがないだろう。しかるにそんなものが、明確な特定の一つの感情、クオリアとして認識されるのは、ことばによってであるに違いないと右記した種々の事柄から察しられる。のみならず、ことばによって初めて気分、情動は特定の、たとえば「悲しみ」という感情になるのだと私は考察した。さらに、そもそもころというものはことばによって生まれたのだとも敷衍した。大胆な提言のようだが、本当にそう見なせるのか今少し検討してみたい。

　ある生きものがいるとする。かつて危うくという危険な目に遭ったところへうっかり近づいて扁桃体がかつての経験を感じ取って、その生体はあわててそこから逃げ出す。かつての危なかった記憶を身体が感じ取った瞬間、生体は血圧が上がり、微かにせよ総毛立ち、発汗作用が生じ、どのホルモンかは分からないがホルモンの分泌も増えただろう。微かだが呼吸も激しくなったかも知れない。その他いろいろの生理的変化が生じたはず。これら生理的変化は彼の気分をも知らず知らずに変えたはずだ。何となく高揚した気分にしたかも知れないし、沈滞した内にこもりがちな気分にしたかも知れない。どう変えたかは分からないが、いずれにせよこれらの変化はその生きものをいつもとは少々違う状態にしたわけだ。こういうことが時を置いて繰り返されることがあったとしよう。やがて生きものはその感覚、いつもと少し違うある感覚（感情、気分）に気づくかも知れない。気づいて、その場所とその感覚を関連づけるかも知れない。そうなると、遠くからその場所、あるいはその場所に似た地点へ至れば当のある感覚を自ずと思い出すなどのことが生じるだろう。そうなるとその場所あるいはその場所に似た特徴は一つの印（カタカナ語で言えば「トークン」）になったと言えるだろう。そのうち特徴ある場所がある感覚を呼び起こすのではなく、ある感覚が特徴ある場所（正しくは場所の記憶）を呼び起こすことにもなるだろう。ある感覚を感じるか思い起こすかするだけでその特徴ある場所の記憶あるいはイメージを呼び起こすことになる。一つの記号が誕生したのである。

　この記号の力をしっかり頭に置いておきたい。すなわち記号は、記号だけで記号が指し示す対象のイメージを呼び起こす働きをする。さて、ここに人類が登場する。この新しくやってきた生きものはことばをもってい た。彼はことばを当然ながら即座に記号として使い始めた。無限の差異があり、驚くほど柔軟に使用できることばは記号としての役目（力）を飛躍的に向上させた。つまり人類は生きものがある場所へ近づくたびに覚えるある独特の感情（気分）を「恐怖」あるいは「怖い」と呼ぶことにした。こうしていったん確立した「恐怖」ないし「怖い」ということば（記号）は、ある場所へ近づくと感じる気分（感情）をその場所がなくても呼び起こすことになった。そして同じ感情はあるその場所が引き起こすのみではないことにもやがて気づいた。ある動物との遭遇でも、強い風でも、その他いろんな事柄に直面しても生じることに気がついた。彼はそれら全部で生じる特徴ある感情を「恐怖」「怖い」というようになる（なぜそれを他ならぬ「恐怖」「怖い」という発声で表すことにしたのかはまた別の問題である）。

もしこういう経過に不審な点や不合理な点がなければ「怖い」という感情、「恐怖」の感情はことばによって生まれたと言ってはいけないだろうか。気分や感覚がはっきりと「怖い」という感情となって認知されたのは「こわい」ということば（一つの印であるもの）を与えられた故である。なかなか微妙なところなので咄嗟にはわかりにくいかも知れないが、そういう経緯に違いないと私は考える。そうだとすれば恐怖や怖いという感情が誕生したのは「恐怖」「怖い」ということば（発音）が与えられたせいだろう。それまでは単なるある漠然とした雰囲気、気分、言い換えれば情動にすぎない。そういったものがある固定的なクオリアと感じられ、認識されるにはことばによる命名が必要なのである。命名によって、ある雰囲気めいた漠然としたものは一つの固定し確定したもの（感情）となる。

以上の経過は他のすべての感情について言えるだろう。感情について言えるなら気持ちにも言えるはずだ。こうして敷衍していけばこころ全体の誕生にも同じことが生じてのことと言えるだろう。

そう、したがって結局、こころはことばによって生まれたのだ。ことばの根源に印（記号）を認めることができるならば人類はことばをもつ以前から、したがって数十万年前から、いや百万年以上前からこころないしこころの萌芽のようなものはもっていたことになる。それどころか犬や猫にも（猿にはもちろんのこと）こころやこころ的なものはあるとしなければならない。

三七　結局正当化しかない

前節で私は大脳皮質などの新しい脳は旧脳のモニター役として出現したと述べた。このことに間違いはないと考える。そこで次にはこの「旧脳のモニター役として」の内容をもっと詳細に検討したい。ここに大脳皮質など新しい脳の機能や特質の深い内実が隠されているとみるからだ。

それにしても旧脳と新しい脳などと脳科学的に言えば五〇年以上も昔の用語を使って、いかにも古くなってしまった考えの上に考察を進め、したがってまともに扱うにも価しない論になりそうな感じがする。そんな印象を与える恐れは確かに大いにあるが、それでも私にはこの用語にはいまなお何ほどかの真実が含まれていると思われるし、区分の仕方として便利だからこのまま使用したい。

大脳皮質は旧脳のモニター役として新たに生まれたと述べた。モニター役とは旧脳を対象化してこれを見、旧脳のしていることを知る役目のことである。なぜそんなことが必要なのか。私にも分からない。旧脳がしていることが旧脳自身に分からなくてもいいじゃないかとも思う。が、旧脳が自分の周辺で対象化しないもの、見ないものがたった一つあってそれが旧脳自身であるということは間違いない。一つでもあるということは擬人化して言えば非常に不安なこと、あるいは気になることなのかも知れない。だから自分自身を見るために、自分の外にもう一つの脳、新しい脳（大脳皮質）を作ったのだと。である以上、この新しい脳は旧脳を「見る（モニターする）」ことを、もともとは唯一の存在理由として出現したといっておかしくはないことになる。

このとき、「見る」とはどういう意味だろうか。単に見ているだけでいいのだろうか。そんなことはあるまい。見るのは何かのためにであるに決まっている。それはなにか。自分（脳）がしていることは何であるか知ることが第一であろう。いま旧脳はこんなことをした。それはこれこれこういうことであると知ること。何のために知るのか。その行為の是非を知るため、評価を下すためではないか。でなければ何をしたのかを知る必要はないだろう。行為の是非を知る（評価を下す）のはひとえに次回に生かすためである。適切であったか、もっとよい選択があったのではないかなどと。こうして新しい脳をもった生きものは環境により適切に対応し、生存機会を増やしたのだろう。生き延びる機会が増えると共に、生存域を増やしてもいったのであろう。

ただしここで注目するべきなのは新脳自身には旧脳をどうにもできないことである。新脳の出現理由からいってもこの新しい脳には旧脳を対象化して見つめることができるだけで、旧脳をどう操作することもできない。そういう機能はもっていない。よって旧脳のすることを見ているだけ、受け入れるだけ、ということになる。見て受け入れて何をするのか。見たことを、それが何であるか、どういうことであるかを解釈しているだけだろう。見て解釈するだけなら旧脳に手を出さずに（触れずに）

自分だけでできることだ。

ただ見て解釈しているだけだと。そんな空しいこと、となるだろうか。多分そうではない。ただ見て解釈することができるだけでいっさい手を出せないというのはその時、あるいは極めて短い時間間隔の内には、ということであって、時間を空けたゆっくりした経過をも含み込むなら、新しい脳は見て解釈した解釈結果を旧脳に伝え、旧脳はその解釈を取り込んで（いわばフィードバックして）次回からの行動に生かすということになるであろう。どんな下等動物にもある学習である。こういうことがなければ新しい脳の創設はあまり意味のないことになるではないか。したがってそういう意味での新しい脳からの旧脳への働きかけはあるだろう。

さて、こうして新しい脳は旧脳に対してその場では全く手を出せないが、見て見たことを解釈はする。解釈して旧脳に報告する。するとどうなるのか。もういちど言えば新しい脳は旧脳のすることを所与として受け取るほかない。所与である以上、これは追認するほかない。解釈とは言うが追認以外にできない。追認とは是認である。いまさらどうにもできないのだから、残された道は是認する、よしとする以外にない。生体が生き延びている以上、よしに違いない。よしとするとはどういうことか。理の通ったことにすること、筋の通った納得できることにすることである。新しい脳がやっていることは脳科学が明らかにした事実に照らしてみればそういうことなのだ。そして実際、新脳がやっていることは脳（新旧含めて）の決定を合理化し、正当化することなのではないか。そのためには池谷さんの本『脳はなにかと言い訳をする』にあるように脳はどのような理屈をつけてでも辻褄合わせをしている。これが意識としての脳、つまり大脳皮質がやっていることだと言えるだろう。

こうしてみると旧脳の特徴もよく分かる。つまり旧脳の判断（出力）には「なぜそうするのか」という理由付けを必要としないということである。旧脳はおそらくひたすら快・不快の原則による生命に直結する判断を下しているだけだろう。それは即座に下しうる判断で選択の余地がない。ない以上、理由付けは必要がない。ほとんど自動的であり、これが「身分け」というものの内実であると思われる。で、新しい脳は旧脳がやらない理由付けを代わってやっているという形になるわけだ。それは起こったことを（旧脳が）受け入れやすいように理屈をつけ、辻褄を合わせるという形にする以外ないのであろう。これが新しい脳の宿命だとみておきたい。

そうすると——旧脳の代わりに新脳がやる理由付けは旧脳がしたことの追認ないし是認でしかないなら——その基本は「自分は正しい」「理にかなったことをしている」としかなりようがない。新しい脳はこの線に沿った理由付け、正当化、辻褄合わせをやるのだ。だから池谷さんのいう「脳はなにかと言い訳をする」のだし、無理矢理にでも正当化し、理屈合わせをするのだ。カプグラ症候群などの脳障害に基づく各種の奇態な症状はこの辻褄合わせ、理屈付け以外の何ものでもないだろう。

この延長上に人がいかに自分は正しいとほとんど先天的にと言ってよいほど見なす動物であるかという事実が出てくる。人は自分がしたことが間違っていても徹底して言い訳を考え出し、自分で自分のしたことを納得しようとする。新しい脳をもった生きものの当人にはどうしようもない業である。そしてここまで考えれば、新しい脳、つまり大脳皮質や大脳新皮質と言われる部分が思考する部分、意識に関係する部分、そして「わたし」の存在する部分とされるのも納得いくだろう。新しい脳は判断をする。旧脳がしたことを見て、それが何であるか、どういうことか、是だったか非だったかを解釈しなければならない。解釈結果を旧脳に伝えなければならない。解釈には判断が伴う。判断とは選択である。選択する以上選択の理由がなければならぬ。理由付けが生じる理由である。

ところで私はここで旧脳＝生体という補助線を引きたい（旧脳は同時にその生きものそのものを指すという意味である）。すると右記の「旧脳」の場所に「生体」と置くことができる。自分自身を見ることができない旧脳の特徴は生体自身のことでもあって、生体＝動物は自分自身を対象化できない生きものである。実際、旧脳しかもたない動物は意識も思考もなく、本能的な自動反応しかしないであろう。自分とか自己もないであろう。自分自身を対象化しないとは内も外もなく、主観も客観もないわけである。そこへ新しい脳が出現して旧脳＝生体を対象化することが始まった。こうして対象化された生体（私）が出現することになった。ここでの生体はあくまで新しい脳がみている生体（旧脳）を指す。こうしてこれまでどおりに存在する旧脳自身、と新しい脳がみる旧脳（生体）とがあることになる。同じ一つのものであるが、一方は実体であり、一方は新しい脳にとってのみ存在する

（いわばイリュージョンとしての）ものである。こんにちの科学的哲学的な用語を使えば客観的私と主観的私ということになろう。主観客観の誕生である。それが証拠に主観客観が問題となるのは新しい脳をもつ生きものにおいてのみであろうことがあげられる。言い換えれば旧脳の分野は無意識であり、新しい脳の分野が意識である。

三八　死ぬということについて

ある日の朝、前触れもなく不意に、伯母や母（二人とも故人）の「あんたなにしとってんや、早うこっち来ないな」と言うイメージが浮かんだ。死ぬということはそういうことなのか、と思った。誰にとっても懐かしい、本当に好きだった人間がいる。多くは子供時代に自分を大事にし、可愛がってくれた思い出のある人だ。先に死んだそういう人たちがいるところ。それがあの世だが、そこにそういう人も含む先に死んだみんながいて、待っているのだ。そのようにイメージすることができる。死は彼らがいるところへ自分も後から行くことである。そう思えば死ぬことになんのためらいがあろう。安んじて死ぬことができる。会いたい、懐かしい、大好きな人々が待つところへ行くこと。大昔から人々がしばしば抱いたこの死のイメージほど素晴らしい、死を受け入れやすいイメージはない。本当にそうなのかどうかは分からないが、そうではあり得ないという決定的な証拠もないのだから、このイメージを受け入れ、死を思うことにすればこんなすばらしいことはないのではないだろうか。

ちなみに日頃から私のもっている盆踊りについての考えを述べておこう。私にも終戦すぐの子供の頃に体験した盆踊りの深い思い出がある。夏の夜の夕食を済ませた人々が村の広場に浴衣姿で集まってきてやがて盆踊り唄がマイクで歌われ踊りの輪ができる。夜が深まるにつれて踊りの群れは膨らみ、乏しい電灯の明かりのもとで人々は単調な手振り身振りの繰り返しでの踊りをいつまでも続け、次第に夜が更けていく。子供の私はやがて家へ帰るのであったが歌声と踊りはいつまでも続くようであった。あのほの暗い明かりのなかでのどこやらなまめいた怪しい影のような人々の群れ。

その後、各地の様々な盆踊りで踊り手たちが笠や手拭いなど被り物で顔を隠すようにして踊るのが結構あることを知って、私は盆踊りは死んだ人々を迎えて生者と死者が一緒に踊る踊りなのだと確信するようになった。子供の頃に見、私も参加しないでなかった夜の踊りの怪しい雰囲気のよってくるものがそれで理解できる。各地の有名な盆踊りの多くが笠や布で顔を隠しつつ踊る踊り手によって行われる理由もこれで分かる。あれはみんな死者なのだ。死んだ人々が盆の宵、この世へ帰ってきて生者と共に一夜を踊り明かして、夜明けと共にあの世へ帰っていく。そう思えば私も交じっていたあの村の踊りの踊り手の（私の前後にいた踊り手の）誰か幾人かは、幽霊だったのではないか、死者だったのではないかと思い出される。そういう雰囲気だった。

折から当時の明かりは暗い電灯が幾つかの箇所に灯っているだけで薄暗く、人影もすかし見るようにして見るのだった。誰が誰とも少し離れれば確かめられはせず、死者だったかも知れないとも思われるのである。まして江戸時代以前なら明かりは篝火か松明、蝋燭ぐらいだったろう。風に揺らぐ明かりは人影を一層頼りないものと見せて、人か幽霊かは見分けがたかったろう。死者と生者が交じって、踊り歌の響く中、影のような所作で黙々と踊っている。前を踊り行くのは死者だか生者だかというあのなんともいえない親密な、それでいて不気味な気分。

これが日本人が抱いていた死者に対するイメージなのだ。死者は決してこの世と別縁しているのではない。一年に一夜にせよ帰ってきて現生の人間たちと交わるのである。無言であり、私たちに何をする訳でもないが、一緒にひとときを過ごすのだ。このような死者に対する思い（イメージ）は私には縄文時代にまで遡るように思われる。仏教にも（私の知る限り）ない。すれば仏教渡来以前からあるものである。弥生時代が稲作の渡来と共に入ってきたものであるなら、大陸にもこういう極めて親しい死者のイメージはないことを思えば、死者が生者と共に親和的にいるというイメージは弥生以前、すなわち縄文時代に育まれたものだと考えるほかないではないか。

ともあれ日本人はそのように死者を思い描いてきた。昔の人が代々抱いてきたイメージ、言い伝えは馬鹿にはできない。私は死というものをこういうものとしてイメージし、死に向かうことにしたい。

もちろん一方ではこの世で共に生きている大事な者たちもいる。女房であり子供であり孫たちである。この世を去ることは彼らと別れることである。別れがたい。まだ共に暮らし喜怒哀楽を共有し、彼らの行く末を見届けたい。あの世の人々とこの世の者たちとどちらにも惹かれる。だからあの世の人たちが懐かしいからといっておいそれとあの世へいきたいとはならない。やはりそれは自分の意志を超えた運命にゆだねるほかない。己のはからいを超えたことなら定めだから仕方がない。それにいつか後に残す彼らも死後行くあの世へはやってくるのだ。

三九　文字はなぜ発生したのか

　青森県の突端にある三内丸山遺跡をあなたはご存じだろうか。あれは驚くべき縄文遺跡である。粗っぽいスケッチを描けばオホーツク海からくる北からの海流と南海から北上してくる黒潮の、しかも互いに東西から津軽海峡へ流れ込んで合流する東西南北の潮が交わる交通の要所。そこを見下ろす海岸に面した崖の上に出現した大遺跡である。縄文中期の今から五五〇〇年ほど前に姿を見せ、一五〇〇年間ほど続いた遺跡と見られる。驚かされるのは、そこで営まれていたと思われる暮らしの程度の高さである。なにしろ遺跡からは正確に四・二メートル間隔に並んだ直径一メートルもの柱穴（と推定される穴）が六つ並んで出てきたのである。この穴に柱を立てたとすれば高さは二〇メートル前後にも、ひょっとすると二五メートルにもなる柱だという。斧も鋸もない時代にどうやってこんな巨木を切り出し立てたのか。さらに、長さ三二メートル強、幅九・四メートル、床面積二五〇平方メートルもの巨大建物跡もあった。竪穴式建物ではあるが壁もあり、屋根までの高さは八メートルもある大きさだったと推定されている。まだある。遺跡地の中心部と見られる集落の中央には海岸へ至る幅員一五メートルもある突き固め整地された道が四二〇メートルもの長さにわたって作られていた。道幅一五メートルである。現在でもこんな道は我が国に多くはない。これらを作るには計画から大勢の人間の動員、協力まで周到な準備とプロセスがいったはずである。驚くべきことではないか。

　こうした事実から見えてくることは全くの原始時代と考えられていた縄文時代のイメージがすっかり変わってしまうことである。彼らは鉄器や文字こそもっていなかったが、実に高度な文化をもっていたのだ。出土遺物から見てもいまから数十年前、我が国戦前の田舎の暮らし程度の生活は十分営んでいたのではないかと思われる。そう、戦前の日本の田舎の暮らしから鉄製品と文字文化を引いたもの、それが縄文人の暮らしに近かったのではないか。こう言えば、そんな馬鹿なと言われそうな想定だが、私は本質的には縄文人はそのレベルに達していたのではなかろうかと推定している。今挙げた巨大工事を遂行できた社会を、自分がその縄文人になったつもりになって想定してみるとよくわかるだろう。

そこでである。私は先に、三内丸山遺跡にみられるような高度な文化を営んでいた縄文人だが彼らはただ二つ、鉄を初めとする金属の製造・使用と文字の発明・使用だけを欠いていたと述べた。金属器はあった方がより便利だったとは言えるが多分鋭利な石器で大抵のことは間に合ったのだろう。なにしろ直径一メートル以上ある巨木を切り倒したり加工したりまで石器で（どのようにしてかは分からないが）やってのけているのである。非常に堅い翡翠の加工もよくもこんなことができたと驚くほかない。鉄器より時間はかかったろうが、とにかくなんとかなったのだ。激しい戦いが何度でもあるということでもなければ金属器の発明・製造まで要請されるということはなかったのだろう。

では、文字はどうなのか。世界を見れば文字をもった民族ばかりではない。縄文人だけではなく、アボリジニや西洋人と接触するまでのアフリカ諸民族のように文字をもたない民族、文字を産まなかった民族はたくさんいる。文字を産んだ民族と産まない民族といたわけである。両者はなぜ違ったのか。一方は文字を必要としたのである。必要に迫られて発明したのだ。縄文社会は必要としなかったのだ。あれだけ成熟した社会ではあったがなくても十分用が足りていたのである。どこに違いがあったのだろう。文字を産んだ社会は何故に文字を必要としたのだろう。

文字の起源には二つあるとされる。一つは中国の亀甲文字にみられるように神意を占う記号として、もう一つは税を取り立てるための記号・記録用として。亀甲を焼いて、甲裂の状態を見て神意を読み取る。これは文字というより、図形・絵をそこにみて何が現れているか判断するのだから文字というより絵といった方が良い。絵なら木でも石でもなにかに似ていると早くから人は注目したり利用したりしていただろう。ここから（亀甲裂を読み取ることから）文字へと進んでいったという歩みは分かる。ありえるだろう。縄文人はそのような神意占いは必要としなかったのだ。亀甲占いも多分、激しくも厳しい戦いの連続から（戦争をするべきか否か、するとしたらいつどこでどのような方法でか、などを知りたいという強い欲求から）必要とされたのであろう。

起源説のもう一つである税のためというのはどうか。お前は幾ら払うべきかと示したり、納め済みであると証明したりする記号は確かに必要だったろう。それなら社会は税的なものを制度として必要とする段階に達していなければならない。それはどんな社会か。一定以上の人数が集まった多民族社会か階層社会か。縄文社会はそうではなかったことは確かだ。三内丸山遺跡は多くて五百人程度の集落だったと見られている。五百人とすれば一家族五人として百家族である。百軒だ。それも多分、血縁関係で結ばれたかそれに近い集団だったろう。私の生まれ育った丹波・綾部市の青野という村は出口、山口、四方、藤山、田口、桜井というわずか六つの姓からなる人々で構成されていた。私の家のような孤立ないし少数姓の家は後になって移り住んだ家族である。つまり青野は六つの血縁家族集団から出来ていたわけだ。同じようなことが三内丸山遺跡でも生じていたのだろう。一五〇〇年間も続いたというのだから戦いによる征服というような深刻なことはない平和な集落だったのだろう。リーダー的な者がいたかも知れないが階層社会とまで言えるような階級差や厳格な統制があったとは思えない。第一、税と言えるようなものがあったろうか。税はやはり一定以上の人口があり、しかもそれが多人種的（多姓的）な要素のある集団において初めて発生するのではないかと思われる。

税によって初めて、非血縁だがその集団に属する、と認められるといった機能も税（なんらかの負担）は担っていた可能性が大きい。税は血縁を超える大集団を構成し維持する場合の鏨の役を果たしていたのだろう。非血縁集団を束ねるにはなんらかの忠誠心に基づく強制がなければならない。義務や負担がそれになる。つまり税は忠誠心の証であり、負担することは義務を果たすことになったのだろう。税を承認し、納めることがその集団の一員として自分を規定すると同時に周りから集団員として認められることになった。こうしてみれば税の内容（幾ら負担するか）といつどれぐらい払ったかの証明は極めて重要なことになる。ゆえに税のあるところ文字（記号）と一種の官僚制が同時にあったはずである。税の決定と徴収の専門の担当者がなければならないのだから。

縄文時代の列島ではそれだけの社会が成立していなかったのだろう。遅れていたとかいうことではなく、集団がほとんど血縁からなるせいぜい数百人程度の人数ごとに分散して共生しておれた社会では、税の徴収というような手段で人々の忠誠心を集める必要はなかったはずである（その代わりに、共同生活に意味のある巨大建設物の設置といった共同作業は盛大に一致協力して行われたのであろう）。したがって縄文社会には税はなく、官僚もなく、文字のようなものの必要性は極めて低かったのだろう。文字を必要とする社会的圧力が圧倒的に強ければ縄文人も文字を作り出していたはずである。文化的に遅れていたから文字がなかったのではない。

四〇　歌の起源

山本七平氏の『論語の読み方』を読んでいて、こんな箇所に出会った。礼と楽である。二つがセットになって扱われている。「楽は同を統べ、礼は異を弁つ」、すなわち、音楽は人々を和同させ統一する性質をもち、礼は人々の間のけじめと区別を明らかにする。すなわち音楽は身分、年齢、時空を超えて人を和同させるし、礼はいたるところ、師と弟子と、年長者と年少者と、その間のけじめ、区別を明らかにすると。この二つが政治にも教育にも必要なのだというのである。

私は感心した。ことにも楽について、その本質を見事についたものとして感心した。確かに、音楽の本質は人々を和させるところにある、という以上の定義はないだろう。ここからいろいろと考えは広がるのである。

音楽、ことに歌について私が気にかかるのは、歌はことばの先駆ではないか、ことばは歌から始まったのではないかという説のあることである。説の是非は分からないが、ことほどさように歌とことばは密接な関係にあり、ひょっとすればことばの最初は歌的なものだったかも知れない。

さてその歌、あるいは大きく言って音楽。その本質が人々を和同させることにあるというのは実に大きいと思う。一致させる、一つにする、和同させる、である。すると歌の初めはかけ声にあったのではないかと考えたくなる。かけ声、あるいは囃し。つまりエンヤドット、ワッショイワッショイ、ソーランソーラン、エーサー・チョーサーである。船の漕ぎ方を考えたい。左右両方を同時に漕がなければ船は直進しない。漕ぎ手が同時に合わせて漕ぐのと、てんでんばらばらに漕ぐのとのおおいなる違いをみればよい。てんでんばらばらなとき船は意図せざる方向へ曲がるかスピードが落ちる。いやでも同調ということを人は発見したはずだ。つまり漕ぎ手の手を合わせるために太鼓を叩くとか、かけ声を出したはずである。諏訪の御柱の柱引きもそうだ。みんなが自然に力を合わせなければ大木を移動させることはできない。機械力をまだもたない時代、大きな木や岩などを動かそうと思えば、大勢の人が力を合わせる以外になかっただろう。力を合わせようとすれば自然に唸り声的なかけ声を出すか太鼓を叩くことになっただろう。してみると共同とか一体化がかけ声の根底にはあることになる。こうして一番最初の音楽はかけ声や太鼓だった可能性があると私は思う。もしそうだとすると、音楽の根底にあるのは人の気持ちやこころを一つにすることにあると言っても間違いではないだろう。音楽の本質は人々の気持ちやこころをむすびつけるところにある。そして事実、こんにち私たちが歌や音楽に感じ取っているものはそれだろう。

四一　真理という強迫観念

西洋人はなぜあれだけ人間の外に、つまり外部のどこかに絶対的な真理――正しいや普遍が、存在するという考えにとらわれるのか。たとえば哲学者ポパー（『客観的知識』）を読んでいると、真理とは何か、真理の存在はなにが保証するのか、といったことを巡って強迫観念としか思えない執拗精緻な考察が繰り広げられている。どうしてそこまで真理の存在にこだわるのか、こだわらずにいられないのかと息苦しくなる。言ってみれば必死なのである。日本人にはそんな衝動はまずないように思われる。どこかに絶対確実な真理のようなものがあるとは本来思っていない。古事記、日本書紀に遡る古代日本人を見てもそんなことを思う必要はなかったとしか思えない。そもそもそんなものの存在を想定さえしていないのが日本人の暮らしだったのではないか。

もう一度言うが実際西洋人の思考はほとんど先天的なその前提、絶対確実な真理、動かない真理がどこかにあるはずだという前提の上に立ってスタートし、展開しているようである。彼らの思考、暮らしについてそう押さえておけば間違いはない。それがなければ不安で不安で仕方がないのだろう。それ以外によりどころがないのだろう。それだけに必死なのだ。

それはまあいい。しかたがない。だが、この、真理があるはずだ、という考え方は実に大きな問題を孕んでいる。問題とは何か。真理がある以上、真理以外のものには価値がないということに自ずからなってしまうことである。真理、絶対的な正しさには意味があるが、それ以外のものには意味がない、あるいはないも同然に希薄であると。そうするとこうした真理の下には必然的に排除の感情と論理が生まれ、広がるだろう。それがどれだけ恐ろしい悲惨な事態を人間社会にもたらすかは中世西欧の宗教裁判や近くはナチスによるユダヤ人のホロコーストその他の事例に事欠かない。なぜあそこまで無残悲惨なことになるかと言えば、ことが正義つまり絶対的な正当性の名の下に行われるからである。何の後ろめたさも後ろ暗さもなく、それどころか正しい褒められるべきことをしているのだと誇りと自信をもって行われる。歯止めのきくわけがない。実に恐ろしい。だがまた一方、この真理主義ともいえる考え方から科学が生まれたのでもある。遺伝子操作からコンピューター、宇宙探査にまで至る恐るべき成果を誇る科学は真理を信ずる考え方から生まれたのだ。功罪非常なものがある。

絶対的な正しさつまり真理があるはずというこの考え方は一体どこから来たのだろう。どうして生まれたのだろう。というのも先に示唆したようにこれは西洋に特異的に生まれたもののようだからである。哲学者の木田元さんがそういっている。少なくとも日本人は昔のどの資料、どの文献を探してもそんな考え方はしなかったようだ。なぜ西洋人（というよりつづめて言えばギリシャ人やユダヤ人）はそんな考えをもつようになったのだろう。

最初にもったものが誰で、どの民族であったにせよ、彼らはそういう考えをどうしてももつ必要があったことは確かだろう。それを頼りにしなければならなかった。この世のどこかに必ず絶対的な真理、正しさがあるはずだ、どうあってもあってほしい、と念じたのだ。なぜだろう。考えられるのは彼らは絶対的な正しさの観念というか真理を唯一の頼りにこの世を渡り、生き延びなければならなかったのだろうということである。それだけが頼りだったのだ。そうとしか考えられない。それはどのような状況だろうか。

一部の学者はそれを彼らの一神教的宗教観のせいにする。キリスト教の信仰が背後にあるからだと。世界の民族は大昔、どこでも自分たちの神をもっていた。自分たちの力を超える力をもつと信じられた超越的な何かである。どの民族もそれを巨大な力をもつ自分たちの守り手とは考えたろうが、それが唯一のものとも、絶対的なものとも思いはしなかっただろう。他の民族の同じような神々信仰を知って、初めてどちらがより強いか有効かと比べる心性が働き、その果てに唯一絶対神のイメージが芽生えたのであろう。それなら一神教はどの民族であっても生まれ、信じられる可能性はあったはずである。しかしその中でも民族間の生存競争の激しいところ、過酷な生存条件の内に置かれている民族にあっては、ことに強力な絶対的に間違いのない神がより求められ、必要とされたであろう。

ユダヤ人はその典型である。風土的にも砂漠に囲まれ、多種多様な民族がひしめき合う中東に生きたユダヤ人はなんとも悲惨な歴史を繰り返してきた民族である。彼らが自分たちのアイデンティティーを守り、誇りをもって生き抜くためには相当に強い、強力なよりどころを必要としたに違いない。自分たちは本当は強いのだ、選ばれた特別な民族なのだ、ある特別な事情があっていまは仮にこういう状態にあるが本当は違うのだ、と思わなければやっていけなかったのであろう。ここに唯一絶対神を信じる土壌が出来上がることになるのはほとんど必然である。

その民族が悲惨であればあるほど信じる神の絶対無謬性は強まるだろう。言うまでもなくキリスト教は神の絶対性を信じる宗教である。絶対に正しく、真理であり、無誤謬である神＝エホバがこの世を作り、全てを差配していると。われわれはその神に選ばれた特別な民族なのだと。つまり彼らにとっては、この世にはそういう絶対的なもの、絶対に間違いのないものが（いかに我々に理解できなくても）どこかに存在するのである。これが絶対的な確信になる。だから彼らは真理というものを信じ、それを探し求めるのだ。捜す強い理由、動機、確信が存在するのである。

どこかに確実に疑い得ない真理が、正解がある、という彼らの確信、強い信念。そういう思考の強靭さ、西洋人の揺るぎのない強さを思い見るべきだ。西洋人の強さは一にここにある。彼らの自我の強さ、自信、の淵源もここにある。私たち日本人はそこまで自分を支えてくれる支柱をもたない。もつ必要がなかったのだからもたず、だから真に戦えば（多分）負ける。

しかし、この世界ではどこかに絶対的な正しいがあるという西洋人の信念は本当に一神教から出ているのだろうか。一神教自体はどこから来たのだろう。神とは関係なしに、あるいは神以前に「この世に正しいはある」「どこかに絶対的真理はある」という考え、希望が生じていたという可能性はないだろうか。ギリシャ人の幾何学とか。プラトンのイデアとか。

西洋人の真理を求める強迫観念的衝動についてさらに例をあげる。ポパーに『客観的知識』という著書がある。この中で彼はヒュームの問題として帰納は不可であると執拗に論じている。その論じ方は彼のいつものように精緻であり、執拗である。要するに個別の事例から普遍的事例を導き出すことはできない、というのである。私の理解不足でなければ、たった一つでもどこかで例外が見つかればそれでそれまでの帰納結論は破綻する。したがって事例を調べつくさねばならないが、全てを調べ終えたとすることは無限を相手にすることになり不可能である、ということのようである。理屈ではそのとおりというほかない。

彼が称揚するのはもちろん演繹である。演繹は（哲学辞書によれば）公理を立ててこの公理に照らして個々の事例の可否を検討していく思考上の手続きだが、最初に立てる公理が絶対的に真理である以上こうして行われる思考に誤りはないと見なす。だが私にはこれが理解できない。まず最初に立てる公理が真理であること、絶対に間違いがないことはなにによって保証されるのかが分からない。私の理解する限り公理は帰納によってしか打ち立てられないと思われるからである。ある法則、決まり、要するに公理と言おうが定理と言おうがそれが出てくるのは過去の知識・事例からでしかあり得ないだろう。どこでもないところから、天から降ってくるようにして、やってくるのではあるまい。すなわち帰納法によって人間が見つけ出したものだ。それなら演繹の基礎にあるのは帰納にほかならないことになる。だいたい帰納といい演繹というが、二つを分けることはできないのだ。あるのは思考でしかない。思考のある過程をとらえて演繹といい帰納といっているにすぎまい。

ポパーの執拗に帰納を退け、演繹を称揚する（のであろう）のは、やはり私には真理がこの世にはあるとする固い信念から来ているとしか思えない。真理の存在が大前提になっているように見える。

彼の帰納を退ける理由はそれなりに筋が通っていると思うが、しかし本当に帰納を否定しては思考は成り立たないし、もちろん演繹も成り立たない（はず）。私は彼が主張する理論のうち次のものは依然として有効だし、強力だと思う。彼は言う、「全ては仮説である。ひとは仮説を立て、この仮説の下に試行錯誤を重ね、誤りを排除することによって前進する、あるいは真理に近づく」彼の言葉どおりではないが、その趣旨を述べればこういうことになる。これは全くそのとおりというほかない。この限りではポパーは全く正しいと私は信じる。

人間の思考方法として帰納法を軽んじてはならない。人だけでなく生き物にそれ以外の考え方はできないのである。人は経験から学ぶのだし、経験からしか学べないのだ。人が生まれてから知る知識、身につける全知識はすべて経験によるものである。ミミズがあるものを避け、あるものを自分の穴に引き入れるのは経験によるのである。違う、本能によるのだと言うか。その本能は単細胞時代以来原始ミミズ時代にいたる間に積み重ねた経験知識によって本能と化したもの、したがってこれもミミズ前史の代々の学習によって本能となったものである。すべては経験と学習なのだ。いわば帰納以外の何物でもない。

ついでに。帰納と同じようにヒュームが否定したものに原因と結果の因果関係がある。因果関係などというものはないのだ、少なくとも実証できない、と言うのである。一般にある要素ないし事態Aがあって観察できる限り事態のあとにいつも事態Bが生じるとき、Aが原因でBが生じた、すなわち結果だとされる。だがヒュームは事態Aの中には幾ら精密に調べても事態Bのもととなるものは含まれてはいない、そんなものは見つからないと言うのである。私の理解に誤りがなければ、ヒュームはドングリに見られるようなことを思い描いているのではないかと思われる。ドングリを撒いておけば条件さえそろえばそこから木が生え育つ。ドングリには樹木の元となる種が入っているからである。実際、ドングリを割って調べれば種的なものが入っていることが分かる。だからドングリから木が育つというのは疑いようがない。すなわちドングリが原因で樹木はその結果だと。ヒュームはどうも原因と結果についてそのようなイメージを抱いているのではないかと思う。それでヒュームは一般に事態Aと事態Bの間に因果関係のような連関が感じられるからといって、AとBそのものを幾ら子細に調べてもAとBは別のものであってドングリが樹木の種を宿しているがごとき直接的な原因は見つけられない、というのであるらしい。つまり時間的場所的に近接しており、しかも知られる限り後先が一定しているのでAが元になってBが生じたと思うだけだ、いわば錯覚だと言うのである。

彼の立論は私に言わせれば少々わかりにくいが、私の納得する限りでは以上のようであるらしい。

ここのところはさらに突っ込んで考察するに値する箇所かと思う。ヒュームにはある前提が横たわっているように思う。西洋の思考に特有の前提が。事物のとらえ方である。事物は要素といってもよいし、事態とか事柄と言ってもよい。そういうものは個別に独立して存在しているというのが（私の見るところ）西欧人の基本的とらえ方だと思われる。日本人は（一般に東洋人は、かも知れないが）事物はくっきりと分かれて存在しそれぞれが独自に独立して存在しているとは見なしていないように思われる。西洋人は日本人のように、万物は相互に関連し、相互に少しずつ浸透し合い、形態的にも意味的にもくっきりとは区別できない別の存在とは言えない、と考えているようには思われない。事物のあり方についてのこのとらえ方の違いは大きい。

さてそのようなのが西欧人の事物であるとすれば、ヒュームが個々の事物、要素をとらえて、その中にはどこを見ても他の事物の萌芽は見当たらない、原因となるものは存在しない、と主張するのは理解できないことではない。だが、改めて言う必要はないだろうが日本人にとってはそうではない。日本人が見ているような事物のありようが正しいのであるなら、事態Aが潜在的に事態Bの萌芽を孕んでいることは十分にあることであり、AがBの原因だと見なしてもおかしいところはどこにもない。

さらに彼は言う、二つを原因と結果だと見なすのは二つが時間場所ともに接近しており、後先がありいつも一方が先行しているからだ。それだけの理由であって、Aの中にBが胚胎して見られるからではないと。これは厳密に言えばそのとおりと言うほかないだろう。

ところで脳科学者の池谷裕二氏は同じことを科学用語でこう述べている（『単純な脳、複雑な私』）。因果関係というものは科学的には証明できない。ただ相関関係が認められるだけだ。なぜなら、例えば解熱剤を飲んで熱が下がったとしてもこの場合熱は解熱剤を飲まなくても下がっていたかも知れない、たまたま熱が下がる時期だったから下がっただけ、時期が偶然一致しただけだ、という具合に。つまり、このケースだと解熱剤を飲まなかったら熱は下がらなかったということが同時に証明されないことには科学的に解熱剤と熱の間に因果関係があったという証明は成り立たないが、同時に二つの事態を実行することは不可能である、したがって科学的には因果関係の存在証明は絶対にできないのだと。続けて氏はこう言っている。では、因果関係は日常的にはどうなのか、どこに成立するのか。「答えは『私たちの心の中に』ということになります。つまり脳がそう解釈しているだけ。因果とは脳の錯覚なわけです」。要するにそういうことなのだろう。

しかし、私たちの日常生活レベルでは因果関係はある、ある事柄や事態の原因と見なしうるものは厳然としてある、それゆえある事柄をある別の事柄の原因として対処し、生きていってうまくいくことは保証できる。おかしなところは全く生じないと断言できる。生き物は単細胞として発生して以来、そうやって生きてきたのだ。

四二　地獄で歓喜を踊る

私たちの認識は全て観点によって決まる。そう言って間違いないように思う。観点とはどういうことか。どの点からものごとを見るか、ということである。何をわかりきったことをと言われそうだが、存外に大事なことである。ものごとはどの点に目を据えてものを見るかによって随分違ってくる。机でも右側から見るのと左、あるいは上から見るのとでは同じ机でも違って見える。左から見たら右から見たときにはなかった大きな傷があるかも知れない。またもや出す例だが「ルビンの壺」といわれる有名な絵がある。画面の真ん中に白く大きな壺が描かれている。見ているといつとはなしに壺は消え、代わって画面の両側から向き合った人の横顔がくっきりと浮かんでくる。壺と人の向き合った横顔は交互に見えたり消えたりする。一種のだまし絵だが、この図柄の交代変化はいつに視点（観点）をどこに置くかによって生じるのだ。

もう一つあげる。絵なのだか写真なのだか知らないが、画面いっぱいに白と黒のでたらめと見えるまだら模様のあるこれも有名な図柄がある。なんだ、これ、と思って見ていると、そのうちある瞬間に図柄中央に不意に黒白斑模様の犬（ポインター）が地面の臭いをかいでいる姿が見えてくる。さっきまで意味のあるものは何も見えない無意味な出鱈目な斑点の画面とばかり思っていた図が、実はちゃんと一匹の犬が描かれている絵だったのだということになる。これも、同一画面でありながら一方は無意味、一方は木漏れ日の漏れる林の中を地面をかぎながらゆく犬の光景、とひどく違う図柄ということになる。違いがどこから来ているかというと、観点つまりどこに焦点を当てて画面を見るかという一点からである。観点の違い、つまりどの観点からものを見るかということがいかに大事か、それがものを決めるとさえ言えることのよい例証だろう。

観点によって物事は決まりもすれば変わりもするというのは目に見えるものとは限らない。現象や社会事象、観念、概念などもそうである。先日、奈良県で共産党員が選挙運動の一つとして自衛隊のことを「人殺し訓練」といって批判・反対するキャンペーンを展開したとニュースになっていた。自衛隊のやっていることを「人殺し訓練」と言うのもある観点から見れば間違っている訳ではない。そうも言えないことはないだろう。だが、別の観点から言えばとんでもない無理解な暴言となるだろう。単なる外見、外貌から言えばネズミと鯨はまるっきり違う。別の動物である。生き方でも一方は水生動物だが、一方は陸生動物である。全然違うと言ってよいだろう。だが、妊娠出産そして育児という観点から見れば両者は同じ哺乳類として分類され、親戚になる。ことほど左様に観点の違いは世界をまるきり違うものにしてしまう。世界の見え方までそうだ。地球に目を据えてみれば太陽が地球の周りを回っているのだし、太陽に目を据えてみるなら地球が太陽の周りを回っているのだ。

いつだったかジョーゼフ・キャンベルというアメリカの世界的な神話学者の本を読んでいて「あっ！」と思ったことがある。地獄というものの見方が完全に変わったのだ。彼は神話講義録とも言うべき『神話の世界』の中で概ねこんなことを述べていた。ウィリアム・ブレイクのアフォリズム集「天国と地獄」のなかの「私が地獄の炎のなかを歩くとき…天使にとっては拷問のように見えるだろう」という文を紹介したうえで「つまり、そこにいる天使以外の者どもにとっては、地獄の火は苦痛の炎でなく、歓喜の炎だというわけです」と。

そうなのだ！　地獄は地獄ではないのだ！　とその時私は初めて気がついたのである。ダンテの『神曲』をみても、地獄に落ちている者たちは必ずしも極悪非道な者たちばかりではない。パオロとフランチェスカのように禁じられた恋に落ちたために地獄に落とされた者もいる。彼らはもちろん神の定めた責め苦に責めさいなまれている。間違いない。だが、キャンベルは「それは神の側、天使の目には」と述べるのである。では、信仰者側ではない眼には、つまり端的に言えばパオロとフランチェスカの目にはどう見えるのか。そこにあるのは恐ろしい地獄の炎などではなく、喜びの、狂おしいほどの恋の、歓喜の炎なのである。歓喜の炎とは比喩などではない。真実そうなのだ。こう言えば事情はよく分かるだろう。彼らにとって天国はどう見えるか。きっと生ぬるい、平凡な、退屈な、実に詰まらないところであろう。

つまり地獄で責め苦に遭っている者たちは、結局のところ自ら望んでそうなっているのであり、だとすれば彼にとってその責め苦は（責め苦と見えるものは）何ものにも代えがたいほどの喜びをもたらすものなのであろう。例えば苦しみがあればこその激しい喜びなのであろう。地獄の住民から見れば天国の暮らしなどなんの心振るわすものもない、魅力のない暮らしなのであろう。薄っぺらで退屈の極みなのに違いない。

だとすれば地獄というもののイメージがすっかり変わってしまうではないか。地獄が恐ろしい、どうしても行きたくないところであるのは、信仰者の目、神の目、天使の側の目から見るからである。無信仰者、非キリスト教徒、非仏教徒の目にはそういう場所とは映らないのである。むしろ魅惑的な、非常によい場所かも知れないのだ。どちらも真実だと言うほかない。

以上、ものごとはどの視点、どの観点から見るかによって決まる、ということだ。絶対的なものはない。丁度、宇宙に中心がないようなものである。どこでもその時限りの、いっぱいの条件付きで、仮に中心が決まる、あるいは中心と見なすだけ、いや見なさざるを得ないだけのこと。同じことだ。人々がする正義面した、そしていかにも真理面した主張、考えも、その程度のことである。にもかかわらず人々は己の考えや主張にしがみつき、こだわって、血みどろの争いを繰り返すのだ。浅はかなことは言うまい。そうでしか人は生きられないのである。

偉そうな口をきいたが、以上に説いた説も、それ自体一つの観点から述べたことでしかないのだ。もちろんそうに決まっている。

四三　書くについて

書くことによって人はよく考えることができる。本当にものを考えるとき私は書かずにいられない。少なくとも書きながら考えたい。なぜか。書くことに何の意味があるのか。書きながら考えていては時間がかかってたまらないのではなかろうか。なにしろ一方で手を動かして文字を綴っていかねばならないのである。時間がかかる。にもかかわらず書きながら考えるのを選ぶのはなぜか。

考える時の鉄則は考えに整合性のあること、論理的に混乱や破綻がないことである。思考の強み、武器はいつにかかってここにある。それだけが人が考えること、思考することに大きな比重をかけ、頼りにする原因である。それゆえ私は考えるとき、今考えていることの直前に自分は何を考えていたか、どういう言葉を並べていたかをいつも思い出し確認し、それと今考えていること、今推進しようとしている思考が整合性があるかどうか、論理的混乱や曖昧さがないかどうかを常時点検する作業をやりながら考えている。すると思考は常に前へ帰りながら、直前の思考を思い出しそれとの点検検討を繰り返しながら、行うことになる。この作業を頭の中だけで行うとなると繰り返し繰り返し思い出しと確認と点検を実行することになり、この作業に相当にエネルギーを費やすことにならざるを得ない。なにしろ正確な記憶を保持し、正確だと確認し、前後の整合性があるかどうか点検するのである。思考を一歩進めるたびにそれが必要なのだ。相当な労苦である。

ところが書きながら考えるときは、この直前までの思考を記憶し、その記憶の正確さを確認し、今考えついた思考の分との整合性を検分するときまで保持する、という作業が大幅に削減される。何しろ書いて目の前に文字の形で実在しているのだから記憶する必要も記憶しようと努力する必要もない。点検検分も目の前の文字としてあるそれと、頭の中でひねくり回す新しいそれとの間で行えばいいのだから確実だし楽なものである。要するに必死に記憶し、間違いないかと確認し、保持する努力から解放されるのだ。そういう努力に費やされていた莫大なエネルギー消費が必要ではなくなる。その分、脳は解放され、自由にのびのびと新しい思考の展開に向かうことができる。その効用は計り知れない。

付け加えるなら、このためにパソコン（ワープロ）の威力は絶大である。手書きよりよほど早いし、訂正修正が簡単で自由自在でもある。書きながら考える道具として私には手放せない。

四四　資本主義を裸にする、ついで大衆文化論

のっけから大きな口を叩くが（失礼）、資本主義の本

質が完璧に分かった気がする。以下、ゆっくり説明してみる。

大昔から人は富に関心はもっていた。しかし昔の人は王や貴人が特別な存在であるのと同様に、富を特別なものと思っていたのである。二一世紀初めのこんにち、世界は、ことに先進国は、格差ということに大きな問題を感じ不満を表明している。しかし格差など今に始まったことではない。大きな共同体が生じたときから富の偏在は必ずあった。どうかするとこんにちより激しかったかも知れない。違いは人々はそれを問題としなかったことである。子細に見ればよくは分からないが歴史に出てくるような巨視的な目で見れば王や神官、権威者にいかほど富が集中しようが一般民衆はこんにち見られるような不満をもたず、不当なこととも思わなかったようである。つまり格差はあったが格差問題はなかったのである。

なぜか。人々は富の背後にいつも神的なものを感じていたからである。富は聖性と一体になって受け止められていた。聖なるものは多大な富をもって当たり前と。聖性をもたぬものは富をもたないのは当然。普通に生存に必要な衣食住分それに税を払う分だけあれば十分、それ以上のものはなぜ必要なのか分からないと。つまり富には聖性がついて回っていたのである。あえて言えばその当時、富は経済ではなかった。経済活動の結果のものとは考えられてはいなかった。聖なるものにつながる権威に属するものと見なされていたと考えてよいだろう。

それが中世になり、世の中に富が増え余剰分が民衆の聖性に近い者たちにも回り得るようになって、富はありがたいもの、あれば大変いいし、自分たちにも回ってくる可能性がないわけではなさそうだと思えるようになって人々の意識は変わってきた。アジア世界の発見や新大陸の発見で富は増え、欲望はかき立てられるようになった。こうしてそれまで富に関心の薄かった人々が富を熱望するようになり、富に関心を寄せた。これが一六世紀ヨーロッパのことである。ここに見られるのは明らかに富と聖性との無関係化である（それ故、プロテスタントの倫理はむしろ富の非聖性化に働いたのではなかろうか）。

聖性をもたぬ人間でも機会とチャンスさえあれば富を手にする者が出てきた。富と聖性とは必ずしも関係ないことが見えてきた。こうして自分は王やそれに連なる階級でも神官や宗教的支配階級でもないが金持ちにはなりたいし、なりうると思うものが増えてきた。その果てに資本主義が誕生し市場経済が広がったのである。

このことが意味することはなんだろう。明らかである。人々は「もうけたい」と思い始めたのだ。もうけることは可能だと思い始めた。この熱望の結果として生まれてきたのが資本主義なのである。ということは資本主義はもうけるための制度・仕組みとして生まれてきたということになる。もうけるのに今できる一番確かで手っ取り早い制度――資本主義の本質は「もうける」にあることになる。「もうける」をキーポイントとして考えれば資本主義はすべてすっきりと理解されるはずだ。したがって資本主義と言わずに「もうけ主義」と呼べば端的に表現できることになる。あまりに露骨で身も蓋もないことになるからそうは呼ばないだけのことだ。

貨幣経済下でもうけるのにはどうしたらよいか。利益はどこで生じるか。言うまでもなく生産者で言えば物作りに要した費用とそれを売って手に入れた費用との差額が利益である。商人で言えば商品入手に要した費用とそれを売って手に入れた費用の差額が利益である。でどうなるか。差額が大きいほどもうけは多い。しかし両者の差額の付け方には限度がある。ひどすぎる差額だと売れない。当然、どれぐらいの差額ならよく売れるかという程度と限度がある。もうけに限度があることになる。では限度なくより多くもうけるにはどうすればよいか。消費者を増やすことである。あるいは一人の消費者により多く買わせることである。理屈上、人間はすべて消費者と考え得るから人がいる限り消費者が存在することになる。事実上、無限と言ってよいだろう。大もうけができる。

こうして大衆社会が生じるのは資本主義の必然なのである。資本主義は自然の成り行きとしてものをたくさん作り、たくさん売るのを目的とするから、たくさんの消費者を作り出し、たくさん売ることを目標とする。この目的のためにすべての制度や仕組みを総動員する。これは資本主義の本質からしてどうしてもそうならざるを得ない。できるだけたくさんの人間を消費者に仕立てようとする。すなわち大衆とは大衆消費者にほかならない。大衆の中身は消費者なのだ。大衆社会論は大衆消費者論であると理解しておけば間違いはない。

前に私は『瓦松庵余稿』の中で「今の世の中はいかに多く人にものを買わせるか、だけを目的として動いていると理解しておけば間違いはない」という趣旨のことを展開した。いまもって変更する気は全くない。それどころかこんなに現代社会と現代人を理解する便利で適切なキーワードはないと確信するばかりだ。世の中の現象のほとんどすべてがこれで解ける。資本主義社会で行われていることはまずすべて、一人でも多くの人にものを買わせること、財布のひもを緩めさせること、それを目的に行われていることばかりなのだと見ておけば間違いはない。で、どういうことになるか。

ここから実を言えば今回一番言いたかったこと、大衆文化論に入る。大衆社会における文化論。再度言うが大衆社会における商行為は一人でも多くの人を消費者として動員することに焦点が絞られる。どれだけ多くの人間に品物を買わせるか。それが勝負にならざるを得ない。本で言えば、本の中身が低級であるか高級であるかは二の次三の次。中身は極端に言えばどうでもよくてただ一冊でも多く売れればよいとなる。売れさえすればもうけは大きくなる、したがってよい。出版人の誇りとか文化の向上に寄与するとかはどうでもよい。でこうなる。人々を引きつける話題性があればよい、多くの人々が読めるような（読む気になるような）わかりやすさ、面白さが第一。要は一人でも多くの人間が店頭で手に取る本を作ること、一冊でも多く売れさえすればよいのだとなる。さてそうするとどうなるか。誰でも読める本、難しい苦労して時間をかけて必死に理解しようとしなければならない本ではなく誰もが手軽に気楽に読めてしかもなんとなく賢くなった気がする本、得した気になる本作りに走ることになる。かくて仮に本がよく売れて本文化が隆盛のように見えても、本のレベルが下がってくるのは必然である。

一事が万事そうだ。たとえば今私が一番嘆いている野菜の質の低下もそうである。ほうれん草、ニンジン、ショウガ、キャベツ、その他どんなに多くの野菜の味がこの頃変わってきたか。その変わり方には一つの見事な方向性がある。すなわち昔私が子供の頃知っていた味、ほうれん草ならほうれん草独特の癖のある味、匂い、それが最近なくなって癖のない、葉ばかりが大きい、つまり食べやすくて見栄えばかりがよいほうれん草が出回っている。土ショウガもそうである。ショウガのあのぴりっとしたショウガらしい辛みが全く薄れたものが出回っている。ニンジンもニンジンらしい（子供がいやがる）あの味がなくなって、平凡な平均的としか言いようのない味の、馬鹿でかい西洋ニンジンが増えている。そういうことなのだ。

そのものらしさ、そのものをそのものたらしめている独特の癖のある味、確かに初めて口にすれば辟易するかも知れないが慣れればそのものでしか味わえない妙味として、大げさに言えばやみつきになる、そういう味や匂いがどんどん薄れていって代わりに見栄えのよい平均的な、癖のない取っつきやすい味のもの、大ぶりで得した気にさせるものばかり増えてくる。何も知らない若い者や子供が喜ぶものばかりが増えてくる。これを要するに何も知らない大衆に媚びを売り、一つでも多く買ってもらうことが先立っているのである。今の世の中は何も知らない者や若い連中の気を引くことばかり考えて、彼らを教育して本物を教えることなど考えもしていないのだ。こうして舌を含めて文化のレベルはどんどん低下してくる。

どんなことでも物事は学習しなければ、言い換えれば苦労しなければ、いいもの、上質なものは手に入らない。どんなことでもレベルの高いもの、本物は敷居が高いのである。簡単に手に入るものは程度の低い、それだけのものにすぎない。であるのに現代社会はその苦労を人々に強いるとか教えるとかということをしない。「楽して得する」が現代人の合い言葉である。なぜか。言うまでもなく人々を消費者としてしか見ていないからである。とにかく買ってくれさえすればよいのだ。少しでも多く売れればよいのだ。売れるためにはどんなことをしても、いかに文化程度が下がっても、偽物がはびこっても構わない。これがこんにちの大衆社会文化の中身だと理解しておくべきである。この中でしかも本物を大事にし、どこまでも質の高い暮らしを続けていきたいと念じるものにとっては大変生きにくい世の中というほかない。

いま世の中で囃しているもの、囃されているもの、人気を呼び注目を浴びているものの正体はたいていがそういうものにすぎないと知るべきだ。中身のない、話題性のみが先行し、人々に楽して得した気にさせるものにすぎないと知るべきだ。

四五　「自由の相互承認」

「自由」の問題ないし欲求が生じるのは必ず人が何かをしようとするとき、しかも当然してよいときというよりする権利があると思われるときである。する権利があるはずなのにそれができないとき、あえて言えば禁じられるとき、人は自由がないとか奪われているとかという形で自由を意識し、問題とする。それまでは自由の意識は生じてこない。「〜がしたい」の思いがないところに自由の問題は生じないのである。さらに言えばこの「〜がしたい」には「する権利があるから」が加わる。言い換えれば自由は必ず自由不自由の問題としてやってくる。自由はそういう問題として考えないことには（たとえば人間には本来的に自由があるかないかとか自由意思はあるのかないのかとかの問題として考えれば）思弁的な言葉遊びにしかならない。そういう自由の検討は知的な面白味はあっても無意味だと私は思う。

ここでついでに検討しておこうか。哲学者竹田青嗣氏は近代社会を律する理念として「自由の相互承認」ということを特筆大書する。自由の相互承認——現代社会では各人が各人の自由を互いに承認するときにだけ未来への展望が開ける、といった言い方でその有用性を特筆主張するのだ。実に誠実な落ち着いた主張であってもっともだという気がする。あえて反対や疑問を呈するのがなかなか難しい。が、やはり私はおいそれとは同意しかねる。なぜか。格好よすぎるのである。私のようなへそ曲がりにはきれい事すぎるという思いを禁じ得ないのである。なぜか。二人の人間が出会えば必ず上下関係を巡る暗闘が密かに行われる。どちらが主になり、どちらが従になるか。いかに表向きは仲よさそう見えても少なくとも男同士の間では必ずどちらが上かの計り合いが生じている。これが人間同士の実態であるとき、自由の相互承認などというのは絵空事にすぎまい。

経済学の分野では「経済人」ということばがある。アダム・スミス以来の経済学でしばしば想定される市場人間、経済に携わる人間のことである。つまり経済学で経済現象をあれこれ検討したり想定したりする場合、当然売買など経済行為をする人間がいるはずだ。その人間を「経済人」という。ところでこの経済人、経済学で想定される経済人は（私に言わせれば）非常に特殊な人間なのである。経済行為に必要な情報をほぼいつもちゃんともち合わせており、いつも合理的な判断を下す人間。これが経済人と想定されているようである。アダム・スミス以来の経済学者はみんなそういう人間（経済人）がすると思われる経済行為を基において経済を研究し、検討し、学問を作り上げている。さまざまな高級な経済理論がある。みんな（だと思う）こういう仮定の上で考え抜かれた学説である。

これはおかしくはないか。ルソー以来の社会理論や人間学においても似たようなことがある。そこで想定されている人間なるものはいつも合理的理性的に物事を考える人間である。自分の誇りのためには、あるいは小指一本を守るためには死んでもよいというようなドストエフスキー的人間は一顧もされていない。人間を合理的理性的な動物と見なしたうえでの人間論、社会論、政治論をうちたてているのだ。そういう前提の下にならよく考え抜かれた立派な理論である。それならその理論どおりに社会は展開し、人間世界は立派になっていなければならないはずだが、誰もが知るようにいつまでたってもこの世の中は矛盾だらけで争いが絶えず、不完全きわまる。この事態におかしいと考える思想家が何人も出てきて、最初の「人間は完全に理性的であり得る」いつも合理的に考えるのを本質とする」という仮定が間違っているのだ、と言い始めたのが二〇世紀の半ばではないか。

同じことで、あんなに精密に考え抜かれ検討され尽くした経済学が実際には使い物にならない（とことんにちでは見る人が多い）のは「経済人」の想定が間違っているからだという指摘が出てきている。経済行為に携わる人間を含めて人間というものは多くが非合理的な判断を平気でしている。理性的どころか感情や情念に大いに動かされる。たいていの人間はそうだろう。情報だっていつも正確な情報を必要なだけ入手しているなどという想定は現実離れしすぎている。そのような間違った仮定の下に立てられた理論が現実を反映しているわけがない。

同じことではないかと疑うのだ。竹田氏の「自由の相互承認」論。彼の「自由の相互承認」を行う近代市民も理性的合理的な人間という想定が前提となっている（と私には見える）。なるほど理性的で合理的な人間からなる社会なら彼の説くようなことになり、人間世界から利己主義に基ずく対立や争いはなくなるという希望をもつことができるだろう。だが実際には私には徒な希望だと思われる。「自由の相互承認」など成立するわけがない。建前としてそういうことを言い、あたかも可能で、できないのはまだ人間が十分成長していないからだ、という趣旨のことを言う人間はたくさん出てくるだろう。もう少し啓蒙すれば、社会が進歩すれば、と。私は信じない。

この点、日本語は正直な言葉である。人と人が出会えば使われる言葉によって途端に上下関係が明らかになる。ところがアメリカ語は敬語をもたない。ミスターとかドクターとは言うが原則「I」で、しかもすぐに「ジョンと呼んでくれ」などと言う。公平で付き合いやすいと言うかも知れないが、私は逆だと思う。英語世界ではきっと人と人が出会えば上下関係の測定は日本人よりももっと厳しく、激しいのだと思う。それをごまかすために、いやそこのところの葛藤を糊塗するためにああいう会話、言語になるのだろう。日本語の敬語は余計なことにエネルギーを使わないですむ、非常に社交的ないい語法として機能していると思うがどうだろう。

四六　「正しい」は正しいから正しいのではない

人があまたある選択肢の中から何か一つを選ぶとき、決断の理由になる大きな一つが「正しい」である。選択する行動が他人と関わる事柄であるとき、そして選択が楽ではないとき、そうするのが正しいから、というのは非常に大きな動機となる。人はそれが正しいと思うときは何でもできる。戦争も火炙りも虐殺も。史上の暴君という暴君の無茶苦茶も当人は正しい、したがってほとんど後ろ暗い思いなくできる行為だと思ってしたはずである。人は誰でも自分のすることを正しいことと思う。してしまったことに対しても「正しいことをした」と思い、思いにくくても言い訳する。なぜだろう。

生理的な快である「よい」はあくまで個におけるそれであり、結果が快にならなくても個自身の中で決済できる「よい」にすぎない。しかし「正しい」はそうはいかない。「正しい」は複数人を対象とするが、人によって内容に違いが出てくる可能性がある。する行動に関係する複数人全員にとって「正しい」が一致すれば問題はないが、利害が対立したり、考えが違ったりすれば「正しい」が成立しない。ではどうなるのか。

いったい「正しい」はなぜ生まれたのか。どこから出てきたのだろうか。「正しい」の必要性は何であるか。ふたり以上の人間で何かをするときは同調がなければならない。なぜなら人それぞれが自分の思い、自分の「よい」を言い出し主張すればどこまでも対立して、事柄が決まることはないからである。争いになるか喧嘩になるか決裂する以外にない。これではどうにもならない。では、様々な思惑と必要性をもつ人々が考えを統一してことにあたるにはどうしたらよいのか。

こうして人が複数人以上おれば必ずシンク（同調、統制）の問題が出てくる。各人が自分の「よい」を主張する限りどうにもならない。誰もがそこそこ納得してシンクするにはどうしたらよいのか。自分の「よい」に固守することは駄目である。あなたの「よい」にも気持ちよく同調することはなかなか難しい。それなら私でもあなたでもない誰か、特定の誰かにつながる人以外の誰かの「よい」を指標にできないか。一番分かりやすいのは神のような存在、神が信じられなければ抽象的な権威ある第三者的な存在を想定して彼にとっての「よい」をもち出すことだろう。そういう存在なら誰の肩をもつのでもないから誰にとっても公平な「よい」を提案できると考えてよい。これが「正しい」の正体・内実ではなかろうか。おおいなる妥協の他のなにものでもない。それなのにもてる力は絶大だ。他には暴力以外に方法がないのだから。暴力を排除するために出てきたものでありながら暴力以上の力になるのだから皮肉なものである。

以上を要するにつまり「正しい」は正しいから正しいのではない。ここのところをしっかり押さえておくことが「正しい」の正しい用い方になる。そこさえちゃんとやっておれば「正しい」の暴走は押さえられるだろう。正しいを力として用いてはならないのである。とは言うものの力的に用いるのが非常に便利だから人は「正しい」の力的用い方を止めないのである。「正しい」がもつ本性上必然的にそうなる。

ところで、いったいこの世に「正しい」は本当にあるのだろうか。神をもち出さなくてもあるのだろうか。あるのだ。もしこの世に客観世界が存在するなら「正しい」はあることになる。客観世界を人は正確に表現できるかどうかは保証の限りではないが、客観世界つまり私の外に私とは別な独立し自律したものがあるのならそのものを正確に表現した言明はそのものに合致したという限りで正しいというほかない。正確に合致するかどうかは保証の限りではないし、誰も保証はできないが少なくとも正確に表現される可能性はあることになる。それなら確実にどこかに正しいがあることになるだろう。ここはポパーが紹介しているポーランドの論理学者タルスキーの真理観「『雪が白い』は、事実雪が白い時、そしてそのときに限って真理である」が言っていることと同じことである。要するになにが正しいのか、言明が真実事実を正確に現しているのかどうかは分からないが、したがって正しいを証明しようがないが、どこかに正しいが存在することは確かである。正しいはあるのだ。

何度確認してもしたりないと思うが、人を含めて生きものが何かをするときの何をどうするかを決める基準、ポイントはたった一つに要約できる。「よい」である。そうすることがよいからこれから行う行為をするのだ。分かりやすく言うと「快の原則」に従うのである。快には近づき、不快からは遠ざかる。最初期の生きものアメーバのような単細胞生物から人間に至るあらゆる生きものを貫く原則。「よい」の内容、実質はそれである。

ここまではよく分かる納得いく話だと思う。ここからが少しく単純ではなくなる。「よい」をさらによく考えると①私にとって好都合である。つまり要するに快である②正しいことである、正義にかなっている。の二つが、ともに「よい」であるの内実であることがわかる。

このどちらかの「よい」によって人は何かをする。これ以外の「する」はないものとしてよい。①の「よい」はほとんど生理的良いと見なして間違いないのではないか。したがって必ず「〜にとってよい」の形を取る。もっと具体的に言えば個としての「よい」、個的に生じる「よい」と考えればよいだろう。②の「よい」は意識をもつものにのみ、というより他者のいるもの、すなわち社会的動物にのみ生じる「よい」である。したがって①と違って人の内側から自然に立ち上がってくる「よい」ではない。他人が登場する世界で行動するときそれが正しい（適切な）行為かどうかが問題となる。「他者の目」の問題だと言おう。

人は「他者の目」を意識するとき必ず他者の是認を必要とする。他者の是認を前提として他者の目を意識するのである。そこに自ずと登場するのが正しい、正しくないだ。なぜか。正しい、正しくないだけが、複数人に共通する価値を成立させるからである。複数の人間を同意させる物差しは、そこに参加している誰にとってもそれが「よい」であること以外にはない。誰にとっても「よい」は、「〜にとって」がつかない「よい」、つまり「正しい」が一番納得がいく。

四七　私の「空気の研究」

山本七平氏の『空気の研究』は評判の高い論著だが、私にはもう一つ納得いかないものがある。空気と、ことにその対処法について。例えば戦艦大和の特攻出撃について氏は「戦いのプロから見て絶対に成算がないのに結局出撃したのはひとえに空気のせいだ」と言う。事実、当事者の多くの証言などが「あの時の空気のせいだった」と述べている。もし、あの作戦の目的が大和を沖縄にまでもって行って沖縄戦に突入させ、巨大大砲で米軍を砲撃し、陸軍の戦闘を援助する、できるなら挽回させ勝敗逆転させるということにあるとするなら、誰が見てもそんなことは不可能な、無謀な作戦だと判断するだろう。にもかかわらず大和は単独出撃した。結果は予想どおりというか予想以上の無残な敗北になった。なぜあんな作戦を戦のプロが承認し、決行したのか。合理的理由などない。そんなものはどこからも出てこない。戦後になって「空気」のせいと当事者たちが証言し、山本七平氏も「空気のせいだという以外にない」と言うのである。「あの時の空気ではそうせざるを得なかった」と。一番良い例は最後まで反対した出撃艦隊の司令長官伊藤整一が連合艦隊司令部の最後の会議の結論としての単独出撃決定の模様を縷々聞いたとき「そうか、そういうことならわかった」と言って受け入れたとされる経緯である。伊藤長官はなにが分かったのか。作戦としては無謀としか思えない出撃だが、海軍の、いや大和を取り巻く軍全体あるいは戦争の流れからくる全体の空気をみれば出撃せざるを得ないということだったろう。反対できる空気ではなかったのである。そういうことだろう。だから「空気が決定したのだ」と言っても間違いではない。それはそうだが私はここで立ち止まるのである。「空気」のせいにしては駄目なのではないか、ことがらの真相に触れていないのではないかと。以下、少しこだわって考えてみたい。

伊藤整一第二艦隊司令長官は「そういうことならわかった」と述べて、出撃を了解したと。彼はいったいなにを「わかった」のだろう。問題はここだと思う。ここのところの意味解釈が山本七平氏と私では微妙に違うように思われるのだ。早く言えば、ここのところを「空気」と言えば私は駄目だと思う。「空気」とはその場の雰囲気、流れ、勢いとでもいったものだろうが、これではなんのことか分からない。大和出撃を決定したのはそんな漠然としたものではなく、明確な意味、目的があった。私は当時の事情をそう読み解く。

当時、沖縄では激烈な攻防戦が戦われていた。陸軍が主力となって、沖縄県民も巻き込み絶望的な壮烈な戦いが連日続いていた。日本中が日本の命運はここにかかっているという悲壮な思いで見守っていた。そこで海軍である。陸軍に並ぶもう一つの大戦力である海軍。その海軍は、国民の期待と輿望を一身に担った軍隊として、陸軍と沖縄県人の壮烈な戦いを黙って見ている訳にはいかない思いに駆り立てられたはずである。特攻機を使って必死に戦っているのは当然としても、大和を初めとするまだ残っている巨大戦力を要する軍として、悲壮な戦を手をつかねて眺めているという訳にはいくまい。海軍も陸軍と同じぐらい身を犠牲にし、国のために戦士としての務めを果たさなければ身の置き所がないはずである。これが海軍が追い詰められた事態だった。そこで登場した大和出撃だ。ここで問われているのは沖縄戦で勝つことではない。大和出撃で沖縄戦をひっくり返す、つまり戦果をあげ、勝利に導くことではない。そうできたらよいのは言うまでもないことだが、そうはできないにしても海軍も陸軍に負けず、一心に、必死に戦うことが大事なのである。勝敗は問わず戦う姿を示すこと、そこに意味があるのだ。これが大和出撃の内容であって、戦闘に勝利することには余り重点は置かれていなかったのだ。それなら戦争のプロがこぞって戦闘上の不成功をしか予測できない出撃であっても、それを敢行する決定を下してもおかしくはないだろう。彼らはみんな承知の上だったのである。馬鹿な、信じがたいことをやったわけではない。自分たちがやることの意味内容は明晰にわかっていた。「空気」などという漠然としたものに基づく選択ではなかった。そして出撃はその目的を見事に達成した行為だったのである。

こうしたことは山本氏が言うすべての行為に言えるだろう。氏があげているもう一つの戦時中の事例、婦人たちの竹槍訓練もそうである。女たちがもんぺをはいて竹槍で敵兵を刺し殺す訓練だが、そんなものが空を行くB25に届くわけがないことは誰にでも分かる。機関銃や銃にも到底太刀打ちできない。そんな無意味なことをやることになったのも「空気」のせいなのだという。しかし「空気」のせいなどと言っては間違えると私は思う。明らかな目的がちゃんとあるのだ。ただしそれを口にするわけにはいかないのだ。言えば馬鹿げて聞こえる。だから口にしがたい。しかし心の中ではみんなよく分かっているのだ。女たちも及ばずながらなにがしか懸命に戦っている、他人事ではなく戦いに参加するのだ、ということを表したいのだ。その意気やよし、ではないか。しかし、こういう気持ちというか心意気は口に出せばなんだか意義がひどく低下してしまう。馬鹿げて聞こえるのだ。だから誰も表現しない。無難な言い方をしようとすれば「その場の成り行き」あるいは「空気」と言っておくのが一番なのである。それだけのことで実際は空気などという曖昧なものではなく、はっきりした目的、意味内容があるのだ。ここのところを間違えるまい。

ただし以上の事情を山本氏が知らないわけではない。たぶん、氏には私の言っていることははっきり分かっている。氏が「子は父のために隠し、父は子のために隠す。直きことその中にあり」という孔子のことばを引きながら指摘しているのはこのことだろうからである。みんな事情はわかっているのだ。実際はどうであるか、なぜ大和は特攻出撃をしなければならないのか。本当の意味はわかっているのだ。だが、それは口にしてはならないのである。口にすれば意味が吹き飛んでしまう。というか、意味がその内実を失い、馬鹿げて見えてくる恐れがある。暗黙の内に了解し合っていてこそ大きな意味をもつのだ。だから参謀会議でも作戦検討会でも海軍全体の会議でも、誰も「海軍も懸命に戦っていると示すために出撃しよう」とは言わない。あくまで勝利のために、沖縄戦の起死回生の戦いのために出撃するのだ、大和が出て行ってこそそれは可能である、という建前を言い張ることになる。そうでなければ大和特攻をその犠牲に見合った内容で正当化することはできない。

ここのところは事実と真実という区別（あるいは、言い方）を採用すればよく分かるし、そんなに馬鹿げたことでもないことが理解できよう。山本氏の同書からの文を利用する。氏は戦争中の日本人が天皇を現人神視していたことに関して述べている。「天皇がただの人にすぎないことは、当時の日本人は全員がそれを知っていた。知っていたが、それを口にしないことに正義と信実があり、それを口にすれば、正義と信実がないことになる、ということも知っていた」と。天皇が現人神ではないことは事実である、が現人神あつかいすることは当時の日本人にとって真実（信実）だったのである。事実と真実は違う場合があるのだし違っておかしくはないのだ。そして日本人にとって事実と真実とどちらが大事かと言えばおそらくはいつでも真実の方が圧倒的に大事だというのが実相であろう。

ではここでいう真実とはなんであるか。私が思うに、日本人にあっては「一緒に参加していること」だと思う。かつて新聞社に在職しているときこんなことを経験した。在職十年目ごとに社内研修があってそれに参加して研修が終わったとき、時間が早かったので社へ電話して所属部長に研修の終了を報告して、このあとどうしたらよいのか問うたとき（当時、かなりの事件が発生していて、普通のサラリーマンならそんなことを相談するのがおかしいのだろうが）、私という人間がよく分かっていた部長は小声で社へ上がって来た方がよいと言ったうえ「ここにいることが君にとって大事なのだ」と付け加えた。さすがに私にも彼が意味したことが了解された。事件は私には直接の関係はない。担当分野ではなかったのだ。しかし社会部担当の事件であった。直接関係なくて、社へ上がってもなにもすることがなくても社会部の一員としてこの場に顔を見せていることが大事なのだと、彼は教えてくれたわけである。放って置けばあいつのことだから「自分には関係がない」と帰ってしまうに違いないと考えての助言である。「なにもすることがなくてもそこにいることが大事なのだ」という日本人社会独特の仕事の仕方を私はこの時ほど心に刻んだことはない。なるほど日本の社会ではそんな大事なことはないだろうと推測できた。

そこに一緒にいること。共に参加していること。実際になにかするとかしているとか、戦力になっているとかではなく、とにかく一緒にいること。その一員であること。大和出撃も竹槍訓練もそうである。

大和の出撃は海軍もまた戦争の末期、苦境の時に陸軍だけでなく自分たちも懸命に戦っているのだと示すことが大事だったのだし、竹槍訓練も女たちも及ばずながら必死で戦いに加わっているのだと示すことが必要だったのである。ただそれだけで、実際に戦いに効果があるとか非常な戦果があがるとかは二の次なのだ。成果が上がればそれに越したことはないが、上がらなくてもさして問題ではない。大事なのは当事者というかみんなと一緒に汗を流しているということ、一緒に事に当たっているということなのだ。

それは口に出してはほとんど意味内容（それがはらむ充実した意味内容）を失ってしまう事柄である。だから口に出して言いにくい。したがって言わない。それなら「空気」とでも言っておくほかない。これが「空気」の内実だ。水俣病問題でマスコミその他が被害者側に立って企業を猛攻撃したのも被害者＝国民の側に立ち一緒に戦っているという姿を示すためだからである（必ずしもそうではなく、内実は自分は正しい方に立っている、自分は正義の側なんだと自覚したい潜在意識からだった者もいるだろう。立派な正義人なんだと。そう思いたい願い、欲求ほど人間に強いものはない）。

しかしここのところ、空気とは同じ側に属そうとすること、共同体への参加というのは多くの理由の一つにすぎまい。その場そのときの空気というしかない事態を招来するものは共同ということだけではない。私の体験を振り返れば、どれどれとあげることはできないがもっと様々な原因が、流れがあったように思う。それをよくよく検討してみなければなるまい。

それともう一つ。事実と真実ということももっともっと突っ込んで検討するべきだ。真実とはなんであるか。人が本当のことと思い、信じること。事実の意味。山本七平氏は『私の中の日本軍』でこう言っている。「専門家ははっきりと専門家としての判断を公表する義務があると私は思う。と同時に専門家でない者は、専門家の意見を冷静に聞く義務があると思う」。それが双方にできれば空気の支配などということは起こらないのである。

同じく『私の中の日本軍』で氏は情緒的自己満足ということも指摘している。情緒的自己満足とは例えば先に記した「自分は正義の側なのだ」と思いたいとか「正義人なんだ」と思いたいという動機によって動く時、人々の心情を形成しているものである。すなわち、そのとき対処している対象のためではなく、自己満足したいがために言動することである。しかもその自己満足も内容のある満足ではなく、情緒的つまり確たる中身はないが何となく気分的に満足感を覚える、なのだ。

山本氏は日本人が（ことに世論が）感情で動かされやすいと強調するが、日本人だけではないだろう。氏が日本人の対極にあるものとして考えているらしい西洋人や中東人（ユダヤ、キリスト教徒）の世界だって感情が動かしていることは幾らでもある。彼らの無茶苦茶な歴史はそのほとんどが結局は感情に動かされてだろう。人は要するに感情の満足を求めて動いているのだ。ナチスドイツだって感情以外の何ものでもない。第一次大戦の処理からして感情が基の処罰だし、ナチスにはその処理に対する不服から来る報復感情と誇りが根底にある。ソ連誕生だって下層階級の怒りと本流に乗れなかった知識人の妬みが根底にあってのことだ。西洋中世の宗教社会もそう。そもそも宗教の根っこにあるのが、救済願いの感情である。理性とか合理というものは所詮言い訳に使われているにすぎない気味が多大にある。だから歯止めがなくなる。日本的行き方の方がおとなしいし、優しさがあると思う。自分の思いを遂げるのに正義面をして堂々と胸張ってやるのと、もっと正直に下手にやるのとの違いにすぎないように思うがどうだろう。実は感情に動かされているのでありながら堂々たる正義の論理、理詰めの筋道立った理性に沿って動くのだと偽装する（ただし、当人も心底からそう思っていて偽装だなとと夢にも思っていない）のと、そんな狡さをもち合わせない素朴な人種と。

ここのところはもう少し突っ込んで究明しておきたい。日本人社会の根幹に触れそうな気がするからだ。『瓦松庵残稿』にも書いたことだが、日本人にとっては、驚くべきことだが、事実などいってみればどうでもよいのではないか。日本人にとって本当に大事なのは、本当はどうなのかという事実などではない。ではなにが真に大事なのか。感情である。私は先に西洋人も感情に動かされると述べた。が、彼らは建前として（ではなく、真実）自分たちは理性的で、合理的思考によって物事を決定し動いていると思っているし、そうであるべく必死に努力している。日本人はそうではない。それだけ理性や合理的思考によって自分は動いていると思う切羽詰まった事情に追い込まれていないのだろう。だから、心理的に平気で感情に動かされ感情に従っている。それが駄目なことだとは心底では私たちは思っていないのだ。むしろそれこそ人間の真実だ、人間らしいことだと思っている。なぜなら多分それが人間の（あえて言えば、生きものの）自然である（と心底では思っている）から。「父は子のために隠し、子は父のために隠す。直きことその中にあり」である。

日本人にとっては、ものごとの判断は事実に基づかず、感情に基づく。まず感情（気持ち）ありきで、感情によって左するか右するか判断が行われ、あとはそれをもっともらしく理由付けして自分自身を納得させる、それが日本人の論理の中身なのだ。

言い換えれば日本人は事実の世界で生きているのではない。願望の世界で生きているのだ。願望の根源にあるのはおそらく情緒である。事実などどうでもよいのである。

「かわいそうやないか」
「あいつはようやっとる。えらいやっちゃ」
「ああいうとんのやし…」
「一生懸命やっとんやないか。少なくとも努力は認めてやらんと」

などと私たちはしょっちゅう言っている。ここには事実など吹っ飛んでいる。日本人にとって、一切の願望を無視して暴威を振るうものは自然の力みたいなものなのだろう。台風や地震みたいな。台風も地震も一過性であって、黙って頭を下げ、諦めてやり過ごすほかないものだった。それで何とかやっていけるのだった。人事、物事すべてに日本人にとっては基本的にそうなのだろう。だから「空気」なのである。感情を共有しないものに、感情に基づくうながしを説いても説得力をもたない。空気を共有しないものには通じない。そういうことだと思う。

ところで山本氏は空気に抵抗するものとして「水」をあげている。俗に言う「水を差す」だけが、有効だと。水を差す、の内実は要するに「事実を明らかにすること」「事実を告げること」。それによってしばしば一瞬にして空気は萎んでしまう、ないしは弾けてしまうと。確かにそのとおりだろう、事実が力をもつならば。事実が力をもって事実に基づく論理を展開できるならば。したがって事実に力をもたせる以外にない。問題はそれに尽きると思う。事実もまた感情と同様に共有されなければ力にはならない。ところが事実の共有、これが日本ではきわめてむずかしい。なにしろ感情という濃密な共有地帯を突破しなければならないのだ。感情にこそ真実は宿ると信じていて、事実など軽んじている人々に事実のもつ力を感得させ、事実を共有させるのは至難の業である。

私は空気に抵抗することは無理とまでは思わない。山本氏は、空気に抵抗することはできない、何しろ相手は空気だから（確たる実態がないのだから）抵抗しようがないと言って、絶望的な気配である。私も経験上大いにそう思う。だが全くの絶望とは思われない。問題は勇気にあると思う。空気に逆らう発言を行うのは実にしんどいことである。そのしんどさに耐えて場の空気に逆らった発言をし続けること。それだけが場の空気を萎えさせ、変えてしまうことができる。

再度言う。たやすいことではない。喧嘩することや争うことが苦手で嫌な人種にあっては異議を唱え続け、水を差し続けるのは極めて難しい。非常なエネルギーを必要とする。疲れ果てる。そういう人間は嫌われ爪弾きされる恐れがある。付き合いにくい人物として排除され、あげく酷ければ実質的な村八分にあう。こうなれば生きにくさは大変なことになる。そこまでの犠牲を払って大勢に立ち向かう気にはなれないのだ。ではお前はレミングネズミと同じように全員滅びると分かっていても傍観し、一緒に滅びるのか。問われたら、「仕方がない」と答えるしかない。まさかそうはなるまいと空頼みしつつ。あるいはやるだけやったのだ、後は仕方がないと思いつつ。

しかしそれでも言い続けることが大事である。説得術が重要になる。事実の説明の仕方、それを説く説き方、口調、すべてに高度な技がいる。が、それより何より勇気だ。エネルギーの大量消耗と孤立化の危険を覚悟しながら必死で戦い続けるには勇気に裏打ちされた熱意がなにより必要となる。頑張るうちには同調者も出てくるだろう。それまでもち堪え続けられるかどうかが勝負所。というのも私の経験では体制側についている者、こちらに反対の物言いをしている者でも一対一の話し合いにもち込めばこちら側に同調する本音を漏らす者が結構いたからである。なにしろ、事実を頼りに説得するのである。事実ほど強いものはない。もちろん、一対一の場になれば本音を漏らすだろうと見た者を選んでの個別対話であったことは確かだが。そうではあるが表面上はともかく隠れ同調者は間違いなく何人か常にいるのだ。これらを当てに、エネルギーを猛烈に消耗しながら主張を、あの手この手で説きに説く。それ以外に方法はないのではないか。勇気だけが問題になるというのはそういう意味である。

山本氏は空気に対抗するものとして自由をあげているように私には読める。私は自由の代わりに勇気をあげたい。

四八　なぜ超越的なものがなければならないのか

チェスタトン『正統とは何か』（春秋社）の序文解説に西部邁（すすむ）氏が述べている。

「チェスタトンが死活の勢いで批判したのは…価値および認識には絶対的基準はあり得ないと言い張るばかりか、そうした基準を探索する営みに対して冷笑や軽蔑を投げかけるような思想、つまり相対主義の思想に対してである。…／自分の言っていることとやっていることのすべてを当初から相対的な言い分をしかもたぬと見なしているものは、自分の振る舞いに本格的な関心や情熱をもつはずがない」「自己（人間）を無条件に権威の源泉とした近代のヒューマニズムは、超越（神仏）への思いを非理性的として嘲ってきたため、とうとう自己を無価値なものとして足蹴にする破目になったということだ。／『人間は自分自身を疑って然るべきものだった。しかし真実を疑うべきではないはずだった。』価値における正義であれ認識における真理であれ、とにかく真実なるものの存在を信じようとするのでなければ、またそれらを信じられないでいる自分を疑うのでなければ、人間の言動は根本的に無意味なものになる。」

ここは近代思想・哲学にとって一番大事なポイントだ

と思う。ここが全てだ。ことに後半。そのとおり近代以降の人間にとって「人間の言動は根本的に無意味なものに」なってしまった。すなわちニヒリズムである。人生は無意味だ、われわれはただ無意味に生きているのだと。現在のところこれを超える思想は存在していない。これに対してチェスタトンは言うのである。「超越への思いを非理性的として排除したため、人は自己をも無価値なものと思いなすようになったのだ」と。ここの関係を深く理解しなければなるまい。そうしなければ自己の価値を回復することはできないだろう［註］。

なぜ超越的なものを排除すれば、人は自己の価値も失ってしまうのか。二つの間にはどういう関連があるのか。いったい超越的なものとは、我々にとって、人間にとって、なんであるのか。

超越的なものとはなにか。根本にあるのは「自己を超えるもの」だと私は考える。自分の力を超えるもの。コントロールできないもの。典型的には大昔の人々が自然の猛威に直面して感じた理解不可能な畏怖的なもの。大きなもの、奇っ怪なものがいっぱいあった。巨木、岩、象や熊、強風、何か分からぬが巨大な轟音、砂漠の民なら広大な空、空間…。人は嫌でも自分の小ささ、無力さ、弱さを感じずにはいられなかっただろう。彼は力というもの、それも巨大な力というものに圧倒されて生きる場合が多かったはずだ。当然彼はその力を味方につけたいと念じることがあったはずである。自分の無力さを感じればこそ己を超えるもの、超越的なものを強く意識したであろう。

それだけではなく自己を超えたものといえばまだまだ無数にある。幾らでもある。それらを含めた自己を超えたものとは人間にとっていったいどういう意味があると言えるのか。こちらよりも力があるもの、いろんな意味で上なもの、あえて言えば価値的に上なもの、を意味しないか。そう、超越的なものとは人間を超えるもの、人間より上にあるもの、ことにも価値的に、とはなにより力として上にあるもの。我々はそのものをコントロールできないが、向こうは我々を好きなように振り回し、私たちの意志に反して私たちを動かし得るもの、それが一般に超越的なものの謂であろう。

そういうものがあるとき、人はそれに照らして己を測るものである。これは必ずそうなる。超越的なものがないということは、したがって自分を測りようがない、判断できないということになるだろう。人は不思議なことに自分より下のもの、価値的に下のものとの距離を己の判断の基準にはしないし、できない。たとえその距離測定自体はできるとしても出てきた距離は意味がない。少なくとも人を前へ進ませない。ではそういうとき人は何によって自分を測るか。自分を超えるものをなにひとつもたずに自分を測ることができるだろうか。測るとは自分より上位にあるものを基準に、それとの距離、それとの相違の大小を見ること以外のものではないであろう。そうして出てきた距離や関係によって人間が知るのは結局己の値打ちと言ってよいだろう。そう人間は自分を超えるもの、遙か上にあるものとの距離によって初めて自分の価値を知るのである。

もう一度言う。自分より小さいもの、劣ったものとの距離や大小も我々は見ることはできるだろう。だがそれは――その距離の大小は――人を奮い立たせはするまい。果たして意欲的に前へ進ませるか。そうは思えない。劣ったものとの距離の大小はどれほどであろうと単に当然のことにすぎない。

ここで『瓦松庵残稿』に紹介した神戸大震災時のジュンク堂の話を思い出したい。「人はパンのみにて生きるにあらず」の話である。神戸大震災に遭遇して関西で有名であった大型書店のジュンク堂もむろん被害を被った。けれども社員の頑張りで被災間もなく、店を開けた。社長は、周りは被災者ばかりでこんな時に本屋などを開けてどうなるのだろうと思いつつの開店だったが、開けてみると、多くの人々が来店し、しかも「開店してくれてありがとう」と大喜びをしてくれて驚いたという話。確かに悲惨な災害の中にあって、なお人々は本に飢えることができたという事実は驚きである。あの話を思えば、神は、つまり超越的なもの、人を超えたものの存在は、人の心の張りになるのではなかろうか。もしいっさいそういうものがこの世にはなく、人の心にもないとする。そのとき人は生きる術をもつだろうか。何に導かれて生きるだろう。全空間が広大な砂漠で、なにひとつ目印になるものがないとする。そこへいきなり放り出されて「さあ、どこへでも行け。お前の自由だ」と言われたとする。なにひとつ目印になるもの、方向を示唆するものがない。人はどちらへ行くか途方に暮れるのではないか。どちらへ行くにしても、確信がもてず、ふらふらと戸惑いながらあてもなく、どこかしらへともかく足を進めることになる以外にないだろう。なんの確信も、当ても、心の張りも、希望も、なく。ニヒリズムと言うがその恐ろしい実態はこれである。

こんな事態で、なおも人は生きておれるだろうか。もしここに一点、なにかが、目印になる山や木や、いやなにかが見えたら、人は喜んでそちらへ向かうだろう。ましてそれが水とか食べものとか仲間だとかしたら！　つまりそういうものが理想であり、超越的なものなのである。「人はパンのみにて生きるにあらず。意識をもつ生きものである人は心の張りをもたねばならない。心のパンをもたねばならない」

では、心の張りとはなにか。なにが心の張りになるのか。

心の張りは端的に言えば意欲である。さらに言えば意欲をかき立てるもの。『瓦松庵残稿』だか『瓦松庵余稿』でも述べたが、生まれたばかりの赤ん坊は母親から見捨てられるか保護者の愛情が得られなければたとえ乳があっても絶望して衰弱死してしまうという。目の前に食糧があっても口にする気力もなくして死んでしまうのだ。ということは食べようという意欲が湧かなければ食べものがあっても人は死んでしまうということだ。問題は意欲なのである。その意欲を沸き立たせるもの、それが心の張りだ。人工知能研究家の物理学者松本元氏は〝人間とは意欲するコンピューターだ〟と定義する。コンピューターには違いないが「意欲するコンピューター」なのだ。その意欲の元、原動力、エネルギーこそが心の張りなのだ。

心の張りは多分、他人との比較という意味で「上へ」と「下と」の比較の二方向がある。「上へ」は自らを今より引っ張り上げようという意欲に裏打ちされた心の張りであり、「下との比較」は自分より下のものとの距離で納得する心の張りである。そして多分、下のものとの距離の大きさに基づく心の張りは自己満足にすぎず、たいしたものではない。人を意欲させるほどのものではあるまい。心の張りという以上、やはり上を目指す意欲であろう。いまより「よりよく」「もっとよく」である。この欲こそ本当の、心に張りをもたらす意欲である。

ということは人には自分を超えたものをもち、自分とそれとの距離を測り、自分も少しでもそこへ近づきたいという気が自然に起こらなければならないということである。自分を超えたものなど周りにいっぱいある。その究極が超越的なものである。だから超越的なもので代表させるわけだ。

とにかく、人にはこころの張り、目標、がなければならぬ。というより、人は意識しようとしまいとそれが必ずある。生きているということは自ずと目標をもち、それを目指しているということなのだ。そしてこれが人が生きる実態であり、生きているということの内実だと言ってよい。

なのにあえて自分にはそんなものはない、人生には意味などないと言い張るのは無理をしている以外のなにものでもない。超越的なものがこころの張りを生むのだ。

［註］こんなふうにこんにち現在の人々のありよう、もっといえば雰囲気を言えばとうてい賛成してもらえまい。はっきり言えばこんにち世界にはニヒリズムの気配はほとんどない。知の世界でもニヒリズムが世を覆ったのは前世紀世紀末以前である。世紀末以降はむしろ人々は明るい未来を心に抱いて生きている。なぜか。コンピューターと人工知能と遺伝子工学のせいである。これら科学技術の展開進展によって、人々は新しい未来がぐんと広がった感じのなかを生きている。いつの間にか「人生に意味はない」という悲観的な、無気力な心理状態から抜け出している。だが、人間の実存状態には何の変わりもない。前世紀が悲観した「人生には本来何の意味もない」という二十世紀人が感じ取った生存事実には変わりはないのだ。意味があるのかないのかと突き詰めて考えれば二十世紀人と同じ答えしか出てきはするまい。ここを間違えてはならない。

四九　理性とはなにであるか

哲学的概論を読んでいるとこういう趣旨のことに出会った。カントの見るところ理性は事物の存在の理由や原因を完璧に問おうとする本性をもつ。故に人間はいま経験として現れている自明性だけで満足せず、物事が現にこのようであるその原因をどこまでも問い続けようとする。その結果、人は宇宙に初めはあるのかとか果てはあるのかといった究極の問いまで発するようになる。カントの有名な二律背反の問いをはじめ、極小とか極大という矛盾についには陥らざるを得ない問いは全て理性のこの特性によるものだと。

もし理性がそういうものとすれば、つまり究極の矛盾を内に含むものとすれば、理性は実にやっかいなものということになる。そんなものに頼ることは危険きわまりない。だが人類社会はギリシャの昔から理性を信じ、理性を頼りにして生きてきた。近代に至るほどそうである。その後の歴史は必ずしも理性は全幅に頼ることはできない、用心してかかる必要もあると教えたがそれでも人々が一番頼りにするのはいまもって理性である。どんな場合でも最後には理性を人はもち出し、強調し、理性を指針として事態を切り抜けていくことを説く。

こうなると理性なるものの本体を知りたくなる。いったい理性とはなんであろうか。そんなに信頼でき、頼りにしうるものだろうか。そして、理性には本当にどこまでもものごとの原因を問い続けようとする必然的な、木の実が条件さえととのえば芽を出し幹を出し伸びて樹木になるように、止めようのない動きが内在しているのだろうか。それが理性の宿命なのだろうか。

理性の正体というか本体は私の考えるに「それがそうであることを説明することにある」としたいのだがどうであろう。意識が「それに気づくこと、気づいていること」であるとするのが多くの人々の考えに習っての私の意識観だが、そうして気づいた対象を「それがそうしたあり方をしてそこにあることを説明する」のが理性である、と見るのである。つまりその説明のためという役目を担って登場したのが理性ではないか。なぜそこにあるのか、どうしてそのような姿であるのか、そしてどうなるのかと問い、それに答えを与えるために。

問い、答えを与えるには、感情に訴えてはなるまい。冷静に事態を見、検討し、判断しなければならない。ここに理性の性格（反感情的という性格）が、必然的に生まれてくるのではないか。

説明は言うまでもなく納得するために求められるものである。よって止まるところまで問い続けられる必然をもつ。納得いかなければ問いは止められない。これが理性が究極の問いまでいたり着くほかない事情ではなかろうか。

それなら理性は自動的に究極にまで走るのを必然とする。歯止めがきかない。理性の正体をそうと知れば私たちは自ずと理性を警戒し、一定の歯止めを用意してかからねばならないということになるだろう。

五〇　創発について

創発とはなんだろう。どうして創発のような不思議なことが生じるのか。

浜田寿美男『「私」とは何か』に見るFちゃんの場合。Fちゃんの話は概略こういうことである。Fちゃんは三つになる障害児であるが、ものを見るということをしない。ものを見ないとはどういうことか。この箇所の少し前に、生後間もない赤ちゃんの顔写真が二枚並べて掲載されている。一枚は生後数日の写真、もう一枚は一ヶ月半後の写真。二つを較べ見ると違いが歴然としている。生後数日後の写真は両目とも見開いていて外界が見えていることは確かな可愛い写真である。が、一月半後の写真となると両目が同じある一つのものを見ていることがよく分かる。つまり一つのものに焦点が合っているのである。両目が一つの対象に焦点があっているからそれを見ているなと分かる。これと比較すると生後数日後の写真は目は開いているが、あるものをそれと見ているとは言えない。

オリバー・サックスが『火星の人類学者』で紹介した先天的盲人で手術の結果大人になってから見えるようになった人が初めて視力を得たときの事例が思い出される。見るということがどういうことかを知らない彼が視力を得て目を開けたとき周りはどう見えたか。すべてはぼんやりしていてまるで私たちが深い霧の中にいるようで、輪郭ははっきりせずものがそれとしては見えなかったという状態だったという大変印象的な事実が報告されていた。つまり彼はものを見ることが分からず、なにかに両目の焦点を合わせることができなかったのだろう。したがって両目はそれぞれ別の方向を向いていて同一物を網膜に映していても少しずつ違う形、ずれた姿で目に映っていたのだろう。だから全てはぼんやりしていて確かなものとは見えなかったのに違いない。

さて、こうして私たちはやっと見るとは両目の焦点を合わせることと知る。一つに統合するのである。Fちゃんは三歳のその日、目の前にいつもの赤い布製の輪っかではなく、たまたまあった運動会の玉入れに使う赤い玉を目の前にぶら下げられ、（なぜかは分からないが）初めてそれに焦点を合わせて見たのだという。そして玉を動かすとそれを追って両目が動いた。明らかに赤い玉を見、目で追ったのだ。この時以来Fちゃんはものを見るということをするようになった。そう浜田氏は自らの体験を語っている。

ここで私はヘレン・ケラーの有名な水道水のことを思い出す。三重苦の障碍に妨げられて無知暗黒の世界に閉じ込められて生きていたヘレンはサリバン先生の努力で五歳ぐらいになったある日、庭のポンプからほとばしり出る水道水を手に受けていて、サリバンさんの「ウォーター」という声を聞き不意にいま手に受けている冷たいものが「ウォーター」だと気づく。彼女がものには名前があると気がつく歴史的な瞬間である。それまでにも水道水を手に受けて「ウォーター」と聞かされたことは何回もあったが、二つがくっつくことはなく「ウォーター」が水を指しているとは知らなかった。が、なぜかその日、聴覚と触覚の二つの刺激はくっつき「ウォーター」は水を指しているのだと気がついた。以来、ものには全て名があり、言語は全て何かを指しているのだと知るのである。

以上、二つの話は共通するものをもつ。共にある一瞬にそれまで出来なかったことが出来るようになった話である。それまで結ばれなかったものが突如結ばれ、結ばれることによってなにかが立ち上がった。Fちゃんには見るということが立ち上がり、ヘレン・ケラーでは事物には名前があるということが立ち上がった。Fちゃんの場合は両目の焦点が一致して合わさり、これによってそこに赤い玉があると初めて気づくことができ、そこにある赤い玉に興味をそそられた。ヘレン・ケラーはこれまで聞こえていた音はものの名前であり、音（いわれているること）はそれがそこにあることを意味しており、世の中にあるものはすべて名前をもっているのだという人間世界の約束事を知った。

二人に生じたことはいずれもそれまで互いに関係なくばらばらにあったことが一つに合わさり、結ばれたということである。ウェーゲナーのプレートテクトニクス理論（大陸移動説）もそうである。アフリカと南米大陸と向かい合う両大陸の地形、高山の頂上から見つかる貝殻、そういったまったく関係のなさそうに思えるものが彼の理論によって突如一つに合わさり、互いに関係のある一つの理由に基づくものとわかる。一つに合わさることによってそれまでとは違う姿を顕現させ、まったく新しいことを立ち上がらせるのである。

分かりやすくするために更に例を挙げる。またしてもち出すことになるが「ルビンの壺」という絵。黒地の画面中央に一つの空白部分があるだけ。なんの変哲もない図柄だが、見ていると不思議なことに不意に空白部分は後退し、代わってそれまで黒い地としか見えなかった部分（人の横顔）が浮かび上がってくる。この画面の交代はまことに不思議である。画面自体はまったく不変で動かない、したがって同じ画面なのに、見えがすっかり代わってしまい、違った絵になるのだ。見る方の視点の違いによるとしか考えられない。もう一つ。「斑模様の犬」

という絵というか写真。アットランダムで出鱈目な模様が写っているだけ。ところがこれを見ているとある瞬間に不意にまだら模様の中に一匹の犬が地面に鼻をくっつけて匂いを嗅いでいる姿が現われる。写真は、というか画面はまったく動かない。前後同じ一つの写真である。それでいて単なる出鱈目な黒白のまだら模様を写しただけのものが突然一匹の犬が地面を嗅ぎながらさまよっているという意味のある写真に変わる。これもルビンの壺と同じくある一つの視点の設定によって、ただそれだけによって生じたことと考えるほかない。

以上四っつの事例に共通するものがある。一つに結ばれることである。それまでなんの関係もなくてんでんばらばら別々のことにすぎなかった事柄、それぞれ無関係であったものがなにかによって一つにつながる、一点に集約される。それによって新しいこと、一つの新しい関係を現出させる。そういうことだと言うことができるだろう。

創発ということの正体、内実はそれではないだろうか。それまで意味のない雑多な物事しかなかったところに一つの視点、観点が設定できて、この視点観点のもとに雑多な物事が一つのまとまりをつくり、ある一つのそれまではなかったものとなる。この新しく立ち上がったものが創発なのだと。これはレヴィ＝ストロースが未開民族社会に構造を見つけ出す構造人類学を打ち立てた学問方法と同じである。彼はいわば何もないところに構造という抽象的な考え方の形を見つけ出し、未開民族がしっかりした心や社会の仕組みをつくり出して集団を構成、維持しているということを明らかにしたのだが、この構造を見つけ出す見つけ方が先ほどの創発——新しい形の立ち上げ、と同じことだと言える。何もないところに構造を見つけることによって未開民族が過ごしている暮らしの仕方が新しく編み直され、新しい意味をもつものとなる。同じようにして私たちの社会も世界も新しい視点がもち込まれることによって新しく編み直され、これまでとはまったく違う意味を、相貌を見せ始める。絵と絵を構成する要素自体はなにひとつ変わらない。にもかかわらず見方が変わる、視点や力点の変更によってこの世の中（宇宙、世界）は従来とはまったく違うものとなり（編み直され、立ち上がり）、新しい人類史が始まる。ダーウィンが出てくるまで生きものの世界は捕食・被捕食関係でしか捉えられていなかった。ダーウィンによって初めて人と他の生きものの間に現在私たちが知っているような諸関係があることがわかったのである。世界は別様に見え始めたのだ。同じことがこれからも起こらないとは言えまい。

この世の全ては他の全てに関係し、全ては互いに相互に影響し合っているのが実情であるらしいと諸科学が教える。相互作用と相互影響がこの世界の実態なのだ。ここが大事なところで、個々の要素の重ね合わせではなく、相互作用があるのだ。ここが決定的に大事なところである。

均質なものが分化し、分化すればお互いが影響し合う相互作用が生じる。これはミクロに見れば必ず生じると言ってよいだろう。しかもここがポイントになるが、相互作用はどんな作用がどのようにして生じるかは、生じてみるまでは分からない。相互作用はさらなる相互作用を相互に生みあう。その結果はどうなるか予測しようがない。これが創発が生まれる秘密だと私は考える。カオスや複雑系の根源もここにあるのではないか。

五一　特攻隊員の遺書

小川榮太郎『「永遠のゼロ」と日本人』に、先の戦争について関心を抱いたことのある者ならおよそ誰でも抱いたであろうこんな問いが述べられている。特攻隊その他の多くの若い戦死者たち。学徒兵も含む。彼らが死に臨んで残した遺書。そこには運命や死を呪い、戦争を嫌悪し、自分たちに死を運命づけ命じた国家に対して恨みを述べるような言葉は全くなく、ほとんど喜んで死を受け入れ、肉親や恋人、古里、日本国の幸と弥栄を念じ、彼らのために死ぬことを幸福とも栄誉とも感じている文言ばかりが述べられている。そのどこまでが本当なのだろうか。当時の時代が強いた世迷い語ではないのだろうか。たとえて言えばほぼそんな疑問である。

戦後の、平和こそ何より尊く、戦争嫌悪、暴力反対一色に染められた世相と平和な時代相の中では、彼らの戦争への嫌悪や国家への批判のない、死を賛美すらするように見える遺書はどうにもすんなりと素直には受け取れないのである。信じ難いのだ。戦後の一般的な現代人にとってはそれらは物理的であれ心理的であれ要するに何らかの強制があって意に反して書いた（書かされた）遺書なのであろうとつい思わずにいられない。だから、例えば岩波書店から刊行された『きけわだつみのこえ』では編集者による勝手な遺書の改竄つまり削除（国の弥栄を願い、戦いを賛美するとも受け取れる文言を削除するなど）がいろいろと行われるというようなことも生じたのである。他人の遺書を作り替えるという最も非道非情な悪辣なことがまかり通ったのだ。もっとも『きけわだつみのこえ』で行われたことは、戦後の人間から見て遺書内容をそのまま素直に受け取れなかったからというより、反戦思想の推進というイデオロギー的プロパガンダの要素が大きかったようだが。それにしてもそんなことがまかり通ったというのも、戦没学生たち、特攻隊員たちの覚悟と思いが戦後の人間には納得しにくいものだったからだということは揺らがない。

だから同書で小川榮太郎氏は言うのだ。〝遺書は本音ではないという人たちがいる。軍には検閲があり、それを恐れて本音を隠したというのであると〟そしてそのうえで氏は多くの人々がそう見るのに対して反対し批判してるのである。その趣旨はこうだ〝確かに検閲はあったかも知れない。しかし、考えてもみてほしい。彼らは明日、あるいは数日後に死ぬ身である。やがてすぐに死ぬ身にとって検閲などどれほどの恐れになるだろう。それより彼らは一番大事な人々、肉親や恋人、友人、国に対して一番言い残したいこと、大事なことをここを限りと書いたのに決まっている。だから本音ではないなどというのは見当外れである〟　おおざっぱに言えば、小川氏はそう言っているのだ。

これは卓見で、特攻隊員の遺書は本音か本音を隠した偽りかという論争に決定的な解決を与える指摘だと思う。検閲を恐れて、本当は死にたくはないという本音を隠しているのだ、などというのは戦後の平和惚けした人間のゲスの勘ぐりにすぎないであろう。とはいうもののこれまで私には全面的にそういって批判するには躊躇されるところが一点ないでなかった。気になるところがあったのである。検閲。確かに死にゆく者にとっては死後に行われるであろう検閲などなんでもない。そこに疑いはない。だが、である。生者にとってはどうだろうか。生者、つまり遺書の宛先の人間にとってはどうだろうか。まったく無傷ですむだろうか。例えば父母が遺書の内容によって指弾されたりするようなことがないだろうか。指弾されないまでも白眼視されるとか。そういうことを遺書を書く時まったく気にしないということがあっただろうか。特攻隊員や学徒兵が残した遺書を読めば彼らは多くがそういう気配りをできる心の細やかな、感受性豊かな若者たちだったことがわかる。だから余計ありそうなことに思えるのである。そうなら本音を隠して偽りの、安心させる言葉を残したということは十分あり得るのではないだろうか。それに、自分が苦しみ、嫌々ながら恨みを飲んで死んでいったと親が思えば、親は悲しいだろう。そうではなく喜んで敢然と死んでいったと思う方が嬉しいだろうと気を遣って書いた遺書ではなかろうか。そういう疑いが残るのだ。

だが、いま私は彼らは死に臨んで大事な人たちに一番言いたかったこと、伝え残して知っておいてほしいと思ったことを綴ったのは間違いないと確信している。なぜか。その理由を以下、述べてみたいのだ。

アンドレ・ジッドがサン・テグジュペリの小説「夜間飛行」に寄せた序文のことは『瓦松庵余稿』で述べた。ジッドはそこで「人が幸福を感じるのは義務を果たしたときであって、自由なときではない」という趣旨のことを述べたのだ。すなわち、自由に自分のしたいことをしたときではない、そうではなくしなければならない義務をし遂げたときに人間は幸福を覚えるのだ、と言うのである。私もまったくそのとおりだと思う、ということを『瓦松庵余稿』では書いた。そうなのである。不思議なことだが、人は自分のしたいことを、自分が欲するままにできたときではなく、自分の欲することを抑えなければならないことになっても義務をし遂げたときの方が確実に幸福感を覚えるのである。私は特攻隊員に生じたことはそれだったのだと思う。彼らとて初めは特攻出撃はいやだったろう、できれば逃げたいと思ったことだろう。だが、その葛藤の内で、やがては特攻を義務と受け止めたのだと思う。すなわち、大事な肉親や恋人、友人、故郷、思い出、日本国、を守るというこの上ない大きな義務のために身を捨てようと定めたのだ。そしてそれが大きな喜びとならなかったはずがない。過酷で大きな義務、重要な義務であればあるだけそれを引き受けやり遂げることは大きな喜び、つまり充足感を呼び起こしたはずだ。だから、彼らのあの遺書の文言なのである。私はそう思う。彼らの残した言葉は嘘ではないのだ、無理した誇張でもないのだ。心の思いの真実をそのまま記したものなのだ。

「小生、ただ本望に候。大東亜戦争熾烈其の度を加ふる時、特攻隊隊長として南海の華と散る、「水漬く屍」之武人の本懐に御座候はずや。／小生特攻隊隊長を命ぜられ候より、更に身に余る君恩唯々感泣の外之無く…」

海軍中尉中島健児（海軍兵学校七二期）

「出撃に当たり一筆申し上げます。戦局益々重大竿頭の秋、特攻隊の一員として選ばれました事、男子の本懐、これに勝るもの無く、只々勇往邁進あるのみであります」

海軍少尉候補生菅田三喜雄（東洋大出身）

「一筆申し上げ候。／明日出撃します。いよいよ敏夫もお役に立つ時が来てこんなに嬉しい事はありません」

海軍少尉候補生栗村敏夫（早稲田大学専門部出身）

「お父様／フミちゃん／太一は本日、回天特別攻撃隊の一員として出撃します。日本男児として生まれ、これに過ぐる栄光はありません。勿論生死の程は論ずるところではありません。私達はただこんにちの日本が、この私達の突撃をひつようとしていると言うことを知っているのみであります」

海軍少尉今西太一（慶応大学経済学部出身）

「お母さんよろこんで下さい。お別れして帰隊してみると、邦雄は立派な死に場所をあたえられていました。明日は元気でつっこみます。目標は敵の空母か戦艦です。五月四日午前九時、桜花と競う時刻です」

海軍少尉大谷邦雄（京城帝国大学出身）

これらはいずれも真継不二夫編『海軍特別攻撃隊の遺書』にみえる文である。どれもこれも太平の世の今から見れば「本当かいな」とか「うそー」という感じがする文であろう。好意的に見て、親たちを安心させるために、息子はいやな悲しい思いをして死んでいったのではない、喜んで、心安らかに死んでいったのだと思わせるために、わざと勇ましく、楽しげに誇らしげに書いたのだと勘ぐれるぐらいだ。多少はそんな心配りが入っていないとは言えまい。編者の真継さんも述べているとおり、彼らは「いずれ劣らず凛々しく、優しく謙虚で、愛情豊かなうつくしい心をもった人たちであった」のだから（参考に言えば真継氏はカメラマンとして彼らの多くと接してその写真を撮った人である）。彼らが最後に書いたことばがそういうものであったとしても、そういう配慮の下に書かれたものだとしても不思議ではない。だが、だからといって嘘を、偽りを書いたとは私には思えないのである。なぜか。

いったい人が死を前にしてどうしても言い残したいと思って書く遺書は、どうしてもこれだけは言っておきたい、伝えておきたい、頼んでおきたい、こんな思い・こんな人間として死んでいったと知っておいてほしい、と念じることを書き残しておくのに決まっている。それはいわば、肉体は死ぬが魂は残るという思いに裏打ちされた魂そのもののようなものに違いない。遺書とはそういうものである。ならば彼らが残した遺書に見られるあの愛国一本槍の戦後には信じがたい文言の数々もそのまま受け取るほかあるまい。ジッドの言葉を思い出せばあれらのことばも彼らの真実の、一番言いたかったことばと受け取れるだろう。後世が後世の常識と感覚で勝手に解釈し、注釈などしてはならないのだ。

五二　人は「よりよい」をほとんど構造的に求める生きものである

竹田青嗣氏の『プラトン入門』にこんなことが書いてある。概略のみを点描すればこうなる。プラトンは、人は「真・善・美」を求めて生きる生きものである、それも「より正しい」「よりよい」「より美しい」を。そしてこれが人生の目標だと述べていると。私の読み違い、誤読、誤解があるかも知れない。しかし、当たらずといえども遠からずで、概ねそんな趣旨のことをプラトンは考えていたようである。ひとまずそういうことにしておこう。そうだとして私には長い間この種の説に納得がいかなかったのである。誰も文句を言わないもっともな説のようにみえる。ありそうなことに受け取れる。しかし踏み込んで考えれば、なぜそうなのか、そうと言えるのか疑問になる。「より正しい」「よりよい」「より美しい」を人は生まれながらのように、必然的に欲する、というのはそうであって上々のこと、そうであってよいことではある。しかし余りに優等生的な考え、立派すぎる人間観ではないか。ひねくれ者の私はそういちゃもんを付けたくなるのだ。いったい、そんな立派なことを本来的に人は欲するなどとどういう根拠から出てくるのだと。

　しかし分かったのである。不意にひらめいて。こういうことに違いない。まず、いきものの大元（おおもと）から始める。いったい生きものは何によって（つまり、なぜ）動くのか。生きものが動く根拠は二つしか考えられない。一つは周囲の刺激によって。周囲に生じる変化によって環境に微妙にであるにしろ変化が生じ、これが新しい刺激を彼に与える。これを彼は快ないし不快として受け取る。快には近づき不快からは遠ざかる。もう一つの動機は内発的欲求による。すなわち、彼の内部事情の変化たとえばエネルギーの充填の必要性によって。あるいは過剰物の排出の必要性によって。この二つが本当の原始生物・単細胞生物の動きの理由の全てであろう。これは一口でいえば生理的欲求と言ってよい。アメーバの類は（多くの生きものを含めて）生理的欲求のみによって生き、動いている。

ところが人間は（人間ないし類人猿のみと言いたい）これに加えて心理的欲求と呼びたいものを動機としてもつ。生理的欲求プラス心理的欲求である。なにゆえか。人は心をもつからである。人と人以外の動物を分かつものを心のあるなしに認めるのは問題があるが、非常に大雑把に言えば可能だろう。で、大きくは人と他の動物を分かつものは心のあるなしだとしておこう。心というものをもつ。唯一もつ人間はそれゆえに心理的欲求というものをもつ。

心理的欲求とは何であろうか。生理に基づかない欲求。具体的に言えば他者からの是認、承認と集約できると私は思うがどうだろう。人間は一人では生きられない。まず両親がいなければ生まれない。生後一年間の完全無力状態を思えば誰か保護者に育てられなくては生きてはいけない。以下、人間ほど社会的な生きものはないのである。人間は本来的に他者と共に生きる生きものだ。そこから必然的に「他者承認の欲求」というヘーゲルが指摘した人間事実が出てくる。人間は本来的に他者から認められたい欲求をもつ。親からの是認、認め、肯定、が基本にあるのだろう。それあってこそ生きていける。この感覚を基本にして人は大げさに言えば他人の欲望を欲望する生きものとなる。認められ受け入れられ、さらには褒められたい。人が羨むものとなりたい。そこに自ずと「よりよい」が発生する。「よりよい」「より美しい」「より正しい」の真・善・美が発生する。三つは「よりよい」に纏められだろう。人間は生理的欲求の他に必ずステキ、カッコイイ（つまり「よりよい」）を求めて生きる、行動する、そういう構造になっている生きものなのだと結論づけることができる。

五三　日本語、その人称代名詞について

伊藤整「近代日本における『愛』の虚偽」。昭和三十三年、雑誌「思想」に発表したエッセイである。ここにこれを取り上げるのは日本語というものを究明するためであるが、伊藤整のエッセイそのものは西欧の「愛」の概念、考え、を主題としつつ更に広く日本人と西洋人の比較相違を先鋭に論じた力のこもった見事なエッセイである。

その点については他日、別途触れてみたいという希望をもつが、いまここでは文中に触れられている日欧の人称代名詞、ことに一人称代名詞に関する氏の考察を取り上げたい。

氏は概ね次のようなことを述べている。日本語の一人称代名詞はそれ自体すでにして上下関係を示していると。僕、俺、わし、私、うち、自分…どれでもよいが自らのことを何で語ろうとそう述べた途端に語り手が自分をどう位置づけて語っているか明らかになると。それはまったくそのとおりだろう。反して、私が理解している限りでは英語の「I」は全くの中立で、抽象的な言語のはずである。単に「YOU」の対語、対立したものを示す役目しかない。それ以上のなんの意味ももたない。男が言おうと女が言おうと子供が言おうと「I」はあくまで「I」でしかない。語り手の主題以上のことを指し示しはしない。

いったいこのことは何を意味するのだろうか。日本語は語った途端に語り手の主観から語りかけていることになる。主観というのが分かりにくければ、語り手の立場から。そんなことは当たり前だと言うだろうか。語り手が何かを語るならそれは語り手の立場からであることは当然ではないかと。そのとおりである。しかしそうである以上、客観的立場の表現はない、できない、ということになる。語り手を離れて純粋に客観的立場から、公平な第三者として語られる表現はあり得ないと。

ところが英語では（欧米語では）話者を離れた純粋に客観的と見られる表現が成立している。学術的論文、科学を扱った論文などその典型だろう。小説にも客観的文章はいっぱいある。

この違いは歴然としている。日本語では語りはあくまで語り手の立場からする語りである。西欧語では語り手を離れた客観文が成立する。このことは熊倉千之氏の早くから指摘するところで、私は「本当かいな」という思いが強くいまひとつ納得いかなかったことだが、以上のことを考案してみるとそのとおりというほかない。一見、日本語にも客観文は存在するみたいな現状だが、それは翻訳文のせいだという。本来の日本語には客観文はないし、あり得ないのだ。ここのところはよくよく考えて見なければならない。

日本人にとってこの世はあくまでこの自分を通してしか存在しないのだ。それはそのとおりで、おかしいことは何もない。「私」という主観を通してしかこの世は存在しないし、この世に触れる訳にはいかない。これが人間存在の実態だし、また日本語の世界でもある。しかし他方、私という存在を抜きにして世界が存在するということも事実だろう。私は後からこの世界へやってきたのだから。だとすると私とは関係なく、私とは別個に存在するこの世界を表現する言語も必要である。欧米語はそのために（本当にそのためになのか分からないが）ある言語であろう。ここから科学は生まれた。

おかしなことである。日本人はかつて自分以外のこの世つまり自然の存在を疑ったことはなかった。欧米人は大昔から客観世界の存在を疑ってきた。本当にあるのかないのかと。その存在を疑いもしなかった日本人が客観世界を表現する言葉をもたず、客観世界の存在を無条件には信じられなかった欧米人が客観世界を表現する言語を育てたのである。これは一体なぜであろうか。日本人にとっては安心したから、そんなものは当然の前提として（触れることなく）語って良く、西欧人は疑わしいと心の底で思っているからわざわざその存在を相互確認して思考し、語り合わなければならないということだったろうか。

以上確かめたように日本語は（日本人は）すべて語り手の主観から世界を眺め、話をする言語である。客観的表現の手段を言葉の上ではもっていない。つまり必要としていない。私たちはそういう世界に生きているのだ。これは何を意味しているのだろう。

私たちにとって世界は私という主観を通してしか立ち現れないのは確かである。その意味で日本人が全てを語り手という主観を通してしか語る手段をもたないというのは正解である。それが正直な態度というものだ。かといって日本人が自分の外に自然が（この世界が）あるとは思っていないことにはならない。そんなことは疑いもしていない。こうなるのではないか。自分とは無関係に、別個にある世界は（あるとしても）無意味だと。全ては自分との関係の中で考えられて意味があるのだと。これが日本人の世界なのであろう。

欧米人にとっては世界はなによりもまず絶対神が創造したものである。初めに神が作った世界があった。そこへ神が土をこねて人間を作って、人間が登場した——これが彼らにとっての人間観であり、世界理解である。ということは人間とは無関係な世界がまずあり、そこへ人間がやってきたことになる。それなら一人一人の人間とは無関係な別個の世界の存在をまず語り、次いでそこへやってくる人間（あくまで先に厳然として存在する世界の中へやってくる人間）を表現する言語がなければならないことになるだろう。こうして成立したのが西欧語ではないか。それが彼らにとってリアルな、正確で正直な表現ということになるだろう。そして科学はここに誕生したのだ。

日本語は語り手から見た世界をしか表現しない、ということから次のことが帰結する。彼の語ることはすべて彼の目から見たこの世界でしかない。そのことは語る側も聞く側も承知している。だから論証の必要がない。反して「I」が「YOU」に対するものをしか表さない西欧語はどうか。「I」で語られる言明（文）は私という主観から見た世界が語られるのではない。誰の目から見たのでもない、強いていえば神の目からみた世界、客観世界が語られることになる。そうだとすると、尚も複数いる語り手の表現するものが互いに違うことを表現する場合、いずれが正確な「本当の」ことを表しているのかを証明しなければならない。勢い自分が表現することが本当のことである、正確な事実世界であるとことばで証明しなければいけないことになる。ここに論証とか証明とかがいやでも発達せざるを得なかったに違いない理由がある。彼らの言語が理詰めであり、論理的であり、する言語であることと、そしてそういう論証術が深まったのはそのせいだ。言わば、正しいこと、本当であることを証明する強迫観念に取り付かれている言語なのである。日本語にはそんな必要はまったくない。ただ私の語りを詳しく、より精密に、微妙な色合いを出して語れば語るほどより言いたいことを受け止めて貰える、あるいは表現できる言語なのだ。

五四　自己を対象とする

脳科学者池谷裕二氏の『単純な脳　複雑な私』は、脳科学で分かってきた脳の働きを説きながら人間論的なところまで踏み込んで刺激的な本で、中で最も面白いと思った一つに「人は他者を通って自分に会う」というのがある。

人は他者を通して自分に出会う、と言うのである。これは私たちの常識に全く反することだろう。人は自分を知る、意識するのに何の苦労もない、直接自分を意識しているのに決まっている、なにもわざわざ他人を迂回して自分に出会うはずがない。通常はそう誰でも思っている。池谷氏は脳科学から導かれる結論として、他人という回り道をして自分に出会うのだと論じる。私はかつて自己観察から得られる結論として『瓦松庵残稿』の中で「人は他者の存在を意識すると同時に初めて自分を意識したのに違いない」と述べた。自己意識は自他の認識と同時であったはずだと。常識では自己意識が先行して周囲の環境は後から意識されたとされるはずだから、これでも随分意想外の創見だろうと少し得意だったのだが、甘かった。池谷氏に教えられて訂正しなければならない。

いまは脳の活動が詳細に観察できる。例えばあることAをしているときは必ず脳のある箇所Bが活動しているとわかる。こうした観察の結果、脳は（少々驚きだが）自分の行動を見て初めて自分が何をしているのかを知るのが実態だと分かってきたという。そんなことないだろう、自分がしたいことをするのである以上、する前にすでに自分が何をするかは知っており、したがってその行為をする前にすることは分かっている。当然その行為をしているときは何をしているかは分かっているはずと思う。それなのにしている行為を見るなり感じるなりして初めて自分が何をしているかを知るなどということがあるものか。普通はそう思う。脳の活動の様子を見る限りそうではないらしい。意識以前の無意識の行為として人はまず実行し、実行した内容や意味を意識するのは自分の行為、つまり自分のしていることを見て初めてできることなのだと言う。脳科学的にはそう結論するほかないのだというからどうしようもない。

さて、この事実から池谷氏はこう推論するのである。生き物は最も原始的な、基本の行為としてまず周囲の様子を見極めることから始めたはずである。生き延びるためにはどうしてもそうでしかあり得なかっただろう。敵か味方か、接近すべきか逃げなければならないか、その判断が必要で、そのためには外部というか周囲の観察が最も大事だったはず。外部や他者の様子の鋭い観察の習性というか力を育てた。こうして獲得した力をそのまま自分用にも使うことになったのだろう。自ずと自分の場合もこれを観察し、対象として感知して初めて知る、納得するという迂回路的な方法を取ることになったのだと。

ここから次のことが出てくる。つまり人間は右記のような自己確認、自己認識の方法をとることになった結果、自己を対象化することを覚え、自己言及的意識を育てるに至った。そして氏の言う①自己言及②意識の入れ子構造という、人間を他の動物から分かつ二大特性は出現したのであろうと。

自己を対象にするということの内容には二つのケースがある。池谷氏に学べば①フィードバックのケース②入れ子構造（もしくは繰り込み構造）、カタカナ語で言えばリカージョンのケース、である。ともに池谷氏が自己言及文として述べているものだが、私はこれは二つの別々のケースとして分けて考えた方がよいかと思われる。

まず①から。これはあるものＡから外へ出た情報がもとのＡへ帰ってくること一般を言う。いったん外へ出た情報は他の情報を取り込んで影響を受け、変形した情報として帰ってくるだろう。出た情報と帰ってきた情報は全く同一ということはない。当然ながら、変貌した情報は初めにあったときとは異なる反応をＡに生じさせる。

注目するべきことには意識は意識自体がフィードバックであるらしいことである。意識とは気づきである。意識以外の外部に気づいているだけでなく、自分が対象に気づいているということにも気づいている。それが意識だ。気づいていることに気づいているとは自分自身に（自分のありように）気づいていることにほかならない。これはまさに意識が外部の対象にとともに自分へも向かっていることを意味する。したがって自分自身を対象としていることになる。そして自分自身を意識しているという意識は当然ながら自分に帰り、自分を意識しているという情報はその意識がなかったときに比べて意識自身を多かれ少なかれ変えるだろう。これはフィードバック以外の何物でもないと池谷氏は言う。

氏はフィードバックのないものには自己制御はできないと言っている。自分を対象としないもの、対象とできないものには自分がない（存在しない）のだから存在しないものに向かって制御もくそもないわけである。フィードバックの機能は要するに自分自身を変える（点検する、も含む）変化させることにある、と言ってよいだろう。なぜフィードバックのようなことが生じるのか。情報が向かうところは対象でありさえすればどこでも可能だということのはずで、したがって自分自身が対象であるということもあり得ることになる。その結果によって出てくるのが、自分自身の点検や自分自身を変化させるというフィードバック機能ということになる。そういう機能を発揮させるためにフィードバックが生じるのではもともとはないだろうが、意識の機能として自分自身も対象となる以上、情報が自分自身に帰ってくるということが起こるのだ。

入れ子構造（リカージョン）とは「一郎は、春子が本を読んでいるのを自分が見ていると春子が知っているのを知っていたと、語る自分の声がうわずっていることに気がついていた」といった語りで語られる事態のことである。○○が○○なのを見ていたと○○が○○に告げるのを聞いていたと○○が誰々に耳打ちしているのを見た、というふうに語りに終止符を打たずに幾らでも主語と述語の間に別の文を入れ込んで認識した状況を把握することを言う。丁度合わせ鏡の間に入って自分を見ると鏡のなかの鏡に映っている自分が見え、その鏡の中の鏡の中にさらに小さくではあるが自分がいるのが見える、このサイクルはどこまでも続くようなものだ。これは意識が意識を意識することとの内実である。ややこしい言い方になるが、要するに意識の本質が意識を意識することだとすると、その意識を意識している意識を意識している意識がなくてはならないことになる。これは合わせ鏡同様にどこまでも無限に続く。意識が自分を対象とする以上そうなるほかないが、意識は自分をも対象とする本性をもっているから自分に向かうときはそうなるほかない。自分で自分の足を食う矛盾から逃れられない定めをもつ。

一方、この入れ子構造は別の言い方をすれば、自分で自分を覗き込む構造とも言える。自分で自分をじっと覗き込み、見るのである。自分とか自己はここに成立するのではないか（池谷裕二氏は、人が心というものに気づいたのはこの入れ子構造によってではないか、と述べている）。チンパンジーを初めゴリラもボノボも、つまりいかなる近縁種動物もそのようなことをするようには思えない。人間にのみ特異なことではないか。自分を省み、深く自分を掘り下げ、検討し、把握することは人間にのみ特有のことなのであろう。

それによって何か有利なことが可能になったのか。おおいにあるだろう。自分を覗き込み、それだけ自分というものがよく分かったなら、自分を取り巻く環境や自然そして状況の意味がよりよく理解できるだろう。よりよく理解できればよりよく対処できるだろう。人間が他の動物たちを差し置いてこれだけ進歩し繁栄したのは、その結果だと見られるところが大きいのではないか。自己言及のパラドックスに悩まされることになった一方、そういう成果も得たのである。

五五　何が決め手になるのか

私は旧著『瓦松庵余稿』の第六四節で物理学者黒川伊保子さんの報告を紹介した。概略こんなことだった。男と女の違いについて。彼女はこんな実例をあげていた。とある町で児童公園の新設話がもち上がり、男女合同の検討委員会が開かれた。すると男の委員たちは児童公園というイメージにあう公園設計の議論に熱を上げ、女たちは自分たち並びに子供たちという使い手の立場に立って細部の個々の用具（水道なら水道）の使い勝手、どうすれば気持ちよく楽しく使えるかの討議に熱中して、全くかみ合わなかったというのである。私はこの話が男と女の違いについて実に見事に表していると思って気に入って紹介したのだが、今回はここからスタートしたい。いかにもそのとおりである、男と女はそれほどにも発想が違う生きものであるが、そうだとして次に問題になるのは男たちは、そして女たちは物事を最終的に決定するとき、それぞれ何を決め手として決めるのだろうということだ。

まず女から。彼女たちはたとえば公園の中に設置する水道を問題としたとき、設置場所はすんなり決まったとする。次にはどんな形、色のどのような水道栓の水道にするかに問題を絞ったとしよう。さまざまなアイデアが出る。最終的にどれにするか決定しなければならないが、このとき決定の決め手になるのは何だろう。費用は各アイデアに大差はないものとする。私は「可愛い」だと考える。「こっちの方が可愛いよ」「でも、これだって可愛いと思うな」。つまり「かわいさ」が選考のポイントになるに違いない。少なくとも日本人の女たちが最後に物事を決める決め手にするのはどちらが「かわいい」か、ではないか。使い勝手がよいとか丈夫であるといった機能についてはそれが満足なものであることは当たり前で当然のこと。したがってそういうことは問題にならない。女たちが何かを選ぶとき最終的な決め手として選ぶのは「可愛いかどうか」ということだろう。

では男たちはどうか。私は美だと思う。機能が満足のいくものであること、値段的にも納得いくものであることとは当然の前提であって問題にはならない。その上で最後にいくつかあるアイデアのうちどれにするか決める決め手になるのは、男の場合「美＝うつくしさ」、現代風に言えばデザイン的に素敵であるかどうか、砕けて言えば格好良いかどうかだと思う。児童公園の場合なら児童公園としてそれなりの美しさをもっているかどうかで人々は最終的に決定するであろう。これが日本人の男たちの最後の選択基準になる。もう少し言うなら美ではあるが風格のある美ということになるだろう。単に美しければよいのではなく「風格のある美」でなければならない。風格のある美とは漠然とした言い方のようだが、私はこれを刀剣師松田次泰氏に教わって「強さのある美」としたい。ただ美しいのではない。美しさに強さが加わったもの、それを日本人は古来風格があるとして感じ取ってきたのである。児童公園であっても男たちは必ず風格のある美しさを感じられる公園を選んだはずである。

なにも児童公園だけではない。日本人はものごとを選ぶ場合、最終的には女は「かわいらしさ」、男は「風格ある美」を選ぶ基準にしているというのが私の判断である。これはものを選ぶ場合ばかりではないだろう。あらゆる選び、選択においてそうだと思う。生き方、暮らし方においても。日本人はそれを理想とし、それを最終的な目標としている民族ではないか。そう考えれば日本人について多くのことが納得いくのである。以下少々そのことを述べてみたい。

日本人以外にこんな人種はいるだろうか。ことにも「かわいい」が物事を決める基準になる民族はごく少ないはずである。「かわいい」の研究家で「かわいい」を数値的に研究している芝浦工業大学の大倉典子教授によれば、白人を初めとする世界ではそもそも「かわいい」が価値として認められているということはないらしい。味覚の世界で日本発の「うまみ」が味覚の一つとして認められたのはごく最近であって、それまでは甘さ、苦み、辛さ、渋さ、酸味だけが味覚とされていたように、「かわいさ」は価値判断の基準として考えられてはいなかった。これまで価値評価の基準とされてきたのはもっぱら、大きさ、豊かさ、鋭さ、強さ、美しさ、複雑さ、などである。「かわいい」が一つの価値として認められるようになったのは、ようやく日本発の漫画やコスプレなどが世界的なブームになった最近になってからである。もっとも「キュート」とか「クール」「エレガント」など多少は似た感性は世界にあるが、いずれも「かわいい」とは違い、大倉さんによるとアジアの諸民族にも「かわいい」はなかったようで、日本独特の価値観としか言いようがないらしい。

そういえば縄文土器人形のある器にあるあどけない、無垢なというほかない笑顔の表情は「かわいい」そのものだろう。縄文時代から日本列島に住まう人々は「かわいい」を感じ取り、それに好意をもち、人形の表情に写し取ってきたのである。日本人にとって「かわいい」には一万年以上の歴史があるのだ。「かわいい」には尖ったところや対立や抗争がない。力の感覚もない。常に優しくて親和的である。小さいもの、子供たちに付属するものである。人をして安心させる。そういうものに価値を認める感性は素晴らしいと言わねばなるまい。『枕草子』には有名な「愛しきもの」の一節がある。あの中の、座敷を這いゆく幼な児が小さいちりの落ちているのを見つけ小指(おゆび)でつまんで「これなに」と示す姿を「愛しい」とする一章はことに有名で私もこの部分だけで『枕草子』は残るだろうと言いたいぐらい大好きな箇所だが、この「愛しきもの」は明らかに「かわいい」である。ここの段に取り上げられているものとその取り上げ方を見ればそうだ。私が信頼している国文学者萩谷朴さんもその校注（新潮日本古典集成『枕草子』）で「愛しき」を「うつくしき」と読み、「かわいらしい」と語釈しておられる。「かわいい」を「うつくしい」と読んだ日本人の言語感覚に私は感心する。日本の女たちはその感性を、物事を決める最後の決め手としてきたのだ。何という平和な優しい生きものであろう。

だからなのに違いない。渡辺京二さんが『逝きし世の面影』で紹介しているように、江戸、明治のころまでの日本が世界一の子供を大事にする国とヨーロッパ人の目に映ったのは。子供たちはかわいいものであり、そのかわいさを日本人たちはこよなく愛でてきたのである。好きで好きでたまらなかったのだ。

男たちの価値判断の決め手となった「風格ある美」はどうだろうか。だいたい「美」が物事の価値を決めるということからして珍しいというべきだろう。少なくとも西洋の白人社会はそうである。彼らも美は大事にする。美しいものを高く評価する。しかし彼らは巨大なこと豪華なこと、強いこと、使い勝手のよいことにもっと価値を置いているように見える。少なくとも日本人のように美（それも風格のある美）を最後の決め手としているようには思えない。もちろん日本人にとっても、便利なことや丈夫なこと、使い勝手のよいことは大きな価値がある。だが、それはいわば当たり前で、そういうことは当然の前提でこそあれ、物事を選ぶ最終的な決め手にはならない。日本人にあってはものはなんであれ結局は美的でなければならないのである。それも多分、単に綺麗なのではなく、風格ある美しさでなければならない。風格ある美とはひどく抽象的な、漠然とした言い方だが、再度言えば強さが感じられる美ということになろうか。力強さとは限らない。精神的な強さでも構わない。それ故、「つよさ」は強さではなく、勁さとあらわしたい。そういうものが感じられる美しさ。日本の男たちが古来求めてきたのはそれなのだ。ものだけではない。人間についても生き方についてもそうである。

日本人の理想、だから規範となっているものは「風格ある美」、女の場合は加えて「かわいい」である。日本人はいつでも放っておけばいつのまにかこれらの理想に向かって暮らしを立て、整えるということをしてきたのだ。今後ともそうだろう。農作業を含めて仕事をするにもこれを目標に取り組んできた。この目標の達成のためには、他者を押しのけることも他者と競争することも必至のことではない。競争があるとしたら昨日の自分との競争である。しかもどこまで行ったらお終いになるということがない。こうして日本人は「風格ある美」ないし「かわいい」を目指して、どこまでも工夫し努力を重ねて生きることを人生と思い定めてきたのだ。ニヒリズムになど陥る暇がない。

世界を見回してもこれは希有なことだと思われる。こんな害のない、節度ある規範があるだろうか。いったいなぜ日本人にあってはこういうものが人々の憧れ、目標になったのだろう。分からないが、私にかろうじて推測できるのはやはりこの国の風土、自然である。獰猛な猛獣はおらず、動物にしろ植物にしろ小さい複雑微妙なものに満ちあふれた、ひたすら美しい自然に囲まれた縄文時代の一万年以上にわたる暮らしの内に自然とこういう習性、感性、心性が育ったのだろう。周りの民族を見ればそういうふうにしか理解できない。

五六　資本主義の終わり

『瓦松庵余稿』でも述べたように資本主義の本義は原材料と機械と人を集めて商品を大量に生産し、大量に売ることにある。ここにあるのは集中と量である。一言で言えば塊ということになる。資本主義の神髄はこれに尽きよう。この集中と量を実現するために莫大な元手つまり資本を必要とするのが資本主義である。

ところがこの資本主義が進展した果てに私たちが迎えたものは現在のコンピューターすなわち人工知能と遺伝子操作の時代である。二つながらにその基本となるのは資本や機械ではなく知能である。知能が事の成否を決める。である以上、場所や人、原料、機械の大量集中はいまや必要ではなくなったことになる。必要なのはただ優秀な頭脳、知性だけだと言っても過言ではない。ごくごく少ない資本＝元手で、狭い一室で、場合によってはたった一人で考えることだけで成果を上げることができる。分散していても構わない。大都市に集中する必要も基本的にはない。知能が遠くに分散していても、少人数でも勝負できる。遺伝子操作は別だが、大層な機械や場所がなければできないというものではない。ここでは集中と量の思想あるいはシステムとは一線を画し、お別れする。これは資本主義の時代とは別の時代というべきではないか。大変な元手は基本的にいらないのである。あるいはなくても構わないのである。

これはなんと言うべきだろう。ダニエル・ベルは「知的社会」と呼んでいるが。資本主義をもじって知本主義とでも言おうか。これは明らかに私は新しい時代の始まりだと思うがどうだろう。

そこでもう一歩踏み込んで資本主義の行く末というものを考えてみたい。私の見通しは資本主義は終わらざるを得まいというものである。なぜか。

『瓦松庵余稿』でさんざん説いたとおり、私たちの欲望には限りがある。現にいま現代社会が直面している事態はもうこれ以上欲しいものの必要なものはないという事態である。この不況と言われるもののもその真相は「必要なものはみんなある。これ以上はあってもなくてもどうでもいい」というところまで私たちは豊かになってしまったということだ。それだからもうこれまでのような経済的社会的な成長はあり得まい。人々はさらなる発展、さらなる儲けを狙って人々の欲望をかき立てようと必死になっているが無理な話だ。しかるに資本主義は成長すること、より儲けることを目的として生まれ生存している制度である。つまり資本主義が立脚している足下が成立しなくなったのが現代社会である。となると資本主義の役割は終わったとしか言えまい（もちろん世界的にはそうとは言えない。貧困地域はいまもなお幾らでもあることは言うまでもない）。

資本主義はその必要性をなくした。あまりに見事に役割を果たした故に自らの足を食ってしまったようなものだ。これからは資本主義に代わる別のまったく考え方の違う経済制度（経済思想）、政治・社会思想が必要とされる。きっとそうだ。『瓦松庵余稿』で述べたように、本来なら資本主義はその中からは資本主義にストップをかける契機が出てこない。資本主義が滅びるとすれば唯一地球資源の枯渇という事態か資源の争奪戦による大災害によるものでしかあり得ないだろう。

しかしいま私は別のことを述べることができる。資本主義は終焉するだろうと。資本主義には終わりがあるのである。前記のことがそれである。資本主義は発達し、十分にその力と効用を発揮し、人類から絶対的な貧困をなくし、すべての人に基本的な生存上の食糧と物資を行き渡らせるだろう。人々は基本的な欲求を満たされる。それがもっと先へ行けば人々はそれ以上のものを必要としなくなる。それでどうなるか。現状が維持できれば十分で、それ以上にものを欲する意欲が衰えることになるだろう[補]。かくて人々にものを提供することによって存在意義をもつ資本主義はそれ以上の拡張を要請されなくなるのである。

当然、資本主義によって大きく儲けることは次第に不可能となる。そうなれば資本主義が人々の生き甲斐になることはないし、夢をかき立てることにもなるまい。役割を終わったのだ。ここからは別のもの、別の思想が必要とされることになるだろう。別の思想とは別の生き甲斐と言い換えればよい。人は別の生き甲斐を求めざるを得ない。多分それは男にあってはスポーツなど記録への挑戦、手仕事での向上、そして科学や宇宙空間への進出、女にあっては「育て」、の類になるだろう。これらは依然として人々の夢と楽しみをかき立てる。そういうものによって意欲的に、目的をもって生きていくということになるだろう。そういうことを支える思想が必要とされる。

[補] 現状では到底そうは思えないとあなたは言うかも知れない。相変わらず世の中には様々な商品が次から次へとあふれ、活況を呈している。なにがこれ以上消費を必要としない世の中だと。そのとおりである。だがそれはいま世の中は人知の限りを尽くして人々の欲望をかき立て、喚起することに邁進しているからだ。そうしなければこれまでのような経済は回らず、儲けも生じないからである。儲けが生じなくても十分回っていく経済思想、いや社会思想、人生哲学を私たちはまだもっていない。それ故これまでどおり経済成長をすること、儲けることを追求せざるを得ないのだ。よって今現在行われていることは、もはやない欲望をどうにでもして掻き立て

ること、新しい消費を作り出すこと、それが全てである。そのために人々は全知能、全能力をつぎ込んでいる。心理学、深層心理学からAI、ビッグデータ、美学、デザイン、社会学、広告、宣伝その他、ありとあらゆる学問、知、人材を動員して知恵を絞り抜いて、欲望を喚起し、本来なら欲しくもないものを欲しいと思わせ、こうして消費を作り出しているのだ。いわば資本主義の最後の足掻きである。いつまでも続くわけがない。

五七　何度でもの日本語

昔の日本人が典型的な表意文字である中国語を移入しながら、言語を音素（音）で捉え、一字で一音を表すということにし、音声言葉を一字ごとの文字の組み合わせで表し得ると考えついたのは凄いと思う。

文字の発生は私の考えでは①刻み目を入れての数字Ⅰ、Ⅱ、Ⅲ…などによる印②亀甲文字などのような占いの図形、のいずれかが元になっているように思われる。どれもともとは実物と形が似ているということに発する表意文字的な考えである。ここからある形がものそのものではなく、ものを代理的に表すというシンボル的作用能力（もともとは似ているということに発する）をもつことが理解されてきた。このことは言うまでもなく音声言語のみの段階ですでに了解されていたことだ。すなわちある音があるものを指すと。たとえゴロゴロという雷音に似た音声であっても音声自体は決してそのものそのものではなく、代理的にそのものを指しているにすぎない。音ではなく形の相似であってもそうだ。そして音ではなく形の相似となるとき文字が発生する、と強いていえば言えるだろう。シンボルの基底には（だから文字の基底には）似ること、相似があるのだ。そして形の相似に頼って出来たのが漢字のような表意文字、音声の相似に力点を置いて工夫されて誕生したのがアルファベットのような表音文字と言ってよいだろう。

表音文字は一段工夫されたものと受け取って良い。音声を一つ一つに分けて受け取り、一つの音声に対応する字を一対一型で対応させ、音の組み合わせに応じて字を組み合わせていくというのは明らかに工夫である。そもそも発声を音素として捉え、一つ一つの音として捉えることからして工夫である。発声など、どれを、どこを単位として捉えるか、からして初めに決まってはおらず、連続音として捉えて、息が切れて息を継ぐところを一単位としても構わなかったのだ。小鳥の声やちんぷんかんぷんの外国語を聞いたときのことを考えてみるとよい。一続きの切れ目のない連続音としか聞こえない。音の単位などないのである。だが音声の中に区切り、区別を見つけ、言葉は区別しうる音声の一定の構成、組み合わせと見なしうると考えた。

かくて音素を一音と見なし、言葉は音素の組み合わせで出来ているとした。音素つまり音一つ一つが一連なりとなってある言葉（単語）が成立する、という理解。アルファベットは音素一つ一つに対応する音声文字（これが表音文字である）を作り出し、発声同様に表音文字を組み合わせて一つの単語を表現することにしたものだ。音素を二八種と解し、二八文字からなるアルファベットができた。この二八文字を組み合わせることによって無数の単語というか言語が出来るとしたわけで、天才的な見事な工夫というほかない。これは明らかに音声をできるだけそのまま字で表そうという意志にでる文字である。音声中心主義はすでにしてここに発する。

一方では中国語の考え方どおり、字は事（事物、事柄）を表現するとも人々は理解した。文字は音声とは無関係に形、つまり図形・似姿から出来上がった。出来上がった文字はそれが表す対象（物、事柄）を表現している従来からある発声で呼ぶことにした。これが漢字つまり表意文字についている読み方、発声である。古代日本人が直面し、受け入れることにした漢字というか中国語はそういう文字であった。

この文字を前にして日本人は考えたのだ。どうするかと考えざるを得なかった。なぜなら中国の文字をそのまただ受け入れ採用するだけではどうにもならないことがあったからである。人名や地名。これらは中国語をつまり漢字をいくらそのまま受け入れようとしても受け入れようがなかった。日本人が「うめ」と発音しているあの木を中国人は「梅」と表記し「バイ」と発音している。したがって「うめ」の木を指して「梅」と書き「バイ」あるいは「うめ」と発音することにして処理することはできる。しかし人名や地名はそうはいかなかった。人名にも地名にも漢語を当てはめようがなかった。どう人名や地名に漢字を使うか。つまりどう文字に書き表すか。この難題を前に日本人は知恵を絞ったのである。

その果てに思いついたのが漢字を表音文字として使うことだった。すでに日本語は音素構成から出来ている、つまり五〇音から出来ているとは分かっていた。あとは一音一音に漢字をどう一字ずつ当てはめていくかという問題にすぎなかった。日本人もアルファベットを完成させた古代ギリシャ人と同じように発想し洞察したのである。天才的！　こうして仮名文字は生まれた。いやそれより、それ以前に伊呂波四八字でほぼすべての事や事柄を表し得るとしたのも凄いと思う。その上で、日本語をよくよく眺め、検討し、そこに働いている規則に気づいたのももの凄いことだ。すなわち「あいうえお」という母音があり、この母音を基礎に「あいうえお」の規則正しい表が表し得、それが「あかさたなはまやらわ」と完璧に規則に乗っ取った五〇音図表に整理できると気づいた。こんな見事に整然と整理・構成できる言語が他にあるだろうか。そしてその全部を「いろはにほへとちりぬるを…」と調子の良い有意味な歌にして表しうると気づいたことも天才的だと考える。その上、その文字が孤立音素からなっている。アルファベットの場合はAは「エー」、Bなら「ビー」というように引き延ばされて次の語とつながり、どこで切れるのかわかりにくい。日本語は「あ」「か」「さ」…と発音がそれぞれ切れて孤立している。したがって自ずと一文字に一音が対応しやすい。これが古代に表意文字の中国語に習いながら仮名という表音文字を発想しやすかった理由でなかろうか（サンスクリット語が先行事例としてヒントになったともされるが）。

書記すなわち文字はすべて図形・似姿から始まっている。もともと文字はすべて表意文字なのである。そこから多分他の言語への文字の受け入れ、採用のために表音文字が発生した。そうしないと優勢な他言語との出会いは劣勢言語の消滅・滅亡となった。自国語を滅ぼさずに優勢言語の書記言語つまり文字を受け入れ利用しようとすれば自国語を残しながら、言い換えれば発声言語は従来のままを温存しながら文字を使う以外にない。どうするか。一つしかないだろう。アルファベットに生じたことである。アルファベットの原型はもともとフェニキア語のものだったという。例をあげれば「A」はフェニキア語で雄牛の頭の逆さまになった形として描かれ「アレフ」と発音されたものだ。これがギリシャ語に使われるとき、なぜか逆さまの文字が天地を逆にして使われ、同時に雄牛という意味をまったく無視して「アレフ」の内「ア」ないし「エイ」という音声表現を指し示すものとしてのみ使われることとなった。単に発音記号とのみになったのである。「A」以外の他文字も同様で、こうして音声記号としてだけに特化して使われることになったのがアルファベットである。これが表音文字なのだ。文字から意味を脱落させたもの。

しかるに日本語は別である。日本語における「かな文字」も表音文字であるが、日本語に限って表音文字が同時に表意文字でもある。「め」「て」「か（蚊、可）」その他その他。だけではない。「て、に、を、は」といった助詞もそうである。

「てにをは」はそれ自体では意味をもたないというか明確ではないが、何か他の語に付属して意味を発現する語である。助詞とか助動詞という言い方が適当かどうか疑う。こんな語が他の言語にあるのだろうか。英語のinとかonとかatとかは固定した厳とした意味がある。それとは違うのだ。他の語に付いて初めて意味や働きを獲得する語。それによって非常に微妙なニュアンスにとんだ意味を文に生じさせ、語り手の感情の、心の微妙な差を表現し、複雑な色合いを生じる。「です」「ます」も日本語の大きな特徴としてこれに加えよう。これによっておそらくは世界一微妙複雑と言える敬語（ということは人間関係）の世界も展開できる。感情と心の実に微妙な彩り多い、豊かな肌合い、ニュアンスが、日本語によって浮かび上がり、展開するにいたるのだ。日本語にはそういう世界が広がるのである（ということは日本人の間に豊かで微妙でニュアンスに富んだ心と感情の世界が立ち上がり、展開したということだ）。少なくとも中国語にはない（ように思う）。だから彼らには白髪三千丈的な大げさな、思い切った比喩や対比表現が発達したのだ。微妙なニュアンスが表現できない分、粗っぽい、目立つ比較・比喩で言い表そうとした。それが中国語の表現である（と思われる）。

五八　考えるということはいかにして生じたか

意識の本質については私は『瓦松庵残稿』や『瓦松庵余稿』で再三検討した。どれも間違ってはいないと思うが、ここでもう一度確認したい。これまでよりもう少しうまい説明方法が見つかった気がする。

意識はなんのために出現したか。選択するため、というのが答えだと考える。未知の状況に出会って習慣的な従来のやり方をして良いのか悪いのか咄嗟に決めるのに迷う事態が生じたとする。何しろ未知の事態である。どうして良いのか確信がもてないのも当然だろう。ん？となる。それが0・5秒続く。こうして意識が出現したとする（ベンジャミン・リベット説）なら意識は選択するために生じたという以外ないだろう。いろいろと考えられる選択肢のなかでどれを選ぶかを決めるのだ。

選びのためだと。それはいい。だが、選択は単に選ぶのではないはずである。必ず「よりよい」方を選ぶということになるはずだ。選ぶとは即ちよい方を選ぶこと以外のなにものでもない。そこからまた、だから選んだ結果について人は必ず「よりよい」方を選んだと確認し、納得する道をたどる。納得できる理屈を考え、言い訳し、屁理屈を考えさえする。選び、選んだ結果について納得しようとする、これが意識が出てきた理由だと考える。

さてそうだとすると、人の思考は意識のこの働きから生じたのに違いない。選ぶ、よりよい方を選ぶ、のであれば必ず「よりよい」という理由が付随する。AとBを較べてAを選ぶなら、Aの方が「よい」理由があらねばならない。もちろんあるのである。詳しくではなくても、Aの方がよい、とAを選んだ納得いくわけがあるはず。選択の度に理由を無意識にせよ認めているうちには思考が始動していることになる。これが度重なるうちに人は考えるということ、思考を生じさせたのであろう。私にはこれが人間の考えることの始まりだと思われる。

心の誕生はまた別である。思考は心とは違う。心は情緒とか情操といったものに近い。情動が基になっているだろうか。思考はあくまで論理性が軸になる。思考誕生の経緯、理由からいって、上下前後整合的で筋が通っていることが思考の本質で、それがなにより肝心なことになる。しかるに情動とか情操は整合的であることは中心的なことではない。現に生じている思いをそのまま認めるだけのことである。多分、情動が基軸にあり、これに言語が形を与え対象化しようとするところに生じたのが心である。

五九　正義は人を傷つける

前節までのことでも分かるが、正義は恐ろしい。『瓦松庵残稿』でも『瓦松庵余稿』でも繰り返し述べてきたことだがもう一度言いたい。人間の恐ろしさはそこに尽きると思うからである。

正しいと思えば人は何でもする。何でもできる。なにしろこれからしようとすることは正しいことなのである。人を捕まえて火あぶりにさえしたりする。復讐とか憎しみからもそうするが、一番怖いのは自分を肯定して正しいことをしているのだと信じ切って行うそれである。善良な人間が良き行為として行うのである。なぜか。正しいと思うからである。躊躇なく、胸を張ってやる。なにしろやっていることは正しいこと、よきことなのだから。動機が憎悪や復讐なら対象を一時的にしろ抑圧できれば大抵は気が収まってそれ以上は抑制できるが、正義からだと完全に対象がこちらに従わないかぎり抑圧の実行にお終いということはない。執拗で、よいこと正しいことなら率先して喜んで納得してやることになるのがことの当然である。

　しかし、問題は難しい。人が何かをするのは第一には欲求するからであり、第二にはそうする方が良いから、言い換えれば正しいからである。欲求するとは欲望を満たすことである。腹が減ったら食べたくなり食べる。眠くなったら寝る、という具合だ。ここはほとんど動物的本能だから仕方がないし、無理もないことで、問題はないというより単純明確である。では、この本能に基づかない行為、行動はどうかといえば、人がそれをするのはそれをするのが（自分にとってであろうと他人にとってであろうと）よいことであり、正しいことだからである。本能に基づかないこちらの行動については「する」「しない」、そしてどんなふうにするかについての多くの選択肢が生じる。選ぶには（ここでは本能は介入しないのだから）理由がなければならない。選びの基準は「そうするのがより良いから、ないし、正しいから」でしかあり得ない。

　知人がこんなことを報告した。彼女の小学校三年生になる娘がある日、危険な場所とでもいう理由であろう、学校で禁止されている場所で遊んでいる六年生の男の子三人を見つけたので注意したのだという。三人は無視していたが、三度言われて止めたが、少しすると再び遊び始め止めなかった。娘さんは帰ってきて腹を立ててそう報告した。母親は「逆恨みということもあるから、あんまりそういうことはしない方が良いよ」と忠告すると娘さんは「間違ったことを見たら私は言う。もうこの話はいい」とふくれて本を持って便所にこもってしまったと。

　この話は私にいろいろと考えさせた。一連の成り行きはすべてよく分かる話である。禁止されている場所は大抵元気な男の子にとって面白い遊び場所である。ましてや相手は三年生の女。無視しても不思議ではない。それにしても彼女は女で遙か下級生の身、しかも一人。よく注意する気になったと思うが、いったいに彼女は自信もあり正義感が強く、保育園の時代からよく年長者であろうと怖めず臆せず、してはいけないと言われていることを見れば注意していた。それが出たのであろう。それにこれは私にも覚えがあるが、してはいけないことをしているのを見ながら黙っているのは黙認したことになるだろう。それは大げさに言えば自分も共犯者になることだ。そういう気がするから黙ってはおられない。私自身よくそう思って口に出した。そのためにあちこちでよくとがった状況に落ち込んだ。だから私には彼女の気持ちはよく分かる。一方、母親の忠告は当然である。私も彼女はよく無事だったなとまず思った。男たちが「なにを、黙れ」とか「生意気な」とか腹を立てて殴ったりしていても不思議ではない。

こうした状況を思い巡らして私は思ったのである。かつて『瓦松庵残稿』で述べたように、正義を背負っていると人は大抵のことは出来る。いや、何でも出来ると言ってもよい。なにしろ自分は正しいのだし、間違ってはいないのである。こういう立場は強い。知人の娘さんもだからこそ上級生のしかも男三人を相手にしてもひるむことなく注意できたのである。おそらくこのままでは彼女にはこれから先、なんどでもこういうことが起こるだろう。危ないことである。

私は彼女に正義についてなにほどか言ってやることがあるような気がしていろいろと考えた。なによりも「正義は人を傷つける」ということを教えるべきだと思った。そう、正義、正しさというものはしばしば人を傷つける。自尊心、誇りを傷つける。正義の向こうにあるのは多くが人がしようとしていたことを阻止することである。情け容赦なく。しかも歯止めが効かない。こちらが正しければ正しいほど余計にひどく。正義や正しさの定義上そうなるのだ。

正義あるいは正しさというものは誰のものでもない。どこにも所属しない。誰にも所属しないとは普遍的なものとでもいうほかない。強いて言えば神のものということだ。普遍的でしかもそれ自身にはこれっぽちもマイナス要素を含まないもの、否定的部分を含まないもの。全面的に肯定されるもの。こういうものを前にしては特殊個別的なものである個人は抵抗できない。押しつぶされるか粉砕されるだけである。

しかるに個人は（一人の人間は）普遍とは関係なく存在している。個人にはそれぞれその人独自の事情があり、意志があり欲望がある。それらは普遍とは無関係のものである。そこへ普遍が普遍なるが故に被さってくるとしばしば衝突が起こる。個は普遍の前にはいつでも粉砕される。これが正義や正しさの前には人は傷つけられることになりやすい理由である。個人的な意志や欲望はそれ自体で存在するもので、それが存在する前に普遍（この場合は正義や正しさ）の許可を得たから存在するものではない。したがって正義や正しさと齟齬することがある。やむを得ないことだ。衝突すればどちらもが相手を倒して生き残ろうとする。そして個と普遍の場合であれば必ず普遍が勝つのだ。個は傷つかずにいない。

繰り返すが、人は正義を背景にすると強い。自分は正しい、間違ってはいないと思うから何でもできる。自信をもって、確信をもって。しかもいわば神様からお墨付きをもらったようなものだから強く出やすい。ともすれば上から居丈高に出る。これは正義に内在するいわばほとんど必然と言ってよい。この延長線上に西洋中世の恐るべき宗教裁判もある。人は正義を背負うとどんな残虐なこともできるのである。

思うに正しさや正義は先にも少しだけ述べたが、本来、神に属するものなのであろう。神の所有物、神のもの。したがって神だけが扱えるものと見るべきものなのだ。人間はこれを借用するだけである。自分で判断しかねることがある。そういうときに借用しているのだ。借用だから恥じながら、遠慮しいしい、用心しつつ使うべきものなのだ。ここは大事なところである。正しいこと、正義を盾に何事かを決定し、あるいはことを行うときには、用心しながら、恥じらいとともに行わなければならない。それが人生の知恵というものである。「正義は――正しいは――はにかみ、恥じらいとともに」。これがモットーとならなければならない。

しかし、正義、正しいに関して本当の問題はこの先にある。右記したことはそれでよいとしよう。それなら私たちはいったい正しいに代わる何をもっているのかという問題である。正義と言ってしまえば狭義になる。もっと幅広く正しさ、正しいに問題の所在を定めてしまおう。正しさ、正しいはもちろん反対語として間違いをもち、セットでつかわれることばである。すなわち私たちは何事をするときでも何を判断するときでも正しいか違っているか、間違いかどうかを基準にする。

そもそも人間が物事を判断するとか選ぶときそれをするのは二つのことを頼りにする以外にないのではないか。一つは自分の内外から来る変化に対応して起こる応答としての無意識の身分け反応。ほとんど本能的な生理的反応である。普通の動物たちがやっている応答としての行動、判断である。そこへ人間にだけあるのが意識が被さっての意識的判断反応。そしてこのとき働くのが正しさ——正しいか間違っていないかだ。この場合の正しさは倫理的正しさではなく、適切であるかどうかという意味での正しさ・正しいも含む。

実際、意識的判断においてはそれ以外に判断の基準があるだろうか。適切かどうかを含む正しいを除けた判断などどうやってできるのだろう。欲求か。欲望が決めると言うか。欲望は動機でしかない。幾ら欲望があろうとその時の諸条件の中でどの欲望を処理するか果たすかが判断であって、この判断を下すのに働くのが判断の基準であり、それは正しいか適切であるか以外にないだろうというのが私の見解である。もしそうだとするなら先に述べたように、正しさは神に属するものだといってそれに頼るのを止めるとしたら私たちはいったいなにに頼って物事を判断し、行うのか。頼るべきものなどありはしない。正しい、適切であるはそれほどにも大事なものなのである。意識の唯一の頼り、基準、と言ってよい。なのに、前記に述べたとおりである。ここに正しいの難しさがある。私たちはどうでも上手な使い方を覚えなければならない。

私に思いつけるのは目下のところ生活の知恵とか過去（歴史）とか常識というものでしかない。正しさ、正しいではなく、過去から学んできた生活の知恵・常識をこそ大事にしたい。あるいは少なくともそういうものを尊重して正しさを修正しつつ使用する癖を身につけたい。そういう平凡なことしか言えないのではないか。正義や正しさを上手に使おう！

こうも言える。正義や正しいは鋭利である。あまりによく切れる刃物である。よほど用心して注意深く使わないと危ないと。

正義と正しいには少し違うところがある。正しさ、正しいは数学や科学にもあるが、正義は数学や科学にはない。数学に正義ということはありようがない。これを見ても正義と正しいはいささか違うことが分かる。正義は義が正しいのである。義とは何か。人のあり方、人の生き方とでも言おうか。正しいは人の生き方あり方も含めたあらゆることを対象とする。

六〇　女というこの貴重にして厄介な存在

聖書に言うエデンの園のイブといい、ギリシャ神話にいうプロメテウスの弟のところへ一つの箱を持参してやってきたパンドラといい、世界の民族の古い古い記憶ではどうも女は厄災、悪と見なされているようである。神話を超えてもっと広く人類の古い一般的な記憶でもどうも相対的に女にはマイナスのイメージが強いと言えそうだ。どうしてそうなのか。ジェンダーを問題とする人々はきっとそれこそ男女差別だと言い立てて男の視点を糾弾するだろうが、それで事が済むほど単純な問題とは思われない。ここにはきっと無視し得ない人類の古い揺るがしようのない記憶が根底に横たわっているのに違いない。

人間以前の類人猿の時代を見てみよう。いや、単に猿一般、もっとさかのぼって哺乳類一般としてもよい。人は言う、戦争のような同類殺し合う残酷なことをやるのは人間だけだと。大きく言えばそう言えないこともないだろう。確かに動物の世界にあるのは獲物と被獲物という食物連鎖としての殺戮であって、同族同種同士の殺し合いではない。とはいえ動物にも同じ種の中での争いが全くないわけではない。縄張りを巡っての争いがある。何の縄張りか。食料の、そして雌を巡っての。とはいえ食料を巡っての争いはよほどの飢餓状態にない以上せいぜい小競り合いになる程度のようである。深刻な争いになるのは性の権利を巡っての争いである。私の知るどの動物の場合でも雌を巡っての雄たちの争い、競い合いは相当に激しいものがある。競い合いは鳥たちの一部に見るように美しさやある技量の巧みさを競うものもあるがそれ以外では大抵力の誇示、むきつけに言えば戦いになる。雄同士が戦い、勝った方が雌を手に入れる。戦いは場合によっては深刻で命に関わるほどの壮烈なものになる。猿も類人猿もそうである。つまり人間だけでなく、動物も性の権利を巡る争いだけは同種同士で残酷になるのだ。

人類は、言うまでもなく動物の中でもおそらくはもっとも社会性の豊かな動物だろう。集団を作り助け合い、共同する。女たちは妊娠、出産、育児で助け合う。男たちは狩りで共同し助け合う。一方、生物的に言えば、つまり遺伝子的に言えば決定的に女こそ主であって男は後から出てきた従的な存在にすぎない。にもかかわらず冒頭にあげた事態である。これはいったいどうしたことか。一部の女たちが言うように、男の偏見、女性蔑視の証拠なのか。歴史に照らせば資料の示す限り世界中で男が権力を握り、男が支配している。これは生物学的には女が主であることから推測すれば、おそらくは男の出現が遺伝子の多様化と同時に猛獣たちとの戦いに基づく攻撃・防御という要請から来る力の強力化の副作用であろう。本来、他の動物たちのために生じた力を人類は同類にも使い始めた。この結果女たちをも従え始めたのである。これが男が権力を握る社会になった理由であろう。

さてそこでである。男たちは狩りに出かける。あるいは異民族との食料や土地を巡っての争いがある。こうしたことのために男たちはきわめて一体感の強い、協力的親和的な連帯感の絆で結ばれていたであろう。秘密結社やイニシエーションに基づく若者組的な仲間組織があった程である。争いなどはまず起こらなかった。しかしこの仲のよい男たちの間でも争いは生じた。ときに深刻な。女を巡ってである。普段は親和的で仲のよい男たちが仲違いし、憎しみ合い、殺し合いさえする。

本来統一されてあるべき集団が分裂し、いがみ合うのは決まって女を巡ってであった。男たちが次第に女を悪の原因、諍いの根源視するようになったのは自然なことではないだろうか。なにしろそういう記憶は類人猿、さかのぼって猿、いやもっとさかのぼって動物一般の時代にまで及ぶのである。古い古い確固とした記憶なのだ。その時代から雌は雄同士の争いの原因、雄同士の間を裂くものという動かしようのない記憶が遺伝子のように刷り込まれていたのだ。おそらくはこういうことを背景に「女は厄災、悪」というイメージは広く人類一般に定着したのだろう。男の偏見とのみは片付けられないのである。

六一　アメリカ文化について

こんにち、いや二〇世紀後半から二一世紀を通じてこんにちまで世界を覆い世界を支配しているのはアメリカである。世界の政治経済の支配者であり文化の席巻者である。文化の席巻者とは価値観の支配者ということと同じことである。それならその文化とは何であり本質的にはどんなものであるかが私たちの気にならないわけがない。どうやら日本本来の文化とはひどく異なる文化のようである。いったいそのアメリカ文化の本質、特質、強みと弱みはどのようなものであるのか。もちろん私たちにとっては日本文化がかけがえなく大事なものなのだが、大事であればあるほど私たちとは異質であり、しかも大きくのしかかってくるアメリカ文化の姿をはっきりと見通しておきたい思いに駆られる。

アメリカ文化ということで私がすぐに思い出すものがいくつかある。狭い知見でのことだから人は鼻であしらうかも知れないが、ストリートダンス、チアリーダー、ミュージカル、野球、バスケットボール、ジャズ、マクドナルド、ホットドッグの食べ歩き、ジーンズ、アメリカンフットボール、ハードボイルド、ハリウッド映画、ポップミュージック…などである。これらずらりと並べたものから浮かんでくるなんとはないイメージを一応アメリカ文化として以下考えていこう。

一般的にはアメリカ文化はヨーロッパ文化の世俗化したものと言われている。私もこれには異存はない。というよりも実にうまい言い方だなと感心する。アメリカ文化のおおもとは西洋にあるというのは、アメリカという国の生い立ちを考えるなら当然だろう。コロンブス以降にアメリカに渡ったヨーロッパ人が国としてのアメリカを形成し、作ったのだからそのおおもとはあらゆる意味でヨーロッパにあることは疑いない。ヨーロッパといってもさまざまだが、主力はプロテスタント系のキリスト教徒からなる。ヨーロッパでは少数派として白眼視されていた彼らが未開の新天地に自分たちの王国を作ろうというのが最初の動機だったと歴史は教えている。ヨーロッパに属していながら異端的存在であり、差別されていた人々が自分たちの信念に従って新たに作ろうとしていた国。これがアメリカの根源だというのが私の見るところ全てである。ここから出たゆえにアメリカは以来、ヨーロッパの中での食い詰め人、身の置き所を失った人々がひょっとして人生を変えることができるかも知れないとわずかな夢を抱いて渡っていった国なのだ。ヨーロッパ人だけではない。世界中からそういう人々が集まってきて出来上がった国と大きく言っておいてよいだろう。アメリカという国を考えるときは何よりもまずこのことを押さえておくべきだと考える。

しかし急いで付け加えておくべきだろう。アメリカの核にあるのはプロテスタントである。プロテスタントにはヨーロッパの一流の人々がいっぱいいたのである。教養的にも人品骨柄的にも第一級の人々が十分いた。のみならず後から移ってきた人々の中にも一流の人間はたくさんいただろう。しかし彼らを取り巻いて、建国途上の体制不備さと人口に比しての大陸の広大さや資源の余裕に助けられ乗じるようにして、ヨーロッパ各地を初めとして世界中から生地で食い詰めた人々、社会的に追い詰められた人々が最後の希望の地生き延びうる地として吹きだまりのようにしてやってきた地でもあるのだ。大げさに言えば世界中の行き所をなくした人々の集まりの国なのである。で、ヨーロッパ・プロテスタントの文化はそういう人々の間に生きてゆかねばならなかった。そこでどうなったか。いやでも変容せざるを得なかった。彼らにも受け入れられるように、彼らの生地の文化や習慣と融合し、姿を変え、さらに生き延びるのに必死で文化や教養どころではなく過ごしてきた人々にもなじめるようにレベルを変え、分かりやすくならざるを得なかった。そして後からやってきたそういった人々が増えるにつれて、後者による変容結果こそが正当だとでもいうように堂々たる存在感を主張し始めた。そして最終的にはそれは変容などというものではなく新しい文化、アメリカ独特の文化と主張され始めたのである。これがアメリカ文化である。

世俗化とは本来聖なる厳格なキリスト教が一般大衆に受け入れられるように教義も規律も儀式も易しくゆるやかになって誰にでも取っつきやすくなることをいう。高尚で品格もあってしっかりした形式ももっているレベルの高いヨーロッパプロテスタント文化が無知で貧しく粗野な一般大衆にも受け入れやすいように、レベルを下げ取っつきやすく易しく面白おかしく分かりやすいものに変わっていった。いったい西洋文化は本来貴族が育てた貴族文化であるが、時代が下り大衆が力をつけるにつれて大衆化し世俗化したというのがヨーロッパ文化の歴史の流れであるが、アメリカ文化はその西洋文化の世俗化が極まったものと見ればよい、と言うのである。これは全くうまい見方であって私も本質的にはそう言ってよいのだと思う。

そこで、世俗化の中身である。アメリカ文化であげたいのは、スピードとスリルとリズム、過激さ、臆面もないセクシアル性、功利性、合理第一主義、大げさな感情表現、といったところがすぐに思い浮かぶ。世俗化を典型的に示しているのが例えば西洋オペラのアメリカ版であるミュージカルであり、ダンスやバレーのアメリ版としてのストリートダンスであり、ワルツのアメリカ版としてのジャズなどである。アメリカンフットボールは英国生まれのラグビーのアメリカ化したもの。本来は闘争、戦いを厳格なルールの下にスポーツ化したものだが、これを著しく遊戯化し派手な分かりやすく、おまけに強固な防具などを設けて功利化合理化したスポーツだ。チアリーダーなどというセクシアルで派手な呼び物まで備え付けた。歴然たるショー化とスペクタル化である。ヨーロッパのスポーツには考えられない景物だ。

映画。ハリウッドを中心にアメリカ文化の中心的存在となった映画だが、これがまた実にアメリカ的なものだ。もともとアメリカ映画を指してヨーロッパの教養人は「あれは子供向けのもの」と肩をすくめて無視したというが、近年になってその度合いはますます激しくなり、産業として繁栄している。アメリカ映画の特徴を一口に言えばそれこそスピードとスリルとアクションとセックスで構成されているものと言えば済む。場面の展開はめまぐるしく激しく、これにセクシアルな味が可能なかぎりまぶされているか、歴史のない国にふさわしく未来に目を向けた空想（SF）やホラーもので遊びまくる設定しかできない。じっくりと人生の苦しみ喜びをかみしめ味わうという趣など（昔のアメリカ映画にはまだあったのに）まるでない。小津安二郎の正反対である。西洋の教養人が言った「子供向け」の様相が一層激しくなったのが前世紀末から今世紀即ち近年のアメリカ映画だ。もっともこれは一面のことで、単に日本の映画配給人が日本ではこんな映画しか受けないと観客をなめきった選択購入のせいにすぎないのかも知れない。この辺は今ひとつ確信がないが、もしそうではなくアメリカ映画の大勢があのようなものであるのなら、アメリカ人（アメリカ文化）の本質に根ざす傾向がそのようなものだという証になるだろう。

大雑把に言えばアメリカ文化とはそのようなものと見て良いのではないか。私はもともとヨーロッパの文化そのものを日本文化と比較して、誰にでも（教養に乏しいどんな人にも）一目でその凄さや精密さ、豪華さが見て取れるのを至上価値とする文化と見ているが、アメリカ文化はそれを一層進めたものと言えばよいだろう。誰にでもその凄さがすぐに分かる文化。アメリカ国民の大多数が教養の乏しい貧しい粗野な人々からなり、おまけに多種多様な人種、生まれも、階層も、基層文化も様々な人々の集まりである国では、それが一番手っ取り早い文化展開の方法であっただろう。だから無理はなく、以上の傾向は当然の成り行きだったはずである。刺激に訴え、人間生来の感覚にすぐ訴える。それだけがなんの基礎的教養もない人にも訴えうる技であり芸であり美であったはずである。日本舞踊や能などの需要には長い鑑賞経験と基礎知識と高度の感受性の涵養が必要である。それらの鑑賞にはいわば勉強と訓練が必要なのだ。入門は難しいが、いったん門をくぐれば味わう面白さと感動は奥行きが深く飽きることがない。そんな余裕はアメリカ大陸にはなかったのだ。

アメリカ文化は一口に言えば鑑賞者が退屈すること、飽きることを何よりも恐れる文化とみてよい。そのために子供でも誰でもを興奮させるように、感覚に訴え、刺激を与え続けることに頼る。いつだったかアメリカのアニメを見ていて感じたことだが、その場面展開の早く、登場人物の語る台詞のめまぐるしいばかりの早口と早さに私は辟易してしまった。一瞬でも間を開けて鑑賞者に退屈な思いをさせることを極端に恐れるアニメ作成であった。あの国では間とか空白などとんでもないことらしいとつくづく思い知らされた。

もう一つあげておこう。アメリカ人の人間評価。彼らは恐らく現在の中国人と同じようにもっとも金と力に価値を置き、金銭の多寡と勢力で人を評価する。地位と金。すぐに分かるもので評価する。ランク付け好きももう一つのアメリカ人に顕著なことだ（日本も江戸時代からの星取り表があるが）。

このような言い方でアメリカ文化を論じていけば、人は私がアメリカ文化を蔑んでいると思うだろう。批判し退けるためにいろいろと述べているのだと。だがそうではないのである。私はアメリカ文化を軽蔑などしない。以上に述べたアメリカ文化観は訂正する気は全くない。述べたとおりに信じている。だがアメリカ文化はそういうもう一つの文化だと信じていることも言い添えておきたい。いいとか悪いとかではなく、そういう特質をもったもう一つの文化なのだ。いかにもアメリカ的な、アメリカ的特徴を存分に伸ばし生かし高度に発達させたそれなりに見事な文化、他のどこにもない文化。それをあなたや私が好きと思うか嫌いと思うかはまた別の話である。

ではなぜこんな軽蔑的批判とも誤解されかねない論述

を連ねるのか。理由ははっきりしている。戦後こんにちまでの日本人のアメリカ文化受容というより心酔があまりに過ぎる、無批判と私には見えるからである。いやアメリカ文化への心酔はいい。それが過ぎての日本文化へのあまりの無視無理解は愚かしい。その意味では以上の記述はアメリカ文化批判ではなく、日本文化の再考が主たる目的だと読んでもらいたい。

六二　バラマキ行政でも構わない

高橋洋一という元官僚の経済政治評論家は（氏をひとことの肩書きで述べるのは難しい）面白い人である。山口正洋という企業人との対談本『勇敢な日本経済論』のなかで大略こんなことを述べている。彼は平成十〜二十年頃、大蔵官僚、財務官僚として政府中枢で仕事していた。そのころした仕事の一つに地方に金や公共事業を配分するのがあったようである。こうしたことは地方の景気を向上させるのが狙いで行われるのだが、一つ間違えば「人気取りのバラマキ」と批判される。政治家も官僚もこのバラマキ批判を非常に恐れるのが常だが、高橋さんは平気の平左である。「バラマキ結構。欲しければ私はどんどんあげます」と言う（著書の元になっている対談は平成二十年代の後半に行われた）。もちろんこの前提には国家（政府）に金が潤沢にあることがある。そして事実彼の見立てではこの頃の日本政府には暦年の巨大な貿易黒字が示すように金は十分にあった。対談相手はこれにたいして「しかしそうしてばらまかれた金は大抵は有益なことに使われず、バーやキャバレーに消えるといわれている」と指摘する。高橋さんは全然意に介しない。「それでも良いんです。バーやキャバレーの飲み代に消えようと、とにかく地元に金が落ちたことには違いない。それだけ地元は潤ったのです」と言う。巨大な土木事業や建造物に使う手もあるが、そういう巨大事業は大抵大都会の大企業が請け負う。儲けるのは都会の大企業であって地方には金は落ちない。それに比べればたとえ地方の一部有力者の飲み代に消えるにしろ、実際に地方に金は落ちているのだからよほどましなのだ、と言うのである。

私はこれを読んで感心した。高橋さんの器の大きさに感動した。そして、たちまち私にはなぜたとえば民営化の政治的提案がいつも大抵潰されるのかの真相が分かったのである。そのことを述べてみたい。

地方振興を目的とした投資がバラマキになっても構わ

ないではないか、という高橋さんのことばを、それを実行した当事者の発言としてあなたはどう思うだろうか。国民の税金を使った地方振興を目的とする多額の金が一部地方の有力者の遊行費、もっとはっきりいり言えばキャバレー代などに浪費されて消えてしまっては何にもならない。何にもならないどころか許せない、というところだろうか。間違いなく新聞やテレビはそういって猛烈に批判するだろう。私もこの本で高橋さんの発言を知るまではそうだった。そんな無駄な税金の使い方はしてほしくない。確かに地方振興に資するなら税の投入もやむを得ないが、有力者の遊行費に消えるような金の提供は絶対駄目だと。しかし、税の投入を決めて実行した高橋さんは「構わないではないか」と言うのである。

氏は言う、これまでは多くの場合、地方振興と言えば巨額の金を投入して大きな土木工事をしたり、美術館や体育館を作ったりするのが中心だった。だが、巨大土木事業や建造物の造成はどうしても大都会の大企業中心の受注となる。地元企業はせいぜい下請けになるにすぎず、儲けのほとんどは地方に落ちず、その上、完成後の維持管理に地元は多額の費用を年々まかなわなくてはならず、あえぐことになる。その点、地方へ渡った振興費がたとえキャバレーやバーに消えようとそれは地方に落ちたことには違いない。それだけその地方は豊かになったのだ。高橋さんはこう言うのである。あなたはどう思うだろう。

私は「あ、なるほど」と思った。虚を突かれた気がした。高橋さんは、要するにどういう形であれ、地方に金がまわり、金が増えればそれだけその地方は豊かになるのだと考える。「どういう形であれ」というところがポイントである。我々小物はそうは思わない。「正しい」「きれいな」そして「有効な」形でなければ駄目だと考える。一部有力者の、こともあろうに遊行費に消えるなどもってのほかと。こういう批判はいかにももっともであり、正当であり、当然だと思われる。だから、新聞もテレビも野党も一般大衆も口を揃えて批判する。なじる。叩く。正義漢そのもの顔で。

高橋さんの言うことがすべてそのとおりかどうかは保留したいところもある。土木事業の場合、たとえ下請けでも地元企業にも幾らかの金は落ちるだろう。完成後の毎年の維持管理費が多額にかかろうとも建築物が地方に残り、地元の人々が美術鑑賞に役立てることも間違いはないだろう。差し引きすればどちらがどれだけより地方振興に役立つことになるかは難しい計算になるはずである。それにバー、キャバレーに金が落ちるときは一部特定の人間だけがよい目をするのだが、土木事業はその地方全体が益を得るという公益の形になる。公平という観点から見ても土木事業の形の方に軍配が上がる気がする。

しかし私は高橋さんの考え方に肩を入れたいのである。なぜか。私は「高橋さんは器が大きい」と述べた。一部有力者がよい目をする形になっても、とにかく地方に金が落ち、それだけ地方が豊かになるのであれば地方振興に資するのだという、主張には聞くべきものがあると思うからだ。氏は要するに、公益に資するのか一部個人だけがよい目をするのかの違いにはこだわらないのである。どんな形にせよ、地方に金がたくさん落ち、結果としてその地方が豊かになれば、政治的には成功だと考える。氏は、特定の誰かが得するのに眉をひそめるようなけちくさい考え方をしない。器が大きいというのはそういう意味だ。

ここから私の考えは飛躍する。国であれ地方自治体であれ行政が公営事業を民営化しようとするとき、その計画は大抵は潰れる。大きなものでは国鉄が民営化したのが唯一の例外みたいなもので、郵便局の民営化に至っては骨抜き同然。近年の大阪市の水道局や地下鉄の民営化などことごとくが反対に遭って潰れている。識者の研究統計によると、世界的歴史的にみても、民営化した方が圧倒的に事業がうまくいき、成功するということが明らかになっているにもかかわらずだ。なぜそうなのか。問題はここに伏在すると思う。

表面的な理由はもちろん私にもよくわかる。第一に反対を言い出す者の立場がある。政治的に提唱者と対立する政党（野党）は対立政党の提案だというだけで反対することが多い。真にそれ（民営化）が施策として良いか悪いかなどどうでもよくて、ただ反対のための反対をしているだけのことがほとんどだろう。反対を言い出す者の第二は現状で利益を得ている既得権益者である。既得権は金の場合も地位、名誉の場合もある。民営化によってこれらを失う恐れのある者も反対する。そして決定的なのが彼らの言い出す反対論に乗って大衆が反対に回ってしまうことが多いことだ。

問題はここである。彼らはなぜ反対するか。野党や既得権益者が民営化の反対を主張するとき、反対の根拠にあげるのが決まって、儲け主義の弊害である。民営化すると経営権を握った私人は必ず儲け第一主義に走る、少なくともその恐れがある。儲けるためには安全面を軽視し、サービスも低下する、さらに不当に値段を高めに設定したりするだろう。経営者は公共機関である時に比べて公の意識が薄く、私的な思惑（儲け）を先行させるだろう。皆のためにならない。こういうのが反対者の必ずもち出す反対理由である。これが選挙民、つまり一般大衆の心を捉える。世論は反対一色となり、民営化への努力は潰れる。かくて何事も変わらず、世は太平のままに過ぎてゆく。

以上に私が描いた粗っぽい筋書きをあなたはどう思うだろうか。まず異論のないところだろう。私も異論はない。だが、私はここに異臭を嗅ぐのである。民営化反対陣営の主張に間違いがあるとは思えない。彼らの危惧は出鱈目ではない。では、どこがおかしいというのか。どこに待ったをかけたいのか。私企業化すれば必ず私的利益（儲け）第一主義に走る、という断定に首をかしげるのである。確かにそういうことはありうるだろう。いや、大いにありそうだと思える。

だが、私はこの点でアダム・スミスの言う「神の見えざる手」の働きを信用するのである。市場主義を信じる。もちろん「長い目で見て」という但し書きを添えて。長い目で見れば一私人が儲けようとすれば必ず皆が喜ぶ仕事（事業）をしなければならない。それ以外に儲ける方法はないのである。短期的なら話は別。短い期間儲ければよいというのであれば、食い逃げ的な酷い、狡い、やり方もある。それを狙う短期的な視野しかもたない人間もいる。彼らにかかれば安全性の無視、サービスの低下も顕著になろう。一時的に彼は儲けるだろう。だが、すぐに彼らは利用者にそっぽを向かれ、行き詰まる。経営者は交代し、結局、長い目で見れば安全性に十分配慮し、サービスも心がけ、しかも様々工夫して効率のよい経営をする者が利用者を呼び込み、儲けることになる。そうなるのが自然の成り行きだから市場に任せ「神の見えざる手」にゆだねておけばよいのである。民営化によってうまくいく事例の方が多いという歴史的世界的な数字はこうして出てくるのだと私は見る。

とすればどういうことになるのか。野党や既得権益者の主張をまともに受け取るわけにはいかない。彼らの主張は一見もっともである。その言い分は的を射ている。ただし短期的には、である。短期的にでも儲け第一主義に走らない経営者も十分あり得ることを考えると短期的には必ずとは言えず、そういう可能性があるというのにすぎない。短期的にはしたがって彼らも必ずしも違っていないことを主張していることにはなる。問題はここである。長い目で見れば彼らの言っていることは的外れであるどころか間違いであるなら、彼らの主張は意図的なものがあることになる。大衆を間違いの考えに誘導し、反対の声を大にすること。もし長い目で見れば間違いであっても、短い目で見れば正しいことと思える考えを繰り返し大声で述べれば大衆は短期的見解に同調しよう。しかも（ここを私は声を大にして言いたいのだが）人々は短期的見解に容易に同調しやすい心性をもっている。嫉妬心である。もちろん嫉妬心は大衆だけがもっているのではない。人間であれば誰もが等し並みにもっている。そこを政治的な思惑のもち主や既得権益者は突くのである。嫉妬心をうまく利用した、扇動をやっているとは見えない形で。つまり誰にも文句を言えない大義名分を振りかざして。いまの場合なら〝民営化すれば私的利益が先行して民はいい食い物になり不幸になる〟と煽るわけだ。人々はなるほどそうだと思って、民営化反対の論調に乗る。私的利益の先行という事態がまるきりあり得ないわけではないことは確かなので、人は一挙にこの煽りに乗ってしまう。

ここに生じていることは嫉妬心以外のなにものでもないと私は考える。なぜなら、民営化されると必ず私的利益第一主義の経営が行われるとは限らないのに、きっとそうなるだろうと安易に考えてしまうのはなぜかというと、嫉妬心が根底にあるからだ。冷静に、そうとばかりは限らない、むしろ工夫と努力によって安全にも配慮しサービスも向上させながらしっかり儲けもする好経営が行われるかも知れない、とは考えない。なぜ考えないか。まず第一に、短絡的に自分なら儲け第一主義に走るだろうと思うからだ。人もそうに違いないと。そして、そうして儲けるのが自分以外の誰かであることが面白くないのである。儲けるのが行政など公なら人々は文句は言わない。特定の誰か個人になれば許せなくなる。儲けさせてなるものかと思う。そう思う心の動きの正体をよくよく見れば嫉妬心、やっかみと分かる。それが根底にあるから、野党や既得権益者の扇動に人々は簡単になびいてしまうのだ。嫉妬心のせいだとは思いたくないから、私人の経営にまかせれば利益の追求に走って安全やサービスの向上は後回しにされるだろうという主張に簡単に乗ってしまうのだ。そうばかりとは限るまいと、冷静に検討するにまでは至らない。

ここで話は初めに戻る。高橋洋一という元大蔵官僚の政策についてである。彼は官僚には珍しく「地方が補助金を欲しいと言えばバラマキになってもよいからどんどん出せば良い。国に金はあるのだから」と言う。マスコミも知識人も野党もとんでもないと大反対をする。私も彼の考えを詳しく知るまでは、とんでもないことだと思っていた。そのとんでもないことと思う内容をよく検討すれば、反対する理由は金が公に使われるか、特定の個人に使われるかの別によっている、と気がつく。道路の新設とか美術館とか公に役立つものに使われるなら文句は言わないが、市長やある団体の長が飲み食いに使うだけなら無意味だしけしからん、と思うのは、とどのつまりは金が特定の誰か個人ないし少数の人間だけがよい目をするように使われるのは面白くないということにほかなるまい。そういうことだということが高橋さんの言うことでよくわかったのである。

高橋さんは〝金の使われ方は私は問題にはしない、要は金が地方に落ちればよい、どんな形にしろ金が地方に落ちればそれだけその地方は豊かになるのだ〟と言う。なんというおおらかな、心の広い考え方だろうと私は感心してしまった。高橋さんがどういう生まれのどういう人だか知らないが、せせこましいことを言わない。早く言えば氏には嫉妬心がない。

民営化反対も同じことである。民営化によって、誰か特定の私人が儲け第一主義に走って儲けては面白くないし（面白くないというやっかみや嫉妬心にもとづくこころのいじましさを隠すために、安全性やサービスが疎かにされかねない、という大義名分を押し立てて）、どこからも文句の付けようのない名経営の結果儲けと栄誉を手に入れてもやっぱり面白くない。だから、大義名分を盾に反対をする。要するところ扇動者と大衆の間にあることは一皮剥けばそういうことなのだ。全部が全部そうだと言えば間違いになるが、多くのもっともらしい場合にそうだと言えるだろう。そしてこれが大方、民主主義というものの正体である。

民主主義をささえる動機、民主主義を成立させる動機、民主主義のエネルギー、は実に嫉妬心だと私は考える。民主主義の根底にあるのはやっかみ以外の何物でもない。民主主義を擁護する理屈、政治理論は山ほどあるだろう。それらは所詮は大義名分でしかないと私は思う。一皮めくれば人々の嫉妬心、やっかみ心を覆い隠し、飾る、もっともらしい理屈にすぎまい。そうに違いないが私たちはこれまでのところ、そしていまのところ、この厄介な主義・制度に代わる政治体制をもっていないのである。民主主義は最低の政治制度である、そうではあるが他のすべての政治制度に比べてまだしもましな制度なのだ、とチャーチルとともに私も言いたい。ろくでもない制度である、だが我慢し工夫してこの制度でやっていくほかないのだ。他に方法がないのだから不備を我慢して何とかしのいでいくほかない。その程度だと考えておこう。

六三　ワイズとクレバー

先日、新聞にとある英文学者の「wise」と「clever」に関するエッセイが載っていた。wiseとcleverは言うまでもなく日本語では「賢い」を意味する英単語である。ところが私は大学一年を最後に英語をほとんど放棄したのでそんな単語のことはすっかり忘れていた。読んで初めて「ああ、そうだったかも知れないな」とうっすら思い出したような具合だったが、続いて書いてあったことにはいろいろと思うことが多かった。

英文学者はルイス・キャロルの研究者らしく、ふしぎの国、鏡の国のアリスを巡ってあれこれ書いている中に「主人公である七歳の少女アリスについてキャロルは必ず『wise』を使った」と述べ、英語国人の間ではwiseとcleverは厳密に使い分けられているとしたうえで、二つの違いを述べている。cleverは机の上の学問がよくできること。いわゆるペーパーテストで高得点を取る場合。これに対してwiseは、挨拶をしたり、会話で雰囲気が悪くなると話題をさっと変えたりする賢明な立ち居振る舞いができること、だと。なるほど、だとするとこの二つははっきり区別されて当然だろう。しかるに日本ではこの二つがともに「賢い」という同じことばで言い表されるからとかくに混同される。日本では非常にしばしば勉強が良く出来る、つまり学校で成績が良いとか有名校一流校の卒業生であれば「賢い（wise）」人間だと見られ扱われるという事態になる。しかるに彼はまったくwiseではないので驚かされるということが生じる。

英文学者の解説にもしっかりと説かれているが、wiseとは自分が今いる状況をよく見てそれにふさわしい立ち居振る舞いができることといって良さそうである。具体的に言えば適切なときに適切な挨拶がきちんとできること、人を上手に説得できること、するべきときにするべきことを品良く鮮やかに、できればユーモラスにやってのけること、などを言うのだろう。clever であるのに必要なことは記憶力の良いことと論理的な追求力の強いことにほとんど尽きるだろう。wise には周囲の状況を読み取る力とその中での自分の立場を見て選び取る判断力が必要だろう。もう一つ言えば wise の世界には他者がいるが、clever の世界は他者は存在しない、または存在しなくても何の差し障りもないと押さえることができる。二つは重ならないわけではないが、まず別々の力だと言ってよい。だから一方の力が強いからといって他方の力にも秀でているとはならないのである。しかし日本人の我々は（wise と clever の両方がともに「賢い」であるゆえに）しばしば二つを混同し同一視して驚く。当人も錯覚して鼻息が荒くなる。

私の体験から見るところ wise の人間は七～八割はほぼ確実に clever でもあると言えるが、clever で同時に wise でもある人間は四～五割といったところではないか。だから clever だからといってそれが賢い（wise な）人間だと思っては大間違いである。一番あらま欲しきなのはもちろん wise の賢さである。他者のいる社会の中で、みんなと気持ちよく過ごしつつ己の思いを曲げずにいることのできる人間、そういう賢さをもった人間でありたいものだがこれがなかなか難しい。

六四　みんなの中でくつろぐ

二つの新聞記事から入りたい。一つは、平成二四年一二月一五日の朝日新聞「フロントランナー」に載ったドイツ人映画監督ドーリス・デリエさんへのインタビュー記事。デリエさんは若いとき日本を訪れ、都市を歩いている雑踏の群れを見てひどく驚いたと言って、こんなことを述べている。ドイツで開催している演技教室で数十人の生徒たちに向かってあるとき「お魚の群れのように歩いてみて」と指示したところ、全くうまくいかなかった。どう動いてよいのかみんな分からなかったのである。「個々人と集団の間合いがなかなかつかめず、一体、だれが群れ全体の動きを決めるんだ、という議論になってしまう」のだという。「しかし、東京を歩く人々は自然に調和のとれた集団になっています。私も最初は、その物静かに流れるような動きに入り込む勇気がなかった。他人とぶつからないためには、意識せずとも、集団の存在を常に感じていなければならない。でも、いったん、そこにまぎれ込んでしまえば、まるで、隠れみのを身にまとったように自分の姿かたちを消し去ってしまえる安心感に浸れる気がしました」

えー、そうなのか、と私は声に出すほど驚き、かつ面白い指摘だと思った。彼女は言っている「私も最初は、その物静かに流れるような動きに入り込む勇気がなかった」と。続いて「他人とぶつからないためには」と述べている以上、東京で歩いている人々の群れの中に入り込めば誰かにぶつかるのではないかと危惧したからだと読める。ぶつからずに歩く自信がなかったのである。驚くべきことではないだろうか。いったい日本人である私たちは群衆を見てもそんなことを心配したことはないはずだ。ましてだからといってその群れの中に入ることを躊躇したり、怖がったことなど。

だが、彼女が初めに紹介しているドイツ人たちの事例をみれば彼らドイツ人の危惧もなるほど思われる。彼らは集団で雑踏となって歩くとき、歩き方（方向や早さなど）を誰かに決めてもらわなければ歩けないのである。どう歩いてよいのかが分からないのだ。これは私たち日本人にとって驚くべきことではないだろうか。祭日の雑踏や初詣の混雑を思えばよくわかる。自由な身動きもならないほどの人混みである。だがそんなときでさえ大抵は人々は自分の勘でだれの指図も受けずに歩いていて、別に不都合は起きない。これが外国人にはできないらしいのである。

さて、もう一つ紹介したい記事は日本女子大教授の井出祥子さんが平成元年九月四日の読売新聞夕刊に寄稿した「日本語の表現習慣」と題した文である。少々、長い引用となる。「日本語では、なにを言うかより言い方が問題である。内容を論理的に述べて『説得する』より、聞き手や場面に配慮して『納得させる』言い方の方に徳がある」として、その原因は日本語の話ことばの構造にあると説く。「西欧語では『x is y』と発話内容のみを言うだけで話しことばが成り立つ。日本語には be 動詞に相当する中立的な表現がない。そこで be 動詞にあたる述語は、さまざまな表現を使い分けることになる。『x は y だ』『x は y である』『x は y です』『x は y でございます』というように。話し手は、発話内容と同時に、話の内容をどう捉えているか、相手や場面をどうわきまえているかを表現する。（中略）『（何々を）させていただき　ます　よ』は使役、授受表現、敬語（丁寧語）、終助詞を連ねた表現である。この一連の表現で、話し手は、使役表現『させて』で相手の立場に自分を置いて、自らを受け身の立場にし、『もらう』の謙譲語『いただき』で敬意を示しつつ相手から動作を授けてもらう。丁寧語『ます』で相手や場面に対して丁寧に、終助詞『よ』で話し手が情報を受容している状態を表現する」

井出さんの言うとおりであろう。もっとも私たち日本人は井出さんが解析してくれたような四方八方に気を配ったことばでやりとりしているなどとは露思っていないが。

日本語の話しことばについて井出さんのような指摘を確認したうえで、私はドイツ人映画監督デリエさんの話に戻りたいのである。日本人はなぜ雑踏と言ってよい人の群れの中で平気なのか、どう歩いてよいのか困惑するようなことがないのか。反してドイツ人は（西欧人一般といってよかろうが）途方に暮れ、その群れの中に入る気にはなれず、誰か統率者を求め、彼の指示に従ってでなければ歩けないのか（皮肉な話である。あれだけ個人主義者を自称し誇りにしている西欧人が自分で歩き方を決められず、リーダーの統率に従いたがり、個がなく集団主義者で皆の言うとおりにしかしないと嘲笑われる日本人が自分だけの判断で雑踏の中を歩くのだから）。

少なくとも日本人の場合は、日本語のせいだろう。日頃のことばのごく普通のやりとりで、無意識に相手や周りとの間合いや上下関係その他に気を配る暮らしをしている日本人は、普段から他者との兼ね合い、間合いを計り、案配する訓練を積んでいることになろう。いかな人の群れの中であろうと、前後左右の間の取り方、スピードの取り方は楽々と了解できるのである。「x is y」という中立的な言い方しかない西洋語ではそういうことは無理なのだろう。

私はデリエさんのことばの内、「でも、いったん、そこにまぎれ込んでしまえば、まるで、隠れみのを身にまとったように自分の姿かたちを消し去ってしまえる安心感に浸れる気がしました」に注目したい。そういうことなのだ。西欧人はお節介にも日本人を集団主義と決めつけ、それでは個を殺して生きなければならないからさぞストレスがたまるだろうと心配してくれるが、逆である。「いったん、そこにまぎれ込んでしまえば、まるで、隠れみのを身にまとったように自分の姿かたちを消し去ってしまえる安心感に浸れる」のである。これが日本人の暮らしなのだ。西洋人のように尖っている必要はないし、苛ついてもいない。日々は穏やかなものである。日常生活でストレスいっぱいなのは西洋であって、日本ではない。

六五　ものの意味、あるいは関係

事物の意味は必ず周りとの関係の中で生じる。決してものそのもの、それ自体では生じない。ということは意味はものや事柄自体に固定的に内在しているのではないということになる。関係が総てである。単独のものはもの、あるいはカントの言う物自体にすぎず、何物でもない。それが何かになるのは意味を担って初めてなのだ。意味は必ず関係の中で生じる。ものとものが同時にあるとき、両者の間に関係が生じ、関係の中に意味が生じてくる、あるいは関係そのものが意味となる。

しかし次のことに注意しなければならない。「ものとものが同時にあるとき、両者の間に関係が生じ」というが、関係が生じるのはある特殊な場合のみである。単にものとものが同時に存在しても、それはただ同時にそこにある、というだけのことである。両者がなんであれ関係を成立させるのは、そこに生きものが登場してである。ものとものが同時併存する場へ姿を現した生きものはそれ自体、もう一つのものであるが、彼が生きものである限りにおいて彼との間でものは関係となる。食べ物であったり邪魔であったり、敵であったり。しかしなぜ生きものが登場すれば彼とものの間に関係が生じるのか。生きものが単独でいる場合はその生きものにはやはり意味はないのだろうか。しかり、意味はない。不思議な話だが意味はないと考えるほかない。

生きものとはなにか。究極のところは自己複製するもの（分子）である。自己複製する能力を偶然もった分子が出現した。彼は本人の意図とは関係なく、勝手に自動的に自己複製して増えていった。途中で他の分子に破壊されたり、邪魔をされて消えていったものもあるだろうが、にもかかわらず彼は意図せずに増えていった。雑多な分子群世界の中で彼は増える、増えて存続し続けるという意図・意志をもつとしか見えないあり方をした。自己複製するためにはいずれにしても彼は常に新しくエネルギーを補給せざるを得なかった。エネルギーが枯渇すれば自己複製すらできなくなる。よって彼がエネルギーの獲得の動きにでるのは必然である。エネルギーは太陽光であったり何かであったりするのであろう。なんであれそれを手に入れることは快であった。快に向かって彼は動き、快と同時に雑多なゴミや分子や元素をも取り込むこともあったかも知れない。他の分子と融合することもあったろう。こうして彼は自己複製しながら少しずつ異種を作っていく。こういうものにとって他のもの（分子や元素、物質）は全く無意味なものではない。無意味なものが大部分であろうが、他は必ず何かであらざるを得ない。快の対象であって接近するべきものであったり、危険で遠ざかるべきものであったり。

両者の間には関係が生じているのである。関係に応じて行動が決まる。関係とは何か。彼にとっての意味である。どういう意味がある対象かというわけだ。

したがって、あるものが何かの目的をもって存在するとき、自己複製する分子の場合だと意図も目的もなく自動的に自己複製してしまうのであってもその自己複製のためにエネルギー獲得を必然とし、そのように存在しているとき、たとえば晴天や空、雲は彼との間に一つの関係をなすことになる。彼にとってとにかくある意味をもつ。意味はこのようにして成立するものだと考えられる。

ということはまず存在Ａがあって、Ａがなにかの目的、意向をもつ存在であることが先行するはずである。それがあって初めて存在Ｂとの間に無関係か関係かいずれかが生じる。関係が生じたとき、Ｂに意味が出現する。

Ａになにも目的も意向も意志もないときＢが横に存在していてもＡとＢはただ併存しているだけで、相互になんの関係も意味も生じない。これが単なる物質、もの同士のありようである。たとえばＡは大岩だとする。Ｂは小石だとする。この場合、太陽の位置によってＢはＡの影に入り、少し気温低下するという影響を受けることがあるだろう。この場合はどうなるか。Ｂが気温低下によって壊れるということがあり得る。だがそれでも両者の間に関係があるとは言えまい。ＡにとってもＢにとってもそういう事態はあっても両者の間に関係というものはない。

やはり関係は意識としてにしろ無意識にしろ意図や目的、意志をもつものにのみ生じる。ではアメーバに意図や目的を認めるのか。そう、無意識の意図、目的があるとせざるを得ないだろう。本人の気持ち、意識の有無にかかわらずアメーバは生き延びようとして動く。彼がそうしていることは彼の行動を見れば分かる。あなたは言うかも知れない。アメーバは対象を感知し、かくて対象との間に何らかの関係が成立するとしてそのことは第三者である君にどうしてわかるのか。アメーバには意識がない。知覚もない。なのに彼にとって対象が存在し、対象との間に一定の関係が生じ、したがって対象は何らかの意味あるものとなるとどうして言えるのか。

答え。アメーバの動きを見ておれば分かる。あるものに出会ってアメーバが行動を変えれば、アメーバが対象を認知し、それに何らかの意味を認め、だから彼は行動を変えたのである。もの（対象）に意味が生じるということは、そのものに対する対応の仕方がわかるというのと一緒なのだ。意味とはつづめて言えばそのこと以外の何物でもない。

さて、こうしてこの世の中、人間にとって意味のないもののはひとつもないことになる。無意味という意味さえあるのだ。意味のあるところ関係がある。関係の中にだけ意味が生じる。ここのところをしっかり押さえておこう。ものには単独でそのものに内在する価値とか意味はない。先天的に内在するように思える意味や価値であっても、それは外見だけであって必ず他のものとの関係の中で生じるものである。

ところが科学は分析を武器とする。ものを究明して細かに分け、分けたものをさらに分けて細かく細かく分析してゆく。それがものの正体を突き止める非常に有力な武器になる。大抵それである程度満足いく成果を得る。少なくとも得心がいく。あまりの成功ぶりに人は同様なことを科学以外にも適用し始める。たとえば人は「自分探し」といって自分を省みることに熱中する。そのあげく離人症になったり、精神に障害を来すことになる。ころの専門医はこういう人には「自分は幾ら自分を見つめても見つけることはできない。自分を捜そうと思えば自分の周りを、自分を取り巻く周囲を見ることだ」と教えるそうだ。自分を知ろうと思えば自分自身ではなく、外を、自分の周りを見よ、とは実に事態をよく教えているではないか。要するに関係をよく見よということだ。ともかく離人症になどになったりするのは自分探しだからと自分単独を突き詰めていくあげくに発生するのだが、こんなことになるのも科学の探究法に追従するからである。自己単独では自分の意味、自分に意味を見つけるのは難しい。なのに人はついつい科学のやり方に習う。文脈や周囲から目標物を取り出し、それのみを詳しく詳しく分析してゆく。

受精した生殖細胞は分裂して増殖するとき、腸になる細胞、脳になる細胞、皮膚になる細胞などとあらかじめ決まっているのではなく、誰が指示するのでもないのに銘々が自覚的に何になると決めて身体を作っていくのだそうである。このとき各細胞は周りの様子や動きによって自分の役割を決め、別れていくのだという。すなわちある細胞が何になるかは周りとの関係の中で初めて決まっていくらしい。関係が決定するのである。

六六　表現するのと説明するのと

前に私は『瓦松庵残稿』の中でカール・ポパーが説いている言葉の四機能について述べた。いまそれを引くと、①表出的機能。つまり感情の表現。「アアッ」とか「痛い」とかである②信号的機能。わかりやすく言えば、他者への伝達機能というところか③叙述的機能。いわば事柄の記述。したがってこの段階で嘘と本当ということが生じる④論述あるいは論証的機能。この段階にいたって「正しい」「正しくない」が登場する、と言うのである。では言葉ではなく文章についてでは何が言えるだろう。文は非常に大雑把に分けて二つの異なる形あるいは機能がある、とできるだろう。一つは「表現」であり、一つは「説明」である。表現は、粗っぽく言ってしまえばある事柄ないしことやものがあるということを述べることだし、説明は事柄ないしこと・もののある状態やある経過理由を述べることである。二つのことは明らかに違うこととと言ってよいだろう。にもかかわらず表現することは説明することと重なり、説明するのが同時に表現にもなるという重なりがあり得て、ややこしくなる。「ある強い風の吹く丘に男Aがいた」と文を綴るとする。これは表現であろう。Aはどのような男でなぜそこにいるのかを綴る文は説明だろう。詩は典型的な表現である。

ながれのきしのひともとは、
みそらのいろのみづあさぎ、
なみ、ことごとく、くちづけし、
はた、ことごとく、わすれゆく。

いま試みに引用したのはウィルヘルム・アレントの「わすれなぐさ」の上田敏訳である。ここにあるのはひたすら表現であって説明ではない。吉田健一氏はどこかでオデッセイウスはホーマーが歌ったから存在する、という趣旨のことを述べている。ホーマーの詩がなければオデッセイウスは単なる辞書の中の一項目にすぎない。だがホーマーの歌によってオデッセイウスは一人の人間あるいは神として生きて存在し、それゆえに旅をしたり泣いたり戦ったりする。こう考えれば表現というものはたいしたものである。あれこれ読んでみると吉田健一氏は「文学は表現である」と考えているように読める。つまり文学の文は物事や事物を存在させるものであると考えているようだ。説明は後で来る。まず物事が存在しなければならない。存在して初めてなぜ存在するのか、どのように存在するのか、などの記述が必要になり、説明がやってくる。

さて、ここでややこしいことが生じる。説明の替わりに表現をもってしても同じ働きが出来るからである。そうなれば表現と説明はどう違うのだろう。ある事柄の事態の表現をすればそれが即ち説明にもなっている。そういうことはいくらでもあるだろう。それなら説明も表現も一緒ではないか。

だが実情は、表現は説明をカバーしうるが説明は表現にはなりにくい、というところにあるのではなかろうか。だから表現は文学であり、人の心を打つ、あるいは動かす。説明はものを存在させる力をもたない、というか希薄だ。繋がりを説く、あるいは解き（説き）ほぐすだけである。

表現は世界を作り、世界を現す。いわば表現されたものが即世界だから表現はある意味で絶対であるが、説明はどうにでも出来る（可能）ものであるゆえに頼みがたく、力が弱い。表現はすでにあるものを表現する（表現を描写と同義と見なす考えに立てばそのように思われるが）のが本質ではなく、創造する、作り出すのが本質であるように思われる。表現とはその半分は創出行為である（残り半分は既存のものの描写）。表現されるところに世界ができる。したがって表現の善し悪しによって世界は良くも悪くも豊かにも貧弱にもなる。私たちはそういう世界に住んでいるのである。

もちろん言葉や表現以前に世界はある。私たちを取り巻いているものがある。だがそれはカントの言う物自体でしかないだろう。言分け以前の身分けの世界でしかないだろう。そこに意識が登場した。いや言葉とともに意識が登場した。これが私たち人間の世界である。私たちの世界は言分けによって出現する。すなわち言葉によって現れるのだ。それなら言葉がどう使われるかによって世界は変わってくるだろう。そうならざるを得ない。

いま実例を引くことはできないが、ある文を読んで初めてそういう世界があることに、世界をそう見ることもできること、世界はそのようにも見ることができるということに、気がつくということがある。このとき世界はそれまでと違ったものになる。プルーストが出現するまで人々は人間の心にはそんな（彼がその小説で精密に描いてみせたような、たとえば醜い）動きやそんな働きをすることのあることを知らなかった。知らなかったのだろうか。知るということの定義次第になるが、それまではいわば身分け的に知っていた、というより感じていた。それがプルーストによって正面から取り上げられ、それがどういうものか明らかな姿が与えられたことによって人々はその心の動き、正体を、正確に、まともに知ることになったと言えないだろうか。そういう意味ではそれまでは人々は私たちの心のそういう醜さをなんとなく感じながら、醜さとその正体に無知であったと言ってもそう間違いではない。これが言葉と、表現である文が、私たちにもたらしてくれたことである。

このあたりの事情を今ひとつの例をあげて述べてみよう。子供のころのことである。四つ五つから小学校の一、二年生のころ、だから終戦前後のころだったと思う。私はその日もいつものように元気いっぱいで外から帰ってきて座敷へ上がったところだった。その時、母親が笑いながら「ほれ、見てみな」とあきれたように言った。「この草履の脱ぎ方！　あんたはいっつもこうや」。見れば草履が前後に一メートルか二メートルぐらい離れて（しかも片方は裏返しになって）脱ぎっぱなしになっている。庭を走ってきて、その足裁きのままに、座敷へと駆けあがった様歴然としている。履き物を揃えて上がるどころの話ではない。私も笑い出してしまった。そして、自分がいつも座敷へは駆け上がっていることを知った、というより確認した。思い出せばいつもそうである。駆け上がっていた。歩いて近寄り履き物を揃えて上がるということなどしたことがなかった。それぐらい子供の私はいつも走り回り跳び回りしていた。心が弾み、何もかもが面白いことばかりだった。その草履の大口を開けたような脱ぎ方はあからさまにお前の毎日はそんなだと教えていて我ながらおかしかった。

その日その時、草履の形を指して母親に言われるまで私は自分がそんなことをしているとは知らなかった。言われて初めて、そう言えばいつでも私の草履の脱ぎ跡はそんなだったと、気がつくようにして思い返し、そう確認したのであった。だから自分自身でもあきれかえった形でおかしかったのだが、――ここである。事柄をそうと対象化して意識するまでは私にとってそのことはなかったことあるいはなかったと同じことだったのだ。意識すると同時に、過去へ遡って改めてそうであったと事態を知ることになったのである。このとき現実は現実となったと言ってよいだろう。意識するとは言葉になる（すること）である。言葉によって現実が現実となるのだし、言葉によって言いあらわされるとおりの現実になるのだ。これが私たちが言葉と事実（現実）との間に成り立たせている事態の実態であろう。少なくとも言分けの世界で生じていることはそうであるに違いない。「私たちの世界は言分けによって出現する。すなわち言葉によって現れるのだ。それなら言葉がどう使われるかによって世界は変わってくるだろう。そうならざるを得ない」と先に書き現したことは以上のことを意味するのだと思われる。

このことはいつかこれも『瓦松庵残稿』で述べた、画家が見るのと私たちが見るのとの違いについて考察した一節を思い出させる。小林秀雄が速水御舟が描いた祇園一力の赤壁を取り上げて「私たちはこの絵によって初めて一力の壁はこんな美しい壁なのだと知るのだ」という趣旨のことを論じているのに続いて、私はある科学者の体験を紹介した。子供のころ彼は絵の好きな友達と高い煙突を写生していた。やはり友達の絵の方が遙かに本物の煙突らしくうまかった。なぜだろうと彼は両方の絵を見比べて友人のそれは煙突の左右で明暗が違っていることに気がついた。日が当たっている方が明るく反対側は影に塗られていた。そうと気づいて彼の目にも初めて実物の煙突もそうなっていると見えたと言うのである。それまでは彼には煙突が左右で明暗を異にするとは見えていなかったのである。驚くべきことではないか。もちろん網膜に入ってくる光線に違いのあるはずがない。同じ光波が入ってきていたのに違いないが、煙突の左右の明暗の違いに気がつくまでは（意識するまでは）違っては見えなかったのである。明暗の違い、すなわちそれを意識するというのは、そうと言葉を与えること以外ではないだろう。左右で明るさが違うと気がつく（見える）とき人はそうと意識している。意識しているとは言葉を与えていることと同じことである。「左右で明るさが違う」と言葉を与えて初めて私たちは左右で明るさが違うと知るのだ。したがって絵にするときそのように表現する（描く）。

私たちの世界は言分けによって出現する。それなら言葉がどう使われるかによって世界は変わってくるだろう。そうならざるを得ない。私の草履の脱ぎ方の気づきと同じことである。そしてこれが私たち人間の認識であり、言葉と考えの関係である。そうだとすると、私たちが言葉を連ねて文にする（言う、語る）とき私たちがしていることの意味内容は明らかである。私たちの世界は言葉によって現れるのだ。一見常識に反するようだが、事実はそのようであるに違いない。

　さらに言うならば。表現するにしても説明するにしても言葉にするということは対象化することである。言葉にしたものは対象化したものなのだ。そして、ものや事柄はどんなものでも対象化しなければそれをどうこうすることはできない。手を加え、あるいは修正したり他と繋げるなど目指す方向のものにするためにはそのものをそれと対象化するほかない。人間以外の動物があれほど進化できないのは目指すものを対象化できないからに違いない。人は言葉によってものを対象化する。対象化することによってそのものを操作できる。操作することによって目指すものを目指す方向に修正し、変え、利用できる。これによって人は環境を自分に都合の良いようにもっていくことができる。人はこうして進歩してきたのだ。言葉というもの、あるいは言葉の根底にある意識というものの凄さに思い至るべきである。

　吉田健一『言葉といふもの』からの引用。

「言葉抜きの現実などといふものはない。…我々にとつて何かが動かし難く記憶に残り、精神のうちに確たる場所を占めるといふのはそれがそこで生きるといふことで、それが消えずにゐるのはこれに生命を与え続けるものがあるからであり、それが我々と生命を分かつ言葉である。我々は恩といふ言葉を知らないで恩を感じることは出来なくて…」

「我々が考へるといふのは或ることに就いてその現実を知ろうとすることでその為に言葉を探し、この冒険は我々が或ることを表す言葉を探すのと全く同じ性質の行動であり、或ることを表すといふのもそれが表す言葉があつて初めてその何かが我々にとつても明確な形を取るのである」

「知るといふのはその対象と我々の精神の交渉が軌道に乗ることであり、そうして知るといふこと自体よりもそれによつて対象とともにそれから生き続けるのが実際の目的なのだといえる。…その知るは親しむといふことと同じであつて我々が求めてゐるのはただ知ることではなくて我々が親しめるものを増すこと、従って我々にとつて馴染みの世界を拡げていくことであり、それが我々人間の世界全体に亘ることも辞すべき理由はない」

「ただ正確に或ることを言葉で表すにもその際の言葉の用ゐ方は詩人から、或いは詩から学べるのでそれは対象をこの上なく正確に表した結果が詩だからである。……そのことで我々がこんにちまで馴らされてきた目立つ言ひ方や特徴がある言ひ方といふのが言葉に言葉でないものを付け加えてそれで実際に何かを言葉に加えることが出来たと思ふことであることを漸く明らかにすることが出来る」

六七　退屈すること

例えば家人は家にいて一人になって何か大事なことをしていないとき、すぐにテレビをつける。つけてテレビを見ながら、あるいは聞きながら時間を過ごしている。病院などで診察待ちをしている人々は多く置いてある週刊誌その他を読むかテレビに眼をやっている。電車に乗ると、ことに若い者たちは一様にスマホを手にして指を走らせている。要するに何かをしているのである。中には本に目を落としている者もいる。

本、読書と言えば家で本を読んでいる者もいるだろう。彼らの多くは読めば大抵それでお終いで、売りに出して手放してしまう。あるいは図書館で借りてきて読むだけである。読み終われば返却してそれでお終いだ。

こうしたことすべてに共通するのは、私には空白への恐怖と見える。何もしないでいるのに耐えられないのだ。ぼーとしていることが不得意なのである。何もしないでぼーとしているとき、人は嫌でも自分と向き合うことになる。あるいはそういうことになりやすい。併し自分と向き合うとは本当のところ何と向き合うことになるのか。自分と言うが何もありはしない。向き合うものなどないのである。なにもないのであれば、これと向き合うことは難しく、無意味で退屈で苦痛ですらあるだろう。本当は大抵の人間に自分などないのだ。それが事柄の実体なのであろう。向き合うものを求めてテレビをつけ、スマホに向かい、本を読むのだ。つまりはすべて何もない自分に向き合うことから逃れて、時間つぶし暇つぶしをしているの過ぎないのである。読書も大方のそれは時間つぶしにすぎまい。読書ではない。だから読んでしまえばそれでお終いなのだ。

しかしここはもう少し考えたい。本当に自分がないのだろうか。自分がないなどということは意識のもち主である以上、ない。では、自分と向かい合うことを避けるのはなぜか。二つ理由が考えられる。一つは自分と向き合うこと、内なる自分と会話をすることが、慣れていないこともあって、しんどいこと、面倒な厄介なこと、当たり前すぎて値打ちのあることとは思えないこと、つまり他者とおしゃべりしたりテレビを見たりする以上にする値打ちのあることとは思えないことである。おそらく人は自分との会話、自分と向き合って自問自答することの厄介さというか面倒くささから逃げたいのが本当のところなのだろう。もっともっと気楽にいきたいのだ。なんにも考えずにいたいのだ。そうでなくても世俗の心配事はいっぱいあるのだから。

ラジオもテレビもスマホもなかった昔の人のことを想像してみたい。例えば農婦。彼女は谷間の田圃でたった一人で朝から耕して畝を作り、草を引き、肥やしを撒き、作物につっかい棒を施し、と働きづめに働いている。まわりでは時にウサギが走りすぎたり、鳥がさえずっていたり、風が立って林で葉擦れの音、木々のざわめきが起こったりする。それ以外にこれという何事もありはしない。こういうとき彼女は自分を相手にする以外になかろう。自ずと心にわき起こってくるさまざまな想念、思いを相手にすることになるはずだ。これからする農作業の段取り、晩ご飯のこと、昨夜見た夢、遠くへ出ている息子のこと、最近旦那の機嫌が悪いこと、明日の村集会のこと、さっき出会った隣家のお爺さんのこと、うるさいほどさえずり続けるヒバリのこと。思いは種類を選ばず、脈絡もなく、次々と湧いてきて、彼女はそれをどれも少しの間、思いやり考え、時に長く転がしする。多くの場合は特にそのことについて考えるということもないだろうし、事柄によれば長い間あれこれと考えるかも知れない。ほとんどは考えるとも思わずに過ぎて、歌や独り言を口ずさんで時が過ぎるかも知れない。まわりの草や木、日の光、風のそよぎに刺激されての反応にすぎまい。しかしいずれにしても、それらすべては自分の心の中に生じるのであって、それらを相手にする、それらを巡って思いを巡らすのは自分の心の中をのぞき込むことにほかならない。

彼女一人ではない。昔の人はそのようにして過ごす時間が多かったはずである。誰もが現代と比べて遙かに頻繁に一人で過ごすことが多く、テレビもラジオもなく、スマホもなく、外部の人間からの働きかけもなく過ごす時間をもった。どうしても自分自身の思いや気持ちと向き合うことになっただろう。そうと意識せずに自問自答することが多かった。範囲は狭いかも知れないが、よく考えよく感じることが多かっただろう。考えも感じることも随分と深まっただろう。現代人はどうか。物事に対する考えや見解や思想、知識や情報は昔の人に比べて遙かに多くもっているだろう。だがだからといって考える力も遙かに多いとはとても言えまいし、遙かによく考えているとはとても言えまい。なぜならその多くはただ外部から受け取っただけで、自ら考え、感じたのではないからである。自分に向き合い、自分が感じ、自分が考えたことを（外部からの情報や見解に刺激を受け参照しつつ）反芻し反芻して深めたのではないからである。つまりは自分で考え、自分で感じたのではなく、ただその気に（自分で考え感じた気に）なっただけだからだ。

ぼーとする時間は一見何もしない、無駄な、怠惰な時間のように見える。だが読書人には大事な時間である。読んだことが頭の中でとぐろ巻き、さまざまな想念（イメージ）やことばとの関連を求め、探し、あるいは休息し、一見何もしない状態であるが心の世界では充足したゆったりした時間が流れているのである。退屈などしておれない。満ち足りた時が流れている。その内、充電されて彼は再び読書の世界へ旅立つ。

小泉信三氏が書いている。氏が若い日、ケンブリッジだかオックスフォードだかへ留学していたある日、汽車の中でケンブリッジだかオックスフォードだかの教授を見かけた。教授は一心に読書に耽っていた。が、しばらくすると本から目を上げ、窓の外へ目をやって三十分ほどなにもせず窓外へ目をやり続けた。再び読書に帰り、一心不乱に読み続けて三十分ほどするとまた窓の外を見続けた。教授はこれを繰り返した、と小泉さんは実に深い印象を受けた様子で述べている。

自分に向き合う、自分と問答するというのは生きものにとって多分、本来余計なことなのかも知れない。身分けの世界に生きている動物、意識をもたない動物は自分に向き合ったりはしないだろう。意識とともに自分が登場し、その自分と向き合うということも生じた。そういういわば余計なことにエネルギーを費やすことを厭わない人間も時にはいるというぐらいのことなのだろう。ただその結果する効果というか利益には多くの場合相当なものがある。一つには自分の心の操作が可能となる。扱い方を覚える。また心がニュアンス豊かに、広く、深まる。ということは人間が成熟し、大きくなる。さまざまな事態に対応できるようになる。それだけの効果があれば十分だろう。

自分で考え、自分で感じることが、なぜ大事なのか。多分こういうことだ。『瓦松庵残稿』で缶詰の打鍵検査について述べたことがある。缶詰工場では製品の出荷前に一つ一つの缶詰を叩く検査をする。腐敗その他の不良品なら叩いて返ってくる音が濁るとかして悪い音がする。音の悪いものは撥ねて出荷しない。なるほどと感心するが大事なのはここからである。検査士は次々と缶詰を叩いていくのだが、叩き方が悪いとよく判別しうるよい音が返ってこないという。つまり検査士はただ音を聞いているだけではないのだ。叩くという能動的な行為に積極的に参加しているのだ。ただ受け身に返ってくる音に聞き入ることのみをしているのではなく、積極的にこちらから働きかけているのだ。働きかけの良否が返ってくる音の良否を左右するのである。まだある。私は新聞記者をしていた時代、インタビューをたびたびした。そしてつくづく思い知ったことがある。インタビューはただ質問しておれば善いというものではない。質問者の側が良い、上質な質問をしなければよい答えは返ってこないのである。面白い刺激的なインタビュー記事が出来上がるかどうかは、いつにこちらから仕掛ける質問の内容（質）によるのだ。相手が大学者や大知識人ならいつでも面白い答えが返ってくると思っていては間違う。

さて。そうだとすると、考えるということでも自分自身によい問いかけをしなければよい回答は出てこないということになる。よい問いかけとはなにか。自分自身で（理想的に言えば）切実に感じた疑問を自分の疑問として自分の言葉で問いかけることだろう。ならば答えも自ずと真剣に帰ってくる。そして納得いく答えになるまで立ち返り立ち返り模索することになるだろう。これが日常となればいやでも考えは深まり、考える力も身につく。そうではなく、例えばマスコミがもち出す疑問にマスコミが答えている回答や見解をそのとおりに受け取って「そのとおりだ」と同調して評論家的気分でいるだけでは疑問の提出も答えも他人事のことにしかならない。他人事にはどうしても人は真剣にはならず、無責任な、格好良い評論にしかならない。当事者とは何か。そのことの責任を負う者、責任を自分で被るほかない者のことである。自分で考えるということは当事者だということだ。それなら問いも切実で力のこもったものになるほかない。答えによって自分の行動が変わり、その結果は自分に返ってくるのなら人は真剣になる。積み重ねられれば、いつかは結果に（考える力に）大きな差が出てくるだろう。

六八　読書のすすめ

もちろん本など読まなくても生きていける。文字のなかった時代のことを想像すれば明らかなことだ。文字が出来てからでも、読み書きできなかった人が人口の半分ほどはいたという江戸時代がそれでも世界の来日外国人が驚き感嘆するぐらい民度の高い文明国であったことなどを思えば、生きていくのに読めなくても一向に構わないのだと言えるだろう。文字から学ぶことより自ら手を動かし、汗を流して体験し、身につけることこそ本当に自分のものになるというのも間違いない。要は本など読まなくても基本的に生きていくのに不自由はなく、さして問題にならないのだ。反対する気はいささかもない。にもかかわらず私は、やはり読書はした方が良い、生きていくうえでの効用が随分多いし、それに費やす労力や時間、費用の消失とを比較考量しても相当大きなお釣りがくる時の過ごし方だと信じている。だから読書を大いに勧めたいのだ。やり方にもよるが、きちんとやりさえすればこんなに有益な、しかも楽しくもある時間の過ごし方は少ないと考える。それはそうだとして何がそんなによくてお前は読書のすすめなどを説きたいのか。以下信ずるところをいささか述べてみたい。少年時代以来の私の読書体験から確かに実感し、周囲に学び、多くの人々の体験を見聞して、確信に近く納得したところを、いっぱい読書に感謝している人間として述べてみたいのである。

ある識者は言っている。「本を読まないと馬鹿になるはウソである」。私もそう思う。間違いなくウソである、あるいは脅しである。馬鹿になるわけがない。誠実に暮らしておれば本など読まなくても人は決して馬鹿にはならない。読書のあるなしにかかわらず、賢い人間は賢い。どころか賢さは経験を経るごとに、ということは生きていくごとにということになるが、増すだろう。「馬鹿になる」の代わりに「損をする」なら私は半分以上本当だと思う。そしてこの半分以上本当だというところで私は読書を大いに勧めたいのである。

読書には間違いなく大きな意義がある、かけがえのない効用が二点あると私は思っている。まず一点。前に第二一節「生理科学的読書論」の箇所で述べたことだが、人は一回きりの一つの人生を生きることしかできない。人間には非常に大きな可能性がある。男であってもよかったのだし女であってもよかったのだ。波瀾万丈の人生もあれば孤独な貧しい人生もある。ありとあらゆる人生があり得る中で人はたった一つの己自身の経験を生きて死んでいく以外にない。しかるにこの冷然たる事実を幾分か補うことが読書によって可能である。小説や歴史、伝記、自伝、詩、戯曲、回想記などを読むことによって（決して実人生を生きることはできないが）疑似的に、作品の出来によってはあたかもその人生を経験したか、するような心情になる。体験したと同様になるのだ。すなわち知り学び反省し、したがってそこから自分を変えていったり豊かに育てたりできるのである。その点では自分自身の実体験とほとんど変わらない。こんな素晴らしいことがあるだろうか。男である以上女の実体験は決してできない。白人は黒人の体験はできない。現代人は武士の体験、王朝人の気持ちや暮らし、ローマ帝国人の体験、中世騎士の痛切な戦いと愛情の切なさ、ナチス体制下のドイツ人の苦しみや気持ちを経験することは決してできない。だが本によって私たちはそういった人生をもあたかも自分が生き経験するような疑似体験をまざまざとすることができるのである。どれだけ多くの典型的な素晴らしい、珍しい人生を経験することができるだろう。人はどういうときにどういう思いをするか、どんなことをしでかすか、痛切に思い知らされる。そのほとんどのことは自分一人の生なら気づかず、知らずに終わってしまうことである。そういったことが全部、本を読むことによって可能となるのだ。

あなたは言うかも知れない。それらのことを知ったり体験する思いをするには必ずしも本を読む必要はないよと。なるほどそうである。人は語り（物語）や人の話を聞くことによっても同様のことができる。大昔の文字をもたなかった時代、人々はみんなそうしていろんなことを知っていった。神話もそうして伝わった。そのとおりである。そのとおりではあるが、にもかかわらずいったん文字が生まれて本が生まれた以降の人間社会に生じた歴史的事実を見れば読書の力は絶大である。

世の中には驚異的な能力を示した仕事を残した人間がいっぱいいる。学者、思想家、冒険家、職人、研究者、軍人、政治家、宗教者、エッセイスト…ありとあらゆるジャンルに何十年に一人という偉大な人間がいて、人々に大きな影響を与えた。時代や場所を異にすれば私たちがいかにそれら偉人に会い、教えを受け、影響されたいと念じてもどうにもならない。だが、彼らが残してくれた本さえあれば直接会い、教えを請うという実体験に近い体験、疑似体験は可能である。長い年月好著名著として伝わってきた本は大抵彼ら大天才大偉人が自らのエッセンス、一番大事なことを伝えようとして書き残してくれたことが詰まっているのだ。我々はこれに接し、これに学び、天才偉人の脳に近い脳に自分の脳を育てあげることが可能だ。本のこの目眩むような効用にどうして無関心でいられよう。私の見るところ、読み方によるのだが本にはこのような力がある。これが読書の二点目の推奨理由だ。

もちろん本には他にいろんな効用、利用の仕方がある。情報を集める、有意義な楽しいひとときを過ごす（寝る前の探偵小説）。どれであっても構わない。ただこれら今あげた事例では読書でなければならないことはないという点があって読書のすすめとしては力が入らない。しかるに前記の二点は他には変えがたい読書の効用である。しかもその効用がよく考えてみれば驚異的な効用でないか。自分一人では絶対に経験できないもう一つの経験をいくらでもすることができる。あなたはローマ時代にも、平安王朝にも、中世辺境にも、ルネッサンスの商人にもなって生きることができるのだ。南極の凍り付き吹雪く中で息をつめて進んでいく探検も、他民族との苛烈な戦いも、絶世の美女との逢瀬も、経験できるのだ。話を聞いてもできることで、だから大昔から人々は物語をこの上なく好んだのだが、本はとりわけ真に迫って、主人公たちの心の内に入ってまで経験させてくれる。たった一回きりのたった一つの人生だが、幾回もありとあらゆる人生を生きたに近い経験をさせてくれる。自分では絶対に体験できない事態に直面したとき人はどうするものか、どのような気持ちになり如何なる反応をするものであるかを教えてくれる。

ただし私の思うに多くの人々は本を読んではいても読み方が間違っているとまでは言わなくても、不適切な読み方になっているように見える。当事者意識のない読み方とでも言えばよいのだろうか。当事者意識とは、運動会での走る者と応援席の人間のうち走る者側の意識をいう。実際に走り競争する、したがって是が非でも勝たねばならない者と外から気楽に眺めてあれこれ批評だけしておればよい人間との差を思えばよい。何とかしなければ自分の身に大きな利害得失が出ると必死になっている人間と、側であれこれ分かったような口だけ利いてさえおれば良い人間と。二人の事態の受け止め方、対処の仕方には大きな違いがある。本に引き戻して言うなら、自分の人生をどうにかしよう、あるいは暮らしを変えようと必死になっている人間と、そういう切羽詰まった思いを抱くことなく、何かを成し遂げようと思い決して日々時々刻々努力をすることもない人間とは、本を読む動機も違えば、読み方も違ってくる。前者は後者と同じように素早く活字を目で追うのであっても、心は探究にあふれている。後者は意識が活字の裏側にまで回らない。同じ文字をたどっても表面をなぞっている。それでも意味はたどれるのだから読んだという気になるには差し支えはない。私のまわりや古本屋で察知できる多くの読書人のしていることはそういう読書だとしか私には思えない。

しかし人は自分の必要に応じて読んでいるだけなのに違いない。必要な読み方をみんなしているのだ。とすると誰の読書も同じことで、端からとやかくいうことはない。それはそうだが、にもかかわらずこんな良いもの、値打ちのあるものはないと常々強く信じて恩恵を感じている者としては、周囲を見てもったいないとつい思ってしまうのである。人にも勧めたくなるのだ。それが何であれ何かに打ち込み、その恩恵を十分感じている人なら誰しもそういう衝動に駆られるものだろう。ただこういうことは言える。本というものは同じ活字が組まれたものから構成されたものであるには違いないが、にもかかわらず読む者それぞれによってみんな違う本になるのだと。読む者によって本はそれぞれ内容を異にする、別の本になるとはそういう意味である。私も周囲の人間に同じことを幾度も感じた。Aにとってはすぐに売り払っても構わない本であり、Bにとっては大事に手元に置いて繰り返し読むべき本になるのは当然でそうあるべきことだ。どちらが良い悪いではない。ただBから言わせればAの処置は実にもったいないことに見え、つい「もったいないことをする」と嘆きとも非難とも言えることばが口をついて出るだけのこと。そしてそれはAにとっては余計なお節介であるだけのことにすぎない。これが読書を巡る実情であろう。

読書の喜びについて追加。私が読書をなぜあれほど喜び、読書しているときの自分を楽しいものと思うか。あるとき、病院の待合室で幸田文さんの「全集」本で、エッセイを読んでいて思った。あなた方にも経験がないだろうか。あなたが好ましく思い、敬意を払う人から差し向かいで、あるいは少人数の団欒の席で、人の世の非常に良い話、好ましい話を聞いたようなことが。聞いてしみじみ喜び、面白かったという思いにひたったことが。そういうとき、一人帰る夜道をあなたは「ああ、いい話だった」とよいひとときを過ごした喜びにうきうきしたことであろう。こういうときの喜びはこころの深いところから浮かび上がってくるもので、生きていくのも悪くはないとの思いでいっぱいになるものである。

読書は時にそれと同じ体験をさせてくれるのである。遠くにいる人、例えば外国人とか、あるいはいまはない昔の人とかから直接話を聞くことはかなわない。出会えない人とでも本では話を聞くことはできる。その病院の待合室で私は幸田文さんの話を聞いていたのである。こころが喜ぶいい話だった。

昔、草柳大蔵さんの本でこんなことを読んだ。氏の晩年の著だった。「年寄りはいい話をいっぱい知っている。それが年寄りの強みとさえ言える。だから年寄りはそういういい話を若い世代にせいぜい語り伝えるのが役目である」そんなことだった。私はこれを読んだとき、ああ、そういうものか、なるほどさもあろう、後から来る世代が生きていく支えにしうる話、生きることやこの世を楽しいもの、良いものと思い、人間を信頼し、勇気の出るような話をできるだけ残していくのが年寄りの役目だというのはいいなあと考えたものだ。去っていく年寄りは後に続く世代が勇気をもって生きていける手助けをするべきだろう。幸い、良い話の貯蓄は誰にでもいくつかはあるだろう、難しいことではないとも考えた。

たとえばここで幸田文さんは短いが実に無理のない、よい話を綴っている。彼女にはそういうエッセイが多い。それを読むことは、信頼し敬愛する目上の人から「こんなことがあったのよ」と親しく、ニコニコしながら語られる話を聞くに等しい。病院での時間待ちというひとときが最良の、充実した楽しいひとときになるのである。

追加。

吉田健一さんのエッセイ『本を読む為に』から。

「本を書くといふのは言葉を探すことであってそれを読むことで言葉を探す手間が省けると思ってはならない。或る本に一連の言葉が出てくる時にそれを得る前の作者の状態に自分を置いて自分もそれを探すのでなければ言葉は響いて来ない。そんなことはないと思ふなら実際に何か読んでいる時の自分の状態に注意を向けるといいのでそこに書いてある言葉の通りと自分でも感じるのはそれを見つけて言っていることに確信を得た作者の立場に自分を置くからである。それでこそ本を読むことで精神が動き出す。この生気が本を読むときは必要であって従ってそれを促すだけのものがない本は読むに価しないといふことでもある」

六九　最後は感情である

ビッグデータと手を結んだAIとクリスパーキャス9と呼ばれる遺伝子編集機能を合体した技術は（必ずそういうものができる）確実に人間を（能力の点で、と限定して言いたいが）超える。いろんな点で人間の到底及ばない能力を発揮する。

ここではAIを取り上げたい。新聞（平成二九・五・一二日経のコラム「大機小機」）の解説によれば、AIの深層学習という新しいやり方では、学習によって脳ではニューロンに当たるものをつなぎ替え、次々と自主的に学習していくのだという（「疑似的ニューロンのネットワークをコンピューター上に作り、ニューロン間のつながりを学習で変化させる」）。こうなると人の大脳が行っていることと変わりがない。そしてAIが得意とするのはパターン認識だという。しかも深層学習の進化と同時にいま人間世界ではビッグデータの時代が始まっている。ビッグデータというのはどうやら膨大なデータを集めることのようである。この二つが合体すると恐ろしいことになる。

コンピューターは言うまでもなく人間には到底不可能なほどの記憶蓄積が可能である。ビッグデータを蓄積し、記憶するのは苦もないことであろう。このデータをもとに深層学習で飛躍的に賢くなったAIがそこに潜むパターンを分析し、認識する時代が必ず来る。人間の能力を遥かに超える認識を示すだろう。人より遥かに賢くなる。

私の見るところほとんどというか概ね人の知力はパターン認識である。人のもつ理論や論理は（科学も知識もすべて）パターン認識にほかならない。ということはこれらすべてにおいてAI（コンピューター）は人間を遥かに超える存在となるということである。これを阻止することは人間の性（さが）からいって不可能である。では、人間に残るものがなにかあるのだろうか。あると私は思いたい。なぜならコンピューターができることは大脳の働きだけだと考えるからである。コンピューターは大脳機能を模して作られたもので、それ以上を出ない。しかしその範囲の機能に関しては人間を遙かに超えるというのが実情なのであろう。大脳以外の人の機能、たとえば小脳の働きなどに関してはコンピューターは不可能なのに違いない。ここにコンピューターの弱み、人間に残された分野があるのではないか。

AIが到底もてないものは感情ではなかろうか。意欲とか野心、嫉妬心、哀れみの気持ち、同情、義憤、正義感、憎しみ、欲、その他その他。これらが論理の根底にはあり、論理を動かし、左右しているのが人間の実態である。が、それとてチューリングの（ひょっとするとジョン・サールの）「中国人の部屋」のたとえ話が語るように、リアルとリアルでないものを分けることは事実上できないのが現実だとしたら、超えられるのかも知れない。実際は感情はないのに、あるとしてしか扱えない事態が出現しないだろうか。

「中国人の部屋」というのは無茶苦茶簡略して言えば、見かけと表に現れた機能が同じものは中身が違っても結局同じとして扱うほかない、いや二つは同じものなのだ、ということを語る物語である。AとBがある。AとBだから二つは本来別々のもののはずである。が、その外見が同じで、働きも全く同じなら、二つはAとBという命名以外に違うところがあると言えるのだろうか。

あなたはどう考えるだろう。現実問題として二つは同じとしか言えないのではないか（それより以前に、中身は違うが外見と機能は全く同じというものがいったいあり得るのだろうかということがまず問題だが）。

こういう「中国人の部屋」問題に似た事態がコンピューターと人間の間にも起こりかねないのである。厖大なデータに基づくパターンの読み取りだけによってAIが人間の感情をも見事に読み取ったり、演出したりするようにならないとは保証できまい。このようなAIを実装するコンピューターが出現すれば人の感情生活をも営むに近いことになりはすまいか。そうなれば、私のように感情をこそ人間に特有な最後の牙城としたい目論見は外れてしまう。大問題である。

だが、極限状態になればどうだろうか。「中国人の部屋」式であろうと感情の営みはコンピューターにも成立するのだとしよう。する可能性は大きい。だが、いかな「中国人の部屋」方式であろうとも、極限状態ではどうだろう。極限状態が何を表すのか不明だが、ある特別な場合というものはあり得るだろう。そういう状況では人間の感情とコンピューターのもつ疑似（ここではそういうことにしておこう）感情生活の二つの違いは現れざるを得ないのではないか。でなければ二つの事態があるということにはならない。違うことが同じだということは原理的にない。

もっとも、事柄がたとえ感情でも他者のそれを見分けるのはコンピューターにも十分できるかと思われる。パターン認識で可能だからだ。人がある様子（表情、目の色や瞳孔の大きさ、顔色、所作、声の調子その他）を示せばある感情を感じている証拠である。それならそういう人の様子、表情を何万枚何百万枚と写真に撮り、この表情の時はこの気持ちと無数のパターンを覚えさせる。ビッグデータをもってすれば非常に精密、微細にそれが可能であろう。こうしておけばコンピューターにも人の感情を読むことはできると思われる。ただ、自分が（コンピューターが）感情をもつことはどうだろうか。パターン化できるだろうか。粗っぽく大雑把にはできるだろう。しかし人が感情をもち無意識に感情に左右されて事柄を決定したりするときの心の動きはそう単純にパターン化できないだろう。実に複雑微妙なものがありすぎる。大脳以外の旧脳部分がすることはすべてが無意識に行われ、対象化できないことである。無意識部分をパターン化することは無理だろう。できたとしても上っ面の浅い部分でしかないのではないか。

人の決定、物事や思考の決定には間違いなく無意識部分が大きな要素を占めている。なのにコンピューターはその部分が欠落している。それらなしに事柄を決めるコンピューターと人間とはどこかで、ひょっとすると肝心の所で、違いができてくるのではないか。私は前記部分で人の感情として「意欲とか野心、嫉妬心、哀れみの気持ち、同情、義憤、正義感、憎しみ、欲、その他その他」とあげたが、旧脳で生じている感情はそんなものどころではないだろう。対象化されない感情だからそういう形あるものではない。どちらかといえば情緒（アントニオ・ダマシオの用語では情動）というのに近いだろう。だからそれはどんなものかは（嫉妬か意欲か野心かは）分かりはしないのである。にもかかわらず確実に感情は大脳の論理展開や意志決定に大きな役割を果たしている。

コンピューターは脳の内、大脳部分の働きを担っているにすぎない。要するにコンピューターは旧脳を欠いた脳なのである。ここが人とコンピューターの違い、決定的な違いであろう（と私は見る）。コンピューターの弱みもここにあるに違いない。

もし以上のことに間違いがないとすればコンピューターは西洋人の得意とする範疇で機能することになる。反して日本文化の強みの部分ではコンピューターは弱いはずである。日本文化はことばにならないところでおおく機能している。これはコンピューター時代の強みとなる。

七〇　縄文人であるとはどのようなことか

長い間、内外の多くの一流の先学の書物を読んできてつくづく思うことがある。日本という国の、日本文化いや日本人の独特さ、ないし世界の諸民族中での特異性である。私自身が日本人なのだからなんとも言いがたいほど気になる。書物を読み、諸証言を知れば知るほど、日本人は世界でも本当に珍しい特異な人種らしいと思わざるを得ない。これだけいろんな国の一流の文化人が、述べ方は驚きから毀誉褒貶さまざまあるが結局は同じことになる日本人の特異性、異質性を述べているのを見れば、確かに日本人・日本の文化は世界中でも特別らしいと思わざるを得ない。同時にそう思うことによってかねて感じている世界の様子や世界の文化文明に触れて感じていた違和感が腑に落ちる気がしもする。

いったいどう特異なのか。何が本当にそうも日本人を世界の諸民族とは違ったところのある民族としているのか。無の文化とか己を無にすることに価値を置いている文化と言われるものが一つ。個や自己、自我を押し出さず全体を重視しとかく譲りやすい文化、自分が何かをすることによって周りを自分にとって都合が良いように変えようと努めるよりは周りや相手にあわせて自分の目的を達成しようとする受け身の文化と見られるものが一つ。己の意志を強調し、思うようにし遂げようとするより自ずとなる、そうなる、自然に移り変わっていくその結果を受け入れようとする文化と言われるものがその一つ。自然のままが良いというところから出てくるのであろうが、ものは左右対称でコントロールがとれ完璧で、豪華華麗なのが良いという世界中の考えに対して、完全でなくてもいっこうに構わない、歪んでいても左右不均衡でも傷があっても構わない、貧乏くさくても構わない、言うに言われぬ味がありさえすればいいのだという美的感覚がそう。諸人が述べ指摘している日本文化、日本人の特異性を大雑把にまとめればこんなところになろうか。

確かにこれらがそのとおりだとすれば、単純に考えるならば日本人はなんと変わった、理解しがたい妙な人種だなということになるだろう。それも、存在感の小さい、人口上も文明文化的にも言うにたらない小国がそうであるなら、あるいはそうでもあろうかと誰も問題にするまいが、国土面積こそ少ないが国力、文化的影響力、その他多くの分野で世界でも有数と言ってよいほど大きくて、最先端を行っている国がそうなのだから、気にならざるを得ないのである。呉善花さんに言わせれば、数千年前から隣の国として関係があってきながら韓国人は日本人のことを理解できず「あれは人間ではない」とまで言うそうである。いったいそんなバカな話があるだろうか。韓国人はいま列挙した日本人の特性を全く納得いかないのだから仕方がない。そして韓国人の感じることが間違っているのでも不思議なのでもない。世界中の多くの人々が概ね感じるところなのである。

いったい、人間はエゴイスティックなもの、自己の利益を第一にするのが当然の、人間の自然であるというのが、おそらく全世界の人々の見解である。これとて私には本当にそうなのか、西洋が世界を覆った近世以降の事態ではないのかという疑いが残るが、一般に人間のみならず生き物のもっとも基本的生き姿であると受け止められている。それからすれば確かに日本人のあり方は普通ではない。例えば自分より他人を先にするなどよほどの事情がなければあり得ない。バカではないか、というところである。品物にしてもいびつに歪んだり、色むらがあったり、欠けたりしていては、不完全品として退けられるのは世界中どこでもであろう。金色に輝いていて豪華、精緻な品物が喜ばれるのが当然のことである。しかし日本人は普通なら無視され軽蔑されるそういうものにも価値を見い出し、いやかえってよしとすることもあるのだからわからないと首をかしげられる。

問題はただそうであるというだけではすまないことだ。西洋人の中にも、それも相当美意識が発達しているとか教養が高いと見られている人々の中にも、日本人の看取している美を感じ取って、非常に賞賛したり、高く評価する人間が現れ、様々な分野で日本人のすることが絶賛される事態があることである。これはいったいどういうことなのか。おかしいではないかということになる。

日本人が、己を空しくすること、自分を立てて強調する意志薄く、周りの移りゆくに合わせてその中で自分の目標を達成しようとすること、ものごとを強制的に無理矢理にでもこちらの思うように仕立てていこうとするのではなく周囲の流れとともにあるなかで、周りに合わせる形で、よりよく生きていこうとする傾向が強いこと、周りをも自然のままに愛でていこうとする傾向があること（その結果がいびつなこと精緻ではないことの中にも良きこと、つまり美を見つけようとすることともなる）、そうしたことは確かに間違いではない。日本人に認められる傾向だと言い得る。全て日本人にとって極めて当然な自然な事柄である。いったいなぜそうなのか。世界中から見れば不思議な程異質なのは、それが、その異質性が、日本人にとってはいたって自然なのはなぜか。

英語学者で比較文化学者の荒木博之氏は世界の民族を見るのにインド・ヨーロッパ語族という括り方のあるのを取り上げる。インドからヨーロッパまでのユーラシア大陸を統括する概念である。この範囲に現存する民族の言葉をたどり、その原型を追求していくと、この地域で話される言語は現在様々だがもとはおそらく一つであったろう、それが方言のように住む地域によって様々に変化していったのがこんにちの各国語であって、もとは同じ一つの言語から別れていったのが事実だと確認できると言うのである。そのもとは一つだった言語がインド・ヨーロッパ語祖語だと言うのだ。

つまりいま大雑把に言ってインド大陸からアイルランドまでにいたる諸民族はもとは一つだったということになる。おそらくこんにちのロシアの南地域、中近東からアラブ地域のあたりに住んでいた民族が起源ではないかとされる。そしてそのインド・ヨーロッパ語を詳細に調べると彼らは多分始終移動生活をしていた遊牧民だったであろうと考えられるようだ。イメージで言えば、一族や一家ごとまとまって全財産をもち羊たちの食べる草原を求めて放浪する暮らしということになる。羊が草を食い尽くせば新たな草原を求めてさまよう。つまり彼らの暮らしていたところでは羊が食べる草原ぐらいしかなく、他に有力な食べ物はない、不毛の地帯だったのである。定住ということはなく、したがって人々には長い付き合いとか長い助け合いということはなかった。下手したら草原やオアシスの水の奪い合いが、そして短い付き合いから生じる相互不信しかなかったであろう。人という生きものの天性から言って自ずとそうなる。つまりこうした生活を基本とした人々がユーラシア大陸の広い地域に散らばり、それぞれの地域で地域ごとのあるまとまりをなし、様々な民族に別れて暮らしていたということになるのだろう。その全体を括れば印欧語族という族をなしていたと推測されるのである。同じ陸続きの大陸人として中国大陸にもその余波は及んだのであろう。中国人も日本人に比べれば遥かに西欧人的であるとは定説と言ってよい。

そこで日本列島である。列島の住民は全く違っていた。旧石器時代から人々は住んでいたようだが、約一万二千年前ぐらいに世界でも最も早く土器を発明し、縄文時代というものを形成した。土器の発明を縄文人に措定するこの見解には多くの人が反駁するかも知れない。しかし出土遺物に見るかぎり、世界で最古の土器は縄文土器であることは紛れのない事実だから、素直に考えるかぎり人類における土器の発明は日本列島であると考えても少しもおかしくはない。最も同時期に各地で発明されていてその一つに列島があるということだったとは言いうるかも知れない。どうして列島でか。あり得ないことではないと思う。言うまでもなく日本列島は別名火山列島と呼ばれもするように世界でも有数の火山地帯である。噴火は多かったろう。そのつど溶岩が流れ出る。溶岩は何もかも溶かしてどろどろにするのを人々は見ていただろう。土も溶けた。やがて冷えてかたまるのも見ている。噴火だけではない。緑したたる山々木々の満ちていたこの風土では自然発火の火事も多かっただろう。こうした経験が人々に土の性質、火力で柔らかくなり、どうにでも変形する、そして冷えれば硬くなる、ということを教えただろう。これが土器作りのヒントになったことはありえるだろう。他に人間に土で容器を作ろうと考えさせた契機がなにか考えられるだろうか。新しいことはすべて外から、海外からやってくるという思い込みを取り外しさえすれば列島人が土器を発明したということはかなりの確率で言えるのではないか。

ついでに。土器は日本列島で発明されたと考えられ、海の外のどこかから新しい人種が土器を持って列島にやってきたのだと考える必要がないとすれば、面白いことになる。縄文人はどこかからやってきたのではなく、旧石器人がそのまま新石器使用を始め、同時に土器も作り始めて縄文人になったのかも知れない。日本史学では旧石器人と縄文人ははっきり区別され、両者の間には決定的とも思われる断絶が当然のごとく設定されているような扱いだが、本当にそうか。確かに使用する石器の違い、旧石器と新石器の違いは歴然としている。この違いはそのまま人種・民族の違いに必ずなるのだろうか。同一人々の中で旧石器から新石器への進化はあり得ないのだろうか。石器を使っているところではどこでもよりよい石器、より精巧で強力な石器は求められるはず。それなら新石器を発明した人々は工夫する力が強い人々で土器をも発明したとしてもおかしくはないだろう。もちろんこれを裏付けるものはない。だから学問的な力はゼロである。しかし同時に、旧石器人と新石器人は別の人種・民族であるという証拠もないのではないか。それなら両者可能性は五分五分である。五分とはいえ、どこから来たとは分かっていない縄文人が地球温暖化による列島の大陸からの分離・孤立化でも残った旧石器人の末裔と考えるのは、なにか愉快ではないか。さすれば木々草花に馴染み自然を友とした縄文文化人の年代は遥かに長くなる。日本人のこの国の風土との付き合いは、すなわち自然と一体化した民族性は想像以上に骨身に染みついていることになる。

ついでにさらに思いを膨らましたい。川勝平太氏の『富国有徳論』に教わったのだが、北緯45度というのは重要である。北海道の北端が北緯45度、そしてこの45度というのはフランスの南端に当たるらしい。ということはヨーロッパはほとんどが北緯45度以北にあることになる。地球地理学によるとヨーロッパは氷河期にはほとんどが氷河に覆われていたらしい。日本でも立山の頂上近くには氷河の痕跡があるようだから、ヨーロッパのほとんどは氷河期には氷河に覆われていたと想像される。最後の氷河期と言われるものはいまから一万年ほど昔に終わったと言い、これが日本列島では縄文時代の開始の一つの契機と見なされるほど人類に大きな影響を与えた。世界的には旧石器時代が終わり新石器時代が始まった。川勝氏の記述には、ヨーロッパの植生が日本などと比べて単純であり、かつ土地がやせているのは氷河に覆われていたからであるという趣旨のことがある。こんにちのヨーロッパの樹木草木が我が国に比べて単純なのは定評のあるところだが、何百年、何千年と地面が氷河に閉ざされていては草木の芽を出す余地はないし、したがって地面に落ち葉がつもり重なることも獣や鳥の糞尿が落ちることもなく、栄養分のない痩せた土地となるのは必定であろう。氷河時代が去っても姿を現す植物相は乏しく単純で、緑が乏しければ雨も少ない。よって後にそうであったように地面を覆うのも羊や馬が食む程度の草々が主なものだったのだろう。必然的に人々は羊や馬に頼る牧畜中心の遊牧民生活にしかなりようがなかったわけだ。遊牧民生活は馬や羊の食べ物である草々の季節ごとの移動を追っての定住することのない生活である。常ない移動。それは常時よい草々をめぐっての争いの暮らしであり、人々の巡り会いも刹那的なものでしかない暮らしである。住む場所も常に変動する。そこでは蓄積ということがない。常に変わらないのは人々が頼っている動物、羊や馬たちだけである。彼らの生態とその扱い方には習熟するだろう。

これらを日本列島に生きた人々と比べてみればどうなるか。地球氷河時代から列島に住んだ人々は自ずと獣だけでなく、草木にも頼ったであろう。氷河期とはいえ列島にはことに夏の間など草木が茂っていたはずである。小鳥や小動物もいたであろう。マンモスを追って動き回って列島を去った者も多かっただろうが、小動物と草木、果実を頼りにした者もいただろう。海辺の土地では魚貝類も頼りになった。氷河期が去ると後者を選ぶ人間も増え、やがて世界でも最も早い定住生活が始まった。

定住生活が人間にもたらした最大の効果は私は蓄積ということではないかと考える。知識の蓄積。生活の場の知識。知の蓄積は当然暮らしの工夫、つまり技術の蓄積を伴う（土器の出現はその一つではなかろうか）。このように考えれば一万年にわたる縄文時代の意味合いは途方もなく大きなものになってくる。一万年である。この年月をよくよく考えてみることだ。奈良時代からこんにちまででも二千年弱にすぎない。こんな年月に人々が代々蓄えた周りの風土の知識はどれほどものだったろう。こんにちに至る日本人の自然との物心両面にわたる付き合い方の根底にあるのはそれに違いない。

学問的には縄文時代の開始は諸説ありはっきりしない。遺物遺跡の少ない大昔なのだから無理もないが、近年では一万六千五百年前とする年代測定もあるようだ。それなら縄文時代は一万四千五百年続いたということになる。要するに大昔のことすぎて正確なことは解らないのだが、ここでは私は手堅く、これまでの学界の定説らしい一万二千年前開始、つまり一万年間続いたという説にとりあえず従っておく。ともあれ驚くべき長期間である。

この頃の列島は海水域の上昇によって大陸から切り離され、黒潮親潮に洗われる孤島となっていた。だが、照葉樹林帯を中心とした緑に覆われ、山や森、大小さまざまな川や列島を取り巻く海などの水に恵まれた地上の楽園と見なして良い環境であった。縄文時代の日本列島がいかに生きやすい素晴らしい環境であったかについては『瓦松庵余稿』や本書『瓦松庵別稿』の他の章節で様々に述べたから詳細を説くことは避けるが、列島中のどこへ行っても季節季節ごとに地上の、空の、水中の、食べ物は多彩に豊富といってよいほどにあった。年年によって天候不順な年ももちろんあったろうが。どこかの部族が強欲に進出してくればその向こうの山へ、川向こうへと幾らでも移動していって食べていくことができた。それほど列島中どこでも食料となるものは豊富にあった。一族が増えて新たに生活圏を拡大する必要のある人々も他部族の土地を強引に奪い取らずとも、誰もまだ進出していないさらに向こうの土地へ行けば良かった。そういう土地の区切り区切りは山や川によって自然に無理なく幾らでもあったのだろう。推定されている当時の人口(二十万人だったか)から見ればそうである。

というわけでこの列島ではむごい戦いや殺しあいをする必要はなかったと思われる。したがって安定した定住生活が早くから可能だった。事実、本州北端の三内丸山遺跡にみるように同一一族と思われる集団が一五〇〇年間も同じ地域に生存した事例があるぐらいだ。一五〇〇年間といえばほぼ奈良より更に前の飛鳥時代の初めから平安、鎌倉、室町、戦国、江戸時代を超えて明治の中頃までの期間に相当する。その間、同じ一族が同じところに住んでいることができたというのだ。驚くべきことではないか。あなたの周囲を見回してほしい。同一一族で何百年も同じ土地に生きたと言える人々がどれほどいるか。おそらく絶無であろう。一族ではなく仮に都市だとしても、一つの都市でそれだけ続いたことは世界史的に見ても希なことだと歴史家は語る。一五〇〇年間という年月の凄さがわかるだろう。いかに平和な、かつ生活に死活的に困ることのない暮らしが続き、人々は他の地域へ移住する必要性を感じないでおれたかということだ。私たちには日本は狭い国土と資源の少ない貧乏な国だという先入観があるが、生存環境としては日本列島はどんな大陸にも匹敵するぐらいの、いや大陸以上と言ってよいかも知れないぐらいの広い土地だったのである。ここを思い違えてはいけない。日本が狭いというのは単に面積をのみ比較してでのことにすぎない。大陸は幾ら広くても、綺麗な水があり緑多く食べ物にも不自由をしないというようなところは実に少なかったのである。中近東など砂漠地帯が広がっているだけだし、他の地方も長期間氷河に覆われていた後のやせた土地が広がっているばかりだったろう。自ずから生活していきやすい土地は少なく、その少ない土地をめぐっての奪い合いが絶え間なく生じざるを得なかった。

以上説いたようなのが縄文時代の日本列島の姿だった。島国故の新たな侵入者が少なかったということを除いても、住むところを奪い合う悲惨さを味わわずに済んだ平和で生きやすい土地だったと断じてよいだろう。こういう縄文人にとっての周りの環境、自然はどういうものだったろうか。それを思いはかってみたい。

地球の寒冷化や温暖化などの変化はもちろんあったろうからいつも同じとは言えないが、それでもほぼ四季はあり、そこいら中に緑がはびこり、森や林が至る所にあり、山また山が重なり、列島の背からは南北に川が無数に流れ、わき水は豊か、全島を海に囲われ潮に洗われていたろう。今とそんなに変わりがあろうとは思われない。せいぜい生えていた樹木、草の種類が違っていた、したがってそこをすみかにしていた動物たちの種類が違っていた程度だろう。そこは鉄器時代以前の（ということは新石器時代のということになるか）人類にとって世界中でも希な楽園と言ってよかったろう。一万二千年前といえば狩猟採集生活時代である。狩猟採集生活と言えば流浪、漂泊生活と相場は決まっているが、日本では意外にも早くから定住生活に入っていたとあちこちの遺跡は語る。季節ごとに移り変わる植物食料や動物を追って絶え間なく移動する必要がなかったからだろう。三内丸山遺跡はいまから五五〇〇年前に始まったらしいことが発掘調査で確認されている。その他各地で確認されている縄文遺跡を勘案すれば、日本では随分早くから定住生活に入っていたことは確かだ。

一方、印欧語族は漂泊生活を基本とする遊牧民から成っており、その後の西欧を初めとするユーラシア大陸文化は明らかに牧畜を主とする遊牧民文化の上に成り立っている。印欧語族の発祥の地は中近東の俗に肥沃な三角地帯と呼ばれるあたり。考古学その他の調査結果ではほぼ九千年前頃に遡るらしい。ここから東西に進展して、東へ向かったのはインド人、西へ向かったのがヨーロッパ人、北へ向かったのがスラブ人になった。

インド・ヨーロッパ祖語を詳しく調べると牧畜に関係する言葉が主要部を占めていて、だから彼らは牧畜を主要生業として暮らしていた遊牧民だったと推定されている。なるほどインド・ヨーロッパ語族とされる諸民族はその後こんにちまで大きく括れば牧畜を主業とする肉食民である。

そこで狩猟採集民との違いということになる。狩猟採集があくまで自然に依存し天然自然の成り行きまかせでしか成り立たないのに対して、牧畜は徹底的な管理統制からなる作業であることが一つあげられそうである。群れをしつけて特定場所へ移動させ、食事や繁殖も人間の統制下に置かれる。簡単に言えば羊たちの生活と一生はすべて人間の管理統制が可能である。そして人間は羊たちに食べ物から衣服、履き物など生活に必要なほとんどのものを依存している。ということは人間は自分たちの暮らしに必要なものを自分たちの意図どおりにもっていくことができるという思考を自然自然に植え付けられることになっただろう。白人(西洋人)が周りを(環境や人々を)自分の思うように従えることをとかくに意図し、他人を操作しようとしがちな人種である根源はここにあると見なせるのだ。意図し、計画し、そのとおりにものごとを運ぼうと力尽くにでももっていこうとする癖はここに由来するものと考えられる。そして牧畜生活は血まみれの生活でもある。殺戮がほとんど日常であり、人々は子供の頃から血の臭いを嗅いで暮らしていく。生殖行為も出産も目の当たり。要するに強烈な世界である。数少ない草原を奪い守ろうとすれば力が何よりものをいうことになる。白人の社会が力を押し立てる暴力的な力尽くの社会である理由であろう。

以上を念頭において縄文人の世界を俯瞰すればどのようなことになるか。縄文時代と簡単に言うが、これが世界史的に見ても私たち日本人が思いやすいように侮れる世界ではないのである。まずその開始時期。いまから一万二千年前だという。旧石器時代の後は新石器時代になるのだが、インド・ヨーロッパ語族ではほぼ七千年前に新石器時代が終わって鉄器時代に入る。しかし日本では鉄器の使用は随分遅れ、大陸から農耕文化が入ってきた弥生時代にようやく鉄器時代を迎える。二千八百年前になるだろうか。これが列島文化を大変遅れたものと錯覚させるもとになっているのだが、列島では旧石器時代のあとは縄文時代だったのだ。言うならば鉄器に変わって縄文土器が幅をきかせた文化だったとみなせばよい。その出現がなんと一万二千年前である。言い換えれば西洋などユーラシア大陸での鉄器時代の出現よりも数千年程も前なのだ。その土器、出土品に見る限りでは世界でも最も早く出現し、しかも火炎土器にみられるように恐ろしく独創的技巧的芸術的な、列島以外どこにも見られない見事な土器である。素直に受け取れば土器を考えついたのは列島人だったということになるし、土器文化の最高峰を行ったと言える。事柄は土器のみに限るまい。一万年という年月をまともに考えてほしい。日本の祖型が出来た神話時代からこんにちまでがほぼ二千年である。その五倍の年月なのだ。狩猟採集生活の最高峰、それ以上発展のしようのない熟し切った文化を創り上げていたに違いない。素材こそ金属を知らなかったが、金属以外の素材を使っての技術と技巧に関しては最高レベルに達していたはずだ。ちょっとしたヒントか刺激さえあれば、次の文化へすぐに飛躍できる力と能力を十分備えた段階にあったに違いない。

ここで付け加えておきたいのだが、ユーラシア大陸で（とは世界中で）最初の文明の出現と見なされている メソポタミアやエジプトに確認される最古の遺跡遺物は ほぼ紀元前九〇〇〇年のころなのである。よくよくこの年代を見てほしい。縄文時代の開始より三〇〇〇年近く遅いのである。私たちは縄文時代をなにか古い遅れた時代という印象を抱いているが、とんでもないことだ。逆である。メソポタミアで文明の開始が生じたと思われる時より三〇〇〇年も前に日本列島では縄文土器の時代が始まっていたのだ。なるほど鉄器もなかったし都市もなかったが、それはそんな必要がなかったからに違いない。人々の暮らしに必要なものはちゃんとあったし作り出していたのだ。あるいは人類最古の文明と言ってよいかも知れない。これが言い過ぎなら「最古級」としておこう。縄文人を考えるについてはまずこうしたことを押さえておきたい。

ついで注目に値するのは縄文時代は狩猟採集生活だったが、狩猟採集生活は通常獲物や果実を追っての移動漂泊の暮らしと考えられているのに、列島のそれは発掘調査結果から見て縄文初期といってよいぐらい早くから定住生活になっていることである。現在でも列島の七割は山々からなっているぐらい全土を緑に覆われ湧き水川水に恵まれ、四方を海に囲まれ、獲物食べ物を求めてあちこち移動しなくても生きていけるだけの食料に恵まれていたからに違いない。春は春の夏は夏の秋は秋の動植物が山野に空に海に川に多彩にあって定住していても食べていけたのだ。冬こそ不足しただろうが、秋の収穫を上手に保存するとか冬鳥や魚を狙うとか工夫すればしのげたのだろう。だから狩猟採集生活でありながら世界的にも相当早くから定住生活に入ったわけだが、定住生活になれば人々の付き合い方もこころの有り様も変わってくる。例えば死者たちが落とす影は定住生活ではいつまでも残るだろうが、絶え間のない移動生活では死者への思いは早く消え、今現在だけが大きく意味をもつだろう。このように漂泊生活と定住生活との違いがもたらすものは想像以上に大きいはずである。

隣人とて定住生活者のそれと漂泊生活者のそれはまるきり違うはず。いったい他人との交渉・付き合いは何十年、何百年と隣り合って暮らすとわかっている人間に対するのと、今だけ付き合ってやがて別々の道を行き再び合うことはないだろうという人間に対するのとでは違ってくるのは当然である。今だけ一緒でやがてすぐに別れて二度会わないだろう相手なら、そのときだけ良い顔をしあるいは相手を欺したり嘘をついて誤魔化してでも得をした方がよいと考えることになりやすい。子々孫々付き合う相手ならそうはいかない。信用や誠実さが何より大事になる。それならこの両者で人としてのあり方は長い間には截然と違ってくるだろう。民族性の違いにもなる。縄文人はその定住生活者に世界でも最も早い時期から入ったのである。そして侵略奪略の恐れも少なく同一箇所に何代にもわたって暮らすのを基本とした。

縄文人は通常、日当たりのよい高台の地に家族や一族を中心とした少人数の集団で暮らしていたようである。女たちはドングリやクルミその他の季節の果実、山野草を集め、男たちは山や川や海へ出て小動物を狩りしたり魚を捕ったりの暮らし。山の幸海の幸は言うまでもなく自然の成り行きに任せるほかない。年々の天候気候のありさまをよく観察して、明日の天候を占い、その季節季節の生き物の成熟の成り行きを予測し、それにあった収穫計画を立てるのが一般だったろう。予測とか計画と言ってもせいぜい四季単位のそれである。これを同一箇所で同じ一族で伝え合って、ところによっては何百年にもわたって続けた。いやでも人々は土地の四季の成り行き、天候の微妙な移りゆき、動植物の生態に精通する大博物学者になっただろう。レヴィ＝ストロースだったかが、アメリカ大陸の原住民は一箇所の土地で何百種だかの植物を見分けて利用法も知っていると感嘆しているが、どこでもその土地に詳しい狩猟採集の人々はそうであったに決まっている。まして動植物の種類の多彩豊富な列島で何百年と続いて一族で暮らしてきた縄文人は現代人が呑気に推測しているどころではない草木樹林や小動物たちの生態と利用法を隅々まで熟知していたに違いない。

人々は人口が増えて新たな生活圏を必要としたら他人の居住地地域を侵略したり奪い取ったりせずとも、人々が住んでいるその向こうへ、一山越えて川を渡って、いまだ誰も住んでいないところへ行けばよかった。学者の推定によると縄文時代の人口は二〇万人ともされているから、土地の余裕はいくらでもあった。あるいはもしやってきた部族がどうしてもお前のそこを欲しいと侵略的に出てくれれば場所を譲ってさらに奥地へ行けば良かった。どこへ行っても食うだけの食料は（豊富とはかぎらないとしても）あった。戦いなど無理をする必要はなかった。そして他部族は敵ではなく、息子や娘たちが結婚相手を探す部族なのでもあった。新たな家庭を作るのが近親婚のタブーに縛られているとしたら、血のつながりの薄い他家や他部族の若者と結ばれるほかなかった。敵対するどころではない。他者というものが初めから大方は友好的でしかあり得ないのが縄文人社会だったろう。

さらに言えば縄文時代は農耕社会ではなかったことを頭に置かなければならない。社会経済史的に見れば生産過剰が生じて富の蓄積が生じたのは農耕が始まってからである。したがって縄文社会に富はなく、貧富の差もなかった。のみならず略奪や侵略ということがなかった縄文社会には奴隷もいなかったと思われる。日本人が制度としてもたなかったものに宦官と奴隷制度があるが、奴隷は基本的に被征服人からなるものだったからだ。階級社会の根源は奴隷制度にあるとは世界史が証明していることである。奴隷のいなかった縄文社会にはしたがって制度としての上下関係もなかったことになる。身分上の上下関係も貧富の差もない平等社会がおよそ一万年も続いたのである。みんな同じであんまり変わらず、仲良く協力し合おうという社会が一万年も続けばそういう考えが骨の髄までしみ通るだろう。

ではインド・ヨーロッパ語族ではどうだったろうか。放牧という、恒久的な根拠地をもたない移動生活が基本だった彼ら。痩せた土地にわずかに生えている草を食料とする羊に頼るぐらいしか食べていける適切な手段がなかったからの漂泊牧畜生活。羊たちが草を食べ尽くせば草と水のあるほかの地を求めてさすらうほかない。土地の奪い合いがとかくに起こりやすかっただろう。お互い放浪生活による一時の付き合いでしかないなら、その時限りの欺し合いが横行したとしても不思議ではない。行き会う他民族との婚姻でさえ相当の場合が神話や伝承に見られるように略奪結婚の形を取っていたのではないか。他部族はあくまで敵である。快適な生活場所は少なく、勢い奪い合いになる。それも生きていくためとあれば争いは半端にはならないはずである。生き残るか全滅するか。こういうのがこんにちまで見るユーラシア大陸民族社会の根底にあるのだろう。そう思って納得いく彼らの力信仰、攻撃性、自己主張である。

で、縄文人である。上記の印欧祖語諸民族とはまるきり違う。そういう人々の暮らしが一万年にわたって続いたのだ。そこのところを十分に史的、人類学的、民俗学的想像力を働かせて考えて見ることである。日本人を特徴付けている自然との共存傾向、敵対するより協調しようとする傾向、己を主張せず無にすることに心許なさを感じない心性、心ばえの優しさ、などはみんなここに基礎を置いていると見れば納得がいく。自然の移りゆきや天候に逆らってもなんにもならない。いやそもそも逆らいようがない。どんなに今日は晴れてほしいと思っても思うようにはならない。雨の日には誰にも雨が降る。特殊な人間だけ逃れられるということはない。それなら雨の中でどうにかする方法を考えるほかない。考えていけば手は見つかるのだし、それどころか逆に雨を利用する手さえある。雨の時にしかできないことだってあるのだ。こういったのが日本人を根底的に規定している暮らし観に違いない。あたえられた条件の中で最大限によりよく生きること。自分の思いや欲望を抑え、しかしただ当初の目的を達するために全力をあげる。できるかどうかはわからないが、人間にできることは与えられた条件の制約や力も取り込みながら己の限りやってみることでしかない。その結果することを受け止めることだけができることである。

こうやって古来日本人は生きてきたのだ。単に生きてきたのではなく、まあ満足し納得して生きてこれたのだ。そういう生き方、考え方が骨身にしみ通るだろう。やがて紀元前八〇〇年ごろに大陸から鉄器と稲作文化をもった人々がやってきて弥生文化時代が始まったが、一万年を超える歴史をもつ縄文文化の上にである。それも侵略や略奪という形を取らず、おそらく棲み分けと一方では新しい生活の工夫という形を取って。つまり無理なく、長い間かかって試行錯誤を繰り返し自然に自分のものにするという形で。こういうのが私たちの心の、暮らしの、根底にあるのが日本人なのだと私は考えるのである。

事件も出来事もすべて天然自然の天候と同じように自然に出で来たるものと思い受け取る日本人の心性。「可能」も日本人以外は自分が可能にする、したがって自分の力や能力でできるのだし可能なのだと思い、できれば自慢し誇りに思うのに対して、日本人は可能ごとも自然に自ずとなると見なす。自分の力などではない。冬の後には春が来るように自ずとそうなる。周りの全てが関与してそうなるのだと。こういう独特の心性も、自然と共に自然の中に生きる自分たち人間のことをよくよく見た縄文時代が育んだものかと思われる。

右記の補強として、神道から遡って縄文人の宗教心、彼らの神を思い見よう。稲作に伴う大陸の神々が入って来る前の信仰。ここに自然に向き合って生きた縄文人の生き方、この世をどのように見たかという心的態度の基本姿勢が見て取れると思うからである。

自然の驚異にたいして縄文人ももちろん人間以上のものの力を感じたに違いない。この世には人間以上のものがあると。それにたいして人々は恐れ戦いた。おそらくは祈ること、頼むことしかできなかった。そうしたところでどうなるものでもないと分かっていても、やはり祈らずにはおれなかったし、できることはそれしかなかった。それでも人々はその恐ろしいものの気持ち・意図を懸命に読もうとし、なんとか理解しようとした。それが神話となる。神話の不可解性、荒唐無稽さはそのせいである。それぐらい世界は人々にとって不可解な理解できないものだった。いつ、どこで、なぜ、そのような無残無慈悲な力を発揮するのか。義人も金持ちも聖なる人も選ぶことなく。運としか言いようがない。ここがユダヤ教やキリスト教を生んだ地域と違った。なぜかチグリスユーフラティス流域では義人を初めとする特別な人々、つまり選ばれた人間は天から目こぼしをしてもらえる、助かると考えたのである（ここに彼らの自分の力をあてにし頼みにする根源があるのだろうか。それとも天災と見えるものが列島ほど無慈悲に度重なって襲ってこなかったのだろうか）。で、彼らは選ばれる（人になる）のに必死になった。以後こんにちまで西洋人の目的は選ばれるのに全力をあげることになった。彼らの文化彼らの歴史はそこから読み解けばほとんど全て読み解ける（だろう）。

かくて彼らは選ばれた人になるにはどうしたらよいのかを全力をあげて考えることになった。選ばれる条件は何か。どうしたら選ばれるのか。神の意図は何か。神は何を考えているのか。そういったことを彼らは必死に考えたのである。そこに生じたのが理詰めで考える論理的思考である。科学もそうであろう。様々な人間業とは思えない業であり、仕事であり、技であろう。誠実さも人としての立派さもそうだろう。その必死さが西洋人を結果としてどれだけ進歩させ、前進させたか。

しかし縄文人は自然災害を前にそんなことは考えられなかったのである。誰にでも無差別に襲ってくる避けようのない災害で運としか言いようがない。どうみても人の力で逃れることが可能だとは思われなかった。せいぜいよく事態を見て、災害が生じる可能性の少なさそうなところに住むぐらいだったろう。そういう手を打った以上、後は運に任せるほかなかった。つまりできることはやり、後は天に任せる暮らしである。これが縄文人の生きる気構えの骨子となったのであろう。今に至るも列島人の基本を形作っている。

人間を超える力に対して、運に任せる以外にないと観念した列島人に対して、いや神はやはり人を選別しているのだ、無差別に殺戮しているのではない、そんなことはあり得ない、と考えたユーラシア大陸人との違いは重大である。どこから来ているのだろう。どんなに理不尽なことと見えようと、何かしかるべき理由があるに違いないと考える大陸人の思考。これはもっぱら自然を相手にしてきたものと人間を相手にしてきたものとの違いではなかろうか。人間を相手にしてきたものなら、その相手は必ず意図や狙いをもつと考える。相手が神のような巨大偉大なものなら、その真意や意図は必ずしも人間のそれと同じとは言えまい。人間の考えを超えるもので理解不可能なものかも知れないが、それでもそれはやはり神なら神なりの考えに基づいた意図であり意味をもつものであろう、と考える。そこから、分からないそれを何とかして読み解こうとする希望をもつ。縄文人が神の意図とか真意をおそらくは全く想定しなかったのと大きな違いである。ある日いかに晴れてほしいと願っても雨になるのに神の何かの意図を想像することはできなかったのであろう。ただ神の気まぐれとしか思えなかったのであろう。

次の引用は荒木博之さんの『やまとことばの人類学』からのものである。日本語における「れる」「られる」という尊敬の助動詞が同時に自発や可能の意味を担っているのはなぜかを考察した箇所に出てくる。

「すなわち、『先生は明日出発されるそうです』『さきほどお客様が訪ねて来られました』という文において、先生、あるいはお客様の『出発する』『訪ねてくる』という行為が、先生あるいはお客様の主体性においてなされるのではなく、まるで、どこからともなく雲がわきいずるが如く、草の葉に露が結ばれるが如く、『自発的』『自然展開的』に成立するものとして認識」されている。「そして、その中核的意味としての『自発』『自然展開』が、日本人のあらまほしきあり方、すなわち、価値としてその存在を主張しているとき、『自発』が『尊敬』へとその意味的展開を遂げてゆくこと、まことに自然の道筋であろう」

ここに縄文人の考え方が見えないか。すべての事柄は、行為主体（神あるいは自然の巨大な力）の主体性においてなされるのではなく、まるで、どこからともなく雲がわきいずるがごとく、草の葉に露が結ばれるが如く、「自発的」「自然展開的」に起こるというふうに受け止められていたのではないか。誰かがするのではなく（誰かがする以上は意図や狙いがある）、自ずから自然に起こること。

こうなると神の気まぐれどころではない。全て自然にそうなるので仕方がないと受け止めるほかない。自然の中で自然に取り巻かれ自分も自然の一部と考えていた縄文人以来、日本人はこの世で起こることを心底ではそのように思っているのではないか。

七〇の二　弥生考

ついでだから縄文に続く弥生時代の日本列島について思いをめぐらせておく。

今のところ紀元前三〇〇年から紀元後三〇〇年までのほぼ六〇〇年間が弥生時代とされている〔註〕。弥生の後は古墳時代、そして飛鳥時代という流れである。国家体制が出来る前、したがって『古事記』や『日本書紀』に語られている神話時代に相当すると見当をつけうる時代。とすれば一般に受け取られている以上に重要な時代ということになると私は考える。

〔註〕最近の考古学では旧来の弥生開始時期を五〇〇年遡らせる考えが定説化しそうな気配だが、弥生時代の初期数百年間は縄文人は高地とか尾根とかの高台、弥生人は農耕むきの低地平野というふうに生活形態を異にし、棲み分けていたはずで、正式に弥生時代の開始は旧来いわれていたように紀元前三〇〇年としておいてよいのではないかと考える。

弥生時代というのは土器の形式が縄文式土器と違って、それも単なる違いではなくひどく違うと断じうる弥生式土器が席巻した時代だからである。縄文式土器を西洋美術史の用語を使ってゴチック様式ともロマネスク様式とでも言うとすれば弥生式土器は古典様式とでも言いたくなるほど違っている。これだけ違う土器を使うとすれば両者を使っていた人々はひどく違う人々、美意識もこころも生活も違った人々によって使われていたのだろう。解剖学的にも遺伝子的にも縄文人と弥生人は全然別の人種とされている。縄文人の出自は前節で縷々述べた。弥生人は朝鮮半島人に見られるような北方モンゴロイド系の色彩が極めて濃厚だと見られている。そこで半島系の人種（ほかに中国江南の人々を含む見解もある）が稲作他中国大陸の先進文化を携えて渡来し、文字も鉄器ももたない人々すなわち縄文人に大きな影響を及ぼし、結果として考え方から生活、風俗習慣までを変えていったのだろう。文化には先進文化に後進文化の人々が憧れるという法則がある。先進文化とは人々の目に自分たちの暮らしより、豊かで便利で楽しそう、そして格好良く見える暮らし方のことである。これに接した人々はそれに憧れ、自分たちもそのように暮らしたいと真似をし、取り入れようとする。この動きは止めようがない。それが究極のところでは縄文土器が弥生式土器に取って代わられた理由であろう。ごく素直に見ればそういうことになる。

縄文時代が一万年も続いたころになって朝鮮半島か中国からにわかに人々が列島へやってくるようになったのはなぜだろう。一つは明らかに稲作を初めとする農耕文化の開始によって生産力が高まり、人口が増えて、新天地が必要となったことがあげられよう。新しい生活場所を求めてやってきたのだ。もう一つは中国で春秋戦国、続いては漢の武帝の時代という大動乱期になり、半島も幾度も中国に侵略され征服されるなどした時期だった。争いに敗れたり争いを避けようとした人々が逃れてきた。そんなところだろう。当時、列島の縄文人の人口は二〇万とも推定されている。そこへ右記の理由で海を渡ってきた人々（弥生人）は、征服民族に見られるような一度に大勢力で渡ってきたはずがない。何度にもわたって少人数で、例えば一族郎党だけで、渡ってきたに違いない。来てみれば縄文人は山々峰々ごとに分散して、主として開けた高地に集落を構えていた。稲作農耕に向いた土地（平野）の余地は幾らでもあった。ことに縄文時代の列島は東日本が中心で大陸に近い西日本は比較的人口も少なく、いわば空いていた。

近年の考古学では列島の弥生化は以外に早くから始

まっていたとする。紀元前三〇〇年どころか前八〇〇年頃から九州では土器の弥生化が始まっており、稲の育成の証拠にいたっては紀元前一〇〇〇年も前から出土しているという。土器に籾殻が付いていていたり、プラントオパールと呼ばれる稲の葉の成分が残っていたりするのである。すれば大陸や半島との交流あるいは漂着は随分前から見られたのだ。これだけの近さならそういうことがあって当然だろう。なにしろ縄文人は黒潮をも横切って遠く小笠原諸島まで航海して物品を運んでいるのである。しかしいずれにしても海を渡ったのはいつも少人数だったはずである。それが積もり積もって少しずつ西日本では弥生化が始まっていたのだろう。そして二千年前頃になって中国動乱の煽りを食った人々がまとまってやってきたのだろう。ある程度まとまっての移住は生地での生活をそのまま持ち込む形にもなった。すなわちしっかりした稲作農耕、農耕のための鉄器の製作・使用、そしてそれを可能にする制度や考え。

世界史的に見て農耕の始まりは生産力の向上によって人々を集め、大きな集団を作り、人々の間に貧富の差を生じさせた。階級を生み、集団の統制を進行させた。余剰食糧を目当ての争奪戦つまり戦いを生んだ。集団の統制と戦争は集団の組織化を促し、官僚制を招いた。

縄文人の列島へやってきた人々は当然こういうこと——集団の統制や戦争や階級差など——を直接か間接に知っている人々だったはずである。単に稲作農耕をもたらしただけではない。彼らのもたらしたものでもっとも注目されるのは私は組織という考えだと思う。縄文人は組織の力はほとんど知らなかっただろう。渡来弥生人は組織というものの姿とその力を十分知っていたはずだ。だから人数的には少数でも、組織化されていないバラバラの縄文人を各個撃破の形で従える形にもっていけたのだろう。農耕に憧れさせ、結果として縄文式土器を駆逐して弥生式土器を採用させることにもなったのだろう。彼らの移住地から周辺へ徐々に徐々に。先行者の成功を聞いて後続者が続々続きもした。こうして縄文時代は弥生時代に変わったのである。したがって日本語は縄文語を基幹として半島や中国語が——丁度、現在英語がカタカナの形でどんどん入っているように——どんどん入ってきて成立したものなのであろう。

階級社会となり、支配者が生まれ、戦いが発生し、武器が作られ、防御を施した環濠集落が姿を現し、地域的大勢力が出現した。これが巨大古墳を生むと同時に神武天皇に代表される国土作りの神話の基礎・土壌となったのであろう。すなわち記紀神話は弥生時代に記憶を遡る伝承から成っているのである。そして列島の基層には一万年にわたる縄文時代の暮らしと気風とこころがしっかりと横たわっていた。私はそう見る。

七一　動きとは何か、すなわち動きの意味

山根一眞『メタルカラーの時代』のなかである企業人が述べている。「それで分かったことは物は格差があるところへ流れるということです」。あるいは逆の言い方をしていたかも知れない。ものは格差のないところでは動かないと。どちらであれこれはものの動きを説明する実に明快な言い方だと思う。ものはどんな意味ででもともかく差があるとき、差を埋める方向へ動くと。バランスがとれるまで動くのだ。

かねて私は動きというものを不思議と思っていた。不思議の思いをわかりやすくするため、ここでは人間など生き物ではなく自然の動きをとろう。意識や心がないはずの岩が動く、水が動く、星が動く。その気もないのにこれらのものはなぜ動くのだろう。あなたは言うだろうか。お前は馬鹿か、重力やそのほかの物理法則によって動くのに決まっているではないかと。そうなのかも知れない。そうだとして私はその内実を知りたいのだ。そのとき「差のあるところものは動く」という企業人のことばは実に的確で新鮮な指摘として私には映ったのである。説明してみたい。

迂遠になるがものが在るということから始めることにする。なぜものが在るのか。ものは集まる性質をもっているからである。ものが在るとは集まっているということだ。原子は素粒子が集まって出来、原子が集まって分子が出来る。分子は集まって高分子となり、高分子が集まって細胞となり、細胞が集まって生き物となる。ものとはすべてなにかの集まりである。石も水も星も雲もそうだ。なぜものは集まるのか。物理学は電磁気力と重力、弱い力、強い力という四つの力のせいだと教える。電磁気力は大きくいえば人間レベルの世界での働きが目につき、重力は宇宙レベルの世界で、弱い力と強い力は量子レベルの世界で目につく働きのようである。これらの力が働いてものは集まり、この世界を作り上げているのだと。ああ、そうですか、と私たち一般人は言うほかない。私としてはそれら四つの力はどうしてものを集める

（引っ張る）のか知りたくて、その方面の突出した研究家であるらしい村山斉氏や大栗博司氏の本を読んでみたが、光子や重力子のやりとりが力の運搬になると読める説明があって、そのことがなぜ力の存在を意味し、ものを引っ張る働きをすることになるのか今ひとつ納得できなかった。量子の世界や宇宙の世界のことはいまのところ理解不能な、まか不思議なことばかりらしいから、学者たちのさらなる奮闘に待つほかない。ともかく四つの力によってこの世にものは存在することになるらしい。

さて、これらものたちは様々に動いている。いま動いていなくても、永遠の相のもとに見ればいつかは動く。心や意志のあるものが動くのはわかるが、それのないもの、星々や大地、水や石といったものはなぜ動くのか。エネルギーが加わるからと言えば言えるだろう。ではエネルギーそのものはなぜ動くのか。物理学ではさまざまに複雑なことを語ってくれるのだろう。その説明は実験や観察による裏付けがあって大抵は間違いはないのだろうとは思うが、リアリティ感のない概念を使っていて本当にわかった気にはなかなかなれない。私はもっと下世話な理解がしたい。そこへ飛び込んできたのが冒頭に紹介したある企業人のことばである。「差のあるところにしかものは動かない」という日常業務から得た実感である。

差というのは、量子力学の世界から宇宙物理の世界まで、ものの世界から心的な世界まで、ありとあらゆるところ、ありとあらゆるジャンルにまであるだろう。そう受け取れば「差のあるところ、ものは移動する」というのは、ほとんど定理と言ってよくはなかろうか。

そうだとして、その動きはいったい何によって生じるのだろう。外部からエネルギーが加わることによってと言いたいところだが、そうだろうか。そのエネルギーはどこからなぜやってくるのか。バランスを取るため、そのものを取り巻く周囲の力とそのもの自身がもつ力の差が丁度になるように、ということだろうか。これだと原因は内にあるとも外にあるともいえる。バランスを取るとは差を埋めることである。水が低きに流れるのは位置エネルギー（高いところにあるときのエネルギー量と低い位置にある場合のエネルギー量）の差によるのであろう。高から低へ移動することによってその差をなくするのが水流の正体であるとするのである。それなら外部から力が加わらなくても水は動くと理解できる。

差のあるところは人間的日常の世界では「高さ」「温

度」「密度」「濃度」「圧力」「エネルギー量」といったところだろうか（これに人間など生きものの場合は「快・不快の量」というものが加わるのかも）。これらの差のあるところ、ものは差をなくす方向に移動する。ここに動きというものが生じる。このほかにもこの世界での動きとしてはニュートンのリンゴのような引力（重力）による動きがあると思われるが、これは差を埋めんがために生じる動きとはまた別のものと見た方がよいのかも知れない（重力については別途問題とするべきだろう。実に厄介で私の手に余る）。ともあれ前者の、差をなくするために生じる動きは外部の誰かの、あるいは何ものかの意図や刺激によるものではなく全くの自然現象として理解できそうである。

では差のあるときなぜ動き（移動）があるのだろうか。もう一度確認するが、多分安定するためである。差はなくならない限り差を埋めようとする力（動き）が働く。差があるとはバランスが悪いことで、バランスがとれないと事態は収まりが悪く安定しないのだろう。ここで私はかつて高度成長期、昭和四十年代の東京へ出張したときのことを思い出す。朝のラッシュアワー。かねて聞いてはいたが、あの満員電車のすさまじい混雑ぶりには驚いた。都電。すでに満員で列車は駅に入ってくる。それでもホームにはいっぱいの乗客が待っている。どうなるのかと思うが、用事がある以上乗らざるを得ない。身体を横にして少しの隙間に入り込もうと突き進み、とにもかくにもねじり混んで、後はうしろから押されるままに身を任せる。こうなると楽なもので、みんなが押し込んでくれる。閉まらぬドアがとにもかくにも閉まって、電車は動き始める。と同時に乗り込んだ人々は右手は明後日の方向、左手は昨日の方向といった奇態な半ば宙に浮いた格好のまま盛んに身動きし始める。誰もが不自然な格好のまま、手足や肩、尻を動かし、前も後ろも動くのでその動きに合わせてさらに動き、ひとしきり動いてやがて収まる。手も足も不自然なままだが、不自然は不自然なりに収まって安定する。こうして車内全体が動きを止め、みんな収まるところへ収まって安定した状態で、電車は次の駅に向かって進行する。私はこういうラッシュアワーの成り行きをいつも面白いものと思ってきた。ドアが閉まると同時に起こる乗客一斉の微妙な執拗な動きと、やがてのそれなりの安定と静止、静寂の訪れ。ものが動くということの意味をいつも最も如実に感じさせられた瞬間だった。

ドアが閉まった瞬間は誰の身体も無理無体な詰め込みの結果として、実に不自然な、無理な、したがって不安定な、どうにも人体としてそのままではいられない形をとっている。だから少しでも楽な姿勢をとろうとして無意識に身体の諸方を動かしてしまう。満員であればどう動かしても所詮は満足のいく姿にはならないが、可能な範囲でとにかく動かしてみるのである。誰も彼もがそうだ。そしてやがてその状態のなかではそれ以上は無理だ、現状ではそれが一番楽な姿勢だというところに至りつく。一人がそうなると次々周りもそうなって車内全体が落ち着くのである。人々はなぜ動くのを止めたのか。動きは止まったのか。はっきりしている。一人一人はそれなりにその状態では最良の楽な状態につまり安定した状態に達したからである。

これではっきりする。不安定なとき動きが生じ、安定すれば動きは止まる。安定とはバランスがとれた状態だということ、バランスがとれた状態とは無理がないということだ。無理があるとき人は無理を耐えるためにエネルギーを消費する。安定した状態では人は余計なエネルギーの消費、つまり浪費をしない。エネルギーの浪費は厭うべきことで、ことの自然として浪費のない状態が自ずと求められることになる。バランスがとれて安定した状態が楽な理由だ。

というわけで事態や物事に差があるとき、実業人が言うとおり動きが生じる。現実の世界に生きて日々稼ぎに苦労してきた人間の心からなる実感というものはたいしたものである。整理のためにもう一度問う。なぜ差があるところに必ず動きが生じるのか。差を埋めるためである。心理学的にも物理学的にも差は埋まらなくてはならない。差がなくならないことにはことが収まらない。よって差がある以上は、全体のバランスがとれて安定し落ち着くまで動こうとする。これはものとものごとの、放っておけばそうなる必然である。ものが動く動きの理由を語るのにこれ以上にリアルな、わかりやすい言い方があるだろうか。

動きの理由はなんであれものやものごとが安定した楽な状態になるためであると。なるほど。だとして、そんなことは意識のない生きもの、したがって目的も意志もない生きものにも言えるだろうか。まして生命をもたない自然界のもの、岩や水、雲、風、さらに星々や銀河、また正体は分からない暗黒物質などに言えるのか。私は言えると思う。心や意志の入らない完全な物理現象にも一貫して通じる原理だと考える。

物質を例にとろう。物質は気持ちも心もないのに差があるなどということが起こるのだろうか。物質にとっての差とはなんだろう。物質自身に内在する差もあるだろうが、ここはわかりやすくそれを取り巻く環境や状況の差を念頭に置こう。温度や密度、濃度、圧力、高さなどの差が考えられる。たとえば濃度の場合、二つが接触しておれば濃い方から薄い方への流れが起こる。密度や濃度が濃いとは粒子間が狭くて窮屈なことである。薄いとは粒子間が間隔があって緩くゆとりがあることだ。窮屈な方はゆとりのある方へ流れ込むのは必然だ。双方が同じ窮屈さになるまで移動する。双方が同じ濃度になったとき、動きはやむ。極めてよく分かる話である。

温度も多分同じことである。温度が高いところでは粒子が活発に動いている。出口か逃げ道があれば活発に動く粒子の中には外へ出ていくものがあろう。外へ出れば内部にはそれだけ隙間ができる。出口がなければ粒子は活発に動き続け、瞬間的にある箇所に大きな隙間ができることもあろう。温度の低いものと接触しておれば活発に動く熱い粒子は隙間のある低い方へ侵入してくるものがあるだろう。要するに粒子たちは擬人的に言えば楽になりたいと思っているのだ。それが安定するということである。高さはどうか。高さも低い方へ移動するのは摩擦や障害物に勝つ以上は引力に引っ張られる苦しさから楽になるまで移動することなのであろう。ここでもポイントは「楽になる」である。

楽は安定である。差のあるところではどこでも以上のことは言えるはずで、すべての物事は差を埋める方向へ動く。動き続ける。それこそ量子レベルから宇宙レベルまでの程度の差があるだけで、この動きは必然だろう。自然界の動き（物理的動き）はつづめて言えばそれだけのことに違いない。

ここで私は素粒子物理学者村山斉さんの『宇宙は何で出来ているか』の手を借りたい。「楽」ということについて、もう少し科学的な説明ができそうだからである。その第四章に「粒子はエネルギーが少ない状態の方が安定します」だから万物の根源と言ってよい粒子は「エネルギーが少ない（つまり質量の軽い）粒子になりたがります」と村山氏は述べている。それは水が低い方へと流れるようなものだと。

なぜエネルギーが少ない方が安定するのだろうか。温度によって固体、液体、気体と変化する水を思い浮かべればよくわかる。温度が高いほど分子の動きは激しくなり、これによって百度で水は蒸発して気体となるが、零度に下がると動かなくなり氷となる。動きが少ないほど安定するとはそういう意味であろう。楽になってそれ以上に動く必要がないのだ。してみるとものや事態の動きはエネルギーの経済性のため、つまり消耗度を抑えるためではなく（それは結果であって）、安定化のため、もっと砕いて言えば「楽になるため」と見た方がわかりやすい。そう、この宇宙のものはなんであれ全て結局は楽になろうとして動くのだ。楽になるとはあまりにも擬人化した言い方で非科学的だと言うのなら安定すると言い換えよう。この「安定するため」という言い方ほどよく納得いく言い方、理解の仕方があるだろうか。

個々のものが動くか動かないか、どの方向へ動くかは実に様々な力と条件を計算しなければならないから簡単には言えないだけで、原理はきっと極めて簡単単純である。これがこの地上のものを含めて、宇宙の動き、つまり物理的動きの正体、誰も力を加えないし意図もしないのになぜ動きがあるのかの理由だと私は考える。

七二　合議の実態

リオディジャネイロオリンピックが近いある日、新聞で女子柔道の試合時間が四分に最近なっていると初めて知った。つい先頃まで五分だったのである。男はいまも五分のはずだ。私はまた日本を狙い撃ちしたルール変更があったのだなと憶測した。なぜなら、柔道における試合時間の短縮はいつもスタミナ抜群で最後まで全力で戦い勝利する日本選手に対して、えてしてスタミナ切れになって早々と息が上がってしまいやすい外国人選手を救うためだとしか理解できないからである。試合時間が短ければ、力があって技ではなく力任せに強引に技をしかけては先行しやすい選手に有利に働くに決まっている。日本人選手がじっくりと技を仕掛ける機会が減り、焦ることになりやすい。試合時間の短縮はそういうことを意味するのである。多分、女子には五分は過酷だとかいうのが大義名分になっているのだろう。女性蔑視も甚だしい。

私が大変教えられることの多かった哲学者の竹田青嗣氏は哲学をこんなふうに言って擁護する。人々を纏める方法として宗教と哲学と二つある。宗教を構成するものは物語である。哲学を構成するのは話し合い、討論である。討論こそ誰もがそこに参加でき、言葉による話し合いという討論による共通了解によってよりよい解に到達する最良の方法である。今のところこれ以上のよい解決方法はない。氏の言わんとするところを忖度すればほぼこんなところになる。私とてなるほどと思い、ほぼ同意する。

しかしである。右記にあげた国際柔道の話である。話し合いの内実は実はこれなのではないかと考える。全く公明正大な決定、解決ではないのだ。ここにあるのは強いもの（白人つまり西欧人）による多数を盾にとった恣意的な決定だけではないか。力を背景とする多数意思によって自分たちに都合のよいルール変更を話し合いによる合意というスタイルをとって決行しているだけではないか。

自分たちの都合のよいルール変更はしょっちゅうある。スキー・ジャンプ競技におけるスキー板の規格変更もそうである。日本人ジャンパーによる勝利独占が輩出するとスキー板の規格を変えて日本人の体格には不利なスキー板に変え、再びジャンプの勝利を西欧に取り戻した。似たようなことは細かく見れば至る所にある。すべて話し合いの形をとっている。文句はあるまいというわけだ。だが今日現在国際スポーツを取り仕切っているのは欧米人である。アフリカやアジアの中小国の大部分はいまだ欧米諸国に依存し、頼っており、彼らの意向に沿う形になりやすい。したがって多数決は結局欧米諸国の意向どおりになる。これが話し合いなるものの実態だ。

ことはスポーツとは限らない。国際政治でも貿易、経済でも同じことだ。理性に基づく話し合いや協議に気を許すのは馬鹿げていると知るべきだ。所詮、事柄を決めるのは力である。なにも暴力が正直なのはニヒリズムにおいてだけとは限らない。複数以上の人間からなる社会では所詮は暴力を含む力だけが正直なのだ。

七三　感情と情動

初めに一つの研究を紹介したい。脳生理学者池谷裕二さんが著書『脳には妙なクセがある』に取り上げているものである。

イタリアのとある町でアメリカ軍基地の拡張問題が起こった。で、住民に賛否を問う騒ぎとなり、その際に学問上の一つの実験が行われた。住民一人一人にモニターの前に座ってもらう。モニターにさまざまな映像や単語を映す。映されたものが、「良いもの」だったら左のボタンを、「悪いもの」だったら右のボタンを押してもらう。できるだけ素早く正確にボタンを押すのがポイントの実験だった。

「モニターには、是か非かハッキリと分かれる単語（幸運、幸福、苦痛、危険など）に交じって、アメリカ軍基地に関係した写真が提供されます。そこで、ボタンを押すまでの反応時間と判断ミスの頻度を測定します。／実際に実験に参加していただくと実感できるのですが、左右のボタンの選択は意識的にコントロールすることはできません。反射的です。ですから、その人の好悪傾向が否応なしに顕在化します」という。

実験結果は実に面白いことを明らかにした。「本人の意識に上がる信念とはほぼ無関係だった」のである。つまり、意識の上では基地拡張に反対であっても、ボタンを押して示した無意識の好悪感情ではその逆ということがいくらでも出てきたらしい。そして池谷氏は、実験の結果「無意識の姿勢が最終判断に反映されやすいことがわかりました」としている。

どうだろう。驚くべきことではなかろうか。人は物事の判断、決断に際して自分では自分の理性や知性でちゃんと考えて決めていると思っているが、実は無意識の内に好悪やその他の感情によって判断の方向付けが決まっているのだということになるのだから。実験結果を信じるならば、どうもこれが人間の真実、実態であるらしい。いかに感情の占める役割が大きいかあきれるばかりである。

感情ということで私がいつも思い出す不思議な医学的事実が二つある。一つは神経学者アントニオ・ダマシオが紹介していた事例。詳しいことはもう忘れたが確かある顔面神経痛の患者の話だった。ちょっと触れても風が吹いても痛くて日常生活にも支障を来すほどの重症患者だった。あれこれ考えたあげくダマシオは手術をして苦痛を感じる神経をブロックしてみた。で、手術の明くる日病室へ行くと患者はご機嫌で「痛みの感覚はあるが全く不愉快ではない」のだという。「痛みの感覚はこれまで同様にあるが、それが少しも不愉快には感じられない」とはどういうことだろう。「痛みの感覚はこれまでと同様にあるが」とは、これまでと同じ箇所が触られているという感覚はあるが、という意味だろうか。それなら分かる。さわられているという感触はやはりあるが、痛みは感じない、ということか。痛みの感覚がこれまでと同様にあるのに痛みはないということはあり得ない。痛みは苦痛以外のものではない。それが私たち一般の感覚だ。

もう一つの不思議な事例は『瓦松庵残稿』で紹介したカプグラ症候群である。『火星の人類学者』で神経精神科医オリバー・サックスが紹介している心の病気。思い出してもらいたいが、この症候群にかかった人は例えば実の母親を見てもそれが母親とは思わない。誰か母親に似た人が母親になりすましているとしか感じられない。なぜかと言えば、自分が母親を見たときにはいつも感じるある親近感、親しみ、安心感、懐かしさといったものを感じないからである。そういった親密さを感じられない人が母親であるはずがないというわけだ。患者はそういう感情を感じる能力を失っているらしい。それがカプグラ症候群である。

以上、どちらの話も感情が人間に果たしている役割、人間に占めている重要性を明かしてあまりある。理性や意識や知性どころではないようだ。にもかかわらず私たちは感情を理性や知性よりも下のもの、劣ったものとして軽んじている。いったい感情とは何だろう。その正体は何か。

感情に似たものに情動がある。ダマシオにいたっては情動こそ全てと言わんばかりで、感情より情動を先立てているようである。いったい情動はなにで、感情とどう違うのだろう。そして感情と情動はどういう関係にあるのだろう。

初めに情動ということばで私が何を意味しようとしているかをはっきりさせておきたい。私は感情と情動を明確に分ける。両者は重ならない。違うものである。こうしたことをことさら強調するのは多くの論者（その中には脳科学者や脳神経学者を含む）が私に言わせれば非常に多く感情と情動を混同しているかごちゃ混ぜにして論じているように見えるからである。私は感情は意識されるもの、意識界のものであり、情動は存在するに違いないが意識されないもの、無意識ないし下意識界のものだと見なす。意識と無意識がその境界では極めて微妙に識別しくいところがあるように、感情と情動も識別しにくい境界をもつことは確かだが、大雑把に言って情動は無意識下の事態である。学者によっては情動を感情だが、単に感情なのではなく顔色が変わるとか身体的な表出のあることとする人もいる。これだと情動は感情より一つ次元の高いものになるが、私が使う情動の定義では当人が知らず知らずにしている赤面とか冷や汗とかという形での身体的表出はあるがあくまで無意識の身体的変化である。意識はされない情動だがその強いものではそういう身体的変化表出はあるだろう。

感情と情動と、この両者が意識下のものか無意識下のものかがどうしてそれほど問題になるかと言えば、意識下のものは対象となるゆえにある程度コントロール可能であるのに対して、無意識下のものは意識されず対象とならないゆえにコントロール不可能だという大きな違いが生じるからである。

では、意識できない情動とはどういうものか。意識できないのにあると言えるのはどうしてか。確かに傍証しかあげられない。一つは喜怒哀楽などの感情は間違いなく実在するが、その元となるものがあるはずと思われること。もう一つは先ほどあげたことになるが、本人が自覚しない身体的変化が確実にあること。顔色や姿勢の微妙な変化とか汗や呼吸のこれも微妙な変化とか。脳内血流や脳波の変化もそうである。これらを総合すれば無意識下のことだが情動と言ってよい身体的心理的変化が生じていると見てよいだろう。

しかしいったい情動とはなんであろう。人間は外から来る刺激に応じて自己を変化対応させる。直接にはいずれも肉体的生理的変化だ。血圧が上がる、あるホルモンが放出される、筋肉が収縮する、その他目には見えず自覚もされない身体的変化は多いだろう。これら身体的変化は必ず身体に幾分かの快・不快の感覚をもたらすだろう。何の感覚もなしに身体的変化が生じるとは思えない。この場合の身体的変化は次の二つのどれかになるに違いない。すなわち刺激の受け入れか排除か。受け入れる方向に身体的変化が生じるか、排除する方向に変化するか、である。

心身医学者福土審さんの『内臓感覚』から引用する。「生存に有利な刺激には快感と身体を作る作用（同化）が現れ、生存に不利な刺激には不快感と身体に貯蔵したエネルギーを消費する作用（異化）で対応する。その記憶を脳に貯蔵できる個体が生存に有利であり、その方向に進化が起こったのではないだろうか」。「身体を作る作用」とはエネルギーを取り込み増やすことを指すだろう。危機からの逃走はエネルギーを消費する。これを要するに生物は生存のためにエネルギーを必要とし、エネルギー確保保存を最優先する存在物ということになる。

したがってエネルギーを確保し保存することには熱心で前向きに行動する。エネルギーの消費になることはできるだけ避けようとする。内外からやってくる刺激すなわち状況の変化に対して生きものは必ずこの原則によって対応するはずだ。そこでである。エネルギー摂取の方向に対応する場合の身体的生理的変化は意欲的に行われ、それ故スムーズに熱心に行われる。擬人的に言えば身体は喜ぶだろう。ということはこの場合の身体的生理的変化はスムーズな感覚と同時に生じる。身体は伸びやかである。これが「快」の根源だと考える。エネルギーの消費の場合はできればしたくないことなので逆になる。擬人的に言えばいやだなと思いながらやむを得ずする行動になる。多くの場合、ことは切迫しており緊張して行われる。この身体的生理的変化はしたくないのにやむを得ずする行動であるから当然感覚的に「不快」としかなるまい。これまで快・不快の原則と私が述べてきたことの根底にあることはこれなのだ。で、快と不快の感覚はこうして身体的生理的変化に応じて伴う形で発生したのであろう。そして私はこれが情動の基本だと思うのである。

情動は身体的生理的変化が身体にもたらす感覚である。当然、いわゆる下等動物にも生じる感覚で意識は伴わない。ダマシオによれば情動が生じる箇所は脳の皮質下部分つまり旧脳に属するか大脳に属してもその最も初期に出来た部分で、ここは哺乳類になって初めて出来た部分だということだそうである。

ということは情動は哺乳類になって初めて現れた感覚だとみてよい。もっと後になって大脳新皮質ができ意識が生まれたとき情動が意識に上るようになって、これが感情になった。情動は意識に上ってそこで感情として感知されるのである。情動は意識以前だから感知されず、ただ肉体的ある感覚として在るのにすぎないだろう。発生生物学学者の団まりなさんはこんな言い方をする。「生き物は、自分の体内メカニズムを直接見たり、支配したり出来るわけではなく、何らかの〝内部状況感知装置＝気分〟によってそれを知り…」と(『細胞の意志』)。この「内部状況感知装置＝気分」が情動のことと思われる。情動は肉体的ある感覚ないし気分として身体に生じると言えば正確なのであろう。

さてそこでである。池谷氏の報告するイタリアの実験では、理性や主義信条以前の段階で好悪やその他の感情によって判断の方向付けが決まっているのだと言うのである。実験結果を信じるならば、どうもこれが人間の真実、実態であるらしい。いかに感情の占める役割が大きいかあきれるばかりである。我々の意識や理性は事柄を主体的に決定するのではなく、むしろ後付けの理屈や理由を最もらしく展開するのが本当の役目だと見た方がよさそうである（これは私が『瓦松庵残稿』や『瓦松庵余稿』で意識の機能としてさんざん述べてきたことだ）。さてそうだとすると情動の正体を突き止めること、情動とは何であるかを問い尋ねてきた以上の記述、は重要な意味をもつだろう。感情の基盤にあるのが情動である。私たちの意思選択を実際に決めているのは感情であることがはっきりしたが、その感情は情動に源泉をもつのだ。その情動はどうして形づけられるのか、何によって決まってくるのか。それを私は右記の考察によって明らかにしたつもりである。あなたはどう思うだろう？

しかしここはもう少し述べておかないと腑に落ちにくいところがある。情動は本来その中身も姿もわからないものである。強いて言えばダマシオが二冊目の著書のタイトルにしている「The Feeling of What Happens」（何かが起こっているという感覚ないし感じ）というところだろう。あくまで「何かが」である。感情はそうではない。粗っぽく言えば感情は常にあるはっきりした〝思い〟である。喜び、悲しみ、痛い、嫌だ、面白い、悔しい、羨ましい、好きだ、など。

正体不明な感覚・感じが感情となった途端に明確な姿を現す。どの感情であれ、その元はあるはずで喜びにしろ悲しみにしろ情動の段階から強いて言えばその方向とみられることがあったであろう。情動にもエネルギーの確保と浪費に基づく快と不快の感覚は区別してあったのだから、情動が感情となる以前からすでに正の感情となるか負の感情となるかは決まっていたはずである。情動が無意識の世界に属するものである以上、情動を基盤に成立する感情も無意識を基盤としていると言えるだろう。事実誰もが体験上知っているように、どういう感情が生じるかをコントロールすることはできない。少なくとも至難の業である。

情動は意識に上ると感情となる。喜びとなり悲しみとなる。つまり意識はThe Feeling of What Happensを喜びないし悲しみとして規定する。捉えるあるいは解釈すると言ってもよい。なにを指針としてか。これまでの経験に従ってと言うほかないだろう。ここは多分、ことばが誕生したときと同じである。身分けによる分類はあったが言分けによる分類はなかったところに、大脳新皮質の登場による意識の成立によって過去の諸体験をもとに分類（ことばによるカテゴリー）が成立した。すなわちこれが言語である。同じことが情動にも生じて感情となったのであろう。

ところでここで私は初めに戻って脳神経医学がカプグラ症候群などで明らかにした事実を思い起こしたい。カプグラ症候群が明らかにしたのは、早く言えば意識は必ず感情ないし気分と共に生じるということである。私たちは通常そのことを意識しないし感じないが、何かを意識するときあるいは認知するとき必ずそれに伴う感情を感じているのだ。母親を見たときは必ずある気持ち、親和感安心感のある気分を味わっているのである。私たちはそう意識していないが全ての物事がそういう気持ち（気分）、感情と共に認知されるのである。だから認知という一見理性的知的行為であってもその本質あるいは背景には、気分とか感情と言えるものが歴然と横たわっているのである。これが私たちが物事に対するときの実態なのに違いない。

そうだとするとどうなるだろう。私たちがよく考えて理性的に決定したことだと思っていることでも、実際には感情を背景に感情に動かされて決定している、ということになる。そしてこれが理性とか熟慮の末と言われるものの実態なのではないか。

理性は感情を根拠に下した決定をいかにも「いやそうではないのだ。ちゃんとした理解できる、そしてなるほどと納得できるこれだけ立派な理由で選択したのだ」と思える理屈を考え出す働きをしかしていないと私は断じたい。理性の役割はそういうものなのに違いない。「～するべきである」もそうであろう。主義や信条とかイデオロギーとかいうものの正体、もっともらしい理屈づけがそれなのであろう。そう知れば主義やイデオロギーに対する対処の仕方も変わってこよう。

七四　工夫と努力

哲学者今道友信氏の『美について』にこんな言葉が書かれている。この本は美とか美術について論じたレベルの極めて高い素晴らしい本だが、そのことは別の機会に譲るとしてここでは置いておく。

ともかく同書にこんな言葉が書かれている。「われわれは毎日何がしかの努力を積んでいるが、これらは宗教的、道徳的、政治的に明るい未来が保証されているから努力するのであろうか。もし、そう希望できるひとがいるならば、それはそれとして祝福すべき心理である。しかし大部分のひとにとっては、そうではない。努力することによってしか開かれない未来を、われわれが呼び出すべきであるゆえに努力するのではなかろうか」

「努力することによってしか開かれない未来」である。未来は努力しようとしまいとやってくる。しかし、努力することによって初めてやってくる未来というものはある。それは単なる未来ではなく、努力することによって初めて呼び出される（つまりは開かれる）未来である。しかもそれは「明るい未来」ではない。明るい未来なのか明るくない未来なのかは分からないのだ。

これは人間が単に「生きる」のではなく、「生きていく」ということの内実、意味内容を見事に剔出、要約した言葉ではあるまいか。

努力した結果やってくる未来が明るいか、望ましいかは保証の限りではない。しかし私たちは、何も努力しないよりは努力した方がましかも知れない、いやましであろうという願いの下に努力するのだし努力せずにおれない。なぜなら、同じ生きるのなら少しでもましに、少しでも良いように生きたいからだ。これはそうするまい、そうなるまいと思っても自然にそうなってしまう生きものの必然である。おそらく私たちにはそれ以外の生き方はできない。

その努力さえしない、あるいは馬鹿にし無意味だと見なす生き方が現実にあり得るだろうか。あるとは思えない。ここは大事なところである。あると主張するのはそんな気がするだけである。錯覚であろう。意識ある生きものである人間は「よりよい」を求めて努力せずにいられない。本人の好みであろうとなかろうとしてしまうのだ。なぜならそれが生きるということだから。「生きていく」ではなく「生きる」の内実であると言ってもよいぐらいである。

ここまでくれば今道氏の意図するところからは大分離れることになるだろう。今道氏は努力という言葉を文字どおり（大袈裟に言えば）額に汗する努力として使っているが私はここでは人が日々する選択のレベルまでを含めて努力としたいからだ。それまでを努力としてすくい上げる方が平凡な一般対象まで、つまり全ての人を含み込む論述となるからである。つまり私たちは生きているのである。ということは意識していようといまいと努力しているのだ。それならその努力の意味を知っておいた方がよい。より効果的な努力ができるだろうからである。ではどういう意味があるのか。努力には必ず方向、目的がある。目的があり、その目的が達成されるべく力を注ぎ努めるのが努力というものである。それなら目的は達成された方がよい。そのためには人は努力をめぐって工夫し考える。こうして人は努力を洗練させ、鋭くし、「額に汗する」レベルのものとする。ここまで来れば人が日々選択し、のみならず額に汗する努力をして生きていくのを無意味とも無駄とも思えないことになるだろう。

以上に間違いがあるとは思わないが、しかしこうなると何かを言ったことになるのだろうか。私たちは生きているのであり（間違いはない）、生きているということは常時選択しているのであり（間違いなし）、選択しているとはよりよい方を選んでいるのだから選んだ方を達成しようと努力しているに違いなく（間違いなし）、したがって人とは努力なしであり得ない存在である。論理的にそうなるだろう。

しかし、生きているということは、否でも応でも努力していることであると言って、それで終われば何を言ったことにもならない。生きていることは即ち常時選択していることであり、選択をする以上選択の効果があるようにするのは必然であるから自ずと努力が生じるというレベルの努力と、私たちが普通に言っている努力とはレベルが違うだろう。問題になり、人が意識するのはいつでも後者の努力である。

努力はいつでも効果がなければならない。結果として効果があるかどうかは分からないにしても人は努力をするときは必ず効果があることを目指して行う。どうやれば効果が見込めるか。私は一つしかないと思う。工夫し、額に汗すること。要するに工夫と努力である。闇雲に努力するのではなく、工夫し工夫し、そして懸命に努力する。努力して工夫し、そして努力する。それしか手はないと思う。そうすれば必ず効果があるかどうかは保証できないが、かといってそれすらやらないでは絶対に明るい未来が開けないことは確かだ。

したがって人にできることは、工夫し努力すること以外にない。自分にできると思われる限りの努力をする以外にない。他に方法がない以上、それだけのことをすれば人は自分に納得がいくだろう。そのとき人は「人事を尽くして天命を待つ」心境になるだろう。結果は天命と言うほかないのだから。運もあり、自分ではどうしようもない。どうしようもないことは受け入れるほかない。

努力の及ばぬことはもう一つある。他人である。他人がすることは私にはどうしようもない。そのどうしようもない他人をどうにかしようとして人は飴と鞭を使うのだが、他人のすることは基本的には自分にはどうしようもない。一昔前に世界的ベストセラーになったあのヒルティの『幸福論』でも冒頭に「他人のことには関わらないことにしている」という趣旨のことが述べられている。所詮は私の気持ちどおりに動いてはくれない他人を気に病んでも仕方がないと。

同種のことで過日、新聞で面白いことが紹介してあった。男子ゴルフのメジャー最高峰の「マスターズ」で松山英樹が日本人初の優勝を遂げた折の言葉である。優勝を争う最終コースでのプレーで松山英樹は二位の選手に激しく追い上げられ、迫られたことがあった。非常なプレッシャーを感じて焦りに焦るというただならぬ精神状態に陥りかねない局面である。松山選手はどう思ったか。彼は回顧して言う。「サンダーのプレーは、僕はどうにもできないので、ただただ自分がいいプレーをすることだけをすごく考えていました」(サンダーとは二位の選手である)。このように紹介したうえで、記者は続いて日米で大活躍した野球の強打者松井秀喜選手の著作を引いていた。「自分がコントロールできることとできないことを考えなければいけません。コントロールできないものに気を病むのではなく、できることを精いっぱいやろう」。そして記者は注釈する。「例えば、松井さんが思うコントロールできるものは『打席でのボールをどう待ち、どう仕留めていくか、決定権は己である』と。自らの技術を高める。準備を怠らない姿勢である。コントロールできないものは人の心、メディアの批判やファンのブーイング…」

人がやれることは常に工夫と努力。その工夫と努力はいつでも自分のことでしかない。基本的にはそうだと思うが、人の世に生きる以上、他人のことはいつでも無視しておれば良いというものではない。たとえば政治は人を動かすことである。多くの人間がともに暮らす以上、政治なしではあり得ない。人はいかにして他人を望むように動かすかに腐心する。そこに苦労の限りがある。したがって単純に他人のことは気に病むまいで済ますわけにはいかない。人間が社会的動物である以上、他人と関わるのは宿命である。ゆえに他人に関わることについては基本的には私の思うようにはならないという前提のうえで対処し、工夫と努力をすることになる。限界があるのだ。これだけで大分精神衛生上楽になる。そして自分に関わる範囲だけで真に努力をしよう。当面の目標の実現のためには、自分でコントロールできることか、できないことかを見分けて。政治や組織を動かすことなどを除けば、大抵は自分一人での自分での工夫と努力でやっていけるものである。偉大な努力家がやってきたことはいつでもそうだろう。

七五　想像力はどこから来るのか、および文学について

私たちはいつでもどこかにいる。そのいる場所について、程度の差はあれ常にそこに好感を感じているか不快感を感じているかどちらかでしかない。好感を感じているときはそのまま事態を受け入れているが、不快感を感じているときは違う状態に（例えば違う場所に）移りたいと自然に思う。この時、人がしていることはとにかくその違う状態を漠然とにしろ思い浮かべることである。それが想像ということだと評論家ノースロップ・フライは著『教養のための想像力』で述べている。彼の言葉を使えば、世界に対するわれわれの感情的反応は「私はこれが好きだ」と「私はこれが嫌いだ」の二つであり、前者は周囲と一体になった気分であり、後者は周囲と距離感をいだている感情だということになる。それで「私はこれが嫌いだ」という感情は、私はこんなだとは思いたくはないという感情を含んでいて、目にしているものに満足してはおらず、何か別のものがなければならないと思っている。ここに想像ということが生じる、というのがフライの想像力の起源についての骨子である。「想像力の世界で、われわれは意識を最大限に働かせて、あの失われた根源的感覚、環境と自分は一体であるという感覚を回復するのです」あるいは「精神とその外界との同一性を求めることが、想像力の主な働きです」と。納得いく話ではないだろうか。

フライの考察にさらに学びたい。彼の思考はそれに価する。

「想像的文章と論証的文章との違いが本当にわからないまま大人になってゆく人がたくさんいます。たまたま詩や絵画が眼に触れたりすると、そういう人は、作品が多かれ少なかれ、姿を変えた情報伝達を意図しているというふうに受け取ります。彼らの疑問はすべてこの想定の上に成り立っているのです。例えば、作者は何を伝えようとしているのだろうか。それから何を汲み取ればよいのだろうか。なぜ誰かが私にそれを説明してくれないの

だろうか。どうしてもっとわかるように書いてはくれないのだろうか、というような疑問をもちます」「皆さんの反応する対象は物語全体の全構造であって、奪い取って持ち逃げできるような、何かのメッセージや倫理思想や偉大な思想ではありません」

ここには文学というものについての非常に重要な基本的なことが説かれている。文学作品や絵を前にして多くの人が誤解しやすいことは、作者は何かを伝えようとしてその作品を作ったと思い込むことである。ここでは混乱が起こらないように話を文学作品、それも小説に限ろう。小説に対して国語の授業や試験ではほぼ必ず「作者はなにを言わんとしているか」「作者が込めたメッセージは何か」といった問いが立てられる。先のフライの引用文はそれが間違いであること、少なくとも非常な誤解に基づいていることを述べている。

小説を書くとき作家は何かを伝えたくて書くのではない、彼は一つの世界を、物語を構築しようとして筆を執るのだ、とフライは言っている。ここのところが多くの人にとっては分かりにくいところだろう。例えば、あるところにある事件あるいは出来事が生じたとしよう。事件や出来事は別に何かを人々に伝えようとして起こったのではないだろう。ただ起こったのだろう。それを見た人がそこから何事かを感じ汲み取るということはあり得る。非常に重要なメッセージを汲み取るかも知れない。しかし事件自体はそのメッセージを伝えるために発生したのではない。ただ起こるべくして起こっただけである。同じことだ。小説家はただ、ある世界ある物語を作り出したくて作品に向かうのだ。出来上がった物語から人が何を読み取り、どういう感銘を受け、その結果どんなメッセージを受け取るかは別のことで、作者のあずかり知らぬこと。作者は言葉を考え出し、組み合わせを工夫し、こうしてある物語を構築する。なんのために。多分一つの自分の世界、もう一つの自分を作り上げる喜びと意欲に駆り立てられて。作者はその時、その行為の中に自分の一切を解き放ち、解放するのであろう。そこに（成功した場合は）自己充足感を味わうのであろう。その喜び、満足感は何物にも代えがたい。それが創作するということだ。絵画でも詩でもエッセイでもおなじことである。精神の伸びやかな発露。展開。自由な散歩。自己拡張。それがどんなに喜びであることか。

次は、文学の派生とあらゆる文学の形式と枠組みの起源、そして多様な文学作品の誕生とその歴史の理由について。同じくN・フライの同著から。

「何らかの種類の文学も存在しないほど野蛮な人間社会はありません。ただ一つ言えることは、原始文学は人生の他の諸相からまだ分化していないということです。文学はまだ、宗教や魔術や社会儀礼のなかに深く埋もれているのです。しかしわれわれは、このようなもののなかにも文学的表現が形をとり、いわば想像の枠組みを作り、その枠組みの中に、そこから派生する文学が内蔵されているのを認めることができます」

「神話は人間界と非人間界を和解させようとする、想像力の単純素朴ないとなみで、その最も典型的な成果が神についての物語です。やがて神話体系が文学の中に浸透し始めると、そこで神話は物語の構造原理となります。さまざまな神話が結合して一つの神話体系を成し、その神話体系の包括的枠組みが、われわれのかつて経験し、また将来経験するかも知れない、同一性喪失の感覚という形を取る過程を、私は説明してきました」

「情報を伝えたり、何か実用的な伝達をするためにものを書く場合、それは意志と意図をもった行為であって、そこに表明されたものは、それ以外の意味をもっていませんし、使うことばがそのまま意味になります。が、文学においては事情が違います。…詩人の真の努力がことばを組み合わせることにあるからです。詩人がなにを言おうとしたかということではなく、ことばが組み合わされた時何が表明されているかということが、大切なのです。小説家の場合に、組み合わされるものはむしろ、彼の語る物語の中の出来事です」

大衆文学について（同じく）。

「気晴らしのために読まれる物語、大衆文学は、つねに甚だ様式化されています」

この定義はうまいと思う。大衆文学と言われるものについては漢方に言うツボというものを頭に置けば良いのではないか。ツボとは身体のある局所的な部位、ポイントで、例えば腹痛ならある箇所を何カ所かを押さえて刺激を与えれば治るといったものである。おなじことを精神や感情に当てはめよう。すると精神や感情にも（これは身体の部位ではないが）ある一定の箇所を押さえれば例えば必ず涙が出るとか悲しくなるということが考えられる。ツボにおける身体の部位に相当するものは状況とでもなるだろうか。ある状況を設定してそこを押さえれば必ずある反応が起こるという具合である。つまりある一定の感情を生起するには設定するべきパターンがあることになる。そのパターンを巧みに設定できれば必ず読者の涙を誘うことができるというわけである。大衆文学はそういうパターンを多用してできている物語と一応決めつけて言うことができるだろう。

　ではそれ以外のいわゆる純文学はどうなるのか。ここでも種々のパターンが利用されているには違いないが、純文学での真の狙いはパターンの外にあるもの、人の心の未知の様相や未踏の分野を開拓したり、見い出したりして、心の世界を拡げる、言い換えれば人間の可能性や人間の世界を押し広げる結果を招来することにある。全く新しい世界、状況、心情を現出させるのだから、新しいことばや考え方ものの見方、言い換えれば新しい精神を作者自身で作り出さなければならない。そうでなければそういうものは表現できない。これが大衆文学と純文学との置かれた状況の違いだと考える。

「ところが文学には、読者への直接の語りかけはありません。文学で重要なものは、何を語っているかではなく、いかに語られているかということです。…すべての作家は、彼らの言語を直接の話しことばから、想像力のことばへと移し変えるという、共通の課題を背負っているからです」

　読者への直接の語りかけはない、とは、作者はあるメッセージを伝えようとして書いているのではないということだろう。メッセージは結果として読者が感じ取り受け取るものなのだ。

七六　この世は「べき乗則」の劇場

この世は私たちが、私たちに割り当てられた役割を我知らず演じている劇場である、と見なしうる。

　さる脳科学者の本で知ったのだが、「べき則」というこの世界を統べる法則というか規則があるらしい。誰にでも分かる言い方をすれば、ものごとは数や量の大きいものほどそれが現れる回数は少なくなっていく、とでもいう事実を指すということになるだろう。本来は数学的規則であって、例えばその脳科学者の説明によると「『大きさ』を横軸に、『数』を縦軸にとって対数グラフを作ると、その分布は直線になります」ということになる。こういう文字による記述だけではわかりにくいが、縦軸横軸のグラフを思い見てそこにものや事態の位置を記していく。メモリの単位が一桁ずつ大きくなる対数グラフにして、大きいほど上の方に置き、数が少ないほど右の方へ置く。そしてこれら置かれた各点を線で繋いでいくとほぼ同じ傾斜の右下がりの直線になる、というのである。直線になるというところが大事である。一貫した規則があるという現れだからで、したがってこれを数式で表現することができる。数の多いものや大きさの大きいものほど、現れる回数が少なくなるということをグラフは示している。そしてこの規則を「べき則」ないし「べき乗則」と数学的には言うらしい。この現象そのものは私たちが一般にごく日常的に感じ取っていることで、珍しくともなんともない。なんとなく漠然とそうだろうと思っているものを、科学的に数学の用語で言えば「べき則」などと難しそうなもっともらしい言い方になるだけだ。

それはそうだが、こんな日常的な規則でもとんでもない重要な意味をもっているのだから、科学というもの、あるいは科学的思考というものは大したものである。

どういうことか。学者の説明を聞こう。「自然界には多くの隠れた規則があります。分子から宇宙まで、一見すると無関係に思える現象が、深いところでつながっていることはよくあることです」「べき則は自然界を貫く基本ルール。自然のあらゆるところに顔を出す秩序。神経細胞の繊維や、脳波さえも、べき則に従うんですよ。ちなみに脳波のべき則は、別名『1/f の揺らぎ』として有名ですよね」（池谷裕二『脳はこんなに悩ましい』）

自然界を貫く基本ルールだと言うのである。自然というものは放っておくと必ずこの規則どおりの振る舞いをするというのだからたいへんなものである。

氏はほかにこんな事例をあげている。地震や雪崩、木々の枝分かれや枝の太さ、名曲の音符、犬のマーキング、メールの送信間隔…。要するに分子から宇宙までと言うのだから至るところあらゆることに出現する現象である。誰だってこのことには気がついているだろう。私たちの常識にも合致する。大事件は滅多に起こらないが、小さい些細な事件はしょっちゅう起こる。小さな失敗はいっぱい起こるが、大失敗はそうは起こらない。名作は少ないが、凡庸な作品はいくらでもある。貧乏人は大多数だが、大金持ちは少ない。ベストセラーは滅多にないが、そうでない本はいくらでも出版される。その他、事例はどこにでもころがっていて幾らでもあげられる。

さて、ではこうしたことからどうしたことが読み取れるだろう。まず第一に強調されてよいのは、自然の基本的な性格であり特徴でもあるものとしての不平等性である。つまり、自然は放っておくと必ず大小さまざまな事態やこと、ものが生じる。小さいものや同じようなものからばかりからなるということはない、つまり均一ということや平等同質ということはない、ということである。

これは重要なことである。私たち人間は近代以来、平等を何よりといってよいぐらい重視して暮らしを営み、社会を立てる努力を重ねてきた。人は誰も同じ人間だと強調し、そういう考えを強制してきた。だから現代では誰もが本来は平等だということを理想とし、この理想を達成し維持したいと強く願い、差別を目の敵にしている。が、自然界の「べき則」はそんなことは自然の事実に反する、自然はそのようには出来ていないということを示している。割合はともかくこの世の中はあらゆるところで必ず極端な量的質的に大きいもの、大きいことが顔を出す、と「べき則」ははっきり示している。世の理想主義者、ことに政治的にラジカルであったり急進的な者たち、左派系の者たちにとっては実に都合の悪い事実と言うほかない。この世は同質なものばかりでは成り立っていないし、成り立ちはしないのだ。不平等がこの宇宙の、つまり自然の事実であり、実態なのだと。事実であるなら私たちはそれを受け入れるほかない。貧乏人や平均的な富の所有者は多いどころか大部分だろうが、それだけには終わらず必ずごく少数にしろ大富豪や大貴族、特権階級が生じるのである。これは「べき則」に照らしてやむを得ない。どうしてもそういう恵まれた人間たちは存在するのだ。それが正義にかなうかかなわないか良いか悪いかの問題ではなく、事実としてそうだというだけのことである。

だとすると大富豪や特権階級に対する私たちの受け取り方が変わってくることになるだろう。彼らはたまたまなんのせいか彼らに振り当てられた大金持ちという役割を担当しているだけのことだと見なしうる。いやそう見なした方が事態の据わりが良いだろう。世の中の何人かはそういう役割を引き受けさせられ、その気もないのに演じているのである。私とて例外ではない。自分の意図でも意志でもないのに平凡人の役を振り当てられ、我知らず立派に演じてきたのだ。

この世は劇場である。全員それと知らずに登場人物を演じている登場人物なのだ。もちろん当人の主観では全くそんなことではない。自分は貧乏人や平凡人の役を引き受けるなどといった覚えはないと強く主張するだろう。みんな自分なりの野心や希望に駆り立てられてよかれと思う暮らしを懸命に追求してきた人生なのに違いない。だが、外から見れば――当人を離れて外から見れば――どんな人生もたまたま振られた役割を我知らず見事に演じているというのが実態なのである。少なくともそのように見なすことが可能な私たちの人生である。

大事なことだが、以上のように悟ったにしてもそこから逃れることはできない、分かったところでどうしようもない私たちの人生なのである。こう納得すれば闇雲な不平不満もなくなると思いたいが、あなたはどうだろう?

七七　ささやかな、しみじみと満ち足りた思い

夜寝る前に「今日も十分働いた。そして納得いく成果を上げ得た」としみじみ思って、快い疲れの中で寝につくことほど幸せなことはない。本当の幸せはそういうものではなかろうか。試合に勝って勝者となり、歓喜するのも幸せかも知れないが、それはしみじみした幸せとは違うものである。

私は会社員時代の三十歳前から五十歳時代に生計費を得るためのサラリーマンとしての仕事の他に自分自身の仕事をもっていて、大急ぎで退社し帰宅して食事、暫時の休息の後、二階へ上がって夜中まで自分の仕事と思い定めていることに懸命に取り組んだ。すると、十分仕事をした、納得いく仕事ができたと思える日は寝床に入って、しみじみと満足して幸せな気持ちで眠りに入ることができた。今日一日頑張った、よくやったと思えるのである。自分が肯定でき、過ごしたその日一日に納得がいったという満ち足りた思いは何ともいえず幸せな気持ちにしてくれた。そうした日々、私は満足や喜び、幸せだという思いは決して爆発的なものではないといつも思った。人は誤解している。スポーツや競争で厳しい競り合いに勝つ。すると人は躍り上がって、時には仲間と抱き合って飛び跳ねて喜ぶ。あれが本当の幸福だと。それも幸せなことに違いない。だが、私にはそんなことは瞬間的な、一時の感情にすぎないと思われる。本当の幸せはそんなものではない。しみじみと一人いつまでもかみしめている思い、爆発的な歓喜の感情ではないがもっと静かな、静かではあるが何度も何度も一人で反芻しかみしめる幸せ感、充実感、自己肯定感、それこそ本当に

幸福であると、私は自分の体験に立って確信している。寝床に入って寝につく前にその日した仕事を反芻し、ささやかだがしみじみした心地よい疲労感のうちに眠りにつくほど幸せなことはないように思ったものだ。そうはいかずに落胆し、がっくりして、絶望的な思いで眠りに落ちる日も多かったが、たまさか訪れる「今日はよくやった」と思える日の深い満足感、快い疲労感。そういう時をもちたいが為に、それだけを楽しみに毎日、必死で早く会社から帰り、食後疲労困憊している身を鞭打つようにして二階の自分の部屋へ運び上げた日々。

多くの職人たちの日々もそのようであるに違いない。靴作りや家具作りの職人がいるとしよう。彼らのある者は金にならなくても自分の納得いく作品（製品）をつくろうと心を砕いているとする。いつもいつも納得いく作品が出来る訳ではない。そういう職人にとって大抵は不満であろう。が、時には今日はうまくいったと思える日もあるだろう。そういう日、彼は深夜までこもっていた仕事部屋から出て、心地よい疲労感のなかで微笑を浮かべながら寝につくであろう。彼はささやかながらしみじみした充実感に浸され、さらなる挑戦への思いを抱いて眠る。そういう感覚を一度体験したなら、貧に苦しめられ、絶望感に打ちのめされる日々の中でも、またあの満足感を味わいたいという期待を支えに前向きに頑張っていけるのである。

私はこういうのを基本的に人生だと思いたい。画家も演奏家も、いや毎日家族のために食事を作っている主婦も、「すきやばし次郎」のような寿司職人も料理人も官僚も、その他誰であれ自分の仕事をもち最善を尽くしたいとやっている者はみんなそうであるだろうと思う。思い違いをしてはならない。人は爆発的な歓喜、喜びによって生きているのではない。ささやかでも、一人しみじみと充実感を味わえる時をもてるのを期待して努力するのだ。それが人生の最奥にある生きがいであり、喜びだと私は私の体験にかけて信じる。

七八　大衆社会の根底にあるもの

英文学者福原麟太郎さんの書いたものには私は大抵あるほのぼのした温かさを感じて愛好せずにはいられない。どういうところが、と考える。氏には一貫して、人間というものは愚かしい生きものである、実に愚かしいという思いがあるようだ。そして、「だから愛すべきなのだ」

と続くのである。「愛すべき」は、愛せずにはいられないという意味である。ここのところは、皺だらけの老婆がいたずら盛りの孫が元気いっぱいやりたい放題に悪さをして遊んでいるのをニコニコして眺めている様子なのが思い浮かぶ。そういう気味合いがある。人間は所詮どうしようもない愚か者だ、しかしそれ故にまた見放しがたい面白さ、可愛さがある。福原麟太郎さんの視線にはそういうものを感じて氏の文に接すると私は大抵いつも気持ちよくなるのである。

さて話は飛ぶ。こんにち私たちの目の前に広がるのは大衆民主主義社会である。誰も彼もが一人前、それぞれにそこに存在し、私はここにいる、いて当然だ、文句があるか、ある訳がないだろう、と信じ、主張する者たちからなる社会。義務の観念は希薄だが、権利の観念はしっかりと根を張り当然視されて大声で主張される社会。これが大衆民主主義社会の描写だが、これはそうでなければならない。大衆民主主義社会とは定義からしてそうあるほかないからである。

いまここではとりあえず「大衆」と「社会」については置いておいて、民主主義について考えておきたい。民主主義とは政治用語上の定義はともかくとして、言葉からして素朴に「民が主である」とする考えとすることができよう。民であるから必然的に大衆いや全員ということになる。ということは民主主義とは初めから矛盾した言葉であり、制度であることになる。主とはいつでも唯一人である。一人に決まっている。それなのに全員が主だと言うのだ。一人でしかあり得ないものを全員がそうだとするには方法は一つしかない。そう見なすか誤魔化すか。つまり民主主義は見なしか誤魔化しの上にしか成立しない制度、考え方なのである。民主主義が成立しているところでは、必ず建前だけそうだということにしているか誤魔化しが横行しているか、どちらかだ。このことをしっかりと頭に入れておこう。

大衆民主主義社会は簡便に大衆社会と言っても違いはない。それぞれに自分には一人前の権利があると信じている大衆の集まりは、単なる群衆つまり有象無象の集まりではなく、少なくとも一つの社会なり国家なりを形成している一定の秩序ある集まりであるならば（統制されたではなく、統制ある集まりであるならば）、必ず大衆民主主義社会であろうからである。一人一人が自分は主であると思っている者たちの集まりは独裁制やどういう意味にしろ選良による統治（哲人政治、元老院制、共和制）ではあり得ない。もっとも民主主義制も直接民主主義制と間接民主主義制があって間接民主主義制は限りなく選良による統治に近づく場合もあるが、民主主義社会と選良による統治社会の両者は根っこの所で決定的に違う。

というわけで民主主義社会は要するに大衆社会である。で、大衆社会について。ここにはいつでも独特の情念がうずまいている。大衆社会の成立は独特の情念を産むのである。そもそも大衆社会はこの情念のうえに育つというか成立するのだからこの情念の誕生は必然である。その情念とは何か。嫉妬心つまりねたみと、人より少しでも得をしたい、よい思いをしたいという欲、の二つである。この二つの情念を餌にして民主主義は育つのだ。いや、残念なことにこの二つの情念のみを餌にして育つ。言い換えればこのどうしようもない情念を宥めるために、あるいはコントロール可能なものに手なずけるために考え出されたのが民主主義なのだ。人権とか平等とかいう正義の観念は偽装にすぎない。

したがって民主主義の風土は実に浅ましいものである。なんという野卑で下劣、情けなくも汚い心かと思う。自分がその分だけ損をする訳でもないのに他人が少しでもよい目を見るのが許せず、人の足を引っ張り、自分より下に行くことを狙う。浅ましいというほかない。もちろん以上は事態を露骨に述べたのであって、実際はこの浅ましさが丸見えにならないように、まず自分に向かって（だから当然他人の目には）そうは見えないように偽装する。大義名分をまぶし被せ、あたかも正義であるかのようにくるみこむ。民主主義社会で、したがって大衆社会で行われている賢げな事柄はみんなそうである。賢いというのはこの偽装、言いくるめがうまいということにほかならない。人々は知力をもっぱらそんなことに使っているのだ。浅ましさを浅ましさとは見せないために。

この世の中で大声で争われている論戦はほとんどがこの偽装の上で正義面して行われている。正体をひんめくれば中身は浅ましい嫉妬心と嫉妬心のつばぜり合いにすぎない。ここを野心のある扇動家は突く。この二つを巧みに使えば大衆をほぼ狙いどおりに動かせる。人が自分より少しでもよい目をするのが許せない。自分が人より得をしなくても我慢できるが（問題にはならないが）、誰かが自分より得をする、よい目をするのは、絶対に駄目だ。自分とは関係がないことでも、とにかく誰か他の人間がよい気持ちになるのが許せないという心情。

この浅ましい心情を突くのは簡単なことである。劣情ほど動かしやすいものはない。ちょっと突つけばすぐ反応する。実に敏感だ。だから野心家はここを突く。対象が偉大な人物であっても、彼を潰すのは簡単なことである。歴史を見れば明らかだ。ギリシャでもローマでも春秋戦国時代の中国でも、いやその後の東西の歴史でこうしていかに偉大な、その時代の救世主とも見える人物が潰されていったか。後の時代から見ればなんという馬鹿なことを、もったいないことをと見えるが、当の時代の人々にとってはねたみという情念に動かされて見えなかったのである。

こんにち（平成の末）私たちが目にしているこの国の政治状況がまさにそれである。政権党の施政を上回る政策を打ち出せない野党はただただ政府を打ち倒して取って代わりたいがために、それだけのために形もふりも構わず相手の落ち度や不完全をついて足を引っ張ることだけに必死である。建設的な政策論争など何一つない。自分たちが相手に代わって天下を取りたいというエゴ、醜い欲望を追求しているだけ。我らこそ正しい者との大見得をことさらに切って、正義漢面して。

七九　文明と野蛮

私はごくまれにだが、寝る前にどうしても良い文を読みたいと強く思うときがある。ああよい文だったと充実感に満たされ、膨らむような満足な思いに包まれて寝入りたいのである。十分、刺激的でしたたかに手応えある内容であると同時に文も快い名文である必要がある。それは会社員時代に家へ帰り、大急ぎで食事を済ませたあと、社とは関係のない自分の仕事に取り組み、集中した時間を過ごして、軽い疲労感の中で「ああ、今日は良い仕事ができた。充実した一日を過ごすことができた」と満足感一杯で納得して眠りにつくことがあった、あの幸せな眠りのひとときを今一度と思うときのようである。

書棚に目を走らせ、当たりをつけた本を手に取るのだが、大抵が私を満足させない。どんな名作、どんな評価の高い本、かつて読んで手応え豊だった本でも、そういう時には物足りない思いがする。だが、例外もある。小林秀雄。彼の書いたものはいつ読んでも退屈するということがない。ことに『本居宣長』はそうで、いつも手応え十分で読んでいて快く、実に面白かったという満足感で閉じる。だから『本居宣長』は枕元手近に置いている。そしてもう一人が吉田健一。彼は私の信じるところ現代知識人の中で、小林秀雄と並んで、その文章の中身の濃さ、意味の豊富なことで随一ではないかと思う。あの一風変わった独特の文体も作用してだろう、実に豊かな文章である。

吉田健一は文芸評論家、小説家、エッセイスト、要するに大教養の文人ということになるだろう。ところが面白いことに彼にはほとんどまともな学歴がない。どこで勉強したのか分からない。幼少期には父吉田茂の赴任地である諸外国で過ごし、今の中学・高校に相当する頃には日本にいて東京の私にはよく分からない私学に在籍したようだ。当時のエリート校の一中、一高どころか旧制中学、高校にも行っていないようである。それでいて大学はオックスフォードだったかケンブリッジだったかへ入っている（それだけの学力が身に付いていたのだ）。ところが入って半年ほどで、担当教授にも相談したうえだが、自分のやりたいこと（日本文学だったか）をやるためには日本にいた方が良いと（何々大学卒業と、学歴にしがみつく誰かと違って）あっさり退学してしまう。帰国して、ではどこかの大学へ入ったかというとどこへも行かない。結局、大学卒という学歴がないようなのである。ということはほとんどは独学だったのだろう。勉強ということの本当の意味を教えてくれる。

こうした経歴のせいもあるかも知れない、彼は権威や定説や通説というものに驚くほどとらわれない。自分が学び取ってこころから納得したことだけを展開する。外国の権威者の主張にも世界の通説にもとらわれずに、自分のこうと信じたことを自分の考えに沿って独特の言い回しと表現で述べるのだ。その考えのとらわれのなさは信じがたいほどである。

ヨーロッパ文明の最盛期は一八世紀だ、と述べてはばからないヨーロッパ文明考もそうである。これは世の常識に逆らうことだろう。私が知っている限りではヨーロッパは一九世紀、より正確に言えば二〇世紀の初め第一次世界大戦が始まるまでがヨーロッパの全盛期でありヨーロッパ文明は頂点に達した。至る所に進出し世界中を圧倒し、植民地という形で異民族の上に君臨し、暮らしのレベルと暮らし方で卓越し、学問、思想、芸術、文芸、医学、スポーツ、娯楽、社交術、諸技術、あらゆる面で人類最高峰をいった。果ては相対性理論や量子論の展開までのめくるめく成果を上げた。という次第で、一九世紀こそ真のヨーロッパの時代と見なすのが世界中の通念であろう。

ところが氏は一八世紀こそヨーロッパが最高だった時

代だと述べてひるまないのである。のみならず一九世紀のヨーロッパは野蛮な時代だったとして退ける。これが仰天せずにいられようか。歴史の素養に疎い素人、一介の在野文学者のとんでもない妄説、思いつきにすぎないと嘲笑うか無視されそうなところだが、氏の言うところはそれ相応の根拠があり、ひょっとするとこちらの方が本当かも知れないと思わせるものがある。

代表作『ヨーロッパの世紀末』を紐解こう。冒頭でヨーロッパ人に自意識が誕生した経緯を考察し、キリスト教の地獄絵に至る。キリスト教での地獄は佛教のそれとはまるきり違っていて、人が一度ここへ落とされると永遠に逃れ出ることはできない。佛教の地獄ももの凄い責め苦で大変なところだが、本人の悔悟や遺族の善行や祈りによって地獄から救い出されることがあり得る。この違い、一度の判決で救いのない永遠の地獄行きと悔悟による再判決があり得る地獄と。この違いが人の心にもたらすものには非常なものがあるに違いなく、日々にそんな地獄絵を見せられて暮らした中世ヨーロッパ人は自分の心の動きや自分の行為を気にせざるを得なかったであろう。こうしてヨーロッパ人に「自分というものを見守る第二の自分」が生まれた。これがヨーロッパ人に自意識が成立した成り行きである。このように述べたうえで氏は言う、自意識すなわち「もし自分を他人と同様に意識することが出来るならば自分も他人であり、他人と変わらない人間であって、そこに生じる又とない均衡に即して一八世紀の理性が成立した」

粗々以上の様に論じてヨーロッパ一八世紀を理性の時代だと規定し、ヨーロッパは一八世紀にいたって成熟し、文明の状態になったとするのだ。これ自体驚くべきことのように思う。あの我々日本人に圧倒的にのしかかってきたヨーロッパはたかだか一八世紀になってようやく文明の状態になったと断じてのけるのだから。

氏はそのヨーロッパ一八世紀を自由を特徴とする世紀だと言い、自由というのはこの場合すべてを白紙に戻して検討する気風を指し、一八世紀ほどそのことが行われた時代はないと見る。検討をするには基準がいる。その基準をヨーロッパの一八世紀人は理性に求めた。理性というのは精神の正常な働きである。精神の正常な働きとは要するに日々をお互いに心地よく暮らす、心地よく生きるのを目指す心の働きのことである。これが何よりも重んじられ、達成されたのがヨーロッパの一八世紀で、その状態が文明であるというのが吉田氏の文明論であり、ヨーロッパ論である。文明というものをそんなふうにとらえる文明論は一つの卓見であり、なるほどと思わせるではないか。

　以上長々と吉田健一氏の論述を紹介したのは、思惑があってのことである。平成十一年七月号の雑誌『諸君！』で見た国際政治学者中西輝政氏と塩野七生氏の対談「日本の生きる道」におけるこんな重要な指摘を思い出すのだ。ヨーロッパ人について二人は概ねこんなことを語っていた。ヨーロッパ人の頭にはルネサンス以来常に古代ギリシャ・ローマ人があって、彼らを人類最高の文明を達成した人々として崇めてきた。そして長い努力のすえに自分たちはついにそのギリシャ・ローマを超えたと思って、そこに彼らは誇りの一切をもっているのだと。

　ヨーロッパ人がヨーロッパを意識するようになって以来、ということは自分達をヨーロッパ人として意識し始めて以来ということになるが、常に古代ギリシャ・ローマを意識し憧れ、ルネサンスを経て一八世紀におそらくはフランス革命など血みどろの苦闘の末、人権、自由、平等などの理念を確立した。これら理念を確立した段階で、初めて自分たちは古代ギリシャ・ローマ人を超えたと思い、誇りに満ちたのだと言うのである。

　私には二人のこの指摘はヨーロッパというものの根幹をついていて極めて重要だと思われる。そのように理解してようやく西洋人がなぜあれほど人権とか自由、平等とかいうことに重きを置き、こだわるのかが納得いく。

　吉田健一氏の西洋における自意識誕生話と二人の対談指摘を重ねるとヨーロッパがよくわかる。古代ギリシャ・ローマを超えたとは、古代ギリシャ・ローマ人にはなかったものをヨーロッパ人が人類で初めて身につけたという自覚の上に立って言えることだろう。少なくとも彼らはそう意識して、自分たちは人類最高を行った人間だと誇りをもち、誰に恥じることもない自信をもったのであろう。一九世紀末に東洋人が出会ったヨーロッパ人はそういう強烈な誇りに満たされた人間だったのだ。

　ところで、吉田氏はその一九世紀ヨーロッパを野蛮な時代と言うのだから驚く。おそらくヨーロッパ人自身は一九世紀の自分達を一八世紀よりさらに向上し進んだ最高の時代と思っていたに違いないから、吉田氏の見解には吃驚する。事実、世紀末ウィーンなどに見られるヨーロッパ文明の精華は大変なものである。科学、医学、芸術、学芸、思想、ウィンナワルツに見られる舞踏会などの社交、どれをとっても人類最高峰とでも形容したい見事な達成がどっと生じている。いまから私たちが見てもまばゆいばかりの成果である。だが、氏はそのヨーロッパを野蛮な時代と断じてはばからないのだ。氏が一八世紀をどう見ていたかもう一度反芻してみよう。一八世紀を特徴付けるのは理性が重んじられ、人々は理性を基準として生きていた時代だと言うのだ。ここで氏が言っている理性とはあの冷たい理屈が覆う理性ではない。「理性というのは精神の正常な働きである」と言い、「精神の正常な働きとは要するに日々をお互いに心地よく暮らす、心地よく生きるのを目指す心の働きのことである」と言い、それが何よりも重んじられ、達成されたのが一八世紀だとみるのだ。

そして一八世紀末から一九世紀にかけてフランス革命などの血まみれの苦闘を繰り返して彼らは人権、自由、平等の理念を打ち立てた。ものごと全てを白紙に戻して検討する、それも「日々をお互いに気持ちよく暮らす」のを基準に検討した結果、人間には人間としての基本的な権利があり、人は誰でも自由で平等であるという考えに至った。この結論に酔い、これで古代ギリシャ・ローマを超え得るという感触を掴んだ彼等はこの観念を自信をもって担ぎ上げ、ここに気力とエネルギーをつぎ込んだのである。揚げ句、日々の暮らしよりもこの理念の確立、達成の方が大事という気配になった。なにしろ人権、自由、平等を発見して、苦労のうちにこれら諸理念を達成したならその自分達は、一二世紀に出会って以来人類最高の達成と熱烈に憧れたギリシャ・ローマ文明をついに超えたと思い得たからだ。こうしてこれら諸理念を過剰に重視し、これら理念に——とは観念にでもある——奉仕することになった。それが一九世紀だというのである。観念などに奉仕したら不自由で、心地よく生きることから遠ざかることにしかならない。しかし正義は我にありと信じる者は聞く耳をもたない。日々の暮らしよりもこの観念の方がよほど大事になった。こうして人権、自由、平等が金科玉条になり、人々はその堅守に無理をし始め、頑張り、一九世紀の各種の（吉田氏の言う）野蛮をやり始めた。「彼等は自由、平等、博愛、及びキリスト教を信じるのであるよりも、それを支持するのが彼等の義務であるとともに、そこにヨーロッパの栄光があると考え、その為には人間業とは思えない犠牲も払った」

犠牲を払うとは無理をすることである。自分達の、他から抜きん出る優秀さを保証する自由、平等、人権の確立を誇りに思い、その堅持に努力することになった。この無理を指して吉田健一氏は野蛮と言うのである。これが一九世紀以来のヨーロッパ人で、無理の果てがどうなったかを知る私たちは西洋一九世紀を野蛮と呼ぶのも宜（むべ）なるかなと思うのである。二度にわたる世界大戦とアウシュビッツ。いずれも発生したのは二〇世紀だが、一九世紀の野蛮の果ての出来事である。私の理解した限りでの以上の吉田氏の文明と野蛮観は実にしなやかで鮮やか、よく分かる話だと思う。細部では異論、反論もいっぱいできようが、非常に本質を突いた西洋史と感心するのだ。

七九の二　知のアリバイ証明

　一九世紀の野蛮の果てに生じた二度にわたる世界大戦とアウシュビッツ。究極の野蛮というほかない。それがどれほど彼等ヨーロッパ人にとって衝撃的なことだったか。古代ギリシャ・ローマを超えるどころの話ではないのだ。人類最高の文明という誇りも、他の人種とは隔絶した我々ヨーロッパ人という傲岸なほどの自信も、根底で粉々になったはずである。ここから私はヨーロッパの知性のことへと話を転じたい。

　ヨーロッパの知と言えば一九世紀後半からこんにちまでの世界を文字どおり席巻してきた。ことにも近年の知の世界におけるアメリカの勢いは絶大なものがあるが、そのアメリカの知を作り上げてきたのはユダヤ系を中心とするヨーロッパの亡命知識人であるから、近現代の世界の知を支配していたのはヨーロッパの知としてよいだろう。中でも日本の知識人界は戦後ほとんど一貫して彼等の絶大な影響の下にあった、ありすぎたぐらいである。無視できるわけがない。だから以下、いささか考察したいのである。

　そのヨーロッパの知は一九世紀、二〇世紀と続いた野蛮の嫡子であるはずだが、それならそれでいてのあの絢爛たる知の世界はどう捉えたらよいのだろう。ヨーロッパの知性が驚異的な成果を上げ、恐るべき頭脳を展開したことに間違いはない。彼等にとって人権、自由、平等とその果ての正真正銘の野蛮はいったい何であったのか。彼らはそれをどう受け止めているのか。

　彼等の知の展開にとって人権、自由、平等は目的であり約束であって、足を引っ張るものであったはずがない。彼らはそれら人類最高の理念に奉仕するのだという、意識するとしないとにかかわらず熱い思いで知に励んだのに違いないのである。疑いも迷いもなく自信をもって意欲満々知に邁進した。したがってその成果も大きかった。

その果てに来たアウシュビッツ。それが西欧の知にとって、いやヨーロッパ人全体にとっていかに衝撃的な、ほとんど彼等の存在根拠をひっくり返してしまうほどの出来事だったかは想像に余る。傲岸なほど自信満々だったヨーロッパのど真ん中で生じた出来事で、まさかといわれようとヨーロッパ文明の産物というほかない現象だった。

しかしいかに衝撃を受け、自己卑下、自己否認に直面しようと人は生きていかねばならない、顔を上げて何とか生きていかねばならない。よってそういう事態に立ち至ったとき誰もがすることをヨーロッパ人はした。全力をあげてそれらに蓋をし、意識的に無意識的にも、言い逃れをしようと必死になった。ある者は正義面して先頭に立ってアウシュビッツを抗議し弾劾し、ある者は無関係を装い、ある者は芸術や自己に没頭し、ある者は難解きわまる理論を駆使して人々を煙に巻き、ある者は懺悔し、ある者はとぼけた。やり方は違えど要するにヨーロッパ人は、自分はアウシュビッツから、アウシュビッツ的なものから遠いこと、無縁であること、自由と平等と人権の守護者以外の何者でもないことを証明しようとした。ほとんど本能的に、無意識にまで。ナチス後のヨーロッパが全力をあげて取り組んだことはそれである。

とりわけエリート、言い換えれば知識人たちをおそった動揺は激しく、アウシュビッツ以後は自己の存在も知的活動もなにもかも迷いなく行うということはできなかったはずである。何をするにしても如何にするにしても、一々その適否を点検せずにはおれなかった。彼等はその全知能、全知識をあげて自分はナチスとは違う（そしてあえて言えば古代ギリシャ・ローマを超えた本来のヨーロッパ人であるという）ことを自己確認し、証明しようとした。ナチスやファシズムを声高に糾弾し、正義の人面をしようとしてきた。あからさまに言えばアリバイ証明、精神的な不在証明に必死になってきたのである。意識しようとしまいとだ。彼等の心の奥深くで行われてきたことはそれである。唯一の例外が私の管見の及ぶ限りではハイデガーだと思われる。彼は彼なりのやり方で「賢い人はたんと反省するがいい。僕は馬鹿だから反省しない」と言ったのだ。自殺もせず、言い訳もしなかったのは彼だけだと思われる。

戦後に行われたヨーロッパ知識人の全言動――あのやたらに入り組んだ全言動、往々にして格好良く威勢の良い言動――は結局のところそう読み解くことで納得いくと思う。あのいかにも頭のよさげな難解極まる哲学言語をこねくりまわしての精緻な言論は、アリバイ証明の苦しさとアリバイ証明とは無縁だと主張したい苦しさから来ているとさえ私には読める。そのことに難癖をつけたいわけではない。生きるためには必要なことだったのだから。そして誰もが生きていかなくてはならないのだから。ゆえにそれは――アリバイ証明は――ニーチェのいう生きる意志に等しいもので、誰にもいちゃもんをつける権利はない。

ただ私は戦後に行われた彼等のいかにも鋭い、賢げで、全世界を睥睨した観のある全言論全論説は深層にアリバイ証明を秘めていると指摘（あるいは邪推？）しておきたいだけなのである。私の見るにあまりにも多くの日本の知識人が彼等頭のよい西欧の知に幻惑されているように見えるので、少しは相対化する必要を感じる故である。右から左まで、現象学から構造主義、そしてポスト何々主義までアメリカを含む全言論が根底にその願い――自分はナチスを初めとする一切の全体主義からは遠い存在であり、なんの関係もない、いや大反対である、ましてれどころか告発する側の人間だと認められたいという願自由、平等、人権に反するものは絶対に認めないし、そい――を多かれ少なかれ潜在意識的に秘めて展開されたものだとみて間違いはないだろう。それ故にアウシュビッツ以降こんにちまでに至る西欧知識人の思想、言論はこの一点から読み解くことができよう。それがすべてではないにしても、この観点から読み、検討し、腑分けしていくことは可能である。表面の装いに惑わされてはならない。

以上、これがヨーロッパ人がナチス以後に置かれた世界史上の、文明史上の立ち位置である。こう考えて初めて戦後こんにちまでの彼等の思想、制度、そして彼等の執拗難解な詳細極まる自由、平等、人権の主張が納得いく。私たちはアメリカ人を初めとする西欧を以上のような冷めた目で見つめておくことが、思想的にも国際政治上も、遠近法を過たないために必要である。

付け加えるならば、だからそこが今後も西欧人のアキレス腱になるだろう。彼等はそこにつまずき、そこから滅びに至る恐れが十分である。西洋の没落はもし没落するものならばここに始まるとさえ思われる。事実、二〇世紀末から二一世紀初めのこんにちにかけてヨーロッパ世界は混迷状態に陥っているように見える。政治、外交、産業経済から学問、芸術、思想理念、スポーツそれらあらゆる部門で世界をリードするものはなく、内紛状態にあるように見える。いまだにある程度の敬意や権威を確保しているのはかろうじて過去三世紀のヨーロッパの時代の記憶と遺産故だろう。

何が起こってこうなったか。私にはここ百年ほどの間に世界に生じたこと、彼らの人権、自由、平等といったギリシャ・ローマ人を超えたと自負していた理念がもたらすものの実体が見えてきたことにあると思う。彼らの誇っていた理念が、諸国民、諸民族にまで普及すると人権、自由、平等を食い破る作用をしか起こさないこと、各国の競争は激化し、あらゆる部門の格差は広がり、人心はとげとげしくなるばかりだということがはっきりしてきた。それ故にいまや彼らの誇る自由、平等、人権という理念は人々の間に説得力をなくしている。かつての輝きを失い、寄りかかることができなくなって、ローマ人を超えた我らという思いを抱けなくなった。自分たちを傑出した人種という自信に満ちた思いを抱けなくなって彼らヨーロッパ人は勢いを失っていったのだろう。こんにち、そのヨーロッパ独特の理念は再びかつての輝きを取り戻す日が来るとは思えない。

八〇　そんなことはどこにも書いてなかった！

数学者の岡潔氏のことから始めたい。私は数学や科学史のまったくの門外漢なのでこういう粗っぽいことを言えるのだが、岡潔は昭和に活躍した天才数学者、おそらく関和孝以来の日本の生んだ大数学者である。大阪と和歌山の府県境の峠の村に生まれ、三高から京大に学んだ。この三高時代に親友になった同じ数学者に秋月康夫という人がいる。この人も当時のトップクラスの数学者で、岡潔の生涯の親友だった。岡潔の数学はあんまり高尚で難しく、日本の学会、数学界では理解されず、ことに戦中、戦後の一時期は彼が故郷の峠の村に引退的な暮らしを送ったせいで世に知られず、彼が有名になったのはもっぱらヨーロッパ、ことにフランスとドイツの数学界においてであった。岡の数学に驚いたフランスやドイツの高名な数学者が戦後の貧しい、うちひしがれた日本へやってきて岡潔とはどういう人物なのかと峠の村を訪れるようになって、ようやく日本国内にもそんな偉大な数学者のいることが知られるようになったのである。ついでだが、そうしてやってきた一人のドイツ人数学者が「貴方が岡潔か。岡潔というのは個人名なのか」と驚いたという話がある。その頃フランスにはブルバギという数学者集団があって、この集団名で新しい数学の考え方を提唱したりして一世を風靡する活躍をしていた。それと同じように岡潔とは数学者集団の名前に違いないところのドイツ人数学者は思い込んで日本へ来たのである。ところが来てみると岡潔と名乗って出てきたのは鶴のようにやせた一人の農夫だったのでドイツ人数学者はびっくり仰天したというのである。そう錯覚させるぐらい岡潔のやった数学の業績はたいしたものだったのだ。あれだけの仕事は一人ではできるはずがない。必ず何人かの仕事に違いないとヨーロッパでは思い込んでいたのだ。

こうして日本に岡潔ありと知られるようになって、やがて日本学士院賞、そして最後は文化勲章を受賞するまでになったのだが、そのいずれにおいても岡潔を受賞者候補に推薦したのが秋月康夫氏なのである。彼は三高で出会って親友になって以来、生涯、陰になり日向になって岡潔を支えた京大教授だった人物であるが、その文化勲章などの候補推薦がそのまま通ったぐらい彼自身も当時の日本有数の数学者だった。

さて、その彼があるとき、岡潔とはどういう人物なのかと問われて答えたことばがある。ほぼこんな趣旨だ。

「若い頃、岡とは毎日のように会っていた。そうすると岡はよく前の晩に読んだ本の話をした。大抵は興奮気味に、こんな面白いことが書いてあった、いい本だったとその内容を語ってくれるのである。聞けばいかにも面白そうな本だ。読まずにいられない。そこで慌てて本屋で購入して読むことになる。ところがである。読んでみてもどこにも岡が話したようなことは書いてないのだ。一度や二度ではない。何度もそうなのだ。岡とはそういう男です」

私はこの話を読んで二つの点で極めて面白いと思った。第一は秋月康夫氏の人物紹介である。いったい、人から誰それはどういう人物かと問われてこんな回答をする人間がいるものだろうか。大抵は「非常に頭のよい、しかし融通の利かない頑固な奴です」とか「酒飲みでしてねえ、酒飲みに多い人のよい優しい男です」とか答えるものである。だが、こともあろうに先に紹介したような返事とは！　あんなことを言われて人はどんなイメージを浮かべたらよいのだろう。人物像など浮かんではこない。ある人物を紹介するのにこのような紹介の仕方があり得るという発想に私は驚く。もう一つの驚きはもちろん、岡潔がこんな面白いことが書いてあった素晴らしい本だと興奮気味に話してくれた本にはいつもそんなことは一つも書いてなかったということ。面白いではないか。

秋月康夫氏の語り口から見ると当の岡本人には自分が嘘をついているとか誇張しているとかいう気はまったくなかったようである。読了後の興奮そのままに真実面白かったという思いを意気込んで伝えたのであることがはっきりしている。しかも彼自身は自分が伝えたことをその本で読んだのだと思い込んでいたことも間違いない。私はここに読書というものの真実があるのだと思って実に面白いのである。私自身の読書体験に照らして思い当たることがあるのである。非常に誤解されやすい言い方にしかなるまいが、その辺ことをできるだけ工夫して理解しやすいように述べてみたい。本を読むということの妙味と奥深さが説けるのではないかと考えるからである。

最近、七十歳を超えて私は読書能力について考えるところがある。少年の頃からおそらく平均以上に読み暮らしてきた私だが、このところ、ということは老齢になってからということになるが、とみに読む力がついてきたように自覚されるのだ。読む早さではない。読書量でもない。それらは確実に落ちている。そうではなく読み取る力である。著者はなにを言いたがっているのか、ポイントはどこにあるのか、結局何が書かれているのか、を読み取る力が青壮年期よりかなりついてきたように自覚されるのである。

先に紹介した岡潔の話は私には読書の真髄を見事に突いた話だと思われる。どういう意味か。岡潔はいつも（ということにしておこう）一言一句も書かれていないことを読んで、友達に吹聴するぐらい「面白かった」と感激したのである。彼は間違いなく読んだのである。ということは本の中に実在する文字を通して、印刷文字以外のことを読み取ったのだと考えるほかない。書かれていないことを読んだとは、読み取った、と見るほかない。その本は岡さんに氏が感激するぐらい刺激的なアイディア、考えを誘発し、本の中に読み取るだけの内容を孕むか散りばめている本だったのだろう。読みながら岡潔は本から誘発される考えに夢中になったのだ。氏の脳細胞がそのように働く起爆剤的な刺激を孕む文で、次々と読み進むにしたがって群がり起こってくるアイディアであり思考であるものの面白さに時を忘れての読書であったのだろう。言わばこれは読書というものの本質をこれ以上ない程、示した体験だと言ってよいように私は思うのである。

読書とはそういうものなのだ。法然が「浄土経」に読んだもの、マホメットが「聖書」に読んだものを初めとして多くの天才偉才が書物をいわば誤読したゆえに偉大な開眼をし、新境地を開いたと語り伝えられるのはみな、右記のような読書を言うのだろうと私は見る。読書は字面を追うのではない。活字の向こうに人それぞれに浮かぶものを読んでいるのが読書の実態である。浮かぶものが貧弱でしかない者は貧弱な読書しかできない。浮かぶものの豊かさ貧しさはそれまで過ごしてきた人生の豊かさ貧しさに対応し、読書経験の大小に（つまり訓練に）左右される。これが私が七十年かけて得た実感である。

堀栄三著『大本営参謀の情報戦記』という本がある。陸軍士官学校教官だった著者が大本営参謀の辞令をうけて赴任したのが昭和十八年秋、二八歳の時だったというから並々ならぬ秀才だったことは明らかである。配属されたのは情報部門だった。もともと氏は戦車兵だったかからそれまで情報関係の訓練は全く受けていない。にもかかわらず情報担当ということで、ドイツ、次いで対アメリカ情報を担当。そして後にマッカーサーの情報部員と言われたほどの情報解読の業績を上げた。まるでマッカーサー配下の情報員かと思われるぐらいアメリカ軍の侵攻意図を正確に読み取った男という意味である。戦後進駐してきた米軍が堀はアメリカ側が知らなかった特別な情報網（例えばアメリカ軍の中に裏切り者のスパイ）をもっていたのではないかと疑って氏を取り調べさえしたらしい。それほど氏が割り出した米軍の作戦行動は正確だったのである。

ところがである。氏が使用した米軍の情報資料はすべて公表された資料だったというから驚きである。新聞記事や政府声明、要人の回想録、戦記その他全て開けっぴろげに公開されてきたものだったのだ。後は日本側が常時傍受していた米軍の通信内容を加えて、解読していただけだと言う。たったこれだけの資料から氏は、米軍が次はどこの島へ、いつ、どこから、どんな規模で、如何なる作戦で侵攻するかを実にと言ってよいぐらいに正確に言い当てたのだ。アメリカ軍が情報が筒抜けになっているのではないかと疑ったのも無理はない。

堀さんはいわば誰にでも接することのできる資料だけ

から（通信傍受文だけは別。だが、これだとて傍受されているのは常識で、だから軍はどこでも重要通信は暗号を使っていて、容易には解読はできなかったのだが）アメリカ軍が必死に隠そうとする作戦計画を割り出したのである。読み取ったのだ。表面の字面には堀氏が求めるようなことは何も書かれてはいない。しかし書かれている文と文の間を勘を働かせながら詳細に読み込んでいけば、隠れている意味や文が読み取れてくるのだ。公開されている文書は暗号文ではないのだから、意識して隠しているのではない。そんなことが読み取れるとはまるで予想せずにごく普通に書いた文から文の向こうに推測するのだ。これは先に岡氏の事例をあげて説いた読書と一緒ではないか。

データを読むのと本を読むのとは詰めていけば一緒である。科学者や学問は結局出てきたデータを読み、その読み取る能力を競っているといってよい。与えられたデータから何を読み取るか、どこまで読み取るかが勝負となる。データそのものは誰にとっても同じデータである。しかし読み取る人間の能力によってデータの語る（明かす）物語＝情報は大きく違ってくるのだ。読書だって同じことである。そこに現れている文字＝データは誰にとっても同じである。それは同じだがそこに何を読み取るかは読む人それぞれによって違ってくるのだ。このように理解すれば読書も読む人の力によってひどく違ってくることがわかるだろう。科学者が出てきたデータを読む（解釈する）のとなんの違いもないのだ。岡潔は堀栄三のように余人が到底読み取ることのできないものまで読み取る読書をしていたのに違いない。

読書を活字の字面をそのまま読んでいる行為だと思うのは間違いである。字面を追いながら、次々に浮かび上がってくるイメージや思いごとを読み進めているのだ。人によって「次々に浮かび上がってくるイメージや思い」は違う。その違いが読書力の違いとなる。どの「イメージや思い」が正しいということはない。みんなそれぞれ自分に必要な、自分に合った「イメージや思い」を思い浮かべて読んでいるのであって、それでよいのである。

ではなぜ読書方法論とか読書の仕方がしばしば問われ論じられるのか。僭越ながら私までが読み方の善し悪しを口にしたくなるのか。もったいないと思うからである。本には多く一流の人物の体験や思いが書かれている。私たちは自分には絶対にできない体験や暮らしを本をつうじて、生き生きと詳細に、あたかも自分がいま体験するもののように、知ることができる。一流の感じや知恵が説かれている。それらを私たちは自分に理解でき受け入れられる形にして受け取る。その作業が「次々に浮かび上がってくるイメージや思い」なのであるが、イメージや思いが多彩豊かで奥深ければそれだけ読み取るものは多彩豊かで奥深いものとなる。岡氏や堀氏のように余人の読み取れないものをも読み取る人が出てくるのである。岡氏も堀氏もその時は面白さにワクワクするものを感じていたのだろう。同じものに接しながらそれが感じられないのはせっかく同じ読書という時間をもちながらもったいなくはないか。

私の周囲の、活字を追う人たちにももったいないなと思う人々が多い。どうしてそう分かるかというと、同じものを読んでいるのに私があれだけ面白く、教えられるところ感じるところ多く、感心して読むものを彼らはどうやら少しも面白いとは感じないようだからである。読んで何の興奮もしない、顔が輝くことも目が光ることもない、ただ読んだというだけのよう。すぐ手放して平気である。私があれだけ多く刺激を受け、面白いと思い、感心し、学んだと思うものを、ほとんどなんにも感じないのはやはりもったいない。余計なお世話だが。

八一　数の不思議

数学あるいは数の話ではない。数学音痴の私にはそんなことは出来ない。ものの性質の話である。もっとも数をものと言えるかどうかは多いに疑問にしうるが、ここでは置いておこう。

数とは不思議なものである。ものの数え上げにすぎない。ひとつ、ふたつ、みっつ…1、2、3…と。数がこの数え上げに発生したことは間違いあるまい。つまりひとつずつ増えていくのが基本の形である。ただそれだけのことだ。それだけのことだが、ここに恐るべきことが生じるのだから驚きである。概念としての数の増加は単に数字の表す数が増えていくのにすぎない。しかし数ではなくものの増加となるとどうか。人が一人、二人…と増えていってもどうということはない。もとの人数に人が一人増えるだけのことである。一〇〇人、一〇一人、一〇二人…同じことである。だが、数の増加の果てに十万人とか一〇〇万人とかになればどうか。単に人の集まりや塊、大勢の人ということで済むものではない。そこにあるのはもはや群衆であり、大衆であろう。複数の人の集まりあしらいはできない。巨大な力を発揮する。ここが不思議なのだ。どこかで質的な転換が起こっているのである。前の人数に一人増えるということが続いただけだが、その結果、群衆とも大衆とも言えるものが生じた。いったいどこでなのか。いつそんなことが起こったのか。どこかで生じたことに違いないが、いつどの時点でとは誰にも言えない。

複雑系の物理学に「相転換」というものがある。カオスの縁で起こることのようだが、ある一線が境になって少しでもその右か左にあるかどうかで全くあるいはひどく違ったものや状態になることを言う。様相が変わってしまうのである。この相転換が数の上でも生じるのであろう。九九と一〇〇の間が境目つまり閾値となって一〇〇を超えると九九までAであった状態（もの）がBという全くかひどく違ったもの（状態）に突如として変わってしまうのだ。なぜそうなるのかは現状では分かっていない。人が増えていって幾ら増えても単に人数が増えるだけでやはり人々の集まりがだんだん大きくなるにすぎないと思っていたら気がつけば何万何十万という群衆になっていたというのも質的には同じことである。ここでも相転換、質量転換が生じていると受け止めるほかない。群衆はもはや単に多くの人の集まりとして処理はできない。暴徒にもなれば世の中の姿を一気に変えてしまう力をもちもする。

この質量転換は本当に不思議である。物理学上（だろうと思う）の有名な実験だか法則がある。非常に多くのボタンを床の上にばらまく。そのボタンを任意に手にとって二つずつ紐で繋いでゆく。初めのうちはてんでに二つずつ繋がれたボタンの繋がりがあちこちに見られるだけである。何の意味もない。この作業をどんどん進める。そうすると紐で繋がれたボタンが増えていって、繋がれたボタンのグループが幾つか出来ることになるだろう。しかしそれでもやはりそれはボタンの繋がりが大きくなっていくだけのことである。最終的にはボタンの繋がりは二つの大きなグループになる。それでもボタンの大きな繋がりが二つ出来たというだけのことだろう。二個のボタンを一本の紐で繋いだ最初の状態が大型化しただけで、本質的は最初の二個連結の状態と変わらない。ただ大型化しただけのこと。だが最後に一本の紐で二つのボタンを繋ぐとどうなるか。ほら、全部のボタンが繋がった。床にぶちまけたボタンが全部繋がりまとまって一つの形になった。このときこのボタンはもはや初めのボタンとは違うものとなったと言えるだろう。全体としてなにか別のものになった、別の機能を獲得し、それまでの個々のボタンであったときには考えられなかった使い道が出現したと言ってよい。ここにも質量転換が生じたと考えるほかない。

質量転換、つまり相転換と言われるものはなぜ生じるのだろう。そこのところの内実というか経緯の子細がわからない。ただただ不思議だ。分からないが起こることは確かである。私が数の不思議と言うのはそれである。後で述べることに関係するから、もう一つ例をあげておくと、以前にも紹介したが吉本隆明氏が指摘したという「社会の半数が同じようなことを考えるという事態になった途端、世の中の雰囲気ががらりと変わる」というのがある。これも数による（数が増えての）相転換だろう。四九パーセントの同調者ではなく五〇パーセントになった途端に世の中はがらりと変わると言うのである。これも不思議なことではないか。

ここで話を一転させる。脳の話である。脳という物質からなぜ意識というか精神、心というようなものが生じるのか。私には脳というのは所詮物質だと思われる。徹頭徹尾物質で脳をどう解剖し調べても脳細胞群や液体からなる物質以外のものは出てこない。当たり前である。この宇宙に存在する、いやもっと詰めて言えば地球に存在する物質だけから出現したものであるはずなのだから。霊とか魂とかいう神秘的なものが介入しているとは思えない。地球上に存在する分子などの物質から、それら物質をもとに徹頭徹尾物理法則に従って出来たものと思われる。脳科学が明らかにした脳の構造、働き、メカニズムからいってそうとしか見えない。そんなものから、そんなものの働きから、精神や心、意識といったものがどうして発生してくるのか。その不思議をなんとか納得できる説明をつけたいと私は強く念じずにおられないのである。

脳は皺だらけだという。なぜだろうか。神経細胞からなる一塊の細胞群が頭蓋骨に覆われて守られているもの、それが脳であるととりあえず言えるだろう。それが皺だらけというのは妙なことだと思う。原始動物に遡るにつれて脳はつるんとして皺などないということは人類へと変化（進化）するにつれて皺は出現したということになる。理由はこう説明されている。人類が脳の発達につれてさまざまな行動が可能となり、つれて複雑多彩な環境に出会うことになった。これに対処するために脳細胞を増やしてより多くの対応策を練る必要を迫られたが、脳細胞を増やそうにも現状以上に頭蓋骨を大きくすることは産道など生理的条件に阻まれて不可能である。それなら現頭蓋骨のままでいまより多くの脳細胞を抱えることにするほかない。それには中に収まる脳細胞群の面積を増やすことだ。面積を増やすには新聞紙をしわくちゃにして丸めた場合と同じで、外見上は同じ表面積でも皺状に折りたたまれた部分をのばせば全体は随分大きくなる。この現象を脳は採用したのだ。頭蓋骨に内接してのっぺりと丸まって収まっていた脳が至る所にくぼみを作り皺状になって面積を拡げたと。広がった分、確実に多くの神経細胞が収容されることになったはずで、納得できる話である。

さてこうして脳の神経細胞は増えていった。実際、出土人骨などの解剖学的知見からいって猿類、類人猿、ゴリラ、チンパンジーと現生人類へと近づくにつれて脳は大きくなり、神経細胞が増えていったことが確かめられている。ここにも数の増加という現象が見られる。増加が見られるにつれて必然的に知覚も判断も豊かに精緻になっていく。そして増加のどこかに閾値があったのだろう。増えていくどこかで閾値を超え、超えた時点で相転移が起こったのだろう。ここでの相転移が意識の誕生、意識や心、精神というものの誕生だったのだと私は考えたいのだ。脳自体は変わらない。物質にすぎず、あくまで物理法則に従ってしか動かないし働かない。にもかかわらず、その働きから心や意識、知覚、判断といった精神現象が生じてくることはそう説明する以外理解の方法がない。

今度は社会である。近代以降の世の中は言うまでもなく大衆社会だ。構成員の一人一人が自分は一人前である、主であると思っている社会。大衆社会だから名前からして数がもの言う社会。数の働きは本当に恐ろしい。なぜ数がものを言うのか。右記したように相転換を起こすからである。こんにちの社会は民主主義によって作り上げられている。政治制度だけでなく、すべてのジャンル、範囲で、民主主義の考えが社会を覆っている。民主主義とは数の論理を基本とするイデオロギーである。全体の半数を超えるか超えないか、あるいは二つ以上の陣営に分かれた内、数のもっとも多い方の主張に全体が従うことに服する制度。決めるのは数である。数を構成するのは単位を一とする要素であるが、要素の中身は問わないのがみそである。どれも同じ数の一として扱う、ないしは見なす。ここはフィクションと言うほかないが、とにかくそういう仮定によってのみ成り立つ論理であり、制度なのだ。その上で数の多い方が勝ちとなる。したがってここでは数の大小が全てとなる。一は一であって、その中身は問わない、というのが数である。数は数以外の何物でもないのである。数え上げだけが数の本質なのだ（と思う）。それでいて数は世の中を変えてしまうほどの力をもっているのだから、これも数の不思議と言うほかない。

で、ここからはいささか制度論になる。民主主義というものがそういうものだとすれば、世の中は数の獲得にエネルギーがつぎ込まれることになるのは必然だ。政治が典型的にそうである。資本主義市場での競争もそうである。したがってここでは数の獲得つまり人気投票がもっぱらの目標となる。その為には法に反しない限り手段を問わないことになる。かくて出現するのが宣伝と広告である。いかに人々を欺すかその気にさせるかに全力をあげることになる。正しさや真実さ誠さは二の次〔註〕、でなければ装いとして利用されるだけ。法に反しない限り実質的には欺してでもどうしてでも人気を集めた方が勝ちとなる。勝ちさえすれば後はどうにでも言いくるめることができるという次第だ。数というのはなんという恐ろしい力をもったものだろう。

〔註〕ここはまたしても数の問題になるかも知れない。すなわち正しさや真実さ誠実さといった徳目は人口が数百人せいぜい千人といったお互いの顔が識別できる程度の社会集団内で成立した徳目にすぎないのかも知れない。もっと大規模な数十万数百万という社会ではそれとは違う徳目が出てきて必要とされるのではないか。知らないもの同士の間、そういう人間集団に必要とされる徳目が。駆け引き、欺し、といったものを内包する徳目が。前者例えば狩猟採集社会で良しとされる付き合い方と大衆社会での付き合い方は別のものとなるほかないのかも知れない。ここにも人口の増加に伴ってある閾値を超えると相転移に相当する事柄が生じると考えられる。

こうした数が絶対的な力をもつ社会の誕生はそれ自体また数による質量転換＝相転換と受け止められないか。そう受け止めて対処する方が適切であるなら、そう受け止めて解釈するのが妥当なのだ。長期付き合いが基本の社会と一度きりで二度と会わない、したがって短期付き合いの社会では付き合い方に違いが出てきても当然だろう。やむを得ないことである。政治の場合もそう。たとえば選挙。数百人程度の少数人口社会では誰が立候補してきても彼がどういう人物であるかはおよそ見当がつく。数十万数百万人の社会では立候補者のほとんどはどういう人物か知らない連中だろう。であれば投票のための選択には当人の演説や応援演説や世間の一般的な評価に頼らざるを得ない。勢い風評による人気投票になるほかない。宣伝と広告が横行する。数百人の社会（原始社会）と数百万人の社会は別の社会と見なした方が良いのだろう。質的な転換があるとせざるを得ない。

　人間社会における数の問題はコントロール可能性と絡めて考えればよいのかも知れない。人間が思うようにものごとを動かすことを統制できるとかコントロール可能とか言う。それができる間はその対象を人間は自由自在に扱うことが可能である。対象の力が強すぎればコントロールはできず、思うようには扱えなくなる。このときはこちらを対象にあわせるほかない部分が出てくる。対象の力が弱くてこちらの思うとおりに動かせる対象であっても対象の数が増えて全部を手の内に統制できなくなっても同じである。数が一定以上になれば早晩統制不能になり、全体をコントロールすることなどできなくなる。群衆や大衆民主主義はこのレベルにあるものというほかないだろう。そういう社会でも概ねは社会機構によって統制下にあるが、なにかの契機で一度ある一定の方向へ人々の思いが流れ始めたら留めようがない。時の動向、風の吹き方、人気や世の中の雰囲気に流される。こういう時の人々の動向は予測しがたい。動向の予測しがたさは数が増えれば増える程困難になる。ベストセラーの予測不可能性と同じことである。ほんのちょっとした人気、ムードで、後付けの理由以外に説明のしようのないうねりが生じて、ある方向へ行ってしまう。一定数以上の大衆は如何なる教育によっても、如何なる指導によってもコントロール不能になる。彼らを統制できるのはただ圧政的暴力だけである。民主主義の最後はそうなってしまうことになるだろう。

　ところが人間にはどうしようもない程うぬぼれがあるようである。教育によって向上するという幻想を描いて、思想やリーダーの言説によって世の中を変えることが可能だと考える。世直し思想を筆頭とする全ての知的努力がそうである。ハイエクの言う構成的知性主義はすべてそうだ。世の中のありとあらゆる識者、リーダーたちの考え、導くところは全てこの、私の言うコントロール可能性に基づいている。コントロール可能だ（と思う）からコントロールしようとする。この傾向は西洋人の方にことに強いようだが、彼らの根底にあるのは牧畜かと思われる。たった一頭の犬によって導かれ従う羊たち。あのイメージがいつでもあるのかも知れない。だから人間社会も同じイメージで捉える。日本人は違う。日本人が相手にしているのは自然ことに天候で、これは到底思うようにはならない。ただよくよく空や周囲の様子を見て、少しの変化に気づき、予測することしかできない。如何に具合が悪いものであっても到来した気候、天気にあわせるほかない。

では、どうしようもないのか。人間社会は放っておくほかないのだろうか。絶望的なのか。私はそうは思わない。「神の見えざる手」的なものは経済だけにあるのではない。人間集団にはあらゆるジャンルで「見えざる手」があるのだろう。そうとしか思えない。世の中は流行の変化であろうと空気の転換や潮流の行方であろうと、一度動き出したものは止めようがないが、そのうちまたいつとはなしに熱狂は冷め、方向転換してしまう。必ずだ。ただ、無理に早くそうなるようにしようとしてもできはしない。コントロールは不可能である。しかし、いつかはなんとかなるのだ。なぜなるかといえば「神の見えざる手」によってと言うほかない。そんな人任せはいやだと言うのが欧米人の考え方で、だから彼らは時に無理矢理というほかない強引な手法に走り、大厄災を招く。だが、別の生き方を知っている日本人まで彼らの一挙にことを決しようという力尽くに同調することはない。我々は時間はかかるかも知れないが、別のやり方を（身の丈に合ったやり方を）していこうではないか。

最近ITの世界でビッグデータということが言われている。さまざまな多数のデータを集めることである。コンピューターだから驚く程のデータが集まり、分析される。右記の数ということを考えればここから何が出てくるか、どのような怪物が現れるか興味津々たるものがある。可能性は十分だろう。これは丁度コンピューターの中の仮想空間である事象を超高速で展開したり、超スローモーションで動かしたりするのに似ている。超高速で動かすことによって一〇〇万年を一分で過ごす生き物の世界を見ることができるし、逆に一分を一〇〇万年で生きる生きもの世界（それが量子の世界）をも詳しく調べることができる。このとき私たち人間はそういう驚くべき世界で何が生じるか知ることができるだろう。ビッグデータの場合はこれを空間的に展開することになるだろうか。この世界ではなにが現れる知れたものではない。怖くもあるが、楽しみである。

八二 「のために」

すべてのものが（微細に見れば）この宇宙では動いている。動きのないのは熱死の場合だけである。動きが宇宙の基本的な姿なのだ。動きがある以上空間（場所）はあるし、動く前と後という具合に時間もある。

動きには2種類ある。①でたらめな動き、つまりアトランダムな動き②ある方向性のある動き。つまり法則というかパターンのある動き。①②が交互に生じるというような動きもあるかも知れないが、ここでは無視しておこう。となればこの宇宙、私たちの世界では①か②のどちらかの動きしかないと見なしておける。そして①の動きは人間の心身の世界にとって何の意味もないだろうから放っておこう。

その前にそもそもなぜ動きがあるのか、なぜこの世の基本は「ものがあること」であり、「在るものは動いているのか」ということを問うておこう。ハイデガー的であるが、そもそもなぜ存在するのか、ないではないのか、という問いには、この世そのものがあること、存在するのが前提になっての問いであるからとでも答えておくほかない。ものや事柄のないところに如何なる問いも生まれてきようがない。そういうわけでなにかが存在するとして、存在するものはなぜ動く形でしか存在しないのか。存在物は必ず動いているとは物理学が確言するところである。ほんの少しでも、無限小というぐらい少しでもエネルギーがあるときもの（分子）は動く。動かないときは一切のエネルギーがなくなり、絶対温度がゼロになったときのみである。世界は凍結して一切の動きがなくなる。エントロピー無限大状態であって熱死といわれる状態を指す。そういう世界、そういう状態はこの際横に置いておこう。で、ともかくこの世は動きで成り立っていると。そしてその動きには①と②の二つしかないと。そのことを確認したうえで話を進めよう。

で、②の場合は、必ず「〜のために」がある。ある方向性なりパターンなりがあるとき、それはなぜ生じるか、どういうことで生じ、方向性などを決定するのはなにかと問えば「〜のために」が答えとなる。「〜」が千差万別にありえることだけのことである。

人生には意味はないなどとは言えない。「のために」がある以上、無意味などと言えるはずがない。人はやはり何かのために生まれてくるのだ。存在するのだ。「のために」のないものはない。この世に存在するものの全てが動くということはこの世の全てのものとことには「のために」があることになる。「のために」は目的と言っても同じことだ。すなわちこの世の全てのものとことには目的があることになる。昔、中学生時代に「存在するものにはすべて存在する理由がある」と気がついて、ある先生に褒められた話は『瓦松庵余稿』に書いた。目的も理由も一緒である。ではどうしてこの宇宙はあるのだろう。私たち生き物はなぜ出現したのだろう。ある日、原始地球のスープの海に一塊の分子群が出現した。もともとはバラバラに出鱈目に溶け込んでいた各種分子が海に漂ううちに偶然にだかプラスとマイナスが引き合うようにしてだか集まり、そのうちの分子群（高分子）のあるものが膜を作って一塊に包まれてばらけないようになった。単細胞の誕生、すなわち有機物の出現である。これら単細胞群の中にどうやってか、いつか自己複製するものが出現した。単細胞を構成する分子の組み合わせが無数にあり、その中にはたまたま自己複製するものがあったのであろう。すなわち自己複製を目的に分子群の組み合わせができたのではなく。

たまたまにしろ一度自己複製する細胞が生じるとその細胞は他の細胞がやがて老廃化したり破壊されたりその他でなくなっていく中で群を抜いて長く存在することとなる。自己複製するのだから長く存在する内にはどんどん増えていく。進化の道のりは以上の経緯の大型化大規模化にすぎないであろう。ここまでのところには物質による物理法則しかないことを確認しておきたい。神のようなものをもち出す必要もないし、神秘的なことは何もない。全ては結果的にであるが、これら自然界の全体をみればあたかもそれら存続細胞は生存すること、生き残ることを願い意図して生き残る戦略をとり、生き延びているように見える。これが生物界がこんにちまで多様に複雑化し進化して存続している実態とその見え（利己的遺伝子的に生き残りたいと思っている）ではないか。そうならこれを生き物は生き残ることを目指している、つまりそれが生き物の究極的な意図であると見なしてもよいように思われる。これがこの世の生き物の「のため」である。かくて神はいなくても生き物には目的があることになる。私たち人間にも神ないし神のようなものがいなくても生きている目的、生きる目的はあるのだ。無意味などでは決してない。無意味と見るのは皮相な見方と言ってよいだろう。

どういう目的か。それをこれから考えよう。生き物は(単細胞に始まる生き物は)存続すること、利己的遺伝子的形であれなんであれ生き続け存続し続けることを究極の目的としている。偶然そうなってしまったのであっても。この事実の上に考えるほかない。動物レベルで闇雲に生き延びようとするだけでなく、人間の場合は意識が出現したせいで「なにゆえに」と「いかにして」が入ってくる。明示的な理由と方法を常に問うことになる。「のために」の発生理由を考えるならばなんであれ生き物がとにかく生き延びればよいことになる。これではあまりに大雑把すぎるとして、人類が、いや利己的遺伝子的に同胞が、同族が、血縁が、と絞っていって家族・一族が生き延びていく「ために」ということにしてもよいのではないか。

それなら一族が少しでも生き延びるのに役立つことをするのが自分の生存の意味、目的になってよい。実に平凡なことになるが。しかし究極のところは詰めていけばそうなるだろうし、なんだかんだと言ってもそう見なすことに終わるだろう。

では宇宙は? なぜ、どうして、なんのために出現したのか。これは分からない。おそらくは人の想像力、したがって思考力を超えている問いなのであろう。

八三 民主主義に二度ため息

言葉がこんにち程軽くなったことはなかったのではないか。同じような嘆きが盛んに語られた時代は他にもたくさんあった気がする。いずれも嘆かわしい時代であることは間違いない。他の時代は知らず、こんにちがとにかくそう言われても仕方がない時代であることは確かだろう。理由もはっきりしている。宣伝のせいである。宣伝と広告の。宣伝と広告は大衆消費社会の必然である。大衆消費社会が大衆消費社会であるためには宣伝と広告は必至であって、宣伝と広告を欠いた大衆消費社会というものはあり得ない。

宣伝と広告。その中身はまやかしである。まやかしと誤魔化し。誇張と無視と嘘。これらをありとあらゆる英知を絞って粉飾し、人々の自負心を撫で上げおだて、たぶらかす。大衆の関心を引きつけ、人気を集めるのをただひたすら目的とする。そのためには手段を選ばない。あなたは同じことを他にも感じるだろう。そう、政治がそうである。政治家のほとんどがこんにちそのレベルに生きている。私たちはそういう社会の中に生きているのだ。なぜそれでもそれほどの酷い事態、悲惨な生活にならずに済んでいるのか不思議だが、人々が無意識に従っている常識が留めているのだろう。

あらゆる分野におけるこの宣伝と広告にさらされて人々はいまや言葉に高をくくり、軽視し、適当にあしらって生きている。発する方も聞く方も。でないとやっていけないからである。まともに受け取っていてはとんでもないことになると無意識に思っている。それが現代社会である。この行き着くところはどこか。ほぼはっきりしている。大衆民主主義の破綻である。真から嫌気がさして一部の自称エリートあるいは賢人にゆだねることに行き着くのではないか。すなわち独裁である。ローマ帝国の目も当てられぬ歴史が再現されるのであろう。堅実な社会の崩壊というほかないが、わかっていても留めようがない。なぜ分かっていても留めようがないのか不思議だが、この世にはそういう現象がある。ことに数の多い異種混合の社会では自動的な統制が効かなくなるのだ。

おそらくここへ来てようやく数は単なる数の大小だけでなく、数を構成する要素の問題が前面へ出てくる。個々の数の中身が。これを無視する結果が多数決が確実に実行されるにもかかわらず、（その結果がろくでもない決になって）全体の統制不可能という事態を招いて社会崩壊へ至るのであろう。無視するのではなくても、これだけ人数が多くなると異質な見解が出てくることを止められない。出てくるそれを修正させることも不可能となる。そこのコントロールは不可能なのだ。かくて社会は混乱に陥る。混乱の果て、これではならじと再建への動きが始まることになる。それは必ず独裁になる。以上のサイクルは大きな目で見ればほとんど自然法則と言ってよいのではないか。

このサイクル自体は分かっていても止められない。なぜなら民主主義は数の論理、数の力でのみ成り立つものであって、ここに数を構成する要素（数のそれぞれ）の質は問わないからである。問い始めたら数の論理、数の力は成立しなくなる。つまり民主主義が成立しなくなるか機能しなくなるのだ。

民主主義はそれ自体の内部に崩壊の契機を抱え込んで

初めて成立し機能する制度というほかない。絶望的といううべきだろうか。多分。にもかかわらず私たちはこれに変わるこれ以上の制度を（いまのところ）知らないのだから民主主義で何とか我慢するほかない。これが実情であろう。「民主主義に万歳二唱」どころの話ではないのだ。

八四　ケインズとハイエク

ニコラス・ワプショット『ケインズかハイエクか』という本に示唆されて。

この本の中にこんな趣旨の箇所がある。「古来、景気回復のもっともてっとり早く、有効な方法は戦争だとされてきた」。もしこれが真実であるなら、以下のことが言えそうである。ケインズが一九二九年の世界大恐慌に際して提案したこと、大不況から抜け出す経済政策として彼が提案したこと、は要するに戦争に代えて政府による大規模な公共事業の実施をということであった、つまり戦争の代わりに公共事業を、と主張したのだ。彼は決してそういう言い方はしなかったが彼の言うことの本質は間違いなくそうである。

不況とはものが動かないこと、少なくとも動きがきわめて少ないことである。ものが売れない。したがって儲けがないか、あっても少ない。ゆえに給料が減る、給料だけではなく仕事もなくて雇用が減り、失業者が増える。よってますます需要が減り、安くしても商品が売れなくなる。景気はどんどん悪くなる。これが不況である。

不況から抜け出るためにはものが売れなければならない。売れるためには、買うだけの経済的余裕が生じなければならない。人々に収入が（出来れば）潤沢になければならない。そのためには仕事があり、しっかり給料が入ってきて将来的に希望がもてなければならない。需要があれば必ず商品は出回る。

さて、戦争である。戦争はこういう事態（需要のある事態）を確実に招いてくれるのだ。不景気だとする。世の中に失業者がいっぱいいる。そこに戦争が勃発するとまず兵員の動員がある。失業者は兵隊として召集される。招集されれば兵役費が支払われる。給料といってよい。仕事に雇用されたと同じことになる。留守家族は入ってくる兵役費で生活必需品を購入する。需要が生じる。兵士には食べ物、軍服、靴、武器弾薬が必要だ。これらの生産が行われる。こうして生産活動が各方面で盛んに再開されることになる。需要の再開と生産の再開で産業が活性化し、景気はよくならざるを得ない。敵による産業破壊行為を考慮に入れなければならないが、少なくとも短期的に見れば以上のことは言えるだろう。景気回復には戦争が一番手っ取り早く有効だというのはそういう意味であろう。

ケインズ政策はこれと同じことである。彼の提案は、政府が大規模な公共事業を実施せよということである。土木工事でも箱物作りでもなんでもよい。とにかく工事を発注して仕事を作る。仕事が生じれば後は同じことである。問題は仕事を作れば発注者として政府が金を払わなければならないということである。金はない。失業が蔓延し、収入のない国民を相手に増税はできない。だから政府は後世に借金をする国債を発行して金を捻出するほかない。財政赤字を覚悟して。紙幣が世の中に放出されるのだから下手をすればインフレになる。財政破綻とインフレという危険を冒して公共事業を発注することになる。反ケインズ派が心配するのはここである。これに対してはケインズはこの政策によって景気が回復すれば税収が増えるし、インフレになれば国の借金は貨幣価値が下落することによって実質的に減少する、したがって借金の痛みはあるとしてもたいしたことにはならない、とみる。これがケインズ施策の骨子である。

要するにケインズ経済学の中身は経済対策としての戦争をすること、しかし実際には戦争の代わりに公共事業を提言する（あるいはというか加えて減税をする）ことと受け止めればわかりやすい。戦争ではないから国土に被害は生じないし、人的被害も生じない。それどころか公共事業はそのまま後世に遺産として残り、役立つ。国家財政の破綻とインフレの恐ろしさへの手さえちゃんと打っておければいいことずくめではないか、ということであろう。

多分、ケインズが予測しなかった危険は民主主義に内在するポピュリズム（大衆迎合主義）の力である。民主主義はほとんど必然的に票目当ての大衆迎合主義に陥る。政治家は選挙民の歓心を買うこと、選挙民の喜ぶことをしようとする。もともとケインズ政策は公共事業による公的財政の出動に重点があるのに、大衆迎合主義が加わると止めどもなく財政をばらまき補助や援助をやりがちになる。このため財政はどうしても赤字になる。財政破綻の恐れが現れてきてもこれを止め、緊縮財政に転換することは大衆迎合主義的風潮のもとではきわめて難しい。

かくて財政破綻を招く。こうなって初めてばらまき政策はストップすることになる。多分それでは遅いのだ。世の中はすでに混乱しているだろう。大不景気がそこまで忍び寄っているだろう。

ただしこの大衆迎合主義とケインズ政策とは本来直接的な関係はない。ただケインズ政策は、本来的に財政赤字化（とインフレ増長）の傾向がある上、政府は経済の好調不調を左右できるという漠然とした期待を選挙民に抱かせる影響力をもってしまうのだ。これがケインズ政策の弱点というか盲点である。ハイエクが最もケインズに危惧したのもおそらくこの点だったと見てよいだろう。対策を立てればよいと言うものの、民主主義社会ではほとんど不可能だ。選挙民は要求に応えてもらえる政治家に票を投じるし、政治家は嫌われるより、選挙民に喜ばれることをすることになりがちである。これをとどめることは多分できない。したがって大衆民主主義下ではどうしても財政赤字化への道を歩むことになる。その果てに将来するものは財政破綻である。

一方、経済は自由市場に任せておけばよい、自然にいつか均衡に到達する、とするハイエクの主張は本当にそうなのか、検証されたことがないし、検証可能なものなのかも私にはわからない。それに何よりの弱みはハイエクの言うとおりだとしても時間がかかることだ。ケインズはいつも彼の理論と提言を現に存在する目の前の悲惨な事態に対する処方箋として述べた。対策は緊急を要するのである。そんなときに時間のかかることを提言しても無視されるのが落ちだろう。ハイエクの弱みである。人が苦しんでいるときに何もしないで放っておく手はない。有効だろうと大して効き目はなかろうと何か手を打たないでいることは許されない。何かしら一生懸命対策を試みていてこそ人は許す。ケインズの方が評価が高くなる理由である。ハイエクには初めから勝ち目はないのだ。

八五　型について、すなわち様式化について

私は若いころからずっと日本の型にはまったワンパターンなやり方を軽蔑していた。ワンパターンな水戸黄門的勧善懲悪の物語、ドラマ。それに比べれば欧米の極めてリアルなドラマや物語。映画なら喧嘩のシーンでもあちらはどうも本当に殴り合っているように見える。少なくともできるだけ本物に見せようと工夫の限りを尽く

す。ところが日本だと真似事にすぎない。悪人は悪人らしく善人はいかにも善人らしい。欧米のどこまでも写実主義なのに対して日本は歌舞伎である。全然写実的ではない。形ばかりだ。決まり事、約束事を演じているにすぎない。迫真的なところはどこにもない。どちらが本物か、芸術的か、どちらが良いかは明らかすぎた。全ての点でこのことは言えた。

一方、日本の昔からの美意識の特徴は形式化にあった。リアルな本物らしさにこだわる気はまるでなかった。本物らしさはある種の誇張や省略、形式化によってこそより深く現れる、しかもより美しく現れると思っていたようである。尾形光琳、俵屋宗達、和歌も俳句も形式化を恐れはしなかった。大相撲の土俵入りのあの儀式。茶道、華道、柔道の型、その他至る所で日本人は様式化、形式化による美（それも簡潔美）を追求してきた（この簡潔美には私はどうしても神道の清浄を尊ぶこころから来ると思わざるを得ない）。

竹山道雄の「夢殿観音」というエッセイにウィルヘルム・ヴォリンガーの『芸術と感情移入』が紹介されている。夢殿観音を崇高ではあるが、技術的には未熟な作品であるとする昭和の初めまでの日本美学界の常識をひっくり返す説である。未熟説派の言うところによれば我が国の諸作品は平面的でちゃんとした立体像になっていないと言うのである。ヴォリンガーはそうではないと言う。エジプト芸術と同じくこの世界を抽象化することによって強調する為に敢行された平面化の方法であって未熟どころではないと。こうしたヴォリンガーの視線には形式化、様式化の意義が発見されていると言ってよい。尾形光琳を初めとする日本人の形式化、様式化の意味するところに全く新しい光が当てられている可能性がある。祭りや神事もすべて象徴化から成り立っているのだから。

さてそのように考えると物語や演劇における日本のあからさまな形式化、ワンパターン性は馬鹿げたものとのみは言えなくなる。能や歌舞伎、勧善懲悪の芝居や映画、全ては人々は作り物だということは百も承知で見ているのである。演じているのである。いまさらなんとわざとらしい、作り物かと嘲笑うのはそれこそ馬鹿げているのだ。欧米の、所詮は作り物、お話であると解っていながらできるだけ本物らしく見せようと懸命になっている方が、なんと田舎者か、若いかと見られぬことはない。お芝居だと承知のうえで、だからお芝居仕立てで、それでいて観客に涙をどう流させるか。お互いに欺し欺されていることを承知の上で、お話や芝居を楽しんでいる。その心の余裕の方が文明なのではないか。

欧米はこの点で欺瞞的である。まともに話や芝居を本当のことと受け取ろうとしているのだから。まるで子供ではないか。落語などもワンパターンで短い話を何度も聞くうちにはすべてワンパターンとなる。ワンパターンは人に安心感を与える。やはりあれが来たと。国は破れたがやはり春が来た。世の中は変わってはいないと。約束事、様式化とわかっていてそれがやってくるのを期待し、飽きもせず人はそれを迎える。なぜだろうか。落語の場合を例に取れば、同じことを同じ時にして人がそれを楽しみ満足するのはそこにあるのは芸だからである。またあれになるぞとわかっていながら、やはり笑ってしまい、感心してしまう。それが芸なのだ。ワンパターンと承知していながら、それでも唸らせるだけの芸を落語家は発揮してみせるのである。人々はうまい芸に酔い、下手な芸に不平を鳴らす。西洋のリアルとは違うのだ。

西洋人のそれは意地悪くいえば単純である。必死で本物らしく見せようとしているが、所詮は偽物である。本物らしさはなかなかのものだが、それだけのもの。人間の普段の姿そのままを見せつけられて何が面白い。日常を見る方がよほど本物らしくて面白かろう。わざわざ舞台の上で見る程のことではない、ということになるではないか。そこに様式化、象徴化が生まれてくるのである。歌舞伎の六法。あのわざとらしい抑揚をつけた作り声。大げさな所作。みんな承知の上である。それでいてやはり酔うのだ。

八六　日本語ということば

日本語について再度考えてみたい。日本語というより日本語の言語表現の特質を。どうも日本語は非常に（西洋語に比べてだが）特徴ある表現方法であるように見られるからである。それは単にことばの特徴であるにとどまらない。日本語がもし世界でも類例のないぐらいある特質をもつ言語表現であるなら、そういうことばを使っている民族は同じく世界でも類例のない生き方、暮らし方をしている民族になると考えてよいように思われる。ことばとはそれぐらい人の考え方、暮らし方を反映しているものとも規制しているものとも言えるものである。

日本語については『瓦松庵残稿』『瓦松庵余稿』でさんざん考えた。アカデミックな国語学者のほかに金谷武洋、熊倉千之、岩谷宏、荒木博之といった傍流とも外野とも言えそうな論者の日本語考がことのほか刺激的で私は大いに示唆され考えを深めてきたつもりだが、そういう成果の上に今回もう一度考えてみたいと誘われたのである。一つのエッセイに出会って。平成九年九月四日の読売新聞夕刊に掲載された井出祥子日本女子大教授の「日本語の表現習慣」と題するエッセイである。面白いと思って切り抜いておいたものだが、先日、読み直して実に強い刺激を受けた。

ところどころ引用しながら要点を紹介してみる。彼女は、日本では何を話すかより話し方、言い方が問題とされる、と述べたうえで、それはどういうことなのかを考察するのである。内容はどうでもよいのであって、それよりはものの言い方、話し方の方が遙かに重要なのだ、大事なのだとはどういう意味か。たとえば英語を使う西洋人は、話す内容はどうでもよいのだと言われては目を白黒させるだろう。たとえば「いつもお世話になっています」とか「ええ、おかげさまで」とか「まあまあ、ですわ」とか私たちは人と出会って日常的に言い合っているが、これらのことばのどこに情報があるのだろう。具体的な情報内容はゼロと言ってよい会話ではないか。しかし間違いなく必要なことはちゃんと伝わっているのである。これが日本語の表現なのだ（しかし、英語にはそのような表現は、あるいは会話はないのだろうか。外国語に詳しくない私には分からない）。

井出さんは、日本語について、「話し手は、発話内容と同時に、話の内容をどう捉えているか、相手や場面をどうわきまえているかを表現する」言語だと言う。だから右記の会話でも、情報量はゼロでも「相手や場面をどうわきまえているか」はちゃんと表現されているのである。つまり、このようにして日本語は話し手の態度の表明がいやでも必然的に表現されてしまう言語だと言うのである。私たちはこう言われても大抵はこの言語の中に生きているのだから当たり前のことだとしか思わない。世界の言語の中に置いてみると、そうではないらしいのである。

私は以前、熊倉千之氏の言う「日本語は客観文が不可能である」という指摘に出会って、何を馬鹿な、と思ったことがある。そうではないか。小説などを見てみるがよい。いくらでも客観文は出てくる。客観文がなくて小説など書けるわけがない。だが、氏の言うことはそんな浅はかなことではなかったのである。氏は言う、「花子は悲しい」という（日本語の）表現はあり得ない、成り立たない。日本語の構造からいってそういう言い方はできないのだと。え、と反問したくなる。現に「花子は悲しい」と言えているではないか。しかしそれは「丸い四角形」という表現が文字に書けたり口で言ったりはできるが、文としては何の意味も表していないのと同じことである。どういうことか。「花子は悲しい」ということはどうして言えるのか。花子以外に彼女が悲しい状態にあるということは誰にも断言できないことである。花子以外の人間にできることは外から、彼女はそうらしいと推測することだけ。日本語表現は、だから〝彼女自身ではない他の人間には花子は悲しい〟とは言えないと考える言語なのだ。

しかし、本人以外に悲しい状態にあるとは言えないという事実は西洋でも同様である。それなのに西洋語ではなぜそういう表現が成立しているのか。問題はここである。「HANAKO　is　sad」と使われるisは事実を中立的に表すbe動詞である。中立的にだから誰の立場も表さず、事柄を外からいわば神の立場から表現する。話し手の立場でもHANAKOの立場でもない。事柄を事柄として、事実を事実として表現するのが可能な言語なのだ。だからHANAKO　is　sadの表現も可能なのだ［註］。日本語にはこの中立的に表現する動詞がないのである。日本語の動詞は何を語っても全部、話者の立場や態度の表現になってしまう。なるのが日本語なのだ。だから、そうならない表現はまともな日本語とは受け止められない。「花子は悲しい」は発言として、あるいは書きことばとしては表現可能だとしてもそのままでは日本語表現としては実に妙な表現と受け止められ、必然的に「花子は悲しいのよ」とか「花子は悲しそう」とかを含意して受け止められるのである。

このことは要するに日本人にあっては人間存在がそういうものとして捉えられているということを示す。つまり「話し手の態度の表現は、日本語の話しことばには構造上不可欠なのである」「日本語の話しことばの構造は、情報内容に加え、情報と場面を話し手がどう捉えるかを表現するようになっている」「〝関係〟の中に自分が生かされていることを的確に示す表現手段である」（いずれも井出祥子さん）というわけで、日本語では人間は必ず誰かに対してどういう位置、どういう関係にある、という形でしか存在していないと捉えられている。たった一人ではいず、誰かとどういう関係であるという形でしか存在していないと捉えられている。これは極めてリアルな人間存在の把握と言ってよいだろう。

［註］西洋人にとってこんなことが可能なのはやはり「神＝キリスト」という絶対的なものの存在が信じられたからだろう。この世には絶対神が存在する、しなければならぬと。神の目が実在すると信じられたのである。想定でき、その目から見るから他人の心中もわかり語ることができたわけだ。ではなぜ日本人にはなかったそのような絶対神が彼らには実在を信じられるほどに想定できたのか。やはり、多種多様な異民族のせめぎ合いのせいだろう。せめぎ合いは自分たちの奉じる神々の戦いにほかならなかった。それなら自分たちの奉じる神はあまたある神々の中でも一番強い、頼りになる神でなければならなかった。人々は自分たちの神をそう信じた。すなわち、絶対に強く、頼りになる、間違いのない神、しかもそれは自分たちだけがそう思っているのでは駄目で、誰にとってもそうである——だからそういう存在があり得る——絶対神でなければならぬと。その証拠に神は彼らに勝利をもたらしたと。この点、彼らは必死だったのである。絶対的に正しい者がなければならぬ、いやあるはずだという彼らの考えは彼らの生の全てを支えるものだったろう。だから、信仰の神は死んでも代わりに神に代わる絶対的なもの、例えば真理例えば正義例えば正解は彼らにとってなければならないのだ。なければ彼らの世界は（だから人生は）底が抜けるのであろう。それが〝真理〟にあれだけ固執する西洋人の理由なのだと思われる。

八六の二　日本語についてさらに

思うに日本語ほど整理され構成化された言語があるだろうか。まず五〇音表。言うまでもなく日本語の発音を五〇語に整理し、この五〇語の組み合わせによってほぼ全部の発語を文字化可能にしたものである。アルファベットは二八字で日本語の半分ぐらいでしかなく、その意味では非常に便利に見えるが、二八字による組み合わせ（単語の形成）は発音とアルファベットの組み合わせに幾つもの可能性があって、複雑といえば実に複雑である。ある場合は発音したりある場合は発音しなかったり、あるときは同じAを「エイ」と発音しあるときは「エー」と発音するなど実にややこしい。二八字というが実際は二八字どころではない。あいうえお五〇音はその点なんの複雑さもなく、アルファベットよりも遙かに簡便で使いやすい。五〇音にはまずその強みがある。

次に五〇音表の見事な整理、構成化に注目したい。「あいうえお」と母音が五字最右翼に上下に並び、その左へ一番上に順に「あかさたなはまやらわ」と並ぶ。そして最右翼の「あいうえお」と最上段の「あかさたなはまやらわ」が掛け合わせる形に五〇桝目を埋めていく。母音の「あいうえお」が五つ、子音が「（あ）かさたなはまやらわ」で九行四五字、その子音四五音はすべて母音五音のどれかを音韻の最後にもっていて「あいうえお」の全五〇音が正確厳密に五行一〇列の桝目方に並んで整理される。こうして構成化される形でできる五〇音でほぼ全ての日本語が作られ書けることになる（あとは濁音撥音その他だが、これは派生音と考えれば良い）。こんな見事に系統立てて整理され、構成化されたことばが他にあるだろうか。おそらく日本語の原型であった縄文語の時代にすでにほぼ五〇音で話されていたのだろうが、そのころに語っていることばがあいうえお五〇音で出来ていて五〇音表に整理できるとはそのころには知らなかったであろう。そんなふうに整理できることばを作ろうとかそういうことばにしようとかは思いもしなければ工夫もしないで自然にしゃべっているうちに、出来上がったことばがそういうことばだったというのは不思議でもあれば見事だと言うほかない。

ここで思い出すのは化学の元素周期律表である。ロシアのメンデレーエフによって発見されたというあの表。一九世紀後半のことである。それまでに発見されていた一〇〇個前後の地球上で見つかる元素の姿（正体）を一つ一つ詳しく調べていった結果、それら元素の間には驚くほど規則的で綺麗な関連と秩序があることが分かり、その関連秩序を整理して並べると見事な表になった。これが元素周期律表と言われるもので、教科書にも載っているし、誰でも一度は目にしたことがあるだろう。整然とした美しくさえある表の意味内容を知れば、その見事な秩序と整理にびっくりする。もともとバラバラにこの宇宙に生じた元素が実は見事な相互関連の下に存在しているのだという驚異的な事実をこれほど一目瞭然に示すものはない。このような整然とした規則が元素群の中に隠れていると誰が思っただろう。メンデレーエフはそれを見つけたのだ。

日本語における「あいうえお五〇音表」はこれに匹敵すると私は思う。同じように大昔の列島人がそんな気は全くないままに、自分たちの思いを伝える言語として作り話していた五〇音からなることばにそのような相互関連と規則があると気がついた日本人は偉い！　中国文献学者・言語学者山口謠司さんによると「五〇音表」が最終的に定まったのは江戸時代中頃ということだが（原型が出来たのは平安時代後期に加賀の僧侶明覚によってだという）。

実際再度言うが世界中のどこにこんな見事に構成された言葉、整理された言葉があるだろう。あれば教えてほしいものだ［註］。あるいは少なくとも日本語の全五〇音がそういう系統だった姿で構成されていると気がついた（見て取った）日本人という民族に感心する。他の国の言語にも探せば似たような系統だった構造が伏在しているのかも知れないが、少なくともいままでのところ誰も気がついていないのだ。そういうことには関心がなかったのだろう。日本人は言霊というようにことばをいかにも不思議なものと感じ、つくづくとその姿を見つめることを長い間続けたのだろう。僧明覚の場合は仏教経典の日本語への翻訳という難題にぶつかり、これを克服するべく悪戦苦闘する中で日本語の仕組みを解き明かそうとして五〇音表に至り着いたようだが。

今ひとつ日本語について感心するものに「いろはうた」がある。五〇音のうち発音が（古代を除いて）重複すると思われる二語（いとゐ、えとゑ）を除いた四八文字全部を一度ずつ口ずさむと意味の深い歌になるのである。日本語の五〇音の文字というか音を全部並べると日本人が昔から一番馴染んできた和歌になる、それも語呂合わせなどではなく意味の深い歌になるのだから見事なものである。「色は匂へど散りぬるを我が世誰ぞ常ならむ憂いの奥山今日越えて浅き夢見し酔ひもせす」。

人生の真を突いた立派な和歌作品である。これが日本語の全ての音を一度ずつ使うことによって出来ているのだ。こちらは偶然そうなったというほかなかろうが、日本語全五〇音にそんな歌が隠れていると見つけた人が偉い。あるいはそんなものを見つけようとした民族が偉いというべきか。アルファベットはせいぜい「エイビイシージー」のリズム良い歌があるていどだろう（外国語については私はそれぐらいのことしか知らない）。

以上、これだけのことでも日本語が瞠目するべき言語であると知られる。いかに黒船の恐怖があり、敗戦のショックがあったにしても、劣等言語視するなどどうかしている。しかし、戦争に負けるとか決定的な文明度の差を見せつけられるとかいうことはそれだけの弱気に一民族を追いやるものなのであるらしい。戦いには避けてはならない戦いがあるが、する以上は負けてはならない。せめて六分四分で押し返さなければならない。

〔註〕黒川伊保子さんは『日本語はなぜ美しいのか』の中で、インドの古代ヴェーダ（サンスクリット語）は人間の生理に即した多次元の表が存在していると述べている。「ことばの音が、神経系に影響を与える」という考えに基づく「ことばの発音単位を、神経系に与える影響ごとに分類した表」なのだという。これはまた大変な表だが、意図の上で日本語の五〇音図表とは全然違うもののように思われる。

八七　引用のプロムナード

「『単純で、善良で、物静かで、落ち着きがあって、教養のある…』とケーベルは自分の好きな人柄の条件をあげている。『それから、その生活ぶりにおいても考え方においても、少し古風な人…』」（竹山道雄『手帖』）

どういう人間を好ましいと思うかと尋ねられてのケーベル先生の答え。私は「少し古風な人」というのが気に入っている。こんにちのとかく新しがりやの風潮は軽薄である。心の〝どや顔〟が鼻につく。

「例えば人は誰でも恋に落ちる。だがいわゆる自由恋愛に思わず落ちるものなどいない。そんなものに陥れば彼はこれを欲情と呼びたとえそれを自慢している時ですらこれを恥じているものだ。愛は何らかの意味で誓いと結びついていることは、人間ならほとんど誰しも、まだ十八にもならぬころから直覚的に知っている。性的な恍惚というものが、何らかの絶対的な自己否定につながる貞節の観念と堅固に、ほとんど本質的に結びついていることは自らの心理のうちにまず最初に自覚する事実であって男の子であろうが女の子であろうが、ほとんど言葉を覚える前から既に知っていることだ。…恋人というものは、幸福を望むよりも前から貞節を望むものであって、もし恋人たちに何でも望むものを与えてやると約束すれば、彼らが何物にもまして強く望むものとはすなわち、最終的な貞節の誓いであることは疑いがない」（G・K・チェスタトン『ジョージ・バーナード・ショー』）

チェスタトンは人の意表を突く、逆説的な文の名人として知られる。しかしこういう文を読むと彼が有名な逆説文の書き手だという理由がよく分かる。右に引用した文に見るように彼は真っ当なのだ。逆説家でもなんでもない。いや確かに大変な逆説家である。だが本質は誰よりもと言いたいぐらいに真っ当なのだ。真っ当すぎるから、その真っ当なことを真っ当に述べてはなんの面白味もない。なんの印象も残らずすぐに忘れられる。文章の書き手としてはこれは極めて遺憾な、面白くないことだろう。で、工夫することとなる。人の意表を突く表現に走らざるを得ない。古い革袋に新しい酒、――使い古されたことばや考えにどうかして新しい輝きをあたえなければならない。そのためにあの手この手の表現の工夫をする。多分これがチェスタトンの文の秘密である。彼は真面目すぎるのだ。そのことをよく知っているのだ。

「誠実さとは同じであり続けることの徳であり、このおかげで同じものが存在し存続することにもなるのだ。なぜ私は、前日の約束を守ろうとするのであろうか。…誠実さのせいである。モンテーニュによれば、そこにこそ人格的同一性の真の基盤がある」（アンドレ・コント＝スポンヴィル『ささやかながら徳について』）

　モンテーニュの指摘（あるいは表現）に私は唸る。人が同一人物であることを人格的同一性と括ってしまうことにも感心するが、その基盤が誠実さにあるという指摘は初めて聞いた。なーるほどと思う。実に人格的同一性の根幹をついた指摘だ。そう言われればまた誠実さとは何であるかもよくわかる。

「優しさが女性的であるとすれば、あるいはそう思われているとすれば、それは、優しさが暴力なき勇気であり、厳しさなき力であり、怒りなき愛であるからだ」（同）

　これは「優しさが暴力なき勇気であり」というくだりだけで引用したいのである。実際、優しさの定義を「暴力なき勇気」とするのに非常に共感する。世にはびこる（戦後、高度成長期を経てはびこる）優しさはまがい物にすぎない。甘い甘い砂糖をまぶしたそれで、自己満足のために振りまかれる優しさにすぎないと強く思ってきた身としては、優しさの根底に勇気を置くのに我が意を得た思いがする。勇気である。勇気とは何か。困難なこと、不利になること、辛いこと、に打ち克ってやるべきことをすることである。一般に優しさはあの人は優しい人だという評価を（無意識にしろ）期待して行われるのだが、スポンヴィルは「勇気」だと言うのである。優しさの基底に勇気を見ることほど優しさというものの本質を突く定義はないと思う。

「自己顕示欲と金銭欲の蔓延する現代社会…」（ジョージ・スタイナー『師弟のまじわり』）

ここでこの短文を取り上げて掲示するのは、もっぱら現代社会の醜さ、おぞましさの根幹として「自己顕示欲」が指摘されている故である。しかも金銭欲よりも先に。

金銭欲は誰もが真っ先に思い浮かべて口にする常識である。だが自己顕示欲はあなたの頭にはかならずしも浮かぶまい。しかし私の場合は、私が関心をもっている活字の世界（とは知の世界）でつねづねあんまりあざとい自己顕示欲を至る所で見せつけられてきてうんざりしている次第である。昔から人は自己顕示欲を逃れられなかった。が、昭和の初め頃までの日本人はいま少し謙虚だった気がする。戦後になってアメリカ文化のなりふり構わぬ自己主張と勝つことにこだわる精神が浸透してきて、実に浅ましい野蛮なことになってきた。私知を誇り、いたるところ独創や新説、新見解と称するものの蔓延である。変わったこと、異説を言い出せばよい、と言わんばかり。そのほとんどは昔から言われていることを少し装いを変え言葉を換え言い方を変えて打ち出しているにすぎないのだが。いかにももっともらしく、いままで知られていなかった新資料によって新しい事実がわかったのだなどというのを典拠に。本質的に内容においては何の変わりもないことを。でなければどうでも良い枝葉末節を問題にして（しばしば大げさな問題視して）新説と称するものを述べるのであったり、異説のための異説を意味ありげに展開するのであったりで、恥ずかしいことこの上ない。

大衆民主主義社会における知の世界はどうしてもそのようにならざるを得ないのであろう。埋もれていることに耐えられないのだ。「ここに卓越した人間である私がいる。注目してくれ！」と多少とも知に自信のある者は叫ばずにいられないのである。

事柄はもちろん知の世界ばかりではない。一般庶民の世界でも同様である。まわり中、ちょっと変わったこと、風変わりそうなこと、新しそうなこと、面白そうなこと、を売り物にする風潮ばかりである。こちらはテレビやインターネットその他の情報網の発達によって拍車がかかっている。少しでも多く人目を引き、読まれ見られるためにほんのちょっとのことをご大層にもち上げ、誇張し、そのためには少しでも話題になりそうなこと、注目を集めそうなことに走りまわり、ほんの少し新しいもの、珍しそうに思えるものを我がちに取り上げもち上げる。もち上げられる方は非常な自己顕示欲の満足になるから、人々は同じことを狙って走り回る。ここにあるのは変わったこと＝新しいこと、古いことは陳腐な駄目なこと、という思い込みによる無考えとすら言える自己満足にすぎない。浅ましいこと限りない。野蛮そのものである。

　とはいえこの自己顕示欲には無理からぬところがないではないと思う。というのは現代社会は（大衆民主主義社会は）人をしてまたしても執拗な自己顕示欲を誘発させずにいないところがあるからである。まずこの社会は、かつてのような濃密な共同体性を失い、その結果、人は「何の誰兵衛」という自己感を昔のように無意識の奥深くからもつことができず、したがって自信も希薄で、頼りない曖昧な思いにとらわれている。どこかにしっかり係留しているという感覚が希薄である。一方、彼がいるのは大衆民主主義社会だ。民すなわち自分が主、つまり主人であり重要な人物だと思っているのに、大衆の中の一人、何者でもなく他と幾らでも入れ替わり可能な人間にすぎない。彼は絶対にかけがえのない「何の誰兵衛」ではないのである。誰でもなく誰でもある。自分は主だと思っている人間には耐えられない現実というほかない。こうした事情で大衆民主主義社会に生きている私たちは「ここに卓越した人間である私がいる。私を注目してくれ！」と心の奥底から叫ばずにいられないのだ。自己顕示欲に駆られるのも無理はない。醜いこと、恥ずべきことだとして抑制できる人間はいつものことだが少ないのである。

「一方、古代社会においては、それぞれ特有の認知方法があった。古代ギリシャ人の場合は、それがロゴスであり、世界を合理的に把握しようとする心性をもっていた。これに対して、古代日本人の主導的な認知方法は、『美しきこと限りなし』という表現に象徴されるように、美意識だった。竹が光るという自然界の未知の現象を『美しい』と形容し、その価値を評価することは、日本人が自らの美意識に基づいて世界を把握しようとしたことを端的に示している」（ツベタナ・クリスティワ『心づくしの日本語』）

「竹が光るという自然界の未知の現象を『美しい』と形容し」の「形容し」は「認知し」とした方がわかりやすい。そうなのだ。古代の日本人は竹が光るという自然界の未知の現象を「美しい」と認知した（思った）のである。不思議でも、妙でも、なぜ、でもない。これが日本人でなくてなんだろう。美をギリシャ人の真理に匹敵する価値基準にして暮らしてきた日本人の根源がここにある。それも西洋のような豪華な、左右均等の、精緻な手の込んだ、これ見よがしの美ではない。時に控え目な、いびつでさえある美である。問題はどうして日本人はそうしたのか、ということだ。この問題も起源を前に述べたように縄文時代に私は求めたい。求められるはずだ。

「ついでに付け加えると、『竹取物語』の前にも後にも、日本文学においては、西洋の文学に見るような、また現代文化が目指すようなサクセス・ストーリーは一つもない。日本的な〝ヒーロー〟は、やはり敗北者なのである。評価の基準は、勝利や成功ではなく、努力と真心である」（同）

「一九二八年、授業のため教室に入ったアランは、おもむろに『幸福は義務である』と黒板に書いた。そのとき、九〇人を優に超える生徒や聴講生はただ沈黙してそれを見つめた。あるいはまた、『尊ばれないことは忘れ去られる、これはわれら人類の最も美しい掟の一つだ』と書いたときも、同様の沈黙が支配した。」（ジョージ・スタイナー『師弟のまじわり』）

これはアランのことばを引くためにスタイナーから引用した。アランの本ではどこに述べられているのか知らないからである。二つとも黄金のようなことばだが、いま私は後者にことに曳かれる。「尊ばれないことは忘れ去られる。これはわれわれ人類の最も美しい掟の一つだ」。これは前著『瓦松庵余稿』の冒頭に掲げたソクラテスの「大切なことは生きることではなく、善く生きることである」へのこの上ない回答になっていると思う。前著で私はソクラテスの文言のあとに、「まったくそのとおりである。だが、問題は『善く生きる』の『善く』とはいったいどういうことを指しているのか、ということだ。古今東西の迷い、悩みはすべてここに由来するると言ってよい」と続けて、そのままにしておいた。いまならほとんど確信をもって回答できる。「尊ばれないことは忘れ去られる。これはわれわれ人類の最も美しい掟の一つだ」に述べられていることと。

古来、人類の中で最も成功した人、富と栄耀の最高峰を極めすべてのことが許され可能と見える人、そういう人が最後に望んだことは必ず不老不死だった。中国の皇帝も不死の薬を求めてあらゆる手を打った。死を逃れられないのを何より恐れた。彼らが恐れたのは単にいつまでも生きていることではなかったことは不死ではなく不老不死を願ったことで明らかである。ということは彼らが真に恐れたのは「忘れ去られること」だったこと以外のことではないだろう。死はつまり忘れ去られることだった。どうしてもそれが嫌だった。ということは人間の最後の願い、究極の願いは、いつまでも（できれば永遠に）覚えていてもらえることと断じてよいことになる。そこでアランは言うのだ、「尊ばれないことは忘れ去られる。これはわれわれ人類の最も美しい掟の一つだ」と。

人はどんなに努力しても、どんなに願っても、「尊ばれないことは忘れ去られる」。したがって、「忘れ去られないためには、尊ばれる人間になることである」と私はアランの驥尾に付して言いたい。唯一それであると。なぜなら、それは「われわれ人類の最も美しい掟の一つ」なのだから。「掟」、である。しかも「最も美しい」なのだ。絶対確実な約束で、しかもこんなに頼りになる公平な誰にとっても正しい決まり（約束ごと）はないというのだ。それもそれは「最も美しい」である。私はそのとおりだと思う。実際つらつら考えてみるに、人がいつまでも覚えていることは常に尊ぶべきことである。それ以外のことは早晩忘れ去られる。これは鉄則だ。

尊ぶべきこととは、富でも名誉でもなんでもないだろう。谷間の僻村に生きて死んだ老婆でもその子孫や近隣の人々にとって尊ぶべき人なら（彼らが愛して敬意を払った人なら）人々はいつまでも覚えている。やがて忘却が来るがそれはずっと遅い。シーザーやダンテ、釈迦、孔子、オトタチバナヒメ、司馬遷らが歴史に残っているのもひとえに尊敬すべき存在だからである。人はもし目指すべき人間像を求めるなら尊ばれる人間を目指すべきである。それに尽きる。

今一つの「幸福は義務である」も至言だ。二〇世紀の半ば頃にはニヒリズムに犯されて世界中で、生きることは悲惨であり、無意味であり、という具合に人生を暗い、否定的なものとみるのが大流行だった。日本では大江健三郎の影響で、私も典型的なその一人だったのだが、二十歳そこそこで生きるのに疲れたと思い、陰惨な人生観にまみれることが最先端のこととされた。揚げ句に苦悩ぼこりと言えばよいか、いかに苦しんでいるか、不遇の中でもがいているかを、自慢し合うふうでさえあった。そういう世界的な雰囲気の中でアランは「幸福であること、幸福に生きることは人間の義務である」と宣言するのである。なんという勇気だろう。そして世の流行(はやり)などに目もくれない独立独歩の思考であろうかと思う。人は幸福であらねばならない。幸福を目指して生きていかなければならない。人生は悲惨である、世の中は不条理で暗いなどと甘えたことは言うな。そうアランは言っているのであろう。

どんな辛いときにあっても、幸福は義務である、と思って生きてゆくのには大変な勇気と気力が要る。しかし、幸福を実現するのは多くそうやっての場合だけだろう。

「誰も本当に自分の心を計り知ることは出来ないだろうと、ボームは言った。自身の思っていることを調べてみようとすること自体がその人の心を変えてしまうからだ」（ジョン・ホーガン『科学の終焉』）

「舞台の上で…役者が例えば『太郎』とか『花子』とかいう名前で登場したとする。そのことを役者がそれぞれの名をになって出ると表現してみる。各役者がになう名は一種のシャノン情報であり、それだけでは、その名がどういう役を表現しているかは不明である。役者が演技することによって、はじめてその名がどのような役をあらわしているかが決まるのである。／これは役者が演技をすることをつうじて、その名というシャノン情報の意味（役）が決まる。これが表現の創出または選択に相当する。各役者の演技のあいだにコヒーレントな関係（意味的につじつまのあった整合的な関係）がなければ役がはっきり決まらない。言い換えると、役がはっきり表現されるときには、その役は、演技の筋の中でコヒーレントな関係を与えられている。このように役者は、いろいろな演劇の筋のシャノン情報に意味表現をあたえるなかで関係子であるが、私たちも、生まれたときに親からあたえられた名前を一生のあいだ担いつづけて、それに意味を表現させて役を終える存在である」（清水博『生命と場所』）

シャノン情報というのは、いまだ意味をもっていない情報とでも受け取っておけばよいのだろう。それはともかく、人生とは何かという問いに対しての答えは、この清水さんの指摘に尽きるように思う。これ以上でも以下でもない。

八八　文字がこころを生み出した

書きことばの誕生すなわち文字の発明はことばの誕生に匹敵するぐらいの大事件だったと私には思われる。人はそうは言うまい。ことばの発生こそ人類史あるいは動物史を画期する出来事で、だからこそ人類と他の動物を分かつものにことばの有無をあげる者が多いのだと。確かに。そしてことばの誕生があればそこから文字が発生するのは必然であったように思われる。必然なら文字の発生は当然起こるべくして起こったことであるのにすぎない。それなら文字の誕生という事態そのものもとりわけ驚くべきこととは受け取れない。にもかかわらず私は文字の誕生が人類にもたらした意味はことばの誕生に匹敵するぐらい大きいと見たいのである。いやどうかするとことばの誕生以上の出来事だと言いたいとすら思う。そんな馬鹿な、とあなたは言うだろうか。もっともである。そこで、以下私の考えるところを述べてみたい。

私が気になることの一つは未開民族と言われるものである。西洋人と出会うまでのアフリカの諸民族（例えばマサイ族とか）、そして同じくオーストラリア原住民のアボリジニやアメリカ大陸のインディアンたち、アマゾン流域で最近見つかった少数原住民たちその他。彼らは紛れもなく人類だが、西洋人に発見されるまで例外なくおそらく原始時代そのままと思われる狩猟採集生活を営んでいた。いつごろからそういう社会を営んでいたかは言うことは難しいが、おそらく西洋人と出会うまで数千年あるいは数万年にわたって同じような生活を営んでいたと推測される。その間にユーラシア大陸の諸民族が遂げた大文明の建設という驚異的な変革と比べると驚くべきことである。彼らはもし西洋人と出会わなければ、この後もいつまでも同じ暮らしを続けていっただろう。

なにがユーラシア大陸諸民族とのこの違いをもたらしたのか。明確に言えるのは、これら諸未開民族はいずれも文字をもたない民族だったことである。彼らも道具をもたなかったわけではない。弓矢をもち、吹き矢を武器にし、毒などを使いこなしていた。類人猿その他の動物の比ではない。動植物の分類やその使用法に至っては——これは即ち博物学なのだが——レヴィ・ストロースが驚嘆したように現代人が到底及ばない域に達していた。

ことばにしても、何でも表現できる言語体系をもっていた。にもかかわらずなぜ彼らは旧態依然とした暮らしを維持して、大きく発展し勢力を拡大することがなかったのか。

ユーラシア大陸民族と彼らが違っていた決定的なことは、例えば脳の構造が違うとかいうことではなく、文字をもたなかったことである。先ほどあげた諸大陸、諸地方の異なる未開民族のすべてに共通して言えることが無文字社会であることを思えば文字のあるなしがこの驚くべき違いを生んだと推測しても、とんでもない見当違いとは言えないだろう。さらに言うならば全世界の民族がすべて未開民族であった時代、すなわちメソポタミアや中国・黄河流域の中原地方で人類最初の文明がうまれた時代以前の時代までの人類はどうであったか。未だ文字がなかった時代である。有史以前と称されている時代。遺跡と遺物など考古学資料に見る限り、現生人類が登場したとされるほぼ二〇万年前とあまり変わらぬ狩猟採集生活を営んでいたと思われる。狩猟採集生活とは大きく見ればそこらにいた諸動物、猿や猪や鹿、猛獣たちとそれぞれ様式は違うが結局は同じような暮らし（それが近世までの未開民族の暮らしなのであるが）ということである。メソポタミアや中国・中原地方で文字が考えつかれるまでは、結局は世界中で人類はそういう生存形態だったのだ。ことばはあったのに。こうして近世までの未開民族と有史以前の全人類の様相をあわせ考えれば二つの様相を分けているのは文字の有無だと解するほかないだろう。

さて、そこで文字のあるなしである。ことばはあっても文字のない時代と文字が生まれた以後の人々の暮らしと社会の違い。一見すれば何が違うとも思えない。声で伝えていることを文字でも伝えるだけのことではないか。そのとおりである。だが、よく考えてみてほしい。文字がなくて話しことばだけがある暮らし。それがいったいどれだけ獣たち犬や猫といった動物たちの暮らしと違うのか。人は声で意思疎通している。ことばだからニュアンス豊かに多彩に詳しく伝え合えると思いやすい。しかし同じことを動物たちもちゃんとやっているのである。犬の鳴き声は人類の音声に比べれば単純極まる。だが彼らには人間に比べられない嗅覚がある。尻尾も振れば耳も毛も突っ立つ。これらを使って彼らなりに十分意思を疎通しているのに違いない。意思を伝え合う方法が違うだけである。

全ての動物がそうだろう。それなら人間の話しことば、音声だけを特別視するわけには行かない。違いはしないのだ。

　したがって（と思うのだが）この時代の暮らしは人も諸動物も本質的には何も違いはしない。それぞれの生体生理の制約の中でそれぞれなりの意思疎通をしっかりと果たして生きているのだ。ことばをもったからといって人類が動物たちと違った生き物となったと見なすことはできないのである。よく考えてほしい、未開民族たちは同じところに同じ時に生きている猿やライオンたちの暮らしとどう違うのか。様式の違いだけであって本質的には何の違いもないだろう。こうしてみると人間が動物たちの王、一般の動物とは次元が違う生き物となったことをことばの所有のせいとする訳にはいくまい。私は単にことばをもったからではなく、文字を考案し、文字によってことばを定着し外在化するようになったからだと断じたいのである。ことばではなく文字なのだ。ことばに相当するものは他の動物たちにもしっかりとあった。ただ文字、書きことばは人間以外にもったものはいないのだ。

　しかし反論があるだろう。なるほど、言いたいことはわかった、だがことばが音声によるだけでなく、文字でも表されるようになったというだけのことである、それなのにそこにどんな違いが、お前の言うような大きな違いがあるのかと。大ありなのである。この点で先駆的な業績にW・J・オングの『声の文化と文字の文化』という著作がある。話しことばと書きことばの違いについて考察した基準になる著書だと考えるのでこれによりながら、かねてよりあれこれ私が考えてきたことをまぶして述べてみたい。

　もう一度おさらいをしておこう。確かにことばが第一である。まずことばがなければ文字はあり得ない。この逆、ことばは文字がなくても（実際にそうであったように）ありうる。これをもってしてもことばの存在が絶対的に先行するのだし、ことばがあればこそ文字が出現し機能する。この点に疑問の余地はない。が人類に与えた意味という点では文字こそ——書きことばこそ——決定的だった、人間が人間になったのは文字によってだというのが私の言いたいことなのである。では、いったい話しことばだけの事態とこれに書きことばが加わった事態とにはどのような違いがあるのか。

　オングは話しことばと書きことばの違いを一点で押さ

える。すなわち話しことばは話した瞬間に消えると。一方、文字にされた書きことばはもちろん文字が残る以上、消えはしない。たった一つの違いだが、これが全てを変えるのである。口にした瞬間に消える。さればこれは身振りや表情と同じことではないか。伝えたい意志や気持ちの表現方法が違うだけのことではないか。それなら全ての動物たちのコミュニケーションと同じことだと言って間違いになるだろうか。

声にした瞬間に消える。濃厚な仲間内での日々の暮らしではほとんどのことがそういうコミュニケーションで事足りていただろう。その瞬間に意思が伝わっておれば十分だったはずである。したがって話しことばの世界では、聞いたこと語ったことで覚えておくべきことをいかにして正確に長く覚えておくかということが、あるいはそれのみが重要な問題だったろう。自分と自分たち仲間は何者なのか、親たちはどこから来たのか、何をしようとしていたのか、これこれの昔にあんな大変なことがあったがそれはどんなことでなぜ生じたのか。そういったことは誰もがいつでも覚えておくべきことだったろう。そういう事々が一つの出来事、ひとつながりの物語として言い伝えられたのが神話だが、神話は長いし正確さが非常に重視されたはずだ。話しことばだけでそれをどのように保持するか。オングは最古の文献やその他の資料を手がかりに、要するに記憶しやすい語りにしたのだ、と断じる。冗長になることを厭わず繰り返しを多用し、決まり文句やことばのリズムを揃え、話の構成をパターン化するとともに挿話の寄せ集めとし…といった具合である。各種の神話や昔話、ホメロスの物語や文の特徴はこうして出来たのだとオングは力説する。要するに話しことばしかもたなかった時代の人々はことばがそれを発した瞬間に消えていくという事態の中で生きていたのだ。それがどのような事態であるかを現代人が思い見るのは極めて難しいが、間違いなくそうだったのだ。現代から見た大昔の語りの特有の癖や特徴、独特の言い回しは、全て記憶をいかにして保持するかの工夫努力の成果なのである。

この話しことばの抜き差しならぬ特性はそれが強いた表現形式に沿って人の精神を作り上げた。すなわち変わることをできるだけ避けようとし、決まり文句や型にはまった思考形式を踏襲し、パターン化した考えで人々は満足しそれを大事にしたはずだ。暮らしも世の中も変わらなかった。これが未開民族であり、文字を知らなかった時代の人類の姿だった。だから彼らの暮らしは（社会は）何千年でも何万年でも基本的に変わらなかったのである。

文字の登場はこれをすっかり変えた。土に書くにしろ石や木に刻むにしろ縄に結び目を作るにしろ、書かれた文字は音声に比べれば驚異的なほど永続した。ものとして目の前に存在し、伝えたい内容、思い、気持ちを表し続けた。これがどれぐらい事態を変えたか。なにしろ言ったことばが目の前にそのまま存在するのである。実在するのだ。声だけでは言った瞬間消えて無くなるが、文字は間違いなく目の前に実際にあり、誰もが同じものを見て確認できるのだ。

さて、私にはこれが人々の精神に与えた影響は絶大なものがあると思われる。単に記憶しなければという強迫観念から解放されただけの話ではない。他人が考えた考え、感じた気持ち、伝えたかった思い、それらが目の前に文字の形でそのままあるのだ。これは何を意味しているか。いわば人のこころがそこに残っている、姿として存在しているのと同じことではないか［註］。意識しようとしまいと生じていたことはそういうことだったはずである。そういう感覚は話しことばだけの時代には人々は決して感じなかったであろう。人は書かれあるいは刻まれた文字には人の気持ちや思い、すなわちこころを見る気が（無意識にしろ）したはずである。

［註］これは結局、記憶の問題となるだろう。文字としてそこにあるものは口にされたこと（されないで内心で語られただけのことも含めて）そのままである。それが文字の形で記憶として残るのだ。そう押さえたうえで言いたいのだが、脳科学者の池谷裕二さんは脳の働きとして（私の読み違いでなければ）記憶を最重要視する。糸井重里さんとの脳をめぐる対談本である『海馬』で「記憶がどうして重要なんだ、と思われるかも知れないんですけれども、脳の働きのほとんどは記憶で説明できるのです」「記憶がなければ言葉もしゃべれない。しゃべれなければ思考には制限がでてくる。…あらゆる処理も、その処理方法を記憶してはじめて可能になるのです」と述べている。

ここまで来て私は自分でも思いもよらなかった大胆な考えを述べたくなる。つまりこうして人間はこころの存在を知ったのであると。このとき初めてこころというものがあることを知ったのだ。言い換えればこころはこのとき誕生したのである。

こころは文字によって生まれた。そうだとすれば文字の誕生を私がことばの発生以上に重要事件としたい理由が分かるだろう。あながち私だけの偏見独断とは言えない。なぜならアメリカのジュリアン・ジェインズという碩学の心理学者に、意識は数千年前に誕生した、と論じる名高い論著『神々の沈黙』があるからだ。彼は「イリアス」「オデュッセイア」など最古の文献の分析から「昔の人々は神々の声をいつも聞いていた。神々の指示に従って生きていた」とし、それがいまから数千年前に神の声が聞こえなくなった、聞こえなくなってうろたえた人々に代わってやってきたのが意識であると説くのである。彼は意識の誕生をこのときに見ているのだ。

神々の声が聞こえなくなったのはなぜか。考古学が明らかにしたように、丁度その頃、文字が発明され、一部の人々であろうと文字の恩恵を受けるようになったからだ、というのがジュリアン・ジェインズの見解である。こころと意識の違いはあるがジェインズのような大学者もこころとか意識とかいう人の内面に生じる動きが文字の誕生によって始まったと見ているのだ。私はあくまで意識などという狭いものでなく意識無意識を含めた「こころ」と日本語で言っているものが生まれたと主張したいが。こころとか精神というものは脳の働きだとして、それは文字が生まれる以前からあったことは確かだが、その働きを認めてそれをこころと認識し捉えたのは、したがってこころというものが人間世界に登場したのは、明らかに文字の出現によってだと考える。

こころは文字によって姿を現した。文字はこころがその姿を現したものである。文字が目の前にあるということはこころがその形を取ってそこにあるということだ。つくづくと見る。右から左からみる。こころが対象化されているのと同じことになる。対象化されるものはいじられる。検討され、あれこれ加工され、改革され、変更されうる。こうして人々はこころに見入ることを始めた。こころは深まり、多彩になり、どんどんその世界を拡げていった。同時に文字によって人々は変化を恐れる強迫観念から解放された。思考は旧態依然とする必要はなくなり、決まり文句的思考から自由になった。新しい工夫、新しい経験の価値が大きく認められるようになった。暮らしはどんどん変わり、人々の間に強弱貧富の差が広がっていっただろう。町が出来、都市が出来、領土拡大が生じ征服や略奪も始まった。こうして文明が始まったのである。

ではいったい文字はなぜ生まれたのだろう。どのような必要性があって。私の知る限り文字は①メソポタミア地方で税の記録のために発生した②中国で亀の甲などの亀裂で神意の占いとして始まった、のが最初である。中国での神意占いは私の勘では戦いの行く末、どこでいつ開戦するか、勝つか負けるか、したがって戦争をするべきか否かといったことを占うのが第一だったのではないか。農作業つまり食べ物の確保のための占いや移住の是非や移住方向を問う占いもあったろうが、ここでは戦争の占いが主な狙いだったということにしておきたい。

そうだとするといずれにしても文字の発生は人口増によって生じたと推定することができるだろう。なぜなら私的な争いを超える部族間などの戦いは、ほとんどが人口増が原因となって発生すると考えられるからである。人口増による食糧確保をめぐっての争い。そこには敵対する複数の勢力があり、多くの場合、それぞれの勢力は近隣種族を糾合したものとなるだろう。家族や一族の集団レベルを超え、多種多様な一族が同一地域に共存併存して相当な数となる。異種異族がまとまって協力し合うとは、外部に対して結束して対抗する以外は互いに犠牲を負担しあって力を合わせることだろう。具体的には税や労力を出し合うことになる。それを出すことが仲間の証になる。だからどこでも一定以上の集まりでは必ず税や労力の出し合いが生じるはずである。それも人数がある程度以上になると、どうしても出したことの印といくら出したかという数量を明確に残す必要に迫られただろう。こうして印による記録が生じた。印が文字に発展したという成り行きだったに違いない。だから文字はある程度以上の人口の集中地に生まれたのだ。

文字の発生をめぐって私が非常に気になり最後まで霧が晴れない問題が残る。ほかでもないオングの『声の文化と文字の文化』で紹介されている旧ソ連の心理学者アレキサンドル・ルリアによる「話しことばの世界では概念や抽象は発生しない」という発見である。当『瓦松庵』シリーズのいくつかの箇所でも取り上げた事柄であるが、私にはその理由が――こんなに重要な事柄の発生理由が――どうにも分からないのだ。なぜだろう。なぜ話しことばの世界の人は概念や抽象的なことが理解できず（使う必要性がなく）、書きことばの中で初めて抽象的思考が生じるのだろう。

二つの違いはこう具体的に区別できる。格好のと思われる事例が炭坑節にあるから炭坑節からとる。他でもない、「出た出た月が、丸い丸いまんまるい盆のような月が」の箇所である。ここの例で言うならば、「盆のような月」というのが読み書きできない人の言い方、「丸い丸いまんまるい（盆のような）月」というのが読み書きできる者の言い方ということになる。しかし読み書きできない江戸時代の多くの庶民でも「木」「人」「石」と言っただろう。聞いても正確に理解しただろう。この点はしかし「木」「人」と聞いても言ってもその時、彼は必ず特定のあの木、あの人のことを（おそらくは代表例という形で）思い浮かべているのであって、どの木でもない樹木一般のことを思っているのではないのだろう。概念や抽象は個々の具体的な事物ではなく、多くの個物に見ることができる共通の性質やパターン、あるいは個々の事物同士の間に見て取ることのできる関係や意味を述べたものである。概念も抽象も事物そのものではなく、物としては眼には見えない。そういうものは話しことばだけの世界には存在しないのだ。なぜだろう。なぜ文字の世界には存在するのだろう。眼には見えないこころというものが文字と共に存在することになった経緯と同じことなのだろうか。

ことばは（話しことばであっても）基本的には事物に対する命名である。実在するものに対する命名で、命名はものの分類、カテゴリー化である。かくて事物は命名されてそのものとなる。ものＡ、ものＢ…となる。Ａが存在し、Ｂが存在する。そこにＡにとってのＢ、ＢにとってのＡがなんであるかということが出てくる。Ｂに対するＡの意味、Ａに対するＢの意味。Ａということば自体の内にＢとの関係を含み表す場合もあるが（「父」や「母」のように）、それ自体では含まぬ場合もある。このときは別にその関係を説明することばがいることになるだろう。個々の関係だけでなく、関係一般を言い表すことばも必要となる。

実在するものはＡそのものとＢそのものでしかない。にもかかわらずこのＡやＢをめぐって出現する（せざるを得ない）意味や関係、それが概念であり、抽象だろう。話しことばはオングが強調するように語られた側から消えていく。ＡやＢは音声は消えても目の前に事物として実在するから事物の形でしばらくは残り、語られたことも耳の底に少時残るだろう。しかしここが微妙なところだが、残るのはあくまでものAやBにすぎない。AのBに対する意味やAとBの関係ではない。それらはA、Bが実在すればこそ存在することになるが、AもBもなくなればどこにもないということになる。文字の形でA、Bそれぞれが在るなら、この在るA、Bをめぐってそれぞれの意味や関係も出てくることになるだろう。これが概念や抽象が文字（書きことば）によって登場してくる理由ではなかろうか。私には今のところこれ以上の説明はできない。

いずれにしても概念や抽象は文字によって生まれてきた。概念や抽象が人間世界でどれだけ大きな働きをしているか、概念や抽象の一切ない世界を思い描いてみれば分かるが、この世は一変する。文明も生まれはしないか、生まれても大変遅いだろう。そう思い見ればやはり人類はことばではなく文字によって人間になったのである。

八九　無限について再び

無限の定義は簡単である。終わりがないこと。これで終わり。定義は簡単だが、証明はできない。そしてこの、証明ができない、というところに無限の一切の謎の根源が、不可思議さが、ある。

実際のところ、終わりはないということは証明しようがない。能力がなくてできないのではなく、原理的にできないというほかないだろう。いったいが「ある」ということは証明できても「ない」ことを証明することは不可能である。少なくとも直接的に証明することは不可能だ。「ある」が一切で、「ある」が前提となって初めて「ない」が生じる。「ない」は「『ある』がない」のである。したがって無限は終わりがないことであっても、無限が存在するためには無限にもまず終わりが存在しなければならない。存在するその終わりがないとき、すなわち消えるかどうかしてなくなったとき、初めて終わりがないと言えるのだから。この矛盾は解きようがない。だから無限の証明はできない。にもかかわらず無限とは終わりがないこと以外のものではない。そういう面妖なものを相手にこれを数学的な論理形態に仕立て上げようとして苦闘したあげく数学者ゲオルク・カントールが気が狂ったのは当然と言うほかない。彼は誤魔化そうとはしなかったのだ。真っ正面から無限に取り組んだのだ。気が狂う以外にあるものか。

では無限は概念にすぎないのか。そうではあるまい。

いが、無限は存在すると見なすことができる。有限をどこまでも延長することは想定しうることだからである。確認できないだけのことだ。確認できないからないとは言えないだろう。いまのところあると想定してこの世の事態に対処しても、けったいなことは数々あれど不都合はない。不都合はないからあると想定してこの世の諸事態に対処していこうということである。

しかし事は恐らくこれだけでは済まない。なぜならこの宇宙は無限に絡め取られているらしいからである。宇宙には限界がない（と思われる）。中心もない。中心がないということはどこもが中心であるということでもある。どこもが中心でありうるとは無限の空間であるということだ。中心も周辺もない。場所的に特異点がない。そういう場所は無限と言うしかない。もし空間がそうであるなら時空間も無限であろう。時間的にも始まりも終わりもない。それが宇宙なら宇宙は無限を本質としている。無限は宇宙の本質部分に潜んでいるのであるならば無限を不可解だからとて脇に置いておくことはできないだろう。カントールが突き止めた無限の種々相を宇宙の様相として組み込んで宇宙を考えなければなるまい。宇宙は本質的に面妖なのである。

しかし事はそれだけでは済まない。無限ということは以下のような恐ろしいところまでわれわれを連れて行くからである。右記したことから宇宙は無限だとしよう。無限だということは空間だけでなく時間的にもそうだということになる。なるほかない。無限の時間とは永遠ということである。宇宙は永遠なのだ。するとどうなるか。物理学者のポウル・デイビスは『宇宙最後の三分間』でこんなことを言っている。永遠で無限の宇宙では「たとえ微かな可能性しかないこともいつかは実現し、しかも無限の頻度で実現するのである」。そのとおりというほかないだろう。それが無限ということなのだから。

無限の宇宙をそのようなものだと押さえておいたうえで、デイビスは、人間や宇宙に目的はあるのか、人間や宇宙は何のために存在するのか、というおそらく人が問う究極の問題に踏み込む。実際、私たちはあらゆることを問い、解明していって、最後に問う問いは、なぜ人間は存在するのか何のために人は生きるのか、宇宙はなぜ在るのか何のために出来たのか、という問いであろう。仮に人間はこれこれのために存在すると分かったとしても、宇宙についての疑問は最後まで残るだろう。我々は宇宙の外へ出られない以上そうなる。

何のためにあるのかという問いは、目的を問うことと一緒である。宇宙の目的は何であろうか。何のために宇宙はあるのだろうか。こう問うことは目的を前提にしていることにほかならない。その目的の内容は不明にしろ目的は必ずあるのだろう。なければならない。もしそうならその目的が何であるにしろそれはいつかは必ず達成される。なにしろ宇宙は永遠で無限なのである。永遠であるなら「たとえ微かな可能性しかないこともいつかは実現し、しかも無限の頻度で実現するのである」。そうなら宇宙はその目的を達成した時点で終わることになるはずである。目的があってその目的が達成されればそれで任務は終了するからである。デイビスは言う「なぜなら、宇宙がさらに存在し続けるのはまったく無駄で、意味がないからである」。そして彼は言う、もし宇宙は永遠に存在するものだとすれば、宇宙には何の意味もない、つまり宇宙には究極の意味などないことになると。デイビスの考えにはなんの論理的な破綻もない。宇宙には意味が（存在する意味が）あり、したがっていつか終わりを迎えるか、宇宙は不滅で永遠に存在するがそれ故に全くの無意味な存在であるのか、どちらかである。これが最後の決定的な答えと言うほかない。

ただし、次のように考える道はある。存在には存在する意味が本当になければならないのか。なくても良いのではないか。気がついたらすでにそこにあったというあり方があっても構わないのではないかと。しかり、それが意識のない、動物たちの身分けの世界のあり方であろう。彼等にとって宇宙とはそういう存在であるはずだ。しかし不幸にして人間は意識をもってしまった。なぜあるのか、どうして出現したのかと問わずにおれない。放っておいてもいっこうに差し支えのない疑問とも言えるが、その内またしても頭をもたげるのである。竹田青嗣氏のように原理的に答えようのない問いだと一応は済まして納得いったとしても、またしても、頭をもたげてくる。どうしようもない。悔し紛れに、だから――解かねばならない問題があるから――我々は生きていけるのだ、と言ってしまいたくなる。

九〇　精神の強靭性を

私はこの『瓦松庵残稿』『瓦松庵余稿』『瓦松庵別稿』

と続く「瓦松庵」シリーズの中で、日本人の強みや良さをさんざん強調してきた。特別に愛国心に駆られてのことではない。ただ日本も他の国とそう変わりなく（いや、本音は他の多くの国に上回って、だが）誇るべきところをいっぱいもつ良い国良い人種であると信ずるが故である。たったそれだけの動機にせよこれまで述べてきたようなあれだけの多くの贅言を要せざるを得なかったのは、戦後の（先のアメリカとの戦いの後の）我が国の知的、気分的風土のいびつさを痛感するがゆえである。戦後七〇年を超えてなおそうである。世界で威張っており、胸を張っている多くの国々よりも日本が劣悪な国、恥ずべき国、情けない国であるはずがないという思いゆえに、その思いが錯覚でも妄想でもなく事実であることを証明し、主張したい一心でしてきたことだ。

だがここで私は己が国を誇りに思うだけでは、偏りになりいつか手ひどい目に遭うかも知れないことを恐れる。この国の弱みにも目配りをしっかりしておくべきだろう。そしてできるならばその弱みに足をすくわれぬように手を打っておくべきだろう。事実、先のアメリカとの戦いに敗れて、何百万人もの死者を出し国土を占領されるという悲惨な事態を引き起こしている事実を見れば、私たちにはそしてこの国には実に大きな弱みや欠陥があるに違いないのである。

日本人が一番の弱み、日本人の欠陥とするものは何か。躊躇なく指摘できると思う。日本人の一番の強み、一番自信のあるものがそれである。すなわち和。和のこころ。これが日本人の一番の弱みであり、欠陥であるに違いない。矛盾した言い方のようだが、正確なつもりである。この世では（あるいは、人間では、だろうか）一番の強みこそが一番の弱みでもあるとはよくあることである。裏目に出ると姿を現すもの。和が裏目に出ると最大の弱み、欠陥になる。裏目ではあるが和には違いない。私たちはそれが弱みであり欠陥であるとも思わずに、一番楽に自然に安心してそれに身をゆだねる。したがってこれほど修正しがたいものはない。山本七平氏はそれを『空気の研究』で鋭く指摘し分析した。日本人は協調することを喜びとし和を乱さぬようにとかく己の思いを押さえつけやすい。自分一人より周りの喜びや幸せを優先する。力を合わせ協同することによって日本人は一人一人の合算を遙かに上回る力を発揮する。それをよく知っているから日本人はこの強みを破りかねないことには躊躇するし、腰が引けるのであると。

私はこの山本氏の見解に全面的に賛成する。氏の指摘から結果することとして、私はことにも二点をあげておきたい。第一は日本人の間では重大な問題であればあるほど問題が先送りされることである（一例をあげれば憲法の改定）。重要であればこそ緊急に解決するべき問題なのだが、それ故に意見が分かれ紛糾することが目に見えている。いがみ合いも生じるであろう。それを恐れていつまでもまともに取り上げようとはせず、先送りしてしまう。国内のどんな組織、どんな集まりでも、同様な事情で問題の解決が先送りされていることはいっぱいあるだろう。先送りしたところで問題の解決にはならず、いよいよどうにもならなくなって初めて動き始める。そんな泥縄式で良いはずがないとみんな分かっているのだが、和の乱れを恐れてどうにもできないのだ。もう一点は責任追及の弱さである。責任追及をすれば必ず誰かを傷つけることになる。追求される方はそれだけの弱みがあるのだから甘受するべきだが、周りが彼に情けをかけて手を緩める。その結果、責任の所在は曖昧になるし、深刻な反省検討も消えてしまう。かくて事態はいつまでも変わらず、同じ失敗同じ弊が繰り返されることになる。和を乱すことを恐れてのこの日本人の心性は戦前戦後全く変わらない。この国民的弱みがもととなって、いつか日本が衰退いや滅ぶことにならなければよいがと私は心底思う。

山本七平『空気の研究』にはこの日本人の宿痾といってもよい弱み、空気に支配され空気に逆らえない弱みがあますことなく描き出されている。その場の雰囲気に人は逆らえない。どんなにその空気がおかしなもので不合理不便なものと思われても、いったん出来上がった場の空気には逆らえない。またしても取り上げるが、典型的なのは先の戦争での戦艦大和の特攻出撃に際して行われた会議である。大和単独での特攻是か非かをめぐって行われた会議。純軍事的に見れば出撃は無謀で無意味なことは明白である。誰にでも、まして戦のプロである首脳陣には、火を見るよりも明らかなことだった。にもかかわらず出撃と決まり、案の定、大和は軍事的には果敢な抵抗を示しはしたもののなすところなく沈没した。戦後になって関係者が様々に証言を行っているが、その中で一番印象的なのは「あのときあの場の雰囲気では、出撃を認めるほかなかった」「あの場の空気ではどうしようもなかった」というものである。無謀で無意味であると分かっていたが、止めようがなかったと言うのである。

議論を通じて理にかなった理由があって出撃と決まったのではないのである。西洋やアメリカの軍人が聴いたら驚きあきれて卒倒するだろう。それを当時の日本のもっとも優秀な、知的はむろん人格的にも決断力にも秀でた人物たちがやったのだ。なんと馬鹿なことをと言いたいところだが、彼らは馬鹿だった訳ではない。単にいかにも日本人らしい日本人だったというだけのことである。和を重んじ、和を強みとする日本人が陥りやすい弱み、欠陥がもろに出たのだ。和の尊重が一つ間違えばいかにひどいことになるかのよい例である。

山本七平氏はこの欠陥であり弱みでもあるものの克服法として「水を差す」ことを提案している。盛り上がったその場の空気に「事実」という水を差せば良いというのである。いっぺんに空気は冷えしぼむ。なるほど理屈の上ではそのとおりであるだろう。だが私たちが現実に目のあたりにするのは別の展開である。水を差されても空気はますます盛んに強固になり、誰も反対を言い出せない。熱狂的に盛り上がるばかり。そして行くところまで行ってしまう。なぜか。はっきりしている。まず差される水の勢いが弱い。それに、後に続く水が少ない。これでは水を差しても効果が薄いのは明らかである。水を差す方が大抵は初めから腰が引けていることもある。

戦後になってこうした反省もあって、それになによりも日本人の団結、協調の力のとてつもない強さを思い知ったアメリカによる協調心の粉砕計画によって、和よりも自己や我の強調を最優先させる教育が展開され、自己の確立や自己主張が大々的に称揚された。にもかかわらず、いまもって日本ではその場の空気に逆らう自己主張はほとんどされない。あるいは歓迎されない。なぜか。いまだに日本人は周りと共にいること、仲間とともにあることが安心の源であって、ひとりになることが怖いのである。戦後のあれだけのキャンペーンや教育によっても和を尊重する日本人の特性は少しも変わらなかった。その特徴的な事態を私は体験したことがある。私が会社へ入って四、五年たったころだろうか。あるとき二、三年先輩の社員が私をつくづく眺めて言ったことがある。「Aさんが言っていたな。中野は一人になることをちょっとも怖がらん奴やと」。初め私はなんのことか分からなかった。が、やがて彼が述べた文脈をたどって、私が周囲との協調を意に介さず、自分の考えをいつでも（先輩の顔を潰してでも）述べ立てることに関連して言われたのだとわかった。それまで私は学生時代の延長でごく普通に勤めているだけで、周りとは特別変わっているという自覚はなかった。その時初めて、人は周りから孤立すること、一人になることが怖いのだと知ったのである。私のいたのはごく平均的な中小企業だったのだからこれが普通の日本人社会なのであろう。いまでも昔どおり和が重視され、それゆえ場の空気が力を発揮しているのは間違いない。

さてそこでである。この和が裏目に出るのを押さえる方法があるのだろうか。山本七平氏の言うように水を差すことを奨励すれば効果があるのだろうか。現実は水を差す方法があまり機能を発揮しているとは思えない。それどころか火に油を注ぐ事態になりかねない。ではどうしたらよいのだろう。私も水を差すほかないように思う。しかし水を差すには大変なエネルギーがいる。大抵のものはそれに耐えられない。一人になって孤立するだけならまだいいが、下手をすると孤立どころか村八分になる。それでも水を差し続けること、場の空気に対してそれをおかしい、間違っていると言い続けるには、相当の精神の強靱さが必要である。結局は勇気の問題になる。

誰にでもできることではない。西洋人日本人を問う問題でもない。どこの人間にとっても極めて勇気を要することである。まして日本では。しかし極めて希にだがその勇気をもつ人間がいる。戦後で言えば小林秀雄とか小泉信三とか竹山道雄とか。戦時中の軍部にもいたであろう。絶無であったはずがない。彼らが声を上げたときには、同じ思いの者は後に続かなければならない。思いを同じくする者はいないはずがないのである。黙っているが心の中では「そのとおりだ」と考えている者がいつでも少数にしろいるのである。一例だが法隆寺大工棟梁の西岡常一さんが述べている。法隆寺五重塔修理再建の折、工法をめぐってある著名な学者と論争になった。西岡さんは木を実際に扱い工事をしてきた人間の立場から釘を一切使わない五重塔建立時代のままの工法を主張したが、鉄の強さを信じる近代人の学者は釘の使用を主張して譲らなかった。喧嘩別れの形になっての帰路、同じタクシーに乗った第三者の立場にあったもう一人の学者が「実は私も西岡さんの工法に賛成です」と言ったのだという。その学者は論争の最中には同じ学者仲間の一人として西岡さんの味方はしなかったのである。しかし心中では西岡さんの考えに分があると見ていたのだ。タクシーの中で西岡さんは「それをあの時、言えよ」と悔しがったが後の祭りだったという。そういうことなのである。黙っているが、空気に異を唱える人間に賛同している者が大抵いるのだ。もう一例を挙げておく。先の戦争末期の昭和十八年から大本営の情報参謀を務めた堀栄三氏の『大本営参謀の情報戦記』に見える話である。戦後、氏は自衛隊に勤め、統合幕僚会議に出ることがあった。その折の体験である。「半年程前にもある会議の席で、堀だけが自説を曲げないで反対したことがあった。廊下に出てから『堀君、よく言ってくれた、あれでいいのだ』と、会議の席とは全く反対のことを言った者がいた。まるで堀に吠えさせてさえおけば、自分たちは傷を負わないで済むとでもいうように聞こえた」。氏はそう述べている。ここにも内心では反対しながら公には空気に逆らわない典型的な姿がある。

声を上げるのは相当な勇気が要る。一人っきりになる危険、孤立し誰にも相手にされなくなる恐れ、出世を諦めなければならないことになる危険、そういったことを覚悟で声を上げることは通常できるものではない。

それでも声を上げなければならない。水を差すことの重要さがどれほどあるかで私がいつも思い出すのは先のアメリカとの戦いである。あんな無謀な戦争をよくもしたものだ、当時の人々はよほど馬鹿だったに違いない、という声を戦後さんざん聞いたものだ。それこそ馬鹿も休み休み言えと言いたい。当時の日本人が馬鹿だった訳ではない。彼らは彼らなりに懸命に考えていたのである。成算があったのだと私は見る。戦後明らかになった証言によると、時の首相から対米戦争の勝算を問われた山本五十六大将は「半年や一年は存分に暴れて見せます」と答えたという。長く見て一年間ならば十分戦える、国の守り手としての海軍の役割は立派に果たせます、と請け負った訳である。という意味は、軍としては一年間は悪くない戦いをして見せる、だから戦況が有利に展開している間に、有利な条件で停戦か終戦にもち込んで下さい(そこは軍ではなく外交の、つまり貴方たち政治家の役目です。よろしくお願いします)、と述べた訳である。近衛首相にはそれがよく分かったであろう。本人もそのつもりで、それならと対米英開戦に踏み切ることを決意したのであろう。ところが、東条英機内閣に代わってからのことになるが、いざ戦争に踏み切ってみると、予想以上の快勝が続いた。当時はまだ欧州ではドイツが圧倒的に頑張っていた。そして国民は舞い上がってしまい、マスコミは煽りに煽って「行け、行け!」の空気が燃え上がった。会心の進撃に酔った国民の作り上げた空気の中で首相を初めとする政府は到底停戦を言い出す雰囲気ではなかったのである。かくて、半年長くて一年の内に終戦へもち込む計画はどこかへいってしまったのだ。時の政府の中には「今のうちに停戦にもち込まなければ」と考え、主張した人間もいたであろう。しかしそんな声は勇ましい空気の中ではあまりにも無力だったのに違いない［補］。

ここである。テロの恐怖が現実のものだった時代である。国中が勇ましい叫びで頭に血が上った状態だった。国際感覚のある一部の人間が醒めた声で上げる停戦交渉への声などなにほどの影響ももたらさなかったのであろう。こうして国の主導者はチャンスを逃し、あとは劣勢となった戦況の中でせめて四分六分の停戦交渉が可能な機会を求めての軍の必死のあがきが続いた。しかし儚い夢でしかなかった、というのがあの戦いの経過だったと私は見る。

馬鹿な戦いなどではなかった。成算のないわけではない開戦だったのだ。戦の推移を見れば確かに半年間は（ミッドウェー海戦までである）相当優勢だったし、一年間なら（ガダルカナル攻防戦まで）押され気味にしてもまだ明らかに不利というところまでには行っていなかった。だからその頃までに停戦交渉にもち込んでおれば（もちろん譲るべきは譲らねばならず、痛みも相当に多かったろうが）なんとかなったのではないか。時の総理が断固として終戦にもち込んでおればあの悲惨な敗戦はなかったであろう（その結果がいまより良かったかどうかは疑問だが）。時流に逆らってでも上げるべき声を上げること、上げ続けることの重要性はこれほどのものなのだ。

それでも声を上げるには並みや大抵ではない精神的強靱さがいる。どうしたら強靱さを身につけられるか。読書とこれに基づく日々の自己鍛錬しかないように思われる。読書は大事だ。右するか左するか岐路にさしかかったとき、損をする覚悟をしてでも戦う決断をするべしと思うのは多くの読書から人生の種々相を学んだ者にのみできることである。そういう者は読書からある行為ある決断がもたらす意味を学んでよく知っているからだ。読書のないものは狭い自分の体験からしか自己が選択する行為の意味を見ることができない。よく学んだ者は自己の行為の意味をよく知っている。先人たちの証言や回想からある決断をすることの意味や行うことで生じる事態をよく知っている。遠くが見渡せる。読書をしない者は狭い自分と周囲の者の体験にしか学ぶことができない。読書は常日頃から様々な事例を教え、岐路に立つときはどうするべきかを教え、覚悟を固めさせる。辛くても美しい行為とはどんなものか、辛いが美しい行為を選ぶのと逃げるのとはどう違うのか、を教える。こうして日頃から覚悟を定め、日々の勤めの中で実施し訓練を行っている者にして初めて精神の強靱さは育まれるだろう。

いざという時に自らの安全を賭してでも敢然として時流に逆らう道を歩むことこそ私は日本におけるノブレス・オブリージュ（高貴な人間の義務）だと思う。言うまでもないが日本にはイギリスのように高貴な階級というものはない。それ故一人一人が目指して自分を高貴な人間に作り上げるほかない。イギリスの上流階級に属する者たちは日頃特権的に扱われ、いい目をする代わりにいざという時（それはどうやら国運を賭けた戦の時らしいが）その時に率先して従軍し、しかも一番危険な戦場で戦うことであるようだ。日本の場合は戦地に行くことではなく、時流に逆らってでも外から見ればおかしいとしか思えないその場の空気、世の中を覆う空気に、身を賭して反対することではないか。困難な、しかし誰かがやらなくてはならない大事なことを引き受けること、それこそが日本における高貴な人間の責務であろう。いや、それができるかどうかがその人間が高貴であるか否かの分かれ目になるとみてよい。

高貴な人間はかくて結局は勇気のある人間ということになる。昔から洋の東西を問わず勇気が徳目の筆頭かそれに近い項目とされてきたのは、平和にこだわるあまり暴力に絶対反対してきた戦後の我が国では馴染みにくい思いがするが、立派な理由があるのだ。正しくてやらなくてはならないが恐れて人のできないことをやるのが勇気である。自己犠牲を覚悟してそれでも人々のためにやること。古来、人々は幾度そういう行為に助けられたか知れないが、そういうことができる人間はいつも数少なかった。貴重な行動であり、貴重な人物だった。それゆえに人々はいつも勇気ある行動を高く評価し、推奨してきたのだ。

勇気をもつことは難しい。自分の将来や場合によっては家族を含む命をも犠牲にする覚悟をも要する。そんな決心はまずできることではない。人がどれほど小さなことでも損をするのを厭がるかは常日頃自分自身の体験で十分に思い知らされている。そんなことでさえ嫌なのだ。ましてや自分の評判や交友や平穏な生活、楽しみ、将来の夢、そうしたものを失う恐れを前に誰がもち堪えられよう。それでも節を曲げずに筋を通して戦うのは、高貴な人間という誇りと通す筋の真正さ——だから筋が通らなかった場合の人々が被る悲惨さ——が確信されるからである。確信の度合いが問題の核心にあるのなら、人間を決めるのは結局感受性の問題ということになるのかも知れない。豊かな強い情緒の持ち主こそ勇気ある人間ということになる。大昔から人々が育児と教育の中心に豊かな情緒の涵養を置いてきたのは理由のないことではない。強靱な心の持ち主すなわち勇気のある人間と豊かな情緒の持ち主は多くの場合重なるのだ。

勇気のある人間でありたい。高貴な人間でありたい。計算高く損得を測る人間ではいたくない。頭のよい人間がしばしばうまく立ち回る狡い人間になるのは、彼らは頭がいいだけに巧妙なもっともらしい言い訳を幾らでも考え出せるからだ。考え出した言い訳によって、後ろめたさを軽減できるからだ。頭のよいことと勇気があることとは何の関係もない。秀才を信じてはならない。歴史を見れば賢い人間で、うまく立ち回っただけの者が多すぎる。頭がよいというのは、言い訳がうまい、言い逃れに秀でている、ということだと思ってよい。

もちろん頭のよい者で高貴な人間でありたいと考える者もいるだろう。彼らは自分をそういう人間に鍛え上げるだろう。その揚げ句に強靱な精神を作り上げる者もいるはずだ。こういう人間は頼りになる。リーダーたり得る。一つ間違えば、頭がよいだけに言い訳がうまく、ひどい裏切をする可能性があるが。ゆえに彼らは自分を鍛えるのに人一倍厳しくなければならぬ。苦労するだろうが、それは賢い故の代償と覚悟することだ。名誉ある苦痛と思えば我慢できる。こういう人間を尊敬しよう。我らの宝である。間違っても嫉妬心から彼らを潰してはならない。

［補］堀氏の『大本営参謀の情報戦記』には、対米戦四〇年程前の日露戦争の時の逸話が紹介されている。この戦争の決戦ともいうべき奉天会戦で、日本軍が勝利し児玉総参謀長以下の司令部全員がいまこそ追撃してロシア軍を壊滅させる好機と沸き立っているとき、大山元帥が総参謀長を呼んだ。東京へ急遽行って政府に講和するように説得してきてくれと頼んだという。曰く「わしは、この辺が限界じゃと思っとる。至急政府に何とか講和の手を打たせてくれんかいな」。児玉さんは驚いたが上京し、政府を説得して講和にもち込んだ。堀さんは書いている。「かくて…日本はボロを出す前に講和へと進んだ」。

講和会議の中身が気にくわないと、帰国した外交官一行を迎えて国民大衆が日比谷公会堂を打ち壊したことから考えて、軍ばかりではなく国内世論も勝利の最中の講和に大不満だったに決まっている。そう思えば事情は先の対米英戦争の初戦で強烈な好戦的空気に直面した近衛前首相や東條首相と同じだったとわかるだろう。一方は空気にも逆らい不評を承知で決断し、一方は決心にもかかわらずもろくも空気に負け、楽な方を選んだ。この違いがどれだけの悲惨を呼んだか。近衛や東條も大山元帥と同じような強さがあれば当初の予定どおり講和にもち込み、敗戦に至るあの悲劇を避けることができたろう。

余談になる。

大東亜戦争になだれ込んだ経緯をめぐっては、当時の軍部の横暴、軍人の思い上がりを強調する声が頓に大きいが、私には異論がある。軍部の横暴、軍人の思い上がり、二つとも事実そのとおりだろう。だが私は軍と軍人がそうなった前提を重視したいのだ。軍人が力をつけ国の行方や舵取りにまで口を出し、口を出すどころか実際に舵取りまでしてしまう、そんなことがどうして生じたのか、どうして可能だったのか。明治以来の歴史に詳しくもない素人は自重して述べなければならないが、大正期以来の政治家と政界の動きを瞥見すると、政治家の多くは国のことを憂いてではなく自分と自己勢力の拡大に明け暮れ、党利党略に走り回る姿が目につくように判断される。こうした政治家の有様が国民に愛想を尽かされ、政党政治に期待されなくなっていたことが伏流としてあるように思われてならないのだ。軍人が政治家には任せておけないという思いに駆られたとしても、その責任は多く政治家と政界にある。軍人の横暴と後世表現される事々もマスコミを初めとする国民一般の（たとえ雰囲気としての、であっても）支持があったからこそ可能だったことだろう。

「政治への絶望」こそ大東亜戦争開始の真因だと私は言いたい。なぜかというと、こんにちの政治をみていて強くそう思うからである。今日現在の政治家でどれぐらい国のため、人々のため、を考えて、政治活動に専念している者がいるだろう。与党も野党も自己の当選が最優先されていて、そのためにはどんな策も弄する。誇張、嘘、その時限りの約束、言い逃れ、揚げ足取り、嫌がらせ…あげていけば切りがない。ことに野党のそれは酷すぎる。党利党略私利私欲の横行は反吐が出そうなほどである。

昭和戦前の政界もそうだったのだろうと推測する。その果てに国民には政治に期待できない雰囲気ができていたのだろう。これが、排外主義と軍人への期待を生んだのが、あの戦争の――無謀としか思えない不思議なあの戦争の――真因だったのに違いない。統帥権のせいでも軍人の暴走のせいでもない。政治家は本当に心してもらいたい。

九一　進化の論理と人類以後

　進化論に進化の系統樹がある。生きものの進化の様子を枝分かれする樹木の形に見立てた図。お終いの方に哺乳類の枝が伸びてさらに猿類の枝が伸び、ここから類人猿の枝が別れ伸び、オランウータンやチンパンジーの枝が分かれ、さらに人類の枝が分かれ伸びる。ではこの後はどうなるのか。十中八、九は人類の後にまた新しい枝分かれが生じるだろう。その枝分かれは（つまり新しい生きものは）ほぼ確実に科学的生きものであるに違いない。それを生きものと言ってよいかどうか大いに疑問だが、現在考えられるコンピューターと人工知能が人体と合体し進化した果てに出てくるもの。間違いなく、人類を遥かに超えたもの。チンパンジーと人間が違うほど人間とは違うもの。超人と名付けてよいかサイボーグとしてよいのかわからないが、いずれにしても自分たちをどう呼ぶかは彼らが決めるであろう。

　ところで生命体、平たく言えば生きものの歩みをたどってみればどういうことが言えるだろうか。この歩みを系統立てて歩みの理由や意味まで含めて述べたものが進化論であるが、いったい進化とは何であるか。

　分子とか岩石とか物質しかなかった地球環境の中に、いつのほどか（地球誕生後数十億年ないし数億年経ってであるが）自己複製する分子をもととする生命体が出現した。けれども自己複製という過程で外部からの強い圧迫とか刺激とか様々な理由で齟齬を来すことがあり、複製違いや微妙な異種複製を来すこともあった。こうして多様な生命体が現れ、生命体相互の影響や競い合いが生じ、あたかも生命体の間で勢力争いが展開するふうに見える事態が生じた。勢力争いとはどの生命体が当該の生態環境の中でより盛んに増え、一番覇を唱えているように見えるかという争いである。当然、当該環境にもっとも適合した生命体が勢力を強め、あたりを支配するふうになるだろう。劣勢に陥った生命体は当該場所の周辺（当然、当該生命体にとって生きにくい、不都合な場所つまり劣悪環境のはずである）へ追いやられる。この劣勢生命体はこれまでとは打って変わって困難な、餌の得にくい、不快でしかない環境の中でほそぼそと生きていくしかないだろう。しかし、ここでも生命体である以上、嫌でも複製違いや異種複製が生じて、中にはその劣悪環境に適合した（劣悪を劣悪とも感じない）変わり種が現れてくることもある。それどころか劣悪を逆手にとってこれを好条件として生き抜いていくしたたか者が現れることだってあっただろう。こうなると彼は強い。もともと生命体にとって劣悪な環境だったゆえに誰もそんなところに住もうとは思わなかった場所だから競争相手はいない。彼にとっては天国である。この環境（生体圏）での覇者となる。ここでも複製違いや異種複製は避けられないから敗者も生じる。彼は隅っこのさらなる劣悪環境へ追いやられ、辛いところでほそぼそと生き延びていく。こうしたことの繰り返しが進化であり進化の実態であろう。

してみると私たちは生き残っている古い古い原始的生物に対する見方を変えなければならない。彼らは劣等生物などではあり得ない。普通私たちは彼らのことを「進化から取り残された、旧式であわれな生きもの、遅れた生きもの」というふうに思っている。ところがなんの彼らはその住む環境にこれ以上ないほど適合した優秀生物で成功者であり覇を唱える生き物だったのである。だからその生存場所からどこへも移る必要はなかった。生理生体をそれ以上変える必要もなかった。いわば完成品だったのだ。完成品故に何億年、何千年と同じ場所で同じ暮らしを悠々、楽々とこんにちまで続けて来たにすぎない。かのシーラカンスなどがそうである。遅れたあわれな古い古い生き物などとはとんでもない話だ。

私は以上のことを本川達雄さんの『ウニはすごいバッタもすごい』で教えられた。本川さんは三十四門に分かれる全動物のうち代表的な五門の動物を取り上げ、それぞれの形や材質、構造を述べ、いわばその生きものの理由を教えてくれる。氏は言う、例えば、海で誕生した生きものにとって陸上の暮らしは大変な難物だった。陸上の大気はもともと生きものにとっては毒である酸素に満ちており、放射線も水中より大量にある。生きものの身体の大半を占めている水分は少ないし、乾燥という問題もある。寒暖の差も激しい。水中より遥かに重力も受ける。流れに任せておれる水中と違って移動には自力が必要だ。その他その他で陸上はもともとの生きものがそうである水中動物にとって実に住みにくい場所なのだ。すべての水中生活者が敬遠する場所だったのである。だが生きものの一部は陸へ上がった。なぜだろうか。水中生物の中で多分一番弱い、劣等生きものが劣等故にどうかしてどこかで生きてゆきたいと、水中生活に適した勝者が馬鹿にして相手にしなかった、だからそこなら天敵もいない安全な場所として陸上へ上がったのだ。いわばそこでしか生きていけないに近い状態に追いやられての必死の上陸だったのであろう。氏はそこまではもちろん述べていないが、氏の語るところを敷衍して考えればそういうことになる。

これをつづめて言えば生きものは生存箇所を求めてニッチ（隙間。それまでの生きものにとって不都合な、したがって誰もそこにはいなかった空白地）へ進出したわけである。進出環境に適合する身体になったから進出したのか、進出するために身体を変えていったのかは、鶏が先か卵が先かと同じような解答不能問題だが、要するに結果的に多少とも新環境に適応する生体となり、その環境での適者となったのである。これが進化の一貫した内実といってよいはずである。生命樹の新しい枝分かれ、つまり新種や新門の誕生はこうして生じる。そしてその生きもののどれだけの個数が生存しているか、生存可能かで生きものの繁栄は測られる。それなら今後とも生きものの歩みはそうでしかあり得ないであろう。人類以降に関しても同様である。

人間はいわばチンパンジー的な生きものから枝分かれして出てきたものである。森林での樹上生活の競争に敗れ、チンパンジーその他の猿類が住まない草原にやっとのことで活路を見い出して。同じように人類以後の生きものも人類から、あるいは人類的なものから枝分かれして出てくるであろう（ただしこの場合は絶対に敗者としてではない。それどころか新しく獲得した能力によって、大いなる可能性を切り開いたものとして）。その結果がどのような生きものになるかは私には言うことができない。ここで大事なことは、だからといって彼らの出現、君臨によって人類は滅んでしまうとは限らないことである。チンパンジーもゴリラも人類が出現したからといって滅んではいない。立派に彼らの生理が適応した生体圏（環境）に昔どおり生存し、人類ほかと棲み分けて共存している。同じことで人類もいまと同じように（あるいはいまよりさらに進歩しながら）生存しているであろう。一方、彼ら超人は彼ら独自に進化してどんどん変わり、とんでもないところにまで進出して人間とは全く違う暮らし方までし始めるであろう。この点でも人類がやっている暮らし方は多分チンパンジーたちにとって理解不可能で、なぜあんなことをしなければならないのかわからないのと同じことなのに違いない。

人類以降の新人類＝超人は先に予想したようにほぼ確実に人体とコンピューターとAIの合体したものになるはずである。そんな新人類である彼らはおそらく宇宙へ進出するだろう。宇宙はまだ何者も進出していない空白地、いってみればニッチである。水中生物にとって陸上がそうであるように人類にとってはあまりにもの悪環境ということもあって、未だ進出していない。超人はそこでも適応的な人体の所有者となるのであろう。人類がチンパンジーやゴリラと分かれて、人類となり地球上の各地に進出して大繁盛しているように、超人も人類を尻目に宇宙へ進出して多彩に大繁盛するのであろう。現在、人類の繁栄をよそ目にチンパンジーやゴリラは相も変わらず彼ら独特の生存方法を続けて幸せに生きているように見えると同じように、人類も超人の繁栄をよそ目に幸せに現在の生存の仕方を踏襲するのであろう。超人の活躍に感嘆しつつ。

もっとも、その超人類を進化樹に記載できるかどうかはすこぶる怪しい。なぜなら彼らを生命と呼べるかどうか疑わしいからである。人類後のこの世界の支配者であっても生命在るものなのかどうか。もし生命体と呼べないなら進化樹には記載できても、生きものからなる生命樹には載せることはできないことになると思うが、さてどうだろう。

九二　イワナガヒメは生きていく

日本神話つまり古事記にこういう一節がある。天孫降臨でニニギノミコトが高天原から天下ってきたときのことである。土地の神様オホヤマッチノカミが喜んで自分の大事な娘、姉がイワナガヒメ、妹がコノハナサクヤヒメという二人を「どうかお使い下さい」と差し上げた。ところが姉は大変醜く妹は美人だったので、ニニギノミコトは妹だけを手元に置いて、姉の方を返してしまった。そこでオホヤマッチノカミは恥じ入ってこう述べたのだという。「イワナガヒメを手元に置かれたなら貴方は巌のように末永く不動においでになることができるでしょう、コノハナサクヤヒメを置いておかれたなら木の花が栄えるように栄えることがおできになるでしょう。そう思って私は二人を献上したのです。それなのにイワナガヒメの方はお返しになった。このため貴方とその子孫は長寿を得ることはできますまい」

言うまでもなく、これは人間がなぜ百年足らずの命しかないのか（神話の時代はもっともっと短命であったろう）を語った由来譚である。当時の人々はこういう話によって、人は必ず死ぬこと、しかも短命で死ぬことを納得したのである。しかし私はこの神話ではそちらの方には心を動かされない。別のことにいつも胸に微かな痛みを覚えるのである。イワナガヒメ。ニニギノミコトから不要だとして親元へ帰されることになったヒメ。すっかり面目を失って、己を惨めと思い、恥ずかしく、情けなくて、親に顔を合わせられない思いで家へと帰る彼女の心中を思うとたまらない。この話でまだ救われるのは父親の姿である。オオヤマツチノカミにとっては二人の娘には役に立つ立ち方に違いはあっても価値に違いはない。共に同じように大事な自慢の娘である。だからこそ天から降りてきた尊い今来のカミに喜んでもらおうと二人を差し出したのだ。顔の美醜など彼の頭にはなかった。こんな結果になろうとは思いもよらなかったであろう。この父に育てられてイワナガヒメもおそらくなんの僻みも劣等感もなく伸びやかに育ってきたであろう。だが、突きつけられた現実は厳しく情け容赦なかった。ニニギノミコトを咎めることはできない。そのことは男なら知っている。誰でも八、九割は同じこと、同じ選択をするだろう。それが残念だが人間の現実だというだけのことである。

昭和を代表する評論家の一人福田恆存もこの問題でこんなことを述べている。「だが、それはどうにもしやうがないことです。男を憎んでもはじまらぬことなのです」「なるほど、美醜によって、人の値打ちを計るのは残酷かも知れませんが、美醜によって、好いたり嫌ったりするといふ事実は、さらに残酷であり、しかもどうしようもない現実であります。それを隠して、美醜など二の次だといふことのはうが、私にはもっと残酷なことのやうにおもはれるのです」。福田恆存らしい言い口だと思うが、彼は正直なだけである。いずれにしてもそういうことなのだ。

しかし、そうだとしてこの事実は残酷で可哀想なことは動かせない。イワナガヒメの惨めさ悲しみは痛々しい。いったい人はこのような事実、このような悲しみを抱きながら生きていけるものだろうか。しかし生きていかなければならないのである。どのようにして生きていけるだろう。私はそのことを深く考えざるを得ない。単なる同情からではない。そんな偉そうなことはしない。事柄は違っても人は多くの場合、多少とも同じような悩みに横着するものだと思うからである。ことは美醜だけではないのだ。

私は少年時代、小学校上級生から高校生になるまでチビであることに非常に悩んだ。いつもほぼ五〇人のクラスで背の高さ順に並んで前から五番以内の背丈しかなかった。中学校へ入ってバスケットボール部員になってからはこの悩みは一層深刻になった。なんとかして大きくなりたいという願いは深刻だった。家の柱に背をつけて幾度定規を自分で頭に当てて柱に印をつけ、身長を測ったことだろう。幾ら測ってもほとんど伸びておらず、どれほどがっかりしたことか。人はそんな悩みかと笑うだろう。確かにここには人を一番傷つける蔑視の苦しみはない。それだけ耐えやすい悩みだということは確かだろう。しかし悩みは悩みだ。悩みの内容は違っても、当人にとって主観的に悩みの苦しさ深さに違いはない。前世紀前半までのアメリカで黒人が悩み苦しんだ肌の色の悩み。そしてそういうことを言うなら身体障害者の悩みもある。自分に責任のないどうしようもない事実を前に運命を呪い、悩むことは至る所にあり得るのである。だから私はイワナガヒメの悲しみを放ってはおけないのだ。そう、いったい人はどうしようもない残酷な運命や事態を背負ってしかも生きていけるものだろうか。どのようにして生きていけるのか。

可愛くも美しくもなく生まれついた少女の悲しみ。傷ついた心。あどけない少女であっても自分というものができるころには間違いなく人々の視線の違いに気づくだろう。大人達の視線は彼女には決して優しくはない。無視だったり蔑みの目だったり軽んじる目にいつもさらされることに気づくだろう。いくらこちらが微笑を向け、好意を抱いて友愛的に向かっていっても返ってくる視線は冷たい。同じ時同じところにいても、隣にいる少女が美人だったり可愛かったり愛嬌があれば、人は彼女に温かい優しい視線を向け、語りかける声にも違いがある。視線はいつもそちらへ向く。不幸にして彼女の場合は幾ら「私もいるのよ」「いい子するから私のことも見て。私にも気を向けて」と心の中で叫んでも見てはもらえない。視線が向けられたとしても冷ややかな無感情な視線でしかない。人に抱きついていこうとした躍るような気持ちも心もその拒絶する冷ややかな視線に射すくめられて一瞬にして冷え切り凍りつく。こういうことを四つ五つの時から常時、至る所で経験するのだ。大げさに言えばそうである。彼女は自分は人に歓迎されていない、居ることを喜ばれてはいないと思い知らされつつ生きていく。そういう人生を生きていかなければならない者もいるのである。

人は生きていくためには生きていくだけのエネルギーを必要とする。生活が幾分でも楽しいものであり、生きる値打ちがあるものであり、生きていくだけの甲斐のあるものでなければならない。そうでなければ意欲や生きていく元気が湧くはずがない。食べていくには猿たちがそうであるように手や足を動かして餌、すなわち草木のある場所へ移動し、手と口を動かして摂取しなければならない。行動はエネルギーの費やしにほかならない。即ち努力である。努力であるならするに価すると思わなければ誰もしはしない。生きるために必須な食事行動を続行するのは自分を生きるもの、生き続けるものたらしめるためである。生き続けるものたらしめるのは自分を値打ちがある存在と思うからだ。にもかかわらず、自分は人に歓迎されていない、自分の存在は喜ばれてはいないと思い続けなければならないとしたらどうなるか。そういう者はどこに生き続ける力を見つければよいのだろう。どこに自分を支える支柱を見つければよいのか。私はつくづくそう思う。

気休めを言うのは簡単だ。一見同情心にあふれた心情的より添い、激励を述べるのも難しいことではない。だがそれらは口にする者が自分を親切な好い人、善人だと自己満足するため以上の意味が本当にあるだろうか。実のあることは気休めや同情、励ましを口にするのではなく、実際にあなた即ち私が彼女に視線を注ぎ続けること、それも彼女を共に何かをする人として手を携え、喜び悲しみを一緒にする目で見ることしかないだろう。これは周りにいる者のそうであるべきあり方だとして、誰にでもできることではない。周りに期待するのは空しい。で、自分で自分を支える方に気を向けることになるだろう。そんな方法があるだろうか。

私は若いときから自分のことを自分第一とする利己主義者と自認していた。それを生きものの現実を冷酷に見つめる現実主義だと誇りに思ってきた。だから他人や周りのことを配慮し、必ずしも自分のことばかりを考えない優しい良い人間を、甘っちょろいお人好しとして多少とも馬鹿にしていた。それが六〇歳を超えてから軌道修正することになったのは、田舎で独り暮らしをする母親を引き取り、面倒を見ながら暮らすようになってからである。母親は息子と暮らすことになって以後、食事の用意などする気は全くなかった。それで時に二人きりで食事をする日には私が作ることになったのだが、そこで気づいたことがあった。私独りの時は食事などどうにでもできた。インスタントラーメンでもパンの切れ端でもご飯に塩昆布と漬け物のお茶漬け、それだけでも十分だった。腹がふくれさえすれば良く、それ以上に何かをつくるのは面倒だった。ところが母親がいると何かを作ってやろうとなる。卵やハムや肉、野菜、手軽なのは相変わらずだが、それでも少しは日先の変わったものや美味しそうなものを考え工夫する。その経験から私ははたと気づいた。独りではないこと、何かをしてやろうと思う相手がいることはそれだけ違うのだということを。人間は一人では何をする気にもならない。してやれる相手がいてこそ何かをする気になるものだということを。

そうして私は昔、母親と二人だけの母子家庭に暮らした時代のことを思い出した。貧しい私たちの家でもなにかのことでもらい物をして珍しい食べ物や菓子を食べることがあった。そういうとき大喜びしている私を前に母親は自分はいらないからみんな食べるようにと言うのだった。「なんで？　美味しいのに」と聞くと、別に食べたくないとか今はお腹がいっぱいで欲しくないのだと言うのだった。子供の私は無邪気に信じて大喜びで全部独り占めして満足したものだった。後年、同じことを子供を前に私もすることになって母親の気持ちが分かった。ああいうときは少しぐらい自分も食べたくてもそれを抑えて子供達に思いっきり食べさせ喜ばす方が遙かに嬉しいものなのだということが。子供の喜ぶ顔、声の方が遙かに満腹できるのだ。

母親を介護するようになっての食事経験に重ねてやっと私は「人間が本当に事柄をする意味、物事を喜びをもってするのは、人のためにする時なのかも知れない」と気づいたのである。人は自分のため、自分一人だけのためにするときは本当には喜びを感じなどしない。そう思って、生きてきた日々をいろいろと振り返ってみるとそう解釈する方が事柄をよく説明すること、思い当たることが少なくなかった。俺は冷徹な現実主義者だ、甘ちょろい善人などではないなどと嘯いてきたが人生の折り目折り目節々には、利己主義を裏切ることをいっぱいしてきた。私にもその時その時に大事な親友や友達、仲間、尊敬する人、恋人、そしてもちろん家族がいた。彼らと心を合わせて何事かをするとき、楽しいひとときを過ごすとき、私は確かに自分を犠牲にしたり後回しにしたりするのを躊躇しなかった。いろいろと考えていると、人間は本当は全員利己主義者なのだ、それが人間の真実なのだなどというのは、底の浅い見方にすぎないのではないかと思われてきた。

思い起こせば私の一目置く先人や敬意を払わざるを得ない偉大な人物たちが書物のあちこちで、人生の喜びは世の中、人々の役に立つことと説いているのに気づきもした。これまでそれを読んでも、また綺麗ごとを述べて、とのみ思って心に留めることは全くなかった。今になって考えると彼らは心にもないことを説いているのではなかったようである。自分が生きて経験して真から感じたことを是非伝えようと思って述べていたのであろう。嘘ではなかったのだ。方便として語られた上辺ごとではないのだ。そう思って暮らしていくと、日々の些事の至る所で確かにそうだと思い当たることが多かった。そして今ではそれこそが人生の真実であり、人間の事実であるとほぼ確信するに至った。

もしそうだとすると事態はすっかり変わってくる。人が本当に生きがいを感じ、喜びを感じ、前向きに意欲的に生きるのは、自分のために生きるときではなく、誰かのため、周りのため、ある人を喜ばすために何かをするときであるのなら、生き方も考え方も変わってくる。美人や見るからに愛くるしい者はそこにいるだけで人を喜ばせ幸せな気分にさせるだろう。だが一見の容貌の醜い者でも伸びやかな顔で明るく振る舞い、人の役立つことを骨惜しみせず、気持ちよくやるなら、周りは喜ぶだろう。周りが喜べば当人も気持ちよくなり、やり甲斐になるだろう。人生というものはそのように回るものであるようだ。そう見なすことを甘いとか、辛い人生を誤魔化すものだとか、感傷にすぎないと決めつけるのは、いかにもうがった見方のようでありながら実は真剣な人生から逃げた、腰の引けた見方ではないか。甘くても結構なのではないか。

イワナガヒメにはイワナガヒメの生き方があるのだ。短絡的に見れば彼女は辛い。その人生は惨めであり、悲惨な気がする。しかしもし彼女が自分の容貌にめげず、それはそれとしてどうしようもないことだから、誤魔化そうとか引け目に思うとかすることなく、ましてそこで勝負しようなどとは思わずそれ以外のところ、気持ちの良さや明るい声、細やかな心遣い、親切などで勝負するなら、事態は変わってくるだろう。それは誤魔化しではない。イワナガヒメの場合なら彼女が自分をそのような女に育て上げるなら、コノハナサクヤヒメが容貌だけで勝負できる年齢を過ぎたとき、人の見る目は逆転するだろう。人はいずれ生まれつきの容貌だけで他人を喜ばせうる若さを失うのである。若さを失う歳になってもやはり美しい女人はいる。しかし悪いけれど多くは魅力を失い、それどころか時に老醜というほかない容貌に変わる。おそらくは彼女は苦労してこなかったからである。苦労しなくても人々は彼女を大事にし、彼女の心を買おうとした。ちやほやした。彼女はのほほんと日を過ごして、しかも気持ちのよい月日をやり過ごすことができたのだろう。これでは心を痛めたり、辛さや苦しみに耐えたりする機会は少なく、心が練られることも襞が刻まれ深まることもない。表情が乏しく平板に終わるのもやむを得ない。表情の乏しい平板な顔に老化現象が生じてくれば、老醜だけが目立ってくる。周りにちやほやされる日々を過ごしても、周りの思惑とは関わりなく人の思いや喜び悲しみに敏感に感応し、気を配り、周りを大事にしてきた人は、生来の美貌に気品と深みを加えて、老醜を超えて落ち着いた控えめな美しい媼になる場合が多いだろう。

人は誰でも自分の責任でもない生まれつきの条件から逃れることはできない。そしてその条件故に人が向けてくる視線を面白くないとしてもどうすることもできない。白人が白い肌に、黒人が黒い肌に生まれつき、障害者が障害をもって生まれ、そのことから逃がれようがないのと同じである。では彼、彼女はどうしたらよいのか。はっきりしている。容貌で人々に歓迎されることが不可能なら、それ以外のことであなたがいることが人々の喜びであるように自分を作り上げることだ。これなら易しいことではないにしても、不可能なことではない。先に確認したように、幸い人間は他人と生き、端の人々の役に立ち、端の人々の喜びになることに生きがいを感じ、喜びとすることのできる生きものである。そのことに喜びと生きがいを感じる生き方をえらぶことができる。

初めはうまくいかないかも知れない。何しろ人々はあなたに対して冷たいのだ。冷ややかでさえあるだろう。だからあなたが一生懸命尽くしてみてもそれに気づいて喜んでくれることもなく、努力は空しいことが多いかも知れない。しかしあなたはめげてはならない。そもそもの動機を周りの誰かの役に立ち助けるのはあなた自身の喜び、生きがいのためにとするのである以上、人が喜ぶかどうか、あなたの気持ちを汲んでくれるかどうかは二の次になるはずだ。こうしてあなたは自分の暮らし、自分の思いを大事にしながらも、いつも他人を先にすること、他人を慮ることを心がけるであろう。そういう心ばえはあなたの顔の表情を豊かにし、和やかで柔和、品のあるものにするだろう。誰の顔にも訪れる老いの皺が刻まれるころにはあなたの顔には温かいやすらかな表情が被い、品の良ささえ生まれているだろう。私はそのような中年以降の婦人やさらには老女を生涯にたくさん見てきた。中年以降には生来の美醜、というより若いときの美醜は関係ないのである。

「働く」とは「端を楽させることである」と説く人がいる。おそらくは「働く」の語源はそんなところにはない。もっともらしいこじつけであろう。こじつけにすぎなかろうが、それにしてはよくできたこじつけである。端を楽させることが働くことだ、とは働くことの本質の一端を見事に言い当てた言い方だと思われる。

人は生まれてきた以上、寿命が尽きるまでとにかく生きていかねばならぬ。生きるためには食べていかねばならぬ。食べていくためには、食べ物を手に入れる等々、やらなければならぬことがいろいろある。一方、生きていく以上はよく生きていかねばならぬ。よく生きていくためには、自身が心地よく快適で自分に誇りをもてること、自分の存在に意味や価値を認められることがなければならない。それには、自分はただ自分のために生きている、単に生きるだけではなく周りの役に立っている、何かしら人々の役立つことをしているのだ、と思えなければならぬ。たとえそれが自分は代々の中野家の繋がりの環の一つを担っている、私の後にも中野家のものが続くであろう、そのリレーバトンの一つをいま担っているのだ、だからしっかりバトンを渡さねばならぬといった役立ち方、遺伝子の手渡し手というのでも構わない。いやそれも立派な役に立ち方である。自分に意味や価値を認めるには自分一人では絶対に無理である。周りの人々他者がいてそれらの人々あるいは誰かの役に立っている、自分のしていることが誰かのためになっているというところがなければ自分に価値や意味は生じようがない。鰯の群れの中の一匹の鰯のように、単に生きているだけならよく生きることなど問題になるまいが、人間には意識がある。意識があるとは、生きている理由を問うことである。問うてよい答えが返ってこなければ、その生にはさして意味がないことになる。意味のないことをすることほどしんどい、気力のわかないことはない。

人の役に立つ、世の中に役立つとは何も直接的なことだけを思い浮かべることはない。卑近すぎる例だが私は高校生の時、大学受験に励んだ。死にものぐるいに頑張った。もちろん私の境遇では一流の大学へ入ることだけが身を立て世に出てあわよくば出世する唯一の手立てだと信じたからである。このあざとい目的のために必死だった。だが私を突き動かしてあれだけ勉強させたのはそれだけの動機ではなかった。私が出世して偉くなるのは、私のためにあれだけ必死に生きてくれた母親、私に先祖代々にわたる期待を背負って全てを賭けていた母親を喜ばせることに違いないと信じたからである。私の成功は母親を喜ばせるに違いない。その確信も私を後押しした巨大な力だった。私は自分のために大学を目指したのに違いない。いわばエゴイズムそのものである。が、それは同時に人（母親）の役にも立つに違いない、——人間のすることにはそんな重層的な様相もあるのだ。そう見ればカ人あるいは世の中に何らかの意味で役に立つ生き方は幾らでもあるだろう。

以上は分かりやすく典型的な事例を想定し、イワナガヒメをもち出して語ったのだった。だがここからが私の本当に言いたいことになる。以上述べたことは全ての人にそのまま該当するということである。美醜や障害の有無にかかわらず誰にでも確実に言えることだと思うのだ。人は生まれてきた以上、寿命が尽きるまで生きることになる。寿命が尽きるのがいつなのかは分からない。それまでは生きることになる。すべての生きものがそうだ。だが多分意識をもち自分というものを知った人間だけは生きていくには自分の存在、自分が生きているということに意味や値打ちを見い出さなければならない。でなければ「生きていく」こと、生きていくのを選択することは不可能である。

動物的にただ生きていくのは「生きていく」ことではなく「生きている」のにすぎない。「生きていく」には生きる自分に意味と値打ちが必要である。自分に意味があり、自分がそこにいることに値打ちがあるとなるのは、おそらく自分が誰かの、あるいは世の中の、役に立っている、と無意識にせよ思えているときだけであろう。それならどんな人間でも、誰にでも、やっていくこと、やっていけることは幾らでもある。「ただ単に生きるのではなく、よく生きる」ことは誰にでもできるのだ。

かつて『瓦松庵余稿』の冒頭で引いたソクラテスのことばをこのように受けてこの「瓦松庵」シリーズ三作目の締めくくりとしたい。

中野武志

昭和 14（1939）年、京都府綾部市生まれ。京都大学文学部仏文科卒。
京都新聞社に入社、平成 11 年退職。自称書斎「瓦松庵」の庵主。

著書　詩　　集『悲哀の仕事』（中野棗・名義。行路社）
　　　小　　説『季節よ城よ』（行路社）
　　　　　　　『さて、月の澄みて候』（行路社）
　　　　　　　『アイルランドの梟』（竹林館）
　　　　　　　文庫本『さて、月の澄みて候』（竹林館）
　　　エッセイ『瓦松庵残稿』（竹林館）
　　　　　　　『瓦松庵余稿』（竹林館）

瓦松庵別稿

2022 年 2 月 10 日　第 1 刷発行
著　者　中野武志
装　幀　工房＊エピュイ
発行人　左子真由美
発行所　㈱ 竹林館
　　　　〒 530-0044　大阪市北区東天満 2-9-4　千代田ビル東館 7 階 FG
　　　　Tel　06-4801-6111　　Fax　06-4801-6112
　　　　郵便振替　00980-9-44593　URL http://www.chikurinkan.co.jp
印刷･製本　モリモト印刷株式会社
　　　　〒 162-0813　東京都新宿区東五軒町 3-19

ISBN978-4-86000-466-8　C0095

定価はカバーに表示しています。落丁・乱丁はお取り替えいたします。

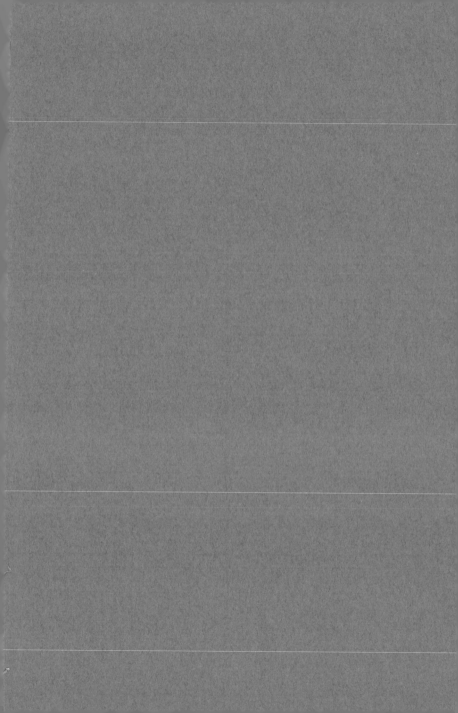